国家出版基金项目

国家"十三五"重点图书出版规划·重大出版工程项目

国家社会科学基金重点项目

"新中国文学传媒史料综合研究与分类编纂"最终成果

山东大学"双一流"建设暨学科高峰计划专项资助项目

国家"十三五"重点图书出版规划项目
国家重大出版工程项目
国家社会科学基金重点项目

国家出版基金项目
NATIONAL PUBLICATION FOUNDATION

新中国文学史料与研究丛书

马兵　主编

新中国文学评奖史料与研究

南京师范大学出版社

图书在版编目（CIP）数据

新中国文学评奖史料与研究／马兵主编. —南京：
南京师范大学出版社，2024.8

（新中国文学史料与研究丛书／黄发有总主编）

ISBN 978－7－5651－5070－8

Ⅰ．①新…　Ⅱ．①马…　Ⅲ．①文学奖—评奖—研究—
中国—当代　Ⅳ．①I2－19

中国版本图书馆 CIP 数据核字（2022）第 005685 号

丛 书 名	新中国文学史料与研究丛书
总 主 编	黄发有
书 名	新中国文学评奖史料与研究
主 编	马 兵
策划编辑	张 春
责任编辑	万陶蓉　马璐璐
出版发行	南京师范大学出版社
地 址	江苏省南京市玄武区后宰门西村 9 号（邮编：210016）
电 话	（025）83598919（总编办）　83598319（营销部）　83598332（读者服务部）
网 址	http://press.njnu.edu.cn
电子信箱	nspzbb@njnu.edu.cn
照 排	南京凯建文化发展有限公司
印 刷	南京爱德印刷有限公司
开 本	710 毫米×1000 毫米　1/16
印 张	39.5
字 数	709 千
版 次	2024 年 8 月第 1 版
印 次	2024 年 8 月第 1 次印刷
书 号	ISBN 978－7－5651－5070－8
定 价	160.00 元
出 版 人	张 鹏

总　序

黄发有

　　新中国文学已经走过 70 余年的光辉历程,新中国文学的历史化与经典化成为学术界普遍关注的一个焦点问题。史料的发掘、整理与研究工作是实现历史化与经典化目标的基础。在中国史学研究领域,贵古贱今观念根深蒂固,今人写今史的可信度常常遭到质疑。当代人记录当代史确实有明显的局限,作者可能因个人利益或个人好恶而失之公允,无原则溢美或刻意贬抑现象一直存在,难以避免。但当代人作为所处时代的见证者,又有得天独厚的优势。当代人对当代史的言说与评判,因为身处其中,所以可以在场地接触原始材料,使得这些材料得以保存并流传。正如梁启超所言:"此时作,虽不免杂点偏见,然多少尚有真实资料可凭。此时不作,往后连这一点资料都没有了。"① 当代研究遵循的基本原则是详今略远,也就是说尽量记载或使用研究者熟悉的信息,但并不意味着只做跟踪性的观察与记录,还应当思考所处时代与前代的历史关联,以及所在地域与周边区域的空间互动模式。正因如此,史料的多元化对于建构当代史有不可忽略的学术价值。呈现当代文学的真实图景,应当从多角度、多层面进行考察和还原,利用多重证据来建构连续的逻辑链条,对于历史和史料中的难点、疑点,都必须对材料进行考证,去伪存真。章太炎在《中国通史略例》中主张治史者应当扩大史料来源,博采古今中外各种资料,以弥补古史的不足。因此,文学史研究首先要尽量全面地占有史料,在此基础上去芜存精、择善而从,避免断章取义、先入为主。当代研究并不急于下结论,而是应当以开放性的视野,一方面为同时代文学留下鲜活的记载,在经过初步筛选的基础上,对历史进程进行描述和判断;另一方面为后人研究今史提供尽可能丰富的历史依据。

　　当代文学研究与现实生活保持密切的关联,"当代性"是其魅力所在,也是

---

① 梁启超:《中国历史研究法》,上海人民出版社 2014 年版,第 168 页。

其活力之源。当代文学研究不能自外于大时代，不能切断文学与现实对话的通道。基于此，一些学者和评论家认为当代文学的历史化是画地为牢，自断生机。必须指出的是，保持当代文学研究的思想锋芒与艺术敏感，不应以牺牲规范性为代价。如果没有必要的学术限度与理论边界，放弃自己的学术本位，将文学研究作为直接评判社会与介入现实的工具，其针对性与有效性都难以保证，很容易沦落为夸夸其谈、无的放矢的空论。当代研究的主体与研究对象过于贴近，往往有千丝万缕的利益关联或者重重顾虑，容易受到外部的干扰。当代研究的一个突出问题是史料意识较为薄弱。一些学者认为当代研究不必在史料的钩沉辑佚上浪费功夫，甚至不存在史料问题，因为当代的材料随处可见，不仅纸面材料俯拾皆是，还有形态各异的活材料环绕四周。事实上，中国当代文学研究并不单纯是当下文学研究，像"十七年"已经是半个世纪以前的历史，大量资料在"文革"中散佚，不少公开出版物也已难觅其踪。与此同时，近年推行无纸化办公，在这一潮流的裹挟下，早年的许多纸质材料被大宗销毁。因此，当代文学史料的保存、发掘与整理显得十分迫切，对不同类型史料的旁推互证与综合运用，在当代文学历史化的进程中更是具有方法论意义。

一、常规史料与稀见史料

当代史料漫无边际，在信息不断膨胀的语境中，当代人往往会忽略对同时代史料的保存与挖掘。而当代史料的剔除与散佚，也大多在同时代发生。对于当代研究者而言，搜集同时代的公开史料并不困难。但是，要系统搜集印数极少的内部出版物（内部报刊和内部图书）、民间出版物（民间报刊和自印文集）、会议简报、油印讲稿等，却有极高的难度。至于独此一份的手稿、日记、书信、档案资料、手抄本、检讨材料，以及稿签、审稿意见、稿费单等原始书证，更是可遇不可求。而且这些纸质材料的材质较为脆弱，同时代人不搜集的话，就会彻底消失。在电子媒体迅速崛起、印刷媒介走向衰落的语境中，纸质史料的保存与流传会变得更加困难。正如梁启超所言："时代愈远，则史料遗失愈多而可征信者愈少，此常识所同认也。虽然，不能谓近代便多史料，不能谓愈近代之史料即愈近真。"[1]

就内部刊物而言，像中国作家协会的会员刊物《作家通讯》、中国文联的

---

① 梁启超：《中国历史研究法》，上海人民出版社 2014 年版，第 39 页。

内部刊物《文艺界通讯》经常会刊发中国作家协会、中国文联的工作动态、工作计划、领导讲话、会员来信等并不常见的材料,具有较高的史料价值。《文艺报》主办的内部刊物《文艺情况》是了解新时期初期文坛乍暖还寒的精神气候的一个窗口,其信息来源广,信息量大,转发了不少内部刊物的重要资讯。20 世纪五六十年代的《作家通讯》尤其珍贵,刊物明确规定"会员刊物,不得外传",印量有限。各地作家协会和文联也大都创办了内部刊物,譬如中南作协的《中南作家通讯》、山东作协的《创作与学习》和《山东作家》、黑龙江作协的《创作通讯》、北京作协的《北京作协通讯》、河南作协的《河南作家通讯》等等,这些内部刊物发表的文稿较为芜杂,但要了解这些地方的作家协会的发展轨迹、运行情况以及当地文学状况,其中的材料具有独特价值。至于民刊,在 20 世纪 80 年代以来的中国诗歌发展史上发挥了重要作用,像《今天》《非非》《他们》等民刊为朦胧诗、新生代诗歌的生长与成熟提供了不可轻视的精神滋养。"文革"之前和"文革"时期为了"反帝反修",曾经出版过一批"黄皮书"和"灰皮书",这些内部出版物作为反面教材,当时仅供批判之用。这些出版物不是当代文学的直接研究对象,但不少知青作家和朦胧诗人在追忆自己的阅读史时经常会提到这些图书,朱学勤甚至认为它们是"80 年代点燃新启蒙思想运动的火种"[1]。而"文革"后期广泛流传的手抄本,则是中国当代文学版本发展过程中的一种特殊现象。我个人收藏了一份油墨印刷的材料——1985 年《雨花》杂志和江苏双沟酒厂联合举办"文学与酒"笔会的讲话记录稿,还附有"双沟散文奖"启事,时任《雨花》主编的叶至诚、双沟酒厂厂长兼党委书记陈森辉和作家茹志鹃、刘心武、陈登科、田流、顾尔镡都有发言,这为研究 20 世纪 80 年代文坛遍地开花的笔会、文学与企业的联姻提供了生动的佐证。还有一些史料,譬如检讨材料,以前没有引起文学研究者的重视,近年开始有年轻学人关注"检讨"这一特殊年代的精神现象,并以此为窗口,观察文学环境的变化与作家人格的变异。《郭小川全集》收录的作家个人的检讨材料,还引发了知识界与出版界关于全集编纂中文献收录范围的讨论。在近年出版的陈平原编选的《王瑶与现代中国学术》一书中,收录了王瑶在"文革"期间的检讨文章。这些变化表明,研究界对于特殊类型的稀见材料,存在一个逐渐接纳的过程,其文献价值也日益受到重视。

当代文学史上的稀见史料能够弥补公开史料的不足,但稀见史料往往显得零散、破碎,发挥的往往是局部性的补遗、去蔽作用,罕有那种能够影响总体性

---

[1]　朱学勤:《书斋里的革命:朱学勤文选》,长春出版社 1999 年版,第 59 页。

判断的重大发现。不应忽略的是,研究者对一些重要史料的发掘和运用,很可能打开新的角度,扩大学术视野,提升一个研究领域的水平。比如在考察当代文学史上的历次文代会时,往往除了会议文集和当事人的日记、书信、回忆材料,研究者很难详细了解会议进程与讨论情况。而根据一些代表的回忆文字中的线索,搜集当时的会刊、会议简报和会议通知等原始材料,如第一次文代会的会刊(《文艺报》试刊)和第三次文代会、第四次文代会、中国作协第四次会员代表大会(以下简称"作协四大")的会议简报,可以发现,这些材料不仅有补充作用,而且是还原当时历史场景的关键材料,能够帮助研究者了解文艺会议的丰富性和复杂性。由于第一次文代会、第四次文代会、"作协四大"等重要会议被不少文学史家视为划分文学史分期的标志性事件,因此这些会议的原始材料是考察当代文学的制度模式和运行机制的重要史料。第一次文代会、第四次文代会不仅建立制度规范、规划未来,还对以往的文学发展进行历史总结。因此,同步介绍会议进展的会刊和简报是把握当代文学重要的历史节点及其逻辑关系的依据。形成系列的稀见史料的发现、整理和考察,能够为开辟新的研究领域带来新的可能性。譬如中国当代文学版权研究一直是一个备受冷落的领域,一方面文学版权研究要求研究者对当代文学史和知识产权都有较为深入的了解,另一方面研究者必须掌握充分的原始材料。足够数量的原始稿费单据和相关文件的发现与公开,必将推动当代文学版权制度研究的开展与深入。陈明远的《文化人的经济生活》《知识分子与人民币时代》以深入浅出的方式,考察稿酬、版权制度的变化对作家的文学生产、生活模式的影响。不无遗憾的是,他的著作中引用的绝大多数是二手材料。

借鉴人类学、社会学的田野调查方法,保留重要的当事人的口述史料,这是发掘当代文学稀见史料的又一重要途径。"当前中国史学的发展有两大趋势:一是田野调查引起史学研究者的关注;二是口述史的兴起。这两者标志当代史学研究的视野从单纯的文献求证转向社会、民间资料的发掘,这是历史学进入21世纪的重要倾向。"① 我在访问《当代》原主编何启治时,他想起秦兆阳曾经复印了一份关于《九月寓言》的十条意见给他,将近三个月后,他在书房的角落里找到了这份意见,又复制了一份给我。当然,口述史料也有其局限性,一是当事人的记忆不尽准确,二是当事人可能会因为某些主观意愿而有所避讳、粉饰乃至歪曲。因此,在运用缺乏旁证的口述史料时,要特别慎重。

---

① 刘志琴:《口述史与中国历史学的发展》,《光明日报》2005 年 2 月 22 日。

综上,当代文学史料研究应当将公开史料的深度研究与稀见史料的发掘整理有机地结合起来。文学史料是文学史研究的依据,新史料往往会修正旧结论,别开生面。但稀见史料毕竟有限,人文学者的看家本领应该是从常见史料中发现新问题,得出新观点。正如严耕望所言:"新的稀有难得的史料当然极可贵,但基本功夫仍在精研普通史料。新发现的史料极其难得,如果有得用,当然要尽量利用,因为新的史料大家还未使用过,你能接近它,最是幸运,运用新的史料可以很容易得到新的结论,新的成果,自是事半功倍。""真正高明的研究者,是要能从人人能看得到、人人已阅读过的旧的普通史料中研究出新的成果,这就不是人人所能做得到了。不过我所谓'说人人所未说过的话',决不是标新立异,务以新奇取胜,更非必欲推翻前人旧说,别立新说。最主要的是把前人未明白述说记载的重要历史事实用平实的方法表明出来,意在钩沉,非必标新立异! 至于旧说不当,必须另提新的看法,尤当谨慎从事,因为破旧立新,极易流于偏激,可能愈新异,离开事实愈遥远。这是一个谨严的史学家要特别警戒的!"①

二、全局性史料与局部性史料

面对浩如烟海的文学作品和纷繁复杂的文学事件,当代文学史研究的主要任务是删繁就简。研究主体面对中心与边缘、主流与支流、内部与外围的多元互动,往往会重点关注文学的中心、主流与内部,抓主要矛盾,追逐焦点话题。在这种观念的影响之下,当代文学史料研究领域同样看重中心的、主流的、内部的史料,而边缘的、支流的、外围的史料却受到冷落和遮蔽。在当代文学史研究中,为了逻辑线索的清晰,研究者难免会为了凸显观念而剪裁史料,对史料进行一种主题先行的阐释与解读,甚至扭曲真相,篡改史料。

有鉴于此,当代文学史料的全局性与局部性的关系,应包括三个方面:一是关键史料与边缘史料的关系,二是整体性史料与地方性史料的关系,三是外围史料与学科内部史料的关系。在中国当代文学史料研究中,局部性的文学史料经常被忽略,这使得文学史研究偏重归纳疏于分析,对文学发展的丰富性和复杂性的揭示也有明显不足。不少研究当代文学总体走向的论著,往往只选择若干代表性作家或代表性作品为典型案例,以此为据得出普遍性结论。这种研究思路必然带来严重的缺失:首先是以偏概全,其次是高度同质化,以主要的历史线索

---

① 严耕望:《治史三书》,上海人民出版社 2011 年版,第 21—22 页。

串联若干核心作家和核心作品,结论大同小异,了无新意。比较阅读多种当代文学史论著,不难发现大多数研究者习惯采用抽样分析的方法,观察文学主潮,解读具有全国性影响的作家作品,关注中央级的文学机构与文学媒介,漠视地方性的文学现象和边缘性的作家作品。当然,一个研究者毕竟精力有限,有所放弃才能有所追求,抓大放小、主次分明是一种普遍性的学术选择。可是,对于一个成熟的学科而言,如果没有人去关注地方性、边缘性、局部性的话题与现象,学术版图不仅不完整,而且容易形成一种固化的学术盲区。地方性、边缘性、局部性的文学问题是文学史研究的基础,基础不牢固必然导致结论的不可靠。缺乏扎实的史料支撑的全局性判断,很容易留下逻辑漏洞,不仅在逻辑上不严谨,而且会动摇立论的基础。

在文学实践和文学研究中对于局部性问题的忽略乃至盲视,可谓根深蒂固。但是,如果这一现象得不到改善,乃至变本加厉,则很容易加剧文学发展的畸轻畸重和文学生态的失衡,伤害文学的多样性和丰富性。在文学的地域分布方面,北京、上海等中心区域的文学声音被无限放大,而边缘区域的文学景观往往被弱化乃至遮蔽。在文体关系上,文学创作界和文学研究界的关注焦点都聚集于小说领域,尤其是长篇小说创作。很多以"中国当代文学""新时期文学""新世纪文学"为考察对象的论文,在列举代表性案例时,往往只提到个别重要小说家的代表性作品,在对一些影响较大的长篇小说进行简约评述后,就草率地得出结论,至于诗歌、散文、戏剧等文体居然一字不提。在文学制度方面,中央与地方的关系是核心问题,因为在"十七年"时期奠基的文学体制中,从上到下的垂直管理是其鲜明特色,如中国文联、全国文协(中国作协)在各地设立下属的分支机构,进行业务指导,发挥基层组织的辐射带动作用,落实文艺政策。洪子诚认为:"从50年代初开始,逐步建立了严密而有效的文学管理干预体制。在这一体制下,作家的文学活动,包括作家的存在方式、写作方式,作品的出版、流通、评价等被高度组织化。这种'外部力量'所施行的调节、控制,在实施过程中,又逐渐转化为大多数文学从业者(作家、文学活动的组织者、编辑和出版人)和读者的心理意识,而转化为自我调节和自我控制。"[1] 值得注意的是,当代文学的研究一直重视中央层面的制度调整和政策变更,却忽略了中央与地方的互动模式,而不同省市之间各方面的差异基本上被忽略不计。

就局部与全局的文学关系而言,区域性文学研究一直是当代文学研究的

---

[1] 洪子诚:《当代的文学制度问题》,《中国现代文学研究丛刊》2015年第2期。

薄弱环节。当代文学史编纂在处理地方性史料时,也往往会有明显的偏向,譬如会重点关注京津沪等直辖市以及山东、江苏、浙江、陕西、湖南等文学大省的史料,对一些边缘省份的史料基本上忽略不计。区域性文学史往往以所在区域为中心,譬如一些省市的文学史将所在区域切割出来,却忽略了所在区域与周边区域的关联,更为重要的是很少涉及所在区域与中心区域或国家文艺环境、文艺政策的互动,使之成为不受辖制的一块"飞地"。区域文学史则往往不作区分地罗列居留者和长期外迁的本籍作家的文学成就,这就使得区域性文学史成为以所在区域为中心的文学光荣榜,并不涉及所在区域文学的发展过程、生产模式和文学环境。

当代文学研究还存在一个薄弱环节,即文学史研究和文学评论缺乏有机的融合。一方面,文学史家更注重整体性把握,将总体走势的判断和逻辑框架的建构作为主要目标,突出大事、大家、名著的文学史意义。由于当代文学史著作绝大多数采用集体编写的方式,一些主事者不仅对于边缘性、地方性、局部性问题缺乏深入了解,而且对于一些大事、大家、名著一知半解。这样,先入为主的总体逻辑和丰富的文学世界之间就难免产生龃龉之处。不少当代文学史对作家的评判,也习惯用单一标准来衡量复杂的文学存在,排座次的做法较为盛行。另一方面,文学评论家热衷于追逐当代文学的动态进程,以文本解读为主要方法的作家作品研究在文学评论中占据主导地位。当代文学评论不乏具有真知灼见的文字,以智慧的光芒和灵悟的穿透力,引领我们进入文字艺术奇妙的世界。必须指出的是,这样的文学评论毕竟是少数,更为常见的是粗疏的作品梗概和流水账式的读后感,根本与综合评判的文学史视野无涉。在文学表扬盛行的批评生态中,只见树木不见森林是一种常态,一些评论者为了凸显评论对象的不凡,还会刻意以树木取代森林。个案研究和宏观把握的脱节,使得全局性问题与局部性问题难以沟通,文学史家在吸取文学评论的学术成果时必须进行必要的过滤与清理。另一个值得注意的现象是,不少专注于文本解读或个案研究的学者,在对局部问题进行挖掘时,沉浸于琐细之中,被细枝末节所淹没,缺乏一种全局性的眼光。也就是说,在整体性视野的观照之下,即使局部性问题也有可能具备窥斑见豹的价值。否则,对一个作家、一部作品的评判就可能脱离具体的文学史语境,产生偏差。

相对于整体的历史语境而言,政治、社会、文化史料是全局性史料,文学史料成了局部性史料。纯文学的观念在当代文学研究中一直占据重要地位,有不少文学史家在编纂当代文学史时,也把纯文学摆在最为重要的位置。文学史研究不仅应该关注文学艺术的发展历史,还应该关注文学外部环境的变化,即政治、社会、文化的发展过程和基本状况。譬如新时期初期,科技界、教育界、思想界的拨乱反正,与文学界的拨乱反正相互呼应,形成联动效应。1977年的全国出版工作会议和1978年的全国科学大会、全国教育工作会议,在议题设置上就和1978年中国文联第三届全国委员会第三次扩大会议、1979年第四次文代会一脉相承。当然,文学史的外部考察并非脱离文学的空泛分析,离弦说箭确实会导致研究的不及物现象,言不及义,但文学的艺术世界并不是封闭的、稳定的,它跟其他文化场域会发生错综复杂的关系,而且会在变化的时空中形成开放的、动态的结构。外部现实的刺激是推动文学艺术调整、革新的动力,而文学的回应一方面会塑造文学与现实的关系,另一方面会影响其艺术选择。在"纯文学"标准的过滤之下,那些通俗的、草根的、跨界的写作者及其文字就难以进入研究视野,很多这方面的史料自然被屏蔽在门外。将文学文本与人、社会隔绝开来,容易造成研究视角的狭窄,研究内容显得琐细、重复,缺少开阔的人文情怀。在宏观把握中国当代文学的总体发展趋势时,政治对文学的影响是无法忽略的维度。在文学一体化的格局中,文学进程与政治进程高度重合。因此,中共党史史料具有重要的参考价值。延安文艺座谈会、党的十一届三中全会等重要会议都对当代文学史走向产生了重大影响,在讨论当代文学史的分期时,党史的分期是重要的参照系。党政领导人在党政会议和历届文代会上的讲话,对当代文艺政策和当代文学制度建设具有指导性作用,当代文学史著作在牵涉这些问题时大都套用党史的评判,缺乏更为深入和细致的研究。

总之,全局性史料与局部性史料的相互参证,其学术目标是使得全局性研究落到实处,而不是凌空蹈虚、大而无当,同时拓展局部性研究的格局,在微观分析中寄寓大胸怀,避免坐井观天。只有摆脱割裂思维,强化系统思维,才能对当代文学相互关联的各个方面及其功能、结构进行系统把握。

三、纸面史料与电子史料

随着媒介技术的飞速发展,电子史料在人文学科研究中的地位蒸蒸日上。在近年国家和省部级重大科研项目中,专题史料的数据库建设成为重点支持的方向。电子史料确实为学术研究带来极大便利,一方面可以汇集海量信息,另一方面可以快捷、精准地检索。

这些年,"大数据"的概念成为学术界频繁使用的热词,似乎做史料整理与研究的不和大数据沾点边就严重落伍了。尽管这些年我个人一直在当代文学传媒研究中探索量化方法与定性研究的有机结合,但也清醒地意识到,人文学科和自然科学、社会科学都有明显的差异,不能不加区别地照搬自然科学的数据处理技术与方法。在人文科学研究中,研究者掌握的文献应当是经过打磨的、有温度的材料,我们了解其来龙去脉,熟知其适用范围与局限性。如果忽视纸面材料,把电子史料和大数据作为学术利器,这些冷冰冰的材料就很难有机地融入整体的逻辑框架,而且很可能犯常识性错误,贻笑大方。

随着中国知网、龙源期刊网、维普网、万方数据知识服务平台等数据库的建立,当代"过刊"的利用率日益降低。各类图书馆为了解决馆舍紧张的矛盾,降低运行成本,大量剔除复本,将这些刊物转入不对外开放的保留书库,或者干脆把它们封存在偏远区域的书库里。事实上,对于认真的期刊研究者而言,仅仅依靠电子文献,根本无法了解期刊的全貌。这些数据库在收录期刊文献时,往往只收录正文文本,撤除了目录、广告、按语、插页等副文本,增刊、专刊、子刊的信息更是整体缺失。至于超星、读秀等主要收录图书信息的数据库,同样存在类似问题。一方面,作为综合性数据库,文学方面的信息不全,缺乏专业眼光;另一方面,这些数据库在收录一种图书时,大多数只收录一种版本。对于研究版本流传的学者而言,这些数据库的利用价值极为有限。当纸质文献转换成电子文献时,由于技术方面的限制,也会产生一些错讹乃至乱码。

21世纪以来网络文学的崛起,使得电子史料在当代文学研究中扮演日益重要的角色。值得注意的是,大多数汉语网络文学草创期的网站、网页已经消失得无影无踪,现在学术界在研究早期的网络文学创作时,依据的往往是转化成纸质出版物的网络文学史料。不应忽略的是,大多数网络文学作品的网络版本和纸质版本都有较为明显的差异。由于网络小说的篇幅过长,网络语言风格和纸媒的语言文字规范也有明显差异,网络文学的纸质版本大都经过大幅度的压缩和改写。遗憾的是,现在已很少有研究者愿意花力气去追根溯源,不少以网络文学为研究对象的研究生学位论文经常会引用十多年前的网络文献,事实上这些页面早就不存在了。近几年,欧阳友权、邵燕君及其团队通过与文学网站的合作,有意识地复制并保留部分珍贵的早期网络文学文献,这种工作难能可贵。但是,相对于海量的信息总量而言,能够保存下来的毕竟是少数。网络文学文献规模庞大、内容驳杂,更新速度惊人,因此,单纯依靠网络文献显然不可靠。

因此,在媒介格局急剧转换的背景下,当代文学研究既要充分利用电子史料的技术优势与整合性数据,又不能过度依赖电子资源。一方面,尽管随着网络文化的发展,电子文献在当代文学史料中的份额一定会逐渐增多,但只要印刷媒介依然存续,其价值就无法被完全替代,同时手稿一类的史料也具有唯一性;另一方面,新的文献形式也有其潜在的弱点与局限性。达恩顿在《阅读的未来》一书中说:"我们今天要解决的问题远远不止莎士比亚的文本的问题,它们还出现在各种形式的传播工具中,其中就包括互联网,在这个领域,电子文本脱离了印刷品的支持,电子邮件留下的痕迹可以被轻易抹去。""由于代码依附的媒介被废弃,数字空间里的文档也许会丢失。硬件和软件更新换代的速度令人苦恼。除非解决这个阻碍数字存储的拦路虎,否则'孕育数字化'的文本无法保证其安全性。"①

尽管纸质文献一再被预言注定会遭受被抛弃的命运,但纸张的耐久性和印刷文明的生命力超越了许多质疑者的设想。图书馆是稳定的城堡,网络是开放的信息空间,它们之间的关系应该是相互补充,而不是替代性的覆盖。拓展新媒介的空间,不必以废弃旧媒介作为代价。

四、创作史料与接受史料

当代文学史料研究一直以作家史料为核心,而各种文学组织、期刊、出版机构、文学社团的史料只是起到补充作用,没有受到足够的重视。以作家、作品为核心的研究对象,这是文学史研究在长期实践中形成的学术传统。重视研究文学的创作与生产,却忽略了文学的传播接受;重视研究作家的创作活动,却忽略了作家的非创作活动对其审美趣味和人格结构的影响,忽略了普通读者和文学史家、文学评论家、编辑家、翻译家等专业读者对文学环境的塑造。艾布拉姆斯在《镜与灯》一书中认为,文学活动由世界、艺术家、作品和读者四个相关要素构成,但在文学研究中,读者尤其是普通读者的声音长期被忽略和漠视。德国的姚斯在20世纪60年代提出接受美学的构想时,重点突出在文学研究中被长期忽略的读者的价值与意义,目标是建构以读者为本位的文学史框架。姚斯认为:"一种过去文学的复归,仅仅取决于新的接受是否恢复其现实性,取决于一种变化了的审美态度是否愿意转回去对过去作品再予欣赏,或者文学演变的一个新阶段出乎意料地把一束光投到被遗忘的文学上,使人们从过去没有留心的文学中找到某些东西。"② 也就是说,文学接受不仅对同时代的文学创作产生影响,

① [美]罗伯特·达恩顿:《阅读的未来》,熊祥译,中信出版社2011年版,第148、38页。
② [德]H. R. 姚斯等:《接受美学与接受理论》,周宁、金元浦译,辽宁人民出版社1987年版,第44页。

接受风尚会牵引创作的审美趣味与市场定位,而且受众的选择还是文学传统赓续与翻新的推力,以时代的光束重新照亮旧时代晦暗的文学角落。

在近年的学术发展中,涌现了一些研究当代文学的审美接受的论著,但细细梳理,不难发现其引述的绝大多数是作家、评论家等专业读者的评述,普通读者的表达仅限于部分报刊摘录的"读者来信"。由于受到史料的限制,所谓的"审美接受"基本是文学圈内部的循环,普通读者寂寥的声响也已经被多重筛选和过滤,其结论的可信度和学术价值自然大打折扣。编辑家研究也是当代文学研究的一个薄弱环节,编辑家身居幕后,其贡献本来就容易被忽略。在当代文学的发展进程中,巴金、靳以、赵家璧、丁玲、秦兆阳、韦君宜、丁景唐、何其芳、李清泉、张光年、范用、崔道怡、龙世辉、章仲锷、张守仁、何启治、范汉生、李小林、李子云、周介人、徐兆淮、何锐、李敬泽、程永新、宗仁发、林建法等编者都留下了各自的历史印痕,但学术界对他们的编辑实践的研究极为有限,对文学编辑史料的搜集与整理更是少人问津。文学编辑是文学史上习惯性的失踪者,对文学编辑的研究除了表示对这种职业和文学角色的尊重,更为重要的是把编辑研究作为一种视野和方法,梳理作家与读者、作品与社会、文学与市场、艺术与政治等错综复杂的文化关联。编辑作为"守门人",是作用于文学身上的各种力量的交汇点,他们既可能是推动文学传承与创新的"播火者",也可能是执行权力和商业指令的"居间人"。从 20 世纪 80 年代中期以来,从先锋文学、新写实小说、新现实主义、新体验小说、新状态文学、新市民小说,到"60 年代出生作家""70 后""80 后""90 后",其命名与策划都活跃着编辑的身影。对编辑与文学之间关系的深入考察,能够将创作研究与接受研究有机地融合起来,进而揭示当代文学生产与消费的深层机制。

当代文学传媒与当代文学传播研究是近年新兴的学术热点。值得注意的是,不少研究者在选取文学期刊、文学图书、报纸文学副刊、文学网站作为研究对象之后,其研究思维和研究方法并没有作出相应的调整与转换,往往沿袭学术惯性,对选定范围的作家作品进行一番解读和分析之后,草率地下结论。这样的研究依然以创作研究为焦点,与传播、接受缺乏深入的关联。文学研究以文学为核心的研究对象,但在研究者的视野中,不能只看见作家作品。就文学媒介而言,它们以文学为主要的传播内容,但不应忽略的是,文学媒介还有媒介的特性,譬如其技术特征、传播途径和商业倾向,这些特性并不是可有可无的,它们以其内在的力量改塑文学的价值取向、文体形式和语言风格。报刊的崛起是五四文学现代转型的重要推动力量,网络的快速普及已经在悄然改变 21 世纪中国文学的基本格局。随着不同媒介之间的频繁互动,传播内容的专属性日渐弱化,通用性被不断强化,以印刷媒介为主阵地的文学发展不断地调整自身的形式结构与审美特性,力争在跨媒体传播中有更加广泛的适应性。

近年来,当代文学研究的史料来源发生了明显的变化,以网络为大本营的电子史料影响日隆,原来被高度倚重的报刊史料的重要性正在下降,尤其是报纸史料逐渐淡出不少研究者的视线。在现当代文学研究领域,近现代报纸副刊在文学转型中曾经呼风唤雨,五四时期的四大副刊一度成为研究热点,但当代的报纸文学副刊研究一直是一个相对生僻的研究领域。一方面,当代具有代表性的报纸副刊存续时间较长,像《人民日报》《光明日报》《文汇报》《解放日报》《羊城晚报》《天津日报》《今晚报》《北京晚报》等报纸的文学副刊都在当代文学史上刻下了深深的印痕。由于原始报纸史料的搜集和查阅费时费力,研究者要从庞杂的史料中发现问题、厘清线索就有一定难度。另一方面,网络媒介的崛起正在改变媒体格局,报纸的地位和影响都在被边缘化。报纸文学副刊作为一种衰落的媒体形式,对研究者的吸引力也在下降。在这样的大背景下,报纸史料在当代文学研究中的出现频率急剧降低。编年史和年谱研究的兴盛是 21 世纪以来当代文学研究的新现象。值得注意的是,在已经出版的编年史和各类年谱中,报纸史料没有引起研究者的足够重视。与图书、期刊相比,报纸的出版频率最高,以最快的速度报道时事变化。大多数的文学图书和文学期刊,其主体内容是文学作品,较少反映文学环境、文学事件的起伏与新变。因此,编年史和年谱要真实地还原文学创作和文学发展的历史进程,报纸史料是不能忽略的重要凭据。譬如一些文学活动发生的具体日期,在不少论著中都有出入,甚至在同一篇文章或同一部著作中前后不一致,自相矛盾。之所以会出现这些问题,主观原因是研究者照录材料,缺乏必要的比照和考证。在文献来源方面,报纸史料的缺失使得当代文学的编年研究不够细致,在细节上显得粗疏。对报纸史料的深入开掘,不仅是深化、细化编年研究的重要途径,而且是推动当代文学历史化的基础工程。

从传播接受角度来看,当代文学还有多重空间可以持续开掘,比如当代文学史上的文学评奖、文学教育、文学的跨媒体传播、文学的跨语言跨文化传播等问题都还没有得到充分而深入的研究,较为常见的是印象式文字和重点问题、重要个案的研究成果,而且这些方面的史料也没有引起足够的重视。文学评奖是文学评价的重要一环,对文学作品的传播接受和文学的经典化都会产生重要影响。在当代文学评奖研究中,诺贝尔文学奖、茅盾文学奖、鲁迅文学奖和新时期初期的全国性文学评奖都受到重点关注,但总体上显得浮泛,大多流于过程描述和现象分析,而行业性和地方性文学评奖、媒体机构主办的文学奖、民间文学奖则饱受冷落。由于一些奖项的评奖过程并不透明,评说者依据的多为媒体报道、评委和当事人的回忆文字,一些材料说法不一,夹杂着猜测和传闻的成分,结论也就不够结实。文学教育是文学流传的关键平台,当代文学教育研究牵涉到文学史的定位和作家作品的地位,牵涉到教师、学生对当代文学的理解方式,牵涉到与当代文学有关的课程设置与教材编选。遗憾的是,这些方面的研究亟待拓展与深入。相对而言,现代文学教育的研究先行一步,研究成果也渐入佳境,譬如民国大学与新文学的关系、民国校园文学刊物与文学社团研究,都在史料积累的基础上开展了扎实的学理分析。当代文学教育研究的浮泛与薄弱,与文学教育史料发掘与研究工作的停滞状态密切相关。至于文学的跨媒体传播,随着媒体格局的迅速改变,覆盖的媒体越来越多,从报纸文学副刊、期刊、图书到影视、网络、手机,从图画书、影视作品到网络游戏、动漫,问题日益复杂化。应当反思的是,这方面的研究依然聚焦于文学改编,不少研究者还在纠缠改编作品是否忠实于原著。在跨媒体风尚的影响下,文学创作、接受的方式和文学作品的特性都被注入新的元素,文学在社会、文化中的角色位移也已悄然发生。也就是说,面对新问题的不断涌现,研究者应当优化知识结构,注意搜集并解读越来越多的新材料。所谓的新材料,既指时新的材料,也包括新介质、新形式的材料。当代文学的跨语言跨文化传播也是近年来受到学界重视的一个领域。在当代文学的对外传播过程中,海外汉学家是重要的文化桥梁,夏志清、竹内好、普实克、葛浩文、马悦然、王德威等汉学家都是学术界重点关注的研究对象。当代文学的海外传播涉及的语言、国家众多,具有较高的学术难度和挑战性。目前开展较好的是当代文学在英语世界和东亚汉字文化圈的传播接受研究,其他方面相对滞后。尽管中外学术文化的交流日益密切,但史料问题依然是一大困扰,使得这一领域的研究难以深入。一方面,海外原始史料的获取殊为不易;另一方面,由于语境不同或者研究者的外语水平有限,对于史料和研究对象的误读也较为多见。

五、史料多元化与当代文学研究相互参证的方法与意义

当代文学研究一直包含两个方面:一方面是致力于还原历史、总结历史的当代文学史研究,另一方面是跟踪当代文学进程、及时评判新人新作新现象的当代文学评论。专注于文学评论,可以攻其一点不及其余,可以埋头于文本细读,但是,从事当代文学史研究应当有相对开阔的视野。梁启超在《清代学术概论》中

认为顾炎武"所以能当一代开派宗师之名者","在其能建设研究之方法而已","约举有三":一曰贵创;二曰博证;三曰致用;在"博证"中说:"论一事必举证,尤不以孤证自足,必取之甚博,证备然后自表其所信。"① 对文学评论成果的整理、甄别与反思是当代文学入史的基础工作。文学评论成果鲜活、丰富,其不足是随意、庞杂,不仅不同评论家对同一个作家或同一部作品的评判会有差异,同一个评论家在不同场合、不同时期对同一个作家或同一部作品的评价也会有所变化。由于政治、社会、文化环境的变化,像《组织部新来的青年人》《改选》《草木篇》《红豆》《美丽》等曾经遭受冷遇乃至批判的作品,在 1979 年成为"重放的鲜花";而一度炙手可热的《金光大道》《大刀记》《桐柏英雄》《海岛女民兵》《李自成》等作品逐渐淡出读者的视线。正因为以跟踪、观察为己任的文学评论容易受到主观性的干扰,被时代潮流所裹挟,文学史研究在把文学评论转化成历史评价时,一方面应当还原当时的历史现场;另一方面应当保存那些姿态各异、观念悬殊的材料,在辨析考证的基础上进行独立判断。

史料的多元化并不是简单追求史料在数量上的增长,而是将史料作为一种视野与方法,通过史料的多元化,扩大史料来源,拓宽当代文学的研究视野,挖掘当代文学的丰富性和复杂性。相互参证,一方面是指不同类型、不同来源史料的相互比对和相互补充,另一方面是指不同研究视角、研究方法的相互碰撞和交叉互动。陈寅恪对于王国维的"二重证据法"有极高评价,他这样评价王国维的学术成就及其方法论意义:"一曰取地下之实物与纸上之遗文互相释证","二曰取异族之故书与吾国之旧籍互相补正","三曰取外来之观念与固有之材料互相参证","皆足以转移一时之风气,而示来者以轨则"。②

史料的多元化是学科综合化、研究方法多样化的基础。20 世纪 90 年代以来,文化研究在当代文学研究中日渐盛行。文化研究突破了狭隘的学科壁垒,通过文学材料考察与文学相关的社会、政治、文化问题,使文学研究突破了象牙塔的限制,更为广阔地介入现实。人文精神讨论产生了广泛影响,正是以文学研究者为主体的一次学术转向。但当代文学领域的文化研究也有明显的局限性,那就是信马由缰、大而无当,以虚构的材料进行实证分析,以主观臆想取代调查分析。深入的文化研究需要宏阔的学术视野,研究主体应综合运用社会学、历史学、哲学、经济学、新闻传播学、政治学等相关学科的知识和方法,以跨学科的

---

① 梁启超:《清代学术概论》,东方出版社 1996 年版,第 12 页。
② 陈寅恪:《王静安先生遗书序》,《王国维遗书》,上海古籍书店 1983 年印行,第 1—2 页。

互动认知进行立体交叉的多元透视。必须指出的是,如果研究者仅仅在论著中嵌入一些不同学科的知识碎片和新潮概念,在分析和论证中依然是轻车熟路地解读个别作家和个别作品,这样的文化研究显然是花哨而肤浅的。文化研究要有广度,更为重要的是要有深度。而广度和深度的重要支撑就是多元互证的史料。也就是说,研究者不能对相关学科一知半解,对其理论和方法的借鉴,不是简单的知识搬运,而是对其史料也有深入的了解。不同来源史料的互补互证是不同学科的理论方法有机融合的坚实基础。

史料的多元化是学术创新的坚实基础。学术研究要有创见,研究者要有新思维与新方法,这样才不至于陷入重复劳动和低水平运转的怪圈,才能避免学术研究的同质化。以作家研究为例,讨论莫言的小说叙事必然提及其儿童视角,源于马尔克斯与福克纳的外来影响更是烂熟的话题;研究晚年的郭沫若,他与陈明远的通信尽管充满争议,甚至被视为"伪史料",但在不少论著中仍然是支撑论证的核心证据;余华、苏童、格非等作家总是被套在"先锋"的框架中进行阐释,而他们的个性只是"先锋"的一个侧面;铁凝、王安忆、迟子建等作家创作的独特性,往往被笼统地归结为"女性意识";"60后""70后""80后""90后"作为代际研究的主流话语,已经逐渐沦落为一种万能的标签……因此,史料的多元化也是对研究主体自身的约束,使得研究者无法随意地下判断。相对而言,以作家作品为对象的文学评论,所依据的研究材料比较单纯,材料的有限性导致视野的局限。而且,面对同一部文学作品的评价,不同评论家的观点可能会有较为明显的分歧,这一方面是批评主体审美趣味的差异所致,另一方面是批评标准不够客观所致。应当注意的是,批评主体与批评对象过分贴近也容易带来偏见与盲区,譬如批评家与作家的私人关系,批评家隐秘的功利目的,都可能对艺术评价带来不同程度的干扰。在对文学史上一些充满争议的作家进行定位时,文学史家面对互相矛盾的声音,就必须对代表性材料进行筛选、比照,并在独立、科学的史识烛照之下,作出相对客观的判断。

六、丛书编选说明

史料的发掘、整理与研究是一个开放性的过程,前辈学者已经作了许多卓有成效的努力,后来者必须站在他们的肩膀上向上攀登。鉴于此,我们组织国内知名专家、学者编撰了这部四十五卷本重大出版工程《新中国文学史料与研究丛书》。丛书注重对原始史料的整理、校勘、辑佚与考辨,力图在史料多元化与当代文学研究的相互参证中,系统呈现新中国文学 70 年的历史发展与研究面貌,以期进一步继承和发扬优秀文艺传统,繁荣、发展新时代社会主义文艺事业。

丛书共分为 23 个专题,分别为文学史、文艺会议、文学思潮、小说、诗歌、散文、戏剧、报告文学、文学评论、文学期刊、文学出版、文学副刊、文学的影视传播、网络文学、女性文学、民族文学、儿童文学、文学评奖、文学翻译、台湾文学、港澳文学、文学的海外传播以及稀见史料。各专题主要通过导论、关键词、专题史料与研究、编年简史,部分专题还选编了目录索引等,对新中国文学史料进行深入的历史发掘与学术建构。

丛书编选的首要目标是对史料的溯源性呈现。入选文献选取的版本为初版本或定稿本;关键词、编年简史和文章题解类似于路标,提供基本信息,为寻找史料者引路,并不作倾向性过于明显的阐释,让研究者在阅读原始文献后作出自己的独立判断。

丛书注重对文学史料的综合展示与分类编纂。不同的作家、学者在面对同一篇文献时,考察的角度和获取的信息都可能有所不同,见仁见智。譬如一位作家可能发表过小说、诗歌、散文、儿童文学等不同文体、文类的作品,也可能跨越了多个代表性的文学潮流,面对这样的作家,我们无法把他归纳到单一的框架中,但研究者可以从不同的窗口观察他。从逻辑层面来说,单一体系的分类最为明晰,但文学本身具有丰富性和复杂性,统一标准的分类必然削足适履。基于此,本套丛书的分类有多条线索,譬如时序、思潮、制度、区域、文体、文类、媒介等等。在编选过程中,我们对于每一篇文献都进行过充分考量,但每一篇文献的信息并非只有一个面向,不少文献有多义性特征。分类当然有标准,但我们不愿意强化类别之间的界限意识,我们尊重史料的本来面貌。限于体例与篇幅,丛书的编选工作不免有遗珠之憾,对此我们会在今后的修订中不断加以完善。

"百花齐放,百家争鸣"是推动新中国文学发展与繁荣的长期性方针,新中国文学遍地开花,在新的媒介格局中新中国文学史料的形态也日益多样化。本套丛书让史料说话,用史实发言,多角度、多层面地展示新中国文学的伟大成就。

出版说明

为全面呈现新中国成立以来各个历史阶段文学史料与研究的状貌,从文学史料的角度观照历史、总结经典,我们组织国内现当代文学界的知名学者,编纂了这部体现新中国 70 年文学发展历程与光辉成就的《新中国文学史料与研究丛书》。

本丛书的编选标准与范围、编纂体例、编辑原则如下。

一、按文学史、文学思潮、文学传播形式、文体和文类研究的体系,共分 23 个专题 45 卷,对新中国 70 年的文学史料进行发掘、搜集、整理和研究,力求为当代文学研究和文学史编纂提供全面、系统、权威的史料文献,有利于促进文学评论和文学研究的学术提升,推动当代文艺的健康发展。

二、搜集整理对新中国 70 年(1949—2019)文学发生、发展、变革产生较大影响的代表性史料文献,注重对原始史料的注释、校勘、辑佚和辨伪,将史料研究与理论研究相结合,立体考察和剖析多元化的文学史料与文学发展之间的深层关联。

三、选收史料范围包括有关文学问题的重要文件、政策法规,党和国家领导人以及文艺界知名人士的重要报告、讲话,有关文学评论、文学论争、文学研究的著作和文章,各类有典型意义的编者说明、书评序跋、书信日记,以及稀见文学报刊资料、文艺会议简报与其他第一手文献等,反映当代文学发展和研究的全景,促使新中国文学史料与研究变得更为丰富和完善。

四、编纂体例包括导论、关键词、专题史料与研究、编年简史、目录索引、编后记。各专题的"导论"重在阐述新中国 70 年文学发展的总体状貌与史料编选的原则、方法。"关键词"主要解释代表性的文学概念、文艺组织、社团流派、文学作品、媒体机构等。"专题史料与研究"分辑编选,各辑"导语"概述所选文献史料的特点,每篇附"题解"交代选文出处、版本流变、内容特点与文献价值等。"编年简史"着重记录文学发展的重要事件和文学现象,以编年史的形式还原文学现场。部分专题编选了"目录索引"。"编后记"对编选情况进行了简要说明。

五、"专题史料与研究"原则上按辑分类,各辑主要依文章的发表、出版时间为序,少数专辑的目次按照文学史发展线索分类后再按时间先后排列。

六、所选篇目除稀见史料外,原则上按最初发表和出版的版本排印,少量重要政策文献及领导人讲话选收公开出版的修订本。各版本作者按初次发表时的姓名照录,若涉及笔名,一般在相应文章"题解"中说明。选录文章,个别有删节者,或在篇题中加注"节录"二字,或在"题解"中予以说明。

七、为尊重文献史料原貌,收录时除将繁体改为简体、竖排改为横排,对明显的字词、标点讹误予以规范外,一般原文照录,不作改动。对于脱落或辨识不清的文字,用"□"在文中标明。对于原文少数典实存疑或需考辨说明的,以页末"编者注"的形式呈现。

八、对于一些具有特定时代风格的字词用法、表述方式等,一般遵从原文。如年代、数字、称谓、译名,以及汉语演变过程中曾一度出现的"的、地、底、得","象"与"像","作"与"做","份"与"分","那"与"哪","甚"与"什","采"与"彩","其它"(其他)、"刻划"(刻画)等。对21世纪以后的选篇,则酌参现行出版规范加以校订。对选篇中的文献著录,按编辑规范与篇内统一原则,酌情进行了技术性处理。

本丛书是国家社科基金重点项目最终成果,先后入选国家"十三五"重点图书出版规划重大出版工程项目、国家出版基金项目。丛书的发掘整理、文字考订、编辑出版等工作汇聚了国内外诸多现当代文学研究者的智慧与心力,得到了很多专家、学者的指导、支持与帮助,在此我们一并致以衷心的感谢!

本丛书所选录的史料文献主要用于教学与研究工作,因所录史料涉及面广,虽经多方查找,尚有少量作品未能与作者取得联系,敬请相关作者或著作权继承者与我们联系,以便及时奉寄稿酬并致谢忱!

我们期待这套丛书能够充分展示新中国70年波澜壮阔的文学创造与发展历程,但由于新中国文学70年史料宏富广博,其中难免有疏漏之处,诚请有关专家与广大读者批评指正。

南京师范大学出版社

2020 年 12 月

导 论

马 兵

一

　　1952 年春,苏联部长会议宣布将 1951 年度的"斯大林奖金"授予中国作家丁玲、周立波、贺敬之、丁毅,匈牙利作家阿捷尔、那基和法国作家斯提尔,其中丁玲的小说《太阳照在桑干河上》和贺敬之、丁毅执笔的歌剧《白毛女》获得二等奖,周立波的《暴风骤雨》获得三等奖。这不但是中国当代作家第一次获得国际性的文学奖,也是整个"十七年"期间几乎仅有的值得关注的文学获奖现象,虽然斯大林文学奖这一奖项本身带有浓厚的政治色彩,但对几部作品的经典化建构起到了相当直接的影响。

　　文学评奖作为相对独立和重要的文化实践全面参与文学发展的进程是"文革"结束之后的事情。"1978 年 6 月,中国作家协会正式恢复工作,张光年出任党组和书记处书记,李季接任《人民文学》主编。他有感于短篇小说创作在思想解放运动中的重要作用,提议对短篇小说佳作进行评奖。经请示张光年同意,又取得了茅盾的支持,李季决定就由《人民文学》举办首次全国性的文学评奖。"① 《人民文学》1978 年第 10 期正式刊登了《本刊举办一九七八年全国优秀短篇小说评选启事》,复刊的《文艺报》随后也报道了相关信息,并称"这次评选活动是粉碎'四人帮'以后我国文学战线上为了繁荣创作而采取的一项措施"——新时期文学评奖的"第一簇报春花"② 就这样绽放了。这次"空前的"③ 评奖活动获得了热烈的社会反响,最终包括刘心武的《班主任》、卢新华的《伤痕》、张承志的《骑手为什么歌唱母亲》、贾平凹的《满月儿》等在内的 25 篇小说获奖。以此次

---

① 崔道怡:《小说课堂》,作家出版社 2012 年版,第 219 页。
② 袁鹰:《第一簇报春花》,《人民文学》1979 年第 4 期。
③ 茅盾:《在一九七八年全国优秀短篇小说评选发奖大会上的讲话》,《人民文学》1979 年第 4 期。

评奖为先导,中国作协与其主管的《人民文学》《文艺报》《诗刊》等报刊以及其他中央部门又陆续推出了全国优秀中篇小说奖、全国优秀报告文学奖、茅盾文学奖、全国中青年诗人优秀诗歌奖、全国优秀新诗(诗集)评奖、全国优秀儿童文学奖、全国少数民族文学创作"骏马奖"等奖项,短短数年,便做到了评奖的"经常化"和"制度化",不但切实繁荣了其时的文学创作,引导了文学界的思想和审美风向,也扩大了文学的社会影响,让一批批新锐作者通过评奖被读者熟悉,并确立其在文坛的声誉。这其中,1981年设立的茅盾文学奖地位尤其重要。

茅盾先生一直有设立一个鼓励创作的文学奖项的心愿,早在1945年便曾借《文艺杂志》和《新华日报》发起过"茅盾文艺奖金"的征文启事[1],而上述新时期各项文学评奖,茅盾也是重要的推动者。1981年3月14日,病危中的茅盾口述了给中国作协书记处的信:"亲爱的同志们,为了繁荣长篇小说的创作,我将我的稿费二十五万元捐献给作协,作为设立一个长篇小说文艺奖金的基金,以奖励每年最优秀的长篇小说。"一个月后,中国作协召开主席团扩大会议,茅盾文学奖评选程序正式启动。1982年12月15日,首届茅盾文学奖在人民大会堂举行隆重的颁奖典礼,周克芹的《许茂和他的女儿们》、魏巍的《东方》、莫应丰的《将军吟》、姚雪垠的《李自成》(第二卷)、古华的《芙蓉镇》和李国文的《冬天里的春天》六部作品获奖,每位获奖者奖金三千元。正如巴金在颁奖典礼书面发言中所展望的,这是中国当代文学第一次对长篇小说的评奖:"有了一个很好的开端,将要发生深远的影响。"到2019年,茅盾文学奖已经评选了十届,虽然每一届评选都伴随着不少争议,但它依然代表中国文学的巅峰水准,也被作家和读者认为是中国文学的最高奖项。

在20世纪80年代,除了中国作协主导的多种文体的评奖外,其他各种地方性、民间性、行业性的文学奖项也陆续试水。比如,1978年创刊的大型文学期刊《十月》在1981年设立了"《十月》文学奖",该奖项见证了刊物的成长,也是国内综合性文学奖中较有影响力的一个奖项,截至2019年,共颁发了十五届。隶属天津百花文艺出版社的《小说月报》杂志在1984年设立"优秀中短篇小说百花奖",其评奖方式完全交由读者选择,票数最高的十篇作品获奖。这种简单的票选方式引发了广大读者的踊跃参评,被称为文学界一次大范围的"民意测验"。首届评选后,"优秀中短篇小说百花奖"固定为两年一评,未曾间断地评到今天,堪称国内读者基础最牢固的期刊文学奖。又如,由香港著名爱国人士、原庄士

① 雷达:《我所知道的茅盾文学奖》,《北京文学》2009年第1期。

集团主席庄重文先生于 1987 年出资倡议,由中华文学基金会主办的"庄重文文学奖",从一开始鼓励北京大学、南京大学作家班的优秀学员,扶持《青年文学》《青春》《萌芽》等文学期刊,过渡到奖励年龄在 40 岁以内的实力青年作家,推动文学新生力量的成长,引起海内外的广泛关注,也是影响较大的文学奖项。再如,1981 年,广东设立了"鲁迅文艺奖",欧阳山的《柳暗花明》获得首届一等奖;中国作协山西分会在 1985 年设立并颁发了首届"赵树理文学奖",不过并未延续,一直到新世纪后才重启此奖项;类似的还有 1988 年四川评出了首届"郭沫若文学奖",但也未能延续。

20 世纪 80 年代后期,各类官方组织的全国性文学评奖均有变化,有的评奖时间延后,如茅盾文学奖;有的奖项暂停,如全国优秀中短篇小说奖等。直到 1995 年,中国作协党组报请中宣部同意,决定设立综合性的"鲁迅文学奖",按文学体裁和样式分设若干子项,用于承接停办多年的中短篇小说奖、报告文学奖、诗歌奖、散文杂文奖,此外还另设了文学理论评论奖和文学翻译彩虹奖,共七大类别。首次评奖从 1997 年开始,评选的是 1995—1996 年的作品。1998 年 2 月 9 日,首届"鲁迅文学奖"获奖名单公布,除了嘉奖七类 60 余部作品外,还特别颁发了"全国优秀散文杂文荣誉奖"和"全国优秀文学翻译彩虹奖荣誉奖",分别授予冰心、季羡林和金克木、吕叔湘、施蛰存等前辈大家,凸显了这一奖项传承与进取的使命感。鲁迅文学奖的设立也意味着中国作协"四大奖"——茅盾文学奖、鲁迅文学奖、全国少数民族文学创作"骏马奖"、全国优秀儿童文学奖——这一覆盖全面的评奖格局的建立。

1995 年,地处云南、创刊未久的《大家》杂志与红河卷烟厂联合设立"大家·红河文学奖",奖金额度为 10 万元人民币,这在当时创下了国内文学奖奖额的纪录,莫言凭借《丰乳肥臀》摘得大奖,引起舆论哗然。"大家·红河文学奖"对于让《大家》杂志得以从繁杂的各类文学刊物中脱颖而出至关重要,也显现了在 90 年代遽然来临的市场浪潮下,强势商业资本联姻文学期刊给文学评奖带来的机会和变数,某种程度也为后来类似的文学评奖作了略显仓促的预演。

21 世纪前后,文学评奖更是变得热闹非凡。一方面,各种民间、地方和商业性的文学评奖层出不穷。较有影响的,如《南方都市报》于 2003 年 2 月发起设立的"华语文学传媒大奖",强调"公正、独立、创造"的原则,评奖全程有公证人员参与,参与首届评奖终评的马原、林建法、谢有顺等在接受访谈时也都着意强调了这个奖项的"非官方性"和"对文学品格的坚守"①,以与体制内的评奖作出区隔。截至 2019 年,"华语文学传媒大奖"共颁发十七届,是国内民间文学奖中较有代表性的一个奖项。借提高国家文化软实力、加强社会主义文化建设的政策东风,各地方文学主管部门效仿中国作协的评奖,亦开始纷纷设立地方性的文学大奖,如北京的"老舍文学奖"、山东的"齐鲁文学奖"(后更名为"泰山文艺奖·文学创作奖")、江苏的"紫金山文学奖"、湖南的"毛泽东文学奖"、甘肃的"甘肃黄河文学奖"等等,风气之下,甚至一些区县也都有自己常设的文学奖项。

另一方面,无论大奖小奖、官方奖和民间奖,每一次评奖几乎都伴随着争议,而网络新媒体时代的传播语境在放大争议的同时,也让文学再一次成为社会关注的聚焦点,各方舆论对于评奖领导权的渗透所施予文学评奖的制度建设和审美理解的压力,微妙地影响着文学评奖的走向——这也成为新世纪文学生态和生产中值得关注的重要现象。如第七届茅盾文学奖围绕麦家的畅销小说《暗算》的争议;第五届鲁迅文学奖,时任武汉市纪委书记的车延高获奖所引发的关于"羊羔体"的网络狂欢;第六届鲁迅文学奖周啸天以传统诗词获奖、阿来对报告文学奖评选原则和程序的公开质疑也都引发了很大的社会关注。再如,由民间人士发起的路遥文学奖,从设奖到评奖,一直备受争议。

综言之,文学评奖全面参与了中华人民共和国的文学进程,且在文学场域中扮演的角色越来越重,甚至成为掣动文学生产、传播和消费的关键枢纽,对激发创作热情、鼓励文学新人、经典化当代文学、构建时代审美主潮、扩大优秀作品的社会影响等可谓功莫大焉,但是由于评奖导向制度、利益分配和其他一些问题的干扰,也导致了为奖写作、风格固化、暗箱操作等问题。

二

1981 年《文艺报》第 12 期刊出时任中国文联主席周扬的文章《按照人民的意志和艺术科学的标准来评奖作品》。对于新时期开始启动的中短篇小说评奖,周扬说,"我们评奖的目的,就是要发挥评奖的积极作用,促进我国社会主义文学艺术的发展和繁荣,促进我国的文学艺术事业在三中全会路线和四项基本原则的指引下,沿着为人民服务、为社会主义服务的正确轨道前进,实现文学创作和文学理论的真正的'百花齐放、百家争鸣',使文学创作水平和鉴赏水平更

---

① 南方都市报编:《文学之巅:鉴证首届华语文学传媒大奖》,南方日报出版社 2003 年版,第 36 页。

进一步提高",进而明确指出,评奖的标准也就是"政治标准和艺术标准的统一"。正如孟繁华所言,中国作协和地方作协的各类评奖是"鼓励文学艺术创作发展繁荣的重要机制之一,也是意识形态按照自己的意图,以权威的形式对文学艺术的引导和召唤",同时,"奖励制度的设立,毕竟体现了人类对创造性精神生产的尊重与倡导,体现了人类对文化积累和文明发展的热情渴求"。[1] 因此,"政治标准和艺术标准的统一"既是体制奖项指导思想的核心和根本前提,也留下了话语权力博弈的微妙弹性空间。[2] 而对于"茅盾文学奖"和"鲁迅文学奖"这样的国家级奖项而言,因为受到国家权力的保障,关联"国家文学的制度问题"[3],其对"政治标准和艺术标准统一"的坚持与探索,尤其值得关注和研究。

曾任《人民文学》副主编的崔道怡是新时期中短篇小说评奖的亲历者,他相关的系列回忆文章中保留了其时评选专家对"标准"的态度。1980 年 1 月 11 日,第二届全国优秀短篇小说评委会举行第一次会议,就工作方针交换意见。因为此前蒋子龙的《乔厂长上任记》曾传出涉嫌"抄袭"的小风波,评委们重点谈了这部小说。贺敬之认为:"评选应表现出我们的倾向性意见:一,对于描写新人的、积极向上的作品,要提倡。……二,干预生活的作品也要选,文学有这个战斗任务。但要注意避免片面性,注意社会效果。我个人认为:《乔厂长上任记》应选为首篇,它比《班主任》更强烈。"草明的态度是:"评选应该在艺术技巧上讲求质量,不可降低艺术标准。对《乔厂长上任记》,就要坚持法制、民主和艺术规律。如果只有某些问题,就不给作品以第一,便没有了艺术民主。"袁鹰则说:"三中全会开创了一个新的时期,评选要体现全党工作转移的精神,这是一个出发点。因此,我支持《乔厂长上任记》为首篇。"[4] 不难看出,评委会对《乔厂长上任记》应当得奖的态度比较统一,但作出判断的依据侧重并不一致,贺敬之和袁鹰看重的是小说的社会效果和体现党的工作中心转移的改革精神,而草明强调的则是小说体现的艺术水准。

以奖励最优秀的长篇小说为宗旨的茅盾文学奖也是如此。作为前几届茅盾文学奖评委会主任的巴金多次申明自己对评奖的主张是"宁缺毋滥""不照顾""不凑合",显见了一位文学前辈审慎和严谨的评审态度。但无论茅盾还是

---

[1]　孟繁华:《1978 年的评奖制度》,《南方文坛》1997 年第 6 期。
[2]　黄发有:《以文学的名义——过去三十年中国文学评奖的反思》,《社会科学》2009 年第 3 期。
[3]　吴俊:《中国当代文学评奖的制度性之辨——关于茅盾文学奖、鲁迅文学奖之类"国家文学"评奖》,《当代作家评论》2011 年第 6 期。
[4]　崔道怡:《春花秋月系相思——短篇小说评奖琐忆》,《小说家》1999 年第 1 期。

巴金,对"最优秀"与"少而精"的具体所指并不明晰,依然要靠评委根据思想和艺术的统一作出研判。自出版后便备受好评的《白鹿原》参评第四届茅盾文学奖,获得审读小组一致推荐,但在评委会的评议中,因为小说的"历史倾向性问题"和个别描写的直露而出现不小的分歧,后来是评委会副主任陈昌本亲自打电话征求陈忠实本人意见,是否愿意作出删改和修订,陈忠实同意;也因此,获奖名单公布时,《白鹿原》一书被特别标注为"修订本"①。第四届茅盾文学奖评委会对《白鹿原》采取的这种"极为负责的、特殊的态度"正体现了坚持"政治标准和艺术标准"统一的审慎,尤其对主旋律思想导向的底线意识。只是,并不是每一部优秀作品都有《白鹿原》这样的机缘和待遇。在落选茅盾文学奖的作品中,被批评界公认为具备获奖实力的作品包括王蒙的《活动变人形》、张炜的《古船》、杨绛的《洗澡》、余华的《活着》、韩少功的《马桥词典》、史铁生的《务虚笔记》、李洱的《花腔》、莫言的《檀香刑》等多部,它们与茅盾文学奖失之交臂的原因并不在艺术上,不少质疑指向茅盾文学奖的评奖标准,但正如邵燕君所论:"茅盾文学奖的性质是政府专家奖,官方性和专家性是它的两个基本属性,这是它有别于'国家图书奖''五个一工程奖'等政府奖和各种期刊奖、民间奖的特性所在。"也因此,"要求在中国最具权威性的文学大奖中剔除意识形态因素、树立纯艺术权威的愿望"②并不符合茅盾文学奖的根本宗旨,尽管它会对评奖构成压力并让标准适当容纳进向文学的倾斜。

在围绕评奖话语权的博弈中,读者的阅读趣味和审美倾向也是重要的参与力量。如陈荒煤在文艺随笔《解放思想 相信群众》中特别强调的:"检验一个作家的主观愿望即其动机是否正确,是否善良,不是看他的宣言,而是看他的行为(主要是作品)在社会大众中产生的效果。社会实践及其效果是检验主观愿望或动机的标准。"③ 在新时期举行的第一次文学评奖中,《本刊举办一九七八年全国优秀短篇小说评选启事》对于评选办法即作了如下规定:"采取专家与群众相结合的方法。热烈欢迎各条战线上的广大读者积极参加推荐优秀作品;恳切希望各地文艺刊物、出版社、报纸文艺副刊协助介绍、推荐;最后,由本刊编委会邀请作家、评论家组成评选委员会,在群众性推荐与评选的基础上,进行评选

---

① 胡平:《我所经历的第四届茅盾文学奖评奖》,《小说评论》1998 年第 1 期;雷达:《我所知道的茅盾文学奖》,《北京文学》2009 年第 1 期。
② 邵燕君:《以和为贵,主旋律重居主导——小议茅盾文学奖评奖原则的演变》,《名作欣赏》2009 年第 2 期。
③ 荒煤:《解放思想 相信群众》,《人民文学》1978 年第 11 期。

工作。"《人民文学》随刊印发的"评选意见表",被很多读者称之为"选票"。这届评奖在截止期内共收到读者来信 1 万余件,"评选意见表"2 万余张,"许多单位专门组织了读者座谈会,有的甚至寄来了会议记录"。① 到了 1980 年第三届全国优秀短篇小说评奖时,编辑部共收到"选票"40 多万张,是 1978 年的 20 倍,可谓"盛况空前"。② 不过,群众读者在评奖中的话语权重在"评选启事"中并未作具体说明,根据对 1978 年全国优秀短篇小说评选活动的报道,其操作程序是这样的:"本刊编辑部认真阅读了群众推荐的每一篇作品,在充分吸收群众意见的前提下,经过多次反复比较、研究和讨论,初步选出一批优秀作品,提供评选委员会参考。这个初选篇目中的大部分作品,都是群众'投票'最多和较多的。此外,由于考虑到各省、市的报刊发行面较窄,很多读者看不到,因此,各省、市报刊上登载的优秀的作品,尽管获得的'选票'不多,也被收进这个初选篇目中。"③ 在对 1980 年优秀短篇小说评奖的说明中,对于"群众推荐和专家评议相结合"的方法,有更清晰的说明,一方面是广泛发动群众,了解群众意愿;"另一方面,又不完全取决于群众的票数,推荐票并非选票,而是在充分尊重群众广泛推荐的基础上,经由专家反复评议确定当选篇目"。其原因是,"群众推荐一般说侧重于个人爱好,侧重于对具体作品的估价。专家评议则更着眼于文学运动的全局,有所倡导,有所调节",尤其要"考虑到推荐票难以显示的某些问题"。

因此,虽然在新时期较早进行的这些文学评选中,大部分获奖作品都是读者票选较高的,反映出"群众和专家有着十分和谐的、很高程度的一致性"④,但如果看具体评选过程,还是能看出专家力图对读者倾向作出调整的意图。如在1979 年的评奖中,部分评委的发言便有体现。孔罗荪的意见是"不能完全依靠票数,票数不能完全表现质量。《李顺大造屋》,三十年来第一个这样写农村的。但这一篇所得票数,比不上《我应该怎么办》"。冯牧认为"选票反映了一定的群众意见,但不能全面准确地反映作品思想艺术的实质"。贺敬之的观点是"应对读者欣赏趣味进行引导,选的时候百家争鸣"。当然,也有评委对读者的评选有同情之理解,陈荒煤就谈道:"评委中青年少,老头子对年轻人喜欢的不大了解,

① 崔道怡:《春花秋月系相思——短篇小说评奖琐忆》,《小说家》1999 年第 1 期。
② 本刊记者:《第三个丰收年——记一九八〇年全国优秀短篇小说评选活动》,《人民文学》1981 年第 4 期。
③ 本刊记者:《报春花开时节——记一九七八年全国优秀短篇小说评选活动》,《人民文学》1979 年第 4 期。
④ 本刊记者:《第三个丰收年——记一九八〇年全国优秀短篇小说评选活动》,《人民文学》1981 年第 4 期。

因此我注意了票数。……投票的年轻人多,要理解他们的心情,我认为应摆上,作为时代烙印,无妨留存下来。"①

进入 20 世纪 90 年代后,中国作协主办的四大奖在评奖条例中,没有再规定鼓励读者投票的程序,而是改为征集符合条件的作品,评奖委员一般由熟悉创作情况的作家、理论批评家、编辑家和文学组织工作者担任。读者与专家相结合的评选方式慢慢趋于边缘,当然这并不意味着读者被排除在评奖的考量之外。第六届茅盾文学奖的评奖条例在指导思想中,就特别列出了"群众性"这一条。而麦家的准类型化谍战小说《暗算》获得第七届茅盾文学奖也成为引爆当届茅盾文学奖的话题之一,质疑的声音之一便是这部小说的通俗性意味着茅盾文学奖的某种降格以求,是对大众趣味和消费文化的一种迁就。② 参与评奖的一方则认为,"《暗算》的获奖,就是作品评选格局发生变化的一种征候,也是本次评奖的一种突破。……《暗算》其实不能算作通俗类作品,作者的写作态度极为严肃,对作品中人物命运的刻画等,具有很强的纯文学意识。《暗算》和《藏獒》等代表了本评奖年度中出现的一类值得重视的作品,即既有文学品位又有广大读者群的创作。这类创作的特点是注重可读性,注重情节因素,突破了纯文学创作过于沉闷的模式。经过讨论,评委们大体认为,应该使这类作品加入茅奖的阵营③,这也有助于修复茅盾文学奖与读者的关系。可见,尽管观点针锋相对,但争辩双方都承认《暗算》背后有对大众读者审美的投合。第五届鲁迅文学奖在评选前也曾联合新浪网、中国作家网、TOM 网设立竞猜活动,了解网友的评价和反映,供评委参考。

值得注意的是,除了《小说月报》优秀中短篇小说百花奖依旧采用读者投票决出外,看重读者权重的民间文学评选在新世纪里还有不少,影响较大的有"华文'世纪文学 60 家'全民网络大评选""橙瓜网络文学奖"等,又如腾讯书院文学奖、京东文学奖等互联网公司参与的文学奖,一方面利用商业号召力组成强大的专家阵容,另一方面又向网民倾斜。以 2017 年启动的京东文学奖为例,该奖的评奖程序包括候选作品征集、大众投票、专家初评、专家二评等多个环节。首届京东文学奖的评委阵容包括莫言、王蒙、梁晓声、毕飞宇、蒋方舟、方文山、马伯庸、熊培云等 36 人,同时又规定所有京东注册用户均可以为自己喜欢的作品投

① 崔道怡:《春花秋月系相思——短篇小说评奖琐忆》,《小说家》1999 年第 1 期。
② 武新军:《〈暗算〉:茅盾文学奖的突破还是悲哀》,《河南师范大学学报》(哲学社会科学版)2009 年第 3 期。
③ 胡平:《我所经历的第七届茅盾文学奖》,《小说评论》2009 年第 3 期。

票,且网络投票权重占到整个评奖权重的 60%。莫言在接受采访时就表示,京东文学奖的不同在于"它评选的范围非常宽阔,而且它加大了读者在评选当中的分量"。又如由《超好看》杂志发起的号称"中国首个民间全类别类型文学奖"的"超好看类型文学奖"采取了 50 位大众评委初评和由刘慈欣、今何在、沈浩波等组成的评审团终评的方式,但评审团并不额外提名,而是尊重大众评委的初选,从初选中选定获奖之作。

仔细推敲起来,这些倚重读者的奖项纷纷设立,其原因有三:一是文化研究"非精英化"和"去经典化"的学术理路把研究的视角导向"历来被精英文化学者所不屑的大众文化甚或消费文化"①,引入大众的视角,可以有效对抗精英立场诠释话语权的垄断;此外,福柯的话语分析方法也吸引人们去探求文学评奖背后的文化权力及运行机制。二是大众传媒与出版机构出于经济动机的热情参与。三是网络文学的兴盛和网络无所不在的渗透力也确保了一个普遍参与的民主票选的技术平台,使得广域人群的参与成为可能。佛克马在谈及经典建构时曾表示,"确立经典是非常有意思的,但是更令人兴奋的是观察不同社会文化下不同的经典之间的区别,并对这种差别给予解释"②。文学评奖其实亦是参与经典建构的关键环节,将民间视角与同期官方主导的精英视角的评奖作一个对比,通过二者的审美歧异,确然是可以透视到很多问题。

三

文学评奖作为一种筛选性的评选活动,具有排他性质,其是否公正与公平在相当程度上取决于评奖体制和程序是否科学与完善,其基本宗旨和精神是否稳固,"很多文学奖之所以中途夭折或者饱受诟病,原因就在于其价值标准多变、混乱,无从取信于人"③。民间奖中这种情形尤其突出,官方和政府的奖项相对平稳。截至 2019 年,中国作协的四大奖,茅盾文学奖评了十届,鲁迅文学奖评了七届,全国少数民族文学创作"骏马奖"评选了十一届,全国优秀儿童文学奖评选了十届。不过,连续和平稳的背后其实是评奖程序屡经调整进而不断完善的艰难磨合过程。

---

① 王宁:《文学的文化阐释与经典的形成》,《天津社会科学》2003 年第 1 期。
② 杜卫·佛克马:《所有的经典都是平等的,但有一些比其他更平等》,见童庆炳、陶东风编《文学经典的建构、解构和重构》,北京大学出版社 2007 年版,第 17 页。
③ 饶翔:《民间文学奖如何走得更远?》,《光明日报》2014 年 12 月 27 日。

　　1982 年,茅盾文学奖在第一次评奖时并没有出台明确的评奖条例,整个评奖程序包括作品推选和征集、读书班筛选、评审委员会审议和无记名投票四个大致环节。这之后第二到第六届的评选基本遵循了这个程序,并在 1991 年通过了《茅盾文学奖评奖办法》。这其中,作为中间环节的读书班的成员多是资深的作家、批评家和编辑家,设置读书班的本意是想依靠专家的审美判断力和理论批评能力,精准聚焦,减轻评审委员会的阅读负担,提升评选效率。读书班也确实取得了这样的效果。但是在茅盾文学奖设定的评选规则中,读书班只有推荐权,而无决定权,他们的推荐连初选都不能算,"没有法的效力,没有荣誉意义","评奖办公室可以在读书班提出的阅读书目基础上增加书目供评委阅读(如第二届茅盾文学奖评奖活动),评委本身更可以建议增加阅读书目,只要经过评委一人提议、两人附议的程序即成(如第三届茅盾文学奖评委活动)"。① 第三届的《第二个太阳》《都市风流》,第四届的《骚动之秋》,第五届的《抉择》,第六届的《英雄时代》,都是在读书班最终的推选之外获得提名进而获奖的。这种规则设定的初衷也许是为弥补读书班的遗珠之憾,但也一定程度上增加了人为操作的主观性和偶然性,客观上损伤了评奖程序的公正,因而引起较大的质疑与反弹。②

　　进入新世纪后,中国作协先是在 2003 年将《茅盾文学奖评奖办法》明确为《茅盾文学奖评奖条例》,并在 2007 年、2011 年、2015 年、2023 年四次修订。在 2003 年的条例中,读书班被初选审读组取代,保留了三名以上评委联合提名可以增添备选书目的条目,但规定"全部备选书目应在终评前一个月在相关媒体上予以公布";在 2007 年的修订中,又要求除三名以上评委联合提名外,还需获得半数以上评委同意方可在初选审读组备选书目之外增添书目,且不得超过五部。2011 年,第十七届中央委员会第六次会议通过了《中共中央关于深化文化体制改革、推动社会主义文化大发展大繁荣若干重大问题的决定》,其中提到"要建立公开、公平、公正评奖机制,精简评奖种类,改进评奖办法,提高权威性和公信度"。同样在这一年进行的第八届茅盾文学奖评选,也迎来评审历史上最大的一次程序修订:首先,以大评委制度和初终评一贯制取代读书班和初评委员会与评选委员会的两级评选,以改正过去圈子评奖、熟人评奖等人情因素渗透的偏失,保证评委对入围作品的熟悉;其次,投票实行实名制,投票、计票在公证机构的监督下进行,评委名单、评选日期、各轮获选作品篇目向社会公布。虽然

---

① 顾骧:《我所知道的中国茅盾文学奖》,《中华读书报》1997 年 8 月 20 日。
② 洪治纲:《无边的质疑——关于历届"茅盾文学奖"的二十二个设问和一个设想》,《当代作家评论》1999 年第 5 期。

最后评奖结果依然引发了不小的社会争议,如有人认为获奖的都是各地作协领导等,但就评审制度的创新而言,这次修订在程序的规范和透明上是一个巨大的进步。

鲁迅文学奖也是如此。据顾骧回忆,早在 1988 年,中国作协即有设立鲁迅文学奖的动议,仿诺贝尔文学奖的方法,每年评一次,每次评一人。但后来受 1989 年政治风波的影响,此事搁置,直到 1997 年重启,鲁迅文学奖承接了 1980 年代的各单项奖。七届评选,总共评出了近 300 部(篇)获奖作品,单第一届评奖中就有 15 篇报告文学获奖,数量着实惊人,也自然会引起"是否有点滥了"的非议。[①] 不过,2014 年 2 月 27 日修订的《鲁迅文学奖评奖条例》,对此已经作出明确规定,"每个奖项获奖作品不超过 5 篇(部)"。当然,鲁迅文学奖最大的争议还不在评奖数量上,而在程序上。第二届评奖,作为短篇小说组评选委员会主任的铁凝,凭借《永远有多远》获得中篇小说奖;2007 年第四届评奖,更是出现了 4 位评审委员获奖的情况,虽然他们获奖的作品并不在自己参评的文类,平心而论,质量上也不逊色于其他获奖之作,但是"回避机制不健全"确实有违评奖应遵循的程序正义——2004 年版的《鲁迅文学奖评奖条例》之"评奖纪律"第 2 条,明确规定了实行回避制度,即"评委会成员若有作品参评,或与参评作家作品有较为密切的关系(如系作品的责任编辑、参评作者的亲属等),必须回避",2007 年的条例修正版也有此条规定。此外,同茅盾文学奖类似,鲁迅文学奖本来也有 3 名以上评委联名提议,可在审读小组推选篇目外增添备选篇目,后在 2007 年和 2010 年的评奖条例中,对此项予以收紧:2007 年,"增添备选篇目"还需获得评委会半数以上委员同意;2010 年,改为要获得三分之二以上终评委同意,且提名增补的作品不得超过 2 篇(部)。

总体上看,无论茅盾文学奖还是鲁迅文学奖,其评奖条例不断修订,总体上是朝着严肃评奖纪律、完善评奖制度的方向进行的,人们乐见其成。当然,在传媒环境和文学场域的构成发生巨变的今天,其未来也还是值得观望的。

相较而言,民间、期刊和地方的文学评奖,在程序和制度上的变数更多。不少民间奖在评奖之初,都会设置高额的奖金,以吸引社会舆论的关注,前面提到的 1995 年《大家》杂志与红河卷烟厂联合设立的"大家·红河文学奖"即是如此。该奖计划每两年一届,每届一奖,每奖一人。但实际总共评选了四届,其中第三届和第四届还是在 2002 年初一起评出的。第一届,莫言凭借《丰乳肥

---

① 顾骧:《鲁迅文学奖是否有点滥了》,《社会科学报》2011 年 9 月 1 日。

臀》斩获大奖;第二届,大奖空缺,中短篇、散文和诗歌则各有几人获奖;第三届大奖依旧空缺,但又设立了荣誉奖,颁给刘震云、于坚、北村、李洱等人;第四届则将大奖授予池莉的中篇小说《看麦娘》。主办方给出的原因是"评委会再三推敲,未能评出一部有深刻影响的代表性的长篇小说",为"捍卫这一重奖的严肃性和权威性",才在第二届和第三届选择大奖空缺。但从每届奖项设置、获奖人数和颁奖周期的随意性上来看,似乎这一奖项将博取眼球的考量放在了文学的"尊严和权威"之上,所以评奖程序才形同虚设也难以为继。

同样出现过首奖空缺现象的较有影响的民间奖还有柔刚诗歌奖。柔刚诗歌奖是福建诗人柔刚(本名黄德馨)于 1992 年发起的,也是国内最早由个人出资设立的诗歌奖,该奖每年设主奖和入围奖,截至 2019 年,共评选二十七届,在乱象迭出的民间诗歌奖中可谓历久弥坚,殊为不易。该奖项 1996 年和 1999 年两次主奖空缺。1999 年第八届柔刚诗歌奖空缺事件之后,柔刚公开了评委程鹤麟的一封信:"今年的评奖我弃权,原因是没有一首作品能够打动我。诗是心灵之物,但我看不到一个真诚的心灵,我只看到了矫揉造作的文字游戏,虚张声势的干嚎,欲盖弥彰的物欲。"其理由也是出于对诗歌真诚的守护,但柔刚诗歌奖的空缺现象不像"大家·红河文学奖"那样惹人争议,其原因在于柔刚不断修订完善评奖程序,尽可能保证评奖的公正性和公信力,且评奖的连续性有保障,特例情况很少。该奖项还率先采用双向匿名评奖,同时把评委范围扩大到中国台湾、香港地区等汉语诗界以及欧美汉学界,评委队伍的专业素养一直较有保证。

文学评奖受政策性调控的影响也很大。2005 年,中共中央办公厅和国务院办公厅下发实施《全国性文艺新闻出版评奖管理办法》(以下简称《管理办法》)的通知,出台这一办法的目的是"为适应转变政府职能和文化体制改革的新形势",改变其时"全国性文艺、新闻、出版评奖(以下简称全国性评奖)过多过滥的状况,更好地发挥全国性文艺、新闻、出版评奖在引导和推动优秀精神文化产品创作生产方面的重要作用",《管理办法》明确规定中国文联、中国作协若举办全国性评奖活动,须报主管部门核准并报中央宣传部审批,"任何互联网站、中介组织、企业以及其他单位和个人不得举办全国性评奖活动,也不得以各类大赛、评比、排行榜等形式变相举办全国性评奖活动";具有全国性评奖资格部门"如确有必要,只设一个评奖项目,各协会要本着少而精的原则严格控制评奖项目数量。所有评奖活动都要严格控制评奖范围、子项数量和获奖名额";同时注明"各省、自治区、直辖市对本地区举办的评奖活动,可以参照本办法的规定制定具体管理办法"。

　　《管理办法》出台后,全国性文艺新闻出版评奖原共计 90 个,整改后减至 24 个。中国作协全国性评奖本来的四大奖,继续得以保留。此外,计划评选的"青年文学奖"拟纳入"鲁迅文学奖",但未付诸实施;设立于 1986 年,由宋庆龄基金会主办的"宋庆龄儿童文学奖"并入作协主办的"全国优秀儿童文学奖"。中国文联将"戏剧梅花奖""曹禺戏剧奖"合并为"中国戏剧奖"。地方性的文学评奖也被波及,受到不小的影响。比如设立于 1999 年的老舍文学奖,是北京市文联和老舍文艺基金会联合创立的,主要奖励京籍作者和在京出版、发表的优秀长篇、中篇和戏剧作品,计划每两至三年评选一次。自设立后,主办方一直将该奖与茅盾文学奖、鲁迅文学奖、曹禺戏剧文学奖并称为"中国四大文学奖",但因为其奖金来自民间募集,又受到政策因素的干扰,评奖之路并不顺利。2008 年 2 月,第四届老舍文学奖进行初评时,组织方宣称大幅提高奖金,优秀长篇小说奖金从 3 万元提高至 5 万元,优秀中篇小说奖从 1 万元提高至 2 万元,优秀戏剧剧本奖奖金为 3 万元。这届老舍奖的评奖期限应为 2004 年至 2007 年,计划 2008 年 6 月完成颁奖,但实际的颁奖时间推迟到了 2011 年 1 月,距离第三届跨度为 6 年。2014 年本应为第五届评奖,但主办方却坚持用"2014 年老舍文学奖",避而不谈"第五届",似有与往届评奖切割之嫌。最终,徐则臣《耶路撒冷》、林白《北去来辞》获得优秀长篇小说奖,文珍、蒋韵、荆永鸣、格非等人的作品获优秀中篇小说奖,万方和李静的话剧剧本获得优秀戏剧剧本奖。有趣的是,这届老舍奖获奖者只有奖杯,没有奖金,与第四届高调提高奖金的宣传形成了巨大反差。

　　一直致力于华语文学传媒大奖推广的谢有顺曾谈道:"保持一种文学价值标准的连续性和稳定性,是一个文学奖能走得更远的关键所在。"[①] 这种连续性和稳定性其实也体现在评奖的制度建设上。我们很难相信朝令夕改,甚至奖项未出台就引发合法性争议的评奖能够走得长远和健康。

四

　　从 1978 年文学界尝试制度化的评奖到今天,尽管每一奖项都会引发或大或小的社会争议,但不可否认的一点是,文学评奖确实深入参与了新时期文学,并成为当代文学典律构建的关键一环,因为说到底,评奖本质是一种典范和样板的确认,各种获奖的作品也成为今天人们观照一个时代文学进程时最直接的窗口。

---

① 饶翔:《民间文学评奖该如何规范?》,《团结报》2015 年 1 月 3 日。

一般而言,在文学经典的构建中,有六个基本要素,即作品的艺术价值、阐释空间、"意识形态和文化权力的变动"、"文学理论与批评的价值取向"、读者的期待视野和"发现人"。① 文学评奖也是如此,虽然一些获奖作品在日后看来有这样或那样的问题,但是经过评奖委员会的协商和博弈,获奖的作品一般会反映一个特定历史时期的社会现实和审美指向,而且评奖既是一种思想与审美的交锋与汇集,也是不断辐射和发散的导引与示范,它既自我建构,也建构一个时代的文学观念,国家级的文学评奖尤其如此。

检视一下茅盾文学奖历届的榜单,一个最直观的感受就是"宏大"和"史诗性"。文学的优秀与否,自然与此没有必然关系。但要注意的是,茅盾文学奖的评审"变成凝固的模式",却直接影响着当下文学对长篇小说文体观念的理解。担任过茅盾文学奖评委的孙郁曾谈道,茅盾本人的写作"具有一种向旧的叙述习惯挑战的实验性",但"后人对茅盾的理解,以及对这一奖项的定位,却凝固在一种写实主义的框架中,忽略了茅盾文学创作传统的前卫性"。② 另一位参与过多次评奖的专家胡平,则从肯定的角度谈道:"任何奖项都有自己的形象。我认为,作为体现当代中国长篇小说最高成就的茅盾奖,其形象的核心是'厚重'二字,每届评选,必须有一两部堪称厚重之作的作品担纲,才能承受起该奖项的荣誉,已成为惯例。"③ 因此,值得我们思考的是,茅盾文学奖的"厚重"和"写实主义"的这一"定位"惯例到底是如何被建构的呢?

茅盾文学奖的评奖条例对评奖对象的约定是能体现长篇小说的体裁特征、字数在 13 万字以上。13 万字基本是小长篇的长度,而茅盾文学奖获奖作品的平均字数远在 13 万字之上——其"厚重"的体现之一便是长度,第六届获奖之作熊召政的《张居正》有 140 万字,第八届张炜的《你在高原》更是十卷本、450 万字的鸿篇巨制;此外,像《平凡的世界》《战争和人》《白门柳》《茶人三部曲》《江南三部曲》这样的多卷本系列小说也不在少数。"厚重"的第二个体现是宏阔的重大历史题材占比很大,既有《李自成》《金瓯缺》《少年天子》《白门柳》《张居正》这样的古代题材,也有《东方》《浴血罗霄》《第二个太阳》《历史的天空》这样的反映革命战争峥嵘岁月的现代题材。雷达认为,茅盾文学奖偏爱重大历史题材是"由于阐述和重构了历史的隐秘存在和复活了被湮灭的历史记忆,既能给当代社会提供经验和借鉴,又提升了我们对人生、现实与世界进行有比较的审美

---

① 童庆炳:《文学经典建构诸因素及其关系》,《北京大学学报》(哲学社会科学版)2005 年第 5 期。
② 孙郁:《茅盾文学奖:在期待与遗憾之间》,《当代作家评论》2005 年第 4 期。
③ 胡平:《我所经历的第四届茅盾文学奖评奖》,《小说评论》1998 年第 1 期。

观照与反思"①。而像《白鹿原》《尘埃落定》《长恨歌》《无字》《江南三部曲》等，虽然在史观的理解上与前述古代与革命题材之作不一，某种程度上溢出了"正史"的框架，带来新的富有启发与思辨的视角，如《白鹿原》的家族纪事对民间话语的张扬，《无字》审视男权的鲜明女性立场等，但也都是在大的时代变迁中对于人物命运予以历史化的呈现，还是保留了一种"史的骨架"，其实也参与了对茅盾文学奖史诗品格的塑造。以至于很长一段时间内，"史诗性"构成评论界对长篇小说评价的先在尺度，风气之下，以轻盈和细小为追求的作品就很难被关注和推举。

在 2015 年 3 月修订的茅盾文学奖评奖条例之"评奖标准"中有一条，"对于深刻反映现实生活和人民主体地位、体现中国精神、弘扬社会主义核心价值观、书写中华民族伟大复兴中国梦的作品，尤应予以关注"，其中"深刻反映现实生活"的表述同样见于 2003 年、2007 年和 2011 年的评奖条例中。"深刻反映现实生活"当然未必一定是现实主义品格的作品，条例也特别强调了"应重视作品的艺术品位，鼓励题材、主题、风格的多样化"，鼓励探索和创新，但是现实主义在茅盾文学奖中基本处于垄断性的地位。在九届获奖的 43 部作品中，具有鲜明异质性和现代主义品貌的作品不过《尘埃落定》《蛙》《黄雀记》等数部，显见了现实主义审美领导权的牢固。这也符合当代文学的实情，在很多情况下，现实主义不但代表一种文学思潮、文学精神和创作手法，它还经常成为评价作品艺术价值的先在标尺。可以说，茅盾文学奖对现实主义的重视，与新时期文学创作尤其是长篇小说的现实主义主潮间是彼此激发和互援的关系。比如，第四届获奖作品——刘玉民的《骚动之秋》是历届获奖作品中争议较大的一部，不仅因为其绕过读书班而获得额外提名的程序操作，也有质疑者认为其与《白鹿原》等同届作品相比艺术质量显得过于平庸②。但是若"考虑到，1989 至 1994 年间，在长篇小说创作范围里，正面反映改革现实的作品不多，质量好的更少，而弘扬主旋律，鼓励贴近现实生活、体现时代精神的创作是评奖的一个指导原则，所以此次评奖中对这类题材作品无法要求太高"，"无妨指出，正面描写改革而且在艺术上卓有建树始终是长篇创作面临的一项重要任务，至今改革题材小说在套路上相比《骚动之秋》等作品还没有显著的突破，因此《骚动之秋》的获奖也还说得过

① 雷达:《我所知道的茅盾文学奖》,《北京文学》2009 年第 1 期。
② 洪治纲:《无边的质疑——关于历届"茅盾文学奖"的二十二个设问和一个设想》,《当代作家评论》1999 年第 5 期。

去"。① 这充分说明了现实重大题材在茅盾文学奖中的权重。

不止茅盾文学奖,鲁迅文学奖也是如此。李朝全在关于第四届鲁迅文学奖的报告文学评奖手记中谈道:"大叙事主要是描写国家重点工程、重大举措、重要突破,包括一切与国计民生息息相关的重要事件。小叙事则更多地关注个人、个体、小人物的传奇命运、人生经历等。……相对而言,小叙事作品尽管可能具有很强的文学性、很高的艺术价值,也会被认为其社会价值较低而屈居次席。"② 这届鲁迅文学奖描写紫砂艺人的《花非花》初选时曾全票通过,但终评时因"社会价值、现实意义略微逊色"而未获选,最终得奖的五部报告文学作品都是重大题材以及与重大工程相关的"大叙事"作品。第六届鲁迅文学奖评选中,阿来的《瞻对》入围报告文学类前十名,但终评以零票落选,引发外界包括作者本人的质疑。这其中原因,固然有"非虚构"与"报告文学"的文体之辩,对比最终获奖的作品,也不得不承认,亦有叙事的大小之别。

当然,就整体评奖趋势来看,随着评奖条例的不断修订完善,茅盾文学奖和鲁迅文学奖等作协大奖对文学性的尊重是日益得到体现的。诗人韩东就发现,以鼓励创造性和独立为标榜的华语文学传媒大奖的获奖者与茅盾文学奖和鲁迅文学奖不谋而合的现象越来越多③,这也从一个侧面佐证了体制奖与民间奖的一种趋同。像第八届茅盾文学奖,莫言的《蛙》、毕飞宇的《推拿》和刘震云的《一句顶一万句》同时获奖,而且最后一轮投票,一些评委放弃了关仁山表现华北农村转型的艰困与生机的史诗型之作《麦河》,把票投给了《一句顶一万句》,"这至少说明了茅盾文学奖逐渐淡化了自己的政治色彩,也逐渐卸下了它不应该背负的政治包袱"。包括第九届苏童的《黄雀记》、金宇澄的《繁花》的获奖,也都可以证明评奖没有再把"宏大"和"史诗性"作为"评判的唯一尺度"④,这对于鼓励长篇小说真正的多元化,鼓励观念与技术上的探索意识,将是一个有利的导向。

值得注意的还有,无论茅盾文学奖还是鲁迅文学奖,在评奖范围的设定上开始对中国台港地区及海外华文文学敞开,但实际评选中,一直都无作品最终入选。2003 年和 2007 年的《茅盾文学奖评奖条例》中对作品及创作者的要求是

① 胡平:《我所经历的第四届茅盾文学奖评奖》,《小说评论》1998 年第 1 期。
② 李朝全:《关心民瘼 记录时代——第四届鲁迅文学奖全国优秀报告文学奖评奖手记》,《报告文学》2008 年第 3 期。
③ 洪鹄:《华语文学奖七年之痒》,《南都周刊》2009 年第 306 期。
④ 张莉:《对新文学传统的继承与发扬——第八届茅盾文学奖的文学史意义》,《文学与文化》2011 年第 4 期。

"评选年度内在我国大陆地区公开发表与出版的由中国籍作家创作的",对此,加入外籍的作家虹影曾直言不讳地批评过。其后 2011 年、2015 年和 2023 年的修订条例,没有再标明作者必须是"中国籍",在读者中非常有号召力、已经入籍美国的严歌苓便参与了第九届茅盾文学奖的评选,但是并没有入围提名。在这一点上,与茅盾文学奖形成比照的是红楼梦奖。红楼梦奖,即世界华文长篇小说奖,是香港浸会大学文学院 2005 年设立,以"奖励世界各地出版成书的杰出华文长篇小说作品,借以提升华文长篇小说创作水平"为宗旨的文学奖项,分首奖、决审团奖和推荐奖,每两年颁发一次。因为评奖也仅限于长篇小说,红楼梦奖与大致在同一评奖周期的第七到第十届茅盾文学奖形成了一种有趣的参照。截至 2019 年,只有贾平凹的《秦腔》、格非的《春尽江南》、毕飞宇的《推拿》和苏童的《黄雀记》同时出现在这两个奖项中。而红楼梦奖与茅盾文学奖最大的不同在于对内地之外的华语长篇创作的褒奖和推重,有董启章、骆以军、黄碧云、陈玉慧、李永平、连明伟等多位中国台港地区和海外华文作家获奖。当然,茅盾文学奖与红楼梦奖虽在性质和定位上截然不同,但茅盾文学奖既然是代表中国最高荣誉的文学奖项,无论是在建设文学观的多元理解上还是更高的文化统战意义上,都应有更大的文化自信和气魄把华语文学的优秀之作纳入评奖候选。

一些期刊主办的奖项反而在上述问题上体现了相当的自由度,且走在了前面,比如由《江南》杂志 2009 年发起成立的"郁达夫小说奖"。该奖在首次评奖时即特别强调,因为郁达夫生命的最后在海外度过,以他名字设立的奖项,理应把评奖对象扩展到海外用汉语创作的作家,而且海外作家有很好的创作势头,形成了一个新的文学热点,因此评奖期限内,"凡在我国大陆地区,香港澳门特别行政区和台湾地区以及海外各地公开发表的汉语小说作品,均可参评"。截至 2019 年,郁达夫小说奖共颁发五届,获奖(包括提名奖)的中国台湾地区及海外作家便有陈河、陈谦、白先勇等几位。值得注意的还有,郁达夫小说奖还着意强调了与现实主义"主流"的距离,"旗帜鲜明地力推烂漫放达、感性丰盈、富有鲜明个性的"作品,以倡导文学"浪漫抒情和人性灵动的一面"[1]。更有趣的是,多次参与鲁迅文学奖评审的李敬泽在郁达夫小说奖论证时谈道,不要把奖项当成"茅盾文学奖""鲁迅文学奖"的山寨版,否则其特点"无以彰显",要"有自己的特色""自己的志向,独树一帜"等。[2] 这也说明,国家奖的制度性是保障,但其评

---

① 参见中国作家网,《〈江南〉主编袁敏就首届郁达夫小说奖答记者问》。
② 江南杂志社编:《首届郁达夫小说奖获奖作品集》,浙江文艺出版社 2010 年版,第 246—247 页。

奖的定势对民间和地方性的奖项而言,未必适用。

随着网络文学的创兴,其能否参与官方文学大奖的评审自然成了网友和公众关注的焦点话题。第八届茅盾文学奖首次接受网络文学参评,有 6 部网络小说申报成功,其中仅有菜刀姓李的军事小说《遍地狼烟》通过首轮投票,入围 81 部备选作品。第九届茅盾文学奖,共有中文在线、晋江文学城等网站申报的《战长沙》《江湖凶猛》《战起》《太太万岁》和《文化商人》5 部网络长篇进入评审大名单,无一获奖。鲁迅文学奖也是如此,2010 年《鲁迅文学奖修订评奖条例》首次规定"由国家批准拥有互联网出版许可证的网站发表的",符合文类要求的中文作品可参加评选,但进入初审的 30 余篇网络小说同样无一获得终评资格。正如观察者发现的,茅盾文学奖和鲁迅文学奖向网络文学的开放,重在引导,其象征意义大于实际意义,无论是对长篇小说必须以实体书参选的要求,还是对中篇小说字数的严格限制,绝大多数网络文学都被屏蔽在范围之外,茅盾文学奖和鲁迅文学奖与网络文学的新媒介特性依旧有些格格不入。邵燕君曾谈道:"在文学生产机制的诸环节中,文学评奖和文学批评从事的是'文学价值'的生产。不同的文学评奖和文学批评依据着不同的审美价值体系,每一种处于强势的审美体系都试图以自己的标准重新建立'文学场'的等级秩序。"① 如果说,在网络文学介入之前,国内文学评奖体现的"文学场秩序"主要还体现于体制与民间、精英与大众的分野和博弈,那么当网络文学高歌猛进甚至上升为国家文化战略的高度时,鲁迅文学奖和茅盾文学奖等如何实质性地回应值得关注。

2012 年 10 月 11 日,瑞典文学院宣布将 2012 年诺贝尔文学奖授予莫言,引发国内各界的热议。莫言的得奖在相当程度上纾解了国人的"诺贝尔文学奖"焦虑,佐证了中国当代文学在六十余年的积淀与前行中取得的不俗成绩,虽也面临后殖民写作与"自我东方主义"等的质疑,但莫言获得诺贝尔文学奖给了文学界一个难得的检视国内文学评奖的机会,而他也迅即成为国内最受欢迎的纯文学作家,借诺贝尔文学奖东风,上海文艺出版社的"诺贝尔文学奖获得者莫言作品系列"短短时间印刷了近 2 亿元码洋的图书,某网络销售平台销售莫言小说两个月便突破 2000 万元码洋。2015 年 8 月 23 日,有科幻届诺贝尔文学奖之称的雨果奖揭晓,中国科幻小说家刘慈欣凭借《三体》获得第七十三届"雨果奖最佳长篇故事奖"。其实在斩获大奖之前,刘慈欣在科幻文学圈子便是赫赫有名的

---

① 邵燕君:《倾斜的文学场——当代文学生产机制的市场化转型》,江苏人民出版社 2003 年版,第 191 页。

存在,《三体》的社会影响力也日盛一日。但是不得不说,作品获奖加速了文学界对刘慈欣作品经典化的指认,让科幻这个文类从大众文学的某个分支一跃成为潮流。一年后,郝景芳的《北京折叠》又获得第七十四届"雨果奖最佳中短篇小说奖",凭借此奖项,郝景芳迅速成为文学刊物和媒体的宠儿。以上这些都切实凸显了文学评奖在文学体制中的枢纽意义,对作家而言,获奖是重要的象征资本,在新世纪文学场中,由其掣动的资本转化是迅速和巨大的。

更值得思考的也许是,无论诺贝尔文学奖、龚古尔文学奖、卡夫卡文学奖、普利策文学奖还是雨果文学奖,中国社会各界对境外的文学奖项虽也不是一片赞誉,但相比于国内各种奖项的聚讼纷纭,其公信力、科学性和权威性基本是被认可的。这当然源于这些世界性文学奖项在不断摸索中日益成熟完善的评奖机制。其坚持的文学价值标准是一方面,严谨的评奖程序和纪律监察、持之以恒的运作机制等也提供了重要的秩序保证。就此而言,我们制度化的文学评奖虽走了不短的四十年,但其未来依旧任重道远。

本卷专题史料与研究部分主要分为"重要讲话与获奖感言""评奖记录与当事者说""文学奖研究史料""文学评奖争议"四辑,绝大多数文章保留原刊发表的样貌,因篇幅原因,个别较长文章作了一定的删节处理。

目　录

专题史料与研究

第一辑　重要讲话与获奖感言

第二辑　评奖记录与当事者说

第三辑　文学奖研究史料

第四辑　文学评奖争议

关键词

茅盾文学奖

1981年3月14日,病重入院的茅盾给中国作家协会书记处致信表示:"为了繁荣长篇小说的创作,我将我的稿费二十五万元捐献给作协,作为设立一个长篇小说文艺奖金的基金,以奖励每年最优秀的长篇小说。我自知病将不起,我衷心地祝愿我国社会主义文学事业繁荣昌盛。致最崇高的敬礼!"1981年3月27日,茅盾先生去世后,家人将茅盾的这封信和二十五万元存折交给中国作协。中国作协根据茅盾遗愿,设立了"茅盾文学奖",旨在鼓励和繁荣长篇小说的创作。

首届茅盾文学奖评选在1982年进行,评选范围限于1977年至1981年的长篇小说,由巴金担任评委会主任。之后茅盾文学奖的评奖条例不断修订。评选工作由"茅盾文学奖评奖委员会"承担,评选范围从第一届规定每三年评选一次到后来每四年评选一次。评选年度内公开发表与出版、能体现长篇小说完整艺术构思与创作要求、13万字以上的作品,均可参加评选。评选年度以前发表或出版的,经受时间考验的优秀之作,在得到评委会不少于半数委员的赞同后,亦可参评。截至2019年,共评选了十届40余部作品。

茅盾文学奖是中国第一个以个人名字命名的文学奖,也是中国文学的最高奖项之一。每一届评选都会引起社会各界的广泛关注,且切实地参与了新时期文学经典化的进程。

鲁迅文学奖

鲁迅文学奖以中国新文化运动的伟大旗手鲁迅先生命名,为鼓励优秀中篇小说、短篇小说、报告文学、诗歌、散文、杂文、文学理论和评论作品的创作,鼓励优秀外国文学作品的翻译,推动社会主义文学事业的繁荣与发展而设立,由中国作协主办,是我国具有最高荣誉的文学大奖之一。

20世纪80年代后期,因各种原因,全国性的文学评奖或者暂缓,或者停止。直到1995年中国作协党组报请中宣部同意,决定设立综合性的"鲁迅文学奖",按文学体裁和样式分设若干子项,用于承接停办多年的中篇小说奖、短篇小说奖、报告文学奖、诗歌奖、散文杂文奖。此外,还另设了文学理论评论奖和文学翻译彩虹奖,共七大类别。首次评奖从1997年开始,评选的是1995—1996年的作品。

截至2019年,鲁迅文学奖共颁发七届,其间评奖条例经多次修订。鲁迅文学奖是中国最重要的文学奖项之一,全面展示了20世纪90年代中期以来,除长篇小说之外其他各文类的实绩。

全国少数民族文学创作"骏马奖"

1980年7月2日至10日，中国作协与国家民族事务委员会联合召开首届全国少数民族文学创作会议，会议决定设立全国少数民族文学创作评奖，由中国作协与国家民族事务委员会共同主办，全国少数民族文学创作奖由此诞生。该奖项旨在贯彻落实党的民族政策，增进各民族文学工作者的交往、交流、交融，弘扬少数民族优秀传统文化，推动少数民族文学的繁荣发展。1999年，第六届评奖时更名为"全国少数民族文学'骏马奖'"；2005年，第八届评奖时进一步更名为"全国少数民族文学创作'骏马奖'"，并沿用至今。"骏马奖"与茅盾文学奖、鲁迅文学奖、全国优秀儿童文学奖并列为全国性奖项，也是少数民族文学最高奖。前九届每三年评选一次，从第十届起改为四年一届，截至2019年共评选十一届。

"骏马奖"的评选范围包括少数民族作家用汉文或少数民族文字出版的长篇小说、中篇小说集、短篇小说集、诗集、散文集、报告文学、理论评论集、翻译等。"骏马奖"的设立对推动中国少数民族文学创作和鼓励优秀民族作家作品产生了良好效果。

全国优秀儿童文学奖

全国优秀儿童文学奖由中国作协主办，旨在鼓励优秀儿童文学创作，推动儿童文学的繁荣发展。

1986年，中国作协主席团第四次会议通过了《中国作家协会关于改进和加强少年儿童文学工作的决议》，决议中提出："设立中国作家协会儿童文学奖，以鼓励优秀创作，奖励文学新人。"为落实决议精神，经中宣部批准，中国作协于1986年设立全国优秀儿童文学奖，截至2019年共评选十届。根据评奖条例，凡评选年限内出版的个人创作的儿童文学作品集，均可参加全国优秀儿童文学奖评选。评选体裁包括小说、诗歌（含散文诗）、童话、寓言、散文、报告文学（含纪实文学、传记文学）、科幻文学、幼儿文学等。

自20世纪80年代以来，全国优秀儿童文学奖一直是我国国家级层面纯文学性儿童文学类的最高奖项。

全国优秀短篇小说奖

1978年，中国作协主管的《人民文学》第10期刊出《本刊举办一九七八年全国优秀短篇小说评选启事》，该启事对评奖宗旨、范围、标准和程序等作了说明，第一届全国优秀短篇小说奖正式启动。这次评选活动是"文革"结束以后中国作协为繁荣创作而采取的一项重要措施，也是文学评奖作为重要的文化实践参与新时期文学进程的标志性事件。

首届全国优秀短篇小说奖采取"专家与群众相结合"的方法，调动社会各方面广泛参与，获得热烈反响，最终包括刘心武的《班主任》、卢新华的《伤痕》、张承志的《骑手为什么歌唱母亲》、贾平凹的《满月儿》等在内的25篇小说获奖。这次评奖推出了一批年轻的小说家，对于反思文学思潮的兴起起到了重要的推动作用。截至1989年，全国优秀短篇小说奖共评选九届，1978—1984年是逐年评选，1985—1988年是双年评选。

全国优秀短篇小说奖取得巨大社会反响后，中国作协又依托《文艺报》《诗刊》《人民文学》等于20世纪80年代初推出了全国优秀中篇小说奖、全国优秀报告文学奖、全国优秀新诗（诗集）奖的评选，从而在茅盾文学奖之外，形成了文体相对完备的全国性文学评奖。20世纪90年代中期，这一评奖体系被鲁迅文学奖的相关奖项取代。

"五个一工程"奖

"五个一工程"是由中共中央宣传部组织的全国性精神文明建设评选活动。自1992年起每年进行一次，评选上一年度各省、自治区、直辖市和中央部分部委，以及解放军总政治部等单位组织生产并推荐申报的精神文明建设成果，并授予奖项。符合条件的成果包括五个方面：一部好的戏剧作品，一部好的电视剧（片）作品，一部好的电影作品，一部好的图书（限社会科学方面），一部好的理论文章（限社会科学方面）。1995年起，"五个一工程"奖又加入了一首好歌和一部好的广播剧，涉及文艺作品的各种体裁和传播形式。

"五个一工程"奖的创设和实施，对各地、各单位精神文明产品生产的发展与提高产生了促进作用，体现了中央提出的精神文明重在建设的方针，把以科学的理论武装人、以正确的舆论引导人、以高尚的精神塑造人、以优秀的作品鼓舞人的号召落实到实际工作中；宣示了政府高度重视亿万人民精神文化生活，全面打造文艺精品，鼓励艺术创新，提高艺术品质，以最大限度地满足社会大众的创作导向。这对于发挥艺术家的创作热情和才华、不断产生优秀作品，起到了巨大激励作用。繁荣兴旺的文艺创作，层出不穷的精品佳作，极大丰富和满足了广大人民群众的精神需要，有力地推动了社会的和谐与进步。

庄重文文学奖

庄重文文学奖是香港著名爱国人士、原庄士集团主席、中华文学基金会顾问庄重文先生于1987年倡议出资，并由中华文学基金会主办的一项青年文学奖，并以庄重文先生名字命名。设立该奖的宗旨是：弘扬中华民族文化，推动和繁荣当代中国文学创作，造就文学新人，提高全民族文化素质，促进海内外文化交流。该奖主要奖励对象为近年来在文学创作和文学评论中取得优异成绩且年龄在40岁以内的青年作家，聘请作家、评论家、编辑、学者等组成评奖委员会予以评定。

庄重文先生是香港庄士集团创办人，早年就读于陈嘉庚先生创办的集美航海水产学校，曾与同学一起将鲁迅先生由厦门大学接至集美学校讲演，聆听过鲁迅先生的教诲。从那时起，庄先生就对中国文学情有独钟，认为中国作家和中华文化事业乃至整个国家的建设是连在一起的。庄重文先生于1993年逝世后，其子庄士集团主席庄绍绥先生谨遵乃父遗愿，继续颁发庄重文文学奖。

1988—1990年的前三届庄重文文学奖，分别奖励给了《青年文学》《青春》《萌芽》等刊物、北京大学作家班和南京大学作家班的优秀成员以及六部优秀文学丛书。从1991年起，开始颁发给个人，并按区域分批颁发，到2009年共颁发十二届。先后有贾平凹、王安忆、舒婷、史铁生、苏童、铁凝、梁晓声、毕淑敏、高洪波、陈建功、乌热尔图、吉狄马加、扎西达娃、张抗抗、叶兆言、刘恒、余华、池莉、方方、毕飞宇

等170多位作家获此奖项。这些获奖作家在当今中华文学事业继往开来的进程中，已经起了和正在起着十分重要的作用。

冯牧文学奖

冯牧文学奖由中华文学基金会冯牧文学专项基金理事会主办，资金由冯牧的生前好友和学生筹集，每届聘请文学界知名作家、评论家、编辑家和文学组织工作者组成"冯牧文学奖评审委员会"。冯牧文学奖共设有青年批评家奖、文学新人奖和军旅文学奖三项，主要奖励富有创见的青年批评家、潜质优秀的文学新人和对当代军事文学发展作出贡献的军内外作家，以此来纪念和缅怀著名评论家冯牧杰出的文学批评业绩、对文学新人不倦的发现和扶植、对军旅文学毕生不泯的热情，完成他促进中国社会主义文学事业繁荣发展的遗愿。冯牧文学奖属于全国性文学奖项。

首届奖项于2000年2月颁发。李洁非、洪治纲、李敬泽获得青年批评家奖，红柯、徐坤获得文学新人奖，朱苏进、邓一光、柳建伟获得军旅文学奖。截至2019年底，共颁发五届。

曹禺戏剧文学奖

以杰出的剧作家曹禺命名的曹禺

戏剧文学奖是中国戏剧文学领域的最高奖项，其前身是中国戏剧家协会于1980年创办的全国优秀剧本奖，1994年更名为"曹禺戏剧文学奖"，细分为剧本奖、剧目奖、评论奖等多个子奖项。2005年全国文艺新闻出版评奖整顿后，经中宣部正式批准，由中国文学艺术界联合会、中国戏剧家协会主办全国性戏剧艺术综合奖项——中国戏剧奖，下设中国戏剧奖·梅花表演奖、中国戏剧奖·曹禺剧本奖、中国戏剧奖·优秀剧目奖、中国戏剧奖·小戏小品奖、中国戏剧奖·理论评论奖和中国戏剧奖·校园戏剧奖六个子奖项，每两年评选一次。自此，曹禺戏剧文学奖被纳入中国戏剧奖的评选之中。

1982年5月17日，文化部和中国戏剧家协会在北京首都剧场联合举办的1980年和1981年全国话剧、戏曲、歌剧优秀剧本评奖授奖大会，为获奖的二十五个话剧、二十五个戏曲、两个滑稽戏、五个歌剧、十五个小戏的剧本和七十二位剧本作者颁奖。这些完成于改革开放初期的第一批优秀剧本，或反映现实，或描绘历史，不仅取材各异，风格有别，而且敢于揭示矛盾，针砭时弊，歌颂新人物，以热情的笔触涉及当今社会生活中为人们所关注、所探求的某些问题。1994年曹禺戏剧文学奖剧本奖授予《北京往北是北大荒》《李大钊》《结伴同行》《水下

村庄》四部话剧作品，《山歌情》、《大河谣》、《铁血女真》、《风流小镇》（后改名《红果红了》）、《金龙与蜉蝣》、《甲申祭》、《贵人遗香》七部戏曲作品，以及歌剧《张骞》和儿童剧《潇洒女孩》。2006年成为中国戏剧奖的子奖项之后，首次颁发给孟冰《黄土谣》、王真《郭双印连他乡党》和姚远《马蹄声碎》三部话剧，杨林《霸王别姬》和李莉《成败萧何》两部京剧，以及陆伦章的滑稽戏《青春跑道》、曾学文的歌仔戏《邵江海》和范莎侠的潮剧《东吴郡主》。

截至2019年，曹禺戏剧文学奖已以不同形式颁发二十三届，三十多年来，这项国家级戏剧文学大奖对当代戏剧文学的创作和发展产生了重大影响。

姚雪垠长篇历史小说奖

姚雪垠长篇历史小说奖，是根据已故著名作家姚雪垠先生生前夙愿，为鼓励和推动长篇历史小说创作的繁荣和发展而设立的奖项。

姚雪垠先生的亲属提议并捐出姚雪垠先生稿酬50万元人民币，经中国作协党组研究决定，在中华文学基金会下设立"姚雪垠长篇历史小说奖励基金"，以用于本奖的评选和颁发。评奖条例规定，奖励对象为新时期以来经国内出版社正式出版的长篇历史

小说,题材范围限于辛亥革命之前,单部字数在 20 万字以上,已获得过茅盾文学奖的作品不在参评范围以内。

姚雪垠长篇历史小说奖每四年评选一次,但实际上只颁发了两次。首届颁发于 2003 年,有五部作品获奖,分别是唐浩明《曾国藩:血祭·野焚·黑雨》、凌力《梦断关河》、熊召政《张居正》、颜廷瑞《汴京风骚:晨钟卷·午朝卷·暮鼓卷》和二月河《乾隆皇帝(六卷本)》。2007 年第二届颁奖获得黑龙江省黑河市委的支持,中华文学基金会与黑龙江省黑河市委宣传部商定冠以"黑河杯"之名,获奖作品为王梓夫《漕运码头》、唐浩明《张之洞》和包丽英《蒙古帝国》。

赵树理文学奖

赵树理文学奖由山西省委、省政府设立,山西省作家协会承办,是山西省具有最高荣誉的文学奖项。该奖是一个以鼓励和引导作家创作优秀文学作品,推动文学事业的大繁荣与大发展,建设和谐文化,为广大人民群众提供优质精神食粮为目的的重要奖项。

首届赵树理文学奖于 1985 年举办,此后因故中断。2004 年,赵树理文学奖恢复评选。恢复后的赵树理文学奖每三年评选一次,设立作品奖、文学新人奖、优秀编辑奖、荣誉奖四大奖

项。其中作品奖分为长篇小说奖、中篇小说奖、短篇小说奖、诗歌奖、散文奖、报告文学奖、儿童文学奖、影视戏剧文学奖、文学评论奖。每项奖励一至三部优秀作品。其中,长篇小说奖面向全国进行评选,重点扶持关注底层、关注当下现实生活的文学创作。为保证公平和公正,赵树理文学奖学习诺贝尔奖的评选方式,采取专家委员会提名制和投票制的方式对作品进行评选。

毛泽东文学奖

毛泽东文学奖是由湖南省作家协会设立的湖南省最高荣誉的文学奖项之一,奖金由长沙卷烟厂和香港实业家李阳先生捐资,用于奖励湖南作家创作的优秀文学作品。该奖项包括七个门类的奖项,分别是长篇小说、中短篇小说集、诗歌集、散文集、报告文学集、文学评论集、儿童文学作品集。参评者需是在湖南生活和工作的作家,每门类每届只评一部作品,每位作家只可参加一个门类奖项的评奖。评委会由省内著名评论家、著名作家、著名编辑家组成。首届毛泽东文学奖于 1999 年评出,此后每三年评选一次。截至 2019 年,已评出六届。凌宇、聂鑫森、陶少鸿、阎真、王开林、何立伟、汤素兰、何顿、刘年、郑小驴等湘籍学者、作家和诗人曾获得此奖。

老舍文学奖

老舍是伟大的爱国主义者,是北京市人民政府唯一授予"人民艺术家"荣誉称号的文学家。新时期以来,一些作家以老舍为榜样,写出了一批京味作品,形成较为成熟的风格和独特的文学现象。为纪念老舍先生,推动京味文学的发展、壮大,北京市文联和老舍文艺基金会于1999年共同创立老舍文学奖,主要奖励北京籍作者的文学创作和在京出版、发表的优秀作品,每两至三年评选一次,但实际评奖周期不固定。奖项分为长篇小说、中篇小说、戏剧剧本等子奖项。从第三届的评选开始,新增新人佳作奖;从第四届的评选开始,设立提名奖。

老舍文学奖后来遭遇困难,2014年,原本应是"第五届老舍文学奖"颁奖,但名称变更为"2014年老舍文学奖"。

紫金山文学奖

紫金山文学奖设立于1999年,是江苏省最具权威的文学大奖,也是在全国颇具影响力的省级文学奖之一。作为连续性的区域综合文学奖,紫金山文学奖已成为繁荣江苏文学事业、激励和嘉奖江苏作家创作的颇具影响力的文学大奖,得到了国内文学界的认可。

第一届紫金山文学奖颁发于2000年,设三个初评委员会与一个终评委员会,奖项包括文学创作、文学评论与文学编辑三个类别。第二届紫金山文学奖颁发于2005年9月26日,按文学体裁与内容的不同,分门别类设立了七个评奖委员会,即长篇小说、中短篇小说、散文报告文学、诗歌、儿童文学、文学翻译、文学评论与文学编辑等七个类别,使评奖更趋科学合理。第三届紫金山文学奖颁发于2008年,新设文学新人奖,并从本届开始将紫金山文学奖的评奖年限由最初的五年调整为三年。

截至2019年,共评选六届。

湖北文学奖

湖北文学奖是湖北省委、省政府设立的重要文学奖项,旨在深入挖掘湖北丰沛的人文历史资源,鼓励作家创作出更多"有筋骨、有道德、有温度"的优秀作品。

2001年第一届湖北文学奖开始评选,前两届为两年一评,从第三届开始改为三年一评。第四届文学奖调整了评奖规则,终评时直接现场投票产生获奖作品,不再作评议。第五届湖北文学奖授予评奖年限内获中宣部、中国作协主办的正式奖项的文学作品荣誉奖。2014年,第六届湖北文学奖又改为每两年评选一次,分单、双年评选。单年评选优秀文学期刊奖、优秀文学编辑奖、文学新锐奖和长江文艺优秀作品奖。双年评选长篇小说、中篇小说、短篇小说、诗歌、散文、报告文学、文学评论、儿童文学和优秀原创作品奖。第七届湖北文学奖在2015年评出单年奖之后，经历了评奖改革和作协换届，又于2018年12月评出第七届湖北文学奖作品奖。

甘肃黄河文学奖

甘肃黄河文学奖是经甘肃省委宣传部批准，由甘肃省文联、甘肃省作家协会共同主办的全省文学专业奖项。该奖项的评奖类别包括小说、诗歌（含散文诗）、散文、报告文学（含纪实文学、传记文学）、儿童文学、科普文学、理论批评等。

甘肃黄河文学奖由著名作家、资深学者组成评审委员会，按照作品体裁门类，对参赛作品进行分组评审。第一届甘肃黄河文学奖于2003年12月启动作品征集，次年12月揭晓奖项。头两届每三年评选一次，从第三届开始改为每两年评选一次，截至2019年，共评选了七届。

作为甘肃省最专业与最高水平的文学奖项，甘肃黄河文学奖最大限度地发掘和总结了甘肃省的文学现状及潜在的文学资源，阶段性地对甘肃文学的基本状况进行了摸底和整合，成为甘肃作家一个良好的交流平台和坚守的阵地，在甘肃省文学界具有巨大的号召力和影响力，是甘肃省推出人才、推出精品的重要平台。王家达、张存学、雪漠、徐兆寿、弋舟、牛庆国等甘肃作家都曾荣获该奖。

柳青文学奖

柳青是当代著名作家，他深入生活、贴近时代的文学精神在我国当代文坛广有影响并享有盛誉。柳青文学奖就是为纪念这位现实主义文学大家，经陕西省委宣传部批准成立的陕西省文学类综合大奖。该奖项由陕西省作家协会主办、陕西省柳青文学研究会承办，是陕西省官方设立的文学奖项，也是陕西省最高级别的文学奖项。

柳青文学奖设立于2008年，此后每三年评选一次，设优秀长篇小说奖、优秀中篇小说奖、优秀短篇小说奖、优秀诗歌奖、优秀散文奖、优秀文学理论奖、优秀文学评论奖、文学新人奖共八个子奖项。主要面向评选年度内陕西作家及陕西籍在外工作作家在国家批准出版发行的报纸、刊物、出版社发表和出版的小说、诗歌、散文杂文、文学理论、文学评论等文学作品进行评选。

泰山文艺奖

泰山文艺奖是由山东省委、省

政府批准设立的山东省文艺界最高奖,由山东省委宣传部、省作家协会、省文化和旅游厅、省广播电视局、省人力资源与社会保障厅、省财政厅等联合表彰。其中"泰山文艺奖·文学创作奖"又被称为"泰山文学奖"。

第一届泰山文艺奖于 2008 年评出,共设立艺术作品奖、文学创作奖、文艺理论和评论奖及艺术突出贡献奖。从第二届开始,泰山文艺奖评奖采取"大评委制",由省内外著名作家、专家学者、文学评论家、省作协签约作家等组成专业的评委会,形成多元化的大评委会格局,采用"实名投票""多轮淘汰"等程序,以保证评奖的权威性与公正性。

鲁彦周文学奖

鲁彦周文学奖是由安徽省作协、安徽省鲁彦周文学研究会、《清明》杂志社、安徽省文学艺术院、安徽省电影电视艺术家协会联合主办的文学奖,也是安徽省第一个以个人名义命名的文学奖项。

首届鲁彦周文学奖于 2012 年举办,主要评选小说和影视文学剧本,参加评奖的条件是:45 周岁以下的安徽籍,或在安徽工作、居住的青年作者;非安徽籍或不在安徽居住、工作的作者,但作品由安徽报刊出版社和影视制作单位发表、出版和制作拍摄的,亦

可参加评选。计划每两年评选一次,截至 2019 年,共评选了两届。第二届增设了戏剧编剧奖,参评作者的年龄也放宽到 50 岁。

孙犁文学奖

孙犁是现当代著名小说家、散文家,"荷花淀派"的创始人。为纪念这位文学前辈,在河北省政府和省委宣传部的支持下,河北省作协于2015 年发起孙犁文学奖的首次评奖。孙犁文学奖是河北文坛的最高奖项,该奖项的设立对促进文学冀军新的崛起,引领河北文学实现百花齐放、百家争鸣的局面起到了重要的推进作用。

首届孙犁文学奖于 2015 年评出,此后每两年评选一次,评选面向河北户籍或长期在河北工作和生活的作家在评选年度内公开发表和出版的小说、诗歌、散文、报告文学、文学评论等作品。重点关注反映人民群众主体地位和现实生活,塑造社会主义新人形象,讲述中国故事,表现中华民族伟大复兴中国梦的优秀作品。

截至 2019 年,共评选三届。

丁玲文学奖

丁玲文学奖是以常德籍现当代著名女作家丁玲命名的跨地区文学奖

项。1987年3月,中共常德地委根据《中共中央关于社会主义精神文明建设指导方针的决议》中提出的"对优秀精神产品和优秀工作者给予精神和物质奖励"的精神,接受常德地区文联和北大荒文联的倡议,决定以常德籍已故著名作家丁玲的名义,设立丁玲文学创作奖,并正式组成"丁玲文学创作奖励基金会"(2005年更名为"丁玲文学创作促进会"),旨在扶植文学新人,奖励文学精品。

丁玲文学奖主要面向常德市和黑龙江从事农垦工作的作者公开出版的长篇小说、小说集、散文集、诗歌集、报告文学集、文学评论集、民间文学集、戏剧、电影、电视文学集等个人专集(不含单篇作品)。该奖项每三年评选一次,截至2019年,共评选十届,奖励文学作品480余部。2019年后,改为每两年一评。

徐迟报告文学奖

为了纪念著名诗人、散文家、评论家徐迟,继承发扬作家的文学精神,2001年,中国报告文学学会与徐迟的家乡浙江省湖州市人民政府联手创立了以徐迟先生的名字命名的"徐迟报告文学奖",并在首届颁奖中授予徐迟"中国报告文学特别贡献奖"。

徐迟报告文学奖是中国报告文学学会的学会奖,也是一项全国性文学

荣誉奖项,每三年评选一次,专门用于关注和奖励我国报告文学创作中的优秀作家作品,并力图使之成为促进我国报告文学创作繁荣和发展的推进器。自第六届开始,徐迟报告文学奖由中国报告文学学会和中共南浔区委、南浔区人民政府长期联合举办,南浔将作为徐迟报告文学奖永久固定的颁奖地点。之后徐迟报告文学奖改为每两年举办一届,截至2019年,共评选七届。

蒲松龄短篇小说奖

蒲松龄短篇小说奖于2005年设立,由文艺报社和山东淄博市人民政府联合主办,淄川区人民政府承办,以蒲松龄故乡山东省淄博市淄川区为颁奖典礼举办地。该奖项旨在繁荣我国当代短篇小说创作,弘扬民族精神和优秀传统文化,建设和谐文化,促进社会主义文化大发展大繁荣。评选过程中着力挖掘关注当代现实,体现社会审美理想,故事性、想象力俱佳,具有民族气质、民族风格、民族情感和大众阅读价值的作品。截至2019年,共颁发三届。

首届蒲松龄短篇小说奖的8部获奖作品分别为卢金地《斗地主》、林斤澜《去不回门》、陈忠实《日子》、晓苏《侯己的汇款单》、莫言《月光斩》、叶弥《天鹅绒》、苏童《人民的鱼》和

贾平凹《饺子馆》。

第二届 8 部获奖作品为欧阳黔森《敲狗》、陈麦启《回答》、张抗抗《干涸》、阿成《白狼镇》、徐坤《午夜广场最后的探戈》、杨少衡《恭请牢记》、鲍尔吉·原野《巴甘的蝴蝶》和红柯《额尔齐斯河波浪》。

第三届 8 部获奖作品为韩少功《怒目金刚》、迟子建《解冻》、毕飞宇《一九七五年的春节》、艾玛《浮生记》、李浩《爷爷的"债务"》、阿乙《杨村的一则咒语》、蒋一谈《鲁迅的胡子》和付秀莹《爱情到处流传》。

徐志摩诗歌奖

浙江海宁市是著名诗人徐志摩的故乡。为纪念这位新月诗人，鼓励诗歌新人的创作，2005 年，中国诗歌学会、浙江省作家协会和海宁市人民政府共同发起"徐志摩诗歌奖"，该奖每三年评选一次，获奖作品在每届的"徐志摩诗歌节"期间揭晓。参评者要求为 48 周岁以下的海内外中青年诗人，参评作品需用汉语写作，评委由诗歌刊物的编辑、诗人和诗评家组成。截至 2019 年，徐志摩诗歌奖共评选五届，其中第四届特设"大学生奖"一名，用以鼓励大学生的诗歌创作，首都经济贸易大学何婧婷凭借《白日梦蓝》获得此"大学生奖"。树才、田禾、老刀、荣荣、刘川、洪烛、金铃子、阎志、

刘福君、江非、胡弦、阿信、聂权等诗人曾获得该奖。

郁达夫小说奖

郁达夫小说奖创立于 2009 年，是以浙江籍现代杰出作家郁达夫命名的小说类文学奖项，由浙江省作家协会《江南》杂志社主办，富阳市人民政府协办，以郁达夫故乡富阳为永久颁奖地。该奖项以弘扬郁达夫文学精神为主旨，鼓励浪漫诗意的性情写作，注重汉语叙事传统的继承和创新，是目前颇具影响的针对海内外华语中短篇小说创作的小说类文学奖项。

郁达夫小说奖由郁达夫小说奖组织委员会和郁达夫小说奖评选委员会负责评选，评选活动经费由浙江省委宣传部拨款及接受社会赞助等方式解决。该奖项每两年评选一次；评选范围为中短篇小说；在评奖规定的期限内，凡在我国大陆地区、香港特别行政区、澳门特别行政区和台湾地区以及海外各地公开发表的汉语小说作品，均可参评。用我国少数民族语言创作的小说作品，需以汉语译本参加评奖。郁达夫小说奖实行"实名投票，评语公开"的评奖机制，评奖过程全程在《江南》杂志和中国作家协会的网站上公开。截至 2019 年，共评选五届。

朱自清散文奖

朱自清散文奖于 2010 年经中国作家协会批准成立,由中国作家协会《人民文学》杂志社、扬州市委宣传部主办,扬州报业传媒集团、扬州市文联等承办。该奖项以朱自清命名,旨在纪念我国现代散文家朱自清先生,向他的诚挚、诗意和富于公共承担、道义情怀的散文精神致敬,表彰汉语散文写作的卓越成就,重申散文写作的文化价值和散文对于民族语言与生活的责任。

朱自清散文奖逢双年颁发,每届评选 3 至 5 人,奖励评奖期内在中国内地公开出版的散文作品,在散文写作中获得卓越成就的散文家,以及表现出色的散文新人。自 2010 年启动评选,截至 2019 年,已评出五届,包括张承志、阎连科、龚鹏程、王小妮、贾平凹、蒋方舟、李娟、梁鸿、张炜、于坚、马未都、贺捷生、祝勇、阿来、王鼎钧、周晓枫、扬之水、蒋蓝、丁帆、肖复兴、孙郁、车前子、潘向黎等在内的知名作家获奖。

施耐庵文学奖

施耐庵文学奖,又名"施耐庵长篇叙事文学奖",是以《水浒传》作者施耐庵的名字设立的文学奖。该奖项由施耐庵的故乡江苏兴化市政府于

2011 年设立,以兴化为永久颁奖地。该奖项旨在鼓励当代汉语长篇叙事艺术的深度探索与发展,推动汉语长篇叙事的创新与繁荣,进一步提升汉语长篇叙事作品的世界地位。

施耐庵文学奖计划每两年评选一次,每届评出 4 部作品,其中海外华语作品 1 部。凡评选年度内在国家批准的纸质媒体上首次公开发表或出版的汉语长篇叙事原创作品(含虚构作品与非虚构作品两类),均可通过提名方式参加评选。评选工作由施耐庵文学奖组织委员会承担。事实上,截至 2019 年,共颁发了三届,也未贯彻每届一定有海外作品的原则。三届获奖作品分别为:第一届贾平凹《古炉》、阎连科《我与父辈》、董启章《天工开物·栩栩如真》、宁肯《天·藏》,第二届金宇澄《繁花》、李佩甫《生命册》、王安忆《天香》、严歌苓《陆犯焉识》(海外作品),第三届宗璞《北归记》、陈彦《主角》、付秀莹《陌上》、普玄《疼痛吧指头:给我的孤独症孩子》和赵本夫《天漏邑》。

每届施耐庵文学奖还会为兴化籍作者设立特别奖,以鼓励和提升兴化本土的文学创作水平。

林斤澜短篇小说奖

为了纪念温州籍著名作家林斤澜先生,并表达对林斤澜先生的精湛

艺术、富有公共承担的文学精神和对温州地方文化深切情感的敬意，2012年《人民文学》杂志社和温州市人民政府共同发起主办了"林斤澜短篇小说奖"，旨在表彰当代汉语短篇小说的卓越成就，重申短篇小说写作的文学价值和短篇小说写作对于民族语言与生活的责任，并力争使温州文学在全国文学界和读者中建立持久的声望。

林斤澜短篇小说奖每两年评选一次，颁奖地永久设于温州，评选范围为评奖年度内发表和出版的短篇小说作品的作家，是全国唯一的以"短篇小说作者"为评选对象的文学奖项。在奖项设置方面，包括"杰出短篇小说作家奖"2名和"优秀短篇小说作家奖"3名。

截至2019年，共评选四届，评选出刘庆邦、邓一光、王蒙、范小青、苏童、王祥夫、莫言、毕飞宇等8位"杰出短篇小说作家"，蒋一谈、阿乙、张楚、金仁顺、薛忆沩、晓苏、邱华栋、黄咏梅、万玛才旦、邵丽、李浩、斯继东等12位"优秀短篇小说作家"。

浩然文学奖

为纪念当代著名作家浩然，继承并发扬浩然文学思想和精神，鼓励文学精品创作和推动优秀创作人才成长，促进社会主义文学艺术事业繁荣与发展，河北三河市委、市政府于2015年设立"浩然文学奖"，具体承办单位为三河市浩然文学研究会。由主办单位和承办单位组成浩然文学奖评奖委员会，全面领导浩然文学奖评奖工作。该奖项共设立优秀长篇小说奖、优秀中篇小说奖、优秀短篇小说奖、优秀散文奖、优秀报告文学奖5个评奖类别，凡在评奖年度内公开发表和出版的长篇小说、中篇小说、短篇小说（含小小说）、散文（含杂文）、报告文学（含纪实文学、传记文学）作品均可申报。

浩然文学奖的评选坚持思想性和艺术性有机统一的原则、创新原则与人民大众喜闻乐见的原则，按照思想精深、艺术精湛、制作精良的标准评价作品。首届奖项于2016年评出，共评出101篇（部）获奖作品。

丰子恺散文奖

丰子恺散文奖是由浙江省桐乡市政府和《美文》杂志社联合主办，为纪念散文家丰子恺而设立的文学奖项。该奖项面向全球征集稿件，体裁为散文。

第一届丰子恺散文奖称为全球丰子恺散文奖，颁奖典礼于2015年举行。金奖作品包括熊莺《人散后，一钩新月天如水》、德国作家顾彬《悲哀中的快乐》、苏沧桑《执灯人》、新加坡作家尤今《标点符号里的人生》、余光中《谈文论剑》、马来西亚作家李忆莙《不光是怀旧》、奚美娟《庞贝石与诗》、张艳茜《先生》、白德成《被时间腐蚀过的魅力》、陈伟宏《独行》。

第二届丰子恺散文奖称为丰子恺中外散文奖，颁奖典礼于 2017 年 11 月 8 日举行。获奖的中国作品包括余秋雨《书架上的他》、南帆《一个人的地图》、熊召政《苏东坡的历史观》、陈若曦《汉字简化是顺应世界潮流》、李舫《春秋时代的春与秋》、邱华栋《人的城》、徐可《司马迁的选择》、杨海蒂《走在天地间》、任林举《评酒师》、姜念光《晴朗》。

网络文学双年奖

网络文学双年奖是全国乃至华语世界网络文学的重要奖项，由浙江省网络作家协会、宁波市文联、中共慈溪市委宣传部共同设立，浙江省网络作家协会、宁波市网络作家协会、慈溪市网络作家协会联合承办。旨在通过表彰和奖励在华语网络文学界有影响、有实力的作家作品，加强网络文学创作队伍建设，推动网络文学创作与发展，促进华语网络文学的健康发展。

首届网络文学双年奖于 2015 年 11 月 2 日评出，此后每两年评选一次，评选面向颁奖年度内用华语发表和出版的网络文学作品，分推荐、初评和终评三个环节，颁奖地为浙江慈溪市。网络文学双年奖的评审坚持以作品的思想性、艺术性为主要评审原则，同时注意结合网络文学自身规律和读者的阅读反馈。获奖作品体现了近几年网络文学创作的主要成果和成就，囊括了悬疑、科幻、言情、都市、青春、武侠、玄幻、历史、军事等各网络文学主流门类。猫腻、酒徒、烽火戏诸侯、沧月、海宴等网络文学"大神"都曾获此奖。

吴承恩长篇小说奖

2016 年 10 月 28 日，为纪念《西游记》作者吴承恩诞辰 510 周年，《人民文学》杂志社与江苏淮安区委区政府在中国现代文学馆共同宣布设立全国性文学大奖——"吴承恩长篇小说奖"。设立该奖项是为了纪念和弘扬文学大师吴承恩的卓越文学成就，促进长篇小说创作的持久繁荣，并力争使这一专业文学奖项成为海内外有广泛影响力的权威长篇小说奖项。

首届吴承恩长篇小说奖评选工作于 2017 年上半年正式启动，计划每两年评选一次。评选过程中，公开征集评选期内公开出版的，能体现长篇小说完整性艺术构思与创作要求、字数 13 万字以上的作品。每届获奖作品的数量为 5 部，含特殊题材的优秀长篇小说和优秀翻译长篇小说各 1 部。奖金为每部 10 万元，由中国作协、国内期刊界有影响力的作家和文化名人出任评委。

刘庆邦《黑白男女》、吕新《下弦月》、陈彦《装台》、余泽民翻译的《烛烬》、曹文轩《蜻蜓眼》以及淮安籍本土作家陶珊的《诗歌岁月》、祁宏《大师吴承恩》共 7 部作品获首届吴承恩长篇小说奖。2019 年第二届吴承恩长篇小说奖的获奖作品为范小青《灭籍记》、梁晓声《人世间》、普玄《逃跑的老板》,李宏伟的特殊文体长篇小说《国王与抒情诗》,林小发翻译的德文版《西游记》以及淮安籍本土作家蒋廷朝的《从》。

三毛散文奖

台湾散文家三毛原名陈懋平(后改名为陈平),其祖籍为舟山定海。为纪念这位有着广泛影响力的散文家,2016 年《人民文学》杂志社、浙江省作家协会和定海区联合发起“三毛散文奖”,并计划每两年举办一届。

首届三毛散文奖于 2016 年 10 月 26 日在定海启动,由作家、资深编辑、评论家组成评委会,负责奖项的终评。三毛散文奖下设散文集奖和单篇作品奖。散文集奖一等奖 1 部,奖金 10 万元;二等奖 3 部,每部奖金 5 万元;三等奖 5 部,每部奖金 3 万元。单篇作品奖一等奖 1 篇,奖金 2 万元;二等奖 3 篇,每篇奖金 1 万元;三等奖 5 篇,每篇奖金 5000 元。截至 2019 年,共评选两届。

孙犁散文奖

河北安平县是著名散文家孙犁的故乡。为继承和发扬孙犁的文学精神,安平县从 2012 年开始创办“孙犁散文大赛”。后经河北省作协、中共衡水市委宣传部、《散文选刊》杂志社、河北安平县委、安平县政府等单位协商,自 2017 年开始,“孙犁散文大赛”与《散文选刊》年度华文最佳散文奖”合并为“孙犁散文奖”,每两年评选一次,以继承并发扬孙犁文学精神,奖掖新人新作。

第一届“孙犁散文奖”的评选范围是 2015 年 1 月至 2016 年 12 月在国内外华文报刊上公开发表的散文作品。获奖的 10 篇作品分别是:阿来《士与绅的最后遭逢》、宁肯《少年穿过七十年代的城》、祝勇《再见,马关》、梅洁《迁徙的故乡》、雷达《梦回祁连》、汗漫《一卷星辰》、李方《一个人的电影史》、袁方《生死杨村》、程鹏《诗意的栖居》、张暄《母亲的市民之路》。第二届“孙犁文学奖”散文大赛由河北省作家协会、中共衡水市委宣传部、河北安平县委、安平县政府联合举办,最后共产生 68 篇获奖作品。截至 2019 年,已评选出三届。

《十月》文学奖

《十月》文学奖是《十月》杂志社

主办的综合性文学大奖,是新时期以来持续时间较长、影响较大的文学奖项之一。《十月》杂志是我国著名文学杂志,由北京出版集团主管。刊物创办于1978年8月,也是"文革"后创办的首家大型文学期刊。《十月》文学奖的评选范围涵盖在《十月》杂志上刊登的长篇小说、中篇小说、短篇小说、散文、剧本、报告文学、诗歌和评论等不同体裁的作品,后又加入新人奖和特别奖,以表彰富有潜力的文坛新秀和具有时代价值与文化精神的特别作品。首次评选于1981年举行,获奖篇目包括从维熙《第十个弹孔》、王蒙《蝴蝶》、刘绍棠《蒲柳人家》、陈世旭《小镇上的将军》、蒋子龙《开拓者》、叶楠《巴山夜雨》、黄宗英《大雁情》等名篇。

2015年,《十月》杂志与宜宾市翠屏区人民政府举行战略合作签约仪式,宣布古镇李庄成为《十月》文学奖的永久颁奖地,《十月》文学奖也更名为"中国·李庄杯《十月》文学奖"。截至2019年,《十月》文学奖共颁发十五届。

《花城》文学奖

《花城》文学奖是由广州《花城》杂志创办的全国性文学奖项。1979年4月,花城广州诞生了一家大型纯文学期刊《花城》。《花城》杂志因其开放创新、敏锐先锋的文学姿态,成为中国文坛的一面旗帜,凝聚了一批具有实力和影响力的作家,同时它在挖掘文学新人方面也有口皆碑。早期,《花城》杂志曾组织过四届文学奖的评选和几次笔会,在全国文学界引起极大反响。20世纪90年代以后,《花城》杂志的风格有一些调整,从现实主义的风格调整为一种对文学写作实践的探索与鼓励,开始以"先锋文学阵地"的姿态出现,一大批实验文本相继出现,包容性非常强。

首届《花城》文学奖于1984年举办,评选范围是从创刊以来至1983年的作品。1985年、1986年、1988年,该奖又组织了三次评选,评选的范围都是前一年度刊登在《花城》杂志上的作品。第五届《花城》文学奖于1992年评选,之后该奖因各种外在制约和特殊原因停办。时隔25年,《花城》文学奖于2017年重启,从2012年到2016年五年间在《花城》杂志发表的作品中,通过专家评选和网络投票,评选出第六届《花城》文学奖的获奖者:毕飞宇、吕新、东西获得"花城文学奖·杰出作家奖",冉正万、孙频、王威廉获得"花城文学奖·新锐作家奖",王蒙获得"花城文学奖·特殊贡献奖"。

《小说月报》百花奖

《小说月报》百花奖是由天津《小

说月报》杂志主办的全国性小说大奖，它是国内文坛唯一采用读者投票方式，并完全依照票数而产生获奖作品，也是国内最先设立优秀责任编辑奖及读者奖的评奖活动。

以忠实记录当代文学发展轨迹而享誉文坛的《小说月报》自1980年创刊以来，注重选发贴近现实生活、紧扣时代脉搏、反映老百姓喜怒哀乐的优秀中短篇小说，发行量长期高居全国文学刊物之首，主办的《小说月报》百花奖更是获得了读者和作者的重点关注。《小说月报》百花奖每两年评选一次，每一届获奖作品都以遴选当代小说佳作为使命，具有广泛的群众基础，深受全国作家、评论家、编辑和广大读者关注。

《上海文学》奖

《上海文学》是由上海市作家协会主管主办的大型文学期刊。刊物的前身是巴金1953年创刊的《文艺月报》，1959年10月改名为《上海文学》，"文革"期间停刊，1977年10月复刊，改刊名为《上海文艺》；1979年恢复使用《上海文学》至今。刊物秉承"追求文学理想"的宗旨，在国内文学刊物中有较大的影响力。1983年《上海文学》第5期刊出"本刊编辑部举办首届《上海文学》奖"的启事，评选范围是1982年1月至1983年

12月在《上海文学》上发表的小说、评论和诗歌。

首届授奖活动于1984年6月举行，获奖作家和批评家包括邓刚、达理、冯骥才、张承志、张抗抗、陈村、王安忆、邓友梅、王蒙、鲁枢元、程德培、蔡翔、周涛等。奖项前六届为两年一评，第七届和第八届为四年一评，第九届则是从2003年8月至2010年11月的作品中评选。截至2019年，共评选出十一届。

"茅台杯"人民文学奖

人民文学奖是人民文学出版社于1986年创设的文学奖项。1986年4月，第一届人民文学奖评选揭晓，共有13部长篇小说获奖，分别是魏巍《东方》、莫应丰《将军吟》、李国文《冬天里的春天》、古华《芙蓉镇》、张洁《沉重的翅膀》、刘心武《钟鼓楼》、柯云路《新星》、秦兆阳《大地》、王蒙《青春万岁》、苏叔阳《故土》、焦祖尧《跋涉者》、巴人《莽秀才造反记》和李纳《刺绣者的花》。这13部作品中，前6部已分别获第一届、第二届茅盾文学奖。1994年和2001年，人民文学奖又分别评选了第二届和第三届获奖作品。

2003年，《人民文学》杂志与贵州茅台集团达成冠名合作意向，人民文学奖正式冠名为"茅台杯"人民文学

奖,每年评选出优秀中篇小说、短篇小说、散文、诗歌等共 10 篇,由作家、评论家与读者代表共同组成评委会进行独立审读与讨论并评选产生。2007 年长篇小说被纳入评奖范围,2010 年新增设非虚构作品奖,2013 年又增设翻译奖。2018 年 12 月 12 日,停颁两年的人民文学奖再次颁奖,更名为"弄潮杯"人民文学奖。

银河奖

银河奖是中国幻想小说界最高荣誉奖项,获奖作品也代表着中国大陆地区科幻创作的最高水平。该奖项为中国科幻作家、科幻爱好者、奇幻作家和奇幻爱好者搭建了一个展示作品的平台。

银河奖最初于 1986 年由《科学文艺》(后更名为《科幻世界》)和《智慧树》两家科普刊物联合举办;后《智慧树》停刊,银河奖改由《科幻世界》独家举办,每年评选一次。2001 年,奖项改为"银河奖"和"读者提名奖";2003 年,增设"最佳新人奖";2004 年取消"最佳新人奖",设"特别奖"和"最受欢迎的外国科幻作家奖";2005 年取消"特别奖",设"最佳新人奖";2007 年,"中国科幻银河奖"正式更名为"银河奖",在原有的"科幻小说奖"和"年度最受欢迎的外国科幻作家奖"基础上,增设三项大奖,即长篇奇

幻小说奖、中短篇奇幻小说奖和科幻美术奖。

上海长中篇小说优秀作品大奖

上海长中篇小说优秀作品大奖是上海市设立的文学出版领域唯一的政府奖,与白玉兰奖、上海文学艺术奖并称上海三大文艺奖。该奖项前五届每两年评选一次,第六届与第五届之间隔了三年。凡在上海各文学报刊和出版社发表及出版的原创长篇、中篇小说(含纪实文学、报告文学),都可参加评选,通常由上海文艺出版社等出版机构,《收获》《小说界》《上海文学》《萌芽》等刊物向评奖办公室推荐选送,评奖主要由上海市知名评论家组成的评委会负责。

首次评奖于 1992 年进行,从 1990 年和 1991 年在沪出版和刊发的作品中选出长篇和中篇的一、二、三等奖。上海长中篇小说优秀作品大奖评选规则严格,获得一等奖的作品必须在最后一轮评选中得票超过三分之二,因此,长篇和中篇的一等奖多次出现空缺的情况,如第一届、第三届和第五届长篇一等奖空缺。截至 2019 年,共评选六届,后未继续。王安忆《叔叔的故事》、王朔《我是你爸爸》、张炜《九月寓言》、韩少功《马桥词典》、阎连科《年月日》等名篇都曾获得该奖项。

大家·红河文学奖

云南人民出版社下属的《大家》杂志创刊于1994年。为扩大影响力，1995年，《大家》杂志社联合云南红河卷烟厂共同设立了"大家·红河文学奖"，奖额高达10万元人民币，为其时国内奖金最高的文学奖。

该奖项的设立，旨在寻找中国文学的"大家"，造就中国文学的"大家"。计划每两年评选一次，评选面向评选年度内发表在《大家》杂志上的作品。莫言的《丰乳肥臀》为首届"大家·红河文学奖"获奖作品，对于这部争议作品，评委们给出的评语是："《丰乳肥臀》是一部在浅直名称下的丰厚性作品，莫言以一贯的执著和激情叙述了近百年来中国社会的历史进程，深刻地表达了生命对苦难的记忆，具有深邃的历史纵深感。文风时出规范，情感诚挚严肃，是一部风格鲜明的优秀之作。小说篇名在一些读者中可能会引起歧义，但并不影响小说本身的内涵。"

第二届"大家·红河文学奖"大奖空缺，中短篇、散文和诗歌则各有几人获奖；第三届大奖依旧空缺，但又设立了荣誉奖；第四届则将大奖授予池莉的中篇小说《看麦娘》。主办方给出的原因是"评委会再三推敲，未能评出一部有深刻影响的代表性的长篇小说"，为"捍卫这一重奖的严肃性和权威性"，才在第二届和第三届选择空缺。但从每届奖项设置、获奖人数和颁奖周期来看，"大家·红河文学奖"的随意性较大，后来也没能持续。

《萌芽》全国新概念作文大赛

全国新概念作文大赛，是由《萌芽》杂志社主办的具有全国影响力的作文大赛。

20世纪90年代末，社会各界对中学语文教育投以极大的关注，新概念作文大赛正是在这样的背景下应运而生。1998年，在《萌芽》时任主编赵长天的推动下，首届新概念作文大赛启动，由北京大学、复旦大学、华东师范大学、南京大学、南开大学、山东大学、厦门大学等七所重点高校联合《萌芽》杂志发起并共同主办。大赛聘请了国内知名的文学家、编辑和人文学者担任评委。韩寒凭借《杯中窥人》获得1999年首届"全国新概念作文比赛"一等奖，他特立独行的言行对中国教育界产生了极大的冲击，其本人也成为新世纪崛起的青年作家的代表人物，亦引发了争议。除韩寒之外，郭敬明、张悦然、周嘉宁、颜歌、马小淘、小饭、张怡微、霍艳等　大批新概念作文大赛的获奖者已成长为"80后"文坛的代表人物，这在某种程度上佐证了这个大赛对富有潜质的青年作者的发掘意义。

二十多年来,新概念作文大赛的参赛人数逐年递增,不过其影响力已不可与创办之初同日而语。

春天文学奖

2000 年 1 月,著名作家王蒙将获得首届"《当代》文学拉力赛"的 10 万元大奖捐给人民文学出版社,倡议设立 30 岁以下的文学新人奖,在文艺界和社会上引起极大的反响。为更好地培养文学新人,鼓励青年作者的创作,人民文学出版社决定设立"春天文学奖"。将该奖定名为"春天",寓意着青春、朝气、新锐、进取、百花齐放、万紫千红。

首届春天文学奖于 2002 年 3 月 5 日评出,女作家戴来成为荣获此奖的第一人。此后,该奖又陆续评选了四届,获奖者有李修文、了一容、周瑾、彭扬、张悦然和苏瓷瓷等。

《北京文学》奖

创刊于 1950 年的《北京文学》是国内老牌文学刊物,1981 年曾发起过"《北京文学》优秀作品选的评选"。进入 21 世纪后,刊物为扩大影响,进行了大幅改版,并创立奖金较高的全国性综合文学奖"新世纪《北京文学》奖",计划每两年评选一次,评选范围是两年内在《北京文学》杂志上刊登

的文学作品。第一届评奖于 2003 年进行,颁给中篇小说、短篇小说、报告文学、散文随笔、诗歌和评论六种体裁总共 36 篇作品,获奖作家既包括林斤澜、牛汉、刘庆邦、贾平凹、阿来、苏童等文坛前辈和中坚,也包括其时的新人荆永鸣等。2013 年 9 月,第六届评选揭晓后,《北京文学》杂志开始用"重点优秀作品"的评选取代《北京文学》奖,2016 年和 2017 年分别评出 2013—2014 年、2015—2016 年的重点优秀作品。从 2017 年开始,又改为年度优秀作品评选,评审分原创和转载两大类进行,并延续至今。

《当代》长篇小说年奖

《当代》长篇小说年奖,是由中国出版集团、人民文学出版社主办,《当代》杂志承办的全国性文学奖项。2004 年首次举行评选,每年一评,分为读者最佳和专家最佳两个子奖项。该奖遴选当年发表和出版的长篇小说,旨在将国内最优秀的长篇小说成果按年度推荐给读者。2010 年起,《当代》长篇小说年奖更名为"《当代》长篇小说年度论坛",每年评选出年度五佳作品和年度最佳作品。此外,每五年还组织评选一次"五年五佳"和"五年最佳"。该奖坚持"零奖金""全透明"的评奖原则,鼓励广大读者群众对长篇小说和文学创作进行自由讨论。

西湖·中国新锐文学奖

创刊于 1959 年的《西湖》杂志是杭州市纯文学刊物。进入 21 世纪后,《西湖》力推"新锐"栏目,发掘文学新生力量。为了进一步推动新人成长,并扩大刊物影响,《西湖》杂志决定于 2007 年起,举办"西湖·中国新锐文学奖"暨"西湖·中国新锐文学论坛"。评奖每年举行一次,凡年龄 35 周岁以下的作者,在全国各文学刊物上发表的中短篇小说都可参评。"西湖·中国新锐文学奖"由资深的文学刊物主编、评论家等人组成终评委员会。截至 2019 年,总共评选了七届。

《中国作家》郭沫若诗歌奖

2009 年,为庆祝新中国成立 60 周年,《中国作家》杂志于当年的第 1 期至第 10 期一直举办"庆祝中华人民共和国成立 60 周年诗歌、散文征文"活动,并设立"郭沫若诗歌散文奖"。"郭沫若诗歌奖"是"郭沫若诗歌散文奖"的组成部分,是非营利的公益性文学奖项。旨在奖掖精品力作、推出新人佳作,繁荣发展诗歌创作。2009 年起,"郭沫若诗歌散文奖"成为《中国作家》常设奖项。

其中"郭沫若诗歌奖"由《中国作家》杂志社和江苏连云港市人民政府等联合主办,计划每两年评选一次。截至 2019 年,共评选五届,分别于 2009 年、2011 年、2013 年、2015 年、2016 年评出。

中国小说双年奖

中国小说双年奖,是由中国作家协会主管的《小说选刊》于 2008 年起设立的文学奖项。

奖项最初设计时,计划每两年评选一次,双年为评奖年。2008 年第一次评奖时,由中国作协主席铁凝担任评委会名誉主席,评委会由国内著名作家、评论家和教授组成。第一届获奖作品包括毕飞宇《推拿》、徐坤《八月狂想曲》、赵本夫《无土时代》等 3 部长篇,其他还有迟子建《一坛猪油》、胡学文《淋湿的翅膀》、鲁敏《逝者的恩泽》、陈忠实《李十三推磨》、笛安《圆寂》、荆永鸣《老家》、吴君《亲爱的深圳》等中短篇。

后来在执行中,颁奖年份并未严格按双年执行,奖项的冠名从"利民杯"到"中骏杯"也多有变动,且颁发对象限为中短篇小说和微小说,不再颁发给长篇作品。

《今古传奇》全国优秀小说奖

《今古传奇》杂志创刊于 1981 年,始终恪守"中国气派、民族风格、大众意识、时代精神"的办刊方针,坚持"传奇而不离奇,通俗而不庸俗,普及而不低级,有趣而且有益"的办刊格调,深受广大读者喜爱,堪称中国通俗文学期刊界的一面旗帜。2003年,《今古传奇·武侠版》曾与武侠小说家黄易联合创办了"今古传奇武侠文学奖",以奖掖内地新武侠创作,至2013年,共组织了七届评选。2014年,《今古传奇》又举办了第一届全国优秀长篇小说、全国优秀中短篇小说大型征文有奖活动。首届获奖的长篇小说包括《怒龙雄威》《寻常巷陌》《大国商》《南军屯往事》等,中短篇小说包括《人是太阳》《智者大师传奇》《竹马情殇》《苦命女人花》《魔法手机》等。

截至2019年,《今古传奇》杂志总共举办了六届"全国优秀小说奖"的征文评奖活动,有力推动了传统通俗文学创作。

超好看类型文学奖

2010年磨铁图书联合畅销书作家南派三叔创办《超好看》图书品牌,超好看类型文学奖即是由《超好看》杂志于2014年首度发起,面向广大作者、写作爱好者和读者的类型文学奖,计划每年度评选一次,旨在发掘更加符合当下阅读潮流、富有创新意识、传承中国文化、擅写通俗好看小说的类型文学作家,让更多具有实力的写作者走到台前,踏上文学进身之阶。

超好看类型文学奖是一个带有更多社会属性的文学奖项,参评作品可以是在任何途径、媒体公开发表过的作品,也可以是私藏之作、现写作品。评审以公正客观为原则,不设门槛,无篇幅要求与题材限制。设5名年度新人奖,每人奖励3000元;1名年度最佳奖,奖金10000元;6名年度六强奖,奖金5000元。从第二届开始,《超好看》杂志结合首届举办经验,联合磨铁图书、磨铁中文网共同举办,并邀请作家马伯庸、流潋紫、钱莉芳,出版人沈浩波,媒体代表团《华西都市报》《广州日报》等组成权威评审团,共同参与评审。但奖项后未持续。

《钟山》文学奖

《钟山》文学奖是由南京《钟山》杂志创办的全国性文学奖项,也是江苏省紫金·江苏文学期刊优秀作品奖中的一个子奖项,其他子奖项分别为《雨花》文学奖、《扬子江》诗刊奖和《扬子江》评论奖。这些奖项涉及小说、诗歌、散文、非虚构、文学批评研究五大门类,是在全国颇具影响力的省级文学奖之一。

2015年10月,首届"《钟山》文学奖"揭晓并举行了隆重的颁奖礼,表彰2013—2014年在《钟山》上刊发的优秀作品,毕飞宇、韩少功、黄咏梅、夏坚勇、王彬彬等 12 位作家和评论家的作品获奖。第二届《钟山》文学奖(2015—2016 年)于 2017 年揭晓,陈应松、苏童、西元、黄孝阳、海桀、默默、叶舟、张尔客、雷平阳、彭小莲、夏立君等作家分获长篇小说奖、中短篇小说奖、诗歌诗评类作品奖和非虚构类作品奖等奖项。同时,《钟山》文学奖还为 20 位读者颁发了优秀读者奖。

《作家》金短篇小说奖

《作家》金短篇小说奖,是《作家》杂志于 2015 年设立的全国性文学奖项,每年评选一次,以奖励该年度刊发在《作家》杂志上的优秀短篇小说作品。《作家》杂志一直致力于推动短篇小说的创作,2000 年改版后将短篇小说栏目命名为《金短篇》,十几年来刊发了大量优秀的短篇作品,其中毕飞宇《哺乳期的女人》、徐坤《厨房》和潘向黎《白水青菜》分别获得第一届、第二届和第四届鲁迅文学奖短篇小说奖。

首届《作家》金短篇小说奖共有 8 篇获奖作品,分别是铁凝《暮鼓》、金仁顺《僧舞》、范小青《下一站不是目的地》、叶弥《亲人》、刘庆邦《习惯》、苏童《她的名字》、林那北《前面是五凤派出所》和阎连科《把一条胳膊忘记了》。2016 年,第二届《作家》金短

篇小说奖最终评选出张楚《直到宇宙尽头》、黄梵《聪明的,愚钝的》、董立勃《哑巴》、徐则臣《祁家庄》、劳马《无法澄清的谣传》、残雪《酒与火》、张生《大堂》和朱文颖《虹》等 8 篇获奖作品。在第二届金短篇小说奖评选期间,还举办了文学讲座、短篇小说论坛等相关活动,促使短篇小说为更多作家和读者所重视,推动大众对中国当代短篇小说的关注与阅读,为短篇小说创作步入"金时代"铺垫道路。2017 年,第三届《作家》金短篇小说奖由叶兆言《赤脚医生手册》、邱华栋《三幅关于韩熙载的画》、阿成《春雨之夜》、储福金《棋语·靠》、贺奕《疑案剪报》、裘山山《疯迷》、邓一光《与世界之窗的距离》和李浩《消失在镜子后面的妻子》等 8 篇作品获得。

田汉戏剧奖

田汉戏剧奖,又名田汉戏剧文学奖,至 2019 年已举办三十三届。该奖项以田汉先生命名,由华东六省一市戏剧期刊联合发起,逐渐扩展成由中国田汉研究会、田汉戏剧奖组委会主办,全国十几家戏剧期刊轮流承办的学术评奖活动。

从 1987 年开始,田汉戏剧奖以每年一次、各期刊轮流承办的形式,对发表于各戏剧艺术期刊的剧本和论文进行评选,旨在推动戏剧艺术创作和

理论研究的发展,提高艺术期刊的办刊水平。田汉戏剧奖的评委由各大戏剧期刊主编、主要负责人以及业内专业人士担任。评奖以作品的专业水准作为唯一标准,本着公平、公开、公正和宁缺毋滥的原则,过程认真严谨,在戏剧艺术界具有极高的专业权威性和影响力。

该奖项的参评作品均由各刊社推荐、专家评审。田汉戏剧奖是具有较高含金量的奖项,在中国戏剧界和海外戏剧界影响力越来越大。它不仅促进了戏剧作品和戏剧理论文章的传播,更促进了戏剧创作与戏剧评论的整体活跃与繁荣。

中国女性文学奖

为推动和发展女性文学研究、鼓励和繁荣女性写作,中国版协妇女读物委员会、中国作协理论批评委员会、中国当代文学研究会女性文学委员会等共同发起了"中国女性文学奖",并于 1998 年正式设立,计划每五年评选一次,参评对象以女性为主体(文学创作类的作者必须为女性),评奖范围涵盖小说、散文、诗歌、纪实文学、女性文艺理论与女性理论、译著等几大类。首届女性文学奖于 1998 年评出,第二届于 2003 年评出,第三届于 2009 年评出。2011 年起,该奖项改为每年评选一次,当年专设"年度新人"奖项,获奖者年龄上限为 35 周岁。奖项后未持续。徐坤、张洁、铁凝、乔以钢、方方、王安忆、严歌苓等著名的女作家和学者都曾获得该奖项。

唐弢青年文学研究奖

唐弢,原名唐端毅,浙江镇海人,我国著名作家、文学理论家、鲁迅研究家、文学史家和收藏家。1992 年,唐弢家人将其生前逾 4 万册藏书及收藏期刊全部捐赠给中国现代文学馆。为弘扬唐弢的学术精神,鼓励青年学者进行现当代文学研究,中国现代文学馆决定设立"唐弢青年文学研究奖"。2003 年 3 月,在唐弢诞辰 90 周年之际,首届唐弢青年文学研究奖顺利评出。

2012 年,该奖评奖章程改为每年评选一次,每届获奖者 5 人,每名奖金获得 3 万元。评奖对象为国内(含港澳台)及海外 45 岁以下的青年学者研究中国现、当代文学的单篇论文,论文必须在中国大陆(内地)正式出版的学术刊物上公开发表。评奖工作由中国现代文学馆组成评奖委员会负责进行,奖金和评审经费由天津微像国际文化传播有限责任公司赞助。

中国小说学会奖

中国小说学会奖是由全国性民间

学术团体中国小说学会设立的奖项。从 2000 年开始，中国小说学会每年年末发布"中国小说排行榜"，在此基础上，2003 年又设立了"中国小说学会奖"，在入围前三届"排行榜"的作品中遴选出长、中、短篇小说各一部，颁发"中国小说学会奖"，相当于中国小说排行榜的"榜中榜"。

在评选标准上，评委会明确提出艺术性、专业性和民间性标准，一切从小说艺术的本体出发，从小说自身的美学特点出发，从作品本身的艺术内涵出发，全面地审度、评判全年小说的艺术价值。首届获奖作品为红柯的长篇小说《西去的骑手》、毕飞宇的中篇小说《青衣》《玉米》和杨显惠的短篇小说《上海女人》。

该奖项分别于 2006 年、2010 年颁发了第二届和第三届。

艾青诗歌奖

为纪念和致敬著名爱国诗人艾青，中国诗歌学会与中坤投资集团合作，创立了"中坤杯·艾青诗歌奖"。该奖项重视艺术质量和美学品位，鼓励继承我国诗歌的优秀传统和吸收外国诗歌的艺术经验，鼓励艺术探索，体现审美个性。居住在中国内地（大陆）、港澳台及旅居海外的中国诗人、用汉语言文学创作出版的诗集，均有资格参评。

首届艾青诗歌奖于 2003 年 12 月启动，2004 年 9 月颁发，获奖作品为苗强《沉重的睡眠》、郑玲《郑玲短诗选》、冉冉《空隙之地》、郭新民《花开的姿势》、李松涛《黄之河》和沙白《独享寂寞》。奖项计划每两年评选一次，每届评选出评期内用汉语出版的新诗作品集（含长诗）6 到 8 部，每名作者获得奖金 1 万元。奖项后来并未持续。后中国诗歌学会又与浙江金华市金东区人民政府合作推出新的"艾青诗歌奖"。

闻一多诗歌奖

闻一多诗歌奖是以著名诗人、学者、民主斗士闻一多先生的名字命名的奖项，由闻一多基金会和《中国诗歌》编辑部于 2009 年创办。奖项每年评选一次，旨在彰显和传承闻一多的爱国主义诗歌精神，"倡导诗意健康人生，为诗的纯粹而努力"，鼓励拥有豪情不乏学养的诗人推动中国新诗创作的繁荣和发展。每届闻一多诗歌奖的获得者从评选年度内的 12 期《中国诗歌》杂志的"头条诗人"中产生，奖金 10 万元，号称"中国诗界年度最高奖"。

截至 2019 年，闻一多诗歌奖已举办十一届，历届闻一多诗歌奖得主分别为高凯、晴朗李寒、胡弦、马新朝、潇潇、潘维、毛子、简明、田禾、刘立云、姜念光。

全球华语科幻星云奖

全球华语科幻星云奖创立于2010年,由世界华人科幻协会主持评选,成都时光幻象文化传播有限责任公司、海南壹天视界科幻文化传媒有限公司联合主办,授权全球华语科幻星云奖组织委员会组织评奖颁奖活动。

该奖项面对全世界华语科幻领域,每年评选一次,评奖对象为规定年度期间全球发行的华语科幻出版物及相关领域杰出人物,参选作品内容须以华语表达,人物类奖项则不限国籍。

奖项的评选首先由公众在组委会指定网站上推荐作品,并写下推荐语;然后组委会根据公众推荐的作品,进行筛选,去掉时间不吻合、题材不为科幻等不符合条件的作品,推出正式推荐名单;在此基础上,组委会委员、世界华人科幻协会会员、高校科幻团体等投票产生最终入围作品,最后由全球华语科幻星云奖组委会组织的评奖委员会评出奖项。

首届颁奖典礼于2010年在四川成都举行。截至2019年,共颁发十届。刘慈欣、韩松、王晋康、宝树、夏笳、陈楸帆、阿缺、郝景芳等科幻作家曾多次获得该奖。

冰心奖

1990年为祝贺冰心老人90大寿,致敬其一生的文学成就,在雷洁琼、韩素音、葛翠琳等名流的倡议和支持下,"冰心奖"正式设立。该奖项每年评选一次,目的在于鼓励儿童文学作品的创作出版,发现、培养新作者,支持和鼓励儿童艺术普及教育的发展。

冰心奖下设冰心儿童图书奖、冰心儿童文学新作奖、冰心艺术奖、冰心作文奖、冰心摄影文学奖五个奖项。其中,冰心儿童文学新作奖分小说、散文、童话、幼儿文学等类别,并设置新作奖和大奖两个等级,大奖为最高奖,一般每届每个类别只评选出一篇大奖作品。全球的华文文章都可参与评比,获奖者遍布全世界。历届获奖者不仅有中国内地(大陆)及港澳台地区的作家,还包括美国、瑞士、新西兰、新加坡等地的华人作家。

柔刚诗歌奖

柔刚,本名黄德馨,本科毕业于厦门大学外文系,后在福州海关工作,业余醉心诗歌和哲学。1992年年初,他借媒体宣布从个人稿费出资创设"柔刚诗歌奖",旨在发掘优秀诗人,推动诗歌创作,每年颁发一次,奖金1000元。二十多年来,柔刚诗歌奖的评奖原则和奖项设置多有变化。从2007年起,柔刚诗歌奖与南京大学中国新文学研究中心新诗研究所合作,由"中国南京·现代汉诗研究计划"组织评选,在每年年底评定当年度优秀诗人奖主奖1名(奖金9999元),新人奖1名(奖金9999元)。从第十七届开始,决定设立荣誉奖(奖金9999元),每年视情况可以空缺。评选采用双向匿名评奖制度,以确保评奖程序的公正。

截至2019年,共评选二十七届,是国内民间诗歌奖中坚持最久也较有影响力的奖项之一。

华语文学传媒大奖

2003年3月3日,《南方都市报》正式设立"华语文学传媒大奖"。该奖项"坚持公正、独立和创造的原则,坚持艺术质量和社会影响力并重"的评奖原则,立志要为华语文学的发展找到新的出路。奖项每年颁发一次,截至2019年,共颁发了十七届。

华语文学传媒大奖下设年度杰出成就奖、年度小说家、年度诗人、年度散文家、年度评论家和年度最具潜力新人等六个类别。2016年和2017年设都市、言情、玄幻、穿越、军事、历史六个题材的年度网络作家奖。其中年度杰出成就奖奖金为10万元(后增至15万),是国内奖金较高的奖项。史铁生、莫言、格非、贾平凹、韩少功、王安忆、阿来、张炜、方方、翟永明、余华、欧阳江河、于坚、叶兆言等实力作家、诗人都曾斩获年度作家奖。

作为国内第一个有国家公证人员全过程参与评选的文学大奖,自2003年4月评出首届奖项以来,华语文学传媒大奖已奠定了自己在文学界的地位,同时在社会大众中也产生了较大的影响。

红楼梦奖

红楼梦奖,即世界华文长篇小说奖。2005年,香港浸会大学文学院得到香港汇奇化学有限公司董事长张大朋先生赞助,创办香港首个给予全球所有华文作家参加的长篇小说奖,并以中国最有代表性的长篇小说《红楼梦》为名,全名为"红楼梦奖:世界华文长篇小说奖"。2008年,张大朋再次捐资港币1000万元,成立"红楼梦奖:世界华文长篇小说奖张大朋基金",让红楼梦奖得以长期举办。

该奖项以"奖励世界各地出版成书的杰出华文长篇小说作品,借以提升华文长篇小说创作水平"为宗旨,分首奖、决审团奖和推荐奖,每两年颁发一次,首奖获奖作家可获港币30万元。截至2019年,共颁发七届。该奖项的决审评委由中国内地(大陆)、香港、台湾以及海外资深文学批评家、作家和学者组成。相比于内地的各类长篇小说评奖,红楼梦奖在遴选视野上更为开阔、审美选择上更为多元,获得首奖的作品包括贾平凹《秦腔》、莫言《生死疲劳》、王安忆《天香》、黄碧云

《烈佬传》、刘庆《唇典》等内地和港台作家的长篇小说。

在场主义散文奖

2008年3月,在东坡故里眉山,散文家周闻道和诗人周伦佑提出"在场主义"的散文写作观,倡导散文的"在场精神",强调散文创作的"精神性、介入性、当下性、自由性、发现性"。以此为前提,2010年5月,眉山散文学会组织的"在场主义散文奖"正式启动,该奖项以振兴散文为己任,宗旨是"推动散文创作、发展和创新,激励、发现和培养散文人才,重构文学价值,捍卫文学尊严,引领21世纪汉语散文发展趋向"。该奖项评选以公开见诸全球各类合法传媒的用汉语写作的原创优秀散文集或散文篇章为范围,每年度评选颁发一次。评审委员会成员由评论家、作家及眉山市散文学会主席周闻道和出资人李玉祥等组成。

2010年9月3日,首届在场主义散文奖颁奖仪式在北京举行,大奖奖金高达30万元,创下其时散文单项奖的最高纪录。林贤治《旷代的忧伤》获大奖。2015年第六届获奖作品评出后,未再持续。

路遥文学奖

路遥文学奖是为纪念著名作家路遥,由路遥生前好友《收藏界》杂志社社长高玉涛和收藏家高为华于2013年1月共同发起并筹资设立的年度现实主义长篇小说奖。主办方称该奖项的设置是为了坚守路遥作品中的现实主义文学理想,鼓励现实主义文学创作,意在提高汉语作家和社会公众对现实主义文学的重视和关注,推动汉语文学的发展。

路遥文学奖的评选面向评选年度内国内外发表、出版的关于中国现实题材和海外华人华侨现实生活的汉语长篇小说,全国各地作协和文学网站等组织的长篇小说征文中的现实主义作品以及作家个人博客发表作品,每年评选一次,奖金99900元,于当年12月3日路遥诞辰日颁出;当年度若无满意作品,则奖项空缺。2014年,阎真凭借长篇小说《活着之上》摘取首届路遥文学奖。路遥文学奖于2016年、2017年分别颁出第二届和第三届奖项。

不过,这个民间奖项自发起之初就备受争议,路遥的女儿路茗茗明确反对设立此奖,几届评奖的程序和结果也引起了质疑。

海子诗歌奖

海子诗歌奖由北京师范大学中国当代新诗研究中心和《星星》诗刊杂志社于2013年6月共同发起,由全国著名诗人和评论家组成"'海子诗歌奖'评奖委员会"组织实施评奖工作。

海子诗歌奖坚持"纯粹性、青年性、开拓性"的原则，以年龄不超过45周岁的青年诗人为评奖对象，不分民族，不分性别，不分地区，凡用现代汉语写作的青年诗人均在参评之列。评选过程本着公开、公平、公正的原则，先由若干位评委提名推选出50位候选人，然后由终审评委会委员集体投票，从中推选出5名海子诗歌奖入围者。最后，根据评委会全体成员的投票情况，从5名入围者中间最终产生1名海子诗歌奖主奖获得者、4名海子诗歌奖提名奖获得者名单。

在征得海子家人同意的基础上，首届海子诗歌奖于2014年3月26日海子逝世25周年纪念日在北京揭晓，诗人寒烟获"海子诗歌奖"主奖，郑小琼、江非、泉子、李成恩获"海子诗歌奖"提名奖。截至2019年，共颁发五届。

腾讯书院文学奖

2014年，敏感于"互联网＋"时代给文学带来的广阔前景，不但武侠、言情、官场、历史、悬疑、穿越等类型文学创作获得了全新的发展机会，不同的文体写作也热闹非凡，剧本、歌词、现代诗、非虚构等，突破了"纯文学"的局限性。在此背景下，腾讯网文化中心联合北京师范大学国际写作中心、北京大学中文系创意写作项目、复旦大学中国当代文学创作与研究中心、南京大学中国新文学研究中心、中国人民大学国际写作中心五家国内学术机构，创办"腾讯书院文学奖"，旨在发起"新文学运动，致敬原创力"。有别于惯常的"纯文学"奖项，该奖项的评选类型分小说、歌词、剧本、现代诗、非虚构五类文学作品，表彰和鼓励创新精神，丰富、拓展属于21世纪的文学空间。

2014年，首届奖项分为年度致敬作家、年度小说家、年度诗人、年度批评家、年度散文家、年度新锐作家等六个奖项；2015年，第二届颁奖分别设立了致敬小说家、致敬剧作家、致敬非虚构作家、致敬诗人、致敬作词人、年度小说家、年度剧作家、年度非虚构作家、年度诗人、年度作词人共十个奖项。

该奖项于2015年和2016年颁发两次后，未再持续。

晨星科幻文学奖

晨星科幻文学奖全称为"晨星·晋康"科幻文学奖，是中国首个具有公益性的原创科幻文学奖项，也是中国第一个以科幻作家冠名（王晋康）的科幻文学奖。该奖由深圳市科学与幻想成长基金发起，立足深圳，旨在发掘优秀的科幻、科普及奇幻文学创作者;资助相关创作活动;奖励优秀作品;搭建贯穿从内容创作者到下游企业的交流渠道和沟通平台,从而助力科幻与科技产业的发展。奖项设最佳长篇、最佳短篇、最佳微科幻小说、最佳科幻原创剧本、最佳科幻改编剧本,以及被王晋康本人认可的"晋康奖"。

晨星科幻文学奖是国内第一项正式接受尚未创作完成的长篇作品投稿参赛的文学赛事。第一届晨星科幻文学奖于 2015 年 12 月 12 日举行。截至 2019 年,共颁发五届。

京东文学奖

京东文学奖由京东集团于 2017 年设立,中国新闻出版研究院、豆瓣协办。该奖项旨在通过专业并开放的评选,鼓励年轻的思想者和写作者,同时引发社会公众对文学的关注、对阅读标准的思考。京东文学奖下设国内作家作品、国外作家作品、年度传统文化图书奖、年度新锐作品奖、年度童书奖、年度科幻图书奖六个奖项,候选书籍由权威学者、作家、名人提名,全民参与投票选择。

首届京东文学奖奖金总额为 280 万,其中最受关注的为国内作家作品和国外作家作品,获奖者将分别得到 100 万元奖金,远高于国内其他重量级文学奖奖金。主办方邀请了莫言、王蒙、梁晓声、毕飞宇、蒋方舟、罗永浩、鞠萍、方文山、马伯庸、熊培云等 36 位在文化和创作领域都颇有建树的专家组成京东文学奖评委会。评选过程包含作品征集、大众投票、专家初评、专家二评等多个环节,获奖书籍总决赛的评选还进行了全程网络直播,保证公开、公正、透明。所有京东注册用户均可以为自己喜欢的作品投票,网络投票权重占到整个评奖权重的 60%。此举旨在最大限度调动公众关注、参与,从而促进全民阅读的发展。

截至 2019 年,共评选三届,其中第三届改由京东集团与北京师范大学国际写作中心共同主办。三届国内作家和国外作家的获奖作品分别为:格非《望春风》、王安忆《红豆生南国》、张炜《艾约堡秘史》;以色列作家阿摩斯·奥兹《乡村生活图景》、美国作家玛丽莲·罗宾逊《管家》、美国作家埃默·托尔斯《莫斯科绅士》。

专题史料与研究

第一辑
重要讲话与获奖感言

导语

　　新时期早期的优秀中短篇小说奖、茅盾文学奖与鲁迅文学奖等奖项的颁奖典礼,既是展示作家风采的舞台,也是作协宣讲时代文艺政策、解读获奖作品、引导创作风向的重要平台。而作家获奖的感言与致辞颇能呈现作家的文学观与世界观,以及对自我解读的别致角度,是批评界观照作家理应注意的重要的"创作谈"。本辑收录的文章中,既有重要讲话,又有获奖感言。讲话中有5篇选择新时期头几年优秀中短篇小说评奖的颁奖典礼上茅盾、巴金、周扬、丁玲和张光年等的讲话,这些讲话不但饱含着重要的时代讯息,也显现了作为跨越从现代到当代、又历经了"文革"等波折的老作家对文学的深入思考和对文学青年未来的瞩望,对于新时期文学审美观念的形成有较为重要的意义。获奖感言包括丁玲得到斯大林奖金的首次获奖的激动心情的记录,王火在茅盾文学奖颁奖大会的发言,以及刘慈欣获得雨果奖的获奖致辞,这些致辞与其所获奖项及作家写作路径和风格之间的内在关联,形成富有意味的对照。

丁玲就荣获斯大林奖金发表谈话

——感谢苏联人民对中国作家和人民的鼓励和帮助

【新华社莫斯科十七日电】为参加俄罗斯伟大作家果戈理逝世一百周年纪念仪式来莫斯科访问的我国作家丁玲,顷就她的小说《桑干河上》荣获斯大林奖金事,对本社记者发表谈话如下:

我是一个很渺小的人,只做了很少很少的一点工作,从来不敢有什么幻想。我爱斯大林,我爱毛泽东。当我工作的时候,我心里常常想到他们,好像他们站在我的面前一样。这样,我就尽力按照他们的思想,他们所喜欢、所憎恶的意思去工作,就怕把工作作坏。但是,我从来连做梦也不敢想到斯大林的名字、毛泽东的名字能和我丁玲这两个字连在一起。而今天,我光荣地获得了文学方面的斯大林奖金二等奖。这个光荣是多么想不到地落在我的头上。这个意外的光荣是多么震动了我。我欢喜,却又夹杂着巨大的不安:我无法形容现在的复杂心情。我要重复这句话:我是一个很渺小的人,只做了很少很少的一点工作。可是我却得到了无数次和无法计算的从人民那里来的报酬和鼓励。尤其使我感动的,是苏联人民对于我的鼓励和帮助。我的书在苏联被译出后,印了五十万普及本。陆续得到各方面来的鼓励,现在更承苏联部长会议宣布授予斯大林奖金。这个光荣是中国所有作家的,是中国人民的。这是对全体中国人民和作家的鼓励。一切光荣归于中国人民,归于中国人民的伟大领袖毛泽东。我衷心感激苏联人民、苏联部长会议给我这个极大的荣誉和鼓励。我一定要更加努力,为中国人民的建设、为世界和平尽所有的力量,并提高工作效率,以无愧于斯大林奖金的获得,无愧于毛泽东主席给我的教育。

题解 本文原载《人民日报》1952年3月18日。《太阳照在桑干河上》等作品获得斯大林文艺奖金是刚刚建立的中华人民共和国文艺界的一桩盛事。该讲话是丁玲面对采访她的新华社记者发表的,体现了鲜明的时代背景。

在一九七八年全国优秀短篇小说评选发奖大会上的讲话

茅　盾

　　我作为评奖委员会主任,工作做得很少。我声明一下,我因为眼睛不好,只看了少量作品,大部分工作是其他同志们做的。我只听过许多汇报。对于这次评奖,我觉得很好。得奖的二十五位同志中,有老年的、中年的,而绝大部分是年青人,是"文化大革命"以后开始写作的,是新生力量,是我们文学事业将来的接班人。他们在文艺上跨上了长征的第一步。我相信,在这些人中间,会产生未来的鲁迅、未来的郭沫若,(李季同志插话:也产生未来的茅盾。)李季同志把我拉上来,实际上我是不足道的,没有写出什么好的作品。我们应该向鲁迅、郭沫若学习。

　　鲁迅、郭沫若为什么能够有这样高的成就呢?据我看,他们都是博览群书、学贯中西的。而且,他们两位都学过医、有科学知识作基础。我们现在要反映四个现代化,不懂些科学知识,恐怕是不行的。因此,我们向鲁迅、郭沫若学习,也就要象他们那样,掌握多一些科学知识。

　　我们感到非常遗憾的是,现在还没有一部完整的《中国通史》。对于本国的历史,年青的一代所知不多。范文澜写过一部《中国通史》,可惜只写了一半,他就去世了。郭老主编过一部《中国史稿》,也只出了一半(两册),"文化大革命"一来,这个工作就搁起来了。我想,中国人总不能不晓得中国的历史吧? 还有,既然是搞文学的,总不能不晓得中国文学发展的历史吧? 刘大杰写过一本。不过,现在很难看到,希望出版单位能把这本书重印。也希望别人也来写中国文学史。因为中国文学史上的问题很多,对各个时代有名作家的评价,大家有不同的

题解　本文原载《人民文学》1979 年第 4 期。这是茅盾于 1978 年在全国优秀短篇小说评选发奖大会上的讲话。他首先强调掌握必要的科学文化知识的重要性,认为好的创作不仅需要博览群书、学贯中西,还必须深入生活,同时对中国通史、中国文学史的撰写及对外国文学史的译介工作提出期望;其次,他对在粉碎"四人帮"后由群众检验的短篇小说评选给予很高的评价,提出实践是检验真理的标准,并希望今后的作家创作和评选工作都能够在总结经验的基础上迈上新的台阶。

意见。所以，可以来个百家争鸣。

鲁迅和郭老对外国文学是很有研究的。可是，到现在，我们还没有一本欧洲文学史，还没有一本从古代希腊到十九世纪末叶、直到本世纪三十年代（不用说直到现在了）这样的外国文学史。如果你要从事文学写作的话，向外国的文学借鉴也是需要的，正如毛主席指出的：我们决不可拒绝继承和借鉴古人和外国人，那怕是封建阶级和资产阶级的东西。鲁迅也讲过：我们批判地看人家的东西，把它好的东西拿过来，这就是"拿来主义"。如果是这样的话，你光看文学史还不够，还得看作品。开国以后，我们翻译过一些外国的作品。可是就连这一点点译作，"四人帮"的愚民政策也不放过。他们把这些作品统统称为有毒，不让人看；已经出版的，也不再出版。过去翻译作品少，这与人手不够也有关系，我们还没有把该翻译的外国名著都翻译过来。沙俄时代和苏联早期的作品，翻译的比较多，欧洲其他国家的作品，就比较少。古代希腊两部有名的史诗、被人家称为欧洲文学之父的《伊利亚特》和《奥德赛》，就始终没有全部翻译过来。翻译这两本书不是轻而易举的事，不过，如果认真组织力量，还是可以翻译出来的。我记得，解放以前出过傅东华从英文翻译的《奥德赛》，但后来没有再版过。傅东华这个人，在抗战时有一段时间表现不好，人家说他做了汉奸。但是，对翻译作品来说，不应以人废文。我想，在还没有代替的译本的现在，重印他的译本，还是可以的。但丁的《神曲》翻译出来了。莎士比亚的作品也统统翻译出来了。莎的剧作是朱生豪翻译的。他在抗战前就开始翻译，后来我们把它出版了。我想，这些作品都应该看看。当然，这是繁重的工作，要付出一定的劳力，可是我们既要向人家借鉴，要想吸收他们的精髓化为自己的血肉，我们就必须付出一定的劳力。

我们的文学既要反映四个现代化，如果没有一点科学知识，的确很困难。当然，到某些地方看看，听听汇报，也可以勉强对付。但是，如果自己有一定的科学知识，那就更好。介绍科学基础知识的通俗读物，我们还很少。这个工作，已经有人在那里做了，有些同志已经取得了很好的成绩，我们盼望在短时期内看到更多的成果。所以，一方面搞创作，一方面要尽量挤时间多读书，使自己具有丰富的各方面的知识。杜甫说过："读书破万卷，下笔如有神。"当然，我们还要补充一句：还得深入生活。事实上，杜甫的好作品，并不只是读书破万卷，而是在他和老百姓接近，了解他们的生活、情绪、愿望以后，用现代的话，就是深入生活以后，才产生的，例如《三吏》、《三别》这样的好作品。以上是我要说的第一点。

第二点,这次优秀短篇小说评奖活动,的确是空前的、过去没有做过的。这工作只有在打倒"四人帮"之后,才有可能搞起来。过去也有过短篇小说选,但不是经过群众评选的,这一次是经过群众评选的。实践是检验真理的标准。这一次,作品是经过群众来检验的。由于大家努力,结果很好。以后,每年都搞一次评选。我们也要总结评选工作经验。现在经验还不多,将来经验就越来越多。总结经验,可以使评选工作做得更好。得奖的同志们,也要总结自己的写作经验,然后再迈开新的步子,写出更好的作品。我祝诸位在创作方面取得更大的成就。在你们中间,我相信,肯定有未来的鲁迅和郭沫若的。

在一九七九年全国优秀短篇小说评选发奖大会上的讲话

巴 金

　　出席一九七九年全国优秀短篇小说评选发奖大会,我很兴奋。特别高兴的是看到这次获奖的作家,大部分是年富力强的中年人,还有几位青年人。其中有专业作家,有业余作家;有熟悉的,也有第一次见面的。新人不断地涌现出来,这说明我们的队伍越来越壮大了。我相信,今后我们的事业一定会更加繁荣。

　　这次评奖活动,得到了各方面的重视和关心。从全国四面八方,一共投来了二十五万多张选票,推荐了两千多篇作品。经过评选委员们多次认真地分析、讨论、协商,选出了现在公布的这二十五篇。我代表评选委员会和参加评选的广大读者,向二十五位得奖的作者表示热烈的祝贺!

　　同志们,我们的文学事业,一旦冲破了"四人帮"的牢笼枷锁,医治了十年浩劫带来的创伤,清除了各种流毒以后,发生了多么巨大的变化!去年一年,全国又涌现出大量优秀的短篇小说。这些作品,题材广泛,思想深刻,内容丰富多采,风格多种多样,深受广大读者的欢迎。这是十分可喜的。这次获奖的作品仅仅是其中的极小部分。另外,值得一提的是,去年全国还出现了不少优秀的中篇小说,受到了广大读者的重视和好评。我希望,在适当的时候,也能搞一次全国优秀中篇小说的评奖活动。我想这对进一步繁荣我们的文学创作是有好处的。

　　我们取得了很大的成绩,但是,我们的社会主义文学事业,还处在初步繁荣的阶段。我们要珍惜已经取得的成就。我们不能故步自封,"夜郎自大",有了一些成绩,就沾沾自喜。我们作家肩负着重大的责任。邓小平同志在第四次文代会的祝辞中要求"我们的文艺,应当在描写和培养社会主义新人方面,付出更大的努力,取得更丰硕的成果","为建设高度发展的社会主义精神文明,作出

题解　本文原载《人民文学》1980 年第 4 期。这是巴金于 1979 年在全国优秀短篇小说评选发奖大会上的讲话。他肯定了文学事业在冲破"四人帮"牢笼枷锁后发生的巨大变化,并提出评选全国优秀中篇小说的建议;同时他指出,社会主义文学事业仍处于初步繁荣阶段,不能因取得一些成绩而沾沾自喜,他要求文艺工作者应该不断地向生活、向人民、向书本学习,从而创作出更多更好的富有生命力的作品。

积极的贡献"。这就需要我们全面地锻炼自己,丰富自己,为攀登社会主义文学的高峰,坚持不懈地付出辛勤的劳动!

人民是文艺工作者的母亲,生活是文艺创作的源泉。任何时候,我们都不能脱离同人民、同生活的联系。忘记或者忽略这一点,艺术生命就会衰竭下去。作家可以写自己熟悉的生活,也应当不断地去熟悉新的生活。现在,党的工作重点已经转移到社会主义现代化建设上,我们的生活在变化,我们的人民在前进。如果我们不和新时期、新的群众相结合,不去了解和熟悉新的生活,我们的创作就很难适应时代的需要。作家深入生活,是极其寻常的事。但是创作是复杂的艰苦的精神劳动,需要具备各种条件,才能写出好的作品。那种不分青红皂白,把作家一律赶下去的"一刀切"的方法,实践证明是行不通的。最好让作家自己去选择生活基地,一个地方不适当,可以换一个。下去的方式也可以多种多样,长期的,短期的,深入下去的,走马观花的,都可以。从实际出发,"因地制宜","因人而异"。总之,这方面的问题还很多,需要认真研究,总结经验教训,找到一些切实可行的办法,逐步解决好这个问题。

除了向生活、向人民学习之外,还应该强调一下向书本学习。学习科学、文化知识,学习古今中外的优秀文学作品,不断提高自己的文化水平和艺术修养。这是一个很重要的问题。大家都知道,进行创作,学习和借鉴是不可缺少的。从这次获奖的作品中,也可以看出中外优秀文学作品对大家的影响。如有的作品就较多地继承了中国古典小说的传统表现手法;有的作品则汲取了外国小说的某些长处。有的作者,看来已经初步形成了自己独特的艺术风格;有的作者正在创作实践中,不断地探索、创新。这种种努力,都是应当肯定的。然而,学习是没有止境的。我们大家都需要学习,都需要不断地丰富自己的知识,扩大自己的眼界。特别是我们的青年同志,由于"四人帮"的坑害,耽误了宝贵的学习时间,现在就更得抓紧时间,补上这一课,加强各方面的修养,打下扎实的基础。

同志们,我们中华民族有悠久的历史,有灿烂的文化。我们的先辈一代一代地给我们留下了丰富的、宝贵的文学遗产。我们这一代人也要有雄心壮志,刻苦钻研,虚心学习,善于思考,勇于创新,勇于探索,敢攀高峰,写出更多更好的富有生命力的作品,让我们伟大时代的精神和英雄人民的事迹也一代一代地流传下去。

最后,祝同志们在八十年代中取得更大的成绩,为进一步发展和繁荣社会主义的文学事业,做出新的贡献!

文学要给人民以力量

——在一九八〇年全国优秀短篇小说评选发奖大会上的讲话
（一九八一年三月二十四日）

周　扬

　　我对最近发表的文学作品看得不多，讲不出很多的意见。好在光年同志刚才讲了话，他的意见我都同意。临时要我讲话，我就讲几句，来表示对得奖的同志们的祝贺，并借此互相勉励吧！

文学评奖是好事，要经常化，制度化

　　近年来文学艺术各方面都举行过评奖，效果是好的。这次短篇小说评选得奖的作者，不但有许多是中、青年作者，特别是青年作者，也有如谢冰心同志这样的最老一辈的作家，真正做到了老、中、青三结合，而中、青是主力军。得奖的同志以自己优异的创作成果作出了贡献；许多没有得奖的，也都在创作上作了努力，各有大小不同的贡献。这说明我国的文艺正在兴旺繁荣。老作家中许多人，仍然精神抖擞，没有放下笔。但是整个来说，引人注目的作品，是出自有才华的中、青年作家的手笔，他们已经大踏步地跨进文坛，成为一支举足轻重的力量了。这实在是值得欢欣鼓舞的事。评奖就是对我们的作家们的出色的创造性劳动的一种鼓励。评奖是促进文艺繁荣和科学进步的一种有效的良好方法。我们要把评奖这种活动经常化、制度化。当然，目前限于经济条件，评奖的奖金是很微薄的。但是我们革命的作家，绝不是为了金钱而写作，评奖的真正的意义是精神鼓励。通过评奖，表示我们对这些作家们的辛勤劳动和心血结晶的酬谢和评价，让

题解　本文原载《人民文学》1981 年第 4 期。文章主要围绕三个方面展开讨论。在"文学评奖是好事，要经常化，制度化"的定调中，周扬肯定了老、中、青三代得奖作家在创作上的努力和实绩，谈及设立"鲁迅文学奖金"的构想；提醒评论界应理性地评论获奖作品，不应有溢美之词和过苛之论。在"真实和忠诚"中，文章强调要重视文艺的真实性、恢复和发扬现实主义传统，同时对部分关于真实性问题的不当认识提出质疑。在"勇气和虚心"部分，周扬重申文艺工作者和文艺工作的领导者都要将勇敢与谦虚很好地结合起来，从而推动文艺事业更加生气勃勃和兴旺繁荣。

更多的读者来注视这些大都是后起之秀的作者,鉴赏他们的创作。物质鼓励和精神鼓励两者都需要,但最重要的还是精神鼓励。对一个作家来说,最大的荣誉、最大的鞭策、最大的鼓励和安慰,莫过于他的作品在人民中间得到承认,得到赏识,引起共鸣而又能起鼓舞和教育人民的作用。今年是鲁迅诞生一百周年,有不少同志建议设立"鲁迅文学奖金",我们认为这个建议是好的,也是可以实行的。我们今后要把对文学艺术创作的奖励经常化、制度化,并且使之逐步完善起来。

是不是所有得奖的作品都是无瑕可指,完美无缺的呢?当然不能这样说,也不能这样要求。但总的来说,得奖作品应该是好的或比较好的,有值得奖励之处。我曾讲过,评奖也可以叫奖评。经过读者推荐、专家评判而得奖的作品,还是可以批评的,而且越是得奖的好作品,就越应该经得起批评。所以我说评奖也可以叫奖评。既然要评论,当然可以说好,也可以说坏,绝不要拒绝批评,即使是不公正的批评。我们在过去几次文代会的报告中,都曾列举过一些较好作品的篇名,以引起舆论界和社会上的重视,这是有好处的。但也有缺点,往往品评不当,挂一漏万,容易给人一种印象,似乎这些作品都是经过领导认可的,这就不好了。作品只能由千百万群众认可,而且是要经得起历史的考验。评论得奖作品,既不要有溢美之词,也不要有过苛之论。一个作品得了奖,要有评论,如果舆论界毫无反应,那就未免使作者感到太寂寞,也显得我们评论太不活跃了。如果你评奖选出的是不好的作品,那就更应该评论,应该坦率地批评。

粉碎"四人帮"以后四年多来,特别是党的三中全会以来,正如中央所指出的,文艺是很有成绩的部门之一。但同时也无可否认,文艺工作中错误缺点不少,问题很多。现在无论党政领导或社会舆论,都对文艺工作很关怀,有鼓励也有批评,有时甚至是严厉的批评。今天得奖的作品仅仅是目前文艺创作的一小部分,我们不能以偏概全,认为我们的所有作品都已达到同样水平了。就是这一小部分,也不能认为就是尽善尽美的。毫无疑问,你们的作品对于我国的文学,增添了新的财富,发出了新的光采。但是,你们要以整个人民和国家的利益、整个社会主义文艺事业的利益为己任,绝不可以因为个人取得的一点小小成就而沾沾自喜,踌躇满志。百尺竿头,更进一步,这就是我对大家的希望。

真实和忠诚

近年来,关于文艺真实性的问题,议论得很多。强调重视文艺的真实性,强调要恢复和发扬现实主义传统,这是完全正确的。这就纠正和弥补了我们过去在这个问题上的过失、偏颇和不足。应该承认,真实是艺术的生命,尽管"四人帮"把这句本来正确的话当作"修正主义"批了好多年。大家都知道,任何文艺作品,凡是不真实的都不能打动人心,都没有生命力,这是经过人民和实践的检验,为世界文学历史所证明了的。毛泽东同志说,文艺是社会生活在作家头脑中的反映,这是唯物主义的反映论在文艺上的应用,也是文艺上的现实主义理论的哲学基础,这是科学真理。一个革命作家不忠实于人民的生活,就写不出真正反映人民生活,真正代表人民利益的作品。文艺要真实,这是天经地义的。但是,在关于真实性的问题上,也有些观点是我们不能赞同的。第一,有的人利用我们过去在现实主义的理论和创作实践上的某些缺点错误,而把真实性加以绝对化,对之任意地作了主观片面的解释,借此来贬低和否定开国后三十多年来我们在文学上的巨大成就,似乎我们过去的作品都是不真实的,只有那些揭露社会阴暗面的作品才是真实的。当然,我们的文学中有过许多不真实的作品,这是任何国家,任何民族的文学中都不可避免的。比较起来,从根本上讲,真正反映人民的生活和斗争的作品,才是最真实最有价值的。难道那些真实反映了工农兵斗争生活的,充满了血和泪的,描写我国民族、民主革命、土地改革、合作化运动等等的大量作品,不是我国革命的忠实纪录,而竟是瞒和骗的文学吗?

香港的某些刊物上有的文章说,我国现在的文学是新现实主义,好象我们过去从未有过现实主义,有也是旧的。如果这是指我国社会主义新时期的文学,现实主义当然也可以加个"新"字。但是他们的意思不是这样,而是说过去的作品不真实,都不是现实主义的,甚至都是瞒和骗的文学,这就不对了。这是对我国具有光荣传统的革命文学的诬蔑。可惜的是,我们自己的有些作家,也认为自己过去写的一些革命作品都不真实,也都错了。似乎是错听了某些领导人的意见,上了经常变化的政策的当,不免带着一种懊恼和忏悔的心情,这是不对的。革命难免要犯错误,甚至是路线的错误,不管这个错误在于自己或在于领导,都需要认真总结经验,取得教训,而不是什么忏悔。如果你是真心实意投身于革命的,革命是正义的行动,为什么又要忏悔呢?我们所需要的只是更高的自觉和独立的思考。

其次,我们说真实是艺术的生命,这只是一种比喻的说法,说明真实对于文艺之重要,犹如生命对于人一样。但是对于一个有头脑、有思想的人来说,世界上也还有比生命更宝贵的东西。鲁迅在忆念诗人殷夫的文章中,曾引用过诗人喜爱的斐多菲的以下诗句:"生命诚可贵,爱情价更高,若为自由故,二者皆可抛。"这位匈牙利爱国诗人为了民族的自由独立,不惜抛出了自己的生命,这正是他的伟大之处。我们今天的革命作家,难道不应该把忠于人民的事业、党的事业、社会主义事业看得比自己的生命更宝贵吗? 这正是我们的信念和理想之所在。对现实生活的忠实和对革命事业的忠诚,革命现实主义和理想主义应当密切结合,这就是我们的革命观,也就是世界观。十多年前,当时还很年轻的一位女作家曾对我说过,她从小在革命队伍里长大,党从来教育她要诚实,要讲真话。我告诉她,讲真话是应该的,我也相信她讲的是真话,讲真话有人不喜欢,但还是要讲。不过,你现在是一个作家,要反映和判断革命过程中的复杂的事物,也不要太自信自己的观察正确,还是要多听取别人,包括领导的意见。由于"四人帮"的灭绝人性的文化专制主义的流毒,现在有些作家,特别是青年作家,喜欢讲什不可捉摸的"良心",而不喜欢讲可以实际考察和检验的对于革命事业的忠诚,以及对人对事的出以公心。他们只喜欢讲什么抽象的超阶级的人性,而不喜欢讲党性、革命性和科学性。他们对于千百年来封建阶级、资产阶级世世代代因袭的陈腐语言津津乐道,而对无产阶级的、马克思主义的科学语言却避之唯恐不及,有的同志甚至说出什么"艺术家有良心,政治家没有良心"这类奇谈怪论来。我们权且用"良心"这个旧字眼吧。没有良心的所谓政治家是有的,旧社会有,新社会也有。资产阶级政治家,特别是那些政客,争权夺利,互相倾轧,损人利己,哪里谈得上什么良心。林彪、"四人帮"及其帮派残余、打砸抢分子、违法乱纪分子、严重的官僚主义分子,他们的问题根本不是良心好坏的问题,也根本不配称为无产阶级的政治家,他们只是革命队伍中的败类。许多革命的政治家,虽也有这样那样的缺点或错误,但都经过长期的革命的严峻考验,他们用自己的行动证明他们是忠于人民的,是很有良心的,用马克思主义的科学语言来说,是很有党性的。如果笼统地说政治家没有良心,那么,反过来问,难道艺术家就都是有良心的吗? 我们文艺家在长期革命过程中,在十年动乱日子中,固然绝大多数表现是好的,经得起考验的,但是难道就没有少数败类卖身投靠、一点所谓的良心都没有吗? 无论对于政治家也好,艺术家也好,都不是什么有无良心的问题,也不是他们自认为有良心的问题,而是要根据他们实际行动的表现——他们对待革命、对待人民、对待同志、对待朋友是否正派,是否真诚来评判他们的是非功过,这才是判别一切人和一切事物的唯一正确的标准。

一位以擅长描写新旧交错时期的农民而受到文艺界称赞的作家高晓声同志,他在新近发表的一篇文章中说得很好,无论你写什么东西,总要给人以力量。我们的作品无论如何不应该使人感到消沉颓丧,而应使之振奋精神,增添勇气。一个时期流行所谓"伤痕"文学,这是十年残酷现实的必然产物和反映。描写自卫反击战争的小说《西线轶事》,也不免于刻画了战士心灵上的深刻伤痕,但它并无损为祖国而死的无敌勇士的形象,使人受到极大感动和鼓舞。我们不赞成尽写所谓"伤痕"。但是写了"伤痕"的作品并不就是所谓"伤痕文学"、"暴露文学",更不等于宣扬感伤主义的文学,只要写得好,只要作者的思想感情是健康的,仍然可以给人以力量。对于"文化大革命"这段历史,需要从更高的思想角度和更广阔的历史背景上来进行高度的艺术概括,这是一项有待于付出艰巨劳动的工作,不能一蹴即就。我们要求作品表现更多的积极的正面的力量,也并不是说,作品只能写正面人物,不能写反面人物,也不是说只能写积极现象,不能写消极现象。象"四人帮"鼓吹的什么"根本任务"论、"高大完美"论之类。我们提倡作品题材要多样化,要写各种人物,出身、遭遇、教养、个性都要各有不同,这样才能构成我们文学中多种多样人物的丰富画廊。我们的文艺创作要致力于培养社会主义新人。但什么是我们所需要的社会主义新人呢?他应当具有社会主义思想和现代科学文化知识,他敢于解放思想,破除迷信,富于实干精神、改革精神、创业精神。他们是新人,但并不是"完人"。这种新人在某些人眼中来看,可能还是"异端"。"乔厂长"式的人物所以受到广大读者的称赞,主要就是由于作者表现了这种精神。当然,这并不是说我们的作品都要创造这种新人的形象,而只要求他们的创作能有助于培养这种新人,赋予他们为社会主义现代化建设发愤图强的力量,提高他们共产主义的精神境界和道德品质。这样,我们的文学就能给人以力量,而这种力量,是只能从人民中来,从作家对于人民的深刻了解、高度信任和无限热爱中来,从作家对党、对社会主义、共产主义事业的崇高理想和坚强信念中来。十年浩劫,我们党和社会主义在人民中的威信受到了空前的损害。今天我们要恢复党和社会主义在人民中的威信,就需要进行大量的艰苦细致的工作,在这个工作中,我们的作家、艺术家,也负有不可推卸的责任。

在文艺战线上,"左"倾思潮,其渊源之久,传播之广,危害之深,都需要我们继续清理和批判,同时我们又要严重注意当前文艺界某些自由化的倾向。这种倾向主要表现为企图摆脱党的领导,越出社会主义轨道,这是很危险的,必须加以反对和克服。现在我们有的文艺作品,包括戏剧、音乐、绘画,特别是电影、电视剧,不但缺乏社会主义思想,也缺乏爱国主义思想,甚至连起码的民族自尊心、自信心都没有了。当然这样的作品为数极少,但要看到问题的严重性。舆论界和文艺界有不少同志对这种现象提出了批评,这应该引起我们的注意。我们的作家一定要在党的领导下,坚定不移地走社会主义道路,坚持人民民主专政,坚持马列主义、毛泽东思想。这是任何时候也不能动摇的。当然我们一定要用三中全会所确立的思想、政治路线来坚持这些原则,而不应采取教条主义或实用主义的态度来对待这些原则。

党中央提出要加强党的领导,改善党的领导。我们这样一个大国、大党,混进一些野心家、投机分子是不奇怪的,他们总是妄图从内部来破坏和颠覆我们党。林彪、"四人帮"就是这样的危险的人物。现在他们虽然被人民打倒了,但他们的帮派残余势力还在,一遇到合适时机,他们就蠢蠢欲动,妄图东山再起,对此我们是绝不可以掉以轻心的。我们作家应该紧紧地团结在党中央周围,进一步密切党和广大人民的联系,为保卫党的队伍的纯洁,为实现四化和安定团结而共同奋斗。

也许有人认为,提倡对党忠诚就是提倡愚忠,提倡奴隶主义,这是完全不对的。我们说一个人要忠实于自己,忠实于自己的亲人和朋友,那么为什么不把这种感情扩大,把思想境界更加提高,忠诚于人民、忠诚于党、忠诚于祖国、忠诚于民族,那岂不是更加高尚万倍吗?

勇气和虚心

最后讲一讲作家、艺术家要有勇气,又要谦虚的问题。勇敢和谦虚要很好地结合起来。一个作家、艺术家,他所进行的是高度创造性的劳动,而且是要影响千百万群众心灵的劳动,他既要谨慎,也要勇敢。首先要相信党,相信党中央的领导,相信群众,紧密地联系群众,依靠群众,这样我们的文艺创作事业就有了最坚实的基础,我们自己也有了勇气,我们的信念就不会轻易动摇了。现在社会上,包括文艺界有一种风气不好,就是喜欢听小道消息,并且不加思索地传播这些消息,以致往往以讹传讹,无事生非,庸人自扰。我们的作家千万不要听到一点什么风吹草动就精神紧张,神经过敏,惶惶不安。我们许多作家、艺术家都经受了十年动乱的考验,还有什么可害怕的呢? 我们的党正在研究和总结建国以来三十多年的历史经验,从中吸取极为宝贵的教训。象十年浩劫那种恐怖的日子绝不会再降临到我们头上来了。我们要清醒地看到我们党虽然承受了空前巨大的创伤和灾难，但也比过去任何时候都更加成熟，更加坚强。三中全会以来的方针路线，已经并将继续被证明是正确的。现在的党中央是完全可以信赖的。我们要坚信党的领导，坚信群众的觉悟水平和识别能力，即使小道消息满天飞，甚至真地刮起了什么歪风，我们也要不为所动。在这种时候，我们更需要独立思考和批判精神。我们要坚决拥护党中央的方针路线，维护安定团结的局面。凡损害安定团结的行为，一定要抵制并坚决与之斗争。如果你的作品是真正来自人民生活，反映人民利益的，你就不怕别人批评，别人也批评不倒你。作家自己却应当虚心听取别人的批评意见，对的要接受，批评得不对的，也可有则改之，无则加勉。如果你只是投机取巧赶浪头，那么即使你可以哗众取宠于一时，即使别人不批评，你终究是站不住脚的。艺术创造和科学研究一样，都需要勇气，需要坚韧不拔、百折不回的努力。文艺和科学，代表着一个国家的精神文明。人才不可多得，对于作家、艺术家，我们要特别加以爱护。要鼓励他们的积极性和勇于探索的精神，要重视和正确地评价他们的成就。也不要盲目地吹捧他们，为他们护短，或掩盖他们的错误，也要对他们提出严格要求，以促使他们不断前进。如果他们犯了错误，即使是政治上的错误，也要耐心帮助他们改正。我们每个共产党人都难免讲过错话，做过错事，对他们也不能过苛地要求。有些事情，我们作领导工作的同志还要多为他们承担责任。作家、艺术家进行艺术探索，也需要勇气，应允许他们有更大的自由，要支持和鼓励他们的探索精神，绝不可挫伤他们的这种积极性和勇气。至于在探索过程中说了错话，一时迷失了方向，党组织要采取正确的方针，积极地帮助他们改正错误。对待人民内部矛盾，特别是思想分歧，要坚持采取实事求是、与人为善、治病救人的方针。这是我们党的正确政策和优良传统。只有这样，我们的国家，我们的文艺事业才会更加生气勃勃，兴旺繁荣起来。要相信我们文艺界的绝大多数同志是热爱党、热爱社会主义祖国的。我们摧毁了"四人帮"的文化专制主义所造成的长期闭塞状态，采取了向世界开放的政策。随着现代科学技术的引进，世界上各种现代资本主义的反动思潮和流派也都不免要纷纷乘虚而入。我们的许多青年，包括青年作家，由于缺乏本国和世界的历史知识，缺乏批判的能力，往往容易受到这些文化中的消极因素的感染和毒害。这也是对"四人帮"长期禁锢政策的一种反动和惩罚。有些文学、艺术方面的东西，在西方已经过时了、陈旧了的，我们的一些青年还视腐朽为新奇，把它们当作新鲜事物来欣赏。对这类问题，应当经过分析批判、互相竞赛和自由讨论来解决。艺术是要探索和描写人的内心世界、灵魂深处的，但绝不能离开影响和支配人们行动的客观环境来描写。一个作家、艺术家,懂得一点心理学,是有好处的。但是我们的文学艺术如果不面向客观世界,而一味沉溺于主观世界,那就只能引导我们的文艺走上歧途,陷入绝境。一个作家,在艺术的探索和表现方法上走错了路,不要轻易说他是反党、反社会主义。那可能是创作方法、思想方法不对头,创作经验不足,表现技巧不成熟,因而在创作上招致了不利于人民、不利于社会主义的后果。要帮助他们认真学习,提高思想和艺术水平,从创作实践中去改正。

前面已经说过,作家不只要有勇气,还要虚心。勇敢和谦虚两者要很好地结合起来。只有勇敢而没有谦虚,那就要流于莽撞和狂妄。青年人容易骄傲,是不足为怪的。但如果写了一两篇东西,尾巴就翘得很高,有谁批评了他的作品,或不发表他的东西,就说是打棍子,是压制了新生力量,这就不对了。任何有组织的社会生活中,行政干预都是不可少的。比如走路,就要受交通警的指挥。如果闯了红灯,就要受干预。交通警就是最有权威的干预者。如果没有这种干预,秩序就不能维持。当然,指导文艺创作,这比指挥交通复杂得多,不能相提并论。经过三中全会,重申了"二百"方针,发扬了政治和艺术民主,文艺界许多人都受了思想解放的洗礼,不大那么容易崇拜偶像,接受别人的任意指挥了。但是,绝不可以把党对文艺工作的必要的正确的领导,都说成是粗暴的行政干涉。实际工作中,粗暴干涉是有的。党中央提出的加强党的领导和改善党的领导,特别是改善党的领导,改善党和作家、艺术家之间的关系,这就是从根本上反对和防止粗暴干涉的重要措施。党的负责人和文艺家之间,在工作关系上有一种领导和被领导的关系,但在同志关系上,又是一种平等的关系。去年胡耀邦同志倡议召开的剧本创作座谈会,整个说来,是成功地开创了一种领导和作家、艺术家共同商讨,平等地自由地交换意见的民主风气。我们今后还要坚持采用这种方法。既要尊重作家、艺术家的创造,鼓励他们创作的勇气,又要劝告他们谦虚,力戒骄傲。文艺家要尊重党的领导,对领导的意见要认真思考,不要拒绝领导和群众的批评意见。即使这些意见中有某些不恰当的地方,也都值得我们重视和深思。虚怀若谷,就是要象深谷一样,能容纳得下各种人的各种不同意见,博采众长。我们义艺工作者和文艺工作的领导者,都应该采取这种态度。让我们以此互相勉励吧!

文学的激流永远奔腾

——在全国优秀中篇小说、报告文学、新诗评奖大会上的讲话(书面)

巴　金

全国优秀中篇小说、报告文学、新诗评选发奖大会在北京举行，我因身体不好，不能前来看望获奖的作家、诗人，不能和大家一起欢聚，感到十分遗憾。但是，我为我们祖国社会主义文学事业的新的成就感到欢欣鼓舞，我向所有获得荣誉的作家、诗人表示最热烈的祝贺！我还要代表千万的读者向你们表示感谢，并且要求你们写出更多、更好的作品。

尽管我还没有来得及看完全部获奖作品，但是其中中篇小说部分我基本上都阅读了。可以看出，这些作家都有相当深厚的生活积累，对所写的人物和社会生活都很熟悉；艺术概括能力也比较强，因此表现的思想、生活既很真实，又有深度；在艺术上都不甘于蹈袭旧的俗套，而是努力探索，立意创新；驾驭运用语言文字方面也各显本领，各有特长。我从这些作品中，看到了我们文学创作水平正在提高，文学事业有了新的发展，我深信，在你们中间，将会出现不少卓越的艺术家。

这四年来，我们文学界仿佛展开了一场热烈的竞赛。有广泛社会影响的作品一部接着一部问世，为广大读者热爱的优秀作家一个接着一个出现，不少作家刚写了一部好作品，接着又有更好的新作发表。这都是过去数十年所不多见的现象。从 1979 年起，我们已经连续三次进行了全国优秀短篇小说的评奖活动，现在又完成了全国优秀中篇小说、报告文学、新诗的评奖工作。这些获奖作品在一定程度上展示了我们在这短短几年中所取得的成绩，也反映了我们的文学

题解　本文原载《人民文学》1981 年第 6 期。1981 年，全国优秀中篇小说、报告文学、新诗评选发奖大会在北京召开，本文为巴金所做的书面报告。他首先肯定了近年来文学创作整体水平的提高和文学艺术事业的稳步发展，认为许多优秀作品都生动地展现了中国人民的崇高心灵和强烈的爱国主义精神。然后巴金指出中青年作家、诗人已经成为当前文学创作的中坚力量，老一辈艺术家应给予勉励和支持。最后，他期待社会主义文艺能够在党的三中全会路线和"百花齐放、百家争鸣"方针的引领下不断健康发展，日益繁荣昌盛。

队伍正在壮大更新。这又一次有力地证明了我国的文学艺术事业是大有希望的。我们对于未来充满着信心,但也因此更加需要珍惜现在这个来之不易的兴旺局面。

这里,我还想说一说我在阅读这些作品中的一个比较深的感受:许多优秀作品都很生动地表现了中国人民的崇高的心灵。许多作品中的人物虽然都是平凡的工人、农民、知识分子和普通的干部,但是他们都在极其困难的环境下生活、工作、劳动、斗争。固然有些作品揭露了我们社会的某些阴暗面,描写了我们的一些缺点,但是作者更着重地写出了主人公对待困难、同缺点作斗争的态度,那种任劳任怨、大公无私的精神境界,那种鞠躬尽瘁、坚定不移的决心。我可以这样说:许多作品都写出了中国人民的心灵美。作为这些人的同胞,我感到自豪。这些作品给了我们以勇气,增强了我们的民族自信心。中华民族是伟大的民族,一百多年来,我们历尽了中外历史上所罕见的严峻的考验,却仍然坚毅地走着自己的艰难创业的道路。我们中国人民应该做出一些了不起的事情,应该对人类做出更大的贡献。在这些作品中,正是洋溢着这样强烈的爱国主义精神。

是不是可以说,这些作品是用作家的生命之水写成的。作品所表现的,也和人民的生活一样,象一股激流,永远在跳跃,在奔泻,不管通过多少乱山碎石,都不能阻止它;它一定要奔汇到汪洋大海中去。在它奔腾的途中,也会射出种种水花,就象我们生活中有过的爱和恨,欢乐和痛苦,希望和悲哀;但是它总是鼓舞着人们去和邪恶作战,去执着地追求美好的生活。作家总是用自己从人民中间汲取来的热和光,去温暖、照亮、鼓舞别人的心,我就是从这些作品中汲取了营养,得到了力量的。在我们优秀的作品中,主人公就象高尔基的"勇士丹柯",他掏出自己的燃烧的心,带着人们前进。

当然,我也衷心祝愿我们的文学创作百尺竿头,更上一层楼。我们的得奖作品都应该是艺术精品,能够经受更长时间的考验。它不仅代表我们当前的文学创作水平,还应该与我们这个民族悠久、灿烂、高度发达的文学历史相称,这样才能无愧于我们的时代。这个要求可能是比较高,比较严,但它是我们应该达到、可以达到的。

在这许多次的、不同门类的评奖活动中,还有一个人家都已看到的现象:得奖者绝大多数都是中青年作家。这是一个很自然的正常的现象。中青年作家、诗人已经成了当前文学创作的中坚、成为文学园地中最活跃的成员。他们创作数量多,思想艺术水平也不低,他们跑到前面去了,在我们这些上了年纪的人看来,还有什么比这更令人高兴、令人欣慰的呢? 特别是想到我们青年时代所走过的坎坷不平的道路,我深深感到我们更有责任去爱护他们,关怀他们。我自己在青年时代就曾受到鲁迅先生、叶圣陶先生、郑振铎先生、茅盾先生各位前辈的爱护、关怀和帮助。我们都知道,从事文学艺术活动的人很少有一帆风顺的,在漫长的艺术实践、生活实践道路上,总会遇到这样或那样的困难和曲折,因此也就更需要同志式的友爱和鼓励,诚恳温暖的关怀和帮助。粗暴简单的办法,轻蔑指责的态度,不仅会伤害这些正在成长中的中青年作家,也会直接损害我们的文学艺术事业。在这方面,我们是有足够的令人难忘的教训的。我们还是应该坚定不移地按照党的三中全会路线、党的"百花齐放、百家争鸣"的方针,本着对人民负责、对历史负责的态度,正确地处理文学艺术创作中的各种问题,从而促成社会主义文艺不断健康地发展,日益繁荣昌盛。

同志们,美好的未来正在等待着你们去创造,去争取!继续努力吧,我衷心祝愿大家取得更大的成绩!

社会主义文学的新进展

——在四项文学评奖授奖大会上的讲话

张光年

我能够参加中国作家协会举办的这次全国新诗、报告文学、短篇小说、中篇小说四项文学评奖的授奖大会,感到十分荣幸。刚才听到巴金同志的书面讲话,我和同志们一样地深受鼓舞。巴金同志身体不好,仍然关心我国文学事业的每一项新进展,十分关心这项重要的评奖活动。身在上海医院病房中,他的心是同我们大家紧紧联系在一起的。现在,他的病情显著好转。我谨代表今天到会的全体同志和文艺界同志们,祝愿巴金同志早日完全地恢复健康!

我衷心祝贺我们的诗歌艺术放射出新的光芒!诗是时代的心声,人民的心声,是一个时代、一个民族思想感情在语言艺术上的结晶。仅就我们经历过的这大半个世纪的历史变革来说,每当我国人民精神振奋、斗志昂扬、热情高涨,才思迸发的年代,也就是诗歌兴旺、诗人辈出的年代。最近的例子,就是一九七六年十月以后革命诗歌的狂飙突起。在这次获奖的诗集中,还留下了它的永不磨灭的时代烙印。艾青同志的《在浪尖上》当年在朗诵大会上掀起的烈火般的热情波澜和催人奋起的力量,使我至今记忆犹新。收入他的诗集《归来之歌》中的《在罗马的大斗技场》、《听,有一个声音》及其它若干首篇章,都是感人肺腑的不朽之作,理所当然地受到诗歌界的一致推崇。遗憾的是,作为中国作家协会的工作人员,深感到这几年来,我们对于促进新诗的创作、评论、出版与发行,没有尽到自己的责任。我们工作上的缺点,不免给这次新诗集评奖工作,带来一些困难。感谢新诗评奖委员会全体同志的辛勤劳动,仍然把一批反映时代

题解 本文原载《人民文学》1983 年第 4 期。这是张光年于 1983 年在全国新诗、报告文学、短篇小说、中篇小说四项文学评奖授奖大会上的讲话,他分别结合实际情况肯定了这四类文体的创作实绩,特别指出社会主义文学创作的繁荣对电影、电视、话剧、戏曲等的活跃,大专院校的文艺教学,青年一代的思想教育,国际间的文化交流等各个方面的促进和推动作用,以此肯定对文学事业发展加大智力投资的必要性。他强调,社会主义新文学毕竟是一种年轻的文学,曾因种种原因严重影响了其发展,但是文学事业的前途依旧光明。最后,他鼓励作家们要坚定走社会主义文学之路,以迎接苦尽甘来的大好时光。

面貌,疏导群众心灵,歌唱祖国美好河山,沟通全国人民友谊的优秀之作,郑重推荐给全国读者。新诗评奖委员会全体同志们,特别是臧克家、冯至、公木、艾青、徐迟、严辰诸同志,都是我多年来的良师益友。他们在这次评奖工作中亲密团结,通力合作,并且同参加此次评奖活动的各地诗歌界、文艺界的许多同志同心协力,胜利完成了新中国诗歌艺术上的这次创举,这是非常值得高兴值得感谢的。我们常说振兴诗歌,振兴社会主义诗歌。现在有了良好的开端。诗歌界增强了革命团结,我国新时期社会主义诗歌的新的繁荣,新的高涨,如今是大有希望了。

喜上加喜。我们的冯至同志由于在中德人民文化交流上做出了重大贡献,最近获得了德意志联邦共和国歌德学院颁发的一九八三年歌德奖章。谨向我国杰出的老诗人冯至同志表示热烈的祝贺!

我热烈祝贺我们的报告文学近两年又获得丰硕的成果!不久以前,我曾经兴高采烈地宣称,由于我国报告文学作家的共同努力,近几年来,报告文学这一生动活泼的文学品种,已经蔚为大观。大家知道,列宁十分重视报告文学对于重大革命事件的及时反映。约翰·里德的《震撼世界的十天》因此在各国革命者中间广泛流传。三十年代,埃德加·斯诺的《西行漫记》,基希的《秘密的中国》,在我国青年中发生很大影响。夏衍同志的《包身工》,开创了我国革命的报告文学的新生面。这以后,在历次革命战争中、在开创根据地、建设新中国的斗争中,虽然有不少作家和记者不辞辛劳,对时代的重大变化作了珍贵的动人的记录,但或者作为文艺性的通讯报道,或者归入散文特写领域,未能在文艺创作和文学史上占有独立的地位。直到粉碎"四人帮",三中全会前后,在拨乱反正、除旧布新的伟大斗争中,报告文学异军突起,开始显示出它强大的社会功能。报告文学作家们以其强烈的社会责任感和敏锐的观察力,最先注意到我国知识分子的命运同祖国命运、人民命运的血肉联系。《哥德巴赫猜想》、《一个人和他的影子》、《大雁情》、《船长》等名篇,以及小说《人到中年》等等,在文学创作中深刻体会了党中央的意图,最早提出了知识分子问题,大声疾呼地引起全党全国人民的注意。报告文学作家们以热情的笔墨,及时描绘了各条战线上的社会主义新人,宣扬了他们可爱的性格,美好的心灵,共产主义的精神风貌,从而在促进社会主义精神文明中作出了优异的成绩,在艺术上也突破了以往的水平。报告文学作家们以多情的细致的笔触,真实地生动地血肉丰满地勾画出当代活生生的社会典型(这里指的是现实生活中实际存在的社会典型,不是经过作家高度概括的艺术典型),描写他们同各种困难、阻力、邪恶作斗争。作家支持了他们的斗争,扩大了他们的影响,从而为新事物开辟道路,为新文学增添光彩。他们和她们坚持不懈的努力,必将在新中国的文学史上占有光荣的地位。希望报告文学队伍日益发展壮大,努力反映党中央直接领导下的城市与农村、基础与上层建筑各条战线波澜壮阔的调整改革,深入地多方面地进行调查研究,严格地遵循生活真实,十分注重真实性和艺术性的完美统一,使鲜艳壮美的报告文学之花放出更大的光彩!

我热烈祝贺我们的中篇小说、短篇小说又取得了繁花似锦的新收获!一年一度的全国优秀短篇小说评奖,向广大读者推荐了一批一批优秀作品,一批一批文学新人。这次四项评奖八十四位获奖作者中,文学新人占半数以上。我们热烈欢迎他们带着蓬勃朝气加入我们的文学队伍!近几年来,我有幸参加了短篇小说评奖工作。深感到全国各地各族文学青年中,蕴藏着巨大的创作潜力。他们中间的许多同志,虽然对短篇小说的特点尚未充分掌握,艺术技巧还不够熟练,但他们初试歌喉,听来就不同凡响。他们从生活中来,从人民中来,从斗争中来,从广阔天地的巨大变化中来,把独特的印象、深刻的感受、清醒的思考化为形象,往往具有深切的感人力量。我感到近几年不少短篇小说佳作,思想上艺术上较以往都有所突破。它们及时反映了当代生活的重大变化,新人物、新性格、新道德的成长,浓重凝练的情感内容,尖锐泼辣的战斗风格,短小篇幅中凝聚着重大的分量。就以这次获奖短篇小说的头三篇为例,不难看出这个特色。我们提倡短篇小说的题材、形式、风格多样化,并不要求短篇作品中塑造典型人物。但是仍然有不少作者成功地进行了这种可贵的尝试,这是许多评论文章指出过、分析过的。说到中篇小说的丰产,更教人十分高兴。根据《文艺报》同志的初步统计:我国从一九四九到一九八〇的三十年间,总共发表和出版中篇小说900部。而一九八一、一九八二这两年间,就发表和出版了中篇小说1150部。不仅是数量上的迅速增长,更可喜的是质量上的显著提高。作品多了,写的人多了,看的人多了,这就会有比较,有竞赛,有社会主义的自由竞赛。作家就必须深入生活,发掘和发现最具有时代特点、最能够打动人心的东西,以独创性的构思提炼自己的题材和主题。如果作家不仅关注于个人感到兴趣的事物,而且关注于千百万人命运攸关的事物;如果他不仅熟悉事物的外貌,而且彻底弄清了事物的内蕴;如果他不仅着意于写事,而更着意于写人,着意于塑造具有普遍社会意义的独特个性——即艺术典型,那么,他就既不怕跟别人写过的东西重复,也不怕跟自己写过的作品重复,而永葆创作上的青春。果然,我们的不少作家这样做了,我们的中篇小说多姿多彩而美不胜收。这不但显示出我国小说创作的日趋繁荣,而且标志着一批批中年作家日渐成熟。说到这里，我们都不会忘掉全国各地许多助人为乐的编辑家、评论家、出版家们的倡导之功；而一两年一度的评奖活动，大家花费的宝贵精力也决非虚抛。经验证明，文学创作是全社会文艺活动、文化活动的基础。社会主义的文学创作繁荣了，活跃了，直接间接的影响所及，电影、电视、话剧、戏曲、音乐、报刊、广播、出版、曲艺、连环画等等，都会跟着活跃起来；大专院校的文艺教学，青年一代的思想教育，国际间的文化交流，也会共蒙其利。好比下棋，关键的一着走活了，全盘的棋局皆活了。我国各地各条战线关心文化工作、组织文化活动的同志们，今后在促进文学事业上多花费一点力气，多进行一点智力投资，我看是值得的，很值得的。

同志们！我们每一年、每二年或者每三年举行一次全国性的评奖活动，都是一次文学工作的检阅。近几年来，我们多次分享到创作丰收的喜悦；有时也因不那么丰收而感到内疚；两者都是催促我们发奋图强的动力。无论如何，一两次、两三次的检阅，远不足以显示我们文学事业的全部成果，以及它的特点和缺点。我们必须保持清醒的头脑，既不可妄自尊大，也不要妄自菲薄。我国的社会主义新文学，毕竟是一种年轻的文学。新中国成立到现在，不过三十多年。从"五四"运动算起，也不过大半个世纪。其间固然出现了鲁迅、郭沫若、茅盾、老舍、赵树理等文学巨人，还有至今保持着创作活力的一批杰出的老作家，老诗人，老战士，都是我国人民的宝贵财富。但是由于里里外外的各种干扰，也由于我们工作上的各种失误，严重损害了我国新文学事业的健康发展。我国的先进文学，未能在全国城乡人民和世界人民的精神生活上发生更大影响，这使得一切有志之士抱憾不已！但是，我们必须看到，我们的文学，是一种崭新的文学，是由人类的先进思想武装起来的社会主义文学。我们文学表现出来的新的生活，新的斗争，新的人物，新的品格，新的情感，新的道德观念等等，这一切都是已往的文学很少接触过的。虽然它仍然带有这样那样的旧社会的烙印，它毕竟是新人类文化的结晶，是新人类的文学。在当今世界上，在马克思主义的光照下，在中国共产党的培育下，我们高举社会主义文学的大旗，坚定地走自己选定的道路，这是我们引以自豪的！这样一个伟大的中华民族，这样久经考验的英雄人民，拥有这样悠久灿烂的文化遗产，欣逢苦尽甘来、除旧布新的大好时光，又有一支日益广大强壮的、有才智、有觉悟、肯吃苦、肯学习的作家群，我们一定会产生伟大的文学！这不仅是中国人民的热望，也是世界人民的热望。我们的朋友遍天下，他们都希望通过我们的文学艺术亲切地了解：东亚病夫怎样变成东方巨人？苦难重重的人民怎样获得新生？革命奇迹是怎样出现的？坚强的性格是怎样形成的？我们有责任,有能力艺术地回答这些问题,我们正在回答这些问题。我们的作家一定要树雄心,立大志,同人民的生活、人民的思想感情保持最紧密的联系,创造出更多更好的作品,为发展社会主义的精神文明,为促进各国人民的团结与进步,贡献出我们全部的力量!

一九八三年三月二十四日晨

有助于历史的前进

——在第四届茅盾文学奖颁奖大会上的讲话

王 火

编者按:王火先生的《战争和人》三部曲,连获炎黄杯人民文学奖、第二届国家图书奖、"八五"期间优秀长篇小说及第四届茅盾文学奖等四大奖。1998 年 4月 20 日,茅盾文学奖在北京人民大会堂颁奖,王火代表获奖作家在会上作了《有助于历史的前进》的发言。

感谢中国作协和各位有权威的评委们,将这一届的茅盾文学奖给予另外三位作家和我。

我看了本届评委的名单,他们包括了老一代的作家、评论家、中老年专家,还有年轻一代的学者、作家以及各方面的专家。其组成体现了百家争鸣、兼容并收的精神,他们不但有高的水平,而且都有对中国文学事业的责任心、使命感以及对作家的爱心与善意。评选的过程为了慎重,时间很长,经过充分阅读和讨论,评委们用自己的意志权衡轻重决定取舍,以无记名方式认真投票,最后一轮是以超过三分之二的票才评出这四部作品的。

因此,我觉得这种奖励是对我国长篇小说创作在文学领域和精神文明建设中所贡献的承认,是对在创作园地中辛勤劳动的作家们的一种鼓舞。应当珍视。但,也认识到,优秀的作家很多,真正的作家谁也代替不了谁,读者多种多样,作品各不相同,好作品可以使得大多数人肯定,天下却还没有能使人人喝彩个个折服的作品。有许多的前辈、同辈和年轻的同路人,他们写得都很好。得奖作品也

题解　本文原载《文学界》(专辑版) 2013 年第 7 期。1998 年 4 月 20 日,茅盾文学奖授奖大会在北京人民大会堂颁奖,王火代表获奖作家在会上作了题为"有助于历史的前进"的发言。王火谈到茅盾文学奖是对我国长篇小说创作在文学领域和精神文明建设中所做贡献的承认,是对在创作园地中辛勤劳动的作家们的一种鼓舞,但同时也提醒人们必须意识到虽然好的作家有很多,但真正好的作品尚需时间检验,因此作家应当继续努力创作和学习而不应止步不前。这是因为文学创作是一项高尚、严肃而艰难的事业,只有在国家和人民的共同努力下,才能创作出有助于历史前进的优秀作品。

需要等待时间继续考验。

有一位得奥斯卡奖的演员(《克莱默夫妇》的男主角)领奖时对他的同行们说过:"我们都是艺术大家庭中的成员,都在追求更高的艺术境界,我们谁也没有战胜谁,我为能与大家一起分享这份荣誉而骄傲。"此刻,我有类似的心情。

同时,我又不能不想起我一位本家女科学家王承书同志。她不是文学家,但是一位了不起的女科学家,她的精神和事迹是超越一切领域的。她无名地耕耘了一辈子,去世后报上才登载她那石破天惊的事迹。人们方知她是我国铀同位素分离事业理论的奠基人。她一贯谦虚,生前总是谢绝记者采访,由她参加或主持过的科研获奖项目有几十项,她都谢绝署名,贡献非常大,她自己却未得过什么奖,临终遗言说:"虚度八十春秋,回国已三十六年了,虽做了一些工作,但是由于主客观原因,未能完全实现回国前的初衷,深感愧对党、愧对人民。"想到她我就不禁肃然起敬!像王承书这样的大写的人,当前在我国并不太少,在各种战线都有,因此,感谢之余,我清醒地认识到:应当谦虚,应当继续努力创作和学习,不应当停步不前,我想:这对于一切的获奖者都是可以取得共识的。

因此,我虽然已经年迈,仍旧要深刻地认识这一点,说出这一点,要用诚实的劳动继续努力实践这一点!并要借此机会,向出版社,向广大读者,向报纸、杂志社,向那么多评价过作品的评论家、作家、记者们,向一切关心过作品的人深深地致谢。

文学创作是一项高尚、严肃而艰难的事业。文学创作是我们为国家、为人民献出光和热的一条途径。文学是这样的迷人,我对它有执著不变的爱!我觉得我们的文学创作者应当义不容辞地站在自己的岗位上,有责任感、有使命感地用笔来为我们改革开放中的祖国和人民尽一份我们应尽的力量!

我希望而且相信,我们这样一个伟大的国家,有它了不起的人民,了不起的庞大作家队伍,必然会不断有更好更出色的长篇作品问世。这些作品会具有辽阔的视野、大气的格调、丰富的理想、强烈的艺术感染力、有博大精深的内涵,真实而不虚假,富于发现,富于创造,新颖、独特,能反映时代精神,塑造出典型人物,以毫不妥协的深刻性写出人生、写出矛盾,有助于生活的美好,有助于社会的发展,总而言之,有助于历史的前进!中国的优秀作品将不仅属于中国,同时也会属于东方、属于世界!

我就说这些,谢谢大家!

科幻小说使人类聚合成一个整体（节录）

刘慈欣

女士们先生们，晚上好。得到雨果奖提名对我来说是一个莫大的荣誉。作为一个科幻小说迷，我阅读过很多雨果奖获奖作品，很多已经在中国翻译出版，而有些我不得不去阅读原著。对我来说，雨果奖显得很远，我从没想过自己会跟它产生关系。在中文与英文这两个遥远的文化星球之间，有一艘飞船将它们连接在了一起，那就是本书的译者刘宇昆。他对东西方文化都有深入的了解，而且为本书的翻译付出了不懈的努力，最后的译文几近完美。作为一名不用英语创作科幻小说的人，我要对他致以诚挚的谢意。我还要感谢中国教育图书进出口公司和 Tor Books，没有它们双方的通力合作，本书是不可能在美国上市的。

最后我还要感谢本书的读者，谢谢你们分享我的异想世界。这本书描绘了一个可怕的宇宙，在我们朝着无尽太空探索的过程中遇到了很多困难。但是，就像在其他科幻作品中一样，人类作为一个种族团结了起来，我们会一同应对这场灾难，一同面向未来。看到整个人类将力量聚合在一起，这是只有在科幻小说中才能见到的景象。这表明，人类将会成为一个整体——甚至在外星人到来之前。在宏大的科幻世界中，我只是做出了一点微薄的贡献。谢谢大家！

题解 本文原载凤凰文化网，2015 年 8 月 23 日冯婧报道。这里仅收录刘慈欣获奖感言部分。2015 年 8 月 23 日，第七十三届雨果奖揭晓，中国作家刘慈欣凭借科幻小说《三体》获最佳长篇故事奖，这是亚洲作者首次获得雨果奖，本文为译者刘宇昆代表刘慈欣所做的获奖感言。刘慈欣首先对为本书的翻译作出不懈努力的译者刘宇昆致以诚挚的谢意，同时也感谢中美两国出版机构通力合作。最后刘慈欣感谢本书的读者分享了他的异想世界，这个异想的世界传达出了他的美好愿景——人类将会聚合成为一个整体一同面向未来。

第二辑
评奖记录与当事者说

导语

　　文学评奖的体制与程序有一个不断完善改进的过程,尤其是作协系统的国家级奖项,近几届的茅盾文学奖和鲁迅文学奖采取了实名投票,并且及时向读者公布投票结果,引起了巨大的社会关注。由于涉及档案制度,目前很多评奖记录尚未公开,不过也有一些评奖的当事人以回忆录等形式留存下宝贵的记录,为后人了解某一奖项具体的评判原则、评委的思想与审美倾向等打开了一扇窗。《欣欣向荣又一春——记一九七九年全国优秀短篇小说评选活动》《为了明天——记全国优秀报告文学评奖活动》《更上一层楼——记一九八二年全国优秀短篇小说评奖活动》等几篇,从记者的角度对新时期伊始的优秀短篇小说、报告文学等的评奖流程作了较为细致的报道。后来做过《人民文学》常务副总编的崔道怡是编发刘心武《班主任》的责任编辑,他作为工作人员也参与了最早几届全国优秀短篇小说奖的评选,其《春花秋月系相思——短篇小说评奖琐忆》一文保留了其时部分评委的发言摘要,史料价值较大。陈美兰、雷达、胡平、刘川鄂等则从自己参与茅盾文学奖的读书班、评审、保密等工作呈现了这个国家最重要的文学奖项每届评奖的不同侧面。《"华语文学传媒大奖"终审评委:每个人都对自己的良知负责》这一篇则提供了民间文学奖项的制定者和参与者相对具体的评奖过程。

欣欣向荣又一春

——记一九七九年全国优秀短篇小说评选活动

本刊记者

  本刊受中国作家协会委托,于一九七八年首次举办全国优秀短篇小说评选之后,从去年十月开始,继续举办一九七九年度的评选。评选启事在本刊刊出后,受到读者群众比上次更为广泛而热烈的欢迎。被称为"选票"的优秀作品推荐表,象雪片一般从四面八方向编辑部飞来。截至今年二月十日,一百天内共收到"选票"二十五万七千八百八十五张,比上次增长十二倍以上;推荐小说两千篇,比上次多七百余篇。"选票"附有来信或文章的也比上次大幅度增加。它们有的来自工厂车间,有的来自边疆哨卡,有的出于科学技术工作者手笔,有的是一家老小在灯下经过讨论和争议写成。据粗略统计,"投票"的读者中工人约占百分之四十;其次是学生,超过百分之二十;各级厂矿、企事业单位的干部,接近百分之二十;特别令人钦敬的是,中学教师对文艺作品的社会职能尤为关注,他们踊跃参加评选,竟占投票总数百分之十;其余百分之十为农民、战士和其他行业的文艺爱好者。

  读者的来信和文章,热情地肯定了评选活动的意义与作用,认为一九七八年第一次评选已经促进了短篇小说创作,今年的评选又将从一年来涌现的大量好作品中选拔出一批佳作,推荐一批文坛新秀,促使短篇小说以及整个社会主义文学创作进一步繁荣与提高。他们说,过去一年内,在党的十一届三中全会精神鼓舞下,许多新老作家继续解放思想,向生活的广度和深度开掘,各具特色的短篇小说新作如繁花竞放。它们好就好在思想感情与人民群众息息相通,表达了

题解 本文原载《人民文学》1980 年第 4 期。文章从《人民文学》记者的角度审视 1979 年全国优秀短篇小说评选活动。作为第二届全国优秀短篇小说评选活动,评选方法上仍然采用群众推荐与专家评议相结合的方式;总的评选方针是既要充分重视选票数量体现的"民意",又要全面考察作品的思想、艺术水平,多方比较,慎重选拔,力求把真正被广大群众喜爱的优秀作品评选出来。1979 年的短篇小说着力描绘时代新人,如《乔厂长上任记》;同时,许多作品能够发掘和展示生活的美,给读者以崇高精神境界的感染。

人民的心声,描绘了时代的步伐,看了令人深思,振奋。有的读者写道"每读完一篇优秀作品,都要推荐给亲友同事,让他们与我共尝艺术的享受,激发心灵深处的爱和恨,从中汲取奋发向上的精神力量,让作者的辛勤劳动产生出更大的社会效能"。有的"投票人"表示,"这不仅是一次极为有益的活动,而且是党的文艺政策的温暖关照",因此他"深知填写推荐表这件事的分量",所推荐的作品"都是曾为之感动得流泪,至今还在脑子里留有清晰印象的"。安徽省一位农民诚恳委托本刊"代向这些作者问好,感激他们写出了如此激动人心的作品,为我们解答了生活中的问题,给了我们实现四化的力量和信心"。解放军某部政治处组成了有副政委和宣传、新闻干事参加的评选小组,积极参加评选。山东、贵州、四川等省的总工会向所属地市厂矿企业工会和文化宫行文转发了推荐表,号召他们发动和组织群众推荐。江南光学仪器厂六车间团支部召开了评选座谈会,寄来了座谈记录。丽水师范专科学校中文系团支部以评选为题,"过了一个很有意义的团日",他们并且同推荐表、意见书一起寄来了五枚团徽,"作为三十七名团员的一点心意",献给当选作品的作者,"希望他们焕发青春活力,写出更多更好的小说"。远在美国、西德的华侨、留学生也积极赞助这次评选活动,就自己所读到的作品进行了推荐。这一评选活动还得到了国际友人的热情支持,四位不同性别、职业的日本朋友寄来了填好的推荐表,其中水间清先生还附信说明推荐意见,表达了对我国人民和文艺事业的良好祝愿。

今年的评选得到了文艺界各兄弟单位更大、更热情的支持。全国各地有五十一家文艺刊物和报纸副刊经过认真研究,向本刊推荐了他们在过去一年间各自发表的优秀作品共三百零一篇。向国外发行的刊物《中国文学》编辑部,利用他们经常普遍地阅读全国文艺书刊之便,经过认真讨论,郑重地推荐了他们认为优秀的十二篇作品。还处于"草创时期"的《西藏文艺》,也为这次评选广泛地征求当地读者的意见,经过几个月酝酿,郑重地推荐了该刊发表的一篇作品。为了求得各兄弟单位进一步的帮助,本刊编辑部评选工作小组先后拜访了《文艺报》、《文学评论》等编辑部和文化部文学艺术研究院等文艺研究机构。他们并且为此分别召集本单位人员进行座谈,发表了许多宝贵意见,提出了各自的推荐篇目。这些兄弟单位的大力支援,是做好这次评选工作的 个重要条件。

和上次一样,今年的评选仍然采取群众推荐与专家评议相结合的方法。实践证明,这是一个得到群众拥护的、行之有效的好方法。有的读者来信指出:"这是正确的途径,既能保证当选作品的艺术质量,又能体现作品的人民性。专家的责任就是:把一篇篇在人民性与艺术性相结合上,革命现实主义与革命浪漫主义相结合上造诣较深的佳作,通过认真而又全面的评议,推荐给广大群众,让人民从日臻繁荣的民族新文艺中得到思想教益和艺术享受。"今年初,由中国作家协会批准成立了评选委员会。评委会以中国作家协会主席茅盾同志为主任委员,由二十五位著名作家和评论家组成。一月十一日,评委会举行第一次会议,就评选工作的方针问题交换了意见。大家指出,"选票"的多少应是评选的重要依据,但也要看到影响"选票"多少的某些因素,如各种文艺报刊发行数量的悬殊,对作品的宣传评介也有充分与否的差别等等,因此在评选中既要充分重视"选票"的数量,又要全面考察作品的思想、艺术水平,多方比较,慎重选拔,力求把真正被广大群众喜爱的优秀作品评选出来。他们认为,评选不仅是进行表扬,还要有所倡导,应当全面地体现党的文艺方针政策,体现时代的要求和人民的愿望,体现发现和推举人才的精神,对于新人写的优秀新作应当特别加以注意。当选的作品要及时汇集出版;对这些作品的宣传和评论应当坚持实事求是的精神和一分为二的方法,要肯定成绩,同时还应指出其缺点和不足,这样对作者才会有更大的帮助。会上,大家还就群众推荐的某些作品初步交换了意见。

本刊编辑部评选工作小组在评委会的指导下,认真阅读、仔细研究了得票较多和各地推荐的全部作品。在充分听取和吸收群众、专家以及有关方面意见后,经本刊编辑部全体同志多次开会讨论,初步选出了一批优秀作品,提供给评选委员会参考。评选委员们怀着极大的热忱和高度的责任感,从紧张繁忙的工作中挤时间,在身体不好的情况下尽心力,积极参加评选活动。八旬高龄的老作家谢冰心同志一向关心培养青年作者,平日就已读过大量短篇小说新作,这次接到初选篇目后,很快补看了少数未看过的作品,几次主动打电话给编辑部,详谈她对一些作品的看法。作协副主席、老诗人、评论家张光年同志,在医院中经常与病友、医护人员交谈当前文学创作情况,出院第二天便接待评选工作小组同志来访,畅叙了他对这次评选和某些作品的意见。他对七九年短篇小说创作的成就十分赞赏,认为抓创作从提倡短篇入手是做对了,可以出佳作,出人才。老作家张天翼同志在半身瘫痪的病患中仍阅读了全部初选作品,让家属把意见记录下来,转告编辑部。文化部副部长、诗人、剧作家贺敬之同志刚刚主持了剧本创作座谈会,又立即投入评选工作,看了一大批作品,向本刊来访同志详尽地谈了自己的意见。老作家巴金、欧阳山、曹靖华、孙犁和评论家冯牧同志因居住或出差在外地,不能来京参加评委会议,都通过书信或电话表达了意见。

三月五日,评选委员会再次开会,对备选作品正式进行评议讨论。本刊主编李季同志主持会议,副主编葛洛同志向评委们报告了评选工作进展情况,草明、沙汀、谢冰心、刘白羽、贺敬之、唐弢、王蒙、袁鹰、孔罗荪、陈荒煤等同志相继发言，会议历时一天，开得认真而热烈。大家欣喜地指出，一九七九年是短篇小说创作丰收的一年，反映生活的广度和深度都较前有所进展，思想和艺术水平都有所提高，风格和手法也有所发展，有所创新。党的工作着重点转移到"四化"建设以后的时代风貌，在一年来的短篇小说创作中迅速得到反映，出现了不少振奋人心的佳作。同时，揭露"四人帮"的罪恶和探讨十七年经验教训的作品，揭示现实社会矛盾的作品，在题材开拓和主题深化方面也大有进展，写得更为准确、深刻，具有较高的概括性。评委们认为，一九七九年短篇小说受到读者广泛而热烈的欢迎，一个重要原因是着力描绘了我们这个时代的新人。那么多读者投"乔厂长"的票，表明群众渴望现实生活中更多地出现象他那样为"四化"而献身的闯将。许多作品塑造了不同阶层、不同类型的人物形象，刻划了性格，表现了心灵，大都能给人留下真实、生动的印象。其次，许多作品能够发掘和展示生活的美，给读者以崇高精神境界的感染，使读者增加了对生活的信念，增添了向上的力量。有的作品虽然对生活中的消极面进行了无情揭露与尖锐批判，但因其思想境界高，写出了凛然正气与必胜信念，因而也能起到激励斗志和促进"四化"建设的重大作用。评委们还谈到，初选作品中，在风格手法上，有的以刻划人物内心世界见长，有的以传统白描技巧取胜，有的闪烁着理想的光辉，有的揭示了生活的诗意，有的气势磅礴，有的细腻含蓄，有的幽默风趣。这些作者，有的已形成自己的独特风格，有的正在不断探索中大踏步前进。尽管这一次评选篇目不可能包罗无遗，但透过当选篇目，基本上可以看到七九年短篇小说创作百花齐放、满园春色的可喜景象。此外，评委们在肯定当选作品成就的同时，也对其中一些作品存在的缺点和不足，例如某些作品思想内容、人物描写上的某些偏颇，一些情节、细节的不够真实合理，某些作品结构欠完整，语言不精炼等等，进行了分析，提出了希望，并建议评选结束后，组织文章对这些作品进行全面的分析评介，以利于进一步提高短篇小说的思想性和艺术性，推动文学创作更好地发展。

评委会后，李季同志主持评选工作小组会议，在葛洛同志归纳、综合评委意见的基础上，经过大家再一次深入的研究讨论，拟定了当选篇目送请评委们斟酌。根据评委们的意见，经过多次修订，最后确定了当选的篇目。当选的大部分作品，都是得票最多和较多的。因每位作者只选一篇，有些质量高、得"票"也多的作品（如茹志鹃的《草原上的小路》等）未被列入。

三月二十五日，评选结果揭晓，发奖大会在京举行。来自全国各地的获奖作者欢聚一堂,同评选委员和应邀与会的作家、评论家、文艺界各方面负责人见了面。会场上欢声笑语,生机勃勃,洋溢着一派团结兴旺的喜庆气氛。大会由《人民文学》副主编葛洛同志主持,他宣布了二十五篇获奖作品篇目。在一阵阵热烈的掌声中,中国作家协会第一副主席、老作家巴金同志向获奖作者颁发了纪念册和奖金,并致祝辞,对获奖作者表示了祝贺和勉励(全文另发)。高晓声同志代表获奖作者发言。他表示:这个发奖大会,体现了党对文学创作的重视和希望。作为艺术品,经受一年的考验还为时太短,评奖的意义只是相对的。我们一定不辜负党和人民的期望,要尽一切努力,深入到群众之中,提高思想、艺术修养,增强写作本领,注意描写和培养社会主义新人,更好地以文艺促进四个现代化的建设。

中共中央宣传部副部长、全国文联主席周扬同志出席大会并讲了话。他指出:经过评选获奖的作品是好的和比较好的,但也不可能十全十美,获奖的作品还可以请大家再加评论,这样做对作者、对整个文学创作都会有好处。他就当前文艺界的形势和文艺工作者的任务发表了宝贵意见,热情勉励获奖作者要戒骄戒躁,要向生活学习,向前辈学习,向优秀文化遗产学习。他说:相信不久的将来我国一定会出现超越前人的杰出作家,希望寄托在你们身上。

会后,从二十五日至二十九日,获奖作者举行座谈,畅谈创作中的体会,探讨共同关心的问题,互相亲切地交换意见,交流经验。老作家、评论家陈荒煤、冯牧、秦兆阳等同志前来同大家一起座谈,分别作了长篇发言,使大家在思想上和写作上都得到了切实的帮助。

一九七九年优秀短篇小说的评选活动刚宣告结束,八十年代的第一个春天已经到来,文艺园中的又一新春也已开始了。我们相信,在大有作为的八十年代,在实现"四化"的长征路上,我国欣欣向荣的文艺事业,必将岁岁更新,迎来万紫千红的更大繁荣。

为了明天

——记全国优秀报告文学评奖活动

本刊记者

粉碎"四人帮"以来,作为文学轻骑兵的报告文学,重新活跃在我国文坛,发挥了鼓舞人民、推动社会前进的巨大作用。有时,一篇优秀的报告文学一经发表,人们便争相传阅,家喻户晓。由于报告文学便于迅速及时地反映时代的新风貌,揭露生活中的矛盾冲突,讴歌不断涌现和迅速成长的社会主义新人,成为人们十分欢迎和喜爱的一种文学样式。为了表彰报告文学的成就,促进报告文学的发展,中国作家协会委托《文艺报》、《人民文学》举办了报告文学评奖活动。

一个由《文艺报》、《人民文学》、《人民日报》文艺部、中国文联研究室、《当代》编辑部组成的工作小组,立即投入了紧张的筹备工作。

评选工作要在一个多月的时间内完成,时间是紧迫的。工作小组首先同各有关单位反复磋商,提出了一部分仅供参考的初选篇目。同时致函各地作协分会,请他们推荐备选的篇目。不到半个月的光景,来自全国各地一封封打着"急件"字样的函件,装着一张张填好的推荐表,载着一片片热烈而真挚的心意,纷纷飞到了北京。

各地作协分会推荐的篇目共达一百多篇。广大读者纷纷来信,热烈赞成和支持报告文学评奖,认为这将使优秀的报告文学作品得到更进一步的肯定,报告文学作家受到更大的鼓励,从而推动报告文学创作更加繁荣。

五月来临,百花吐芳。评选委员们聚精会神地阅读多达几十万字的初选作品时,他们的心情是多么兴奋激动啊。

在我国现代文学史上,报告文学占有重要的位置,具有光荣的传统。它揭露

题解　本文原载《人民文学》1981 年第 6 期。《为了明天——记全国优秀报告文学评奖活动》从记者的角度记叙了全国优秀报告文学评奖活动。报告文学便于迅速及时地反映时代的新风貌,揭露生活中的矛盾冲突,讴歌不断涌现和迅速成长的社会主义新人,中国作家协会委托《文艺报》《人民文学》举办了报告文学评奖活动,评选出优秀的报告文学作品有《大雁情》《人妖之间》《船长》和《中年颂》等 30 篇。

过反动阶级残酷的剥削;它宣传过人民反侵略战争的胜利;它反映过解放战争决定性的战役;它歌颂了新中国的诞生和社会主义建设的伟大成就,……它深深地扎根在中国的大地上,因而枝叶繁茂。特别是粉碎"四人帮"以来,报告文学之花,比任何时候都显得更鲜艳夺目,由于它及时、准确、深刻、生动地反映了我们正在发生伟大变革的时代,而在读者中享有很高的信誉。

一九七八年一月,徐迟同志的《哥德巴赫猜想》的发表,在全国引起了强烈反响,它犹如春风第一枝,给报告文学的园地带来了春的讯息。

党的三中全会指引文学艺术走上更宽广的道路,出现了文艺百花齐放的新局面。随着"实践是检验真理的唯一标准"的深入讨论,报告文学的硕果结在了思想解放运动的常绿之树上。黄宗英同志的《大雁情》,以细腻、深情的笔调,写出了一位女科学家的高尚品德;刘宾雁同志的《人妖之间》以犀利的笔锋,尖锐地指出了林彪、"四人帮"极左路线给党风、干部队伍、法制和民主乃至社会主义经济带来的严重的危害;柯岩同志的《船长》,描写了一位远洋轮船长的大海般的理想;理由同志的《中年颂》则使我们几乎听到了一代人在不无坎坷道路上顽强行进的脚步声。诸多的作品,有的描写了大无畏地与"四人帮"作斗争,以至献出生命的思想解放运动的先驱者;有的歌颂了自卫反击战中人民子弟兵伟大的爱国主义精神;《励精图治》使我们看到了现实生活中的"乔厂长";《热流》则描写了一批立志改革的干部为振兴中华所作的努力。……

评委们在短短的日子里阅读了大量的初选作品后,经过多次开会认真讨论,最后评定了当选的作品三十篇。

五月二十五日,一个阳光灿烂的日子,全国优秀中篇小说、报告文学、新诗发奖大会在首都京西宾馆礼堂隆重举行。会上,贺敬之、张光年、冯至、丁玲、艾青、陈荒煤、铁衣甫江等七位在京的中国作家协会副主席,向获奖者颁发了证书和奖金。

在这次三项发奖大会上受到奖励的优秀文学作品共八十篇(部),其中中篇小说十五部,报告文学三十篇,新诗三十五篇。当获奖的八十九位作者在欢快的乐曲声中走上主席台,接受标志着党和人民给予他们的荣誉的奖状时,到会的近千名首都文艺界人士向他们热烈祝贺,祝贺他们用自己辛勤的劳动创造的可喜成果。

大会由中国作协副主席冯牧主持。中国作协副主席、中共作协党组书记张光年致开幕词。会上宣读了中国作协代主席巴金的书面讲话。

中共中央宣传部副部长、中国文联主席周扬发表了重要讲话。

出席这次大会的还有朱穆之、周巍峙、傅钟、李一氓、魏传统、萧三、臧克家、曹禺、吴作人、周而复、魏巍、王子野、赵寻、李普、王若水、殷参、李连庆等。

会议的气氛隆重而热烈。

大会结束后,获奖作者举行座谈会,交流创作经验,探讨创作中的问题。大家认为,要珍惜三中全会以来的大好形势,在作品中更好地反映新时期人民群众的精神风貌,努力提高作品的思想水平和艺术质量,使报告文学产生更好的社会效果。

五月三十日晚上,敬爱的邓颖超同志、王震同志和杨静仁同志来到民族宫,亲切会见了获奖作者,邓大姐勉励作家要:"勇于创作,谦于修改,争取写出更多的好作品献给各族人民。"

回顾四年来报告文学走过的道路,回想它在广大读者中间产生的巨大影响,我们不能不感到兴奋异常,对报告文学的发展前途满怀信心。

来自教育战线的消息说:有的报告文学作品已选入了中小学课本,陶冶着青少年的情操,滋润着幼苗的成长。

许多青年读者来信表示:要象报告文学中所描写的科学家那样,顽强、刻苦地学习,勇攀高峰。

许多读者来信说:报告文学使我们看到希望,对祖国的前途充满信心……

是的,优秀的报告文学产生于伟大的时代,伟大的时代需要报告文学。今天,不仅是青年文学爱好者阅读报告文学,它也会出现在科学家的书橱里、实业家的茶几上、政治家的案头。人们阅读着,赞扬着,激动着,思索着,从中感受着时代的脉搏、倾听祖国前进的脚步声。

祖国迈着矫健而稳重的步伐,跨向明天。

啊,明天! 报告文学跑步向前,去迎接你——祖国的明天。

更上一层楼

——记一九八二年全国优秀短篇小说评奖活动

《人民文学》记者

　　每年春天,在文艺园地上,由中国作家协会举办的评奖活动,都会对上一年度的短篇小说进行一次总的检阅。今年短篇的评奖,是跟新诗、报告文学和中篇小说评奖一起开展的。四项评奖所展示的成果,比粉碎"四人帮"以来的历次评奖,更能说明我国文学事业正在出现一个繁荣昌盛的新局面。

　　在四项主要文学体裁创作之中,跟中篇小说相比,一九八二年的短篇缺少引起社会轰动的篇章,似乎成就不大,显得逊色了些。然而,短篇有其自身的进展,自己的特色,也不容忽视,不可低估。通过这一次评奖可以看出,一九八二年的短篇,不是小年,也不是平年,而是更上一层楼——无论作品思想艺术的工力,还是题材风格的多样化与丰富性,尤其是作者队伍的阵容,都在原有基础上又有所提高,有所开扩,有所壮大,也出现了令人可喜的新面貌。

　　这论断,是经由群众与专家相结合的评判得出来的。尽管中篇吸引着读者,群众参与短篇评奖的热情仍然有增无减。今年共收到推荐票三十七万一千九百一十一张,略高于去年。各地文艺期刊继续大力支持评奖工作,寄来了各自的推荐篇目。评奖工作组还邀请《文艺报》、《文学评论》、《人民日报》、《中国文学》、中国文联理论研究室、中国作协创作研究室和创作联络部等单位的一批中青年评论家举行座谈,听取了他们对评奖工作的意见。以读者推荐为重要依据,参照文艺界各方面意见,经《人民文学》、《小说选刊》编辑部多次讨论,提出了一批备选作品供评选委员会评议。评选委员会由二十一位著名作家、评论家组成,中国

题解　本文选自《一九八二年全国优秀短篇小说评选获奖作品集》,上海文艺出版社1983年版。这篇文章从《人民文学》记者的角度记叙了1982年全国优秀短篇小说评奖活动。1982年的短篇小说评奖活动和往届评奖不同的是,短篇小说同新诗、报告文学和中篇小说评奖一起开展。本次评选仍然沿用读者推荐与专家评审相结合的方式。评委们指出1982年的短篇创作继承并发扬了革命现实主义传统,在及时而有力地反映生活的主流与激流方面有了新的收获。同时,本次评选还推出了一批平均年龄不到30岁的文学新人。

作协主席巴金任主任委员，副主席张光年任副主任委员。他们认真阅读、仔细研究了全部备选作品，并补充、调整了备选篇目，在二月二十六日第二次正式评议备选篇目的评委会议上，最后确定了本届当选的作品。这二十篇获奖小说，经过群众和专家共同鉴定，具有相当的代表性，比较集中地显示了一九八二年短篇创作的概况与水平。

在评议中，评委们指出，一九八二年的短篇创作继承发扬了革命现实主义传统，在及时而有力地反映生活的主流与激流方面，又有了新的收获。名列第一的《拜年》，就是继前四届第一名之后，又一篇以新的发现和新的开掘提出与回答重大社会课题的优秀作品。蒋子龙从日常风习入手，敏锐而深刻地揭示了为群众所关心的、关乎国家命运的现实矛盾。作品带有一股对于改革的紧迫感和冲击力，发聩振聋，促人警醒，受到了广大读者的热烈欢迎。因此，尽管评奖重在推举新人，蒋子龙又已多次获奖，《拜年》还是被选中为第一名。这样以资鼓励，以示倡导，意在感召更多作家，努力深入生活，以现实意义更加鲜明厚重的力作，满足时代的需要，回应人民的呼声。

这一次短篇评奖，特别引人注目的是，又推举出了一批出手不凡的文学新人。二十名获奖作者里，一九八二年内崭露头角的和有所突破的，就占了十一名，年龄最小的只有十九岁，平均年龄还不到三十岁。中篇创作崛起以后，不少中年作家转移笔力，短篇更多成为青年才俊用武之地，锻炼、造就了一批又一批、愈来愈强劲的后起之秀，从而使得本届评奖推举的新人，数量更大，年龄更小，素质更强，起点更高。他们大多具备较为丰富的生活阅历，又都为学习创作付出过刻苦艰辛的劳动。因而，曾在北大荒体验多年的梁晓声，短期间成绩斐然；至今仍是煤矿工人的孙少山，第二篇名列第三；从辅助部队首长写回忆录学起的宋学武，处女作当选优秀……更为可贵的是，他们在题材领域和思想内容上各有新的开拓，增添了一九八二年短篇创作的生活与艺术特色。《这是一片神奇的土地》，犹如一首壮美的史诗，抒写了非常时期非常地区的垦荒生活。其人物、情节、风光，是独特的，也是典型的，读来骇人听闻，动人心魄。《八百米深处》，乃是一幕严峻的活剧，也是在特殊境遇里刻画人物内心隐秘。老工人高尚的情操与利己者卑劣的嘴脸，都打着鲜明的时代印记。《哦，香雪》，仿佛一幅优美的国画，以抒情写意笔法描绘山村姑娘在月台上向往文明的"一分钟"，点染了时代的进程。若非对生活有独到观察与见解，年轻的女作家铁凝怎能捕捉得到如此深邃隽永的情景意境……这些文学新人的别开生面之作，不仅标志着现已达到的高度，而且预示了更加美好的前景。看来，短篇创作的重大突破，是后继有人，指日可待的。

随着新人涌现、园地频添,短篇产量更见增长,推荐票上点了名的就多达六千五百余篇。在此情势下,与之相适应,作品的题材风格又大为扩展。一方面,对已经抒写过的生活进行深入探索。活跃文坛的中青年作家,更多致力于这方面的开掘。另一方面,把笔触广泛伸向未曾涉及的角落。初显身手的新作者,兴趣侧重在这方面的开拓。艺术手法上,则无论新老作者,表现何种生活,都力求走出独创之路,推陈出新,别具一格。

在农村题材方面,主题思想的深入开掘,是一九八二年短篇创作的一大特色。反映农村现实生活,一九八一年曾取得丰硕成果,涌现了一批描绘春回大地的生动画图,但有些作品写得未免表面了些。一九八二年里,熟悉农村的作家开始转向纵深发展,谱写出了崭新篇章。金河的《不仅仅是留恋》,截取一个历史性场面,反映农村划时代的变迁,通过基层干部可敬可叹的复杂心理,总结启人深思的历史经验。何士光的《种包谷的老人》,从一处不为人关注的角落,发掘具有普遍意义的内涵,使农民与土地这古老的命题,折射出历史新时期的光焰。这两位曾经获奖的作家,思想更成熟,笔力更圆熟,又跃上了一个新的高度。

对于军事题材创作来说,一九八二年是全面丰收,不仅有长篇荣获茅盾文学奖,有中篇取得巨大反响,而且短篇也英气勃发,这一次就有四位部队作者获奖。他们大多把部队和社会进一步联结起来,把军人和群众更密切融合一起,从而抒发出了更为广阔、更加感人的战斗情意。

若把优秀作品比作认识生活的窗口,一九八二年新打开的窗口更多、更开阔。从获奖小说这一排窗口望出去,我们还可以看到不少前所未见的生活镜头。一幅幅交织着美与力量的生动图景,绚丽多姿,光彩照人,开阔视野,滋润心田,大有益于帮助群众建设精神文明,大有助于鼓舞人们开创社会主义事业的新局面。这正是获奖小说共同的特点,最大的贡献。

三月二十四日,全国优秀新诗、报告文学、短篇小说、中篇小说获奖作品授奖大会在京举行。来自各地的八十四位获奖作者,接受了中国作家协会授予他们的获奖证书、证章和奖金。发表、出版这些获奖作品的刊物、出版社的三十六位编辑和文学组织工作者,被特邀出席了授奖大会。中国作家协会主席巴金因病未能参加大会,中国作协副主席冯牧主持大会,宣读了巴金的讲话(全文另发)。他指出,这是近几年来中国作家协会举办的评奖活动中规模最大的一次,说明我们的文学事业发展很快,成绩显著。他衷心祝贺获奖作者们,衷心感谢编辑同志们付出的辛勤劳动。中篇小说《高山下的花环》的作者李存葆代表获奖作者讲了话。最后,中国作协副主席张光年发表了题为《社会主义文学的新进展》的讲话(全文另发)。他希望我们的作家一定要树雄心,立大志,同人民的生活、人民的思想感情保持最紧密的联系,创造出更多更好的作品,为发展社会主义的精神文明,为促进各国人民的团结与进步,贡献出我们全部的力量!

本届评奖活动圆满结束了。为了新的一年里取得更大的成绩,有必要在庆功的同时也看到不足。短篇评委会上曾经谈到,即使获奖作品,仍然存在着这样那样的缺点,或略嫌轻浅,或稍欠朴实,或显斧凿痕迹,或露图解味道,未能做到精深完美,尽如人意。要拿出更多、更好、更深刻的作品贡献给人民,还有待于作家们继续努力,再接再厉,更上一层楼。

我所知道的中国茅盾文学奖

顾　骧

一

中国茅盾文学奖是根据茅盾同志生前遗愿，为鼓励优秀长篇小说创作，推动新时期社会主义文学的发展，提高中华民族的精神素质而设立的我国具有最高荣誉的一项文学大奖。但是，80年代举办的"茅盾文学奖"并非是历史上第一次。1945年6月，重庆举行"茅盾五十寿辰和创作活动二十五周年纪念"活动。在庆祝会上，正大纺织厂的陈钧（陈之一）先生委托沈钧儒和沙千里律师，将一张十万元支票赠送给茅盾，指定作为茅盾文艺奖金。茅盾在接受捐款时，表示自己生平所写的反映农村生活的作品不多，引以为憾，建议以这些捐款，举行一次反映农村生活题材的短篇小说有奖征文。之后，"文协"为此专门成立由老舍、靳以、杨晦、冯雪峰、冯乃超、邵荃麟、叶以群组成的茅盾文艺奖金评奖委员会，并举行了一次有较大影响的有奖征文。（见《茅盾年谱》，山西高校联合出版社，第708页—709页）因此，80年代举办的"茅盾文学奖"应是现代文学史上的第二次。但是它的影响与规模、规格等是空前的一次。从这次算起，茅盾文学奖迄今已举办了三届，目前第四届茅盾文学奖的评选工作正在进行中。根据我所参与工作知道的情况，将前三届"茅盾文学奖"作一回顾：

伟大的革命文学家茅盾于1981年3月27日逝世。他在病危期间，仍然

题解　本文原载《中华读书报》1997年8月20日。1985年初，顾骧从中宣部文艺局调任中国作协创研部，参与组织了第二届、第三届和第四届茅盾文学奖的评选工作。该文即作者对参与此项工作的回顾。文章记录了这几届"茅盾文学奖"评选的组织流程、评委会讨论的大致情况，也谈到了作者本人对获奖作品和入围作品的阅读感受，是亲历"茅盾文学奖"评选者较为一手的记录。

深切关怀和期望着中国文学事业的繁荣与发展。他在逝世前两周的 3 月 14 日，致函中国作家协会，捐献稿费 25 万元，作为设立一个长篇小说文艺奖金的基金。信由茅盾口述并签名，由韦韬笔录。信全文如下：

中国作家协会书记处：

亲爱的同志们，为了繁荣长篇小说的创作，我将我的稿费二十五万元捐献给作协，作为设立一个长篇小说文艺奖金的基金，以奖励每年最优秀的长篇小说。我自知病将不起，我衷心地祝愿我国社会主义文学事业繁荣昌盛！

致

最崇高的敬礼！

茅盾　一九八一年三月十四日

（信影印件见中国作家协会《作家通讯》1981 年第 1 期）

长篇小说，是文学中的交响乐，社会生活的百科全书，鲁迅称之为"一个时代纪念碑式底文章"。随着历史的发展与印刷术的发达，它往往标志着一个国家、一个民族文学发展的水平。茅公临终寄厚望于长篇小说这一文学的"重武器"，此乃茅公的远见卓识。

1981 年 10 月中国作协主席团召开会议，决定立即着手进行"茅盾文学奖"（为了准确起见，将茅公原信中称为"文艺奖"易一字为"文学奖"）评选工作。并批准陈企霞、冯牧、孔罗荪、韦君宜、谢永旺组成预选小组，作协创作研究室为茅盾文学奖评奖办公室，创研室负责人谢永旺具体负责预选方面事宜。顺带说明的是，中国作家协会以本会名义举办的各项全国性评奖活动，分别由作协有关部门和所属单位负责筹办。如中篇小说由《文艺报》社，短篇小说先由《人民文学》后由《小说选刊》杂志社，报告文学由《人民文学》杂志社，诗歌由《诗刊》杂志社，少数民族文学由《民族文学》杂志社，儿童文学由创联部，长篇小说则由创作研究室主办。

1981 年 10 月 15 日评选办公室向作协全国各地分会、各大型文学期刊、各有关出版社 93 个单位发函，请推荐优秀长篇小说作品。本届评奖范围定为 1977 年至 1981 年间发表或出版的作品。多卷集作品，在这个期间内发表或出版而又能独立成篇的部分也可参评。将篇幅达 10 万字以上的小说，界定为长篇小说。之后一共收到 58 个单位推荐的 143 部作品。

1982 年 3—4 月预选小组在北京香山举办了读书会，邀请 19 位评论工作者、编辑,对这些作品进行阅读、讨论、筛选。初步选出 18 部作品。5—6 月,预选小组举行读书会,由张光年同志主持,全体预选小组成员参加,对初选的 18 部作品进行进一步阅读、筛选。

1982 年 9 月,"茅盾文学奖"评委会召开会议,增补预选小组成员为"茅盾文学奖"评委。全部评委名单为:主任委员巴金,委员(按姓氏笔划排列)丁玲、韦君宜、孔罗荪、冯至、冯牧、艾青、刘白羽、张光年、陈企霞、陈荒煤、欧阳山、贺敬之、铁依甫江、谢永旺。预选小组向评委会提出 8 部备选作品。同年 11 月茅盾文学奖评委会举行会议。主任委员巴金委托孔罗荪转述了"茅盾文学奖"宜"少而精"、"宁缺毋滥"的意见;并通过无记名投票选出 6 部作品:《许茂和他的女儿们》,周克芹著,《红岩》杂志 1979 年发表,百花文艺出版社 1980 年出版。《东方》,魏巍著,人民文学出版社 1978 年出版。《李自成》(第二卷),姚雪垠著,中国青年出版社 1979 年出版。《将军吟》,莫应丰著,人民文学出版社 1980 年出版。《冬天里的春天》,李国文著,人民文学出版社 1981 年出版。《芙蓉镇》,古华著,《当代》杂志 1981 年发表,人民文学出版社同年出版。

第一届茅盾文学奖评奖,是对社会主义新时期最初几年长篇小说的一次检阅。这 6 部作品大体上代表了当时长篇小说的成就。新时期的文学是发轫于诗歌,然后是短篇小说兴起,继之是中篇小说昌盛。在本届茅盾文学奖的评奖年度里,长篇小说整体上还是处于萧条状态。长篇小说创作周期长。在这一评奖年度的前两年,史称为"徘徊期",实际上是"文化大革命"在组织路线方面已经结束,而在政治思想方面还是思想解放与两个"凡是"激烈搏斗的时期。所以,在这个长篇小说的刚刚复苏时期,本届茅盾文学奖,能够推出《芙蓉镇》、《李自成》(第二部)等就很了不起了。《许茂和他的女儿们》摆脱了阶级的框架,视点集中在人物命运;《冬天里的春天》最早尝试运用现代手法于长篇小说,也都很难得。

第一届茅盾文学奖发奖大会于 1982 年 12 月举行。周扬同志出席并在会上讲了话。

<h1 style="text-align:center">二</h1>

以上所述第一届茅盾文学奖情况,我并未亲自参与,材料是根据中国作家协会现存档案。1985 年初,我奉调至中国作协,主持创作研究室(后改称创研部)工作,创研室即为茅盾文学奖评奖办公室,从而立即接手第二届茅盾文学奖的评奖组织工作。

根据中国作协主席团意见,茅盾文学奖每三年为一届。第二届茅盾文学奖的评奖范围为 1982 年—1984 年的三年。在此期间出版的长篇小说约 450 部。第二届茅盾文学奖的评奖前期工作,在我主持创研室工作之前的 1984 年便已开始。1984 年 7 月由评奖办公室向各省、市作协分会、有关出版社、大型文学期刊发出推荐优秀长篇小说的通知,截至 1985 年 3 月,各地共推荐作品 92 部。界定长篇小说仍以字数在 10 万字以上的篇幅为标准。沿袭第一届评奖办法,多卷本作品,在此期间出版或发表,能独立成书的部分也可参评。另外,少数属上一届评奖范围的作品,仍可补报,这样,从本届开始就确立了茅盾文学奖范围有时间的下限无上限的办法。这个办法能够补救真正优秀的作品在某一届茅盾文学奖评奖时,由于种种原因被遗漏,但不致被埋没的缺憾。对于用汉民族文字以外的少数民族文字创作的长篇小说而无汉译本的,由于技术上原因,不予参评,本届评奖各地推荐的有 5 部少数民族文字作品,被转荐给"少数民族文学奖"备选。

从 1984 年 10 月开始,聘请了 20 位评论工作者、编辑组成第二届茅盾文学奖读书班,开始分散阅读推荐作品。

从 1985 年 3 月底至 4 月底,集中读书班的成员,补充阅读作品和对作品进行筛选。筛选出有竞争茅盾文学奖能力的作品 16 部。评奖办公室又根据各方面意见,补充了 3 部作品。最后,以 19 部作品作为评奖办公室提供给评委会成员阅读的备选作品。

1985 年 4 月,作协书记处提出第二届茅盾文学奖评委会成员名单。经作协主席团批准,6 月份在新闻媒体公布。第二届茅盾文学奖评委会名单为:主任:巴金,副主任:张光年、冯牧。评委(以姓氏笔划为序):丁玲、乌热尔图、刘白羽、许觉民、朱寨、陆文夫、陈荒煤、林默涵、胡采、柳杞、唐达成、唐因、顾骧、黄秋耘、康濯、谢永旺、韶华。计 20 人。

9 月,在北京举行了第二届茅盾文学奖评委会第　次会议。会议由评委会副主任张光年、冯牧主持。评奖办公室向评委会汇报了评奖准备工作进展状况,介绍了 19 部备选作品。巴老因健康原因未能到会,但是对评奖工作提出了十分重要而精当的意见:"不要照顾,要艺术精品。"连带上一届评奖时提出的"少而精"、"宁缺毋滥",巴老的简赅而有针对性的意见,构成了历届评奖的指导性方针,保证了茅盾文学奖至今仍是质量较高,在群众中具有信誉的一项文学大奖。长篇小说追求"艺术精品",早在 12 年前就已提出来了。评奖中以鼓励创作为理由,进行各种"照顾",必然要降低作品的艺术质量。而"照顾"常常是评奖活动中习惯的做法。若要照顾"题材"则必得考虑:工业题材、农村题材、军事题材、少数民族题材、现实题材、历史题材……；若要照顾"作者"则必得考虑老的、少的、男的、女的、地方的、部队的、少数民族的，还有地区的……。这样势必难以贯彻思想和艺术质量作为评选作品的唯一标准。对于评选标准，张光年同志具体化为四句话：反映时代，塑造典型，引人深思，感人肺腑。这四句话的具体标准，得到评委们一致赞同。评委们在讨论中认为，反映时代即是反映时代精神。反映时代精神必须得到重视；但对它必须宽泛地理解。现实题材、历史题材；现实主义手法、现代主义手法，运用得好，都可以反映时代精神。我以为，反映、体现时代精神，是已经举办了三届的茅盾文学奖的首要标准，它保证了历届茅盾文学奖的大方向；也便于鼓励艺术上创新与题材、主题、手法、形式的丰富与多样。

会上还议定设提名作品奖。

会上决定本次评委会暂缓投票产生获奖作品。让评委有一个充分考虑的时间，待下次评委会再专门进行投票。

1985 年 11 月，第二届茅盾文学奖评委会第二次会议召开，投票产生获奖作品与获提名奖作品。决议不预先确定获奖作品数目。采取无记名投票的方法进行两轮投票。第一轮，在 19 部备选作品中，投票选提名作品，每位评委投票数不超过 10 部。凡超过参与投票评委总人数的半数以上票的作品列入提名作品。投票结果有 8 部作品入选。然后，又在这 8 部作品中进行第二轮投票，每位评委投票数不超过 6 部，凡超过参与投票评委总人数三分之二票数的作品获本届茅盾文学奖。结果是李准的《黄河东流去》（北京十月文艺出版社出版）、张洁的《沉重的翅膀》（修订本）（人民文学出版社出版）、刘心武的《钟鼓楼》（人民文学出版社出版）三部作品获本届茅盾奖作品。第二届茅盾文学奖评奖活动是成功的。工作认真、细致。反复酝酿，慎重遴选。获奖三部作品，在读者中被认可，总体水平大有提高。既有《黄河东流去》这样具有厚重的历史意识与时代感的力作，也有体现对艺术创新鼓励的《钟鼓楼》。《沉重的翅膀》已在十几个国家翻译、出版。也许这是新时期以来在国外传布最广的一部长篇小说。

工作中也有不足。在另外 5 部提名作品奖问题上发生了一点曲折。评委会上临时有人动议：不设提名作品奖，理由是获提名作品奖的作者可能会因未获茅盾奖而获提名奖而不快、难堪、委屈。这一动议未得到充分讨论，被通过。今天看来，这是憾事，动议者对获提名作品奖作者的心理揣测未必准确。若是第二届茅盾文学奖除了 3 部获奖作品外，在又一个层次上有 5 部提名作品奖则更臻完美。回过头来看，当时选出的 5 部提名作品也还是比较优秀的，都有特色之处。

这 5 部作品是柯云路的《新星》,孙健忠的《醉乡》,韦君宜的《母与子》,马云鹏的《最后一个冬天》和巴人(王任叔)的《莽秀才造反记》。《新星》在一年之后因改编为电视剧而轰动一时。《母与子》写了一位独特典型的革命母亲,尤其是前半部很感人。这是一部未被充分认识的新时期长篇小说。《最后一个冬天》全景式的描写,在军事题材的长篇小说中还是较早的。傅作义的人物形象也较活。虽然这是前人已写过的题材。巴人在"文革"中被迫害惨死,《莽秀才造反记》是他的遗著,这部书他写了三十年。

从第二届茅盾文学奖评奖活动起,这项文学大奖声誉日隆,越来越被各方面重视,受海内外瞩目。但是第二届茅盾文学奖的评奖活动很正常,也较顺利,没有受到非文学的外来干预,作家对这一项活动的心态也较正常。据我所接触,除个别作家有请人说项外,没有请客送礼之类事情。我们办公室提出评奖工作贯彻民主、客观、公正的三条原则,得到了遵守。

到本届评奖活动,茅盾文学奖一整套的方法、制度、原则、程序、规定等基本上形成。1991 年中国作协书记处通过的《茅盾文学奖评奖办法》,即是对这一整套方法、原则的系统条理。本届评奖活动提出的,不预先设定获奖作品数目,而采取评委两轮无记名投票,最后一轮获得三分之二以上票数的作品为获奖作品;而不是预设作品篇数,采用简单得票多数获奖法,是一个创造。这一做法,使得"少而精"的原则得到了贯彻,有利于得奖数目符合于作品艺术质量的实际,还可有效地从方法上卡住了可能产生的评奖中"走后门"、"拉关系"的不正之风。拉关系,要活动遍及三分之二以上的评委,恐不是易事。

顺带说一说,本届评奖,在评委会讨论过程中,曾原拟设提名作品奖,后未实行。茅盾文学奖迄今三届,从未设过提名作品奖。第四届茅盾文学奖尚未开评。目前常看到新闻媒体提到,××作品获第×届茅盾文学奖提名奖,这是没有根据的。在每届茅盾文学奖评奖准备过程中有一个环节:邀请若干评论工作者、编辑组成读书班,这些同志对长篇小说有比较专门的研究,做了十分重要的筛选工作,读书班是评奖活动中十分重要的一环。但是茅盾文学奖不是两级(初评、终评)评选。读书班是评委会的工作班子,任务是对各地推荐的大量作品进行筛选,提出供评委阅读的书目。读书班提出的阅读书目没有法的效力,没有荣誉意义。评奖办公室可以在读书班提出的阅读书目基础上增加书目供评委阅读(如第二届茅盾文学奖评奖活动),评委本身更可以建议增加阅读书目,只要经过评委一人提议、两人附议的程序即成。(如第三届茅盾文学奖评委活动)

第二届茅盾文学奖颁奖大会 1985 年 11 月在北京举行。本届获奖作品奖金为人民币 3000 元。

三

长篇小说，经两届茅盾文学奖的推动，八十年代中期以后，由复苏走向兴盛。随着创作趋势上升，许多理论性问题被提出来了。比如，何谓长篇小说？就是一个说不清的问题。难道只要写了 10 万字的小说就是长篇？时间跨度长、人物众多、事件复杂就是长篇？以这个古典小说中概括出来的特征，比照一些现代派小说就未免尴尬了。长篇小说的审美特征是什么？长篇小说创作的发展，需要理论。在第二届茅盾文学奖颁奖之后的 1986 年，我们作协创研部牵头，联合全国八大出版社在福建厦门举行了第一次全国长篇小说创作研讨会。事隔十年，出席会议并一贯关心长篇小说创作的荒煤同志已经与世长辞。出席会议的两位茅盾文学奖获得者周克芹、莫应丰先后英年早逝。还有一位当时是青年作家的西藏作协副主席秦文玉老弟，十年后不幸在他当年出席会议的八闽大地上殉身，令人感伤。

按照规定，第三届茅盾文学奖应在 1988 年举行。长篇小说阅读量大，每届评奖工作大体上前后要经过一年左右的时间。1987 年 12 月，作为主办单位的我们作协创研部向作协党组、书记处提出着手筹备工作的报告。在 1985 年—1987 年的三年里，长篇小说的创作有了较大幅度的发展，不仅数量多，总体质量也大为提高。从题材选择，到艺术手法的运用，从概括、反映生活的深广度，到驾驭长篇这种艺术样式的熟练性，都出现了颇为可喜的景象。愈来愈多的作家重视并转向长篇的探索和追求，出现了一批比较优秀的作品，长篇小说创作已迈入一个新阶段。按时举行第三届茅盾文学奖的评奖活动是适宜的。

1988 年初，中国作协书记处讨论有关评奖工作问题。鉴于作协举办的全国性文学评奖活动项目过多，时间过频，决议将各项单项文学奖合并，设立一项鲁迅文学奖，不是评单篇、部作品，而是评作家的全部创作活动与成就。这项奖由作协主办，但建设由国家设立，由政府授予，作为一项国家级大奖。当然，还要向党中央、国务院报告，由中央考虑采纳。茅盾文学奖是茅盾同志个人捐赠专款作为奖励基金设立的文学奖，不便取消、合并，仍维持不变。这样，中国作协举办的文学大奖将是两项：鲁迅文学奖与茅盾文学奖。作协书记处还考虑，如果进行顺利，在隔年的 1989 年 10 月，国庆四十周年时，举行这两项大奖的颁奖活动。所以决定第三届茅盾文学奖评奖活动推迟一年至 1989 年与拟议中的鲁迅文学奖一并举行。关于拟议的鲁迅文学奖后来未见下文。1988 年 12 月,我部又一次提出按预定计划开展第三届茅盾文学奖的筹备工作报告,并随即开展工作。程序一如以往。截至 1989 年 3 月,全国各地向评奖办公室共推荐作品 104 部。稍后,邀聘了 22 位评论家组成读书班,分散阅读推荐作品。1989 年 4 月评奖办公室提出评委会成员名单调整草稿,书记处研究通过后,上报主席团审定。主任委员当然仍请巴老蝉联。4 月 14 日我奉作协党组书记处之命去上海。在华东医院,向巴老汇报了评奖筹备工作进展情况,并征询续请他担任评委会主任的意见。巴老谦虚地说,读不了那么多书,就免了吧。我说仍请您挂名。他笑着答应了:就再"挂"一次。

评奖的各项筹备工作按计划顺利进行。预定 1989 年 6 月 7 日在山东烟台,集中读书班成员筛选作品。然而在这前三天,北京发生了政治风波。骤然而至的事件,打断了工作进程。作协新领导班子成立后,1989 年年底,指示茅盾文学奖的评奖准备工作继续进行。前两届茅盾文学奖的评奖工作被肯定。一项补充决定是,鉴于情况变化,评奖工作拖延了时日,将本届茅盾文学奖评奖范围由原定 1985 年—1987 年,延伸至 1988 年,之后评奖办公室向各地发出补报推荐1988 年出版或发表的优秀长篇小说的通知。1990 年初,作协书记处向领导部门报送了第三届茅盾文学奖评委名单。经审定,名单作了大幅度的调整。调整后的第三届茅盾文学奖评委会成员为:评委(以姓氏笔划为序):丁宁、马烽、刘白羽、冯牧、朱寨、江晓天、李希凡、玛拉沁夫、孟伟哉、陈荒煤、陈涌、胡石言、袁鹰、康濯、韩瑞亭、蔡葵。我未列入评选名单。本届评委会未设主任、副主任。那么,评委会如何工作呢?作协书记处决定,由作协党组副书记、书记处常务书记、评委玛拉沁夫任评委会秘书长,我任评委会副秘书长。玛拉沁夫主持评委会工作,我协助。这样,我就成了不是评委但是协助主持评委会工作的副秘书长。

1990 年 7 月在北戴河举办了第三届茅盾文学奖读书班。经过充分讨论,以民主协商的办法,通过了提交评委阅读的 16 部作品书目,以及供评委参考的 5 部作品书目。后经一位评委动议、两位附议,又增加了一部《第二个太阳》。本届评奖实行了评委的回避制度(前两届未发生回避问题)。评委刘白羽因作品《第二个太阳》参评退出评委会。评委玛拉沁夫的作品《茫茫的草原》原列入参评书目。根据本人选择,作品从参评书目中取消。(《茫茫的草原》上部于五十年代出版,下部于 1988 年出版,按照规定符合评奖的范围。)

1991 年 3 月,在京召开了第三届茅盾文学奖评委会,评定本届获奖作品。按照第二届评奖的投票方式,产生了本届获奖作品 5 部:《少年天子》(北京十月文艺出版社出版)、《平凡的世界》(中国文联出版公司出版)、《都市风流》(浙江文艺出版社出版)、《第二个太阳》(人民文学出版社出版)、《穆斯林的葬礼》(十月文艺出版社出版)(依得票多少排列)。整体上是反映了当时长篇小说创作的实绩的。这些作品,题材广泛,风格多样,塑造了众多较为成功的艺术形象,显示了较强的时代精神。尤其是《少年天子》,我认为是建国后四十年,长篇历史题材小说最优秀的作品,是当之无愧的"艺术精品"。

本届文学奖设立一项荣誉奖。已过耄耋之年的老将军肖克的《浴血罗霄》,是一部具有个性特点的革命历史题材小说。作品是真正由老将军自己动手写出来的,而非由别人代笔。作者从执笔写作到出版,前后经历了半个世纪。已作古的老作家徐兴业的史诗式的历史小说《金瓯缺》共四卷,约140万字,规模宏大,气势磅礴。作家从酝酿到写作到全书出齐也经历了近半个世纪的时间。评委会鉴于这两部作品的庄重、严肃、历史意义,特授予荣誉奖。

本届茅盾文学奖获奖作品每部奖金为人民币5000元。荣誉奖不发奖金。

颁奖大会在3月底举行。

值得一提的是,这一个评奖年度,还有几部为大家称道的作品。贾平凹的《浮躁》,恐怕是贾平凹迄今为止的最好一部长篇,因为该书已获美孚飞马文学奖,这也是一项重要的文学奖,茅盾文学奖就不考虑了。《月落乌啼霜满天》是王火的具有史诗规模的反映抗日战争的长卷《战争与人》的第一部,有较强的时代气息与浓郁的文化韵味,是值得认真看待的作品,但由于该书第二、三部即将出版,不如待其全璧,留待下一届茅盾文学奖评选,更可以显示其价值。还有宗璞的《南渡记》感觉细腻,时代色彩浓郁,但同样也是作者多卷本的第一部,刚开了一个头。杨绛的《洗澡》是继《围城》后又一部描写"旧"知识分子的佳作,取意含蓄、文体风度成熟。惜生活容量略嫌不足。

还要提一提的是,80年代中期以后,现代主义从观念到方法,在文学领域有了全面的渗透、推进、尝试。长篇小说也出现了一批新作。这是几十年长篇小说艺术发展的重大变化与突破,得失其说不一。其中佼佼者为王蒙的《活动变人形》,其独特的开掘角度,丰富的思想艺术蕴涵,显示了重要的艺术创新价值。当然要得到所有人的接受,也还要待以时日。

我国茅盾文学奖评奖已经历了十几年的过程,倾注了许许多多人的心血、智慧,积累了不少经验,在国内外树立了信誉,推出了一批优秀长篇作品,为新时期文学发展作出了贡献。先后参与评奖工作的陈荒煤、冯牧、孔罗荪、陈企霞、丁玲、冯至、艾青、沙汀、铁依甫江、康濯已先后故去。我想,只要我们按照客观、公正、民主、廉洁的工作原则，在商业大潮中保持茅盾文学奖的纯洁性，待之以日，形成一项具有国际声誉的文学大奖，如法国的龚古尔文学奖、美国的普利策文学奖、日本的芥川文学奖，是完全可能的。但是，长篇小说毕竟只是文学的一种样式，小说的一个分支，不宜抬得过高。长篇小说最忌急功近利，宜于惨淡经营，只有这样，才利于出精品，出杰作。

第四届茅盾文学奖准备工作正在进行中。我只是评委之一。评奖办公室工作由现作协书记处书记、创研部负责人陈建功具体负责，我相信这一届评奖工作定会比以往任何一届做得更好。

春花秋月系相思（节录）

——短篇小说评奖琐忆

崔道怡

严冬过后绽春蕾

本来，我是想用"短篇小说评奖缘起"，作为第一个小标题的，但在电脑屏幕上打出这几个字后，便陷入沉思。这题目太正规，我没有足够的史料和思维，写不来正规化的文章。只不过提供些琐忆罢了，也仅限于我个人的所见所感。

屏幕保护装置设定的是海底世界，蓝色海洋里浮游着各式各样色彩斑斓的鱼群；我的脑海里，浮游着有关全国优秀短篇小说评奖的回忆。从最初的动议时起，至今已经二十多年。雪泥鸿爪寻往事，春花秋月系相思……

两个人物从回忆的深海中浮现出来：一个是作家刘心武，一个是编辑李季。

刘心武曾任《人民文学》主编，也可以说是编辑，但当时他只是位业余作者；李季早已就是著名诗人，但他当时是《人民文学》的主编，正担任着编辑工作。我说的是当时——1977年春天到1979年春天。这三年的文学史上，记载着一件关乎此后我国文学事业发展的事情——全国优秀短篇小说评奖。

1977年初，文艺理论家、诗人张光年出任《人民文学》主编。我在编辑部小说组当责任编辑，分管京、津、华北地区稿件的初审，承担管界内的组稿工作。为向当时已显示出创作潜力的业余作者刘心武组稿，我曾到他家里去过，但他后来拿给我的那一篇写得并不理想，便退掉了。这年初秋的一个下午，我在一大撂

题解 本文原载《小说家》1999年第1期。这里节录了与短篇小说两次评奖相关的内容。崔道怡的这篇文章回忆了"一九七八年全国优秀短篇小说"的评选过程。1978年6月中国作家协会正式恢复工作，张光年出任党组和书记处书记，诗人李季接任《人民文学》主编，李季有感于短篇小说创作在思想解放运动中所起的重要作用，提出对短篇小说佳作进行评奖。评选采取专家与群众相结合的评选方法，由评选委员会在群众推荐的基础上评议，经过投票选定。尽管评选也遇到各种问题，但仍然发现了一批好的作品，培养了一批新作家，对新时期文学产生了重要影响。

自然来稿中发现有他寄来的一篇,马上看了,当即被吸引了。若仅仅用"耳目一新"来表述还不够,可以说用得上"催人泪下"和"振聋发聩"了。看到张老师在小公园里沉思那一节,我竟不禁眼热鼻酸,好久好久没有看到这样的小说了,正如刘心武在附信中所说的,这回他写的是"真格儿的"。但他心里似乎没底,问我这样写不知道行不行?我当即给他写了一封回信,表达我个人的赞赏,通知他已即刻呈交领导阅处。——这便是那篇引起了轰动反响的《班主任》。

《班主任》的发表过程,实际上也就是文学挣脱桎梏转向复兴的起步,那是需要另文叙说的,这里只说它所引起的轰动。在我的编辑生涯中,经历过两次小说引起的巨大反响:前一次,是1976年1月《人民文学》刊发蒋子龙的《机电局长的一天》;后一次,是1977年11月《人民文学》推出刘心武的《班主任》。前一次历时很短,迅即被"四人帮"压制了下去;后一次则如一石激起千层浪,浪涌波翻,影响深远。短短一两个月时间里,编辑部和刘心武就收到了三四百封读者来信。可惜编辑部没能把这些信留存下来,但我确信:一篇小说收到如此之多读者来信的,惟有刘心武的《班主任》。杂志发行的第三天,刘心武就收到了第一封读者来信。信中说:"'四人帮'时期的文学作品,使一切有政治头脑和鉴赏能力的青年人望而生厌,但读了《班主任》后,激动之余甚至不知该怎样表达自己的思路才好……"我记得有一封信,是一位邮递员写给编辑部的,他说他是在投递该期刊物时,站在订户门口等待,偶然翻看,被吸引了,随即自己买了一本,看过之后耳边似乎回旋起了一句歌词:"中华民族到了最危险的时候……"

须知,那时,这句歌词还没有回到国歌的曲调中。须知,那时,"文化大革命"还没有被否定。标志新时期开始的十一届三中全会,是在一年之后才召开的。

我们回顾历史,固然需要运用新的眼光重新审视,但若离开当时特定的历史环境,对那些深深地刻印进历史篇章的事件,也就不可能给予应有的正确评价。

《班主任》发表当月,《人民文学》率先举行"四人帮"垮台后的第一次全国性文学活动,召开了短篇小说创作座谈会。张光年主持会议,沙汀等二十多位老、中、青作家、业余作者、文学评论家与会,全国文联副主席、老作家茅盾会见了与会人员。大家一致认为:繁荣文艺必须保证作家有个人创造性和个人爱好的广阔天地,做到题材和风格的多样化。12月28日,《人民文学》邀请一百多位文艺界人士,举行了批判"四人帮"炮制的"文艺黑线专政"座谈会。

"莫道浮云终蔽日,严冬过后绽春蕾。"正是以《班主任》为标志的短篇小说创作实践,正是以这两次文学座谈会为代表的理论探讨,迎来了以《实践是检验真理的唯一标准》为发端的思想解放运动。正是 1978 年的思想解放,促进了对政治生活极为敏感的短篇小说创作空前繁荣起来。

1978 年 6 月,中国作家协会正式恢复工作,张光年出任党组和书记处书记,诗人李季接任《人民文学》主编。他有感于短篇小说创作在思想解放运动中所起的重要作用,提出了对短篇小说佳作进行评奖的动议。经请示张光年同意,又取得茅盾支持,李季决定就由《人民文学》主办,对短篇小说创作中涌现出来的优秀作品进行全国性评奖。

建国以来,在文学领域,对优秀作品进行评奖,只有一次:1954 年 6 月,中国人民保卫儿童全国委员会为促进儿童文艺创作,举办评奖。此外,除了《大众电影》举办过电影"百花奖",再没有任何文艺评奖了。而今,为了促进文学创作繁荣与发展,也是为了促使文学创作在思想解放运动中发挥更大作用,评奖活动势在必行。但首创者,无疑须有相当的胆识与魄力。作为文学评奖始作俑者,李季同志可谓功莫大焉。倡导小说评奖,其意义与作用,绝不仅仅限于小说。此后至今,二十多年,这样那样,争奇斗妍,各种评奖,从而滥觞。

第一簇报春花

一

第一次评奖,名为"一九七八年全国优秀短篇小说评选"。从 1978 年 10 月起,《人民文学》连续刊登"评选启事",说明评选范围:自 1976 年 10 月至 1978 年 12 月止,在全国各地发表的作品,均在备选之列。评选方法:专家与群众相结合,由评选委员会在群众推荐的基础上评议,经过投票选定。为此,随"启事"一起,印发了读者"评选意见表"。

评奖活动得到了诸多专家和广大读者的热情支持:一批全国著名的作家、评论家,欣然应邀担任评委。一篇又一篇读者"评选意见表",源源不断寄到编辑部。我作为参与评选的工作人员,具体感受到了这项活动蓬勃进展的盛况。

现在回想起来,简直不可思议,那时候人们对文学事业竟如此厚爱。我无意也无力对这种特殊情况进行评议,只有一点感触至深:文学与政治密不可分,一时间人们把小说看成了思想解放的艺术先声。而那时候,中、长篇都还在孕育中,惟有短篇小说,就成为了侦察社会的"轻骑兵"。当时还是唯一的中央级刊物《人民文学》,发行数量一百五十万份。一个短篇小说,就可以引得社会性的反响。

相对于读者的热情来说,"评选意见表"设计得未免简单,每张表格只开列了推荐一篇的空格。而多数读者是不只推荐一篇的,这使工作人员不得不把桌子拼起来,把纸张接起来,像统计选票似的,一个人唱票,一个人往被推荐的那一篇题目下画"正"字。每天,这两个人都从早忙到晚,登记办公桌上那堆积如山的来信和"评选意见表"。由于评选并不打算全按得票多少决定,所以编辑都没有称"评选意见表"为"选票"。但许多读者仍然称之为"选票",说是怀着喜悦的心情,把"选票"投给自己最喜爱的短篇小说。

这项活动还得到了全国各地报刊、出版社、图书馆、文化馆的帮助,许多单位专门组织了读者座谈会,有的甚至寄来了会议记录。河南省图书馆为此举办了短篇小说阅读周,把近两年的文学刊物设专架陈列,给读者推荐提供条件。

1978 年除夕,京城飘扬大雪,读者意见一如雪片,纷纷飞落《人民文学》。而我因在雪中骑车摔倒以致股骨颈骨折,只能在医院里编辑《解放区短篇小说选》和《建国三十年短篇小说选》,未能参与这首次的评选揭晓和发奖大会。

二

《人民文学》记者关于此次活动的报道《报春花开时节》中说,"截至 1979 年 2 月 10 日,共收到读者来信 10751 件,评选意见表 20838 份,推荐小说 1285 篇"。"本刊编辑部认真阅读了群众推荐的每一篇作品,在充分吸收群众意见的前提下,经过多次反复比较、研究和讨论,初步选出一批优秀作品,提供评选委员会参考。这个初选篇目中的大部分作品,都是群众'投票'最多和较多的。"

这个初选篇目是:刘心武的《班主任》,王亚平的《神圣的使命》,邓友梅的《我们的军长》,莫伸的《窗口》,卢新华的《伤痕》,刘心武的《爱情的位置》,宗璞的《弦上的梦》,陆文夫的《献身》,童恩正的《珊瑚岛上的死光》,刘富道的《眼镜》,王蒙的《最宝贵的》,孔捷生的《姻缘》,李陀的《愿你听到这支歌》,士敏的《虎皮斑纹贝》,贾大山的《取经》,成一的《顶凌下种》,萧平的《墓场与鲜花》,徐光耀的《望日莲》,张承志的《骑手为什么歌唱母亲》,于土的《芙瑞达》,白桦的《秋江落叶》,张有德的《辣椒》,陆柱国的《不灭的篝火》,王愿坚的《足迹》,萧育轩的《心声》。

篇目次序基本上是按得票多少排列的,但以上排列截止于 2 月 10 日,此后陆续收到更多来信,篇目又经修订,增加了周立波的《湘江一夜》,贾平凹的《满月儿》,祝兴义的《抱玉岩》,关庚寅的《"不称心"的姐夫》。——刘心武的《班主任》不仅名列第一,而且票数遥遥领先,比名列第二的多出了一倍。

首届评选委员会,是由《人民文学》邀请的 23 位著名作家和评论家组成的。主任:茅盾。副主任:周扬,巴金,刘白羽。委员:孔罗苏,冯牧,刘剑青,孙犁,严文井,沙汀,李季,陈荒煤,张天翼,周立波,张光年,林默涵,草明,唐弢,袁鹰,曹靖华,谢冰心,葛洛,魏巍。

"他们都抽出了宝贵的时间,怀着极大的热情,积极参加了评选工作。老作家张天翼半身瘫痪,已失语言能力,在病床上认真阅读了全部备选作品。当编辑部同志登门向他征询意见时,他眼睛闪着喜悦的光彩,向着指给他看的许多作品的篇名点头赞赏,同意入选。年高八旬的女作家谢冰心也十分认真地阅读了全部备选作品,按照自己的意见开列了选目。"巴金未能参与 3 月 6 日举行的评选讨论会,专门致函李季等《人民文学》负责评选事宜的同志:"我因患感冒,好些天不能工作。关于短篇评选,我把我读过觉得好的作品,选了十七篇,现在寄上选出的篇目,供你们参考。"他在初选篇目上的十七篇作品名字前面画了圈,并在这张"选票"上署名"巴金选"。

<h1 style="text-align:center">三</h1>

在李季主持下,评选小组工作人员综合评委会专家们的意见和读者群众所投"选票"的情况,最后提出 25 篇备选。经评委会认可,这 25 篇短篇小说即为本届评奖当选作品。评奖最初曾经准备设立三个等级,后来因为实际操作难度过大,主要是因作品水平不易区分,索性不分级。但前五篇,是特定的。正如有些评委所指出的,前五篇在思想、艺术、作者、题材等方面,各有其特别和出色之处。

"《班主任》提出宋宝琦这样的青少年问题,同时着重地写了谢惠敏,揭开了一个由'四人帮'流毒造成的更为深刻、更为严重、更为使人痛心的社会问题。一表一里,一显一隐,一浅一深,用前者带出后者。单凭这点,小说就有坐上第一把交椅的资格。""《神圣的使命》是一曲颂歌,我们年轻的作者对一个老公安人员为了平反冤案,终于献出了生命的行为,倾注了时而昂昂时而脉脉的深情"(唐弢《短篇小说的结构》)。"《窗口》名列前茅,是值得高兴的。这篇小说跟它所塑造的人物一样,具有一种朴素自然的美……小韩是一个雷锋式的人物。《窗口》是一篇'适当其时'的作品"(林默涵《读〈窗口〉》)。"我们也需要《我们的军长》《湘江一夜》《足迹》这样的作品,作家们满怀崇敬和挚爱,将老一辈无产阶级革命家的艺术形象屹立在文学作品里,留在我们心头,成为一代又一代珍贵的精神财富"(袁鹰《第一簇报春花》)。

前五篇之后,大体上就按得"票"多少为序。《珊瑚岛上的死光》虽然得"票"不少,但因它是另外一路,属于科学幻想小说,所以放在最后。

1979 年 3 月 26 日,发奖大会在京举行,新华社为此发了专稿报道:"在一片热烈的掌声中,评选委员会主任、中国作家协会主席茅盾,把印有鲁迅头像的纪念册和奖金,发给了得奖的 25 篇短篇小说的作者。他希望在他们当中产生出未来的鲁迅。""中国作家协会副主席周扬也在会上讲了话。他说,我们正处在一个历史的转折关头,短篇小说要起侦察兵、探索者和开路先锋的作用。"刘心武代表得奖作者发表了题为《心中升起了使命感》的讲话,他表示:作家"应当成为人民的神经,党的侦察兵,既是革命事业的歌手,也是前进道路上的清道夫,这使命,的的确确是神圣的啊! 我们要虚心地、刻苦地向老作家们学习,要有接续着他们去进一步发展中华民族革命新文化的雄心壮志,要有这样一种使命感!"

欣欣向荣又一春

一

若大旱之望云霓,历经"斗争"天天讲、"文革"大劫难的中国人民,早就期盼着把国民经济搞上去的日子快些到来。《人民文学》复刊号的头条,推出蒋子龙的《机电局长的一天》,之所以引起那样巨大的反响,根源就在于此。

1978 年冬,党的十一届三中全会决定把全党工作重点移到现代化建设上来,扭转了历史的航向。将文学仍看作是社会发展之侦察兵、探索者的作家、读者,等待着小说创作对此做出及时的反应。身为作家与读者间之桥梁、纽带的编辑,自然应把组织这样的稿件,当作首要任务。

李季是一位具有远见卓识的主编,果断提出小说创作也可以"命题作文",而能与《人民文学》相呼应并出色完成此项任务的作家,首推曾经塑造过为经济建设献身之领导干部形象的蒋子龙。如此行动,绝非那种"主题先行",因为这样的主题与人物,早就活在工人出身的作家蒋子龙心中。

我自 1978 年 9 月起,承担小说稿件的复审,不再领有地区管界。1979 年春,天津地区责任编辑王扶来到蒋子龙家中。双方话语"一拍即合",再次引起轰动反响的《乔厂长上任记》应运而生。如果说《班主任》中的谢惠敏是首开揭示心灵"伤痕"先河的形象,那么《乔厂长上任记》中的乔光朴则是第一个为新时期改革家写照的典型。一封封情真意切的读者来信,表达着广大群众的普遍呼声。

有一家工厂的一批工人甚至发出吁请,要乔光朴到他们那里去当厂长!

1979 年是思想解放运动在各个领域都初见成效的一年,反映在文学创作方面,或者说文学创作对这种社会生活景象的反映,是敏锐及时、丰富生动的。"乔厂长上任"前后,焕然一新、别开生面的短篇小说,如雨后春笋,破土而丛生,竞相媲美,各展风姿。这也为短篇小说的第二届评奖,拓展了新局面。

从第二届起,评奖由中国作家协会主办,具体工作仍由《人民文学》杂志社承担。自 10 月起,刊物发出"评选启事"和"推荐表"——这次不叫"意见表"而叫"推荐表"了,并在表中开列五篇空格——仅仅一个月,编辑部就收到了远远超过去年总量的读者来信和"选票"。我奉命在 12 月号刊物上对此盛况进行前期报道,摘编了各种来信的各样心声。"它们是和煦的春风,吹拂文苑百花争妍;是美好的祝愿,期望文艺兴旺发达;是鼓舞的力量,推动评选活动蓬勃展开。"

二

1979 年秋,中国作家协会第三次会员代表大会上,茅盾在其讲话中指出:"短篇《乔厂长上任记》描写了向四个现代化进军的斗争生活,是文学方面反映党中央提出的工作重点转移这一划时代号召的初期的作品。"

毫无疑问,《人民文学》7 月推出迅即取得轰动反响的《乔厂长上任记》,必然稳拿此次桂冠。于是,一股风从天津吹过来,说这篇小说带有"抄袭"之嫌!

"抄袭"是个幽灵,它一直回荡在文学创作之中,时隐时现,若明若暗。完全照搬,犹如盗窃,那倒简单而好办了。问题在于有一种说不清道不明的特殊情况,有时也被打上引号称之为"抄袭",事情便复杂而难办了。该如何评说那种带引号的"抄袭",我或许另文表述个人观感,如今只说这一具体"事件"。

"事件"缘起于首届评奖,1978 年度获奖作品中的《"不称心"的姐夫》,在发奖大会举行过后,曾被"揭发"为是"抄袭"之作。《人民文学》编辑部为此曾向该稿原发刊物《鸭绿江》及作者所在单位进行调查。1979 年 6 月 22 日,《鸭绿江》编辑部出具公函,说明如下:

> 关于短篇小说《"不称心"的姐夫》的"抄袭"问题,我们曾向省委宣传部和作家协会党组作了汇报……综上所述,我们认为:小说先于散文,且从构思到定稿,人物关系、故事情节均未作更大变动,证明小说不是抄袭那篇散文。那篇散文只二千余字,而小说则一万二千多字,虽在主题和人物关系上有相似之处,但小说作者所攫取的素材和基本故事情节是从生活中来的,就

其整篇来说,不能视为模仿或抄袭那篇散文,小说后边那几段议论文字,确有模仿、抄袭那篇散文之弊。检举者的看法是正确的,但不能以局部否定全作。尽管如此,我们仍对作者进行了严肃、诚恳的批评教育。

与公函一起,附来了作者所在单位和该稿创作过程知情人的证明。同时,还有一份作者本人的《检查》。我之所以具体说明这一事件,并将作者所写材料标以书名号而没有用引号,是因为我希望有关人士能够知道,那时候对这种事是何等重视。尽管只是"几段议论文字确有模仿、抄袭之弊",作者还是痛心地做了检查,承认自己"创作态度不够严肃"。此后几次评奖,还曾经发生过与之类似乃至更甚的情况,然而无论单位还是本人,再也未见有这样认真诚恳的态度了。

至于1979年度评奖,议论到蒋子龙这一篇的情况,《人民文学》编辑部的几个经手人,都是清楚的。小说的构思,跟责任编辑王扶谈过。作品原名《老厂长的新事》,是小说组组长涂光群改定为《乔厂长上任记》的。发稿时经由我加工润色——将其前言性文字大为凝缩,对全篇进行梳理分段并加上了小标题——这怎么可能是"抄袭"之作呢?莫非故事情节跟某篇成品,有所雷同、近似甚或套用、移植?也许像那篇《"不称心"的姐夫》那样,有些句子确系"抄袭"?空穴来风,事出有因,但又没有具体检举,我们不便正式调查。编辑部具体负责评选事宜的副主编葛洛,便向天津文学界的有关领导侧面打探,不久得到回函:

> 天津这里传言很多,怀疑成风,这篇是抄袭的,那篇是剽窃的,但又提不出真凭实据来,弄得思想混乱,众说不一。有些人的目的,是想把蒋某人搞臭,把支持他的作品的人也搞得灰溜溜的。
>
> 据说,有人首先提出:《乔》是模仿苏联两篇小说,拼凑成的,但谁也不知道是哪两篇作品;提出的人也说不清楚,说不具体。纷纷议论、猜测,成了无头案。
>
> 又有人传说,《乔》是模仿苏联剧本《外来人》(载上海人民出版社出版的《礼节性的访问》)。前天我找来看了看,可以说风马牛不相及,什么也安不上。既个是模仿、套用,更不是剽窃、抄袭。你们也不妨看看。由此看来,有些传言,不可轻信。

以上情况,仅仅只是评奖过程之中一个小小插曲,由此倒可反证,评奖活动在文学界具有何等影响?还有一个微妙的细节,也可以从相反的方向证明,评奖活动在一些作者的心目中占有何等地位？——那就是出现了"拉选票"的小动作。

评奖收到"选票"之多，令人振奋。但也有个特殊现象，令我生疑：一篇作品短时间内得到来自同一地区大量"选票"。虽说本地读者对于同乡作者未免偏爱，但这些"投票者"无不都把这一篇小说的名字填写在五个空格的第一栏里，这就不约而同地让人奇怪了。我请工作人员将这一篇另行统计：对那些来自同一地区的"选票"进行甄别，凡涉嫌拉票的，一律作废。

三

如果说第一次的评奖，重大意义在于其首创性，那么这第二次的活动，其群众性和权威性则可谓空前巨大了。我所写的报道《欣欣向荣又一春》中记载着：截至 1980 年 2 月 10 日，一百天内共收到"选票"257885 张，比上次增长 12 倍以上；推荐小说两千篇，比上次多七百余篇。有的"投票人"表示，"深知填写推荐表这件事的分量，所荐作品都是曾为之感动得流泪，至今还在脑子里留有清晰印象的"。解放军某部政治处组成了有副政委、宣传和新闻干事参加的评选小组；山东、贵州、四川等省总工会向所属地市厂矿企业工会和文化宫行文转发了推荐表；丽水师范专科学校中文系团支部将团徽同推荐表一起寄来，献给当选作者，"希望他们焕发青春活力，写出更多更好的小说"；远在美国、德国的华侨、留学生也积极赞助这次评选；四位不同性别、职业的日本朋友寄来了推荐表；其中，水间清先生还附信说明推荐意见，表达对我国人民和文艺事业的良好祝愿。

评选仍然采取群众推荐与专家评议相结合的方法，中国作家协会批准建立了由 25 位著名作家、评论家组成的评选委员会。中国作家协会主席茅盾为主任，周扬不再参与，除上届评委连任外，增加了丁玲、王蒙、贺敬之为评委。

1980 年 1 月 11 日，评委会举行第一次会议，就评选工作的方针问题交换了意见。会议由李季主持，他首先通报了未能与会的评委情况。然后请大家畅所欲言。以下便是我据当年个人笔记整理出的部分评委发言摘要——

> 贺敬之：评选应表现出我们的倾向性意见：一，对于描写新人的、积极向上的作品，要提倡。为什么"乔厂长"受欢迎，这和时代和人民的愿望有联系。二，干预生活的作品也要选，文学有这个战斗任务。但要注意避免片面性，注意社会效果。我个人认为：《乔厂长上任记》应选为首篇，它比《班主任》更强烈。

草明：评选应该在艺术技巧上讲求质量，不可降低艺术标准。对《乔厂长上任记》，就要坚持法制、民主和艺术规律。如果只有某些问题，就不给作品以第一，便没有了艺术民主。

唐弢：首先得是艺术品，要看艺术质量。去年考虑到刊物，有所照顾，今年只就作品本身而言吧。《人民文学》发行量大，好作品愿意到这儿来发表，多选一些不必顾虑。今年最好还是25篇，评选相对稳定为宜。

袁鹰：时间越久，意义看得就越清楚，去年评选，的确推动了短篇创作，今年则不仅是简单接续，三中全会开创了一个新的时期，评选要体现全党工作转移的精神，这是一个出发点。因此，我支持《乔厂长上任记》为首篇。

孔罗荪：不能完全依靠票数，票数不能完全表现质量。《李顺大造屋》，三十年来第一个这样写农村的。（冯牧：这个人了不起，七九年发了十一篇，大多非常精彩。）但这一篇所得票数，比不上《我应该怎么办》。当然，主要方面是群众投票还是可保证的，"乔厂长"身上就寄托着人民的希望。

冯牧：选票反映了一定的群众意见，但不能全面准确地反映作品思想艺术的实质。我们不能把评选仅仅看成是表扬，还要有所倡导。25篇当选作品之中，大部分应该是能唤起崇高与美好精神情感的。

1月24日，《人民文学》编辑部评选工作小组根据"选票"多少排列篇目，先在内部进行一次"投票"，从而开列出了一个基本上是以读者"票"数多少为序的备选篇目：蒋子龙的《乔厂长上任记》，陈国凯的《我应该怎么办》，李栋、王云高的《彩云归》，张弦的《记忆》，孔捷生的《因为有了她》，韩少功的《月兰》，金河的《重逢》，叶蔚林的《蓝蓝的木兰溪》，方之的《内奸》，茹志鹃的《草原上的小路》，张洁的《谁生活得更美好》，左建明的《阴影》，张天民的《战士通过雷区》，刘真的《黑旗》，王蒙的《夜的眼》，陈忠实的《信任》，中杰英的《罗浮山血泪祭》，高晓声的《李顺大造屋》，邓友梅的《话说陶然亭》，陈世旭的《小镇上的将军》，艾克拜尔·米吉提的《努尔曼老汉和猎狗巴力斯》。后又根据"选票"，补充进了：樊天胜的《阿扎与哈利》，刘心武的《我爱每一片绿叶》，冯骥才的《雕花烟斗》，包川的《小婚事的年轻人》。

3月5日，评委再次开会，对评选工作小组提供的初选篇目进行正式评议讨论。会议历时一天，开得认真而热烈。兹将部分评委发言摘要如下——

草明：不能因人照顾，一个天才也并不是篇篇都写得好的。今年评不上就垮了,那这人就不是天才。

沙汀:写东西是写侧面,但一定要摆在全局中写。《黑旗》就有很大偏激,还有八字方针嘛!《内奸》作者爱憎分明,因事说事,夹叙夹议,写得很随便。

冰心:短篇越来越离奇了,情节太多。写东西有人生哲学在,应眼光远些,不要让人看了觉得中国没有希望了。我认为作者应是拥护社会主义的爱国者。一年选一次,不能搞世袭。每年都有,能上不能下,奖也就没什么意义了。

刘白羽:文学总是要推动历史前进的,现在我们非常需要表现坚持原则既有魄力又有才智的闯将。《乔厂长上任记》得了那么多票,说明人民的渴望,对文学关怀而且有要求。此外,我认为《彩云归》《阿扎与哈利》是特殊作品,写得很美。

贺敬之:我们应对读者欣赏趣味进行引导,选的时候百家争鸣,最后还请李季定音。具体意见:《李顺大造屋》艺术上沉闷;《剪辑错了的故事》比《黑旗》好;《重逢》接近《阴影》,内容没什么错误,但考虑到客观影响可不选。这类题材中长篇可以写得更深。我主张去掉《因为有了她》,只有她才搞"四化",是不行的。

唐弢:我认为《内奸》写得好,特别是上半,商人确实是商人,写得可信可亲。《阴影》让人看了不舒服,《黑旗》也可不选。

王蒙:有些意见,跟前辈有些距离,所以及早汇报。总的来说,今年是去年的继续与提高,不是纠偏,应有一定的连续性,不要给人这样的印象:有强大的风,所以对一些作品评价上有大变化。从发展角度看,希望今年的作品精神境界高些,能高,揭露得再尖锐也不可怕。《内奸》《话说陶然亭》看完后感到正气凛然,是中国人民的正气。《李顺大造屋》不可多得,我佩服高晓声。我对《陈奂生上城》五体投地,那是五味橄榄。对所有作品,都不能求全责备。要反映全局,但断面就难免片面。我认为不能说《因为有了她》是写只为一个人想"四化",这一篇充满了幽默感,是明快的,也有分寸。《黑旗》是出气之作,所以境界不高,但要求它写八字方针,也不好理解。毕竟小说不是历史。《彩云归》我也看不出那么好来。

袁鹰:同意王蒙对《彩云归》的意见,写法、结构、语言,都是港台味儿,看来收集不少材料,很能叫座,但编织痕迹很重。对刘心武、邓有梅,同意冯牧意见。

孔罗荪：今年作品着重写了人物，《内奸》把商人写活了，不回避惟利是图，但精神境界很高。《草原上的小路》写得好，最后的几句话很有深意。

陈荒煤：评委中青年少，老头子对年轻人喜欢的不大了解，因此我注意了票数。《怎么办》怎么办？投票的年轻人多，要理解他们的心情，我认为应摆上，作为时代烙印，无妨留存下来。《因为有了她》也无可非难，并没有说没了她别人就不搞"四化"了。对于过去得过奖的作家，我有不同看法。我认为应实事求是，当然也是从今年水平与全国水平相比，不应要求今年一定高过去年。《我爱每一片绿叶》很难说比《班主任》差多少，题材、主题有其独特个性。作品提出了独特个性问题，也有时代的痕迹。《重逢》比《阴影》好，揭露比较尖锐的社会问题，我们还是应该选上。最后就由编辑部定。要有胆量下判断。

从第二次评奖起，我参与了历次评委会议，留有一些个人笔记。这里所摘，只是一小部分。仅此引述，可见当年评奖情况之一斑。

"华语文学传媒大奖"终审评委：
每个人都对自己的良知负责

黄兆晖

请谈谈对评奖结果的看法？

程文超：对评奖结果我觉得很满意。在年度杰出成就奖的三个提名中，我们一致认为应该给史铁生。现在全票通过，我觉得这个奖就没有遗憾了。《病隙碎笔》里写了人生的方方面面，尤其对生与死的感悟。他时时与死神交锋，所以悟得很透。他的这些感悟远远超过了一般文学作品所能达到的深度，甚至上升到了哲学、宗教的高度。

马　原：我特别看重年度杰出成就奖，因为我们这个华语传媒大奖是首届。我很看重"首届"的意义，因为我们提倡什么，反对什么，将会通过首届评奖给受众一个很清晰的引导。在这个意义上说，散文集《病隙碎笔》无疑是最没有争议的——我们全部选择了史铁生，这应该说名至实归而且是众望所归。

我对评奖结果稍嫌不足的一点就是我们这个奖是"华语文学传媒大奖"，获奖人里面却没有大陆以外的作家。在大陆以外有数以千万计的华人，各地华人都有自己喜欢的作家。在我们的选择里面，因为出版、发行等原因，有一些作家在评委的视野之外。有两位港台散文家入围，但没能有一个最终获奖，可以说是

题解　本文选自南方都市报主编《文学之巅：鉴证首届华语文学传媒大奖》，南方日报出版社 2003 年版。2003 年 3 月 3 日，《南方都市报》正式设立"华语文学传媒大奖"，立志为华语文学的发展找到新的出路。"由传媒来举办这样一个全国性的文学大奖是有开创性意义的"，因此记者黄兆晖围绕"华语文学传媒大奖"的评委感受、评奖意义以及文学与传媒的关系等，对首届"华语文学传媒大奖"的终审评委进行了提问。终审评委对年度杰出成就奖获得者史铁生《病隙碎笔》表示赞同，认为"华语文学传媒大奖"突出的是文学真正的品格，评奖过程真正体现了评委的公正性，而且大众媒体主办的文学奖项使得文学的影响范围更广。作为第一个由大众传媒创设的年度文学奖项，"华语文学传媒大奖"显示了文学从创作到接受，都开始在发生一种变化。

一个小小的缺憾。在以后的评奖中,我们会进一步关注海外的华语作家群体,关注海外华语创作。

林建法:评奖结果好像跟我预料的差不多。单从文学评论来讲,从我个人角度,我更倾向于选王尧。因为他对"文革"文学的研究在国内是填补空白的。他以新的史料和研究方法,在断裂的历史中发现了历史的联系,可以说是改写了当代文学史的构架。

陈朝华:我觉得整个评奖结果还是实至名归。所有获奖作品都非常纯正,非常厚重,非常明亮,非常凝练,应该说是年度华语文学的一次非常独到的盘点,也是一次对读者非常有激情的重新提醒:这些都是非常优秀的华语文学作品。

谢有顺:基本上比较满意。因为它体现了我们独立、创造和公正的原则。所谓独立,就是没有任何文学以外的因素来干预我们的评奖。我们不属于哪一个文学机构,也不属于哪一个人情的圈子,我们的视野、评价和遴选的标准都是非常开阔的。虽然是南方都市报评的奖,但很重要的一点,它并不是评南方都市报自己发表和出版的东西,所以这个平台给我们的空间是非常大的。所谓创造,是指我们非常崇尚真正在文学领域有所创造的作家和作品。过去的文学评奖很容易受知名度和媒体反应的影响,而我们的奖体现了对创造的推崇。比如这次获大奖的《病隙碎笔》,在评奖以前,可能没有太多人会给这部作品这么高的评价。——发现别人所没有发现的,推崇别人所忽略的作品,这一直是我们这个奖努力的方向。至于公正,我一再强调不存在绝对的公正,也不存在一个让所有人都满意的公正。所谓的"公正",只能说每个人都对自己的艺术良知负责。如果说有什么缺憾的话,也是由于我们艺术良知和审美标准的局限性所导致,并不是我们有意用私心和人情去破坏这种公正。

担任"华语文学传媒大奖"评委,你们最大的感受是什么?

程文超:没有任何干预。我们这个大奖完全是按照评委对于文学的理解,对作品阅读的真实感受以及文学作品本身的成就来投票表决的。这一点我们可以保证。这是一个比较纯粹的文学大奖。

马　原:非官方色彩。我感受最深的就是这一点。

林建法:首先这个奖突出的是文学真正的品格,再就是评奖过程真正体现了评委的公正性。

陈朝华:所有的读者,文坛参与者,包括推荐评委和终审评委,都对我们南方都市报主办这样一个活动充满热情。我既是一个读者,也是一个和文坛有点关联的人,又是主办方的负责人,对此感到由衷的欣慰。说明我们做了一件大家都觉得应该做而且非常有价值的事情。

谢有顺:我最大感受就是在这个时代还是有一帮人真正从内心里对文学存着深厚的感情,愿意为文学这个精神的事业做一些很实在的事情。这帮人不单包括我们的评委,也包括读者和知道这个奖以后对我们表示支持的作家。从操作层面讲,也给我一个很深的感受,就是面对文学的时候,我们是可以找到一种方式,一个平台,把文学做得很专业,很纯粹,很认真,并且忠实于自己的艺术良心的——它使我对文学会更加郑重,更加虔诚,不敢轻易地亵渎它。

如何看待"华语文学传媒大奖"对于华语文学的意义?

程文超:我们不能用是否留下传世之作来衡量一个大奖,甚至不能用传世之作来衡量一个时代。因为每个时代都有每个时代的特色。由传媒来举办这么一个全国性的文学大奖是有开创性意义的,南方都市报这样一个大众传媒能这么关注文学,用实际行动来推动文学的发展,这才是它的意义所在。传媒在关注文学,说明文学从创作到被接受,都开始在发生一种变化。

马 原:"华语文学传媒大奖"是一个大众传媒做的事情。在现今这个传媒时代,大众传媒的影响力是显而易见的。通过它来做这么一个奖,能够在很大范围内引起更多人的关注,这对文学发展来讲,无疑是个很好的事情。

林建法:如果从近的意义来看,我认为它是别的同类评奖所不可取代的。从远的意义来看,我估计它可能对华语文学的整个创作和批评都能起到一定的推动作用。再远一点我就谈不上了,我觉得还需要时间来进一步检验它。

陈朝华:终极意义并不重要,重要的是传媒有这样一个自觉,希望通过自己在传播方面的影响力,唤起所有读者对文学这一神圣的、代表人类文化传承的最本质表现形式的关注。

谢有顺:首先是让人知道,在这样一个消费主义的时代,的确还有人在为纯粹的文学贡献自己的力量。文学并没有衰落和边缘化。第二,可以让大家认识到文学评奖也可以做到比较专业和认真。就现在的文学评奖的环境来讲,我觉得并不理想,被许多因素所制约。这样一个奖出来之后,以比较客观的、专业的、公正的方式来遴选华语文学年度的优秀作家作品,会给关心华语文学发展的人留下一个良好印象。第三,能让大家认识到文学已经不仅仅是文学自身的事情。

"华语文学传媒大奖"中的"传媒"两个字,目的就是为了拓展文学发展的平台——我们这个奖最后说话的并不是传媒本身,最后说话的是文学。但我们可能找到了一种更强势或更有力的推广平台,这对文学的发展绝对是一件好事情。

如何看待媒体在文学发展中的作用?
"华语文学传媒大奖"给了我们怎样的启示?

程文超:这个时代诱惑太多,人们要关注的事情太多,文学往往处于一个比较边缘的位置,现在出现了一个由大众媒体主办的大奖,应该会使文学的影响范围更广,引起人们关注的程度更大。

马 原:现代文学的传播就需要通过媒体,但是大众媒体与文学的关系跟传统媒体,比如图书、杂志不大一样。这些东西只存在文学本身,而大众媒体的特殊意义除了存在文学本身以外,还在更宽的范围里面让那些阅读文学和不阅读文学的人同样对文学发展产生关注。而这个关注刚好是处于低谷的文学真正需要的。

林建法:以前有的批评家讲到媒体炒作问题,我个人觉得其实有两种情况。如果是炒作的,肯定不能真正反映文学本身,如果不是一种炒作,媒体的介入能与文学产生互动作用。这就是我们通常所说的文学的导向。我认为媒体参与也可以体现一种文学的导向。这个文学的导向就是能反映社会历史跟民众声音的导向。媒体的介入,做得好能达到后面这种效果。

陈朝华:这个问题我也一直在思考,特别现在广东也在呼唤建设文化大省。我觉得真正的文学是发自内心的,在整个社会比较浮躁的环境下,传媒应该承担起社会良知的职责。作为社会良知的先行者,它对文学的关注代表了或者希望代表整个社会的普遍群体对文学的关注和敬意。

谢有顺:文学和传媒在过去一直被认为是对立的关系。给人的感觉文学是精神的,传媒是炒作的;或者文学是比较小圈子的,比较纯粹的,传媒是比较大众的,比较世俗的。传媒确实有狰狞的一面,比如恶意炒作,夸张,故意制造事端来提高某一部作品的销量等等,试图把文学转化成一些外在的冲突、恶俗的看点,而忽略了文学内在的精神。但是,媒体也有很好的一面,如果把传媒看作是现代社会最重要的交往平台的话,我觉得文学就没有理由忽视传媒的存在,更没理由敌视传媒。而且,一个有责任的传媒在面对文学的时候,也能够找到一种尽可能契合文学精神本性的方式,为文学做很多的事情。把文学当作一种精神产品的创造,很纯粹地来做,这是一件非常好的事情,但当这种产品生产出来之后,媒体就可以发挥它的作用了。落实到我们这个华语文学传媒大奖,我知道很多人可能有顾虑,觉得它是不是会被传媒的狰狞性改造、影响,甚至异化文学本身。事实上,他们忘了,媒体和文学打交道,获利的不一定是媒体,尤其是南方都市报,它其实是真心想为文学做些事情。在广州这样一个完全商业化、文学力量相对比较微弱的城市里,你说文学能为南方都市报这样的强势媒体带来多少东西?至少不像别人想像的那么多吧? 因此,说到底,最终在此事中获益多的还是文学本身。

"华语文学传媒大奖"有哪些地方需要完善?请对它的未来做一个展望。

程文超:这个奖是第一次办,在一些具体操作方面,可能还需要做一些调整和改善,比如我觉得被推荐评委忽略的优秀作家和作品,终审评委可以联合推举,使其进入终选名单。这个奖虽然是一个大众传媒办的,但它的确体现了一个文学评奖的公正性,我觉得我们评出的奖是能服众的。这样的话,它就会引起更多人的关注,有更大的权威性,这个奖是很有前途的。

马 原:我建议还可以增加两个终审评委,增加一些层面。现在我们有纸质媒体的负责人,也可以有电视、网络的代表。有人觉得评委太专家化,我想可以设一个公众奖,或者叫最受读者欢迎奖。比如有一个叫安妮宝贝的网络写手,可能不是太入评委的眼,但在中学生中影响特别大。"新概念"作文大赛中那些孩子经常引用她的话,这种现象不能轻视啊,我们不能忽略孩子的眼睛。还有,单项奖里缺了剧本。现在很多期刊把剧本这个栏目给剔掉了,但舞台剧现在以新的方式"活"起来了。我想把现在生长起来的小剧场和音乐剧,加上传统话剧的剧本提出来,增加一个年度剧作家奖。还有,现在是法制社会,如果文学不从法制出发,经常不能服众。以往的奖多少带有官方色彩,会有官僚意志,这次我们在法制框架中评奖,希望这种好的东西能够持续下去。

林建法:我的建议是提名过程要长一点,那样到终评的时候,缺憾会少一点。在本年度漏掉的,希望下一次可以有措施补救,不要在十年以后发现我们其实漏掉了一部最重要的作品。

陈朝华:我希望以后的第二届,第三届,我们的整个准备工作能够更提前,做得更全面一点,能够关注到海外坚持用汉语创作、思考问题、观察世界的那一批作家以及他们的作品。我们希望通过这么一个大奖能够把所有华人的精神世界真正连接起来。这一点是以后华语文学大奖要办出更具广泛性和影响力必须扎扎实实去做的一个基础工作。

谢有顺：从长远来看，文学的存在和流传始终来自文学本身的伟大力量。这是任何商业的、操作性的东西都不能改变和左右的。在以后的评奖里，我们要更多看见、发现和尊重文学内在的力量，要多倾听各个层面的人的意见，尽可能多地发现一些别人所没发现的好作品，尽可能地找出一些被别人忽略，或者说被现有的文学秩序所遮蔽的那些优秀的作品——客观上，人的阅读量也是有限的，如何用一些更有效的方式把各个层面真正好的作品发现出来，进入我们评奖的视野，这还需要努力。至于操作层面的技术性的细节改进，下一届肯定可以做得非常好。作为终审评委，其实我们比任何人都渴望看见真正好的作品，比任何人都渴望有潜质的新人从我们这个平台走出来。我们将努力突破自己视野的局限性，把这个大奖做得更好。未来是需要时间来慢慢打造的，最怕的是中断和夭折，这会使我们在前面所说的所有东西都付诸东流。这个文学奖如果能在现有的基础上，每年做下去的话，按我的估计，只要三到五年，最多五到八年，每年对当年的华语文学做一次艺术检阅，影响必定会非常大。这个奖大有前景。这个前景不仅仅是因为它会成为华语文学当年度的重要发布，更重要的是，它会重新建立起人们对艺术和文学的信心——文学并没有没落，而且永远不会没落。我对这个奖抱有很高的期望。

鲁迅文学奖理论批评奖评选感言

郜元宝

今年十月中旬,本人参加第四届鲁迅文学奖理论批评奖的终评,一个星期集中看了初评入围的二十多部论著,也拿到一份各地推荐的理论批评论著的原始目录,对近三年来文学理论和批评的情况,大致有了个印象,再对照评选结果,觉得这次评奖,有以下几个特点。

首先,是倾向于那些关注当下文学运动的论著,对长线的注重学术积累的论著,只好多有割爱。

这显然是为了倡导、激励评论家们对正在发生的文学现象进行及时的跟踪式研究和批评。并不等于说,我们的文学批评在关注当下、介入创作方面已经令人满意了。相反,密切关注当下,推动文学创作的繁荣,仍然是理论家批评家们一个必须经常强调的课题。如果知道评奖结果是运用一种极不平衡的具有明显倾向性的评选标准的产物,是在排除大量具有深厚学术积累的论著的前提下,将有限几篇(部)相对比较出色的批评论著披沙拣金般地筛选出来,理论批评同行们就应该承认自己做得还很不够。

这次申报机制确也成为议论的话题。有人说,由各地作协和报刊出版系统推荐,没把高校拉进来,这种办法很不理想。但也有的看法恰恰相反:各地作协和报刊、出版单位的理论批评资源已经包括了——甚至主要就依赖——高校中文系以及其他相关系科;经过作协和报刊出版这一层的遴选,高校理论批评资源与当下文学创作的相关部分倒是被有效地凸现出来,如果不经过这一关,直接由高校自行推荐,那么整个推荐篇目的底盘势必会庞大到目前的评委力量无法承受

题解 本文原载《南方文坛》2008 年第 1 期。本文为郜元宝在参加完第四届鲁迅文学奖理论批评奖终评后所发表的评选感言。他主要根据文学理论和批评的相关情况及评奖的最终结果,总结了此次评奖的特点:首先是倾向于关注当下文学运动的论著,对注重学术积累的论著多有割爱,以倡导、激励评论家们对正在发生的文学现象进行关注;其次是特别鼓励个性化的批评和研究,尤其强调批评文体的个性化。此外,郜元宝依次分析了获奖作品的获奖缘由并对今后评论工作的进行提出意见。

的地步,也势必会偏向于和当下文学创作比较疏远的长线的学术论著那一方面。何况评委中来自高校的也不少,他们还可以在初评入围的作品之外,以一人提议三人附议半数评委通过的形式另外推荐新作品,因此所谓遗珠之憾,应该不会很大。

以上虽然是题外话,却从另一面说明,若要为批评的不振辩护,理由将比较微弱。

其次,这届评奖特别鼓励个性化的批评和研究。这不仅包括介入文学的角度和评价文学的价值参照的独特,也包括批评文体的个性化。理论批评的文体应该多种多样,应该生动活泼,与文学创作共生,和创作一样散发出浓郁的生命气息。评论家敏锐地把握文学发展的脉动,积极介入文学发展,不是高高在上,在隔膜状态品头论足,这样,他的批评文体必然趋向个性化。话虽这么说,事实上自有现代批评以来,真正有个性的批评文体并不多见,流行的还是那种一呼百应、人云亦云、千篇一律的板结状态的缺乏个性的滥调文章。可以说,文体的个性化是批评家的全人敢于站出来的标志,也是批评建立诚信、走向成熟的保障。李敬泽《见证一千零一夜》虽然是给《南方周末》撰写的专栏文章的结集,但作者从丰富而切近的编辑与阅读经验出发,有意识地抗御强势媒体流俗化、艳俗化、平面化的规约,不仅在批评理念和文学精神上独创一格,也始终有意识地惨淡经营他的文体,显示了强烈的个性。这部书得票最高,多少反映了评委们对批评文体个性化的期待。有人甚至戏称之为"敬泽体",这或许还为时过早,但批评界果真再多一些冠以批评家姓名的"某某体",岂不妙哉?

无论是陈晓明的《无边的挑战》,还是雷达的《当前文学创作症候分析》,都说明大家正在期待文学批评的大视界。

"当代文学"已经有半个多世纪的历史,"新时期"以来的文学也走过了将近三十年的旅程。评说这一历史阶段的文学,越来越需要既有历史深度又能对未来有所展望的宏观研究,而不能满足于流于浮面、片段和碎片化的把握。其实这也是世界文学研究与批评的通例。每当文学发展到一定程度(不一定非要经过某一固定时间跨度的积累),读者就自然期待批评家们进行整体的和概观的阐释。整体的概观性批评的出现,不仅显示批评的功力和气势,也是文学自身达到一定成熟度的表征。

《无边的挑战》是陈晓明在二十世纪八十至九十年代对当时"中国先锋文学"进行同步研究的系列论文,渊博而不失锐气,新颖而不失持重,深刻灵敏而又不回避琐碎繁重的材料梳理。陈晓明对先锋文学的许多开创性说法,尤其是他从先锋文学的研究出发,对整个中国文学从新时期到新时期以后一些关键性转折点的分析，今天读来，仍觉可贵——尽管很不幸，先锋文学作为一种运动，并没有和陈晓明的先锋文学研究一样历久常新，不过这似乎也从另一方面衬托出那种认为批评只是创作的附庸的传统说法是多么狭隘。《无边的挑战》属于新时期以来中国文学批评界少有的收获之一。

最近几年，无可否认批评经过一段不太成功的迟疑、调整、适应之后，出现了明显的疲敝、倦怠、松弛甚至衰歇的征兆。有些文章，单从口气上看，好像就已经无可无不可，"没感觉"了。一直在评坛辛苦支撑的资深批评家雷达，意外地从中央发力，贡献了一篇概观性的佳作。并且他并非论功摆好，而是一上来就抓住问题不肯放手。不管他所论"症候"是否准确，也不管他的"症候分析"是否到位，这种直面问题毫不宽假的态度，在浑浑噩噩不知所云的一片暮气中，实属难得。不过，挺枪跃马、昂然出阵的，竟是老将黄忠，这对含毫濡墨之际顾虑深重、一味持平的青年，不能不是一个刺激。

在文学批评需要重整旗鼓的现在，对一些重要作家进行深入研究，也显得特别重要。如果因为注重宏大问题的研究而忽略对作家的个案探讨，批评就会流于空泛。这次选中洪治纲评论贾平凹的长文《困顿中的挣扎》，就是为了鼓励批评家放下顾忌，甚至也暂时放下这么多年以来所积累的耸听之危言，动听之美词，与作家展开真诚对话。如果一味从面上宏观地去把握文学，而避免对尤其是个别重要作家做直接爽快的评骘，必然会"见林不见树"，也必然会从根本上放弃批评之所以为批评的职责。一个时代的文学是由一个一个具体的作家组成，如果缺乏具体的、有深度的作家个案的研究，仓促之间推出的各种命名，各种"说法"，都会据地全失，沦为笑谈。在这个意义上，传统的"作家论"，或者略加改装的现代或后现代的"作家论"，或许是保证创作与批评良性互动的基础。当然，"作家论"的工作量很大，要求批评家要长久地跟踪某个作家的创作历程，反复地玩味他的几乎每一部作品，水到渠成，厚积薄发，"有什么话说什么话，话怎么说就怎么说"。这样的"作家论"，某种程度上也是可遇而不可求，作家邀约，主编点将，急就章成，就不是那回事了。现在很多以"作家论"为名的批评，其实并非真正意义上的"作家论"。我个人非常希望通过这次评奖，推动"作家论"的写作，打好文学批评的基础。而且我也很高兴地看到，在此前后，已经有不少杂志行动起来，为"作家论"留出了越来越多的版面。当然，这也还是一个形式的问题，"作家论"的风气起来了，如果内容上仍然无非"当代作家审判"或"当代作家表扬"，那也照样无济于事。前者简单蛮横，堵塞言路，自愚而愚人，后者一个劲地歌功颂德，树碑立传，其实是给已然昏迷的作家大灌迷魂汤，无异于操刀进毒,促其速亡。这些自然都还算不上真正的"作家论"。

我们说,评论家要真诚,要有勇气,作家也需要有雅量。和谐的文学环境不是以取消批评为条件。恰恰相反,只有诚恳、认真乃至热烈的批评,才能创造文坛的和谐。漫无边际的说辞、停留在表现的印象、不敢说真话,都只能导致批评的枯萎,最终反而有损于文学环境的和谐。和谐不是让人们战战兢兢、抖抖嗦嗦、唯唯诺诺,而是要有真诚大方、坦率无伪的交流。这才是文学的希望所在。

这次还选中了欧阳友权的《数字化语境中的文艺学》。不能说这本书已经多么圆满,而是因为作者近年来持之以恒地致力于这方面的研究,在少数同类著作中尚属翘楚。对网络虚拟世界和后现代媒体的研究,在我们这里是后发的,应该具有更大的理论拓展空间。这本书虽然也有它的某些遗憾,但仍然选中它,无非是希望评论家们能够大胆介入和把握新的时代出现的新的问题。

2007 年 11 月 20 日

关心民瘼　记录时代

——第四届鲁迅文学奖全国优秀报告文学奖评奖手记

李朝全

    报告文学是一种不断行进中的文学样式,它的发展与时代变迁、社会生活及民族进步,与文学审美新变、受众阅读情趣品味变化等都有着相当密切的关系。报告文学因其文体的独特性和追求高度真实性而具有其他文体所难以企及的力量。长期以来,它都是深受普通读者欢迎和喜爱、深受社会各方面高度重视的文学样式。这可以从 2007 年发生的这样几件事上得到验证。在 2007 年度中国作家协会重点扶持文学创作项目中,报告文学继续占据重要地位和分量,共有 30 部作品获得扶持,占扶持作品总数的 1/4。其中,关注 2008 北京奥运会、新农村建设、香港回归 10 周年、建军 80 周年等重大题材的创作大受作家青睐;而为了迎接改革开放 30 周年,一些贴近现实生活、反映改革开放带来社会巨大变迁的作品也受到了重点关注。在 9 月公布的第十届全国精神文明建设"五个一工程"奖获奖文学作品名单中,只有纪实文学(报告文学)和长篇小说平分秋色,《长征》、《护士长日记:写在抗非典的日子里》、《山高水长:回忆父亲聂荣臻》、《中国新教育风暴》、《丛飞震撼》、《三十七孔窑洞与红色中国》、《记者调查:非洲踏寻郑和路》等一大批报告文学作品入选。在 2007 年中国作家协会举办的第四届鲁迅文学奖评选中,报告文学同样占有重要分量,备受各界瞩目。

    鲁迅文学奖下设诗歌、中篇小说、短篇小说、报告文学、散文杂文、理论评论和文学翻译七个奖项。1995—2005 年 10 年间,鲁迅文学奖全国优秀报告文学奖曾先后评选颁发过三届。第一届评选 1995—1996 年度发表的作品,《锦州之

题解　本文原载《报告文学》2008 年第 3 期。本文为李朝全在 2007 年第四届鲁迅文学奖全国优秀报告文学奖评奖后以"关心民瘼　记录时代"为题而做的评奖手记。他首先阐明了报告文学在文学创作中的重要位置以及前三届鲁迅文学奖报告文学的获奖情况,随后从"启动评奖程序""初选审读"和"终评票决"三个方面详细阐释了第四届鲁迅文学奖报告文学奖评选的全过程。在最后"评奖后的思考"部分,李朝全就报告文学的标准问题发表个人见解,谈到有关此次评奖的感受,并提出了有关鲁迅文学奖评选的改进方案。

恋》(邢军纪、曹岩)、《灵魂何归》(亦名《没有家园的灵魂》,杨黎光)、《黄河大移民》(冷梦)、《黑脸》(一合)、《诇问苍冥》(金辉)、《没有掌声的征途》(江宛柳)、《东方大审判》(郭晓晔)、《温故戊戌年》(张建伟)、《淮河的警告》(陈桂棣)、《大国长剑》(徐剑)、《敦煌之恋》(王家达)、《共和国告急》(何建明)、《走出地球村》(李鸣生)、《开埠》(程童一等)、《毛泽东和蒙哥马利》(董保存)等15部作品获奖。第二届评选1997—2000年度发表的作品,《落泪是金》(何建明)、《远东朝鲜战争》(王树增)、《西部的倾诉》(梅洁)、《中国863》(李鸣生)、《生死一线》(杨黎光)等五部作品获奖。第三届评选2001—2003年度作品,《中国有座鲁西监狱》(王光明、姜良纲)、《宝山》(李春雷)、《瘟疫,人类的影子——"非典"溯源》(杨黎光)、《西藏最后的驮队》(加央西热)、《革命百里洲》(赵瑜、胡世全)等五部作品获奖。其中,杨黎光蝉联三届鲁奖(作家们习惯上将茅盾文学奖简称为"茅奖",将鲁迅文学奖简称为"鲁奖"),何建明、李鸣生则两度折桂。

第四届鲁迅文学奖评选2004—2006年度发表的作品,要求每个奖项最终获奖作品不多于五部。

启动评奖程序

前三届鲁奖七个奖项都是分配到中国作协所属各个报刊社等去具体承办,《文艺报》、《人民文学》、《小说选刊》、《中国作家》、《诗刊》、外联部分别承担理论评论、报告文学、中篇小说/短篇小说、散文杂文、诗歌、文学翻译的评奖。据说,文学界有人对这样的承办方式提出了质疑,认为可能会影响评奖结果的公正与公平。2007年初,在总结往届鲁奖评选经验的基础上,中国作协书记处确定创作研究部作为第四届鲁奖惟一承办部门——评奖办公室设在创研部,从本届起鲁奖全部七个奖项的评选将统一由创研部具体组织评选。8月21日,《文艺报》、中国作家网刊发消息,面向全国征集第四届鲁迅文学奖参评作品。创研部开始向中国作协43个团体会员单位、全国各文艺报刊、出版社发函,征集2004—2006年年限内发表的各种体裁文学作品,征稿期限一个月。8月23日,创研部召开部门全体人员会议,强调评奖纪律:除了以评奖办公室名义见报的消息之外,全体参加评奖工作的同志不得接受记者采访,不得对文学界同仁透露评奖信息。8月23日—28日,中国作协团体会员单位负责人培训班在北戴河举行,会上向各单位负责人分发了征集作品通知函。中国作协与绍兴市方面协商,初步确定10月28日在绍兴颁奖。评奖进入倒计时。

9月18日,鲁迅文学奖评奖条例(修订本)在中国作家网等媒体上发布。对终评评委提议增加候选篇目增加了一项要求:除了原先规定的需有三名以上评委联名提议,还须经过全体评委表决,只有半数以上评委同意方可在初选入围作品之外增补作品。

9月21日—28日,作为报告文学评奖组联络员,我对各地应征上来的报告文学作品进行登记造册,本届共收到中国作协24个团体会员和全国32家文艺报刊社推荐的符合评奖条例的报告文学作品125篇(部),有些作品同时被两家以上的单位推荐。另有六篇(部)不在评奖年限内或缺乏推荐单位等不符合评奖条例、评奖通知要求的作品。其间,联络员分别与不符合要求的作品的推荐单位或作者去电,要求补充相关资料。因为有的联络员留下了自己的姓名,有位作者便将补充材料直接寄给联络员,并在信封中附寄了3000元钱。这事当即被报告给了评奖主管领导。遵照主管领导的意见,联络员及时与作者取得联系,批评了他的这种做法,同时将钱全数退还作者本人。这件事,还有评奖期间发生的其他一些事使我们全体参加评奖工作的同志都引以为戒,更加注重评奖纪律,严格要求自己,严肃对待评奖。

9月23日,我们每位联络员分别拿到了各自负责联络的评奖委员会审读组成员和评委名单。每个奖项初选组分别有七位成员,其中三位是京外专家;每个奖项分别有11位评委,其中四位是京外专家。也是在这时,我才真正得知自己将担任报告文学奖评委,同时还将和李炳银老师一起,作为评委参加初选组的审读工作——每个奖项都有两位评委要参与第一阶段的审读工作。联络员开始分头与名单上列出的那些专家联系以确认其能否参加评奖工作;同时明确告知全体专家:在获奖名单正式公布之前务请注意保密,不要对外透露自己的评委或审读组成员身份,不要透露有关评奖的任何信息,不要接受媒体采访。个别专家因故无法出席而及时调换了他人,个别专家自称对所参加奖项作品不熟悉而被调整到其熟悉的文体门类。到了25日左右,全部参评专家一一落实、确定,26—28日京外审读组成员陆续来京报到。

初选审读

9月28日—10月4日,报告文学初选组七名成员在北京杏林山庄封闭集中,对全部征集上来的作品进行认真审读。这次,报告文学组同散文杂文、短篇小说组审读专家都住在一个宾馆,但彼此不在一处讨论。专家们首先对不符合评奖条例的六篇报告文学作品交换了意见并表决，认为其不具备进入终评的实力，不再进入第二轮讨论。9 月 29 日下午，中国作协党组成员、副主席、书记处书记陈建功，中国作协党组成员、副主席、书记处书记高洪波，中国作协党组成员、书记处书记张胜友代表中国作协党组书记处与全体初选组专家一起学习了鲁迅文学奖评奖条例，强调了评奖纪律和要求。建功以文学同行和朋友的语气同大家谈心式的讲话给人留下深刻印象。其大意是：诸位都是各方面的专家，是有学识的方正之士，相信大家一定能秉持公正、公道、公平的原则，选出真正贴近现实、反映时代、讴歌人民、具有强烈艺术感染力，思想性、艺术性、观赏性俱佳的优秀作品。他特别强调，希望各位专家遵循"游戏规则"，会上可以畅所欲言各抒己见，会后不要传话，不要把其他专家在会上发表不同意见的情况透露出去。会后，报告文学评奖委员会主任张锲，副主任张胜友、李炳银同初选组专家座谈，希望大家按照作协党组书记处要求，圆满完成审读任务。从当天开始，初选组即分成三个小组对作品进行审读，每组承担 35—50 篇的初选任务，通过三天左右的审读各组分别提出 1/3 左右的篇目提交全体会议讨论。各组审读完后，召集了一次全体会议，三个小组分别提交了 10—16 部推荐备选作品。会上有关专家又增补了数篇作品进入第二轮。会后，有专家又提出增补那些未入选第二轮的、但已获得第十届全国"五个一工程"奖的作品或中国作协重点扶持作品六部。其间，接到有关方面通知，《东方哈达》（本已进入初选第二轮审读讨论）一书因为存在一些知识性的差错，已动员作者徐剑自愿退出本届鲁迅文学奖评选，建议他对原作进行修订，允许其以修订本参加下届鲁迅文学奖的评选。这样，共有42 篇（部）作品进入初选第二轮。其中，李林樱和何建明分别有两部作品入选。七位初选组专家每人都认真审读了这 42 部备选作品，并充分交换了意见和看法。通过投票，选出得票前 20 名的作品进入终评。对每部入选作品，审读专家都撰写了简短的审读意见，一并提交给终评评委参考。

从初选入围的作品来看，既有刻画时代英雄、伟人的纪实作品，如蒋巍、徐华的《丛飞震撼》，丰收的《镇边将军张仲瀚》，满妹的《思念依然无尽：回忆父亲胡耀邦》；也有表现普通人惊天动地、感人泪卜的生命和心灵历程，具有较高文学性的作品，如徐风讲述紫砂工艺大师蒋蓉曲折动人一生的《花非花》，秦春（彭学明）叙述飞机失事幸存少年王嘉鹏和他母亲的《两地书·母子情》。既有表现重大历史题材的，如邓贤重审报告 1938 年国民党炸毁花园口事件的《黄河殇》，康纲联讲述川藏线风雨 50 年修路护路官兵无数感人事迹的《百战奇路》，李新烽的《记者调查：非洲踏寻郑和路》，姜安追寻记录当年毛泽东撤出延安辗转陕北先后住过的 37 孔窑洞及其主人今昔故事的《三十七孔窑洞与红色中国》;也有贴近现实、贴近社会、聚焦热点难点问题,关注国计民生、充满人文关怀的作品,如李林樱注目黄河沿线万里生态灾难与环境危机的《啊,黄河》,杨晓升调查、讲述、反思独生子女意外死亡后留给家庭和社会巨大不幸的《只有一个孩子》,"反贫困作家"黄传会聚焦 2000 万农民工子女严峻的教育难题的《我的课桌在哪里?》,蒋泽先关注农民医疗困难的《中国农民生死报告》,魏荣汉、董江爱考察反省农村基层政权建设和民主化进程的《昂贵的选票》,王立新描绘科学发展、可持续循环经济示范区发展历程的《曹妃甸》。入围的 20 部作品,或因题材内容、主题思想具有创新性,或因审美特质富于个性风格而受到审读专家的推崇与好评。其题材几乎涵盖了工业、农业、军事、教育、医疗、环保、历史等方方面面,大部分作品具备较强的文学性和可读性,许多作品催人泪下,感人至深,因此能够代表最近三年来报告文学创作发展的基本状况。

终评票决

10 月 8 日,广东作协副主席吕雷、《小说选刊》主编杜卫东因回避原因,被调整到报告文学终评组当评委。初选入选作品、也是惟一进入终评的短篇报告文学《两地书·母子情》作者秦春(彭学明)因担负第四届鲁迅文学奖评奖办公室副主任一职,自愿退出终评。原任鲁奖评奖办公室主任蒋巍因有作品《丛飞震撼》初选入选自愿辞去评奖办主任。这样,进入终评的作品共有 19 部。

10 月 8 日—13 日,报告文学奖终评会在北京中央民族干部学院举行。11 位评委开始全体对入选的 19 部作品进行认真审读,此次征集的 125 部报告文学作品名册也同时被提供给各位评委以便他们参阅并提出增补篇目。这次,报告文学还是同散文杂文、短篇小说组评委住在一个宾馆,但彼此亦不在一处讨论。9 日上午,陈建功、高洪波等与全体评委一起认真学习评奖条例,重申评奖纪律、要求等。建功基本上将在初选组会上讲的话又讲了一遍——同样的学习、相同的话他还要在另一个宾馆另外三个组(中篇小说、理论评论、诗歌)的评奖大会上再重复一遍。随后,报告文学终评组召开全体会议,听取了参加过初选工作的评委李炳银和我介绍初选情况及初选入选的作品,初步交流了意见和看法。

张锲、周明、傅溪鹏和吕雷等评委,分别提议彭荆风著《挥戈落日》和伊始等著《突破北纬十七度》增补进入终评。全体评委对此进行投票表决,这两部作品均获过半数选票进入终评。

经过三天多的审读,12 日下午,全体评委对入选 21 部作品充分交换意见,通过预投选出 10 部作品进入正式投票。随后,评委们对这 10 部作品进行投票表决,选出了五部超过 2/3 选票、通过终评的作品,并分别撰写了 100 字以内获奖作品评语,提交中国作协书记处批准。10 月 22 日,中国作协书记处审批了获奖篇目。五部优秀报告文学作品获奖。其中,何建明成为继杨黎光之后第三次获奖的作家,王树增则是第二次获奖。次日开始联系获奖作者,请其提供照片、200 字以内个人小传、100 字以内获奖感言等。

本届鲁迅文学奖获奖的五部报告文学基本上可以归入主旋律范畴。我对主旋律作品的定义是:表现或体现社会主义核心价值体系,踏准时代前进的鼓点,关心国计民生和人间冷暖,反映人民心声,弘扬真善美,鞭挞假恶丑。这五位获奖作家或讲述红色经典故事,或摹写共和国峥嵘岁月,或表现反腐败主题,或抒写英雄赞歌,或展望教育变革前景,五部作品全都深深印刻着作家感时忧世、爱国爱民、人文关怀的情结,书写历史,记录时代,关心民瘼,惩恶扬善,体现和贯彻着报告文学作为“文学轻骑兵”积极呼应时代、参与生活、干预现实的伟大禀性;作品情节细节丰富,生动好读,感人至深,具备小说等虚构文本所难以企及的震撼人心的力量。获奖作品中,朱晓军《天使在作战》讲述的是一位女医生陈晓兰对医疗腐败的顽强抗争。九年来,她一次次陷入极度被动的境地,两次被迫离开挚爱的医疗岗位,柔弱的身体遭受到一次次的戕害,但她始终没有放弃自己一个人的战争……何建明《部长与国家》则是一部追踪独臂将军、原共和国石油部长余秋里历史足迹和大庆油田发现始末的报告,再现了新中国石油工业的峥嵘岁月和不朽精神。党益民《用胸膛行走西藏》讲述了发生在川藏线上、发生在西藏的、发生在武警交通部队官兵身上的一个个感人至深的故事。跟随作者虔诚的脚步行走在天路上,感受到的是诗性浪漫和铁血豪情,是久违的理想信念和灵魂天堂。王宏甲《中国新教育风暴》则全方位真实记录当今中国教育正在发生的重大转型,提出了全新的教育理念,可以引领一场深刻的教育变革风暴。《长征》是一个永远讲不完的故事,一个世代传诵的传奇,作者王树增以大量翔实的历史资料和生动丰富的细节、恢弘壮阔的气势再现了长征这一历史史诗与人类壮举,突出了不灭的精神追求、理想信念的珍贵。

评奖是权威性与表彰性的统一。权威性一是来自于主办单位和冠名者的权威性,一是评委的权威性。鲁奖每部获奖作品奖金都是一万元,物质奖励不算高,低于国内现有的许多文学奖项。因此,鲁奖更重要的可能还是一种表彰。应该说,本届获奖作品反映并能够代表最近三年报告文学创作的成就。当然,任何评奖都有遗珠之憾。一是受到获奖总篇目的限制,只能有五部作品得奖。二是评选过程中的遗憾。有的是由于作者或出版单位等根本就没有申报而大多数评委也没有关注到的好作品。譬如,我个人认为范稳的纪实作品《雪山下的朝圣》描写藏族信仰的圣洁,颇具震撼人心滋润心灵的力量,但这部作品根本就没有申报。有的则已通过初选,但终评时因为考虑到可能带来的来自各方面的质疑等原因而未能当选,譬如中篇报告文学《昂贵的选票》反映农村基层民主政权建设问题,情节一波三折、引人入胜,不可谓不好看,题材涉及亿万农民生存不可谓不重要,《只有一个孩子》也具备这样的优点,但这些作品的主题实在比较敏感、难以把握。有的则因为同一杂志已有更精彩的作品入选而未能通过初选。如张雅文《4万:400万的牵挂》以自己的生死经历刻画一位优秀医家刘晓程,一是与《天使在作战》同为《北京文学》首发,二是主人公同《天使在作战》一样是一位医生。

10月25日,中国作协在中国现代文学馆举行新闻发布会,宣布第四届鲁迅文学奖全部获奖篇目、作者、责任编辑、发表出版单位,同时发布获奖作品评委会评语、获奖作家感言等。陈建功、张锲等出席。

10月28日晚,在绍兴鲁迅故里举行隆重颁奖仪式,得奖作家坐着乌篷船上岸领奖。

评奖后的思考

此次报告文学评奖提出了一个尖锐的话题,也就是报告文学的评价标准问题。各位评委可谓是各持己见标准难一。我个人认为,对报告文学作品优劣、高下的评价明显区别于其他文体。首先,它是把新闻性包括真实性和信息性放在首位的。尤其是,真实性更是报告文学的生命线,也是报告文学创作的底线。一篇带有虚构成分的作品从根本上就失去了作为报告文学的资格,因此它不应该也不可能被划入报告文学范畴。而如果作品不具有新鲜的信息性,亦即不能带给读者新的信息、新的资讯、新的思想,这样的作品也很难被归入报告文学范畴。作品能够提供信息的多寡、厚薄有时也被用作衡量标准。譬如,有评委认为,《我的课桌在哪里?》《丛飞震撼》都很感人,很有现实意义,但作品内容比较轻,不够"厚重"。第二个标准是独创性或首创性。一篇优秀的报告文学作品有些类似新闻报道,追求独家消息独家新闻、独特发现和独有题材、独到见解及独立看法,总之是要追求一个"新"字。而要寻找新颖题材,作家往往需要机遇并付出较大努力;要表达独到见解,则更可能带来一定风险。比如在本届鲁迅文学奖评选过程中,初选曾以全票入选的邓贤《黄河殇》,是一部重新审视1938年国民党炸毁黄河花园口事件,文学性、可读性很强的作品。但作品的主题思想显然与传统教科书上的结论不尽相同,有新意和独到见解,书写抗战题材也很重要。但在终评评委们讨论时对作品的新见解提出疑虑,加上作品个别地方有虚构痕迹,最终没能通过终评。第三个标准是艺术性。报告文学是文学,衡量文学的标准自然适用于它。报告文学同样应该追求丰富而绚丽的想象,追求诗情画意、文化意蕴和历史底蕴,追求优雅汉语表达、美和文采,要能产生震撼人、振奋人、感动人、催人泪下、启人省思的作用。第四个标准是社会价值标准。在社会价值与艺术价值的权衡(或称作品的思想性与艺术性的权衡)上,社会价值经常被放在第一位。即举"大叙事"与"小叙事"相比较为证。大叙事主要是描写国家重点工程、重大举措、重要突破,包括一切与国计民生息息相关的重要事件。小叙事则更多地关注个人、个体、小人物的传奇命运、人生经历等。报告文学既然被要求承担更多的社会责任,看重其"参预生活"的禀性,那些直面现实特别是现实尖锐问题发言、能够产生较大社会反响的大叙事作品,便常常被研究者等认为具有更高的社会价值,也就更易受到推崇。相对而言,小叙事作品尽管可能具有很强的文学性、很高的艺术价值,也会被认为其社会价值较低而屈居次席。在本届鲁迅文学奖评选中,徐风描写紫砂艺人蒋蓉人生经历的《花非花》,被普遍认为具备很好的艺术性、生动感人,是近年来为数不多的优秀人物传记之一,在初选时也曾获得满票通过。但在终评时就因其主要是描写"小我"的小叙事,社会价值、现实意义略为逊色而被取下。最终得奖的五部作品几无例外都是描写重大工程、重点题材,与国计民生关系密切的重要事件的"大叙事"作品,都是能够也应该产生较大社会影响的作品。第五个标准是可读性和受读者欢迎程度。作品的观赏性、印数发行量及社会反响大小也被用来权衡报告文学作品的高下。报告文学是直面现实、关注人生的文学,如果一部作品发表后,阅读者寥寥,社会反映平平,这样的报告义学恐怕很难被归入优秀之列。

我参与此次评奖的第二个感受是,报告文学作为一种特别能直面社会现实的独特文体,近年来也面临着生存发展的危机。一方面是创作者队伍萎缩,青黄不接,特别是青年作者匮乏——本届获奖者中四位已年过半百,最年轻的一位也已44岁;一方面是树碑立传式的广告文学、宣传文学、媚俗媚世文学的冲击,报告文学作品的战斗性、参与现实的热情及能力大大降低;另一方面是发表园地消减,许多文学报刊不设报告文学栏目,基本不发报告文学作品。与此同时,我们也欣喜地看到,《报告文学》、《北京文学》、《中国作家·纪实》等杂志坚守着报告文学的阵地,每期都有精彩、好读的报告文学作品推出,且不断有作品被广泛转载、作为单行本出版、改编成影视,产生了较好的社会效果。2007年10月下旬在江苏常熟召开的全国报告文学理论研究会第五届年会上,与会报告文学作家和评论家普遍反映,报告文学作家和刊发报告文学作品的文学报刊几乎都遇到了生存的困境,有时创作或发表一些带有广告性的作品实属无奈;当下在报告文学研究领域,专业的理论建设和创新明显匮缺,深入的报告文学作家个案研究明显不足。

我参加评奖的第三个感受是,本届评奖确实遵循和体现了"四公"原则,即公平、公正、公道和公开。评奖乃天下公器,何况是一次以鲁迅之名进行的评奖。鲁迅是中国文学的一面旗帜,这样的评奖活动必须要与鲁迅精神相契合,获奖作品必须符合或体现鲁迅精神。对鲁迅精神,毛泽东、周恩来、瞿秋白等都有过很好的概括。在我看来,鲁迅精神最重要的是人间情怀和现实关怀,是情系芸芸众生的大爱大悲悯,是中国文学和中国士子/知识分子的优良传统,亦即爱国忧民、感时忧世,天下兴亡匹夫有责,先天下之忧而忧后天下之乐而乐,富贵不能淫贫贱不能移威武不能屈的高尚气节,仁义礼智诚信的人格美德,勇于担当、勇于做时代的良知和民族的良心……

第四届鲁奖已全部完成。当然,此次评奖由于颁奖日期预先确定导致时间仓促,因此也存在一些不足或缺憾。我个人认为,今后鲁奖可以在这些方面进行改进:一是可以借鉴茅盾文学奖和全国"五个一工程"奖等的经验,将初选入选作品篇目向社会公布,公示一个月,充分听取各方面意见;二是在征集作品、初选审读阶段可以吸收读者参与,允许作者个人自荐作品,借助网络征求读者意见等,克服鲁奖作为单一专家奖的局限;三是可以在颁奖前后召开一次近年文学创作态势的综合研讨或分文体研讨,分析获奖作品得失,对今后创作进行引导。此外,应加大宣传力度,在评奖启动时也可以召开一次新闻发布会等。

2007 年 11 月—12 月　于北京

我所知道的茅盾文学奖

雷 达

一、设奖来由

据我所知,茅盾文学奖的历史可追溯到 1945 年。那年在重庆为茅盾举行了"五十寿辰和创作活动二十五周年纪念",在 6 月 24 日庆祝会上,正大纺织厂的陈钧经理委托沈钧儒和沙千里律师将一张十万元支票赠送给茅盾,指定作为茅盾文艺奖金。茅盾在接受捐款时表示:自己生平所写反映农村生活的作品不多,常引以为憾,建议以这些捐款,举行一次反映农村生活题材的短篇小说有奖征文。按照茅盾意愿,"文协"为此专门成立了老舍、靳以、杨晦、冯雪峰、冯乃超、邵荃麟、叶以群组成的茅盾文艺奖金评奖委员会,并在《文艺杂志》新一卷第三期和 8 月 3 日的《新华日报》共同刊出了"文艺杂志社"与"文哨月刊社"联合发出的"茅盾文艺奖金"征文启事,规定征文以反映农村生活的短篇小说、速写、报告为限。这次征文经评选产生了一批较好作品。

1981 年 3 月 14 日,茅盾先生病危,他在口述了给中共中央请求在他去世之后追认为中共党员的信之后,又口述了给中国作家协会书记处的信:

> 亲爱的同志们,为了繁荣长篇小说的创作,我将我的稿费 25 万元捐献给作协,作为设立一个长篇小说文艺奖金的基金,以奖励每年最优秀的长篇小说。我自知病将不起,我衷心的祝愿我国社会主义文学事业繁荣昌盛。

题解 本文原载《北京文学·精彩阅读》2009 年第 1 期。文章为雷达就前八届茅盾文学奖的评奖情况作出的回顾与总结,共分为六个部分,结合具体获奖作品着重讨论茅盾文学奖对人性的关怀、评奖的倾向和偏好、是否能够反映中国当代长篇小说的创作水准以及目前所面临的质疑等,最后从实现对真善美的追求、具备一定的思想文化根基、具备创新性、能够展现某个民族一定时期的心灵发展和嬗变历史等方面提出对茅盾文学奖的未来期待。

两周之后,茅盾先生就去世了。25 万元与现在哪怕随便一个明星和款爷的收入零头相比,也还是少得可怜,与贪官们贪污和动辄挥霍几千万、几个亿的数字相比,如九牛一毛。但在 1981 年的中国,25 万元可是一个极其惊人的数字。茅盾先生肯将一生积蓄和盘托出,心同日月。1981 年成立了茅盾文学奖评选小组,此奖的设立旨在推出和褒奖优秀长篇小说作家和作品。第一届初选小组的人是丁玲、艾青、冯至、冯牧、张光年、谢永旺等。这样的阵容,显然比现在的初选小组要豪华得多,大有将军打冲锋之势。茅奖起初就用茅盾那 25 万的利息运作,现在当然不够,从筹办、征集、评审及奖金,费用由国家来负了,因为它已是目前国内最有影响力的文学大奖。一个获奖者实得奖金也许不如一家刊物所设奖金高,但它的声名和荣誉是无形资产,后续的经济回报也是比较可观的。

二、评奖概况

至今,茅盾文学奖已评了六届①,第一届获奖作品是周克芹的《许茂和他的女儿们》、魏巍的《东方》、莫应丰的《将军吟》、姚雪垠的《李自成》(第二卷)、古华的《芙蓉镇》、李国文的《冬天里的春天》。第二届是李准的《黄河东流去》、张洁的《沉重的翅膀》(修订本)、刘心武的《钟鼓楼》。第三届是路遥的《平凡的世界》,凌力的《少年天子》,孙力、余小惠的《都市风流》,刘白羽的《第二个太阳》,霍达的《穆斯林的葬礼》。第四届是王火的《战争和人》(一、二、三)、陈忠实的《白鹿原》(修订本)、刘斯奋的《白门柳》(一、二)、刘玉民的《骚动之秋》。第五届是张平的《抉择》、阿来的《尘埃落定》、王安忆的《长恨歌》、王旭烽的《茶人三部曲》。第六届是熊召政的《张居正》、柳建伟的《英雄时代》、张洁的《无字》、徐贵祥的《历史的天空》、宗璞的《东藏记》。

这些作品中还是有一些能留下来的。比如,前不久,中国社会科学院生态环境研究所、北京大学以及一些网站所作的调查发现,文学类,长篇小说的第一名竟是路遥的《平凡的世界》,这是一部承继革命现实主义精神但又有很大更新的典型文本,路遥从他的文学教父柳青那里确实学到了不少精髓,在写法上却接近批判现实主义的托尔斯泰、巴尔扎克、狄更斯模式,写了 1975 到 1985 十年间的陕北农村及城乡交叉地带的编年史。我们看到,在传统的农业社会里一旦诞生

---

① 作者写此文时,茅奖尚未评出第七届。

了新的个体意识觉醒的生命,就使这部作品有了惊人的强旺的生命力;还因为它表达了最底层的、弱势的、边缘人的真实本色的存在和挣扎图强的生命意志,它便是植根于大地的,有血有肉的,作者是用心灵和诚实写成的,它能够跟普通生活中的正常人的心灵发生共鸣。只要想想孙少平与郝红梅永远是"最后打饭的学生"的那种窘迫,想想主人公外在的贫穷与内心的高傲,我们就无法不为一种苦难的美而感动。当然书中也有对"官"的仰视和比较轻易的理想主义。路遥是我的好朋友,这书出来以后,他希望得到我的好评,但当时我对这个作品的反映比较冷,我甚至给他讲,你这个作品没有超越《人生》,你只是把《人生》的高加林在《平凡的世界》里分成了两个人,一个是留在乡下的高加林,一个是进了城的高加林,一个叫孙少安,一个叫孙少平,横的面是展开了,纵深面却开掘不够。现在看来是我部分地错了,我对这部作品厚实、顽强的生命力,特别是它的励志价值认识不足。当时我觉得高加林、孙少平就像中国农村的于连一样,介于鲁迅的启蒙主义者与西方资产阶级兴起时期的自我奋斗者形象之间,或者既像于连,又像保尔,还有点像堂吉诃德。平凡的世界不平凡啊,这是我们需要研究的一个问题,为什么这样的侧重于传统现实主义的作品能拥有这样强的生命力?

三、茅盾文学奖与关注中国社会广阔人生的多个层面

文学是人学,关怀人是文学的根本要义所在。不管什么文学,假若缺乏人的参与,不能以人为中心的话,都是没有什么意义的。然而,文学该如何关怀人呢?这又将内在地决定着文学的品质高低。实际上,茅盾文学奖还是关注了中国现实人生的诸多方面和诸多问题。有写社会变革大潮的,有写工业改革的,有写下层人的苦苦奋斗的,有写边远地区民族风情的,有写都市普通人的日常经验的,也有写尖锐的社会矛盾的。

我认为,关怀人的问题始终是先于关怀哪些人的问题。关怀下层贫困者还是关怀中层的财富拥有者都没有什么不对,关键在于你是不是真正在关怀人本身,是否关怀人的生存本身?加缪的《西西弗神话》《局外人》《误会》《鼠疫》,萨特的《恶心》《自画像》《苍蝇》,卡夫卡的《变形记》《城堡》《审判》之所以伟大,之所以让人深思不置,不是由于它们在描写和审视对象的选择上高人一筹,而是由于它们诚实而深刻地面对了无论什么人的真实处境,关注了无论什么人的心灵所遭受的来自生活、科技、政治等等的逼压、摧残与异化,人自身的真实处境在

这些作品冷静、肃穆的展示中显得触目惊心。不绕开问题,不把问题简单化,能看到问题的真相,能揭示问题的根本症结,这种关注无论什么人的姿态、眼光和胸怀,体现着这些作品的价值,真切地关怀人本身是这些作品伟大的唯一原因所在。

在已经评出的茅奖作品中,我以为《芙蓉镇》《李自成》《平凡的世界》《尘埃落定》《长恨歌》《白鹿原》等等可能在读者中有更为广泛和稳定的影响。而一些没有获奖的作品,其影响力也丝毫不容小视,比如张炜的《古船》,王蒙的《活动变人形》,铁凝的《玫瑰门》,还有二月河的《雍正皇帝》,唐浩明的《曾国藩》等等。还有一些几乎与获奖不怎么沾边的作品也值得一说,如尤凤伟《中国一九五七》、杨显惠《夹边沟记事》,它们关注了一种政治行为对以知识群体为核心的一代人心身的折磨和摧毁。陈桂棣、春桃的《中国农民调查》,当然是报告文学了,它对最底层农民的疾苦和生存困境的关注令人感动。余华《活着》《许三观卖血记》《在细雨中呼喊》关注了普通人担荷的巨大苦难和苦难人生的简单和偶然,雪漠的《大漠祭》关注生存本身的艰辛、顽强和苍凉,潘军的《死刑报告》关注了人类向人自己以国家、法律、正义的名义实施的死刑究竟是否具有很大合理性的问题,姜戎《狼图腾》在思想上也许有明显偏颇,但它能够关注草原在人的道理和政治的道理之间的生态命运,也不无警世作用。不管这些作品关注了什么人,不管这些作品具体以哪个阶层的人来展开文本,无论写得笨拙还是巧妙,可以肯定的是,这些作品深切关注了人生。不是取巧粉饰,而是尽量诚实地关注了人生。

四、茅盾文学奖倚重宏大叙事

茅盾文学奖作为一项有影响力的大奖,有没有自己的美学倾向和偏好,这是个不太好回答的问题。我个人认为是有的,这并不是有谁在规定或暗示或提倡或布置,而是一种审美逐渐积累的过程,代代互相影响而成。从多届得奖作品看来,那就是对宏大叙事的侧重,对一些厚重的史诗性作品的青睐,对现实主义精神的倚重,对历史题材的更多关注。在历史上,文学与题材曾经有过不正常的关系,或人为区分题材等级,或把某些题材划成禁区,或干脆实行"题材决定论"。从今天来看,这些都是违反文学规律的。但是,也不可否认,重大题材还是有着自己的独特优势,特别是重大历史题材,由于阐述和重构了历史的隐秘存在和复活了被湮灭的历史记忆,既能给当代社会提供经验和借鉴,又提升了我们对人生、现实与世界进行有比较的审美观照与反思。

　　有鉴于此,茅盾文学奖非常关注重大历史题材。至少从现在评出的结果看是这样的。据粗略统计,在 29 部(包括 2 部荣誉奖:萧克的《浴血罗霄》、徐兴业的《金瓯缺》)茅盾文学奖获奖作品中,重点历史题材占了大多数。就拿第六届来说,第一部是熊召政的《张居正》,长篇历史小说,四卷本,140 万字。熊召政是湖北诗人,曾写过长诗《请举起森林一般的手》,和叶文福的长诗《将军,你不能这样做》并肩而立,名动一时。后来,他专攻文史,特别是专攻明代的历史,发现张居正此人身上有丰富的戏剧性,有很高的史识价值,于是,就用了五六年时间写了这部小说。张居正被认为是铁面宰相,柔情丈夫,他实行过著名的万历新政和一条鞭法,是封建社会一个了不起的改革家,最后以悲剧收场,全家被抄,实乃人治社会的悲剧,这和我们今天时代某些负面有些相似。明代中叶,经济繁荣,试图改革的人始终逃不出人治的可怕机制。第二部是张洁的《无字》,三卷本,90 万字,写四代女性的悲剧命运。张洁曾写过一篇很动情的散文《这世上最疼我的那个人去了》,我觉得长篇小说《无字》中最动人的部分是从那篇散文来的,一种刻骨铭心的依恋。她还写过一篇小说《爱,是不能忘记的》,写的是一种柏拉图式的爱,手都没有拉过,爱了几十年,只是远远地望着,默默地想着;《无字》当中,那个梦中的爱人似乎变成了生活中的伴侣,但现实中的那个叫胡汉宸的人就显得很丑陋了。我觉得张洁在这部小说里倾诉了女性特有的痛苦,有人说这部作品是以血代笔,也有人觉得作品有点儿累赘,太长了。第三部是部队作家徐贵祥的《历史的天空》,现在拍成了电视连续剧,很流行。从纯文本立场看,这是一部较粗的作品,但整个作品还是大气,写了一群有性格的人,是革命历史题材的小说的创新之作。它有一个特点是,重视偶然在历史中的作用,比如小说主人公梁大牙,身上有许多流氓无产者的痞子气,他本来是要投奔国军的,不巧走错了路跑到新四军那儿去了,饿坏了,新四军给他做了面鱼儿,吃完一碗面鱼儿后说再能给我吃一碗吗? 新四军说可以,他就觉得新四军不错,虽然国军的粮饷充足,但新四军的人情味似乎更浓,于是就加入了新四军。另外一对青年跑到国军那儿去了,他们的命运都不是按照什么固定的逻辑和规律发展的。不承想,这个满身毛病的梁大牙又浑身是胆,能打仗、能吃苦、有智谋,终于成长为一个共产党的高级将领,跨度很大。我写过一篇评论《人的太阳照亮了历史的天空》,就是说,它不是写概念,而是写人的。第四部是柳建伟的《英雄时代》,柳建伟有个本事就是善于间接地体验生活,他写过一个电影《惊涛骇浪》,是写抗洪救灾的,得了大奖。他本人并没有到过水灾现场,但写得不错。这有点像歌曲《青藏高原》的作者并没有到过西藏一样。《英雄时代》的意思是,今天是一个群雄并起的时代,市场化大时代中各种力量涌动,今天的一个乞丐或小贩三年以后可能会成为一个大企业家,这是一个传奇的时代。有些评委认为,这部小说在捕捉正在进行中的社会矛盾,还比较敏锐。第五部是宗璞的《东藏记》,宗璞先生有家学渊源,她是冯友兰的女儿,是个著名的作家、学者,我们知道冯友兰先生的《中国哲学史》和胡适的《中国哲学大纲》都是很有名的哲学著作。宗璞1957年的短篇《红豆》名重一时,写知识分子情感世界和爱情矛盾颇见深度,却遭到了批判。她这部《东藏记》是四部曲中的一部,写西南联大、抗日战争南迁中的一群知识分子的沉浮,他们的节操与人生选择,点缀于昆明风情之间。其第一部叫《南渡记》,非常不错,当时没有评上茅奖是因为当时要求一套书完成才能评,而现在新的条例规定评一本也可以。宗璞的中西涵养是一般作家达不到的,文化韵味很浓。这些作品在各个角度关注了重大的历史、社会、人生问题。

五、茅盾文学奖基本上反映了中国当代长篇小说的水平

从对茅盾文学奖的评奖过程来看,作品筛选和评定工作是有一定章法可循的,入围作品都由全体初评委投票决定其名次,获奖作品的得票数必须要超过评委全体的2/3才有效,然后按照票数排名。以第六届为例,这五部作品不是任何一两个人的意志可以左右的。因为各个评委欣赏口味不同,艺术观和价值观各异,找出一部能够得到所有评委完全肯定的作品是不容易的。这次评奖也仍然是一种力的平衡的结果,实际上是很多人意志的合力形成的,对同时存在的很多作品进行全方位阅读、审视、辨析、对比、提取而作出的一个综合性选择。这种选择怎么样,当然很难说,没有什么东西是绝对应该的。例如第五届评出后,读者认为《抉择》得奖是一个成功和进步,不再单纯从文学角度,而是从文化和社会民生角度来评判作品,官方和民间都欢迎。但也有人不同意这个观点。

评奖也曾出现意想不到的"插曲"或特殊情况,例如第四届《白鹿原》修订本问题就是。我记得《白鹿原》在评委会基本确定可以评上的时候,一部分评委认为,作品中儒家文化的体现者朱先生对政治斗争如"翻鏊子"的说词不妥,甚至是错误的,容易引出误解,应以适当方式予以廓清,另外有些露骨的性描写也应适当删节。这种意见一出且不可动摇,当时就由评委会副主任陈昌本在另一屋子里现场亲自打电话征求陈忠实本人的意见,陈忠实在电话那头表示愿意接受个别词句的小的修改,这才决定授予其茅盾文学奖。这也就是发布和颁奖时

始终在书名之后追加个"修订本"的原委。当然评奖时和发布时是不可能已有了"修订本"的，改动和印书都需要时间，而发布时间又是不能等的。陈昌本打电话究竟是在投票后还是投票前，我竟然记不清楚了。六届评下来，评价不一，作为评委我面对某个作品，也时常有抱憾或无能为力的感受。但在总体上，我看所选的作品还是基本上反映了当代中国长篇小说的创作水平。

当然，说茅盾文学奖基本上反映了当代中国长篇小说创作的水平，首先就要了解它的作品的思想深度、精神资源、文化意蕴以及人类性等等方面达到了怎么样的水平，它并不是在封闭之中的自我认可，沾沾自喜，而是参照古今中外的文学标准所得出的大致结论。同时，也很难如某些人所说，其评奖就是"固守着传统现实主义"，或者充斥着"牺牲艺术以拯救思想"的妥协主义。比如厚重之作《白鹿原》在艺术方面并不保守，有人说它有魔幻现实主义的色彩，有心理现实主义色彩，运用了文化的视角，都有道理。我觉得它的背景有俄苏文学的影响，也有拉美文学的影响，总之它与传统的现实主义观念已相去甚远了。再如，被认为在叙述方面除了开头的硬壳不好读以外，整体上还是无可挑剔的《长恨歌》，表现了强烈的生命意识和文化意识。它通过一个女人的命运来写一个城市的灵魂及其变化，这在过去的文学观念中是不太好接受的。"恨"什么呢？其实就是一种人生长恨水长东的抱憾，生命有涯，存在无涯的悲情啊。一个女性在男权社会里始终不能达到自己对爱情、对幸福生活理想的追求，她所以有了恨，她的命运轨迹与历史发展的错位，也有恨。恨的内容丰富，但只有用一种开放的文学观念才能正确理解它。又如《尘埃落定》《钟鼓楼》《许茂和他的女儿们》《芙蓉镇》等等，就是在今天看来，也仍有着独特的价值和生命力。阿来说，他在电脑上敲完最后一行字，有大功告成的感觉，创造了自己的一个世界，一部东方寓言。他说，野画眉一写出，就知道要成功，自己的手像舞蹈症患者，在电脑上疯狂跳动，如有神助，每天五千字，到冬天敲定了三十万字。全书有一种诗歌的韵律之美。可从1994年写出，屡遭退稿。但它的价值最终得到认定。相反，也让人不无遗憾的是，贾平凹的《怀念狼》、铁凝的《玫瑰门》、阎连科的《日光流年》、莫言的《檀香刑》、李洱的《花腔》、余华的《许三观卖血记》、二月河的《雍正皇帝》等等在文本文体上有突破，是全球化语境下小说创作的新尝试，却由于种种自身的或非自身的原因无奈落选。当然，茅奖也有一些作品，当时轰动一时，时过境迁，因艺术较粗糙而少有人提起。

六、对茅盾文学奖的未来期待

茅盾文学奖已经评了六届,在积累了丰富经验的同时,也引起了不少争议,作为文学奖的主办者,中国作协、茅盾文学奖评委会及评奖办公室,不时会面对来自方方面面的质疑与诟病。比如,有一份资料整理了这些意见,兹引述如下:应该尊重评委们的资历、声望以及文学成就等等,但也不能无视历届评委会都存在着难以规避的局限:一是年龄老化,评奖不仅需要丰富的文学经验,还需要适度的身体素质,当评委们连阅读备选篇目都勉为其难时,又何来负责任的投票?二是由于其他原因,部分评委已经疏离文学工作,根本不熟悉文学的当代发展状况及与世界文学接轨程度,是不折不扣的"前文学工作者",他们又何能公正地选拔当代"最优秀"的著作?三是评委们不是由民主推选而是中国作协指定,来自北京的专家学者占绝对优势,却排除各地不同的地域文化氛围所培养的诸多学界精英,又何能保证评奖的兼容性?四是评委们观念陈旧,他们还牢固地抱持着"十七年"时期的现实主义,看重典型化、真实性、倾向性以及史诗性等等传统因素,这种"独尊"情结潜在地抑制着当代文学的艺术创新,那又何能标示文学奖的导向意义?五是评委会对程序的"越位"。评奖条例规定,有3名评委联名提议,可增加备选篇目。质疑者认为,这一表面看来是为避免"遗珠之憾"实则极富"特权"色彩的"评委联名补充"程序,造成了数届茅盾文学奖的鱼目混珠,并增加了评奖的权利性、偶然性和人为因素。当然,也还有论者针对兼顾题材的"全面分配,合理布局",或者重点关注"反映现实并塑造社会主义新人形象"之作品,"审读组"与"评委会"之间的龃龉等等以及"过程不透明"等等,有人把这些概括为"平衡机制",它们共同摧毁着茅盾文学奖的"公信"形象和权威价值等等。据我所知,以上这些意见中的合理成分,在近几届评奖中已有改变。无论评委的年龄,组成方式,外地评委的比重,都与此前有所不同。

处在如此一个文化多元的时代,权威的消解似乎是必然的,它会时时受到挑战。相应地,茅盾文学奖也只能在历史中生存,在面对历史的挑战中生存,在顺应历史的潮流中生存。时代在变,审美观念在变,评奖的标准必然也要发生变化,这样才能保证茅盾文学奖与时同行。当然,评奖在更加走向开放、走向多元的同时,要使评奖具有权威性,要使评出的作品得到社会各方面较为一致的认可,尤其要经得起时间的检验,我个人以为有这么几条还是要坚持的:① 我们要坚持长远的审美眼光,甚至可以拉开一定距离来评价作品,避免迎合现实中的某些直接的功利因素,要体现出对人类理想的真善美的不懈追求。② 一定要看作品有没有深沉的思想含量和文化含量,特别要看有没有体现本民族的思想文化根基。③ 要看作品在艺术上、文体上有没有大的创新,在人物刻画、叙述方式、语言风格等方面有没有独特的东西。④ 长篇小说是一种规模很大的体裁,所以有必要考虑它是否表现了一个民族心灵发展和嬗变的历史,因为在一定程度上,文学就是灵魂的历史。

我希望,茅盾文学奖的路越走越宽。

我所经历的第七届茅盾文学奖

胡 平

在第七届茅盾文学奖评奖工作中，我担任评奖办公室主任，前后经历了一些过程。写下这篇文章，是充当一份备忘录，提供一些情况，也谈些个人看法。

一、评奖的压力

茅盾文学奖在国内被视为最高荣誉的文学奖项，主要基于以下几种原因：（一）长篇小说创作被普遍认为是最为复杂、最难于掌握的文学创作；（二）茅奖四年一届，每届产生不超过 5 部获奖作品，而以目前每年国内出版 1000 部以上长篇小说的数量计，相当于平均每 800 部以上作品中产生 1 部获奖作品；（三）新时期以来 30 余年里成长起来的知名小说家们，大都经过中短篇小说创作的磨练，进入了以长篇小说为主的创作阶段。摘取茅奖桂冠，则成为他们中许多人最后追求的目标；（四）在传统上，茅盾文学奖是颇为重视艺术质量的，获奖意味着艺术上最重要的成就。这些原因使得围绕茅奖的竞争空前激烈。

茅盾文学奖无论在文学界内还是社会上都是受关注度最高的奖项，而在网络民主日益发达和公信力日益缺失的时代，这个奖评得如何，直接关系到奖项自身的荣辱存亡。

所以，第七届茅盾文学奖的评选是在承受相当压力的情况下进行的。评不好，会导致业内与网上一片骂声，并非危言耸听。

题解 本文原载《小说评论》2009 年第 3 期。2008 年 11 月，第七届茅盾文学奖评选活动在北京举行，本文为时任评奖办公室主任的胡平撰写的回忆文章。文章共分为"评奖的压力""前奏""精诚团结的初选审读组""争论激烈的评委会""关于四部获奖作品"五个部分，胡平详细回忆阐释了第七届茅盾文学奖的评审过程，其中包括评奖前各方压力的应对、评审委员会的产生、初选作品的征集及推选、初选作品的审读直至最后的两轮投票等环节，这些环节层层相扣，最终促成了第七届茅盾文学奖评奖工作的成功。在最后一部分中，胡平详细介绍分析了《秦腔》《额尔古纳河右岸》《湖光山色》《暗算》这四部作品的获奖因由。

每届茅奖的评选压力,还与每一评选年度中出版作品的质量有关。若该评选年度里明显有一两部"压得住阵"的作品存在,如第三届的《平凡的世界》、第四届的《白鹿原》、第五届的《尘埃落定》,这届评奖就好办得多。实际上,除非出自特殊原因(如政治原因),一部真正厚重的作品在评奖中落选的可能性并不大,评委们都会有起码的气节。如第四届茅奖的评选,为了《白鹿原》是否能上,拖延了一年多,就因为领导和评委们都感到这部作品是"绕不过去"和必须面对的。若第四届获奖名单里没有《白鹿原》,茅奖的声誉在那一届后就一落千丈了。但此届,最初似乎没有非上不可的作品。

压力还来自,获奖名单中是否会混进"空子",即不配获奖的作品。公平而论,茅奖里混进"空子"的先例并非没有过,个别莫名其妙的作者的莫名其妙的作品混进来,这作者又莫名其妙地沉寂了的情况,也是有的,只不过滥竽充数的作品被掩盖在乐队的声浪之中,不很引人注意。但那是在以前,若2008年公布的第七届茅奖篇目里又出现这样一部,定会遭到网上网下的强烈围攻,茅奖的声誉也会就此结束。

因此,评奖开始之前,评奖委员会和评奖办公室都已感到责任重大。

二、前　奏

第七届茅盾文学奖的评选范围是2003到2006年间发表和出版的长篇小说,征集推荐作品阶段启动于2007年年底,至2008年2月我们共收到各团体会员单位推荐来参评的作品130部,这个数字超过了往届。

我于2008年6月由鲁迅文学院常务副院长任上调中国作协创研部任主任,到任后,即在陈建功副主席领导下进行评奖的准备工作。

首先自然是产生评奖委员会和初选审读组人员名单。这两个名单从经党组批准的专家库人员名单中抽签产生,专家库由全国著名的评论家、作家、编辑家组成。根据铁凝主席的建议,党组派出纪律检查组参加整个评选过程,这是本届改进评奖工作的一个方面。纪律检查组成员包括王克、胡殷红和李强。6月上旬,在纪检组组长、中国作协纪律检查委员会书记王克的参加下,并由他亲自抽签,完成了产生评奖委员会和初选审读组人员的程序。首先抽签决定评奖委员会名单,再抽签决定初选审读组名单,所以,部分专家是在未获抽签进入评奖委员会名单后,获抽签进入初选审读组名单的,两个名单上的专家并无专业水平上的明显差距,京外专家按规定各占三分之一以上。

为了保证审读工作更为细致,此次评选将初选审读组人员扩大到21人,初审组直接由评奖办公室主任领导。为了保证评奖工作的衔接,根据评奖条例规定,评奖办公室主任同时成为初审组成员和评委会委员,不经抽签产生,所以我参加了评选工作的全过程。

确保公正性是本届评奖工作的重要目标,这种努力也体现在候选作品篇目的排列上。由于初选审读中要按篇目顺序划小组分配筛选作品,为了避免质量较高的作品过于集中,评奖办公室将所有申报作品打乱顺序重新排列,尽量使第一次各小组阅读作品质量大致均匀,这也是本次评奖工作的一种改进。

三、精诚团结的初选审读组

6月10日至11日,初选审读组第一次全体会议召开,成员包括彭学明、张陵、陈福民、梁鸿鹰、孟繁华、李国平、刘勇、李建军、于青、朱向前、吴义勤、张燕玲、马步升、洪治纲、吴俊、朱小如、高叶梅、李东华、岳雯、胡平等,实际只20人。这是由于,因出现一名原定成员的亲属有作品参评,需要在该成员和作品两者中选择一者退出,最后选择了成员退出。

6月11日上午,评委会主任铁凝到会讲话,向评选工作提出了要求和希望。评委会副主任陈建功主持学习了《茅盾文学奖评奖条例(修订稿)》。之后,初审组分为7个小组,每组约3人,每人阅读相同的18部左右作品,同时下发申报作品完整目录、各推荐单位的作品推荐次序和推荐意见复印件。

自6月12日至7月15日,共33天里,初审组成员回到各地分散阅读作品,期间每两组间交换阅读作品一次。这也是本次评奖工作的一种改进。虽然初审组成员多是在文学界资深评论家和编辑家,平时已大量阅读过申报作品,在安排上还是留下较充分的阅读时间,以保证细致进行补充阅读。

在此期间,评奖办公室搜集到审读时提出的各种问题,特别对涉及参选资格"硬杠"的问题向上反映。如,有作品存在原版或修订版出版日期与评选年度有出入问题;有作品存在刊物版和图书版内容不等问题;有作品存在海外版与国内版出版时间差距问题;有作品存在单卷本与多卷本界限模糊问题等等,最后都明确了处理意见。这也是一种工作的改进,过去经验证明,涉及"硬杠"问题的作品,如不能及时发现和得到正确应对,一旦获奖,后患无穷。

7月16日至7月27日,初选审读组召开第二次全体会议,首先补充阅读作品,之后,分7组进行讨论,各组征求和参考另一交换过作品的小组的意见,提出不超过总量二分之一的作品作为第一轮筛选产生的初步篇目,对初步落选作品留下简略评语,再补充阅读作品。

7月18日,初选审读组在全体会议上共同讨论各小组第一轮筛选产生的初步篇目,其他组成员有权将第一轮初步落选作品中某些作品重新提出讨论,三人以上同意即可保留进入第一轮正式筛选篇目。第一轮正式筛选篇目是在初选审读组全体成员同意下产生的。

实际上,此次评选工作中投入最大精力和最受到重视的便是第一轮阅读和筛选工作,也是本次评奖的工作改进之一。指导思想上认为,由各地推荐上来的130部作品,每一部都凝聚着作者的大量心血和多年精力,不容轻率视之。必须做到:不使一部确有实力问鼎奖项的作品在第一轮就失去机会。过后看来,这一目的是达到了。

第一轮筛选后,初审组重新分为4个小组,每组5人,组内每人阅读相同的17部左右作品。7月23日,4个小组分别讨论,各组提出不超过二分之一作品作为第二轮初步筛选篇目,之后提交全体会议进行讨论,其他组成员有权将第二轮初步落选作品中有些作品重新提起,三人以上同意可留入第二轮正式筛选篇目,最终确定第二轮正式筛选篇目为42部。以后交换阅读作品,全体成员都必须做到阅读过全部这42部作品。

7月25日,初选审读组召开全体会,讨论和交流了对最优秀作品的看法,以及对最终篇目作品结构的认识等,并通过了投票办法。次日,各组经讨论分别提出了本组最看重的10部重点篇目。27日,召开最后一次全体会议,陈建功副主任到会作讲话和动员,在纪委监督下进行一次性投票,每人投不超过20部作品,之后当场封票,全体初审组成员、监票人、计票人和纪检组成员在封面上签字,纪检组作出公证。

一个月后,8月26日,在陈建功副主任、初选审读组选出的3名监票代表(孟繁华、陈福民、刘勇)、其他7名初选审读组成员、纪检组全体成员在场的情况下,对初选封存选票进行当场开封记票,最终产生了初选审读组提供给评委会的20部备选篇目。

——这里面就出现一个必须解释的地方:按普通程序,初审组是需要经过几轮投票产生最终篇目的,几轮中可以通过投票筛选和讨论协商逐步接近理想结果,为何这次采取一次性投票的方式呢?

这是由于,初选结束后便赶上北京8月举办奥运,评委会的召开要在奥运之后,中间就空了一个月。这一个月里,如备选篇目有所外泄,必然对评委会工作造成压力,也可能对奥运氛围有所影响。

最初的方案是,初选读书班暂停,待奥运后继续投票产生结果。然而这同样是有风险的,因为此时已产生 42 部篇目,这个篇目也不能完全保证不外传出去,如传出,仍然可能造成一些难以估计的影响。更重要的是,此时初选审读组已形成相当良好氛围,一旦暂停,重新集中后,氛围会有所变化,产生的结果也可能有出入。

对于初选审读组的投票方式,评奖条例并未作规定,但只有一种方案是可以避免上述各种影响的,就是投票后当场封存,待奥运后揭晓。这样做,只能是一次性投票,才能做到完全保密。

一次性投票是高难度的投票,它要求全体成员团结一致、皆出以公心、有相对集中的共识,这对初选审读组整个工作都是一个很大的考验。

最后还是决定了这一方案,领导和评奖办公室对初选审读组已形成的健康的、负责任的和充满正气的气氛具有信心。

自初选审读组成立以来,大家在每一个工作环节都体现了公正性、透明化的要求,每个成员都浸入和欣赏了这种环境;开诚布公的讨论、相互信任的交流,也使大家的意愿逐渐趋于一致。更重要的是团结的氛围,第二次集中的 10 余天里,很少有北京成员请假离开。每天两顿正餐,都是大家愉快相处的时刻。饭桌上妙语连珠,笑声不断,特别是朱向前带来茅台签名赠书并就诗词话题举办讲座那天,有急事请假的人也匆匆赶回来凑趣。这也是评奖工作的一种改进,不可小看读书以外的因素,和谐的人际氛围实际上对评奖结果产生直接的影响,也是大型评奖工作中最难实现的。

由于有了这种良好基础,又经过各小组意向的摸底,一次性投票付诸实施。8 月 26 日,当选票开封,计票结束时,结果令人感动。入选 20 部作品,几乎全部在预计之中,就是说,初审组全体成员皆出以公心行使了自己的权利。

实际上,直到今天,仍可以说,第七届茅盾文学奖初选审读组选出了本届最具竞争力的 20 部作品,当之无愧。初审组权力仅限于提供 20 部篇目,以后,评委会又增补 4 部,这 4 部中,有 2 部是初选时受名额限制、仅以 1 票之差落选的,也属于最具竞争力的作品。当然,也有个别作品,出于众所周知的原因,未能入选,却不是初审组能解决的问题了。

第七届茅盾文学奖评奖工作得以顺利进行,首功在初选审读组全体成员的努力。初审组成员不仅读了比评委多数倍的书,而且在责任感和专业眼光上也不逊色于评委。评奖办公室始终对初审组全体成员怀有敬意。

四、争论激烈的评委会

8 月 29 日,评奖委员会举行第一次会议,铁凝主席、金炳华书记都到会作了指示,陈建功副主席对评奖条例(修订稿)作了解释说明,我则介绍了初选审读组工作情况和 20 部备选篇目的情况。

第七届茅盾文学奖评奖委员会共由 23 人组成,主任为铁凝,副主任为陈建功、李存葆,委员有丁临一、牛玉秋、叶梅(土家族)、包明德(蒙古族)、任芙康、次仁罗布(藏族)、吴秉杰、何向阳、汪政、汪守德、张小影、陈晓明、胡平、贺绍俊、郭运德、龚政文、阎晶明、谢有顺、赖大仁、熊召政。

29 日的会议上,评委会决定了补充备选篇目。评委会有权在初选审读组推荐的书目以外,增添不超过 5 部备选书目。为了保证评委们事前有所准备,评奖办公室已提前半月将全部 130 部申报作品篇目寄给评委,以供参考。使他们能够根据各自平时了解的情况确定重点作品。评委联名提出增添的备选篇目,也可不限于此 130 部篇目的范围。当日,有 4 部作品进入补充备选篇目,最后形成了共 24 部备选篇目,向社会公示。

评委会委员基本于当日收到 24 部作品,然后开始分散阅读,经过 16 天的阅读,于 9 月 17 日至 18 日重新集中,召开第二次全体会议。

会议上,评奖办公室通报了 24 部备选篇目公示后搜集到的各种反映,应该说,各方面反映较为平静,没有发现严重的问题,这已说明,备选篇目大致是公允的,这就为工作的继续进行打下了良好的基础。

在铁凝、陈建功和李存葆三位正副主任的主持下,评委们就已阅读过的作品初步交换了看法。

自 9 月 19 起,会议转移到北京郊区继续进行了 4 天,评委们或集中到那里读书,或分散开读书。

10 月 20 日至 25 日,举行了第三次评委会会议,此时,所有评委都已基本读完了 24 部作品,前后共用 50 多天时间,在时间安排上,这也是最宽裕的一次,目的在于保证阅读的认真严肃。

在这期间举行的两次全体会议上,评委们继续就作品阅读情况进行交流,分别谈出各自的见解,互相启发,会后,则参考其他评委的意见,各自进行补充阅读。

在全体会议上,还就未来获奖篇目的整体结构和两轮投票的具体方式进行了讨论。

应该说,评委们心目对最佳作品的看法不尽相同,以致引起激烈争论,在这一点上,氛围与初选审读时有别。这是可以理解的,评委会最后只能选择5部以内作品,意见便难以做到完全集中。较集中的意见包括,多数评委希望选出5部作品,以加强本届茅奖的获奖作品整体阵容。

10月25日,进行了投票程序,投票分两轮进行,第一轮投票分两步进行,第一步筛选出12部作品,第二步筛选出7部作品,然后进行第二轮投票,即决定性的一轮投票,最终投出4部作品。在这期间,每筛选一次,都开展讨论,讨论中继续出现激烈的争论,事实证明,这种争论对于相对统一认识产生了重要的作用,当《秦腔》、《额尔古纳河右岸》、《湖光山色》、《暗算》四部获奖作品产生后,委员们对结果是基本满意的。

当然,任何一次评奖都有遗憾,本次评奖的遗憾之一,就是没有评出第5部作品。这是没有办法的,也许这样的结果已经是最好的结果。

10月27日,第七届茅盾文学奖评奖结果向社会公布。

11月2日,在茅盾先生的故居,举行了第七届茅盾文学奖颁奖典礼,中共中央政治局委员、书记处书记、中宣部部长刘云山出席颁奖典礼并为获奖作家颁奖,他是茅奖设立以来出席颁奖典礼的最高级别的中央领导人。

各类媒体对评奖结果进行了广泛的报道,网络上统计,70%以上关心评奖的网友对此结果表示了满意或基本满意。从那时起迄今,文学界内部对本届评奖结果也大体持满意或平静态度。

这说明,第七届茅盾文学奖的评奖工作获得了成功。

五、关于四部获奖作品

为什么是贾平凹《秦腔》、迟子建《额尔古纳河右岸》、周大新《湖光山色》、麦家《暗算》四部作品获奖,这里面是有些讲究的,这里谈些我个人的理解。

首先,应该确定,这四部获奖作品,都具有较高的艺术水准,没有一部作品是出于其他考虑而降格以求的,没有出现"空子",在这一点上保证了茅盾文学奖的品格。

第二,正确地选择了"压得住阵"的作品,主要是贾平凹《秦腔》和迟子建《额尔古纳河右岸》。这类作品一定要有"厚重感",这是茅奖已形成的传统,也是评论界约定俗成的共识。我以为,构成所谓厚重感的因素复杂,其中有两点是难以缺少的:(一)能够体现长篇小说容量所带来的题材上的规模;(二)能够包含一定量的历史和社会内容。对厚重感的分析,值得做几篇论文专门研究,其内涵也不会是一成不变的。茅奖历史上,《白鹿原》、《平凡的世界》、《尘埃落定》等都属于具有厚重感的作品。

《秦腔》几乎获全票,说明它的确是本届评选年度中最孚众望的作品。我以为,若铁凝不因当选中国作协主席和担任茅奖评委会主任回避了本次参选,她的《笨花》也有可能与《秦腔》并列成为此次获奖作品中的双壁。这两部作品有共同的特点,达到了共同的水平线。抛开它们"写什么"不谈,在"怎样写"上,都进入到一个新的境界,我这里指的主要是叙事上的老到和内敛,几乎只有专家才能体会到,它们的文字,显示了作家写作几十年后才能养成的功力。

《额尔古纳河右岸》当选,背后还有另一层考虑。评选中我们注意到,在本届评选年度发表和出版的长篇小说里,汉族作家创作的少数民族历史题材作品形成整体崛起,是这四年里我国长篇小说创作上最突出的收获。除《额尔古纳河右岸》外,还有冉平的《蒙古往事》、范稳的《水乳大地》等作品,都具有很强的竞争力。为什么此类题材成为创作的热点,又为什么都在这一时期取得重要成就,目前还缺乏总结。但不管怎么说,《额尔古纳河右岸》是代表一类创作入选的,是不可或缺的。

《湖光山色》可以被视为现实题材、改革题材、新农村建设题材创作的综合代表。2008年正是纪念改革开放30周年的年度,第七届茅盾文学奖揭晓于这一年,以《湖光山色》作为标志性作品是合适的。反过来说,没有这样一部作品,是不合适的。纪念改革开放30周年,是最得人心的纪念,《湖光山色》正确地反映了30年来中国广袤农村发生的基本性变化,同时,又正确地避免了某些主旋律创作报喜不报忧的浅薄弊习,对社会历史及世道人心作出双重考察,显示了现实主义和人道主义创作的力量。以我看来,在农村题材创作上,周大新本来就该是获奖作家,他的《第二十幕》与上届茅奖失之交臂是遗憾的。

此次又有两部农村题材作品获奖。关于农村题材创作为何总是在茅奖或鲁奖中占有优势,有种种议论。对此,我的看法是,虽然中国社会已进入工业化和城市化的阶段,但文学创作资源仍偏重于农村,这不是简单以历史进程和主观愿望为转移的。以下二个因素十分明显:(一)文学是语言的艺术,对语言的审美性要求最为严格,而中国乡村语言经历过几千年的发展和积淀,为文学创作提供了最丰富生动的文体资源。近代以来,中国城镇语言在乡村语言的基础上也发育了自己的形态和个性,但近几十年来,由于城市化进程中人口的大量流动,使城市语言的地域特点逐渐弱化,通用语言逐渐普通话化,甚至全球化,减少了个性魅力和文化特色。（二）中国乡村的自然形态、社会形态和人际交往方式，本身便具有文学色彩，这是城市模式所不及的。中国乡土小说，已形成成熟的审美样式，而城市文学的审美形态还远未真正成熟，因此，一般来说，农村小说总是显得比城市小说更具文学性。（三）中国当代成熟小说家中，具有乡村背景者为多数，感情资源也多属于乡村。由于如此，茅奖获奖作品中农村题材作品占一定比例是自然的事。目前，小说读者多为城市中的青年，他们不喜欢总看"那些村里的事"，也是自然的，但茅奖是专业奖，以专业标准为重，是无法完全顾忌读者趣味的。当然，中国文学将随着时代而发展，将来的长篇小说，必然随着城市化进程发展到以城市题材创作为主的阶段，那时的茅盾文学奖，也会出现城市文学为主的评选格局。在乌镇举行的第七届茅盾文学奖新闻发布会上，我已经谈过类似的观点。

《暗算》的获奖，就是作品评选格局发生变化的一种征候，也是本次评奖的一种突破。依照文学界传统观念，《暗算》这类作品可能被列入类型化创作之列，与某些习惯上的纯文学原则有所抵牾。但《暗算》其实不能算作通俗类作品，作者的写作态度极为严肃，对作品中人物命运的刻画等，具有很强的纯文学意识。《暗算》和《藏獒》等代表了本评奖年度中出现的一类值得重视的作品，即既有文学品位又有广大读者群的创作。这类创作的特点是注重可读性，注重情节因素，突破了纯文学创作过于沉闷的模式。经过讨论，评委们大体认为，应该使这类作品加入茅奖的阵营。在《暗算》和《藏獒》之间作出选择时，评委们最终选择了《暗算》，是因为《暗算》与《藏獒》相比，文学性更强一些。事实证明，《暗算》的获奖，有助于密切茅奖与普通读者的关系，也使茅奖有了新面貌。

总的看来，第七届茅盾文学奖的评选工作是比较成功的，在相对平淡的评选年度里获得了相对令人满意的结果。在现代媒体十分发达的环境下，在社会舆论和文学界的广泛关注下，获得这样的结果也是不容易的，此次评奖维护了茅盾文学奖的荣誉。

第八届茅盾文学奖评奖公证承办心得

王 京

根据中国作家协会的申请,笔者和本处三名公证人员于 2011 年 8 月对第八届茅盾文学奖(以下简称茅奖)评选活动的五轮评奖(分六次进行)的投票、计分过程进行了公证监督,这是"茅奖"设置以来第一次申请公证监督。经五轮六次评选,"第八届茅盾文学奖"共评出五部获奖作品。央视、北京青年报、法制晚报、文艺报等媒体对本项活动进行了跟踪报道。

一、主办单位高度重视

茅盾文学奖,是根据茅盾先生遗愿,为鼓励优秀长篇小说创作、推动中国社会主义文学繁荣发展而设立的,是中国具有最高荣誉的文学奖项之一,每四年举办一次。评奖活动主办单位——中国作协,不仅在中国作家网上公示了《评奖条例》《评奖细则》、参选作品明细、评委名单等,而且将后三轮的评委投票情况也进行了即时公示。第八届"茅奖"体现出"三多"的特点:作品多,参评的作品多达 178 部;评委多,为避免群众因评委过于集中而导致对评选结果公正性的疑虑,中国作协特邀请了 61 名来自全国各地的专家参加评选工作;监督形式多样,主办方从新闻监督、管理监督、法律监督的不同角度出发,分别请来了新闻署、中宣部和公证机构的人员共同对评选投票过程进行监督。

活动在组织和程序安排上也十分严谨周密。本次评选活动前期由评委分小组对作品进行评议,评选投票前分组对评议情况进行汇报,投票前对投票纪律和要求进行申明。为确保选票的及时收集和统计,筹委会组建了核票、计票、监票人共 12 人的团队。

题解 本文原载《中国公证》2012 年第 2 期。2011 年 8 月,第八届茅盾文学奖评选活动在北京召开,评选活动共包括五轮评奖(分六次进行)的投票及计分过程,王京等三名公证人员根据中国作家协会的申请对此进行了公证监督,此文为王京的公证承办心得。他详细记录了第八届茅盾文学奖的评奖过程及后续工作。

二、公证的法律辅助与证据意识的贯彻

笔者在受理本案时就确定好了从固定证据入手,以多种证据形式和严谨的证据链条为保障,实现对此次评选的"三公性"监督的工作思路。公证的价值要想充分体现,事前的法律辅导、建议和沟通是整个活动能顺利进行的保障。在公证受理接谈时,我对评奖细则提了以下几点操作上的建议,全部被评委会采纳。

1. 要求公证申请方中国作家协会制作签到表。因评委人数多,为确保到场评委的身份审查及取得相关证据能够顺利进行,要求签到表上要事先打好评委名字,由到场评委在自己名字后面签字。

2. 确定选票填写的证据性。因参选作品多达 178 部,每份选票多达 4 页,评委在被选作品前划"√",不选的作品前空白不划。勾选作品是通过划符号,为固定选票的勾选情况,要求评委对选票每一页的勾选结果签字确认,有更改的地方,也要求评委在旁边签字。由于不可能对所有作品都进行划选,故要求评委清点自己所划的票数,并在选票上注明总赞成票数。通过上述对选票填写细节的约束,可以明确投票人的责任、固定选票的内容。

3. 安排专人检查选票的有效性。评委填写的结果是否符合《评奖细则》的要求,要有专人进行核对,以保证有效投票。

要有专人对评委自己写的投票数量进行复核,还要检查评委是否每页都签了字,选票上有无涂改,若有涂改一定要监督评委签字确认,以保证选票的真实、有效。

4. 使用 excel 表进行统计。因作品和评委人数较多,统计票分多组进行,使用 excel 表可以自动计算和排序,从而大大提高工作效率和计算的准确性。

5. 要求各责任人对自己所负责的程序在选票或统计表上签字确认。核票人要对自己所核的票的真实、有效性签字确认;各组唱票人、计票人、监票人要在自己所负责的分组统计单上签字确认登记结果,如有修改,要二人以上在修改的地方共同签字。

6. 原始选票及统计单的固定及封存。公证员在上述责任人签字确认的基础上,对各计分组负责的选票及统计单加盖保全证据章,清点并按组封存选票。与作协代理人交接,并签署交接单。

整个活动要基本做到:评委对选票的填写负责,核票人对选票的有效性负责,统计人员对统计结果负责。做到各司其职,各负其责,有据可查。

此后,笔者还根据对《评奖细则》的了解,制定了现场监督方案:

一是监督到会评委人数——出席评委要求达到总评委数的 2/3 以上,评委会主席不参加投票。

二是监督投票评委填写的投票是否有效。

三是监督投票的统计及排序(分四组进行,每组有监票人)。

四是从第三轮开始,对最后一名得票数相同的要进行重选(两次为限)。

五是每轮宣读现场监督公证词。

六是固定选票及证据。

三、多种手段取证,现场效果积极

因为整个评选活动历时一个月,评委们又来自全国各地,所以评委们全部驻会,每轮的签到手续都进行得非常顺利。公证人员在现场对各环节都进行了拍照,且各个环节取得的相关书证都有责任人的签名。因此,虽然作品多、评委多、评选轮数多,但现场监督公证的操作却井然有序。

总监票人彭学明说:"有了公证真的很不一样,使我们的工作更具权威感和法律化了。"鲁迅文学院院长张健则评价公证工作"为这次活动提供了专家式的帮助"。作协创作研究部的人员向我反馈,这次活动的评委们十分肯定公证工作。中国作协的铁凝主席在第三轮评选活动开始前特意来到公证席,对公证人员表示感谢,在最后一轮的总结会上专门对公证工作做出了肯定和感谢。

四、选票原件的保存问题

中国作协对本次活动十分重视,要求保存选票及统计单的原件。对于本次活动选票原件的保管及是否需要复印的问题,笔者也有一些思考与大家分享。

本次评选涉及 178 部作品,评委多达 61 名,六轮选票原件多达上千页。如果全部进行复印,工作量大、档案厚不说,对于这种即时宣布、公示结果的公证,保管选票原件是否具备足够的法律意义?有没有其他方式可以变通?

根据《评奖细则》,本次评选活动从第三轮开始对每部作品的投票结果都通过《文艺报》等全国性报纸实时对外公示,于是,我们将报纸公示的登记作为投票凭证予以存卷。报纸公示依据的是原始选票,属于间接证据。

为确保选票原件证据的固定,公证员对选票原件加盖了保全证据章予以固定并进行了封存;相关选票样本和封存情况予以拍照存卷。原始选票的交接有交接明细单,还有申请方出具的留存选票原件申请。这样,卷内虽然没有原始的选票,但有上述证据,也就可以支撑证明结论了。

五、公证书的写作与组成

写作公证词时考虑了两种不同的方案:一是以时间为线索,将五轮评选过程分别详细描述;二是基于各轮相同的评奖程序,统一表述监督的程序和结果。在选择第一种方式表述公证书时,发现因各轮的评奖程序相同,导致重复表述过多,阅读起来过于啰嗦费力,于是改用第二种方案。

因各轮活动都是围绕着评委签到、投票、核票、计票、排序、宣读公证词这样的程序进行,在公证书中对现场监督的表述就以上述程序为线索进行顺序表述,将各个程序形成的证据,如签到表、选票交接单、各轮评选结果作为公证书附件附在公证书后,作为公证结论的证据支撑。

不同寻常的第八届茅盾文学奖

胡 平

茅盾文学奖评奖历史上有两次是不同寻常的,一次是第四届,评选 1989 至 1994 年的作品,到 1997 年底才评出来,拖了两年多;一次就是刚评过的第八届,评选 2007 至 2010 年的作品,以其空前的改革和引起全社会关注闻名。两次我都参加了办公室工作,前一次写了回顾文章,这次也写一篇,留些历史资料。

一、评奖是重大的引导

2011 年,八届茅奖的评奖之年,党的十七届六中全会召开,提出了建设社会主义文化强国的战略任务,这个会议指出,目前有影响的精品力作还不够多,文化产品创作生产引导力度需要加大。那么,如何实现这种引导呢? 具体方式有多种,其中,通过评奖,特别是全国性评奖促进精品力作的生产是重大的引导。

茅盾文学奖四年评选一次,按目前平均年产长篇小说 2000 部计,要在 8000 部左右作品中奖励 5 部作品,是一种非常大的具体引导。它的作用之大是普通评选、评论等其他引导方式所不能比拟的。

这种引导的效果主要在两方面:一方面,以获奖作品本身体现的思想性艺术性标准引导长篇小说创作,使广大作家看到当前创作最高水平,努力赶超这个水平。当然,这只是相对而言,文学上任何评奖都有眼光问题,都可能有遗珠之憾,少数情况下甚至有鱼目混珠的事情。作家不应该把获奖视为最高成就。由于特殊原因未获奖的作品可以口碑流传,同样能够成为经典。另一方面,是以评奖

题解 本文原载《小说评论》2012 年第 3 期。2011 年 8 月,第八届茅盾文学奖评选活动在北京举行,本文为评选委员胡平针对第八届茅盾文学奖评选工作的回顾。他重点关注到茅盾文学奖与以往不同的适应新时代环境的评奖条例,例如"实名投票和即时公开制""大评委制""初终评一贯制""评委名单和评选日期提前公布""设置提名作品""网络文学参评""设置纪律监察组和进行公证"以及"积极适应公共舆论环境"等。这些新条例最大限度地克服了以往评奖的局限,促成了一次反潮流、反世俗之风的茅盾文学奖评选。

本身的权威性公正性引导创作。这种引导也许更为重要,由于茅奖是对长篇小说创作的最大奖励,评选是否公正,会直接影响创作的面貌。

现在看来,第八届茅盾文学奖的评选基本是成功的,实现了李冰同志代表中国作协党组提出的要求,就是突出对创作的引导,加强和改进文学评奖,建立健全科学的评价机制,提高评奖的导向性、权威性和影响力,坚持公开、公平、公正的原则。它成功的最大意义,在于向文学界传达出一个明确的信息,即只要把功夫真正用在创作上,写出最优秀的作品,就完全可能得到应有的承认和荣誉,就像李敬泽所说:"这次评奖,最基本要做到,不要让踏实、本分写作的作家们伤心、寒心,不要让他们感觉到在文学这件事上都没有公道。我想这太重要了,一个写作者应该相信我不凭着我的关系,凭着我的创造就能够得到肯定,我想这个信念是激励着每一个写作者的重要力量。"所以,此届评奖起码对以后四年的长篇小说创作产生直接的促进,会有更多的作家在这四年乃至更长时间里专心致力于精品力作的打磨。

二、评奖需要应对新形势

八届茅奖面临的形势其实是严峻的,形势与以往相比有较大变化,也使评奖组织方要考虑两个基本问题:

(一)如何评出好的社会影响

评奖是一件必然带来社会影响的事,但是,在今天环境下,带来好的社会影响却不容易。茅奖是唯一的国家级长篇小说大奖,在设立之初就备受社会关注,1982年12月15日,第一届茅盾文学奖颁奖大会在人民大会堂的小礼堂举行,此后,所有获奖作品销量大增,许多高校把获奖作品列为必读书目。以后长时期里,茅奖享有较高的社会声誉。《白鹿原》获奖前发行45万册,获奖后大幅增加,据说至今发行120万册;《尘埃落定》获奖前发行20万册,获奖后增加了七八十万册,至今销量还在攀升。《平凡的世界》的销量可能达到200万册以上,至今长销不衰。当然,茅奖获奖作品中也有鱼目混珠者,得奖后也既无口碑又无销量,但好作品靠茅奖声名大振却是事实。

但近年来,文学评奖的社会影响力正在下降。随着社会文化生活的日益多样,公众对文学、包括文学评奖的关注度的确减弱不少。在文学中,根基雄厚的传统文学,其影响力相对于新兴的网络文学也开始不占上风。这些情况表明,八届茅奖开评,需要适应新形势采取新措施重新吸引公众的注意力,扩大茅奖的社会影响。

如果评完了社会上反响平淡,就意味着茅奖的无足轻重,对文学并非幸事。

另一方面,扩大社会关注,又意味着带来更多的质疑和抨击。因为今天社会中确实存在一些假的恶的丑的现象,如李刚事件、郭美美事件、瘦肉精事件等等,引起部分社会成员强烈的不信任情绪。同时,公众的监督意识日益觉醒,要求对公众事务有知情权的呼声日益高涨,网络成为迅速集散社会舆论的重要平台。这时,越吸引人们对评奖的关注,越可能带来攻击和质疑。我们看到,在这一形势下,许多评奖都采取悄悄评悄悄结束的策略,避免无事生非,但也带来了这些奖项的无人问津。

(二)如何评得更公正,这是更核心的问题

它与前一个问题相联系,评得公正还是不公正,是造成社会影响的主要方面。

评奖的公正性有多种因素,如是否制订有合理的评奖条例和评奖程序,是否避免了人情因素的渗透,是否公平对待了不同身份作者和不同类型作品,评选的尺度是否公允,等等。实现公正性并不容易,它意味着起码要得罪人,中国是个人情社会,得罪人总是不好,所以评奖也意味着牺牲,需要下决心。

这个决心当然是由领导来下。中国作协领导对第八届茅盾文学奖评奖非常重视,而且,决心要正面应对这两方面问题,向历史负责,当然这也是贯彻中央精神。对于第一个问题,李冰书记的意思是:不怕。即评奖一定要公开化、透明化,避免冷冷清清地关门评奖,不怕有人说三道四。对于第二个问题,他的意思是一定要尽量做到公正,可以采取各种新的措施实现这个目的。铁主席的意见也很明确,她有一句名言,叫做"我们在裁判作品,社会在裁判我们",也表示了公正评奖、面向社会的决心。她亲自担任了评委会主任,是评委会的主心骨,在此次评委会工作中发挥的作用十分特殊。

实际上,这种工作思路开端于2010年进行的第五届鲁迅文学奖,或者说,客观上五届鲁奖的改革已经为八届茅奖的改革探索了道路,奠定了一定基础,需要在这里提几句。

五届鲁奖带来的变化主要体现为:

1. 根据文学发展形势调整评奖范围,更公平地对待所有文学作者和作品。

五届鲁奖努力使所有评奖年限内在中国大陆公开发表的文学作品都享有参加全国性文学评奖的平等机会。其中包括首次将网络文学、小小说、旧体诗词和港澳台、海外华文作家作品纳入评奖范围,较大地鼓励了这几方面作家的创作积极性。

吸纳网络文学参评成为一次破冰之旅。众所周知,中国的网络文学带来了全民写作的热潮,规模之大世界少有,尽管其艺术质量总体上还难与传统文学相比,但吸纳网络文学参评,从各方面看都是有利的,也成为一大新闻点。

2. 采取了公开化和扩大社会参与的评奖策略。

五届鲁奖是一次很有响动的评奖,对于公开化,我们提出过很多顾虑,但李书记都不怕,李书记搞外宣出身,见过世面。公开化尝试有几项措施。一是参评作品和备选作品两次公示,广泛听取社会意见。接受对其中不符合参评条件、有抄袭剽窃之嫌等情况的举报。二是备选作品确定后,请中国作家协会会员每人一票发表推荐意见,推荐意见供评委参考。三是通过网络和手机举办竞猜活动,了解网民的评价和反映,供评委参考。

网上有奖竞猜活动历时一个月,中国作家网、新浪网、TOM 网通过网络和手机举办竞猜活动。新浪网竞猜专题流量超过 1300 万次点击,共 51 万名网友参与投票,7.8 万人次参与新闻评论,11.8 万条微博讨论鲁奖。TOM 网竞猜活动页面流量平均 26 万/天,活动页面访问用户数平均 16 万/天。网友通过手机投票、留言评论等方式评论本届鲁迅文学奖各类作品,超过 484 万人次参与投票。评奖第一次做到专家意见和群众意见相结合。在广泛收集群众意见的基础上,由评委专家行使投票权。这些措施,有力地扩大了鲁奖的社会影响。

与此同时,中国作协新闻发言人陈崎嵘等先后召开了三次新闻发布会,及时向媒体公布评奖工作进展情况,解答媒体提问,力求使评奖全过程公开、透明,令人眼前一亮,受到文学界和社会各界的普遍肯定与欢迎。

当然,扩大社会参与的策略必然带来"拍砖",如带来"羊羔体"一类新闻。但国家总理都不怕拍砖,一个文学奖也不应该怕拍砖。对拍砖也要分析,"羊羔体"话题源于仇官心理,倒使车延高一夜成名,成为全国最有名的纪委书记,还经住了人肉搜索。

现在,全国都知道有个鲁迅文学奖了,是国家最高奖项。

3. 进一步严密评奖规程。

根据铁凝主席的建议,此次评奖开创了设立纪律监察组的先例,对评奖实行全过程监督。评委回避制度较以前更加严格。初评时,宣布纪律后,有一位外地来的初评委提出疑问:他是某参评作品的特邀编辑,是否不涉及评奖条例规定的有关"责任编辑"的回避条款,办公室经研究,认为仍以回避为好,这位初评委很痛快地立刻订机票返回了外地。终评时,一位在丛书上挂名总编的终评委,也因丛书中有一本参评,在报到的当日退出了评委会。

一些初次参加评奖工作的评委对鲁奖的认真感到惊讶,实际上,中国作协的评奖肯定是最认真的一种评奖。例如,全部参评作品都经过评奖办公室同志逐一查对 CIP 数据和其他资质,投入了很大工作量。又如,初评第一轮要面对1009 篇(部)作品,这一轮的淘汰很容易草率,但按照新规程,这一轮保证了每篇(部)作品都起码经 6 名以上评委重点阅读,并经全体评委会议评议,才进入筛选。再如,过去终评委增补备选作品的程序有点简单,使有的作品比较容易越过初评直接进入终评。按照新规则,终评委提出增补作品后,须在全体终评委审读过拟增补作品后投票决定增补,最后,7 个门类中只有 3 个门类增补了共 5 篇(部)作品,避免了滥竽充数,使最终备选作品篇目质量比较整齐。当然,鲁奖涉及 7 个门类,情况比茅奖复杂得多,遗珠之憾更难于避免,对鲁奖的改革还需扩大。

这样,到了八届茅奖,要在五届茅奖经验的基础上实行更彻底一些的改革,也就势在必行了。

中国作协党组专门指定了两位党组成员具体负责评奖工作,即高洪波同志和李敬泽同志。他们要为整个工作负责,在工作中为评奖的公正性发挥了重要作用,甚至做出一些牺牲。

此届评奖经过了非常周密的策划筹备。从前一年五届鲁奖工作完成后,就开始酝酿茅奖的改革,其间长达数月时间,许多想法的形成都经过多次调查研究、讨论和磨合。不仅在修改评奖条例上数易其稿,还初次制订了十分详尽的评奖细则和日程表。细则细到什么程度呢?如对投票表决获奖作品的方式包括这样的规定:"如获半数以上票数作品不足 5 部,在所余作品中,以得票多少为序,取空额数加 1 的数量,进行两轮以内附加投票。在获半数以上票数作品中,以得票多少为序,取前列作品为获奖作品",所以,在62 人的评委会上,没有人对程序本身再提出疑问。

经过详细准备,2011 年 2 月 25 日,《茅盾文学奖评奖条例》修订稿通过,3 月2 日开始征集参评作品,5 月 16 日评委开始分散阅读参评作品。8 月 1 日起,评委会在北京举行全体会议,开始进行补充阅读、分组讨论和大会交流,8 月 6 日投票产生第一轮 81 部备选作品,8 月 10 日投票产生第二轮第一阶段 42 部备选作品,8 月 13 日投票产生第二轮第二阶段 30 部备选作品,8 月 14 日投票产生第三轮 20 部提名作品,8 月 17 日投票产生 10 部备选作品,8 月 20 日最终投票产生 5 部获奖作品。9 月 19 日,颁奖典礼在国家大剧院隆重举行。中共中央政治局常委李长春同志发来贺信。中共中央政治局委员、中央书记处书记、中宣部部长刘云山同志会见历届茅盾文学奖获奖作家并合影留念,第八届茅盾文学奖获得成功。

三、茅奖的重要改革

茅奖新的评奖条例公布后,立刻引起媒体和社会舆论的广泛关注,表现出很大的兴趣。有报纸以《茅奖的九大看点》为题进行评论,这说明,媒体是看得出来你有没有改革和有没有改革的诚意的。这次,喜欢挑刺的媒体态度变了,变得很抱期待。《新京报》发表一篇题为《捍卫"最大个儿文学奖"的公信力》的文章评论道:"作为中国文坛'尚且保有口碑和影响力'的奖项,茅盾文学奖最需要在哪个方面进行改革?自然还是'公信力'。说白了,一要扩大影响,让人知道你,二要增加'公正'的含量,别让人知道你之后却开始质疑你——粉丝多点儿,猫腻少点儿,就这么简单。而反观第八届茅盾文学奖"评奖规则"的变化,似乎可以看到中国作协在这方面的努力。"这个评论还是说到点子上了,当然,外界看中国作协的努力是"似乎",而内部知道中国作协确实是努力了。

这些改革的努力主要体现在以下一些方面:

(一)实名投票和即时公开制

这是最大胆的一项改革。其实,评奖投票记名制和不记名制各有各的好处,也各有各的不好,在目前国情下,对茅奖这样的大奖来说,计名制更有利于增加评委的责任感、取得社会公信。

实名投票和即时公开,无疑给评委带来压力,因为中国是个人情社会,不投谁都可能得罪人。所以,我记得,第一次公开投票前,大家都显得神色凝重,有人忧心忡忡,也有人对这一方式提出了质疑。会上也做了思想工作,说明,出于公心得罪人比较轻,出于私心得罪人比较重,大家都郑重地进行了投票。万事开头难,到第二次、第三次公开投票后,我又发现大家都有说有笑了,释然了许多。仅仅在几天之内,大家就适应了这种民主方式。八届茅奖前,尽管也有地方奖项实行过实名制,但远不及茅奖公开。茅奖的实名制不是只公布每部作品有哪些评委投赞成票,而是公布每个评委都投了哪些作品的赞成票,没投哪些作品的赞成票,相当彻底。第一次向社会公布投票情况时,由于是 61 名评委面对 30 部作品投票,统计表上设有 1830 个空格,公布时遇到前所未有的技术难题,所有制表软件都不能适应,电脑显示器上也无法显示出来,最后采取了把表格拆分为二,印为两张 A4 纸,再拼在一起照相制版的方法,《文艺报》也被迫推迟一天刊登。

应该说,这种实名投票的公开化程度是世界首创的。以后,每一轮投票的数据第次减少,但一轮轮下来,像超女,像过山车一样,排名顺序不断变化,悬念迭出。这一过程展示了每位评委的眼光,也展示了每部作品的人气,一切清清楚楚,极大地吸引了公众。

在这种投票方式下,鱼目是难以混珠的,不发短信也是可能获奖的。当然,仍然有遗珠之憾,但业内人心里有数,获奖作品和提名作品阵容在整体上是无可厚非的,这个结果令人欣慰。

新华网在新修订的《茅盾文学奖评奖条例》刚公布后就发表评论说:"增加并突出'投票实行实名制'、'投票、计票在公证机构的监督下进行'、'各轮获选作品篇目向社会公布'这样的内容,无疑是个巨大进步。这充分体现出茅盾文学奖主办方在评选上的公开、透明。"

(二)大评委制

大评委制的提出,主要是为了克服"小圈子"评奖带来的局限。

根据新的评奖条例,八届茅奖评委会的组成结构是:由中国作家协会书记处聘请30名符合条件的人员;同时各省、自治区、直辖市作家协会和总政宣传部各推荐一名符合条件的人选,由中国作家协会书记处审核聘请。这样,评委的代表性就十分广泛了。

有人提出疑问,认为由各地选派的评委会天然倾向本地区作品,带来不公正因素。但实际上,茅奖评委会历来缺少不了地方评委,以往只有少数地区有人员担任评委,更不容易摆平。现在按照新办法,各地都有机会通过本地评委介绍本地优秀作品,而本地评委又只占评委总量的1/60左右,所以是更公正的。在实名公开投票情况下,地方评委更加出以公心从事评选。

62人大评委会较之过去23人评委会提高了门槛,显然,62人认为一部作品好,比23人认为一部作品好更容易接近公正;一部质量不够过硬的作品,想赢得62人的支持也比赢得23人的支持难得多。

我们从来没有召开过这样大规模的评委会,北京八大处中宣部培训中心的会场也是够规模的。当62名评委和纪律监察组成员整整齐齐坐满会场时,每个人都感到自己的不足以左右形势,这正预示着艺术民主的进一步扩大。

这么大的评委会,谁都没有组织经验,但情况比想象的顺利得多。无论老评委还是新评委,都非常配合工作,长达二十天里,全体大会上从未有评委缺席,很少有评委迟到。有一位评委的父亲在外地病重,大家都劝他回家看看,他也一直没有请假。61人投票,投了多轮,没出现过一张废票,也没有一位评委在评奖结束前违反规定向社会上透露消息。对于具体作品的看法,则始终存在争论,越是被认为重要的作品,争论越多,也体现出互相信任。大评委会能做到这样的精诚合作,是很不容易的。

为什么能够做到这样?我想,主要原因是,从一开始,评委会就充满着正气,每位评委来到会上,都能够意识到会议的氛围。如铁主席所说:"在整个评奖过程中,62位评委会成员,心中燃烧着理想主义激情,大家深信文学在人类生活中的重要价值,深知投下的每一张票的重量,大家的工作是在守护文学的尊严,也关乎每一个评委的尊严。"这一氛围是使大家团结起来的最大基础。

(三)初终评一贯制

实行初终评一贯制是对茅奖评奖规律的进一步探索。

以往把茅奖评奖机构分为初评机构和终评机构两部分。初评量大,审读工作由青年人组成的读书班或初评委员会承担,减少了终评委的工作量,使终评委能集中力量审读重点作品,这一方式也是科学的,至今是最普遍采用的评奖方式。

不过初终评分开更适合一般奖项,在茅奖这样竞争激烈的大奖上,初终评分开容易产生两个矛盾。一个是,由于终评委员会是更高一级的评选机构,势必赋予它补充初评产生的入围篇目的权力,但终评委们没有审阅过全部初选作品,也就难以在比较中准确地提出入围新篇目;二是,换了一批人,眼光不同,容易造成两级评选机构间的某些不信任。为了解决这两个矛盾,中国作协领导决定试行初终评连续进行的方式,由高级委员会完成全部任务。评选分两阶段进行,第一阶段为分散阅读阶段,数月时间里评委在各地分别读书;第二阶段为集中阅读和评选阶段,时间为20天。评选过程中,外界有怀疑评委能不能读完作品的议论,譬如,有记者打短信直接问高洪波同志读完450万字的《你在高原》没有,洪波回复两个字:"当然。"记者会后,有记者在洪波的办公室里看到洪波的好几本茅奖参评作品读书笔记,信服了,还摘抄了一篇刊登在报纸上。他们还不知道,洪波为读茅奖的书读出了急性结膜炎,用了好几瓶眼药水。评委会召开后,评奖办公室也为每位评委提供了眼药水。所以,这次当评委是很辛苦的,洪波表示,以后再也不想当茅奖评委。

初终评一贯制相当于终评委完成了初评委的工作量,但能够使终评委在确实掌握了所有参评作品情况的前提下评选,显然是更科学也更容易做到公平的。

(四)评委名单和评选日期提前公布

提前公布评委名单和评选日期,也是此次评奖率先做到的,增加了评奖的透明度。

提前公布评委名单,也是公示评委,使文学界和公众有权利监督评委资格,公示之后,未出现有效举报,评委会才进入正常工作。公示评委,让所有评委在开评前亮相,有益于增加评委的荣誉感和责任感。报端对此举称为"茅奖首晒评委名单",给予了积极肯定。

(五)设置提名作品

八届茅奖仍然有初终评之分,初评阶段以产生 20 部提名作品结束,并进行公示。提名作品就是过去的"备选作品",但增加了荣誉度。获提名作品的作者,今后可以在简历上注明曾获某届茅奖提名作品。

提名作品不是奖,但世界上有些著名奖项,如奥斯卡奖的提名作品,含金量已经比较高了。

设置茅奖提名作品有两个前提,一是长篇小说创作发展到一定水平,确保 20 部作品有相应的质量;二是评奖必须严格规范,确保 20 部作品阵容整齐。

前一方面的条件是达到了。新时期以来,中国的长篇小说创作越来越成熟,特别是 80 年代、90 年代的中短篇小说作家,今日大多在攻长篇,已颇有心得。目前的长篇创作热方兴未艾,一浪高过一浪,达到年产 3000 部左右的产量,网络长篇小说更无以数计,好作品不断涌现。在四年 8000 部左右作品中,挑选 20 部作品作为代表,完全应该。特别是,目前长篇小说创作崛起一片高原,找出几十部质量相差无几的作品,是很容易的,这样情况下,通过茅奖的检阅表彰一批作品适逢其时。

所以,开评前,组织方担心的不仅是能不能评好 5 部获奖作品,也担心能不能评好 20 部提名作品。由于评得很正规,这个担心最终被消除了。虽然仍有遗珠之憾,但总体上,20 部作品是比较整齐的,也体现出题材、主题、风格上的多元化。

5 部获奖作品,张炜《你在高原》、刘醒龙《天行者》、莫言《蛙》、毕飞宇《推拿》、刘震云《一句顶一万句》,大家都很熟悉了,不用再多说。另外 15 部作品,也很优秀,都可圈可点。

进入 10 强的另外 5 部作品,虽败犹荣,其中有两部作品分别在第二轮第一阶段和第二阶段投票中荣登榜首。关仁山《麦河》是最贴近农村现实的作品,以中国正在实行的土地流转政策为题材,围绕土地流转表现麦河两岸发生的众多事件,借此描绘了北中国乡村的风情画或浮世绘。蒋子龙《农民帝国》堪称厚重,以十分宏阔的艺术视野,对半个多世纪以来中国农村风云变幻的历史场景以史诗性叙述。另外三部作品,郭文斌《农历》构思独特,以农历节气为序,以农家姐弟在"农历"中的人格养成为主线,将自然时序的周而复始与社会人生的伦理生成巧妙融通,通过日常生活从容而艺术地描摹了传统农耕文化。刘庆邦《遍地月光》为一些评委热情支持,它通过对特定时代里某一类家庭命运的揭示,从一个独特的角度对人性做出复杂的开掘,对变异人性的环境做出深刻的剖析。邓一光《我是我的神》大气磅礴,在对从解放战争末期到上世纪末近五十年波澜壮阔的社会进程的个性化描述中,构筑了一条直抵灵魂深处,也直抵历史深处的"生命通道",重新定义了革命人生的涵义。

另外10部作品中,方方《水在时间之下》曾在第一轮投票中荣登榜首,作品叙写一位汉剧名角历经苦难奋斗成名到告别辉煌归于冷寂的传奇人生故事,写出了人世的复杂、人生的曲折和人心的幽微。红柯《生命树》是表现边地男孩渴望漂泊与强大的成长小说,以蓬勃的青春气息、浓郁的远方愁绪和顽强的生命力,直抵世道人心。苏童《河岸》虚构了一个发生在上个世纪70年代的小镇故事,以父与子的光荣血缘遭受怀疑为契机,展开了获罪、被放逐、救赎和寻找的过程,对一个时代作了个人化的书写。宁肯《天·藏》是一部精神自传,一部因发现藏地、被西藏照亮而进行自我省思的作品。充满了思想上和艺术上的探索。赵本夫《无土时代》面对土地由根脉异化为资本的现实,刻画了现时代社会发展中的痛点,以奇特的想象力结构出剧变的世道与恒常的人心。范稳《大地雅歌》表现藏地神秘奇诡而深厚的人文历史,营造了一个浓墨重彩渲染勾画的风云激荡的世界,凸显了人性的纠缠与超越。张者《老风口》书写了新疆建设兵团屯垦戍边的创业史、奋斗史,呈现出艰苦卓绝的生命奇景,完成了一次充满感情的双重想象的历史记忆。歌兑《坼裂》是十分特殊的抗震题材作品,在真切描绘汶川大地震中人类抗击与补救大地坼裂的同时,又烛幽探微地展示与弥合了人性与人心的"坼裂"。范小青《赤脚医生万泉和》通过一个江南小村展示了当代中国乡村的世态风情,尤其是农村几十年的医疗状况。用非常中国经验的日常生活构建了强大的精神世界,在深切关注中国农民生存状态的同时体现出悲悯的独特力量。叶广芩《青木川》成功地塑造了一位性格复杂、善恶参半的历史人物,对于半个多世纪前的那段堪称纷纭复杂的历史进行了一种可贵的理性的艺术反思。应该说,这些作品和5部获奖作品一道,构成了强盛的阵容,能够反映出当前长篇小说创作的基本面貌。

(六)网络文学参评

继鲁奖开先河之后,茅奖吸纳网络文学参评成为顺理成章。这一举措受到社会的普遍肯定。

社会上关于茅奖的新闻,始终离不开网络文学,记者也专爱提这方面问题。为什么呢?因为网络文学一定程度上代表了草根文化,或许有点像文学界的"超女",人气大于专业演出。如何对待网络文学,实际上是一个如何对待大众文学的问题,也包含有群众观点问题,问题就变得重要了。大众文学也是文学,也能出优秀作品,不能被排除在中国作协的工作范围之外,所以,一些专家认为,传统文学和网络文学的区别主要在媒介,参评上应该"不问出处",也有人反对茅奖接纳网络文学,认为传统文学和网络文学"就不是一种东西","茅奖应该维持它的品质与个性,不应该承载太多,它不可能,也没必要把所有的长篇小说创作都囊括在自己的麾下"。这些说法各有各的道理,其实,只有组织方心里明白,问题的关键在于国家级长篇小说大奖只有茅奖一家,目前不可能另设奖项,吸纳网络文学参评也就成为必要,而且,越早吸纳越主动。

按《评奖条例》规定,网络文学参评要落地成书,要和传统文学一样以完成本参评,对于这样的规定,部分网友表示失望,认为"这实际是中国主流文坛对网络文学采取了明迎暗拒的策略"。这种意见在五届鲁奖时有过,鲁奖规定中篇小说字数不超过13万字,引起一些意见,因为网络中篇常常以六十万字以下为限。显然,最后只能按鲁奖标准来。网络文学须落地成书,在目前也是必要的,因为网络文学一般在字数、内容、发表时间上都可以随时更改,而茅奖是图书大奖,参评作品必须有确定的版本。此外,经过出书本身是经过一道筛选,在这一点上应该和传统文学取得一致。其实,受欢迎的网络文学,也很少有不出书的。所以,目前的规定是比较稳妥的,也不排除将来条件成熟时电子版作品直接参评的可能。

网络作品卖得好,常常要续写新篇扩大战果,一时拿不出完成版的作品参评,这才是影响网络作品参评的重要原因。例如,较有影响的网络长篇《盗墓笔记》是很愿意参评的,但终因不能放弃写续篇而退出角逐。这里面有一个选择,选择市场,还是选择参评,很难两全。以完成版参评,对于传统文学和网络文学是统一要求,是为了保证作品的完整质量和奖项的严肃性。

文学上向来有纯文学与大众文学之分或严肃文学与通俗文学之分,两者性质不同,评价标准有异,放在一起评确实存在一些障碍,将来理想的格局是像电影界那样金鸡百花奖分设分评,目前还只能一起设在茅奖里。中国作协也在进一步研究,考虑在茅奖中分设网络文学作品奖的办法。

此届茅奖中无网络文学入选提名作品和获奖作品,并不是出现评价标准不同的问题,而是缺乏合适的作品。评委会中专门邀请有网络文学研究专家,专门细读网络文学作品,另外,文学就是文学,普通评委也不存在懂不懂或能不能评价网络文学的问题。网络文学获奖还有待来日。

盛大文学网站 CEO 侯小强的表态也许更能代表网络文学界的看法,他认为,茅奖吸纳网络文学"是件好事,也是大事,这对发展了 12 年的中国网络文学,具有里程碑的意义,我们一定会积极参评。作为中国最高文学奖,茅盾文学奖有自己的规范,网络作家最后能否登顶并不重要,它们彼此能相互走进就已经意义非凡,也许还会擦肩而过,但总有相遇的一天,网络文学的井喷时代即将到来"。

(七)设置纪律监察组和进行公证

根据五届鲁奖经验,八届茅奖也设置了纪律监察组,组长为中国作协党组副书记张健同志,另外两名同志是中宣部文艺局的梁鸿鹰同志和国家新闻出版署的白兰香同志。设置纪监组不是做样子的,而是完善评奖规程的重要一环。由于有了专门的纪监机构,任何人反映违纪违规问题都有了出口,减少了顾虑。实际上,无论五届鲁奖还是八届茅奖的纪监组,都收到了一些来自外界或评委会内部的反映,纪监组都及时做了处理,发挥了重要作用,保证了评奖工作的顺利进行。张健同志也亲自参加计票唱票的监督工作。

聘请公证处进行公证则是八届茅奖首创。此次评奖聘请的公证单位为北京市方圆公证处,即原来的北京市公证处,创建于 1950 年,是北京地区成立最早、规模最大的国家司法证明机构,其工作程序十分严格。公证员旁听了评委会全部大会讨论,监督了全部投票过程。她们要根据每位评委的身份证验明正身、清点人数,和纪监组一起监督投票、计票、唱票和宣布投票结果各环节,并将选票封存保管在公证处待查。公证人员在现场对评委、投票、监督计票、选票交接等各环节都进行了拍照,各环节取得的相关书证都有责任人的签名。这也是北京市公证处成立 60 年来第一次为文学评奖进行公证,公证员对此有新鲜感,并对于文学评奖的严肃认真表示了赞赏。公证员王京在《第八届茅盾文学奖评奖公证承办心得》中写到:"正是因为有了主办方严密的组织,公证法律意见和证据指导的前置,现场 12 人团队的精诚协作,公证监督才能从法律的角度,形成铁证如山的证据材料,让责任到位,确保了第八届茅盾文学奖评奖结果的真实、有效。而我本人因为能够有机缘承办'茅奖'的评选监督公证工作,更是感到十分荣幸。"

(八)积极适应公共舆论环境

在现代资讯十分发达的条件下,主动适应公共舆论,在公共舆论的监督和促进下评奖,是此届茅奖采取的基本姿态之一,主要表现为,尽可能多地向公众发布消息并尽量及时回答公众提出的疑问。

在评奖过程中，评奖办公室发布了 8 次公告，召开了 3 次新闻发布会，包括在国新办召开新闻发布会，向媒体和公众通报和介绍了评奖的每一步进展。同时，评委会和评奖办负责人随时就群众提出的问题答记者问，形成了此次评奖的一种制度，也收到了良好的效果。事实证明，奖项越是重大，越需要多采取这些方式增加透明度，增加社会参与度，提高公信力。文学评奖本身就是公共事务，公众有权利了解真实情况，评奖组织方也有义务向文学界、广大作家、广大读者、广大群众说明一切。

对于社会上提出来的一些代表性的疑问，评奖组织方都一一作了回答。产生这些疑问是正常的，因为外界并不了解评奖的全部细节，经过解释，他们认为说得有道理，是实事求是的，也就感到清楚了。例如，第一轮投票结果公布后，有人发现前 10 名作者中省级的作协主席、副主席占到了 8 位，这引起了许多人的质疑，怀疑是否涉及权力运作。中华网论坛有网友很激动，愤怒地说："第 8 届茅盾文学奖，当官的全包了。"其实这个问题我们也从来没有想到过，但是做了回答和说明。何建明同志也主动答记者问说："作协主席、副主席与地方上的官员不同，他们中的很多作家也是中国文坛具有影响的实力派人物，这些著名作家的作品比其他作家的强势属于正常。"解释后，舆论就下去了。第一视频新闻网等以《茅盾文学奖评奖，权钱交易"子虚乌有"》为题为茅奖辩护——能打出这样的标题，就已经说明为作协说话是可以挺直腰板了。向以言辞尖锐著称的孔庆东站出来说："我要代替茅奖说几句公道话。首先，我们网友的质疑是习惯性的，说明网友有正义感。但是对这些质疑的网友，我想反问一句，你们关心文学吗？你们读过多少文学界的作品，你们知道文学界的情况吗？你们看到人家是主席，你们就想到权钱交易，就像胡平所讲的，这些人是不是主席？谁知道呢？再说各省主席是个官吗？那主席是个虚职。你说他们是怎么当上主席的？还不是因为他们写作了有实力的作品。"另外，关于网络文学为什么没评上茅奖等问题，组织方也都做了细致的回答。事实说明，只要把事情尽量做好，我们完全可以坦然面对社会。

透明化显然带来了对茅奖的更大关注和期待，评奖结果揭晓后，话题并未结束。《西安晚报》连续十几天组织"为下届茅奖建言"活动，热情的读者们纷纷提出新的设想，如下届能不能专设茅盾文学奖网络作品奖、能不能引入大众评选机制等，寄语九届茅奖。报社记者专门赴京，希望茅奖组织方对西安读者说些什么，组织方也对西安读者表示了衷心感谢，回答了他们的问题。晚报在综述文章中感慨地说,读者的热情使我们更深刻地体会到,就像陈忠实所说,"文学依然神圣"。

距去年底统计,中国互联网的普及率已达到 40%,微博客账户已增长到3.2亿。80%以上的中国网民主要依靠互联网获取新闻信息,超过 66%的中国网民经常在互联网上发表言论。中国官方发言人也公开表示,活跃的网上交流和意见表达促进了中国社会的公开透明。这一形势充分说明:公开化透明化的确成为公共事务的一个大趋势,重大评奖工作主动适应这一趋势是正确的。

某种意义上,八届茅奖是一次反潮流的评奖,反世俗之风的评奖,这是它的不同寻常之处。毫无疑问,八届茅奖的工作中还存在一些缺点和不足,评奖的改革还只是尝试,有些东西可能改错了,以后可以纠正过来。评奖评得怎么样,归根结底还是要由历史回答。当然,评奖也只是促进创作,不能代替创作本身,评奖可以掀动社会浪潮,但它必须以辉煌的创作为背景,才能带来节日的盛典,所以,我们仍寄希望于广大作家,寄希望于中国当代文学创作的新的高峰。

回忆首届茅盾文学奖评选读书班

陈美兰

1982年初春,天气仍是乍暖还寒,我从武汉到了北京,揣着中国作家协会创研部的通知走进位于香山的昭庙,向在这里举办的茅盾文学奖评选读书班报到。记得首先接待我的是作协创研部主任谢永旺,他除了表示欢迎外就是向我交代读书班的任务,接着,就分配一批让我读的长篇小说。

于是,我还来不及环视一下周围的环境,也来不及打听一下读书班内有哪些成员,就开始了工作——因为我是最晚一个报到者。

这一切对我来说,是那么兴奋,又是那么陌生。

其实,在接到参加读书班通知之前,我就从报刊上获知了设立"茅盾文学奖"的消息。1981年春,我们所尊敬的文学前辈茅盾先生,这位为中国现代文学的发展奉献了毕生精力的文坛巨匠,在他临终之前留下遗言:"为了繁荣长篇小说的创作,我将我的稿费二十五万元捐献给作协,作为设立一个长篇小说文艺奖金的基金,以奖励每年最优秀的长篇小说。"记得我获悉这样的消息时,心中确实难以抑制的激动,这位为中国现代长篇小说创作园地作出了开拓性贡献的作家,在离开我们之前,仍然对我国文学事业寄予厚望,作为文学后辈能不为这种博大的胸怀所感动吗?!

当年秋天,中国作协就作出了启动评奖的决定,并将这一奖项定名为"茅盾文学奖"。这是新中国成立后由政府部门批准设立的第一个以个人名义命名的文学奖,可知它的意义非凡;而长篇小说又是被人们称为衡量一个国家文学水平标志的重要文学门类,所以这个奖的重要价值也是不言而喻的。但我真的没想到,我竟然有机会来参加这个奖项的初选工作。尽管我上世纪60年代初就开始

题解　本文原载《武汉文史资料》2013年第10期。这是陈美兰就首届茅盾文学奖的评审经历所做的回忆性文章,她具体谈到了受邀缘由及当时评奖读书班的相关情况,回忆了评委会最后的评审结果,发表了对参评作品的个人意见等。文章详细记录了首届茅盾文学奖整个评选过程的始末,是研究首届茅盾文学奖评奖细节的一手资料。

留校任教,涉足当代文学领域,也写过几篇肤浅的小评论,但经历了"文革"的十年寒冬,却使我在春天到来之际不得不重新起步。"文革"刚结束,由于接受了教育部编写当代文学统编教材的硬性任务,迫使我那几年重新系统地读了一些五六十年代的小说,也满怀兴致地读了一些七八十年代之交新创作出版的长篇作品。或许是对两个时段小说创作的同时接触,更激起我对当时新近出版的长篇新作的兴趣和敏感,也就情不自禁地写了好几篇评论,大概这就是我受到邀请的一点缘由吧。而在我来说,这是第一次参加如此重要的全国性的文学评奖活动,心中自然是既紧张又兴奋,能有这样条件集中时间阅读作品、接触最新的创作态势,这种难得的机会又怎能轻易放过呢?

在我稍稍整理好该读的书籍后,我才开始环视一下周围陌生的环境。原来我们住宿和工作的地方并不是正式的招待所,更不是什么"宾馆",实际上是一座藏汉混合式的喇嘛庙。经打听,我才知道这个昭庙原是乾隆四十五年(1780年)为了迎接西藏六世班禅来京祝贺乾隆七十大寿而建的,故称班禅行宫。两百多年来,遭受过两次大破坏,早已是残垣断壁,后来修复的一些房舍也已变得破旧不堪。不过周围环境倒也十分清静,特别是周边耸立的几棵高大繁茂的古油松,似乎在显示着其历史之不凡。作协把读书班放在远离京城的这里,我想大概是为了节省京城宾馆的昂贵开支,更主要的是可以排除外界干扰,让我们在这里闭门潜心细读吧。当时一心想为我国刚刚复苏的文学事业重新振兴尽把力的我们,哪里还会去讲究什么住宿环境和工作条件呢!我记得当时我和王超冰住的是大堂偏旁的一个小房间,两张窄窄的硬板床,中间放着的是一张油漆斑驳的旧书桌;住在我们隔壁的是湖南作协理论研究室的冯放先生。大概是优待我们两个女同志和年纪稍大者吧,其余十多位读书班成员,都住在大堂外面隔着一条通道的一排低矮的平房里。这排低矮的平房,可能是当年班禅行宫杂务人员的宿舍。我还记得,当时从我们房间的窗口望过去,这里晚上常常是灯火通明,而且不时还会传出激昂的、热烈的争吵声——那是为讨论一部作品或一个文艺观点而争论不休。直到现在每每想起那样的情景,我都会无限感慨:一群"文学志士"为了迎接文艺事业的新春,可能根本就忘记了去计较自己是身处高楼大厦抑是低矮简陋的平房了。

在逐渐交往中,我开始熟悉在这里的十多位"班友",他们都是当时文学界的非等闲之辈。其中有来自北师大于今已是终身教授的文艺理论家童庆炳,有来自《上海文学》后来在评论界有很高声誉却英年早逝的周介人,有《文学评论》的资深编辑蔡葵、《文艺报》评论部的孙武臣,有来自陕西作协的资深评论家王愚、河南作协理论室的孙荪、江西作协理论室的吴松亭,有来自山东师大的宋遂良、中山大学的黄伟宗,来自杭州大学的吴秀明是读书班上最年轻的一位,大家都亲切地称呼他"阿秀"。这几位大学的同行,后来在当代文学领域都成了知名的教授。来自南通师院的吴功正,在美学界也颇有名气。读书班上还有当年北京的中学教师、后来进入中国作协评论部至今仍活跃于文坛的著名评论家何振邦。吴福辉则是一位身份颇特殊的成员,他那时是作协创研部的工作人员,既参加读书班研讨,又是读书班的资料总管,二十多年后,他除了研究成果丰硕,还担任了中国现代文学馆的副馆长,我笑他这回真正成为中国现代文学的"资料总管"了。当时就是这样一批中青年评论家,刚刚经历了"文革"的严冬,现在从四面八方汇聚到这里,沐浴在我国文艺领域的早春气息中,怎能不让自身的青春活力尽情释放?对于拨乱反正时期文艺问题的探讨、释疑、争论、交流……往往从会议桌上延伸到饭桌、寝室,延伸到香山昭庙四周宛转小道上。也许每个人都把文学当作自己最心爱的事业,所以一旦汇聚,很快就成了熟悉的朋友,加上被我们称之为"老板"的谢永旺,既是一位资深的评论家,更是一位富有经验且性格风趣、平易近人的行政领导人,由他所带领的这个临时集体,除了严肃的研讨外,更少不了欢声笑语,而这个时候,王愚和宋遂良往往就成了"主角",这两位在"文革"中因文艺问题而吃尽苦头的正直善良的"书生",一唱一和、绘声绘色地说起"文革"中所遭遇的种种荒唐事,常引起大家哄堂大笑。当然,这种笑声自然也夹杂着辛酸和叹息。

这次读书班的任务用现在的眼光来看似乎并不繁重,首届茅盾文学奖评选的范围是1977—1981年之间出版的长篇小说,那时的年产量根本不像现在那样的数以千计,所以当时由全国各协会、出版社、大型文学杂志编辑部推荐上来的作品只有134部,但是,如何在这134部作品中挑选出代表这个时期创作水平的作品,对当时读书班来说却是一件不容易的事。记得当时班上有一个不约而同的认识:一定要仔细研读作品才能作出高下、优劣的判断。经过一段日子的"挑灯夜读",才开始作第一轮淘汰,在反复交换意见后,134部作品中有两人以上阅读认为可考虑的作品是26部。在进入第二阶段工作后,研讨活动就更频繁了,为了认清一部作品的价值或问题,大家常常会把话题拉开到对当时整个文学态势的谈论,为此,读书班还专门举行了多次规模较大的研讨会,除读书班成员外,特别邀请了冯牧、唐达成、刘锡诚、阎纲等同志与会,希望在交流中更扩大视野,从而评选出在当时来说最有价值的作品。

对我来说,那样的交流实在太难得了,它不仅让我在鉴别作品时更有把握,同时更引发了我对当时文学发展过程中一些问题的思考。至今我还保留着对"班友"们一些发言的深刻印象。蔡葵从小说的内容、人物塑造的多样性、丰富性、表现手法的创新等方面,比较了这七八十年代之交的创作与"十七年"文学的许多不同点和所显示的一些"新质";也对当时一些作品缺乏时代精神作了认真分析。童庆炳从"真"与"美"的角度,谈到了那几年长篇创作的不足,他特别强调长篇小说应具有很高的审美素质,而不止于写生活的具体过程,见事不见人,见物不见美。应该把社会生活内容溶化到审美的内容中去,写出人情美、道德美、伦理美。周介人也指出,过去总喜欢用"史诗"的规模来反映阶级斗争的历史,排除了用个人心灵历程来映衬时代的可能性,现在出现的一些优秀作品说明,通过个人的命运、家庭的悲欢离合同样能够让我们感受到时代风云、社会世态,而且往往更为动人,毕竟,历史是由无数普通人的命运书写的。这样一些见解,在上世纪80年代之初,思想战线的拨乱反正还在进行中,自然显得十分"前卫",其实即使到了今天,它对我们的文学创作仍然有着重要的启发意义。当时在参评作品中,历史小说有着相当数量,像《李自成》《金瓯缺》《戊戌喋血记》这样一些作品大多创作于"文革"的动乱时期,反映了作家们在文化专制的环境下借用历史所抒发的人生感悟和爱国情怀。当时吴秀明、宋遂良即以高度的敏感对这批作品的艺术经验作了认真的概括。他们特别指出,这批作品在熔铸历史时所体现的强烈的主观色彩,人物形象内涵复杂,融进了作者丰富的感情寄予,许多作品迸发的是一种从低谷下奋起、迎逆流而上的民族精神。他们当时中肯的发言也预示着两人后来确实成了研究历史小说的著名专家。

在昭庙里所进行的这些研讨和交流,它的意义无疑远远超出了孤立地选出某一两部作品。因为那正是中国文学处在一个重要的转折时期,我们的文学不仅要走出十年文化专制主义和"帮派文学"的阴影,更要面向未来选择自己新的发展方向,事实上,这个时候所进行的文学评奖,也在某种意义上体现了我们的文学应该建立什么样的价值基准和理论追求。记得唐达成同志在研讨会上就曾明确地提出了这样的观点:我们的许多理论认识应该要用创作来回答。这种观点也更坚定了我后来的科研追求:不搞那种空对空的理论演绎或阐释,理论研究一定要认真关注创作实践,关注具有创新活力的创作实践,要着力于在创作丰腴的田野上去发现、提升理论的亮点。

日子一天天过去,读书,研讨,没有外界电话的干扰,更没有什么"饭局"的诱惑,安静的昭庙里仍然是一片繁忙。当我们对文学创作发展势态有了全面的观照,有了对文学作品价值基准的共识,在选拔作品时就顺利多了,意见也很容易统一。

经过读书班的讨论,26 部作品又进行了一次淘汰,留下了 17 部。这时,各人如何从中选出六七部获奖的推荐作品,自然就需要更加审慎了。这段时间,从昭庙透出的灯光在夜空中也更加漫长——大家都在准备拿出自己的推荐意见。

翻阅一下我当年所做的笔记,我个人当时比较推崇的是这么几部作品:《许茂和他的女儿们》《芙蓉镇》《将军吟》《沉重的翅膀》《冬天里的春天》《漩流》《黄河东流去》《李自成》和《金瓯缺》。

我选择这几部作品是基于当时这样的认识。反映"文革"时期社会动荡生活的《许茂和他的女儿们》(周克芹)和《芙蓉镇》(古华),前者把一个普通的农村家庭被政治风暴所撕裂、亲人的爱被践踏,把一批善良的农村人对走出生活阴霾的渴望,写得相当感人;后者则以一个清纯、勤劳的农村女性在极左思潮笼罩下悲惨的命运和叛逆抗争,不仅反映出政治斗争的残酷,也写出了人性尊严之不可侮。在当时大量涌现的反映"文革"时期农村生活的作品中显得异常突出。《将军吟》(莫应丰)是以军内生活为背景,相当真实而直接地描写了一批坚持真理和正义的我军将士对倒行逆施的"四人帮"及其路线所作的激烈斗争,体现出刚烈无畏的凛然正气,尽管作品艺术上稍微粗糙,但作者能在黎明前的黑暗日子里如此秉笔直书,其胆与识不能不令人敬佩。

在反映 20 世纪上半叶历史生活的作品中,我特别喜爱《冬天里的春天》(李国文),这可以说是长篇小说中最早吸取意识流艺术手法的一部作品,30 年的时间跨度和历史事件,是以主人公希望破解当年在游击战中妻子被谋害的疑团所作的三天行程为基本线索,并以主人公的意识流动穿插其中来组结作品的,这种叙述方式在当时确实给人以耳目一新的感觉。加上在意识流动中所传递的阵阵情感热浪,更强化了读者的阅读感受。《黄河东流去》是李准在电影《大河奔流》题材基础上重新创作的一部长篇小说,描写了抗战时期国民党以黄河决堤阻挡日军进犯从而造成一千多万民众流离失所的大灾难。我之所以推荐它,是因为我感到作者是力图跳出以往那种以阶级斗争的二元对立方式组结作品的思路,力图还原为生活的原生态来表现人物、家庭的命运遭际,在浓郁的生活汁液中让人们感受到时代的动荡,历史的无情。我认为作家作这样的转型实践,是值得鼓励的。《漩流》(鄢国培)也是以 20 世纪 30 年代生活为背景的作品,在当时引起关注,是因为他选择的题材有所突破,正面地描写了长江航运上民族资本家朱佳富为振兴民族企业所作的艰苦拼搏和所受的磨难,这在七八十年代之交仍以工农、知识分子为主体的创作中无疑独出一格,作者对航运生活领域的熟悉和细致的描写更使作品有一种别开生面的感觉。

《沉重的翅膀》的作者张洁是当时最当红的作家之一，所以她的第一部长篇自然让人关注，更重要的是，这是一部最切近现实、最直接反映当时社会情绪的作品，描写了十年内乱后，我国社会重新踏上现代化建设途程所遇到的错综复杂矛盾与起步的艰辛，笔锋犀利，情绪激越，很容易引起渴望迅速改变旧有体制束缚的读者的共鸣。我读了也是激动万分，所以毫不犹豫地推荐它。

至于反映古代历史生活的作品，我当首选《李自成》（姚雪垠）。记得还是1977年夏，在《李自成》第二卷刚出版风靡全国之际，湖北省作协就曾邀请我在当年李自成遇难的九宫山，参加了一个作品研讨班，花了整整一个月的时间研究这部小说并写出第一批评论文章。这部作品当时可以毫不夸张地说受到了亿万读者的欢迎，除了因为它最早满足了广大民众十年的文化饥渴外，还因为它在历史观念和创作艺术上有着明显的新意，崇祯这位明朝末代皇帝的形象，李自成农民起义队伍中像刘宗敏、牛金星等许多复杂人等，都被他塑造得真实可信、意蕴丰盈。加上作者在长篇小说艺术结构上的刻意创新，使它在当时大量涌现的历史小说中稳占鳌头。

在我考虑推荐作品时，还有这么一段插曲。当时参评的历史小说中，我还把《金瓯缺》（徐兴业）也作为我个人推荐的作品，这当中自然有我特殊的感受。这部小说以12世纪北宋抗金的历史为题材，彰显了马扩、岳飞等爱国军民为国家的完整所作的不屈斗争。小说分四册出版，当时只出了一、二两册，作者写得相当严谨但也过分冗长，艺术灵气确实欠佳。我当时不愿把它排除在我视野之外，主要是被作者的创作精神深深感动了。徐兴业早在抗战期间就开始酝酿这部小说的创作，其意图是明显的，以历史上军民的爱国精神来激励正在与日寇浴血奋战的我国民众，抨击腐败无能的国民党政府。但因种种原因直到上世纪50年代才开始动笔，当时他妻子到了国外，多次以优厚的物质条件动员他离开祖国，而徐兴业却始终不为所动，他向妻子这样表白："我写的是中国的小说，是写中国历史的小说，是写一部旨在激发中国人民保卫自己国家的小说，我的主要读者是中国人，我的写作土壤在中国，我离不开我的祖国。"尽管他知道会伤了妻子的心，却仍然坚持在清贫孤独和恶劣的政治环境下，完成了小说的第一、二卷。1981年小说出版，他专门给远在巴黎二十年没见面的妻子寄上，并附上一封十分感人的信，当中有这样的话："我的感情没有改变，空间和时间的距离，思想意识和社会地位的距离都不能成为我要改变感情的理由，我的爱情是忠贞的。"当时在读书班，我在《海峡》杂志上读到徐兴业这封《给巴黎的一封信》，真有说不出的感动。这样一个凄美的传奇故事深深吸引了我，我为我们文艺界竟有如此执着于自己的理想、职责而主动放下爱情、家庭和物质享受的作家而无比敬佩，这种精神太值得珍惜了。"真希望这部小说能获奖。"那段时间我经常对"班友"们这样鼓叨。但正式讨论时，我的意见却为大多数人所不接受。他们仔细分析了作品的许多不足，认为作家的创作精神当然可贵，但作为创作上的奖励还是应该以作品的质量为依据。这可以说是我在读书班所受到的一次教育：评价作品要更理智，不能感情用事。

读书班对作品的筛选和研讨，就是这么反复地、多次地进行着。我记得当时的作协党组书记张光年同志还专门到昭庙来了解读书班的工作进展情况，听取大家的推荐意见。张光年同志的到来，自然使我这个尚属文艺领域的"新兵"无比激动。这倒不是因为见到了作协的最高领导，而是因为我立即想起了《黄河大合唱》，想起了那首歌曲在我心灵曾无数次的强烈回响，现在，这位曾用自己的笔唤起亿万民众爱国豪情的文艺领域"老战士"来到了我们中间，与我们一起谈论着文学的创作，谈论着文学的理想，这种亲切感确实使人难以忘怀。我记得就在昭庙的一个权当会议室的房间里，大家坐在随意摆开的木凳上，光年同志认真地听着各人对一些作品的评价。他本人作为茅盾文学奖评委会的副主任（主任是巴金先生）除了强调评奖应掌握的原则外，绝无对评选的作品划任何框框。这种民主的、平等的作风，是中国新文学界应有之风。可惜后来就慢慢淡漠了，记得1990年在北戴河举行的第三届茅盾文学奖读书班上，就听到传下来的一些既不让说理更不能违抗的"指令"：某某作家的书不能评奖。哪怕它受到广大读者好评和读书班成员的一致推荐。这种强制性的"文艺暴力"而造成对一些优秀作品的"遗弃"，曾使我们读书班成员扼腕痛惜，甚至无言流泪。这是后话。

光年同志在昭庙的座谈和对话，更增添了我们对评选工作的责任感。临别时他与大家一一握手，当他来到我面前听到谢永旺介绍我来自武汉大学中文系时，立刻说："啊，你是晓东的老师！"我当时不好意思地回答：他是我们中文系的学生。其实那时我还没给他儿子所在的77级上过课，所以不能随便承认是他儿子的老师。但他尊重教师的态度，却深深感染了我。

经过了一个多月的反复阅读和讨论，最后以读书班名义推荐给评委会讨论的作品，根据我笔记的记载是17部，最后自然由"谢老板"交评委会定夺。第一届评委会的评委全部是由作协主席团成员担任，有巴金、丁玲、艾青、冯至等等，规格相当高。巴金先生是当然的主任委员，据说当时已是78岁高龄的他也读了不少作品，如《许茂和他的女儿们》《将军吟》《芙蓉镇》等等，真不容易。但后来听说许多评委因年事已高，无法阅读那么多长篇，于是又成立了个预选组，提出个获选书目交评委会商议。至于后来更细致具体的工作程序我们就不知晓了,因为读书班早已完成了任务,成员们都回到了各自的单位。大概到了 1982 年秋季,我在报上看到公布的获奖书目是:《许茂和他的女儿们》《李自成》《将军吟》《冬天里的春天》《芙蓉镇》《东方》等六部。心中有着说不出的高兴:获奖作品全部在读书班推荐的范围内,而且我也暗暗自喜:我个人的推荐(除《东方》外)都没有落空。

在昭庙度过的五十天是难忘的,我们不仅认真地、负责任地挑选出能够代表当时文学风貌、创作水平的优秀作品,同时通过"班友"们的相互交流和对具体创作成果的探讨,使我对正在出现的新的文学观念和文学转型,有更深切、敏锐的领会,这是我在书斋里很难感受到的。当我带着这些收获走出昭庙、离开香山时,那里已经是遍山嫩绿、百花盛开,这盎然的春意似乎在呼唤着我,要以新的活力尽快融汇到迎接文学春天的行列中。

各有所长　各有缺憾

——第九届茅盾文学奖评奖札记

刘川鄂

第九届茅盾文学奖已尘埃落定,获奖作品在线上线下的销量可观,甚至还出现了断货情况。作家获奖赢得荣耀,社会热度自然会随之升温。中国是一个人口大国,人口基数很大,相对而言,文学爱好者也比较多。大多数读者偏好阅读长篇小说,因为长篇小说是一种综合性的重文体,其内容的丰富、人物的饱满、语言的张力以及思想情感的喷发,都是其他文体所难以匹敌的。对于那些真正爱好文学、理解文学的读者而言,长篇小说也比任何一种其他文体更能满足他们对于情节、文字、社会历史环境等全方位的阅读诉求。当下长篇小说作品数量繁多,质量参差不齐,文学爱好者该如何从中择优阅读,他们也希望有更权威的指导。评论家和媒体的推介有指导之意义,评奖也是一种重要的引导方式。如果一部作品被类似茅奖这样有口碑的文学机制所认可,必然会在读者中得到更多青睐,这也可以说类似某种意义上的"明星效应"。虽说作家创作文学作品、进行审美创造、参与文化构建、浸润社会生活是一个长期的实践过程,但在这个过程中,评奖会带来明显的重要的刺激、激励作用。

一个作家、一部作品最佳的社会效应,我认为是影响世道人心、提高国民的文学素养与文明程度。通过名家名作让读者感受到文学是通达美丽人生的重要桥梁,感受到一个人的生命中有没有文学相伴其生命质量不一样。如果每次评奖,都能使文学在人们心目中的分量有所提升,这就是茅奖及茅奖获奖作品的最可贵之处。

题解　本文原载《南方文坛》2016 年第 1 期。这是刘川鄂在 2015 年第九届茅盾文学奖尘埃落定后所做的评奖札记。他首先肯定了文学评奖的价值和意义,指出当代文学批评陷入只重阐释性评论而轻审美价值和不足之处的评判的困境;随后简明扼要地评价了获奖及提名作品的优长,同时指出它们在某些描写内容、情节结构、细节处理方面的不足;最后阐明当代中国长篇小说家普遍存在着对时代人生把握不够的缺陷,中国长篇小说仍有更大的提升空间。

这次正式入会当评委之前，我提前做了点功课，查阅了百余篇入围本届茅奖的知名作家的相关评论文章。我注意到，大多数评论都是阐释性的，重在阐释作品内容和社会影响，很少对作品的审美价值作出充分地分析评判，更鲜有评论家指出作家作品的不足之处。在我看来，文学批评仅仅停留在对作品思想内涵的描述上是不够的，应该理直气壮、旗帜鲜明地对其审美价值高低作出评判。所以，我欣赏李建军、王彬彬、朱大可、张柠、毛尖等的文学、文化批评，他们能够直言那些名家名作的不足之处。这样的批评家在中国凤毛麟角，确实难得。

有感于此，我愿把阅读参评作品时的一些思考、一些批评意见，在此以札记的方式呈现出来，虽然匆忙浮浅，但求抛砖引玉。

——

从二百五十二部入围作品到十部提名之作到最终的五部获奖，获奖名单在读者中基本获得认可。可以说，获奖作品代表了近四年来中国长篇小说的较高成就，个人认为，评委对申报作品的综合考量大体是合格的。

从每一轮的票决来看，大多数评委一直看好格非的《江南三部曲》，差不多一路顺利通关，没有太多异议。在展现宏大叙事、百年历史方面，当代作家大都习惯于从伦理的、社会的、外部的大型历史事件来展开，而《江南三部曲》则更侧重于从人的精神世界、内心深处来表现现代中国的历史，包括革命史、知识分子心灵的历史。小说大跨度地跳跃性地塑造了陆氏家族三代人中的理想主义者形象，他们在长达百年的历史中，致力于乌托邦式的理想与实践，丰富了中国当代文学人物形象画廊。作家对平等、自由、社会幸福、人性都有现代性的审视，这是一种更诗性的因而也是更文学的观照角度，在当代长篇小说创作中也有特别的意义。

王蒙的《这边风景》写于 20 世纪 70 年代，2011 年才出版，拿四十年前创作的作品参评，是它吸引众多读者兴趣的一个新闻点。作家下了很多修订的功夫，主要表现在两方面：一是力图减弱、淡化 70 年代的文学思维及表达方式的印记，二是在每章结尾增加了"小说人语"的部分，即对当年的写作作出今天的评判，有明显的"间离效果"。作品在表现多民族生活的丰富性、真实性、鲜活性方面极为突出，这也是它对于当代中国文学作出的特殊贡献。

李佩甫的《生命册》，以一个从乡村走出的都市人为纽带展开对近三十年的中国社会的描写，单章写都市，双章写乡村，在结构上有新意，也增强了表现时代的力度和厚度。中国作家普遍擅长写乡村，而不太擅长写都市，而这部作品在描写人物的都市生存状态、精神状态变化方面,同样极具分量。

金宇澄的《繁花》,可能是在评论家及读者当中,认知度最高的一部作品,被称之为最好的上海小说之一及最好的城市小说之一。它既写吴地,又写历史现实,着重描述了"红色时代"20世纪60年代和纷繁复杂的90年代。两种时空交替十分自然,精细展现了上海市井生活面貌。一代人的成长记忆,一座城的历史变迁。娓娓道来,平淡而近自然,应该说得到了《红楼梦》的精髓,提升了当代海派文学的表现力。

苏童的《黄雀记》给我印象最深的是其出色的语言能力。通过三个关联性强的主人公的故事,展开了对20世纪80年代生活的审视,对中国人的人性探寻。苏童在柔润、温婉的语言风格基础上又显现了戏谑和调侃的意味,叙事繁丽、考究、别致、有诗意,情韵绵绵,值得反复回味。在我个人看来,就语言功力而言,《黄雀记》应该是五部作品中最突出的一部。苏童充分彰显了现代汉语的魔力,在汉文学史上值得特别重视。

进入提名但最终未获奖的另五部作品,也是各具特色,各有千秋。阎真世纪初推出的《沧浪之水》好评如潮,影响很大,他本届的参评作品《活着之上》展现在当今教育体制和学术体制之下高校教师的生态和心态,物质的活着很艰难,精神的活着很煎熬,双重生存窘况,写得非常真切细致,可引发读者对体制与人性的多维思考,令人警醒。范稳的《吾血吾土》,讲述西南联大学生赵广陵和其他同学于国家危亡之际投笔从戎、参与抗战,在此后的历史中命运沉浮的故事,表现知识精英的家国情怀与多舛命运。通过层层剥茧的结构,将中国远征军老兵与现代知识分子的命运相融合,切入了历史的正面与背面,以过去与现在的反差对照,揭示了时代的荒谬、历史的纠葛、命运的悲壮。自可归属于抗战题材,但又超越了战争进入到政治审视历史反思层面,视角新颖,立意高远,在同类战争题材作品中是一大突破。红柯的《喀拉布风暴》是一部浪漫的、有血性的、有灵性的作品,延续了他探寻新疆地域风貌与男人的野性和激情关系、以强悍的自然意象显现生命活力的惯常风格,表现了爱情至上的游牧民族的精神气质。对汉民族家国天下的文化而言,这是一种异质性的个人幸福价值观,对当代文学中的某些柔弱的、世俗的、功利化的描写,是一种否定。在如今写实为主导、先锋退隐的文坛风向之下,他的浪漫主义冲动尤其值得褒扬。林白是个非常勤奋有创造性的作家,写作的路数很宽,从女性主义的个人化写作到底层写作,都体现了她的文学追求,在世纪转型期的每个文学段落上都有自己的贡献。在我的印象中,她总是默默写作,不太理会写作之外的人和事。她的《北去来辞》写转型期中国女性从乡村到都市的生存状况,通过小人物来写大时代,通过一些相关人物生活、命运的变迁,反映人们心灵的变化,很有深度。徐则臣的《耶路撒冷》以几个70后的逃离与重返故乡之路为核心,表现当下繁忙繁杂繁乱的生活场景和忐忑暧昧纠结的精神状态,非常丰富充沛,人物很鲜活,细节很有吸引力。可以说,这是我目力所及的关于这一代人的最出色的心灵史。

除了这十部提名作品,我还认为以下几部也与它们不相上下,在伯仲之间。韩少功的《日夜书》应该是他写知青生活的集大成作品,体现了作家反省记忆与遗忘、重构历史、连续历史与现实的雄心壮志,超越了知青文学的政治叙事和伦理叙事的常态。笛安的《南方有令秧》通过四百年前的几个女性的悲剧,贞节牌坊下的悲剧荒诞剧、节妇的凄苦和苦中作乐、缠足的陋习,揭示了传统中国野蛮、落后的文化的残忍和反人性,绵实细致、触目惊心,有一定的历史感和精神厚度。反映传统中国文化的如此重要的题材,一直为中国文学之空白,本不正常,现出自一个80后女作家之手,更令人称奇。宁肯的《三个三重奏》题材和处理题材的方式也很别致,两个腐败分子,所谓反面人物成了作品的主角。其人性下滑的轨迹清晰完整,人性的挣扎和亮点也处处闪现。人物鲜活生动,语言有抓人心魂、欲罢不能的魔力。采用正文加某些注释的方式,效仿学术著作的真实性,又不妨碍整体的艺术表达,结构上也有创新。

茅奖到底是中国作家奖,还是汉语文学奖?这里牵扯到一个重量级作家:严歌苓。她的《陆犯焉识》在历史审视和人性拷问方面异常出色,叙述语言简约洁净、充满张力。遗憾的是,因为国籍问题她没有被推到最后一步,但也确实引发评委在这个问题上的考量。

二

抛开前几届已获茅奖的王安忆、刘醒龙、贾平凹等人的本届入围之作不论,上述这些作品都是近年来的优秀之作。上文对这些作品各自的优长作了简要的评价,有的看法也与既有评价相近。所谓"英雄所见略同",正好说明了它们的优点不仅是确实存在的,而且是十分明显的。

但是,我更想指出的是,本届茅奖参评作品无论获奖与否,无论在该否获奖及排名顺序上有无歧见,在我看来,没有完美之作,它们都或多或少,或轻或重的存在缺憾,或在认知社会探寻人性上力有不逮,或在审美表达上有所欠缺,并非无懈可击。

先从最终获奖的作品说起。《江南三部曲》中,人物的年龄、身份、性格都有较大差异,但他们的对话语言却存在雷同。从经典现实主义的一般理解而言,人物语言的个性化是人物性格刻画的必然要求。《江南三部曲》的人物语言雷同化,不是一个可以忽略的问题。此外,三部作品的质量也不完全整齐,尤其是描写当下的第三部《春尽江南》,要相对弱于前两部。这也是包括莫言、余华在内许多当代作家的一个通病,写过去文采飞扬,写现在则笔力混乱,价值游离。

尽管《这边风景》力图简化 70 年代的文学印记,但其中仍有大量"文革"思维的"残留物"。依王蒙的文学储备和思想储备,要他对旧作"清污消毒""美容瘦身",几乎是一个不可能完成的任务。这也是文化界和某些评论家对这部作品有所诟病的原因。

我和几个评委都注意到,李佩甫的《生命册》中关于大学体制、关于 90 年代商海的某些细节,不够考究,缺乏推敲,不合情理。如此缺点,对于一部写实性长篇小说而言,称之为瑕疵末节似嫌太轻。需知小说大厦正是靠一个个精妙的细节支撑的。如果一个几十万字的长篇小说偶有细节失误,恐无伤大局。但如果失真不止一处两处,读者自然会对作家反映对象的熟悉程度和描绘场景的可信度产生怀疑。如果好几处细节失真,则是致命弱点,虚构的文字大厦就会有倾坍之虞。

与《生命册》某几处细节失察相较,《黄雀记》存在核心情节处理不当的问题。贯穿小说三大章始终、决定能否支撑起整部作品的关键情节,是一桩事关一个女主人两个男主人公的强奸案。被冤枉的案情并不复杂,在 20 世纪 80 年代的背景下,被冤枉者完全有申诉、复审的可能性,受害人岂会轻易放弃? 岂会甘受十余年牢狱之苦? 岂会忍看由之导致的家破人亡的惨剧发生? 这恰恰是作品的核心情节,是一系列与三人命运攸关的后续故事的起点、转折点。作品对这一情节轻描淡写,铺垫不足,使得后续故事的发展有过于人为支撑起来的痕迹,显得生硬牵强,缺乏充分的说服力。

金宇澄的《繁花》,其功力之深厚,描写之从容,确属不可多得之作。但也有不少读者认为内容过于琐碎,且缺乏高潮。有评论家将之与《红楼梦》相提并论,但《红楼梦》不厌其烦地开菜谱、描绘房屋构造,也未必是人物性格塑造之必需,也未必适应所有读者的阅读习惯。进而,由于它由吴方言创作而成,也可能会使其流失掉一些对这种方言的人不熟悉、不习惯的读者。诚然,让一部作品讨好所有读者不仅是苛求也未必能真正讨好,但评论家至少不必对这种写法毫无保留地赞美,你总得尊重某些不能对吴语写作产生审美快感的读者的喜好。

最近十几年来,方言写作成为热点,与今天的文化语境密切相关。传统在今天受到空前重视,而重视传统就必然会重视形成传统的地域文化,这在很大程度上影响文学趣味与文学表达,以方言表达地域文化更便利、更贴切,是方言写作者的逻辑。况且对于许多作家而言,不管日常交际是否使用普通话,在他们成长的过程中,起支配作用的仍然是方言,这必然会对其思维及写作产生影响。有的作家在创作过程中,使用普通话会有隔阂感,而方言有利于更直观地更无难度地表达。虽然金宇澄的《繁花》在重现吴语魅力方面很成功,也在表现上海这一地域对象方面有高度吻合性,但我认为仍然不宜提倡作家一窝蜂式的方言写作。过分展示方言,有可能会强化作家的狭隘的地域性文学思维,影响关于人类共同性命题的表达,也与五四新文学开创的白话文学传统相悖离。

获奖作品之外,在我心目中分量较重的一些作品,也不无缺憾。韩少功的《日夜书》,或许可看作是他写知青生活的又一部优秀之作,但确实不是他最好的作品。结构上有所游离,笔力不够集中,叙述语言远不及《爸爸爸》和《马桥词典》考究有韵味。阎真的《活着之上》大都在就事写事的层面上铺陈,写得过实过干,诗意和文采还稍嫌不足。《喀拉布风暴》粗犷却也粗陋,叙述语言主观性过强而不够精致精确,某些细节描写也显得粗糙。《北去来辞》刚开始结构比较散,人物次第出场,互相牵连,读下去会发现她是有意为之,但这确实过于考验读者的耐心。《三个三重奏》着力描写有贪腐行为的男主人公,人物缺少忏悔意识姑且不论,作者缺乏应有的谴责批判却是个不小的硬伤。《南方有令秧》表现的是传统中国性爱与道德极端冲突的主题,女主人公的性爱经历和性心理描写是题中应有之义,但性心理描写过于克制简省,妨碍了人性刻画的深度和文化批判的力度。

这当然不是说评委看走了眼(也可能是我的批评意见走了眼),我的用意是在提醒评论家和读者:这些作品都存在明显的不足之处。其中的优秀之作,铺筑了一片文学的高原,但是,没有高峰。

三

九届茅奖已评出了四十余部获奖作品,其中大部分可视为80年代以来中国当代长篇小说中的优秀之作。它们各有特色、各有贡献,但是,跟世界文学经典相较,我以为还有差距。

长篇小说是一种最自由最有深度最显出当代小说水准的文体,诺贝尔文学奖得主一大半是长篇小说作家,可见这种文体的特殊重要性。驾驭长篇小说这种"重文体""大文体",需要丰厚的生活积累,需要对社会人生诸多重大问题的深刻认知,需要对故事、人物、语言等要素的全面把握,需要感性、理性思维的双重能力。经验对于作家来说无疑重要,它是作家创作的前提条件。但文学不只是对生活经历人生经验的平面展示,更不只是对生活细节的无休止再现。一个作家的小说,哪怕他把生活的流程描写得十分细致,如果没有价值判断,如果没有审美精神的提升,其文学价值就必然是有限的。优秀作家不应沉溺于一己的生活经验,而要超越个人的人生体验,提炼出具有时代内涵的、具有普遍意义的思想菁华。源于经验,高于经验,自觉地以独异的思想烛照经验世界,这才是优秀作家必须具备的素质。文学用形象说话,但形象的生动程度、深刻程度和动人程度是靠作家强大的主体人格和独特思想支撑的。理性对长篇小说艺术家是不可或缺的能力,甚至可以说理性的强弱是衡量长篇小说艺术家高低的重要标尺,是决定长篇小说创作水准的主要因素。伟大的作家同时也是一个出色的思想者,对他所处的时代思想有着非常深刻的理解,他能超越个人一己之经验,站在时代的高度,通过虚构一个文字世界来审视时代拷问人性。世界一流长篇小说作家的创作往往代表了所处时代对人性认知的最高水平。卡夫卡的关注异化,萨特关注存在之谜,托尔斯泰的道德审视,陀思妥耶夫斯基的灵魂撕咬,博尔赫斯的智性洞察,马尔克斯的民族画像,乔治·奥威尔的揭示极权,米兰·昆德拉的反思媚俗,略萨的"反独裁"主题……他们决非仅仅是一个个看起来复杂的故事的简单编造者,而是社会人生的深刻洞察者。

正是在这一点上,中国长篇小说家普遍不足。不少作家自以为自己有丰厚的生活积累就写长篇,但没有对时代人生的独到把握,也就缺乏对生活积累进行必要提炼的能力,因而在把握时代臧否人物上或浮浅或褊狭,因而在情节结构上或累赘或生硬,因而在细节描写上或粗略或失真。相较于中短篇小说,长篇小说最难的是结构,从立意构思到情节铺排到人物关系,要有非凡的理性掌控能力才能掌控完整而丰富的感性表达。结构问题、细节问题都不是纯粹的技术层面的问题,是作家艺术创造综合能力的集中体现。上一节所论入围作品包括获奖作品某些描写内容、情节结构、细节处理方面的种种不足,都与作家的文学准备首先是理性认知不足密切关联。

获茅奖的作品尽管优秀,但也有缺憾,所以当下中国长篇小说仍然有较大的提升空间。这话可能说得太大太空,易遭诟病。但如果以中外经典文学作参照、以伟大作家为标高,对中国作家应有更高更严的要求。本人不揣冒昧、略陈己见,是因为郁积在心,不吐不快。恳望商榷,欢迎批评。

我与茅盾文学奖

李国文

　　《冬天里的春天》(第一届茅盾文学奖获奖作品)：小说以革命干部于而龙重返故乡石湖的三天两夜经历,回溯、对照了抗日战争、解放战争、新中国成立后17年到"文革"和粉碎"四人帮"长达40年的斗争生活,表现了"春天在人民心里"的主题。主人公于而龙抗日时期是石湖游击队的队长,新中国成立后是某大型军工动力厂厂长兼党委书记,他重返故乡是要为他的亡妻、游击队指导员芦花40年前不明的死因解谜,找出打黑枪的凶手。于而龙和芦花当年都是石湖贫苦的渔民,为了还高门楼王家的债,于而龙喝了药酒到冰湖中捉鲤鱼险些丧命。他们在党的指引下毅然举起了革命的火把,与高门楼王家斗,与日寇、湖匪斗,出生入死战斗不息。于而龙后来又作为骑兵团长,驰骋在解放战争的战场;作为第一批创业者,在沼泽地里建起了大工厂。可是他的结发妻子早在40年前就不幸牺牲。芦花有着异常坚定和敏感的阶级感情,她与高门楼王家有着不共戴天的阶级仇恨。她像一尊威严的战神,把王家老大的头颅掷在老二王纬宇的面前。王纬宇则是混进革命队伍的阶级异己分子,几十年来一直隐藏在于而龙身边捣乱,表面上却假装"革命",刨掉自己父亲的坟墓,用血写入党申请书,开口闭口是"阶级斗争",又利用游击队的求胜心理作出错误决定,险些使全队覆灭。在工厂又搞什么"红角",凡事"左"三分,最后他刽子手的面目终于被揭露了。小说时序颠倒,历史和现实穿插,情节扑朔迷离,更增加了它的艺术魅力。

　　李国文,1930年出生于上海。念过戏剧学校当过文工团员,去过朝鲜战场,做过文艺编辑;1957年因写小说《改选》,被划过"右派"。1979年又写小说

题解　本文原载《光明日报》2016年1月22日。1982年,首届茅盾文学奖授奖大会在北京人民大会堂举行,李国文等五位作家荣膺此项荣誉,本文为李国文应《中华读书报》记者舒晋瑜之邀而作的获奖感想。李国文在文中回顾了自己的心路历程,谈到自己写作的起点应属发表在1957年《人民文学》上的《改选》,可文学新人的首次登台却引来了发难,李国文因此罹祸,然而这次打击并没有使他一蹶不振,反而增强了他的文学信念,并促成了20年后《冬天里的春天》荣获茅盾文学奖的成就。文章中,李国文谈到了小说构思与写作的前前后后以及与当时文坛的些许关联,是为当年获得茅盾文学奖的忆述史料。

《月食》，重新回到文坛，此后出版过长篇小说《冬天里的春天》《花园街五号》《危楼记事》和中短篇小说集《第一杯苦酒》《没意思的故事》《电梯谋杀案》《涅槃》《洁白的世界》，作品获茅盾文学奖、鲁迅文学奖等多种奖项。并著有《骂人的艺术》《苦瓜苦瓜》《寻找快乐》《说三道四》《淡之美》《十字路口》《红楼非梦》以及《重新评点〈三国演义〉》《莎士比亚传》等书。曾任《小说选刊》主编，现为中国作家协会专业作家。

一

听说《中华读书报》记者舒晋瑜有一部关于茅盾文学奖获奖作家的访谈录，即将问世，这是很有意义的一件事。

从 20 世纪 80 年代初，准确地说，是 1981 年 3 月 24 日，茅盾先生致中国作家协会书记处的信开始，直到 21 世纪的今天，若要谈起三十多年来的中国文学，必然涉及长篇小说，必然绕不开自 1982 年首届起、至今九届的近 50 部茅奖作品，这些长篇小说（包括那些遗珠之憾的未能获奖的作品），实际上可以看作新时期文学 30 年的缩影。她的这部研究茅奖的专著，等于打开当代中国文学之门，使我们得以登堂入室，品评赏鉴，起到尝鼎一脔、窥斑知豹的作用，所以，值得期待。

平心而论，这些获奖作品，并非统统都是实至名归、足以传世的上品佳构，用平庸之作与精粹之作并存、泛泛之作和优秀之作同在来概括的话，大概接近于准确。因此，对参差不齐、难以尽美的现象，也不必求全责备。中外古今、历朝历代，凡文学作者的结群，凡文学作品的组合，薰莸同器，良莠不齐，是可以忽略不计的常规现象，一点也用不着奇怪。我的获奖作品《冬天里的春天》，自然属于平庸和泛泛之作中的一部，而且可以预料，随着时代的发展，文学的演化，作家和评论家的成熟，特别是读者的长进，估计对我这部作品，无论公开评价，还是背后议论，当会每况愈下，也是情理中事，可我并不因此恧颜。任何时代，任何社会，大作家写大作品，不大的作家写不大的作品，各得其所，各展所长，并行不悖地瓜分文学市场，只不过大作品存活的时间，要比不大的作品存活的时间长久一些，但茅奖作品中的"长久"，距离真正的不朽，恐怕还有相当遥远的路程。

我写作，从不追求长久，这点自知之明，还是有的。写作，尤其写长篇小说，是个力气活，犹如举重，超过自身能力极限，1 公斤，或 0.5 公斤的突破，也往往是徒劳无功的挑战。所以，我知道我吃几碗干饭，我也深知自己的文字，不过尔尔,因此,我写作更在意当时效果,作品问世,三头两月,一年半载,有人赞,有人弹,有人高兴,有人跳脚,我就足够足够了。晋瑜向我提了一个问题:"您会回头去看自己的旧作吗?"第一我不那么自恋,第二除了编书和校对的必须外,我认为有读旧作的工夫,还不如写新作。所以,《冬天里的春天》出版以后,偶尔翻翻,有;从头到尾地再读一遍,没有。三十年过去,这部作品中人物、故事、情节,已经逐渐淡化,记忆模糊,也只好无可奈何了。我记得有一年和意大利作家莫拉维亚对话,问起他笔下曾经写过的几篇有关中国风物的作品,因何而来?他的回答干净利落:一、我老了;二、我写得太多太多;三、我忘了。那时的莫拉维亚也就七十出头、八十不到的样子,现在的我比那时的他,年纪要更大些,但他最后"我忘了"的答复很精辟,被人遗忘,或者,被自己遗忘,也是绝大多数作家和绝大多数作品的最好下场。因此,对于某些前辈,某些同辈,也许太过自恋的缘故,忙不迭盖个文学小庙把自己供起来,也只有掩口葫芦而笑了。

不过,关于我得茅奖的这部《冬天里的春天》,旧话重提,还真是五味杂陈,颇多衷曲。多年来,偶尔在文章中像祥林嫂似地唠叨几句"没想到春天也有狼"之类的话,为人诟病,遂尽量少谈自己。其实,狼除了不吃死孩子之外,无论春夏秋冬,都张着吃人的嘴,说又何益?这次,晋瑜要写这部关于茅奖的书,找到我,要我为她的这部著作,提供一点现场感,当然是责无旁贷的了。因为一,我得过奖,属于在劫难逃;因为二,我得的还是首届奖,更是难以推脱;因为三,这是最重要的,与我同届获奖的其他五位同仁,死的死,亡的亡,她能找得到的当事人,也就只有我。既然无法拒绝,也就只好扯下脸皮,不谈春天的狼,而谈秋天的收获。大言不惭,幸勿见笑。

我从网上查到,首届茅盾文学奖的颁奖,为 1982 年 12 月 5 日。仪式是在人民大会堂的小礼堂举行的,那天天气不错,晴朗无霾,但遗憾的是,那时我所属单位为中国铁路文工团,与首都文学界少有来往,偶尔碰到一起,寒暄几句,姓氏、名声、面孔、职务,常常吻合不到一起。所以,那天坐在主席台上的诸公,究竟有几位,又是哪几位,失敬得很,真是记不起来。而主持者谁,讲话者谁,授奖者谁,我是从哪一位前辈手中接受这项荣誉,实在有点对不起晋瑜,三十年后的我,对于这次盛会,在记忆中已成空白。因为要写这篇文章,我也努力在网上搜索,能够找到的,仅有一张照片,站在左边的那个高个子,就是本人。我很讶异那时的我,一副木然的表情。后来才悟出来,大抵旱得太久的庄稼,即使等到迟来的风调雨顺,成活也许不是问题,但精气神的振作,肯定是要大打折扣的了。命也运也,夫复何言?

二

命运的转折,应该更早一点,那是 1957 年的夏天,我突然心血来潮地写了一篇题名《改选》的短篇小说,投给了《人民文学》,很快就发表在七、八两期的合刊上。因此罹祸,逐出北京,碧落黄泉,命运颠覆,一蹶不振二十多年。20 世纪 50 年代,《人民文学》杂志,为文学期刊之翘楚,人所共知。我的处女作,能在那里发表,还放在头条位置,自然是难得的"殊荣"。随着这部小说的问世,显然是受当时苏联文学的影响,而在国内形成风气的"干预生活"文学潮流,也就从此中止,研究当代文学史的论著,都把《改选》列入此次文学潮流的代表作之一。老天的作弄,有时是很残酷的,成功与失败,只是须臾间事。随后,我被发配到太行山深处修新线铁路,开山劈石,接受高强度的劳动改造,以及一言难尽的屈辱和折磨。起初,我以为我活不下去,或者,即使活,大概也活不多久,后来,我不但活了下来,似乎还活得可以。

《改选》七八千字,获罪二十多年,所以没趴下,所以没死掉,正是《改选》能够在《人民文学》头题发表,给我带来的创作自信,成了我必须活下去的动力。相信有一天,当我重新执笔,会写出一些东西,而且还是说得过去,成个样子的东西,是绝对可能的。因此,我特别相信那句名言,"人,是需要一点精神的"。物质变精神,精神变物质,因我深有体会,也是笃信不疑的。1999 年,我应已故的丁聪先生之约,为他画我的漫画,赋打油一首:"学画吟诗两不成,运交华盖皆为空,碰壁撞墙家常事,几度疑死恶狗村。'朋友'尚存我仍活,杏花白了桃花红,幸好留得骂人嘴,管他南北与西东。"其实正是这种内心反抗的写照。

《改选》一出,舆情大哗,最滑稽者,莫过于一位文学界前辈,带头发难,在《文艺报》著文批判《改选》,他认为我的文笔老辣,应该是一位成熟作家的化名之作,那也太抬举我了。紧跟着,那时还是一个鸦鸦乌的小角色,后来鼎鼎大名的姚文元,也在《中国青年报》长篇累牍对我口诛笔伐,对此,我一一笑纳,并以阿 Q 精神,借此证明我的写作能力,大概属于"出类拔萃"的一拨,否则,干吗那样咬牙切齿,恨不能食肉寝皮呢?诸如此类的批判,不但屁用不顶,反而增大我的文学信念,巩固我的创作信心,而且支撑着我,无论怎样艰难困苦,无论怎样拿你不当人,也要坚忍不拔地活下来。中国人习惯三十年为一代,而每一世代的更迭,都会随之发生一些或大或小的变化,这在我读过的那些史籍中是有据可查的。算一算账,试以二十加三十,难道我会熬不到五十多岁吗?

于是,到了 70 年代,中国进入了只有一个作家唱独角戏的年代,斯其时也,一方面是《诗经·小雅·小旻》里的那句"我视谋犹,伊于胡底",弄到如此不可收拾的地步;一方面是晏殊《浣溪沙·一曲新词酒一杯》中的那句"无可奈何花落去,似曾相识燕归来",隐隐约约的异动,势必要来的转机,正在形成当中。那时,我已年过半百,开始构思在"大地、人民、母亲"这样一个母题下,来写《冬天里的春天》这部长篇小说。

三

依我之见,文学作品在作家还存世的那些岁月里,大家关注的重点,是其艺术成就的高低、美学品位的优劣、词语文字的精粗、趣味风格的雅俗上。但是,印刷物的寿命通常要比写书的作者长些,经过日月的淘汰、时光的销蚀,后人拿起这部长篇小说阅读,除了上述文学属性的考量外,恐怕更在意这部作品所反映的那个时代的真实程度。文史文史,文和史从来是不分家的。所以,我在想,若干若干年以后,读我们现在这些获奖作品的读者,犹如我们曾经读过的 20 世纪三四十年代的长篇小说,收获应该是相同的。除了美学享受外,或多或少得以了解抗战以前的上海、北平,以及抗战以后解放区、国统区,大概是个什么样子,特别诸如那些年里,国人的生存状态、精神面貌、思想感情、政治动向⋯⋯乃至于生老病死、婚丧嫁娶、柴米油盐、吃喝拉撒等等感性认识,在历史教科书上,是绝对读不到的。我是这样想的,也是这样做的。我相信,百年以后,也许不到百年,大部分茅奖作品,在图书馆的书架上,应当是处于尘封状态。即便如此,这些作品中,所写出的 20 世纪后半叶,至 21 世纪前半叶的中国社会,哪怕只是一个粗陋的画面,一个模糊的背影,对于那时的读者,也是具有文学以外的认识价值。

正如晋瑜所说:"《冬天里的春天》的创作运用大量意识流、蒙太奇、象征等艺术手法,打乱了叙述节奏,穿插写作今昔之事,充满新意。""新意"二字,也是我萌发重新执笔、回到文学创作以来的始终追求。在这个世界上,所有的手工劳动,都是永不停歇的或简单或复杂的无数次重复,独有文学创作,对同为手工业者的作家而言,最忌重复,重复别人不行,重复自己更不行。所以,我在写作《冬天里的春天》时,抱定主意,尝试变换长篇小说的传统写法,不是按照人物成长、故事进展的 ABCD 时序,逐年逐月,一路写来,而是打乱顺序,时空交错,以CBAD,或 BDCA 的架构,通过主人公两天三夜的故乡之行,来叙述这个延续将近四十年的爱恨情仇、生离死别的故事。这种写法,至少那时的中国,在长篇小说领域里,还没有别的同行在做类似的实验。因此我想,这部并无多少过人之处的作品,若不是写法上的这点"新意",会入评委的法眼吗?

小说,在英语里,本是故事之意,现在很多"洋范儿"小说,不大讲究故事,故尔成为小众文学。小众文学当然也没有什么不好,萝卜青菜,各有所爱。但中国读者的欣赏口味,与西方人到底是有些不同,可能是文化传承的关系,阅读习惯还是属意于以故事见长、以情节取胜的大众文学。因此,对我这种时空错置、前后颠倒、故事打散、多端叙述,第一人称和第三人称交替使用,东打一枪、西打一炮的碎片化写法,能不能得到读者认可,一直心存忐忑。直到审稿的秦兆阳先生,给我写了一封很长很长的信(很遗憾后来不知被谁借走,遂不知下落),约有十几页,密密麻麻,语重心长,表示认可的同时,提出不少有益的改动意见;并腾出自己的办公室,让我住进人民文学出版社,集中精力修改,我这才释然于怀。现在看起来,读者的智商,常常为我们作家所低估,其实,一句话可以说清楚的事情,用不着啰唆再三,喋喋不休,一个词语足以表达的意思,用不着卖一赠二,重床叠屋。如同中国画的留白一样,留下足够的想象空间,用不着怕读者不能够心领神会。此书问世以后,在这种写法的改变上,始终得到读者的大度宽容。

四

晋瑜问道:"您知道有哪些评委吧? 和他们有交流吗?"按照中国作协后来的评奖办法,好像要经历初评、复评两道程序,首届茅奖是否如此,不得而知,只有当时主持此事的人员可以回答了。至于我的作品如何入围,如何中奖,真抱歉,恕我一无所知。直到有一天,接到一纸通知,某月某日,到王大人胡同华侨饭店报到,是不是携全国粮票若干,我也记不起来了,不过,就在那里,我们六位获奖者,分别拿到了各自的奖金 3000 元。3000 元,对当时月入八九十元的我来讲,也相当于一个天文数字了。相比在此之前,我在 1980 年 3 月份的《人民文学》上发表的《月食》,次年获得了第三届全国优秀短篇小说奖,其数百元奖金额度,真有小巫大巫之别了。

实际上,《冬天里的春天》完成在先,出版在后,《月食》写作在后,发表在先。所以,80 年代初期,《月食》的影响比较大些。我也不知《人民文学》的涂光群先生,从哪里打探到李国文还活着,跑来约稿,那时,我一家三代人挤住一间半屋子里,他一来,屋子便满了。盛情难却,唯有应命。那时,我的《冬天里的春天》已经脱稿,循着"大地、人民、母亲"这样一个母题,驾轻就熟,写出来《月食》。尽管人物、故事、情节、内容，两者大相径庭，但《月食》实际上等于是《冬天里的春天》的缩微版，因此，很受在解放区生活过的老同志赏识，甚至被问过，"你是晋察冀几分区的？"在我印象最深刻的，莫过于北影导演水华先生，有意要将《月食》搬上银幕时，约我与当时还健在的钟惦棐先生对谈。他用车先来拉上我，然后再去接钟先生。他一上车，水华先生为之介绍，这就是写《月食》的李国文，我和他都坐在后座，他侧过身子打量我一番，然后，第一句话就说："你的这篇小说，可让我流了不少眼泪啊！"

至此，沉寂22年以后初试身手的这部作品，能得到那时的读者青睐，那时的文坛认可，时年五十出头、六十不到的我，也就相当知足了。尤其是只有一面之缘的钟先生的那句话，对我来讲，意义非同一般。尽管经历漫长时间的沦落，写作能力尚存，文学禀赋未泯，就冲这一点，敝帚自珍，狂飙两句，也就不在乎方家笑话了。

晋瑜说："20世纪80年代末，对于知识分子来说是一个分水岭。"其实，作家也许是春天飞来的第一只燕子，"伤痕文学"和"反思文学"，70年代末已现端倪，随后，新时期文学便开始出现旺盛的势头，一发而不可收，那时文学书籍的印数，动辄以数十万计，与当下寒酸到不好意思在版权页标出印数，有天渊之别。这其中既有"文革"十年的空窗期后，读者对于文学的渴求强烈的因素，也有复出作家的努力回归，以及知青作家的来势汹涌而产生的影响，于是，那几年里，佳作问世，口碑载道，名家名篇，洛阳纸贵。现在回过头去看，大有看自己孩提时的照片那样，对于那时写作的幼稚、粗糙、浅显、笨拙，甚至不堪卒读，也只好哑然失笑，撇在一边。当然，学步时的蹒跚，那是行走的最初阶段，谁也回避不掉，所以也无须自卑。那时的作品，完成了那时读者的需求，也就算完成任务。但如果看不到文学在日日新、又日新的前进过程中，如果看不到中国人习惯以三十年为一代，过去完成时，硬要掺和到现在进行时中捣乱，那就难免要贻笑大方了。

对此，我尚能保持最起码的清醒，因为晋瑜这本书，又犯规倒出了这些陈谷子烂芝麻，实在不好意思。

第三辑
文学奖研究史料

导语

　　本辑主要收录关于茅盾文学奖、鲁迅文学奖、少数民族文学创作"骏马奖"等作协大奖，以及"新概念"作文大赛、在场主义散文奖等民间奖的重要研究论文。李萱的《新时期〈人民文学〉评奖/征稿启事研究》、李丹的《"一九七八年全国优秀短篇小说评选"对于当代文学批评的意义》、刘巍的《"读者来信"与新时期文学秩序——"全国优秀短篇小说奖"的"读者来信"之辩难》、郝庆军的《政治转型与文学领导权的集中——1976 年政治生态变革与全国优秀短篇小说奖设立》、赵普光的《体制的"磁场"——文学评奖与 20 世纪 80 年代文学制度的重建》等文章，将新时期的文学评奖纳入当代文学批评史、文学场和文学秩序的框架下予以观照，借助独特的视角和方法论，作出了别开生面的解读。於可训的《历史转折期的艺术见证——重读首届茅盾文学奖获奖小说》、李敬泽的《五篇小说及一个标准——关于第二届鲁迅文学奖短篇小说奖》、李丹梦的《文学的现实态度——聚焦第六届鲁迅文学奖中篇小说》通过对获奖作品的研读与重读，剖析这些作品与评奖规则的关系，作品呈现的现实关怀、主体形象及作家立场等。李翠芳的《少数民族文学创作"骏马奖"的生产机制与现实诉求》则对少数民族文学创作"骏马奖"的评奖机制、标准演变以及作品体现的历史和文体意识等作了分析。

历史转折期的艺术见证

——重读首届茅盾文学奖获奖小说

於可训

写下这个题目，以此来概括重读首届"茅盾文学奖"获奖小说所得的印象和感受，有两层意思：一层意思是说首届"茅盾文学奖"获奖小说，集中表达的是处于结束"文化大革命"动乱的历史转折期，文学对于社会生活的反映和认识；另一层意思则是说这些作品同时也集中呈现了处于这一历史转折期的文学的基本形态和特征。这当然都是一种历史的存在，它本身即处于一种发展变化的动态过程之中，故而我们今天才有"重读"它的必要，才有在"重读"的过程中同时也重新审视它的必要和可能。

1

"茅盾文学奖"创立于 1982 年并于当年评出首届获奖作品，计有古华的《芙蓉镇》、周克芹的《许茂和他的女儿们》、莫应丰的《将军吟》、李国文的《冬天里的春天》、魏巍的《东方》和姚雪垠的《李自成》（第二卷）（以下文论述的方便为序）等六部长篇小说，这些作品的构思和写作，一部分在"文化大革命"结束后的四五年间，如《芙蓉镇》、《许茂和他的女儿们》、《冬天里的春天》等；一部分则在"文化大革命"之中或之前的 60 年代初中期乃至 50 年代后期，如《将军吟》、《李自成》、《东方》等。创作过程的这种特殊性，无疑使这些作品的思想和艺术都

题解 本文原载《当代作家评论》1995 年第 2 期。作者於可训对首届茅盾文学奖获奖作品《李自成》（第二卷）、《将军吟》、《芙蓉镇》、《许茂和他的女儿们》、《冬天里的春天》、《东方》等六部长篇小说进行了重读和评价，他认为首届茅盾文学奖获奖小说的创作、出版都处于一个非常的历史转折时期，因而作品都有着强烈的转折期文学的现实意识和历史感，同时它们有着深固的现实主义文学本体观和兼容并包的艺术创造性。其中长篇小说《李自成》（第二卷）、《将军吟》更是创作于 20 世纪 50 年代后期乃至于"文革"时期，更应重视其在新时期文学中所处的地位和作用。此文写于 1994 年，作者也有意在通过重评首届茅盾文学奖作品来对 90 年代文学批评提供指引，期望能够走出困境。

打上了特定时期社会历史的深刻烙印。

就"文化大革命"前开始构思写作的两部作品而言,姚雪垠的《李自成》第二卷自然不能脱离已于1963年出版的第一卷作孤立的讨论。这部作品不但在主题、情节和人物等主要构成要素方面与第一卷和此后各卷保持有不可分割的统一性和完整性,而且其艺术旨趣和创作方法也与第一卷和此后各卷存在着一种美学上的和风格上的有机联系。因此,就总体而言,这部作品应当属于"五四"以来的中国新文学史至少是当代中国的文学史,而不应当仅仅属于"文化大革命"后的新时期文学。这亦即是说,对这部作品的讨论不应当仅仅停留在一个短促的时间阶段,而应当把它提到一个具有一定深广程度的历史时空之内。从这个意义上说,《李自成》在"五四"以来"新"历史小说的创作史上,无疑是一座艺术的高峰和具有承前启后继往开来的转折意义。众所周知,现代文学史上的"新"历史小说的创作本来就不十分丰富,而以中国历史上的农民革命战争为题材的作品,更属凤毛麟角。建国以后则因对《武训传》等作品的批判,使作家在这一领域的创作活动更其谨慎小心。《李自成》的创作动机虽然萌发于40年代,但它的写作和第一卷的出版时间,却都是中国的社会政治的一个特殊的敏感期。以作者的正处于政治逆境之中的特殊的社会身份,在一个特殊敏感的政治环境之中,创作和出版一部特殊题材(不是当时普遍强调的现实题材)的文学作品,而且在"文化大革命"巨浪袭来时,还能受到一种特殊的庇护,继续其未完成的创作,终于有以后各卷在新时期陆续出版问世,这在当代中国的文学史上,本身就是一个奇迹。对这种奇迹,历来的评论者和研究者并不十分在意,但这其中无疑隐含着《李自成》创作的一个十分重要的艺术秘密。

以今天的眼光来揭示这个秘密,首先便应当是它的"古为今用"的创作原则。《李自成》虽然不是一部现实题材的文学作品,但它的强烈的现实性显然是不应当受到怀疑的。这种强烈的现实性无须作过多的论证,我们只要看看在中国共产党领导的抗日民族解放战争即将取得最后胜利的重要关头,郭沫若的一篇研究明末农民战争的论文《甲申三百年祭》是如何受到共产党人的高度重视,就不难明白中国古代农民战争尤其是明末李自成领导的农民义军的经验、教训,对于共产党人"观今鉴古"具有何等重要的现实意义。虽然长篇小说《李自成》的创作和出版是在中国共产党人已经取得了革命胜利、掌握了国家政权之后,但这种历史的"情结"却并未完全消失,而且李自成义军的经验、教训对于已经成为执政党和致力于巩固国家政权并保持其阶级的性质永不"变色"的共产党人来说,事实上比在夺取政权的年代显得重要得多。从新中国成立前夕毛泽东告诫共产党人要"戒骄、戒躁"到 50 年代末和 60 年代发动"反修、防修"斗争,在这个贯穿当代中国社会的政治主题与明末农民战争的经验、教训之间,无疑存在着一种历史的暗示性和某些内在的精神联系。这是《李自成》在作者遭遇政治厄运和复杂多变、险象环生的政治环境中仍得以存在的主要原因,同时也是当代历史小说贯彻"古为今用"的创作原则,为现实政治服务的典型表现。《李自成》第二卷的创作、出版虽然是在"文化大革命"之中之后,但作为当代历史小说创作的一种原则精神并未发生根本的转换,故而它仍然应当属于这一文学时代的历史小说的创作典范。

其次便应当是它的现实主义的创作态度和民族化的艺术风格。对于历史小说的作者来说,现实主义首先便意味着要严格地忠实于历史的事实。如同生活的真实一样,历史的真实在当代中国文学中,同样也不仅仅是一个单纯的艺术问题,而是同时也是一个与世界观的阶级属性有关的政治问题。《李自成》的作者在这方面的认真和严谨、科学和求实的精神绝对是无懈可击的。甚至无须从正面列举他从 40 年代以来为创作这部小说所做的搜集资料、实地勘察和研究甄别等等方面的非常人所能胜任的大量创作准备工作,仅就第一卷出版后数年间的社会反应而言,在一个政治上高度敏感和惯于挑剔的反常的年代,包括一些文艺批判的高手在内,竟无人能指出《李自成》的创作有违背历史事实之处,就足以证明这部历史小说的特殊的存在自有它的不可动摇的内在根据。正是建立在这样的一个近乎是科学的真实的基础上,《李自成》所创造的艺术世界才有真实性可言,它才能凭借这种无可辩驳的真实的艺术描写,深入历史事件的本质,揭示历史事件的规律性。《李自成》把现实主义的原则精神运用于历史小说的创作,无疑达到了相当的艺术高度,尤其是在处理历史小说的真实性和典型化等重大问题上,取得了许多成功的经验,在新文学史上,实无人能出其右。

《李自成》在艺术上对民族化所作的诸多追求,作者本人和众多的研究者已有详论,兹不赘述。重读此书,我只想指出一个文学接受史上的事实,即中国的读者历来习惯于看小说作"信史"和以小说作观察和了解社会的"百科全书",看历史小说的眼光,尤其如此。前者当然是一种读历史演义的习惯,后者则与后世的"世情小说"培养的阅读趣味大有关系。《李自成》可谓深得其中三昧。如上所述,它一方面无疑是"信史"的"演义",另一方面又兼有"百科全书"式的"世情小说"的艺术格局,如果说前述各点是它在特殊的政治环境中得以存活的主要原因的话,那么,这些方面也是它在当代读者中能够广为流传的重要根据。

关于重读《李自成》,还有很多可谈的话题,但要特别注意的是,这部多卷本的长篇历史小说,荣获首届"茅盾文学奖"的虽然只是其中的第二卷,却不能忽视它赖以存在的那个统一的有机的艺术整体。正是这个整体,代表了一个文学时代历史小说创作的最高成就,同时也标志着这个文学时代的结束和一个新的文学时代的开始。处此历史转折之际,作为一个即将逝去的文学时代的产物,《李自成》也不免要遇到一些重新评价的尴尬和困惑。首先便是人们已经指出的它对于古代农民战争的某些过于"现代"的认识和描写,这当然要归咎于作者对"古为今用"的创作原则的掌握和运用尚存在某些失"度"之处;其次则是同样也有人已经指出的它的艺术形态的归属问题,把《李自成》完全等同于历史题材的通俗文学甚至与金庸的新派武侠小说不分轩轾,无疑是混淆了两种不同形态的文学作品的艺术评价标准。不管个人的主观好恶如何,都无法改变《李自成》作为一部现实主义的历史小说这一基本的文学事实,正如历史小说发展到今天,也出现了一种非现实主义的艺术形态,不能因此而否定前此时期的现实主义和其他形态的历史小说一样,不论历史小说今后还将发生何种变化,《李自成》作为一个特定时代的历史小说的典型形态,其意义和价值都是不会泯灭的。

就一个特定时代的社会氛围和艺术风尚对文学的影响而言,《东方》的创作和出版与《李自成》有诸多相似之处。这部作品的构思和动笔写作是在 50 年代末,中经 60 年代,到 70 年代中期才得完成。因此,这部小说无疑留下了这期间革命战争题材尤其是长篇革命战争题材小说创作的诸多艺术影响的印记。众所周知,革命战争题材的创作在当代文学史上是一个发展较为充分、取得的成就较大的艺术门类。特别是长篇革命战争题材的小说创作,更在 50 年代末把当代长篇小说创作推上了一个高潮阶段。这期间革命战争题材的长篇小说的创作经验和逐渐形成的艺术规范,无疑对《东方》的构思和创作产生了许多有形无形的作用和影响。一般说来,当代革命战争题材的长篇创作,有两种主要的表现形态,一种是英雄史诗,一种是革命传奇。前者以人物的典型化取胜,属于现实主义的小说形态,后者以故事的传奇性见长,属于浪漫主义的艺术范畴。《东方》显然是属于前者而不是属于后者。正因为如此,它的全部注意就在于通过郭祥这个志愿军英雄典型的塑造,真实地本质地再现抗美援朝战争的爱国主义和国际主义性质以及崛起于东方的中国和朝鲜在国际舞台上所显示的巨大力量。就对这场震撼世界的战争的真实地本质地艺术再现而言,《东方》确实是达到了相当的深度,尤其是它对战争的全过程所作的全景式的艺术描写,无疑也具有史诗的规模。但相对而言,在人物尤其是主要人物的典型化方面,却远远没有达到 50 年代末某些革命战争题材的长篇所达到的艺术高度。造成这种矛盾状况的原因,一方面固然有作者主观努力的因素,但另一方面也不能不看到,当代革命战题材的长篇创作在经过了一个较长的发展阶段,尤其是在经历了 50 年代的创作高潮,创造了若干经典的作品,取得了重要的艺术成就之后,继起者要跨过这样的艺术高峰,达到一个新的超越和突破,本身就是一件十分困难的事情。更何况《东方》的创作迭经从 50 年代末到"文化大革命"期间诸多政治风云的变幻,其思想观念和艺术旨趣不可能不受时潮的左右和影响。仅仅说《东方》的创作受"'左'的限制"并无多大意义,问题在于在对《东方》的创作产生"左"的影响的那个年代,是如何以其对文学的独特的影响作用促使革命战争题材的长篇创作发生嬗变和向新的艺术形态转化的。在新时期的开始阶段刚刚复兴的革命战争题材的长篇创作高潮中,《东方》无疑是此中翘楚并代表了这一阶段革命战争题材的长篇创作的最高成就,但当这一传统的题材领域出现了一种新的创作形态之后,《东方》很快便退居历史的深处,成为过去时代在这一文学领域盛行的艺术时尚的最后标志。

2

无论从何种意义上说,《将军吟》都是一部十分独特的作品。用今天的眼光来看这部作品,它的意义也许不在或不全在于它在艺术上是否取得了重大的成就和突破,而在于它在当代文学史上尤其是在新时期文学中所处的地位和作用。论者向来对它的作者身当乱世而敢于直面惨烈的现实,秉笔直书"文化大革命"之史的创作精神倍加赞赏,但对它在当代文学史上尤其是在新时期文学中的历史地位和重要作用,却大都语焉不详或文悭其辞。殊不知,正是因为这一点,才使它得以置身于一个历史的分水岭上,以其独特的艺术形态,成为耸立于两个时代之间的一块巨大的文学界石。近年来,人们开始注意对"文化大革命"文学尤其是那个时期"地下文学"的研究,这是当代文学研究的一个巨大的进步。当时的"地下文学"至少在如下两个方面对于新时期文学的发生和发展是具有根本性意义的:其一是它的反主流文化的思想情感和艺术因素;其二是它对现实的批判精神和反思意识。前者孕育了新时期文学最初的现代主义,后者则引导了新时期文学暴露"伤痕"、"反思"历史的现实主义复兴浪潮。《将军吟》无疑是属于后者,而且是其中最有自觉性和预见性,因而也是最具清醒的历史意识的创作。无须重复众多论者对《将军吟》创作的具体分析,我们只要比较一下从 70 年代末到80年代初新时期文学暴露"伤痕"、"反思"历史的诸多作品所塑造的人物，所构置的情节，所表达的情感和思想，就不难看到，《将军吟》是如何以一种直接的历史实录，即时的情感反应和朴素的理性思考，包孕了作为新时期文学的开端和序曲的所谓"伤痕文学"/"反思文学"的全部思想和艺术的因子与萌芽。从这个意义上说，《将军吟》完全应当被看作是新时期文学历史起点的标志和一个新的文学时代到来的最初信号。

在首届"茅盾文学奖"获奖作品中，属于完全意义上的新时期文学自然是《芙蓉镇》、《许茂和他的女儿们》以及《冬天里的春天》等余下的三部作品，这三部作品皆创作、出版于70年代末80年代初，是新时期文学发轫阶段的重要收获。正因为如此，在它们身上也就比较完整地保留了正处于历史转折之中的这一阶段新时期文学的一些重要的精神特征和艺术印记。

首先是这三部作品的题材和主题的时代特征。众所周知，70年代末80年代初，不光是一个结束动乱的年代，同时也是一个理性反思的年代。文学在这个年代与政治表现出了惊人的同一性。暴露"伤痕"和"反思"历史作为这期间文学的两大基本题材和主题，即是对应着从政治上对"文化大革命"的"揭发批判"和从思想上对历史的"拨乱反正"的。这期间的作品大都可以归入这两大题材和主题系列，上述三部获奖作品自然也不例外。试以这期间同类性质的中短篇小说作比较，《芙蓉镇》的故事就曾经以不同的形式出现在《灵与肉》、《天云山传奇》等一批描写知识人"落难"和与同"命"女子患难与共相濡以沫的"伤痕"小说之中；《许茂和他的女儿们》也可以从这期间众多反映农村"动乱"，反思农村政策的小说如《月兰》、《笨人王老大》、《李顺大造屋》等作品中找到某些情节的片断和人物的影子；《冬天里的春天》无论从哪方面说都可以与《神圣的使命》、《大墙下的红玉兰》等暴露"伤痕"的小说和《蝴蝶》、《剪辑错了的故事》等"反思"历史的小说引为同调。凡此种种，这当然不是说这三部作品分别就是以上这些小说的一个集中的再版，恰恰相反，正是分散在上述这些小说(此外还有更多的同类作品)中的那些片断的生活画面和零碎的思想资料，通过这三部作品集中而又典型的艺术概括，表现为一种整体的有机的历史过程和深入的系统的理性思考。从这个意义上说，这三部长篇无疑也是新时期的"伤痕文学"/"反思文学"的典范之作和优秀代表。以今天的眼光综而观之，这三部长篇对考察从十年动乱到新时期的历史转折期的精神史而言，甚至具有一种"百科全书"的意义，举凡这一时期社会生活的诸多变动，民众情绪的细微反应，以及各色人等的情感态度和思想倾向等等，无一不可以从这些作品的字里行间或透过这些作品的艺术描写找到一些表象材料和历史的端倪,仅此而言,这三部作品的历史价值就弥足珍惜。

其次是这三部作品艺术表现的历史属性。一般说来,论者大都把这三部作品归入新时期复兴的现实主义文学之列,就这三部作品遵循艺术的"典型化"原则,"真实地、本质地"再现社会历史的特征而言,无疑是符合现实主义的创作精神的,而且应当看作是新时期复归的现实主义文学的重要收获。但是与此同时,也应当看到,当长期尊于一统的当代现实主义的某些创作原则被推向极致和遭到人为的扭曲后,一方面固然意味着现实主义的创作原则在走向"异化"和解体,另一方面也将意味着一种新的蜕变的希望和转机可能正处于一个痛苦的酝酿和孕育的过程之中。当代中国的现实主义文学在经历了"文化大革命"的极端政治化的摧残之后,无疑正处于后一种状态。因此,在进入新时期以后,现实主义文学从一开始便表现出与前此各个时期尤其是与"文化大革命"时期所标榜的某些原则迥然相异的"叛逆"形态。其中一个突出的表现便是容纳异质的特别长期以来被看作是现实主义"天敌"的现代主义的艺术因素。如果说《冬天里的春天》在"反思"历史方面可以与《蝴蝶》、《剪辑错了的故事》引为同调的话,那么,它们在现实主义的艺术本体中容纳现代主义的异端,借鉴和融合现代主义的艺术表现手段方面,也确有异曲同工之妙。这部作品的篇幅体制虽然数十倍于上述两部中、短篇,但却更为灵活自如地把"意识流"的写作技巧运用于小说的叙述语言和结构,与此同时,它还在小说的叙事中引进了现代电影蒙太奇的表现手段、诗的抒情方式甚至通俗小说的悬念手法,如此等等,这些异质异类的艺术因素的综合运用,不但大大增强了这部小说的艺术容量,使作者能在叙述中把在四五十年间发生于数地的复杂人事浓缩于两三天内的一地经历之中,从而大大增强了这部小说的历史深度,并且也使这部小说在艺术上呈现出一种极端开放和兼容并包的"杂糅"状态。这种状态,正是进入新时期以后,现实主义小说发生蜕变和开始更新的一种典型的转换形态。这种转换形态的历史痕迹,我们不但可以从类似于上述两部中、短篇那样大量的艺术创新的作品中得到印证,而且,还可以从新时期小说早期艺术革新,如"意识流"、"生活流"、"诗化"、"散文化"、"反人物"、"反情节"等等追求的目标中找到它的种种复杂组合的源头和来路。从这个意义上说,《冬天里的春天》完全可以看作是新时期现实主义小说走向更新和开放的最初一个时期的一种微缩的艺术景观,它以一种全景的方式展示的新时期现实主义小说全新的艺术风貌和由它所预示的种种发展的前景和可能性,对于现实主义小说在今天走向更高一个层次的更新和开放,仍然有很重要的启示意义。

相对而言,《芙蓉镇》和《许茂和他的女儿们》在艺术革新尤其是在容纳异质异类的艺术因素方面,似乎没有如此鲜明突出的表现。这两部作品似乎更倾向于承续现实主义的艺术传统,而且与一种带有深厚的地域特色的现实主义小说的艺术风格密切相联,例如前者可自周立波上溯至沈从文,后者可自当代的李劼人、沙汀、艾芜上溯至他们在现代文学史上的创作,等等,上述两部长篇的作者对各自置身于其中的这种地域性的文学传统无疑都浸染甚深,并承其余绪,努力使之在自己的创作中得到光大发扬,从这个意义上说,这两部长篇完全应当看作是上述两个自铸文统、自成派系的地域文学传统发生历史性嬗变的扛鼎之作。今天的人们对文学传统的承接也许并不十分看重,至少是不会比追求"先锋"和"前卫"看得更为重要,但是,在一个经历过巨大的文化浩劫,文学出现了可怕的历史断层,在图新的发展之前,不得不转身接续传统,以复兴传统为第一要义的时代,能当此承前启后继往开来的重任,就已经被赋予了一种历史的里程碑的意义,更何况这两部长篇在艺术上也确实既得传统的精要又铸现代的新质,真正在延续各自所处地域的源远流长的文学传统的同时又使之向现代发生创造性的转化,仅此一端,这两部长篇在当代文学史上即功不可没。尤其是《芙蓉镇》对新时期湖南作家群的形成所起的奠基作用,更是一个有目共睹的事实。就现实主义小说在新时期的发展变化而言,湖南作家群的意义也许不限于他们所形成的地方特色,而在于他们以群体的力量集中显示了新时期现实主义小说的一种新的成熟的艺术形态,《芙蓉镇》无疑是这一新的成熟的现实主义小说形态的优秀代表。它的意义因而也显然不局限于一个文学地域,而是全局性的,是当代现实主义小说发展到一个新的历史阶段上的经典文本和重大收获。

上述种种,并非要对这三部作品区分轩轾,评骘高下,而是旨在说明这三部荣获当代文学最高奖励的长篇作品,是如何以各不相同甚至迥然异趣的艺术取向,集中代表了一个历史转折期的现实主义文学寻求新变所作的不同选择,所走的不同道路。这种不同,借用鲁迅的话说便是:"采用外国的良规,加以发挥,使我们的作品更加丰满是一条路;择取中国的遗产,融合新机,使将来的作品别开生面也是一条路。"《冬天里的春天》显然是更倾向于前者的一种选择,《芙蓉镇》和《许茂和他的女儿们》则显然更倾向于选择后者。这两种不同的艺术革新的路向,在新时期小说此后的发展中,已日渐演化成两股不同的艺术潮流:一股潮流是若断若续的现代主义的实验,一股潮流便是持续不断的现实主义新变。这两股潮流互相激发,互为推动,共同促进了新时期小说艺术的发展变化。究其源头,上述三部荣获首届"茅盾文学奖"的长篇小说自有开源凿流,发为滥觞的历史功劳。

3

首届"茅盾文学奖"评奖距今已过去了 12 个年头,12 年来,中国文学发生了许多深刻的变化,长篇小说的创作自然也不例外。这其中自然有许多值得庆幸的收获,但也有许多令人欲说不能也难以说清的遗憾。重读首届"茅盾文学奖"获奖小说,我以为至少在如下两个问题上,上述六部获奖作品的经验和成就,今天仍然值得我们认真体味和借鉴。

其一是它们的强烈的现实意识和深切的历史感。这本来是一句文学的老生常谈,但问题是我们常常因为厌倦了某些"老生常谈"而同时也疏远了某些基本的常识和真理,故而我们又不得不常常去重复这些"老生常谈"以求唤回我们已经丧失的原则和精神。从这个意义上说,重温首届"茅盾文学奖"获奖小说所表现出来的现实意识和历史感,无疑将给我们带来一些重要的思想启迪。如上所述,首届"茅盾文学奖"获奖小说的创作、出版都处于一个非常的历史转折时期,这种历史转折期的社会生活不但常常处于变动不居之中,而且还常常因为转折前后的种种对比而形成巨大的历史反差,这无疑是转折期的文学的现实意识和历史感往往显得比平常时期要远为强烈的一个重要的客观基础。长篇小说的空间容量大,时间跨度长,更易于凸显这种历史感和现实意识。与此同时,处于历史转折期的作家的心灵往往比寻常敏感,思想也比寻常活跃,故而极易把现实的东西摄入小说和从转折的对比中把捉到生活的一种历史的纵深感觉,所有这一切,都使得首届"茅盾文学奖"获奖小说具有一种特殊的历史性质。这种特殊的历史性质是所有处于稳定发展时期的文学所不曾具有的,更是被今天的文学有意无意地抛弃了的。文学的陷入困境和走向末路,除了商品大潮的冲击之外,大约也与失落了现实意识和历史感不无关系。有鉴于此,我们也许当从重读首届"茅盾文学奖"获奖小说中得到一些有益的警示。

其二是它们的深固的现实主义文学本体观和兼容并包的艺术创造性。如上所述,首届"茅盾文学奖"获奖作品在艺术上都极具创造性,而且这种创造性又往往是与它们对异质异类的东西兼容并包地融合吸收大有关系。但是,与此同时,它们又固守现实主义文学的艺术根本,是在现实主义文学本体中融合吸收其他艺术因素,以丰富和加强现实主义文学的艺术表现力,而不是放弃根本,盲目追新,或把艺术创新变成一种无主体的拼凑和杂烩。首届"茅盾文学奖"获奖作品的艺术创新虽然有"采用外国的良规"和"择取中国的遗产"两种不同的取向,而且"采用"和"择取"的程度与"发挥"和"融合"后的成就也各不相同,但有一点根本的东西却是共同的,即不论以何种方式通过何种途径追求艺术的新变,它们都一无例外地深固现实主义的文学本体,在此基础上再向外国或向传统广泛"采用""择取",故而这些作品的艺术创新无论走得多远,都不会给人以脱离现实、晦涩难解或矫揉造作、故弄玄虚的感觉。这当然不是在重弹现实主义一元独尊的老调,也不是说在现实主义之外不允许另立新派,而是说艺术创新如果缺少本体的依托,就有可能变成一种轻薄的时髦。当今天下扰扰,文坛旗号林立,重提首届"茅盾文学奖"获奖作品在艺术上的这一点"固本"精神,也许于文学的正常发展不无裨益。

无论如何,首届"茅盾文学奖"获奖作品已是一个历史的存在。它们记录的是一个刚刚经历过一场巨大的历史浩劫的民族处于一个重大的历史转折期的一部曲折的心史,一幅斑斓的世相,一条泥泞的思路,同时也是一个文学的转折时代的一份新旧交替、承前启后的艺术的实录。它们留给今天的是关于一段历史的见证,只要这段历史不灭,它们就将与之同在。

1994 年 11 月 3 日于珞珈山面碧居

五篇小说及一个标准

——关于第二届鲁迅文学奖短篇小说奖

李敬泽

面对"乡土中国"

任何一篇作品都不是孤立的,它有上文和下文、纵深和前景。当《鞋》获得本届鲁迅文学奖短篇小说奖时,我认为在它背后有一个由80年代延伸至今的文本序列:从早期的《走窑汉》,到近期的《平地风雷》、《人兽》、《外衣》、《梅妞放羊》、《谁家的小姑娘》等等,刘庆邦近二十年来沉着、耐心地专注于短篇小说写作,他用短篇构筑了一个具有明确个人印记的世界,这个世界里有南极和北极,一方面是对权力、对人性之暴烈的冷静观察,另一方面是对古老乡土的诗意想象。这至少在表面上是冲突的,但刘庆邦似乎喜欢这种矛盾境地,他猛烈地用矛攻击盾,以盾抵御矛,使矛锐利,使盾坚固。

《鞋》是一篇优美的小说。故事中弥漫着一种克制、一种保持距离的焦灼,这种造成焦灼的距离感既是乡村习俗和伦理所设定的界限,同时也是审美的距离,是遥望、想象、"在水一方"、"寤寐思服"的余地。所以,《鞋》的焦灼同时也是安然的、美妙的,伦理与审美和谐统一,古老的乡土遍地月光。

由此,我们可以看出这篇小说更为悠远的文脉,它来自古典传统,经过了沈从文、孙犁、汪曾祺等现代作家反复书写。那么,它的当代性何在? 或者说,它以什么方式与这个时代发生对话?

题解 本文原载《人民文学》2001年第11期。作者李敬泽以第二届鲁迅文学奖短篇小说《鞋》《清水里的刀子》《吹牛》《厨房》《清水洗尘》以及未入选的《鱼》《拇指拷》为例,围绕面对"乡土中国"、"人"的形象、小说的"奇观"、发现"都市"、最基本的艺术标准来深入解读鲁迅文学奖短篇小说的内蕴;同时他认为,对短篇小说的某些基本艺术价值的有力强调,这尤其是指丰富、准确、具有本质力量的细节。而在第二届获奖的鲁迅文学奖作品中,细节的力量贯穿始终。

这就涉及到《鞋》的"作者附记"，在简短的几句中，作者直接告诉我们，他已经远远地走出了乡土，他脚上的鞋也早不是当年的鞋。刘庆邦以一个小小的破坏动作打开了文本，把整个故事、把诗意的世界拉回到当下的语境。所以，"附记"必不可少，它使这篇小说包含了自我审视的目光，这是由 21 世纪对古老乡土的回望。

乡土中国是许多作家念念在兹的主题。尤凤伟的《为兄弟国瑞善后》朴拙浑厚地表现了农民的境遇、这种境遇中近乎麻木的钝痛。在远景上，是无可抗拒、无从理解的巨大力量，在眼前，一位乡村教师在田野中踽踽而行，他谦卑地忍耐灾祸，在重压下延续着他的日子、他的生活。这是一篇内部空间广阔、深远的作品，尽管未能获奖，我认为它无疑是近年来最出色的短篇小说之一。

"人"的形象

我们已经很少看到如此虔敬、庄重的态度。生与死是生命中至大之事，它的意义严厉而绝对，我们已经习惯于机巧地逃避它，或者把它化为"玩笑"、化为简易的喧闹；而《清水里的刀子》像清水一样澄澈，像刀一样决断，直面生死却有无边的静穆、安详。

刀在水中如银光闪烁，最坚硬沉重的融于最柔软的，这是生命的奥秘，正巧也是短篇小说的艺术奥秘之一，所以《清水里的刀子》由坚实的质地达到了轻盈。石舒清是回族作家，他的写作有清晰的民族背景，这篇小说的真正主题也许是"洁净"，水和刀是洁净的，肉身和灵魂也将归于洁净；"洁净"是一种根本性的价值，既肯定了生，也肯定了死。石舒清从自己僻静的精神资源出发，对人的尊严作了独到的、孤傲的阐释。

而在阿来的《鱼》、莫言的《拇指铐》中，我们看到了人的形象的不同侧面。一个孩子没有理由地被铐在树上，他的无助广阔、绝对，具有本质力量。莫言以丰富的细节赋予这个假定性事件强大的说服力，但尽管如此，我认为这个流光溢彩的壮观世界建立在过于直接明确的深度模式之上，理念先在地支配了这篇小说。

阿来的《鱼》表现了人的"无所畏惧"。古老的禁忌被打破，人战胜了自然，这其实已是老生常谈，阿来的发现在于，战胜自然也是战胜自己。这种"战胜"是令人惊悚的过程，人心中的某种黑暗力量也由此释放。如果说战胜自然意味着"文明"，那么吊诡的是，"战胜自己"却是文明禁制的崩溃。

——和石舒清一样，阿来从他的民族背景中、从民族生活的具体境遇中找到了通向普通性问题的独特的路。

小说的"奇观"

自90年代中期以来，红柯的小说构成了一种"奇观"。它的内部尺度通常庞大无比：大地、天空、高山和太阳，还有人。人在其中如同住在自己的房子里。这种"比例失调"极大地扩张了人的体积，使行动超越思想。红柯的人物通常是行动的巨人，血气翻腾，速度迅疾，在行动中猛烈尖锐地感受一切，世界由此变得壮丽。

"庞大"、"行动"、"速度"，这些相互关联的价值根植于深厚的草原精神。红柯的文脉之一是《玛拉斯》《格萨尔》之类的民间史诗，他的人物保存着天真的神性，这种"天真"也许只有在草原背景下才令人信服。草原远在远方，同样，相对于普遍"细微"、"多思"、"缓慢"的小说精神，红柯提供了陌生、遥远的艺术方向。

《吹牛》是红柯小说的一个标本，在它背后，还可以列举《鹰影》、《美丽奴羊》、《阿力麻里》以及最近的《哈纳斯湖》等一系列作品。你无从复述《吹牛》的情节，它的全部材料看上去都难以构成小说，但在红柯笔下，小说蓬蓬勃勃，元气淋漓，两个草原汉子的友谊，他们奔放的鼾声和醉话似乎成了天地间最大的故事。

而《青柠檬色的鸟》则是最像小说的小说。严歌苓这篇作品的主题是：边缘的边缘——美国的亚裔和拉美裔侨民，而且还是老人、女人与孩子。这个主题设计得相当规整，表明严歌苓具有标准的知识分子眼光；但真正给人留下深刻印象的是她训练有素、娴熟准确的叙事技艺，整个小说由细节到情节步步为营，严丝合缝，几乎没有一处是无效的，任何一处都是零件，装配在一起如同一只分秒不错的表。

是的，这可能太"像"小说了，我知道这里有一种过分的精密，但这不能阻止我对它的偏爱，因为这真是好手艺，而有好手艺的小说家其实很少，我们没有耐心去经历严格的艺术训练。

发现"都市"

读完四年来数以百计的短篇小说，你就会有一个强烈印象：都市生活依然是小说家们难以充分进入的区域。我所指的不是题材的分布,不是数量的多寡,我是说,从总体上看,我们对城市、对都市的感受是贫弱的,我们似乎很难达到对都市中人具体的复杂境遇的准确把握,我们的语言和文体都缺乏富于都市感的想象力。这种对缺陷的意识很自然地使人对现有的表现都市生活的小说予以特别的关注。比如李冯的《一周半》、何玉茹的《楼下楼上》、戴来的《准备好了吗》,还有徐坤的《厨房》。

相对于李冯从前的小说,《一周半》缺乏表面的文体效果,它的结构看上去是未经规划的,但这篇小说恰恰是一个关于"规划"失败的故事。当选择自由时,人没有想到自由本身是有重量的,生活的逻辑没有改变,人自身的软弱也没有改变,于是"一周半"结束了,自由由欣快的飞翔变成了令人沮丧、难以承受的负担。

同样,《楼下楼上》对我们的境遇也做了独到的分析。与《一周半》不同,《楼下楼上》有历史的纵深,在三个工巧拼贴的小故事中,人在不同情况下面对各自的道德疑难,从战争、动乱到此时的日常生活,疑难的重量在时间中递减。但何玉茹的洞察力在于,她看出恰恰是此时近于无事、一地鸡毛的疑难是最严峻、最危险的,因为日常生活的平庸惯性足以麻痹、抑制道德追问的冲动。

最终获得本届鲁迅文学奖的是《厨房》,这是得奖作品中惟一一篇都市背景的小说。对《厨房》的解读通常是从女性主义角度着手,这也确实是它显而易见的层面。小说一开始,厨房就被描写成阴性的,似乎它是女性身体的延伸。为了反抗社会对女性的身份指认,女主人公曾义无返顾地走出厨房,但现在她又渴望回到厨房。然而走出去不容易,想回来却也是关山重阻。——徐坤对女性境遇的观察其实是角度多端的,很难说她究竟站在什么"立场",她只是一个精于反讽的小说家,对生活和意识中纠缠不清的"尴尬"怀有强烈的兴趣。

但《厨房》中还有一个容易被忽视的层面:那位艺术家对女主人公的敷衍、躲避和拒绝不仅涉及到两性关系,这也是艺术与金钱、资本的关系,事件的意义在这种关系中又完全翻转了过来,艺术家不过是拒绝了即将降临的双重压迫。

也许正是这种复杂性使评委们选择了《厨房》。

最基本的艺术标准

年关将近的夜晚,少年沐浴于一盆清水中,天上是灿烂星空。就像仰望星空一样,这个少年遥遥观望成人的世界,怀着遐思。这种距离如一根弦,弹拨着它有无限诗意。但事情的有趣之处在于，年关将近，清水洗尘其实标志着时间的嬗递，孩子终于用了自己的一盆清水，这就像完成了一个仪式，他已在无意间成长，那种把他分隔在外的距离正在弥合。这是清澈的诗，而在清澈中诗正悄然散去。

　　——继《雾月牛栏》之后，迟子建以《清水洗尘》蝉联鲁迅文学奖的短篇小说奖。我认为，这是对小说、对短篇小说的某些基本艺术价值的有力强调，这尤其是指丰富、准确、具有本质力量的细节。细节是小说中最微小的成分，但小说尤其是短篇小说如同"纳米"世界，是由小到大地构造起来的。世界的秘密隐于细节，从细节出发去判断作品虽不中亦不远。本次获奖的作品，从《鞋》到《清水洗尘》，细节的力量贯彻始终。如果一定要谈论"标准"，那么我相信，一个最基本的、可以通约的艺术标准就是"细节"。

新时期《人民文学》评奖/征稿启事研究

李 萱

　　《人民文学》是我国创刊最早的文学刊物,同时也是被国内广大创作者和读者所熟知并在国外也有相当影响力的文学刊物。可以说,它自 1949 年创刊以来,以文学的形式记载并参与着中国社会的复杂进程以及中国当代文学发展的全过程,它本身作为一部特殊的历史,除了文学这一血肉之外,还有着像评奖/征稿启事一类的枝枝叶叶在风雨中滋养着它的成长,值得我们在回顾其历史时给以特别的关注。

　　评奖/征稿活动是新时期社会转型、文学事业蓬勃发展的产物,在 1978 年以前,除 1954 年中国人民保卫儿童全国委员会举行过全国儿童文艺创作评奖、60 年代初《大众电影》举办过"百花奖"外,文学界还没有大规模的举办过评奖/征稿一类的活动。1978 年,《人民文学》在全国范围内依靠广大读者举行大规模的群众性评选是"建国三十年来的一个创举"①,此后二十年间一直不断发展变化,成为一个具有重大意义的文学事件。本文以新时期 1978—1998 二十年间的《人民文学》的评奖/征稿启事为研究对象,兼及招生启事,把他们作为一种与时代相关的文化现象加以阶段性的归类、总结、研究。

　　从 1978 年 1 月至 1998 年 12 月,《人民文学》共出版 249 期,评奖/征稿启事所涵盖的实际活动 59 次。在纵览这一时期所有《人民文学》的基础上,我们根据时代的变化将其总结为四个阶段。

题解　本文原载《青岛大学师范学院学报》2007 年第 4 期。《人民文学》自 1949 年创刊以来,以文学的形式记载并参与着中国社会的复杂进程以及中国当代文学发展的全过程。其中评奖/征稿启事更是新时期社会转型、文化事业蓬勃发展的产物,以一种特殊的方式见证着新时期《人民文学》的成长。1978 年,《人民文学》在全国范围内依靠广大读者举行的大规模的群众性评选是"建国三十年来的一个创举",成为中国文学史上一个具有重大意义的文学事件。本文以新时期(1978 年 1 月—1998 年 12 月)二十年间的评奖/征稿启事为研究对象,兼及招生启事,分为评选阶段、创作阶段、综合阶段和转型阶段四个阶段加以归类、研究、总结。

①　袁鹰:《第一簇报春花》,《人民文学》1979 年第 4 期。

一、评选阶段(1978—1984):百花齐放　读者检验

1978—1984 七年间,《人民文学》一共刊登评奖启事 21 则,实际活动 15 次,其中全国优秀短篇小说评奖 7 次(一年一度),儿童文学评奖 1 次,中篇小说评奖 2 次,报告文学评奖 3 次,新诗评奖 2 次。这一时期,《人民文学》还停留在评奖阶段,征稿启事没有出现,这七年间的评奖活动次数基本上成开口向下的抛物线状分布,81、82 年达到顶峰。

1978 年是我国进入伟大转折的一年,也是我国文学走上复兴之路的一年。许多作家重返文坛使创作阵容急剧增大,短篇小说创作也因其短小精悍、较易掌握首先获得蓬勃发展。创作的春天伴随而来的是文艺民主的蓓蕾初放。文艺民主包涵极为丰富的内容,需要文艺界进行"长期的实践,包括必要的斗争,才能深入人心,生根结果。群众性的评选活动,便是文艺民主的具体实践之一"①。人民群众终究是文艺最权威的评定者和检验者,陈荒煤在文艺随笔《解放思想　相信群众》一文中特别强调了毛泽东文艺思想的教导:"检验一个作家的主观愿望即其动机是否正确,是否善良,不是看他的宣言,而是看他的行为(主要是作品)在社会大众中产生的效果。社会实践及其效果是检验主观愿望或动机的标准。"② 文艺作品在广大人民群众中产生的客观效果成为检验作品的唯一标准。以此为基点,1978 年《人民文学》举办的全国第一次优秀短篇小说评奖活动可以说具有拨乱反正、继往开来的深远意义:首次突破了政治的标准,把广大人民群众对作品的接受与喜爱程度放到了第一位。

短篇小说从来都是我国文学战线的侦察兵和轻骑兵,它能及时觉察时代的脉搏和人民的喜怒哀乐,并迅速地反映出来。这也正是新时期短篇小说能获得长久的生命力,赢得千百万读者喜爱的关键。1978—1980 年的短篇小说评奖像是一场春雨,滋润着一簇簇报春花在文艺的百花园里争先恐后地绽放。刘心武的《班主任》、卢新华的《伤痕》、张洁的《从森林里来的孩子》、蒋子龙的《乔厂长上任记》、高晓声的《李顺大造屋》等一大批优秀的作家作品涌现文坛,并深入人心。1980 年,"为评奖活动之能经常化,有必要及时推荐全国各地报刊发表的可做年终评奖候选的短篇佳作。为此,《人民文学》编委会决定增办《小说选刊》

---

① 袁鹰:《第一簇报春花》,《人民文学》1979 年第 4 期。
② 荒煤:《解放思想　相信群众》,《人民文学》1978 年第 11 期。

月刊"①。到1981、1982年,跟随着短篇小说这一文学战线的轻骑兵而来的是文学整体的繁荣,同时,这两年的评奖活动也达到顶峰。

此外,党的十一届三中全会提出把党的工作重点转移到社会主义现代化建设上来,1979年10月30日第四次文代会又确定了文艺"为人民服务,为社会主义服务"的新方向,突破了对文艺功能的狭隘理解,文学生产力获得了很大的解放,创作题材和表现手法也日趋丰富多彩,不断有所创新。1981年3月24日,周扬在《文学要给人民以力量——在一九八〇年全国优秀短篇小说评选发奖大会上的讲话》中强调:"文学评奖是好事,要经常化,制度化。"② 此后的《人民文学》的评奖逐渐制度化,在注重创作题材向社会、工业、军事等方向稳步前进的同时,还拓宽了评奖范围,中篇小说、报告文学、新诗、儿童文学等都开始评奖,其中,报告文学作为仅次于短篇小说评奖次数的文学门类,在描写培养社会主义新人方面付出了很多努力,取得了丰硕的成果,如徐迟的《歌德巴赫猜想》、黄宗英的《大雁情》等都深受读者的喜爱。

评奖/征稿启事是作者、读者、编辑之间沟通与交流的渠道。这七年间的《人民文学》还停留在单纯的评奖阶段,主要是作者与读者的交流,文学与群众的交流。这也体现了《人民文学》的宗旨:"人民"是文艺工作者的母亲,生活是文艺创作的源泉,任何时候文学都不能脱离人民群众,脱离生活。评奖活动作为思想解放的产物,不仅仅是对新时期文学创作的检阅与推广,推动了文学创作的繁荣和新人新作的不断涌现,更重要的是,它是文学界对如何走出此前文学秩序与制度面临崩溃这一局面的思考与探索的途径之一,是借以促进文学健康、有序发展的"催化剂"与生长点。

二、创作阶段(1984—1986):鼓励创作 培育新枝

从1984年起,《人民文学》发起"我最喜爱的作品"推选活动,内容包括短篇、中篇、报告文学、诗歌、散文、童话、寓言、创作谈等,以更广的文学涵盖面,推进了此前一年一度的全国优秀短篇小说评奖活动。这一推选活动一直持续到1988年,文学事业稳步前进。

这一时期,《人民文学》在重视评奖活动的同时,也开始重视创作活动。

---

① 茅盾:《发刊词》,《小说选刊》1980年第1期。
② 周扬:《文学要给人民以力量》,《人民文学》1981年第4期。

1984 年 9 月,《人民文学》开始刊登"《人民文学》创作函授中心招收学员启事",这一活动一直持续到 21 世纪;1986 年 1 月,《人民文学》又开始刊登中国作家协会鲁迅文学院招收函授生的启事。鼓励创作成为与评选相互促进的一项活动。

1986 年 1 月份的《人民文学》在刊首语中引用巴金的话,指明了要重视创作实践的方向:"有人问:文学的黄金时代是不是就要到来? 我说:它会来,它一定会来。但是它不会自己走来。要迎来一个灿烂的黄金时代,我们应该付出很高的代价,其中也包含着作家们辛勤的劳动。空谈是起不了作用的。我的意见还是,大家团结起来在创作实践上争长短、比高低吧。"① 党的十二届三中全会提出了以城市经济体制改革为重点的全面改革的宏伟纲领,极大地调动了各条战线的积极性与创造性,文艺工作也开始转移到为"四化"建设服务的轨道之上,创造一切有利条件,促进文艺创作的繁荣和新生力量的涌现。《人民文学》在"评选"活动的基础上开设"创作函授中心"就是为了更好地适应党的文艺政策的要求和人民群众对文学艺术的热爱,在促进作家与读者进行良好的沟通与对话的基础上,为广大人民群众搭建一个大团结、大繁荣的文学创造的平台,使我国的文学事业在活跃、竞争的气氛中得到提高,更好地做到"百花齐放、百家争鸣"。

"进一步密切读者、作者、编者的关系,加强三者的交流","推出文学新人,欢迎青年写、写青年的作品"②成为这一时期《人民文学》的办刊指南,时有耳目一新的新人新作问世,铁凝、张承志、王安忆、韩少功等逐渐成为群众最喜爱的作家。

三、综合阶段(1987—1995):兼容并蓄 多元并存

1978 年以来,随着评奖活动和创作培训班的开展,《人民文学》作为读者、作者、编者相互联系、沟通的纽带,一直遵循着"二为方向"、"双百方针",力图做到理论联系实际,将"可读的文本"与"可写的文本"纳于一体,呈现在读者面前,期待着读者的检验与批评。评奖一类的"启事"成为刊物面向大众、面向读者、面向社会的一扇扇窗口,相互传递着理解、信任与鼓励。1987 年以后,《人民文学》的评奖/征稿启事开始呈现出兼容并蓄、多元并存的风貌,在党的十三届三中全会的精神鼓舞下和中国改革开放的时代大潮推动下,这一栏目逐步在多元整合

---

① 巴金:《刊首语》,《人民文学》1986 年第 1 期。
② 《编者的话》,《人民文学》1985 年第 3 期。

中呈现出时代性、开拓性、交流性的局面。征稿启事开始从封页进入版面,评奖、招生、征稿启事各据一方,并与时代结合紧密。

评奖活动开始融合并有所创新。1987、1988 两年延续了"我最喜爱的作品"推选活动,此外还接续了第一阶段单个文类的评奖活动,如 1987 年第四届全国优秀报告文学评奖活动;1990、1991 连续两年的优秀小说奖评奖活动。1988 年 10 月,《人民文学》刊登了"为迎接《人民文学》创刊四十周年设立《人民文学》宏达文学奖启事",这一活动不仅分别针对作家和作品设立了奖项,而且是与云南昆明宏达实业有限公司联合创办的,在《人民文学》创刊 40 周年之际,开创了《人民文学》刊物与企业联合评奖的首例,真正体现了时代性、开拓性、交流性的宗旨。1994 年,为纪念《人民文学》创刊 45 周年,《人民文学》又分别与昌达环球有限公司、银磊企业(集团)公司、零陵烟厂联合举办了"昌达杯"小说新人佳作评奖、"银磊杯"优秀报告文学评奖、"红豆杯"优秀散文评奖活动,在树立企业文化形象的同时,不断推出新人新作,繁荣了文学创作活动,积极促进了我国物质文明和精神文明建设。同时,《人民文学》又与长沙市建委联合举办了"长沙杯"优秀诗歌评奖启事,这一活动开创了刊物与政府联合评奖的先例,可以说是企业与刊物联合评奖的后续产物,在文学评奖活动中添进了更多经济、文化的因素,是物质文明与精神文明两手抓的现实表现,有一定的积极意义。

招生启事在承续前一阶段的基础上也有变化。除《人民文学》创作函授中心和中国作家协会鲁迅文学院"文学创作研习班"继续招生以外,1988、1989 两年,《人民文学》又连续刊登了"海南文学人才函授院招生启事"和"海南新闻文学函授院招生与英国全球教育联合体(GST)合作"的招生启事,可以看出,这是同一机构在前后两个不同时期的不同名称,这一变化反映了海南经济特区在改革开放的大潮中是如何最先踏上文学发展与经济发展的"双桅船",并最先参与全球化合作的。

征稿启事在这一阶段首次出现,虽然数量较少,但它的出现本身就是一种创新。1987 年 12 月,《人民文学》刊登了"'中国潮'报告文学征文百家期刊联合启事"及"贵州省茅台酒厂遵义卷烟厂委托《人民文学》举行'茅台''银杉'文学奖征文启事",不同于往年评奖活动在一定范围内选评优秀作品的方法,她在某种程度上融合了创作与评奖的优点,根据时代设定一个主题,在全国范围内征集围绕这一主题的优秀文学作品,从而奏出时代生活的主旋律,创造出更多符合社会生活实际,来源于人民群众、大众生活的优秀作品。这是读者、作者、刊物交流方式的一种创新,在党的十三大精神的鼓舞下,她依托中国当代改革开放的大潮,在全国范围内联合百家期刊发起以"改革"为主题的报告文学征文活动,突破了以往评奖等活动拘泥于一家刊物的局面,拓宽了刊物间的交流与合作,调动起了广大人民群众、文学爱好者的共同兴趣、生活经验,共同携手奏响了一个具有中国气派的新的交响乐章。"茅台"文学奖和"银杉"文学奖则把刊物与企业联合评奖的机制创新地应用于征文活动,以当代中国的知名企业为依托,弘扬改革开放的中国的新特点、新风貌。1992年3月,为响应中央工作会议关于搞好国营大中型企业中涌现出来的先进单位与个人,并进一步繁荣文学创作,发挥报告文学及时迅速反映现实生活和重大社会事件的独特作用,《人民文学》与攀枝花钢铁公司联合发起了"中国脊梁"(攀钢杯)搞好国有大中型企业优秀报告文学征文活动。这一活动延续了刊物与企业联合评奖的做法,不仅真实地记录了改革开放大潮中企业以及国家翻天覆地的变化,同时,我们也看到了企业间对文学界在经济上的大力支持。

1991和1992年,《人民文学》又连续两年推出了"《人民文学》杂志社、湖南省作家企业家联谊会、零陵卷烟厂联合举办全国文学社团作品'风流'杯大赛",这一活动不仅反映了前一阶段在厂矿企业、农村、机关和学校、部队中如雨后春笋般涌现出的文学社团、文学新秀和佳作,还通过活动进一步鼓励、发展和培养了我国基层文学社团中不断涌现出的优秀人才和优秀作品,并把他们逐步推向社会和广大读者,进一步壮大了我们的文学队伍。

1994年,《人民文学》又分别与《中国特产报》和《中国海洋石油报》联合举办了"沿海港口城市对外开放十年回顾征文"活动和"我爱蓝色国土"大型征文活动。在这一活动中,不仅刊物间的合作开始具体化,征文的主题也开始具体化、细致化,深入到中国改革开放的细节中去,关注沿海人民观念的转变与爱国精神的培养,这说明在改革开放的大潮中,不仅人民观察社会和生活的角度在发生变化,编辑、作者、读者等文学工作者观察社会和生活的角度也在发生着潜移默化的变化。这一征文活动同时也是文学深入生活、联系生活与人民群众的一种渠道,通过这类活动可以使刊物、作者、读者在相互感染和交流中一起成长。

四、转型阶段(1995—1998):不断深化　出现转型

刊物与企业联姻在促使"物质与精神最精华部分的交融"的同时,也给文学和文学刊物的纯粹性带来不少负面的影响,这与当时中国市场经济转型的社会文化环境有着直接的关系。1993年,《上海文学》第6期发表了王晓明等学者的

题为《旷野上的废墟——文学与人文精神危机》一文，直接针对文坛现状发难，拉开了"人文精神大讨论"的序幕，这对《人民文学》与企业的联姻有着间接的影响，促使《人民文学》在这一阶段不断深化、出现转型。

从 1994 年起，香港昌达环球集团为繁荣祖国的文学事业，追求高尚的社会公益，按年度赞助《人民文学》举办评奖，但是《人民文学》对这一评奖活动不再像以前一样强调和渲染，开始先于征稿、招生启事走向平淡，1995 年的《人民文学》只刊登了 1 则评奖启事。征稿启事则有 6 则，其中实际活动 3 次，分别为"庆祝沿海港口城市对外开放十年回顾"征文，"我爱蓝色国土"征文和"反法西斯战争胜利五十周年联合征文"，其中前两个是延续 1994 年的征文活动。这个时期的征稿活动在综合的基础上更为注重对栏目活动的渲染，并出现对征文活动的系列性报道，诸如"我爱蓝色国土"征文的活动纪实、南方笔会、专题笔会等。从征文到活动纪实再到专题笔会的召开，《人民文学》开始由通过征文活动促进编者、作者、读者的虚拟交流这一方式拓展到现实层面的交流。并且，随着人们思想观念的进一步解放，《人民文学》也开始挖掘更多对话与交流的方式，这也可以说是《人民文学》评奖/征稿启事这一栏目开始深化、转型的一部分。

从 1996 年起，《人民文学》的评奖活动开始趋于传统化，不再追求以前多而杂乱的评奖活动和主题形式，而是回归简朴并逐渐增加评奖活动的分量。1996 年，《人民文学》举办"'昌达杯'人民文学奖"，这是原昌达杯小说奖的继续和扩展，也是在香港即将回归祖国之际一件值得庆贺的事件。1997 年，在评奖活动逐步走向沉寂的时候，中国作家协会决定设立鲁迅文学奖，其中的全国优秀短篇小说评奖活动仍由《人民文学》杂志社承办，《人民文学》的评奖形式返璞归真，在传统形式中激发出新鲜活力。

这一时期的征文活动不同于评奖活动，开始走向小格局、边缘化。由《人民文学》自己发起的征文活动不再出现，取而代之的是由其他机构或刊物举办的征文活动，如 1996 年刊登的陕西作协"西部之光"征稿启事、《城市人》小小说征文"、"《中华传统诗词经典》《中华当代新诗经典》征稿"，1997 年"'幽默人生'小小说征文"等等，这些启事均不是由《人民文学》发起的活动，而是以广告的形式放在《人民文学》中刊登，不再渲染和受到重视，成为《人民文学》众多广告的一部分。

"诗文随世运，无日不趋新。"《人民文学》在自 1949 年创刊，到 1998 年近 50 年的文学生涯中，成为我国一代又一代作家诗人们的"文学摇篮"，特别是 1978 年党的十一届三中全会以后，她展示并记录着中国当代各个时期的最高创作水平和文学成果,不断地推出着卓越的人才和优秀的文学作品。其中的"评奖/征稿"启事作为读者、作者、编者相互沟通、交流与对话的窗口,也在二十年的风雨中成长起伏着,以一种特殊的方式见证着新时期《人民文学》的成长历程。同时我们也应该看到,"评奖/征稿"启事的分期与同时期的政治文化的阶段性分期并不完全吻合,她带有滞后性,并不能清晰地反映出时代的变化与文学演变的关系,但是,她作为时代与文学和刊物之间的秘密通道,其变化的前奏、高潮与尾声都通过这一栏目有相应的显现。

周立波荣获斯大林文学奖的历史回顾

李明滨

　　周立波从延安时期开始讲授俄罗斯文学,到苏联时代荣获苏联国家奖斯大林文学奖,直至后来成为享誉国际的作家,是一段美好光彩的历史回忆。

一、早期宣讲俄罗斯文学,培养现代文学青年

　　著名作家周立波逝世不久,我应约协助整理出版周立波在延安鲁艺的讲稿,是出自我对周立波这位名作家素来的崇敬。中学时代读过他的小说《暴风骤雨》,那是新中国作家首次荣获苏联(也是外国)的国家奖——斯大林奖金(1951年同批得奖的还有丁玲小说《太阳照在桑干河上》,贺敬之、丁毅的歌剧《白毛女》)。进了北大俄文系以后,我又常接触到这些获奖作家的俄文人名和书名,发现周立波的创作极受苏联的注意并得到好评。他们几乎跟踪翻译了立波同志的新作。1951年翻译出版《暴风骤雨》俄文第一版(鲁德曼和卡林诺科夫译并序,莫斯科),1952年俄文第二版(同译者,舒普列佐夫序,莫斯科)。1957年译出《铁水奔流》(伊凡科译,阿凡纳西耶夫序,莫斯科),1960年译出《山乡巨变》正篇(俄译本书名为《春到山乡》,克里弗佐夫译并序,莫斯科),1962年译出《山乡巨变》续篇(俄译本书名《清溪》,克里弗佐夫译并序,莫斯科)。此外,1953年出《中国短篇小说集》俄译本(卡拉谢夫编)也收入周立波的小说。而且周立波的名字早已收入苏联20世纪六七十年代的百科全书了。

题解　本文原载《湖南城市学院学报》2008年第6期。作者李明滨从周立波于1940—1942年在延安鲁迅艺术文学院讲授的"名著选读"课留下的手稿入手展开讨论。20世纪50年代初,周立波凭借中苏合拍电影《解放了的中国》和长篇小说《暴风骤雨》两次荣获斯大林文学奖,同时周立波的《暴风骤雨》《山乡巨变》等作品在苏联得到大量翻译、批评和介绍。文章对周立波与苏联文学的渊源关系及其此后荣获的斯大林文学奖作了史料性的回顾和梳理。

周立波是苏联人民欢迎的作家,也是中俄学术界研究两国文学关系中很受注意的个案。

立波同志 1940—1942 年在延安鲁迅艺术文学院讲授"名著选读"课时陆续写下的手稿,系用印有方格的各色油光纸竖行写成,纸张有大有小,有的是简要的讲稿,有的是讲课提纲,有的仅列篇名或章节名,还有的是残稿,字迹辨认起来相当困难。那种久违了的油光纸,我在抗战时期上小学时用过,质地发脆,正面光滑,背面布满小小的纸颗粒,用铅笔写时要小心躲开小颗粒,以免划破纸面。足见延安时期物质条件的困难。

据说,讲课的名著有《阿 Q 正传》《红楼梦》等中国作品,多数则为外国文学。有许多手稿已丢失。仅存的有蒙田、莱辛、哥德、司汤达、巴尔扎克、梅里美、莫泊桑、纪德、普希金、莱蒙托夫、果戈理、屠格涅夫、陀思妥耶夫斯基、托尔斯泰、契诃夫、高尔基、绥拉菲摩维奇、班台莱耶夫、涅维洛夫、法捷耶夫等人的名著,在所有 22 讲手稿中(包括残稿共约 10 万字),俄国部分占了三分之二。

周立波的讲课具有外国文学的全面系统知识,甚至有文学史的脉络。他讲的虽是"名著选读",实际上已经涵盖了欧洲文学史的各个时期,以俄国古典文学为例,历来讲到文学史上的六大名作家,即普希金、果戈理、屠格涅夫、陀思妥耶夫斯基、托尔斯泰、契诃夫,他都已列入。至于苏联文学,至 20 世纪 30 年代大的名作家,高尔基、绥拉菲摩维奇、法捷耶夫等在 40 年代初也及时选入,这与我在 20 世纪 80 年代参编的《欧洲文学史》(杨周翰主编)和《俄国文学史》(曹靖华主编)可以说也吻合。足见《讲稿》具有当代性。同时说明延安培养的文艺骨干也具有外国文学方面很高的素养,绝非有人误以为的那种"土包子"。

《讲稿》还表明,延安时期很注重现当代文艺理论的引进和宣传教育,欧洲古今的文艺学说,尤其苏联当代文学理论,包括别林斯基的现实主义文论,车尔尼雪夫斯基的美学观,《讲稿》都有涉及。苏联当代文艺家巴赫金在 20 世纪 30 年代初提出的"复调小说"理论,分析陀思妥耶夫斯基小说的一个特点是,让各种人物汇集在一起,对同一问题发表各自的见解,观点互不相同,互相对立。而作者只作客观的描述,不加评论,也不加干预,造成作者与人物、人物与人物之间的"平等对话"关系。此谓之"多声部",或称"复调"。巴赫金此论提出甚早,但在我国正式全面翻译和推介则是 20 世纪 80 年代的事。可是立波同志在 40 年代初就已敏感到这个特点。他在讲陀氏的《罪与罪》时,说陀的作品"在俄国文学中有特别的地位,正常传统以外的一个"特点:"维持兴趣的是他对于对话的把握,对话多……对话中的抑扬和节奏可以看出个性……用'独白'写成的作品。"

周还用别的作家作对比:(普希金)"在整个小说中,人物说着作者的言语……不是人物独立的说话……(女主人公)她的演说构造不会比古代的演说家差。17 岁的姑娘是分析的天才"。

从这里看出,周立波文艺观的敏锐,如果不说他的文艺批评超前,至少可以说他与文艺观点独到的巴赫金理论遥相呼应。

从《讲稿》出发,我们还敬佩于周立波广泛的文艺天才:他集创作、评论和翻译于一身。即以外文而言,稿中使用多种语言,所引英、德、法文都有。所译作品甚至包括俄国古典文学作家普希金的《杜布罗夫斯基》(20 世纪 40 年代出版,1981 年群众出版社再版)。至于周立波译的苏联名著肖洛霍夫小说《被开垦的处女地》更是闻名遐迩。该书转自英译,解放后已据俄文本校译过,1950 年三联书店出版,1954 年人民文学出版社再版,可谓经典名译,无人超越。小说的译名业已广泛传开,已为学界习用。20 世纪 80 年代有后起的译者以书名《新垦地》出了新译本(安徽人民出版社,1984 年),倒使人感到不习惯了。其实对于原书名俄文《Поднятая целина》来说,两种译法相比,显然前者(周译名)更贴切,更形象,也更抽象,不仅雅致,而且还富于哲理意味,而后者(新译名)则失之于具体化,太俗而不利于想象。也许新译者出于好意,用心在不与前译者雷同,但从中看出其文艺性却不相同。周立波毕竟是有文艺创作经验和修养的老作家,其翻译水平也是和创作水平相匹配的。

《讲稿》后来收入《周立波文集》第五卷(上海文艺出版社,1985 年)。

二、20 世纪 50 年代初两次荣获俄罗斯国家奖

新中国建立初期,在 1951 年苏联政府就将斯大林文学奖金颁授 5 位中国作家——丁玲、周立波、贺敬之、丁毅、刘白羽。

1949 年 9 月,莫斯科高尔基电影制片厂导演格拉西莫夫和苏联中央文献纪录片电影制片厂导演瓦尔拉莫夫率队来和我国合拍《解放了的中国》和《中国人民的胜利》两部大型影片,1950 年 10 月完成。1951 年两片荣获苏联国家奖斯大林文艺奖金一等奖。担任两片文学顾问的周立波和刘白羽以及音乐顾问、助理导演、摄影师等我方人员均获奖。

其中一位奖金得主刘白羽,1950 年在莫斯科与苏联电影工作者一起创作

电影剧本《中国人民的胜利》,以中俄两种语言问世。索罗金和艾德林评论刘白羽的"描写人民英雄主义的小说",夸赞"他的作品自然、朴素、真实"。

其他几位作家则以文学作品获奖,一个是女作家丁玲的长篇小说《太阳照在桑干河上》,另一部作品作者贺敬之、丁毅执笔,集体创作的歌剧《白毛女》。

周立波的情况比较特殊,他获奖有两项,一项是1950年俄中合拍的电影《解放了的中国》。他作为编剧和文学顾问,在创作过程中起了重要作用。再一项是长篇小说《暴风骤雨》,在国内外影响很大。1951年,莫斯科外国文学出版社首先出版长篇小说《暴风骤雨》(鲁德曼译),第二年再版。1953年该社又出了一部《中国短篇小说集》(卡拉谢夫编选),其中收录了周立波的短篇小说。这样,继《暴风骤雨》后,周立波的其他三部大部头著作《铁水奔流》、《山乡巨变》正篇、《山乡巨变》续篇,分别于1957、1960、1962年出版俄译本。

对周立波的评论和介绍文字,自俄译本出现后就持续不断。最集中和有代表性的是索罗金和费德林合著的《中国文学简编·20世纪40年代的中国人民文学》(1962)、索罗金的论文《中国作家短篇小说俄译本序》(1959)和鲁德曼、舒普列佐夫分别为《暴风骤雨》俄译本第一版(1951)和第二版(1952)作的序言。

舒普列佐夫认为,"反映土改的第一部巨著,就是天才的中国作家周立波的长篇小说《暴风骤雨》"。而土地改革,却是解放中国生产力,保障中国经济、政治独立的基础,也是创建独立的人民共和国十分必要的条件,所以,它是当代中国文学的一个"中心主题"。索罗金和艾德林在论及反映这一"中心主题"的作品时也指出:首先应该提到共产党员作家周立波的长篇小说《暴风骤雨》。它以其激动人心的题材的宽广与丰富,明显地区别于中国描写土改生活的其他作品。

概括他们的论述,小说的特点有:第一,是写新人,尤其写新人的形成历程。苏联学者认为:土改的主题,它在当时能最充分地展示了人民中的新人的形成历程。舒普列佐夫说:"周立波并未局限于描写农民反对使他们陷入贫困与饥饿的封建土地所有制的斗争,他集中描写的主题是展现新人的诞生和成长的历程。"第二,是成功地塑造了"一系列农村典型人物"。如鲁德曼所说"一系列农村典型人物","党的智慧与良知的体现者"肖祥,"农民的领头人"赵玉林,老雇农郭全海,还有"色彩鲜丽的人物"白玉山和白大嫂形象等等。"但作者决不仅限于此,他同时还描写出了中国农村先进人物的形成和思想发展的典型的当代国画卷。"第三,是人民通俗易懂的艺术形式,鲁德曼认为《暴风骤雨》"这部作品正是从艺术形式到语言运用都是广大人民群众通俗易懂的长篇小说受热烈的欢迎"。所以索罗金和艾德林总结《暴风骤雨》的成就:"具有高度思想性与艺术性相结合,描写了当代从未发生过的历史变革。"

苏联学者非常重视 20 世纪 40 年代周立波翻译肖洛霍夫《被开垦的处女地》,描绘苏联农业的集体化的小说,认为该作品"对周后来的所有文学创作产生了很大影响"。他们从文学影响学的角度,运用比较文学研究方法,分析研究周立波作品的人物。鲁德曼认为周立波自觉地赋予其众多人物以肖洛霍夫人物的特点,最突出的例子就是赶车人老孙头;不过周立波决不是单纯地模仿,而是具有深刻的原创性。他说,"这里要特别说明,任何模仿或机械借用当然是绝对不可以的,长篇小说《暴风骤雨》的人物形象决非如此,而是具有深刻的独特风格的原创性就像养育他的环境那样,具有独特的风格和不可模仿性"。

三、20 世纪 60 年代作为"乡土文学"能手备受俄方赞誉

《山乡巨变》的俄译者,克里弗佐夫在译序中详细说明周的创作有几个特点。

第一,是学习苏联文学的现实主义精神,创造了全景式的文学作品。他发现,周立波是苏联文学的热情宣传者。周曾表示:"我们把苏联文学当作我们的最好的先生。""我们文艺工作者从苏联文学里学习了最进步的创作方法。这种方法教导着我们要有深刻的思想性,要紧紧和人民连结在一起,要踏实的表现劳动人民的战斗和生活。"(《我们珍爱苏联的文学》,《人民文学》1949 年第 1 期),所以"周立波的创作乃至全部生活都密切联系人民,积极干预生活……善于在作品中描绘广阔的令人难忘的人民生活的画面"。

译者详细阐明"《暴风骤雨》的故事发生在中国东北农村,而《春到山乡》的事件,则发生在中国华南山乡。但从作品庞大的结构来看,就其反映中国农民的命运而言,《春到山乡》正是《暴风骤雨》的续篇,它展示了中国革命发展的一个崭新的,更高的阶段"。因而周的创作具有全景式的特色,描绘中国农村从 20 世纪 40 年代到 60 年代的图景。"如果说《暴风骤雨》中描绘了农民反对封建土地占有制,实现土地改革的斗争,那么在这里,读者则看到了中国农民在共产党领导下废除了统治数千年之久的土地私有制,将其变为新的社会主义的集体所有制。"

"但作者成功地表现了清溪乡的合作化并不是一个孤立的事件,而是一场

席卷全国的,规模宏大的社会主义改造运动。""1955 年是中国农民走向社会主义道路的决定性的一年。就其历史影响而言,这是许多世纪以来中国农村制度的一次最伟大的变革,它在周立波的这部新的长篇小说中得到了艺术的再现。"

第二,译者说明"周立波这部新长篇小说的特点是结构极为单纯、朴实、自然"。

"深谙中国人民的生活和心理,以其永不改变的幽默感,创作了众多难忘的典型形象,其中既有体现合作化运动中党的领导作用的农村带头人,也有代表农村各社会阶层的普通农民。同时,他们中的每一个人物都具有自己的,往往是复杂的性格;具有自己独特的,属于他'那一个'所固有的特征。"其中有"邓秀梅这个言辞激越泼辣、性格倔强、善于思考的 22 岁的年轻女共产党员",农村青年干部陈大春和盛淑君,刚刚萌发爱情的一对老实人刘雨生和盛佳秀。尤其有塑造得极为成功的两个贫农形象:外号"亭面糊"的盛佑亭和讷于言词的陈光晋。在小说的续篇中,周立波还写到这些人物随着农村的变化而进步。这些人物形象反过来又说明"清溪乡已经发生巨变""中国大地上已经出现春天的气息"。

第三,译者夸赞周深入农村实际的生活态度。这里并以苏联名作家肖洛霍夫做比照。肖不像有的作家成名之后就调到莫斯科,或进作家协会,或入中央政府去做官,而是一辈子坚守故乡农村,创作出《静静的顿河》等众多的作品,一生著作等身,永远是顿河草原的歌手。周立波也一样,出名之后就从北京回农村故乡,住了十几年。

"事实上,在北京,在作家协会或在《人民文学》(他是该杂志的创刊人和编辑之一)的编辑部里你很难碰见他。不,在他的家乡湖南省益阳县桃花仑你却能很快地找到他,他在那里担任乡党委副书记已经二年余了。任何一个孩子把你领到田里,你都能在那里的农民中间找到这位被湖南的烈日晒得像农民一样黝黑的作家,他戴一顶宽檐的斗笠,着一件蓝色夏布裤子,裤管绾到膝盖以上。或许,只有那副遮住他那虽然近视但却具有惊人的洞察力的眼睛的硕大角制眼镜,才能使你将他同其他人区别开来。"

"作者(周立波)十分熟悉他所写的对象;他每天都同他的小说的主人公们在一起,或在田里,或在决定农村命运的喧闹的群众大会上,或在某个老乡的饭桌旁。不正因为如此,他的长篇小说才给我们展现了一幅独具中国画风的风俗画,他的作品中的农民形象如此绚丽多姿,他们的语言才这样闪烁着劳动人民无比的幽默吗?"

正因如此,《山乡巨变》"这部小说洋溢着中国农村的乡土气息,散发着山中盛开的茶子花的幽香"。周立波才能成为"乡土文学"的能手。

以上概括俄译者,莫斯科大学教授克里弗佐夫的评论颇具代表性。他长期研究中国历史,文化与民俗,曾作为外交官在 1951—1966 年间来华住了十几年,不但了解情况,而且亲历过中国社会、农村的变革,他的评论很有见地,也反映了俄国汉学家们的认识水平。

"一九七八年全国优秀短篇小说评选"
对于当代文学批评的意义

李 丹

一九七八年全国优秀短篇小说评选活动在文学批评和文学创作两方面都发挥了巨大的引导作用,作为文学批评的一种实践方式,这一评奖活动的策划、主办和后续影响都深具时代特色——充满了行政色彩、意识形态性和鲜明的个人意志。而其影响又是明显的——成功启发和营造了新的文学评价制度、引领和塑造了新的文学潮流,并作为一种极富效用性的批评策略而得到承接和延续。

一、文学批评共识的铺垫与建立

一九七〇年代末至一九八〇年代初,依赖于上层政治斗争所造就的、相对自由的言说空间,短篇小说中开始出现历史与现实中人们遭受暴力、掠夺、监禁、侮辱的内容,怨憎、沉郁、愤恨的情绪也开始在文学作品中扩张。如何应对这一新现象,就成了文学批评势必直面的问题。对于作品中所呈现出的信息、情绪和主张,文学批评必须给予解释和疏导,明确立场和态度,进而参与营造稳定的文学秩序乃至社会秩序。而一九七八年全国优秀短篇小说评选这一活动,也是有针对性地作出了立场上的选择,并极具自主性地努力理顺文学作品与意识形态、作家与权力中心、刊物与政治体制之间的关系。弥合矛盾、引领潮流是这一时期文学批评的主要表现。而一九七八年全国优秀短篇小说评选的策动也正是在这两个方面都发挥了巨大的作用。

题解 本文原载《当代作家评论》2012 年第 3 期。作者在文章中围绕文学批评共识的铺垫与建立、评选程序的建立和进行、张光年的文学个性与小说评选的运作三个方面,深入探讨 1978 年全国优秀短篇小说评选对于当代文学批评的意义。1978 年全国优秀短篇小说评选活动在文学批评和文学创作两方面都发挥了巨大的引导作用,这一评奖活动的策划、主办和后续影响都深具时代特色——充满了行政色彩、意识形态性和鲜明的个人意志。此外,这次评奖活动营建了新的文学评价制度,引领和塑造了新的文学潮流。

　　严格而论，"一九七八年全国优秀短篇小说评选"实际上是一系列文学批评实践中具有标志性意义的一环，而绝非横空出世。在此之前，中央和地方都已经有过若干次以"短篇小说"为主题的会议讨论，以期针对短篇小说创作中所萌发出的新现象，在组织、观念和业务上整合文学批评资源，并取得文学和政治理念上的沟通与统一——一九七七年十月二十日，《人民文学》编辑部召开"短篇小说创作座谈会"；一九七八年五月，《延河》编辑部召开"短篇小说创作座谈会"；一九七八年五月十五—二十三日《江苏文艺》在镇江召开"短篇小说座谈会"；《文艺报》一九七八年九月二日和六日在北京、九月上旬在上海召开了"短篇小说座谈会"。此外，还有为数不少的专门讨论文章，如人民日报评论员的《充分发挥短篇小说的战斗作用》（《人民日报》一九七七年十一月十九日）、李国涛的《短篇小说的新收获——谈一年来反映同"四人帮"斗争的短篇小说》（《汾水》，一九七八年第六期）、雷达学的《人民的心声——谈几篇与"四人帮"斗争的短篇小说》（《延河》，一九七八年第七期）、洁珉的《革命的现实主义力量——读近来的若干短篇小说》（《文艺报》一九七八年第二期）等。经过这样的系列讨论，文学批评者已经在一定程度上达成了共识和妥协，对短篇小说中所出现的"中间人物"、"低沉情绪"、"暴露阴暗面"等现象有了较为统一和明确的态度，至少让这些问题可以得到相对公允的、心平气和的讨论。这也是当二十五篇"全国优秀短篇小说"推出时，在批评领域并未产生尖锐争议的原因之一。

　　在上述会议和讨论文章中，所达成的共识首先在于肯定这批短篇小说对"四人帮"的批判力度，判定这些小说达到了揭露和批判"四人帮"的目的。在批评文本中，短篇小说的攻击性首先被置于关键位置，被认为是最重要的功能并起到了最大的效果。其次则在于肯定这批短篇小说"突破了禁区"，书写了曾经遭受遏制和视为禁忌的话题，如家庭生活、爱情、冤案、悲剧、知识分子等，这被认为是丰富和繁荣了创作。在理论上，这批短篇小说则被认为是恢复了"革命现实主义"的传统，以与"四人帮"文艺的"三突出"、"假大空"相对立。如《文艺报》在北京所召开的"短篇小说座谈会"就称"这些作品正视生活矛盾，力图从生活实际出发，尖锐地提出为广大人民群众迫切关心的社会问题，控诉'四人帮'对人们心灵的荼毒，敢于冲破禁区，通过战友关系、师生关系、家庭关系、爱情关系等，从思想上、政治上、伦理上多方面地揭露和批判'四人帮'的严重毒害"。而所存在的争议，则聚焦于在何种程度上进行这种批判和突破，如何在剥离"四人帮"的同时保护"党中央"、如何维系政权的合法性，是文学批评虽未明言但深度关注的问题。张光年就曾为《神圣的使命》的修改提出："同志们，我们党这么多年的形象被一些人糟蹋得不像样子了！我请大家笔下留情,将那个紧跟'四人帮'的省委徐书记,改成省革委会副主任吧!"①

但是,这些共识和妥协仍然未能取得压倒性的优势,并进一步成为主导性的价值观念,此时此刻的批评领域,也并不是一个完全开放、参与者权利对等的公共空间,"中央"与"地方"之间的差序格局仍然是其明显特征。对于"地方"而言,承续既定价值判断和保守立场仍然是安全的,如果表现出激进态度,则有可能"越位"和"出格",带来政治上的风险。拒绝冒进,有分寸地各执一端甚至略为保守,就成了较为恰当也符合其身份的选择。如《延河》编辑部所进行的讨论,"关于中间状态人物、转变人物等在短篇小说中能不能做主人公的问题,会上有不同意见。一种意见认为,既然题材应该多样化,主人公也可以多样化,不宜限制得过死。只要作品的基本倾向健康,符合六条政治标准,就应该允许……另一种意见认为,无产阶级文学作品的主人公,与时代的主人公应该是基本一致的。政策允许是一回事,作家提倡、追求什么是另一回事"②。而有些刊物和批评者则主动回避此类问题,刻意强调对最高政治权力的配合与服从——"华主席指示我们,揭批'四人帮'在当前和今后一个时期,都是我国人民的头等大事。《汾水》近一年以来,遵照这个精神,组织创作力量,比较经常,比较集中地用短篇小说反映广大人民同'四人帮'的斗争,揭露'四人帮'的凶残面目,批判'四人帮'的极右实质"。"一九七七年从第三期(当时是双月刊)的'短篇小说特辑'开始,发了这方面题材的小说五篇。自一九七八年以来,每一期都以突出的位置发表一二篇,至第五期为止,已发十二篇。"③ "人民渴望文艺迅速反映他们在这一斗争中的意志、愿望和要求,迫切希望通过栩栩如生的艺术形象再现这一斗争的壮阔图画,帮助他们更深刻地认识第十一次路线斗争,鼓舞他们更自觉地投入到新的历史时期的战斗中去。短篇小说是一种战斗性很强的文学样式,能够迅速反映急遽变化的社会生活。"④

虽然"求变"的趋势已然明显,但仍欠决定性的一击。在这一局势下,亟需一个拥有更加强大的政治资源,能够引领文学批评风气、带动价值判断转变的角色来承担这一历史任务,行使其"一言九鼎"的历史使命。而此时,《人民文学》

---

① 涂光群:《我与人民文学》,《中国三代作家纪实》,中国文联出版公司1995年版。
② 《探讨当前文艺创作中的几个问题——本刊编辑部召开的短篇小说创作座谈会纪要》,《延河》1978年第5期。
③ 李国涛:《短篇小说的新收获——谈一年来反映同"四人帮"斗争的短篇小说》,《汾水》1978年第6期。
④ 雷达学:《人民的心声——谈几篇与"四人帮"斗争的短篇小说》,《延河》1978年第7期。

无疑是最为合适的领导者。"《人民文学》的政治地位和政治性格与生俱来。它天生就与国家（最高）权力挂钩，同时也拥有了至高无上的文学界权威或权力。""特殊的政治同样赋予了《人民文学》不凡的文学抱负，而实现其文学抱负同样也成为《人民文学》的特殊政治——或可谓之'文学政治'。与国家权力政治有所不同的是，《人民文学》主要担当的是文学的使命和责任，还有权利。如果没有了文学的使命和责任以及权利的自觉，《人民文学》的政治也就要落空了。""直到今天为止，《人民文学》直接、亲自书写文学史的担当意识，也并没有因为刊物格局的巨变而弱化。"① 由于《人民文学》身为"国刊"，居于中枢地位，这一活动所传递出的信息就相当程度上代表了国家权力的意志和方向，而又由于其自身的文学属性，这一活动就又显现出了对文学主体性的捍卫与召唤。《人民文学》自身即是国家在文学方面的象征和代表，故而无需同其他刊物一样过分直接地将意识形态性以显性方式传达出来；又同样因为这样一种特殊地位，《人民文学》又可为天下先，倡其他刊物之不敢倡、为其他刊物之不敢为。当这些短篇小说及其引发的争论逐步成为社会各界热议的话题时，《人民文学》编辑部举办"一九七八年全国优秀短篇小说评选"活动本身就是一种呼应和引领该潮流的应然之举、担当之作，直接地去发挥了一锤定音的作用。呈现于一九七八年的评奖活动之中，就表现为一种不无矜持而又大胆的气质。

二、评选程序的建立和进行

一九七八年十月二十日，《人民文学》第十期刊发《本刊举办一九七八年全国优秀短篇小说评选启事》，宣称为了"抓纲治国"实现现代化、促进文学"百花齐放"、推动文学创作的"新生力量"，该刊决定举办一九七八年全国优秀短篇小说评选。其评选目的、范围、标准和方法如下：

> 评选目的：及时反映工农兵群众抓纲治国、努力实现社会主义现代化的火热斗争；促进文学创作题材、风格上的百花齐放；促进文学创作新生力量思想上、艺术上的锻炼和成长；让短篇小说迅速繁荣起来，带动各种文学创作日益繁荣兴旺。
>
> 评选范围：从一九七六年十月至一九七八年十二月止，在此期间全国各

---

① 吴俊：《〈人民文学〉的政治性格和"文学政治"策略》，《文艺争鸣》2009 年第 10 期。

地报、刊发表过的优秀短篇小说,均在评选范围之内。

　　评选标准:凡从生活出发、符合六条政治标准,艺术上具有独创性的作品,不拘题材、风格、皆可推荐。提倡那些能够鼓舞群众为新时期总任务而奋斗的优秀产品。

　　评选方法:采取专家与群众相结合的方法。热烈欢迎各条战线上的广大读者积极参加推荐优秀作品;恳切希望各地文艺刊物、出版社、报纸文艺副刊协助介绍、推荐;最后,由本刊编委会邀请作家、评论家组成评选委员会,在群众性推荐与评选的基础上,进行评选工作。评选结果,将于一九七九年上半年在《人民文学》上公布。

　　凡参加推荐与评选的个人或集体、单位,请将意见填入本期附印的"评选意见表"或另纸写出寄给我们。评选意见截止日期是一九七九年一月底。①

该《启事》连续刊登于《人民文学》一九七八年十、十一、十二期,直至一九七九年三月二十七日《人民日报》刊发获奖结果,运作时间约六个月。

时任《人民文学》评论组组长的刘锡诚在二〇〇五年出版的《文坛旧事》中公开了评奖的内部资料《一九七八年全国优秀短篇小说评选的初步设想》,系当时供领导参考之用。这一文件更为直白和明确地披露了《人民文学》编辑部运作该奖的目的、标准和原则,表现了文学主导者的真实想法。

　　遵照华主席给《人民文学》题词的精神,贯彻"百花齐放"的方针,繁荣社会主义文艺创作。

　　提倡反映当前现实斗争生活的作品,反映革命历史斗争的佳作也可入选;

　　提倡题材、风格的多样化;

　　提倡篇幅短、生活新、思想深而又富有独创性的作品;

　　提倡革命现实主义和革命浪漫主义相结合的较好的作品;

　　主要是推荐新人作品,有老作家的短篇佳作也可入选。

　　采取专家与群众相结合的方式。请各地文艺刊物、出版社和报纸文艺副刊推荐并发表消息;在《文艺报》及其他报刊发消息;在《人民文学》上发启事。

---

① 《本刊举办一九七八年全国优秀短篇小说评选启事》,《人民文学》1978 年第 10 期。

（在本刊十月号上登"启事"，并附《评选意见表》），发动广大群众推荐。

《人民文学》要安排专人负责初选，提出初选篇目，交评委会审定。初步设想每年选出优秀短篇小说二十篇左右，按质量分别为一、二、三等。在明年三月号《人民文学》上公布评选结果，并酌情给当选者精神上和物质上的奖励。

评选委员会由《人民文学》邀请作家、评论家五人组成（拟请茅盾、张光年同志主持）负责审定，选出当选的优秀作品。①

从《启事》到《设想》，其间存在着一些微妙的差别，尤其在评选标准上，《启事》中所不曾流露出的某些态度、倾向和立场在《设想》中得以显露。

《启事》中开宗明义所说的"六条政治标准"系毛泽东于一九五七年六月十九日在《人民日报》上发表的《关于正确处理人民内部矛盾的问题》中所提出，其内容为"有利于团结全国各族人民；有利于社会主义改造和社会主义建设；有利于巩固人民民主专政；有利于巩固民主集中制；有利于巩固共产党的领导；有利于社会主义的国际团结和全世界爱好和平人民的国际团结"。"这六条标准中，最重要的是社会主义道路和党的领导两条"。②　这六条标准在华国锋主政时期仍然被奉为必须遵守的原则，但当时的《人民文学》编辑部和批评家们主要关心的问题显然并不是这一准则，毋宁说是"仪式性"地在使用这些话语。甚至"从生活出发"、"艺术上具有独创性"、"能够鼓舞群众为新时期总任务而奋斗"等标准也都是意义模糊而非明确直接的。这一《启事》的书写方式，显然存在着某种策略方面的考虑，意即通过选拔标准的宽宏和模糊而令批评者获得最大程度的自由，进而在其掩护下实现其更具个性化的文学主张。

而不公开发表的《设想》则是这一文学主张的直接表达和暴露，从中可以看出当时《人民文学》编辑部以及评选委员们的偏好和意图——"求新"。《设想》中明确地要求"反映当前现实斗争生活的作品"，而"革命历史"题材则居于次席；而所谓"题材、风格的多样化"实际上就是希望评奖作品能够广阔地涵盖历史变动时期的新现象，这一点则在另外一条提倡"篇幅短、生活新、思想深而又富有独创性"的要求中得到了巩固；此外，"主要是推荐新人作品"也明确流露出了这一意图。

---

① 　刘锡诚：《文坛旧事》，武汉出版社2005年版，第72—73页。
② 　毛泽东：《关于正确处理人民内部矛盾的问题》，《人民日报》1957年6月19日。

而之所以出现这一倾向，与当时文艺界的现实条件密切相关，"许多重要作家都还没有获得自由或刚刚获得自由，更多的作家还没有开始动笔写作。'文革'前最活跃的一批小说作家如沙汀、王汶石、李准等，和反右中被错误处理的如王蒙、白桦、邓友梅、刘绍棠等，都还没有纠正平反或没有开始写作"①。《人民文学》的复刊即以繁荣文学为己任，所谓"繁荣"，无疑意味着为《人民文学》所认同的作品在数量上的增长和评价上的提高。而此时可以依赖的、传统的"人力资源"却相当匮乏。与此同时，已经有一些年轻作家崭露头角，发表了较有影响力的作品，如贾大山的《取经》、刘心武的《班主任》、卢新华的《伤痕》等。而引发了社会反响，产生了激切的社会情绪的也正是这一批作品。对于《人民文学》编辑部而言，这批年轻作家显然是最可堪争取和造就的力量和资源。评奖活动也就成了明确此类小说价值地位、宣扬文学创作的方向立场，同时摈除异议、鼓励创作的重要手段。故而，在《设想》中，《人民文学》编辑部会明确地将新的题材、新的风格、新的作者置于重要地位。

这次小说评奖采取了"群众推荐与专家评选相结合"的方法，"到一九七九年二月十日，编辑部总共收到群众来信一万零七百五十一封，投票二万零八百三十八张，推荐作品一千二百八十五篇"②。据刘锡诚的回忆，除刘心武的《醒来吧，弟弟》外，编辑部将得票三百张以上的作品全部入选，共十二篇，又另外在得票并不多的作品中挑选了八篇（如《顶凌下种》得票仅二十二张），总计二十篇提交给了评委会。也即是说，在初选中，有二分之一强代表了"群众意见"，至少有二分之一弱系"《人民文学》编辑部意见"。后来在三月份的进一步调整中，获奖作品增至二十五篇，参考评委会的意见进行了增删，最终确定的篇目中群众投票和专家推选的比例约各占一半。后来经过一九七九年三月的第三轮调整，增加了四篇地方刊物发表的作品，删减了《虎皮斑纹贝》，最终确定了二十五篇"优秀短篇小说"。从筛选的过程和最终的篇目来看，《人民文学》编辑部在《设想》中所提出的"求新"意旨得到了充分贯彻，评选出的作家基本都是青年作者，而题材也基本都与当时的社会现实紧密贴切，具有"新"和"变"的意义，而对所谓"革命现实主义和革命浪漫主义相结合"的提倡，则被有意无意地忽略了。或者说，对"革命浪漫主义"有意进行了削弱，而对"革命现实主义"进行了有意的褒扬。"文革"结束后，作家和批评家对"革命现实主义和革命浪漫主义相结合"的

① 刘锡诚:《在文坛边缘上》,河南大学出版社 2004 年版,第 23—24 页。
② 刘锡诚:《在文坛边缘上》,河南大学出版社 2004 年版,第 187 页。

看法,存在着明显的偏向。据沙汀一九七七年十月七日日记,当天他与吴组缃、戈宝权、杨沫、姚雪垠、吴祖光叙谈创作问题和创作情况,就谈到"对'二革'创作方法的理解。大家都认为现实主义是主要的,'浪漫'、'幻想'必须有现实基础,从现实出发"①。而后来沙汀在参加《人民文学》组织的"短篇小说座谈会"上也提到"认为应当把革命的现实主义摆在首位的人占绝大多数"②。实际上,在这一评选中,对题材的关注程度远甚于写作技术,批评者们更加关心和肯定对"文革"期间人们身心遭受伤害的描写、对被打倒的"老干部"们的正面刻画和以知识分子为正面人物的叙事,同时也对此类书写保有警惕之心和控制之意。另外,也顾及了对现实政治风向的呼应。

虽然在刘锡诚的回忆中,"群众推荐与专家评选相结合"的评选方法得到大力褒扬,但这一方法的风险性仍然是显而易见的。"投票"所产生的结果有可能会逸出《人民文学》编辑部的设想、预期和控制范围,从而导致不可测的负面后果。之所以选择这一评价方式,与当时《人民文学》负责人张光年的文学立场有着深切的关系,作为一种不无偶然意味的因素,个人化的立场也影响和渗入了文学批评的潮流。此外,在筛选的过程中,编辑部与专家的参与也担当了容错、限错、修正、弥合的功能,从而为这个评选方法增加了保险机制,以避免引发政治风险。最终的评审结果较为明显地呈现出了"群众"和"专家"的合力,或者说普泛性、原生态的社会情绪与意识形态的折衷。由于对政治斗争仍心有余悸,"专家们"必然要对社会情绪进行牵制和理顺,甚至对自身的情绪进行主动的防卫和抑制,早在一九七七年十月的"短篇小说座谈会"上,沙汀就感觉周立波"写了稿子的,想不到他讲了很多,而且列举了好几篇《聊斋》中的故事进行分析。但我老是为他担心:艺术方面讲得太多了! 这样会出毛病或引起误解。下午,白羽谈了一段《大参考》上小平同志对法新社记者的谈话,是有关'二百'方针的。我感觉这是上午立波发言的一个补充,因为'二百'方针是以六条政治标准为前提的"③。 身为短篇小说评奖委员会成员之一,沙汀的想法应该具有一定的代表性,而这种想法也必然会导致在评选过程中有意识地选择政治上有保障,或者能保护评选本身不出政治问题的作品,如王愿坚的小说《足迹》的排名理由就是"描绘周总理形象的,写得也还精炼,因此置于第六篇的地位"④。而"《珊瑚岛上

① 吴福辉编:《沙汀日记》,山西教育出版社1997年版,第344页。
② 吴福辉编:《沙汀日记》,山西教育出版社1997年版,第359页
③ 吴福辉编:《沙汀日记》,山西教育出版社1997年版,第360页。
④ 刘锡诚:《在文坛边缘上》,河南大学出版社2004年版,第190页。

的死光》虽然得'票'不少,但因它是另外一路,属于科学幻想小说,所以放在最后"①。评论者甚至不无"强制"地试图修正读者的品味,刻意将猎奇、幻想、消闲等阅读体验置于末流。

此次小说评选的评委由茅盾、周扬等二十三人组成②,在奖项揭晓后,《人民文学》在当年第四期上集中发表了评审委员的相关评论文章。作为这次评奖活动的最终仲裁力量,他们的评判言辞透露出了在当时的语境下,可以公开发表,并对建设新的文学秩序有促进意义的一些创作和批评资源。其中,尤以沙汀、荒煤、袁鹰、唐弢的观点较有代表性。

沙汀在其《祝贺与希望》中虽表达了肯定的态度,但仍保留了余地,称"创痛巨深,不会一下忘记掉的,而且一定会反映在文学创作上。但是,我们不是为反映而反映……处理这些题材的时候,我们就不能只看到'伤痕',看到灾难,还得看到无数勇于'抗灾'、'救灾'的人们。而只有这样全面考虑问题,作品才能反映历史的真实,使广大读者受到鼓舞,在新的长征中奋勇前进"③。同时,沙汀对这批小说的写作技术水平也有些不以为然,认为"用一九六六年前全国短篇小说已经达到的水平衡量,存在的缺点和不足之处,也很明显"。而且语言也不够好,应该"用较为精炼的语言"。

荒煤认为"这些作品是反映了我们一个特定的时代的悲剧,是时代的烙印、时代的脚迹,确实反映了广大人民的心声"④。他强调"文学是人学",写人就要从实际生活出发,"没有题材的多样化,就没有人物的多样化,就不可能创作各种典型人物,就不可能有艺术形式风格的多样化"。荒煤为题材禁区的打破而欢呼不已,并认为这次评选实际上就是打破禁忌的成功证明。

袁鹰则对此次投票选举的机制大加赞赏,认为这是"文艺民主"的体现,在《第一簇报春花》中,他称"群众评选的创举,实在也是具有拨乱反正、继往开来的深远意义的"⑤。同时也对"不少作者勇敢地冲开禁区,探索了前人或同时代人望而却步的领域"而表达了钦佩和鼓励。

而唐弢的态度则较为严厉,表现出了较高的审美旨趣和艺术欣赏能力。在

---

① 崔道怡:《早春的记忆——复刊时期的〈人民文学〉》;靳大成:《生机——新时期著名人文期刊素描》,中国文联出版公司 2003 年版,第 17 页。
② 当时评委包括茅盾、周扬、巴金、刘白羽、孔罗荪、冯牧、刘剑青、孙犁、严文井、沙汀、李季、陈荒煤、张天翼、周立波、张光年、林默涵、草明、唐弢、袁鹰、曹靖华、谢冰心、葛洛、魏巍。
③ 沙汀:《祝贺与希望》,《人民文学》1979 年第 4 期。
④ 荒煤:《衷心的祝贺》,《人民文学》1979 年第 4 期。
⑤ 袁鹰:《第一簇报春花》,《人民文学》1979 年第 4 期。

《短篇小说的结构》一文中,他认为"带有倾向性的共同存在的缺点:我以为第一还是生活。看来生活比较单薄,比较苍白,各个作品就所反映的内容来说,普遍地表现为生活不够扎实和丰厚:故事相当曲折,细节却不真实"。按照作品的艺术结构来看,"很大一部分作品,其实还不是短篇小说",而是"压缩了的中篇",而原因则多是"艺术结构的散漫——或者因为作者的不加精心而使布局和结构趋于平板与松散"。唐弢指出,有些作品如《班主任》、《神圣的使命》、《窗口》、《愿你听到这支歌》,"分节之所以多,往往因为作者不太重视结构,或者是只选择比较轻便的道路,在短篇小说里沿用章回体的手法,顺着故事内容逐段写去。对于故事情节,既没有经过严格的剪辑,也没有作出精心的安排"。另外,"有的小说在结构上不大注意短篇的艺术法则,不仅因为太长,也还因为太露。和盘托出,一泄无余"①。

小说评奖委员的意见纷繁复杂,各有侧重,表现出了较高的自由度,其文学观念和批评立场也得到了较为充分的表达。归纳来看,主要集中于对"暴露"的网开一面、对政治权力仲裁的摈弃、对写作技巧的推重(当然也不乏较为灵活的规避政治风险之辞)。其中,形式、审美、写作技术等关乎文学本体的内容得到了明确凸显。在很大程度上,这一评奖活动申扬了文学的自主性与自为性,为文学的发展争取了空间。

经过《人民文学》编辑部的策动,借由"优秀短篇小说评奖"而聚合,当时中国政治级别最高、从事文学工作最有经验、业务能力最强的一批批评家得到了一个集中展示的机会。而他们的文学批评尺度、立场、观念也得到了较为充分的表达。相应地,他们此刻的文学批评理念——如秉承"文学是人学"的人道理想、坚持现实主义创作精神、作家应进一步磨砺写作技术……也借助于这次评选活动得到公开和广泛的传播,并形成影响。在"文革"刚刚结束的背景下,这一事件是具有标志性意义的。相对于几个月后的第四次文代会,这一评奖活动更具文学意义上的自发性和专业性,经过这一主动有意的"组织",批评家们开始逐步摆脱离散状态,得以建立和进入一个比较正常的文学秩序。

三、张光年的文学个性与小说评选的运作

一九四九年以来,直至市场经济获得合法性之前,中国的文学制度是围绕行

① 唐弢:《短篇小说的结构》,《人民文学》1979 年第 4 期。

政权力这一核心而运转的,称中国文学是一种"体制文学"、称中国的文学批评是一种"体制文学批评"并不为过。文学批评的运作、变更和种种实践,在很大程度上要依赖于"组织"、"行政"和"体制"。因此,"一九七八年优秀短篇小说评奖活动"在宏观上依然从属于"体制内"的"行政性"运作,如果没有政治权力中枢的剧变和随之而来的国家行政、人事、策略方面的调整,这一评奖活动出现的可能性无疑将大大降低。而这种依附于行政权力的文学体制所具有的另一个重要特征是——每当有所突破和创新,往往必须要依赖于个人的勇气、魅力和才能,当个人魅力与行政权力以及恰当的机遇被叠加于一人之上时,这种变革就具备了初始条件。在文学批评方面,亲历者阎纲就曾有过如下评价:"文艺评论比较薄弱,队伍很小……领导是否支持,关系极大。想要改变……文艺评论的落后状况,壮大和发展文艺评论队伍……还得从文艺领导的重视和热心开始。"① 领导者的文学个性,会深刻地关涉到创新、变革的影响大小和损益成败,其个人的选择和态度往往也成了历史的选择和态度。

"一九七八年优秀短篇小说评奖"与时任《人民文学》负责人的张光年密不可分,张光年是评奖活动的策划者、引导者和主持者,② 这一小说奖得以举办,与其说是《人民文学》编辑部的策动,莫若说是张光年的策动。综观张光年一九七七年至一九七九年的文学活动,相对于他所参与或主持的诸多政治和文学方面的大事——"参加《人民日报》和中宣部举行的批判'四人帮''文艺黑线专政论'座谈会"、"主持《人民文学》召开的批判'四人帮'的大型座谈会"、"受国家出版局委托,负责照管《诗刊》和《人民文学》"、"参加恢复全国文联、作协的筹备工作,筹备恢复《文艺报》"、"筹备第四次文代会"③——优秀短篇小说评选仅仅是其中的一个环节,甚至是不太重要的一个环节。而且张光年在一九七九年患结肠癌,二月至五月一直住院治疗,这也直接影响了他对评选活动的参与程度。但是,作为《人民文学》实际上的灵魂人物,甚至是当时全国文学秩序的规划者和实践者,张光年在文学上的价值立场、态度倾向和个人意志深刻地贯穿了评选活动本身,他个人的政治尺度和审美偏好也深刻地呈现于最终入围的作品之上。

---

① 阎纲:《我与文学评论》,《文坛徜徉录》,人民文学出版社 1984 年版,第 604 页。

② 据刘锡诚回忆,"张光年、李季和《人民文学》编辑部首倡短篇小说评奖",《文坛旧事》,第 71 页;据崔道怡回忆,"李季接任《人民文学》主编。他有感于短篇小说创作在思想解放运动中所起的重要作用,提出了对短篇小说优秀作品进行评奖的动议",经请示张光年同意,又取得茅盾支持,全国性的评奖活动就由《人民文学》主办;据涂光群回忆,"1977 年起,在李季的提议下,每年评选一次全国优秀短篇小说"。涂光群:《我与人民文学》,《五十年文坛亲历记》(下),辽宁教育出版社 2005 年版,第 696 页。

③ 据张光年《文坛回春纪事》各年日记内容提要,海天出版社 1998 年版。

他一手提拔的《班主任》居于此次评选的榜首,而《班主任》之所以能得到发表,与张光年的拍板定夺有着直接的关系。张光年表现出了不畏尖锐暴露,勇于打开局面,为别人之不敢为的气度。当《人民文学》的中层编辑甚至终审编辑都心存畏缩,无力决断时,是张光年一锤定音,对《班主任》加以充分的肯定——"这篇小说很有修改基础:题材抓得好,不仅是个教育问题,而且是个社会问题,抓到了有普遍意义的东西。如果处理得更尖锐,会引起人们的注意,以文学促进关于教育问题的讨论。"① 而对《班主任》初稿所暴露出来的"尖锐"问题,张光年甚至觉得还"尖锐得不够"——"这篇其实还不够尖锐,抓住了有普遍意义的社会问题,但没有通过故事情节尖锐地展开,没有把造成这个矛盾的背景、原因充分地写出来。写现象多,深入开掘不够。"② 他希望文学作品具有更强的穿透力,触及更深的社会危机和政治级别更高的人物。针对《班主任》,他提出的修改意见是:"谢惠敏是否可涉及学校老师或行政干部的支持? 或者社会上的支持? 受害者不光是从报上受影响。"③ 而最终"刘心武对谢惠敏形象的改动最多:增添'小小麦穗'整整一节,加了一段说明:被'四人帮'那个女黑干将控制的团市委,已经向光明中学派驻了联络员,据说是来培养某种'典型';是否在初三(三)班设点,已在他们考虑之中。谢惠敏自然常被他们找去谈话。谢惠敏对他们的'教诲'并不能心领神会,因为她没有丝毫的政治投机心理,她单纯而真诚"④。基本上执行了张光年的修改意见,直接触及了"高级行政干部"。由此可见,张光年甚至僭越了编辑和批评家的本位,令其文学个性直接贯注于刘心武的作品之中,实现了"写矛盾尖锐"的意图。

对于张光年来说,"人民群众"仍然是一个重要的图腾,张光年笃信"人民性",坚持"人民"意志优先。他坚持认为只有"人民群众"所喜爱的作品才是优秀的作品,而排斥"自我表现"——"凡是扎根于生活,扎根于群众,与群众同呼吸,共命运,帮助群众推动生活前进的,这就是人民的文学,这种文学有强大的生命力。而那些一味地沉醉于自我表现、自我扩张,从思想感情上冷淡、疏远了

---

① ② 崔道怡:《早春的记忆——复刊时期的〈人民文学〉》;靳大成:《生机——新时期著名人文期刊素描》,中国文联出版公司 2003 年版,第 9 页。

③ 崔道怡:《早春的记忆——复刊时期的〈人民文学〉》;靳大成:《生机——新时期著名人文期刊素描》,中国文联出版公司 2003 年版,第 10 页。

④ 崔道怡:《早春的记忆——复刊时期的〈人民文学〉》;靳大成:《生机——新时期著名人文期刊素描》,中国文联出版公司 2003 年版,第 11 页。

人民群众的,那就理所当然地受到群众的冷淡和疏远。"① 一九七八年的短篇小说评奖之所以采用群众推荐和投票的方式,应该与张光年的这一立场不无关系。张光年具有强烈的重建文学秩序的意愿,他认为"到了十年动乱期间,文学同人民的血肉联系才被切断了……他们制造了一个文化的沙漠,一个无声的中国"。因而,他希望通过评选活动,召回"人民"与"文学"被割断的联系,恢复他设想中"文学"与"人民"水乳交融的理想状态。故而,他对评选活动中所推出的作品,主要的赞誉就是"在对六年来的新时期社会主义文学的发展进程作一鸟瞰时,最引人注目的就是文学同人民在粉碎'四人帮'并清除其影响的历史性搏斗中结成的血肉联系"②。因此,"人民性"就成为了张光年衡量文学作品的重要标准。在他的心目之中,能为人民歌哭倾诉,是优秀作品的必备品质。"当时人民憋了一肚子话,一肚子气。有话不能讲,是要憋出病的。我们有一批作品……替人民说了话,帮助解除了人们心头的郁结。……我认为这个时期的这些优秀作品是有很大贡献的,产生这样一些作品是不可避免的。"③ 因此,一九七八年优秀短篇小说评奖中,选出的二十五篇作品并不讳忌"暴露"、"发泄",这与张光年的"我为人民鼓与呼"的动机不无关联。

在创作方法方面,张光年对现实主义较为偏爱。当时作家和评论家可以选择的资源并不多,要么"革命的浪漫主义",要么"革命的现实主义",要么"革命的现实主义和革命的浪漫主义相结合",而且"两结合"的创作方法被视为终极性的解决方案。一九六〇年周扬在中国文学艺术工作者第三次代表大会上作了题为《我国社会主义文学艺术的道路》的报告,称毛泽东"把革命气概和求实精神相结合的原则运用在文学艺术上,把文学艺术中现实主义和浪漫主义两种艺术方法辩证地统一起来……这两种精神的结合,不只适合于文艺创作,也适合于文艺批评"。④ 在周扬的报告中,"现实"、"真实"必须服从于革命,而"革命的浪漫主义"则意味着以昂扬、激情、豪迈的表现方式来歌颂时代。而在"文革"结束前的文艺创作和批评中,基本的态势就是"浪漫"压倒了"现实",夸饰虚浮压倒

① 张光年:《短篇小说的大丰收——1980年全国优秀短篇小说评选发奖大会开幕词》,《惜春文谈》,上海文艺出版社1993年版,第22页。
② 张光年:《新时期社会主义文学在阔步前进——在中国作家协会第四次会员代表大会上的报告》,《惜春文谈》,上海文艺出版社1993年版,第71页。
③ 张光年:《祝多民族的社会主义文学百花齐放——在全国少数民族文学创作发奖大会上的谈话》,《惜春文谈》,上海文艺出版社1993年版,第37页。
④ 周扬:《我国社会主义文学艺术的道路》,陕西师范大学中文系现代文学教研室编《中国当代文学史参考资料集》,1978年,第182—183页。

了诚恳朴实。而张光年在主持一九七八年优秀短篇小说评奖活动时，鲜明地表现出了倾向于现实主义立场。他在一九七九年一月二十一日的一次谈话中，就直白地提到"关于创作方法……当前更应该强调革命的现实主义"。① 而到了一九八〇年，政治形势进一步明朗起来，他更是称："今后，不必再去强调革命现实主义与革命浪漫主义相结合……大家趋向于用革命现实主义。"② 在此次评选活动中名列第二的《神圣的使命》，直接描绘了"文革"时期公检法系统、高级领导机关的黑暗，触及了国家机器，写实性强但艺术性不够，令编辑们甚至主编李季都忐忑不安，最终还是由张光年拍板定夺，刊发在《人民文学》一九七八年二期上。由此可见张光年的文学主张的影响力。

一九七八年的全国优秀短篇小说评选的影响是重大的，借助于恰当的社会政治氛围与最高政治级别的文学刊物，当时中国最出色的批评家们得以摆脱涣散的处境，在组织上得到统合，其文学思想、文学价值也经由评奖的方式广为传播。更重要的是，"评奖"本身实际上是一种颇具弹性的文学批评形式，相对于此前文学批评的种种策略，其营建特定意识形态的效用显然更加出色。于是，"评奖"在此之后成为一种常设制度。可以说，一九七八年的全国优秀短篇小说评选实际上是当代文学批评的一个全新的开始。

---

① 张光年：《从诗歌问题说开去——在〈诗刊〉诗歌创作座谈会上的发言》，《张光年文集》第 3 卷，人民文学出版社 2002 年版，第 331 页。
② 刘锡诚：《在文坛边缘上》，河南大学出版社 2004 年版，第 437 页。

少数民族文学创作"骏马奖"的生产机制与现实诉求

李翠芳

全国少数民族文学创作奖(自第五届后亦名"骏马奖")属于1978年文学评奖体系之一,在少数民族文学界具有最高的文学权威。由于它是专门针对少数民族作家而设立的文学奖项,在一定程度上表述了对社会主义文学规范的重新阐释和建构,更与新时期的民族政策和制度发生了重要的关系。其运行机制和现实诉求都表现出明显的官方化特点和主流引导性。

宏观性的设奖背景

新时期以来,主流文学不再是一种简单而直接的政治宣传/干预工具。我国社会结构和文化结构出现了新的调整,文学与政治的关系问题得到了新的阐释,这意味着全新的现代性社会文化设计的启动。[1]

与此同时,作为文化领导权体系的文学评奖制度也逐步浮出地表并日趋完善。1978年之前,全国性的文学艺术类的奖项仅有全国儿童文艺创作评奖(1954年由中国人民保卫儿童全国委员会举办)和"百花奖"(1962年由《大众电影》编辑部设立),而新时期以后,以全国优秀短篇小说评奖为先导,设立的文学奖项主要有全国优秀中篇小说评选、全国优秀报告文学评选、全国优秀散文(集)奖、全国优秀杂文(集)奖、茅盾文学奖、全国中青年诗人优秀诗歌评选、全国优秀新诗(诗集)评选、全国优秀剧本评选、全国优秀儿童文学评选、全国民间文学评奖、全国少数民族文学创作奖、全国优秀理论评论奖以及全国优秀文学

题解 本文原载《民族文学研究》2014年第2期。文章从生产机制和现实诉求两方面来谈全国少数民族文学创作"骏马奖",指出"骏马奖"的设立是新时期以来国家文学体制和政治制度重建的重要组成部分,其运行机制具有明显的官方化色彩,最终诉求在于示范激励作用。"骏马奖"的官方化性质表现为一种自上而下的宏大的国家行为,主要是主办单位的官方化、评委的非专业化和评奖标准优先强调政治认同。

[1] 朱晓进:《非文学的世纪——20世纪中国文学与政治文化关系史论》,南京师范大学出版社2004年版,第358页。

翻译彩虹奖等,几乎每一类文学体裁都有了与之相对应的全国性文学奖项,这些文学评奖是以"大有利于推动创作繁荣,大有利于扶持文学新人,大有利于活跃文学全局,也大有利于文学评论的生动展开"①为存在依据的。毫无疑问,从这些文学奖项的设立背景来看,这些文学评奖无疑是纳入到新时期的文学制度的改造与重建的话语框架和社会主义文化领导权体系之中的。

全国少数民族文学创作奖即"骏马奖"的设立,就是置身在新时期以来这一宏大的文学体制重建的话语空间之中的:其一,之前打击整肃等否定性的文学批评被认真反思,文学评奖制度初步建立,其目的显然在于凭借文学规范体制的力量,以鼓励、激励和奖励的肯定性机制来取代之前的惩罚机制,依靠肯定、尊重和鼓励的方式来实现文学的健康态势;其二,20世纪七八十年代之交,通过反复认真的讨论,社会各界对我国文学自古以来就具有多民族性、我国当代文学是多民族的社会主义文学以及发展少数民族文学对繁荣我国社会主义文学具有十分重要的意义等问题,达成了相对一致的认识,促进少数民族文学的发展成为新时期文艺工作中重要的内容;其三,当时少数民族文学界的发展现状不容乐观,许多少数民族作家仍然因"文革"中的遭遇心有余悸无心创作,甚至有相当的作家作品还带着"民族分裂分子"、"毒草"等政治帽子,所以少数民族文学创作仍然一片沉寂,迟迟未见转机。基于此,中央和地方各级单位和机构为发展少数民族文学事业做了不少卓有成效的工作,如全国少数民族文学创作会议的召开、全国性和地方性少数民族文学期刊的创办、少数民族文学评奖和少数民族作家学习参观活动的开展等等,都对新时期少数民族文学的发展产生了不可忽视的作用②。正如有论者所说,"中国少数民族文学是政府倡导的结果,是国家权力对于一国的政治、制度和文化整合的结果。新中国通过政治、法律、制度的整合实现了文化的整合。在文学事业上,少数民族文学受到各级政府的扶持和引导"③。全国少数民族文学创作"骏马奖"的设立更使少数民族文学的创作发展状况得到了媒体、研究者和读者的广泛关注,同时为中国新时期少数民族文学的经典化进行了择优化备案。该奖项设立的初衷在于"全面贯彻党的民族政策,调动起少数民族作家空前的创作热情和时代激情"④,实际上是一种文艺政策的民族化

---

① 朱晓进:《非文学的世纪——20世纪中国文学与政治文化关系史论》,南京师范大学出版社2004年版,第368页。
② 晓雪:《三十五年来的少数民族文学创作》,《文艺报》2003年12月18日。
③ 《中国文学年鉴》编辑委员会编:《中国文学年鉴1999—2000》,作家出版社2002年版,第73页。
④ 明江:《为了少数民族文学的第二次"上书"——访蒙古作家玛拉沁夫》,《文艺报》2008年2月26日。

表现,其主要作用在于加强对少数民族文学文化的领导,是将少数民族的文学创作纳入到主流话语空间的一种运行机制。

少数民族文学创作"骏马奖"的评选对象仅限于少数民族作家作品,是少数民族作家的专有奖项,相对于面向全国各民族作家作品的茅盾文学奖和鲁迅文学奖,它显然对少数民族作家具有"另开炉灶"性的特殊对待,这是与国家扶植少数民族文学创作的政策相一致的;而在少数民族文学界内部,针对人口较少民族或者少数民族语言而进行的奖项设置与主流话语对边远文艺的扶植、引导、发展逻辑也是同构的,第九届全国少数民族文学"骏马奖"正式设立了"人口较少民族特别奖"。其实早在 1987 年第三届全国少数民族文学创作奖就曾经设立过侧重于人口 10 万以下少数民族作家作品的"特别奖";同时将少数民族文字创作的文学作品纳入评奖体系,并专门设立了少数民族文学翻译奖。全国少数民族文学创作"骏马奖"对少数民族作家母语创作和翻译的重视以及"人口较少民族特别奖"的设立,从根本上来说,应该是主流话语对少数民族作家主体身份的召唤:主流话语试图通过这一奖项彰显对少数民族的政策扶持,让他们在自身主体身份确认和张扬的空间内进一步强化对国家和主流话语的认同。全国少数民族文学创作"骏马奖"的设立无疑是新时期以来国家文学体制和政治制度重建的重要组成部分,是在新时期文艺政策和民族政策调整下对少数民族文学的重构。

官方化的运行机制

全国少数民族文学创作"骏马奖"的官方化性质表现为一种自上而下的宏大的国家行为,正如有论者提到的一样:"文学艺术的奖励制度具有明确的意识形态性,权力话语以隐蔽的方式与此发生联系,它毫不掩饰地表达着主流意识形态的意志和标准,它通过奖励制度喻示着自己的主张和原则。"[1] 而立足于如此强烈的政治辐射之中,全国少数民族文学创作"骏马奖"的运行机制必然成为政治话语与文学场域原则两种逻辑博弈的结果。

其一,主办单位的官方化。该奖的第一届由《民族文学》杂志进行评选,由中国作家协会、国家民族事务委员会组成领导机构,当时只是作为与《民族文学》杂志形成互动的一种奖项。因此,这个奖项最初的设立带有刊物办奖的

---

[1]　孟繁华:《1978 年的评奖制度》,《南方文坛》1997 年第 6 期。

色彩,也就是属于文学传播媒介主办的奖项。从第二届开始,该奖在《全国少数民族文学创作"骏马奖"评奖启事》中明确表明:"全国少数民族文学创作奖,是由中国作家协会、国家民族事务委员会共同主办的少数民族文学的国家级文学奖。"由此,该奖与茅盾文学奖和鲁迅文学奖并驾齐驱,上升为三大国家级的文学奖项之一,这也表明全国少数民族文学创作奖最终成为主流文化体制的一个重要组成部分。从主办机构来看,中国作协具有特殊的性质,"既是由中宣部直接领导的'官方机构',代表政府对文学进行管理和协调,同时,又是中国最高级别作家的协会组织"①。而国家民委是一个完全官方化的组织,主要负责少数民族事务。如此的主办机构组成,体现着国家主流话语意识和主流文化导向,是一个权力场对文学场发生作用的中介。因此,在中国作家协会和国家民委框架下的评奖必然会在较大程度上体现出国家主流话语对文学的导向性和倾向性的规定。从这个意义上说中国作协框架下的文学评奖确实可以称为"作为文学制度的文学评奖"②。

其二,评委的非专业化。不同的知识分子因为其在权力场和话语场所占据的位置不同,都会拥有不同的资本。布迪厄在《学术人》中划分了学术资本和知识分子资本两种,指出学术资本主要是由体制内的权威来提供,"是指与那些控制着各种再生产手段的权力相联系的资本";而知识分子资本更多地体现出独立分化的场的逻辑,"是科学名望的问题"。③ 具体到文学界,前者如中国作协主席团成员、国家宣传部官员或者相关研究机构的负责人,后者如学院教育者、资深编辑以及知名评论家。文学评奖显然更需要具有知识分子资本的学者。第一届评委多是文化艺术界的少数民族人士,其中包括国家少数民族部门公务人员、少数民族地区电视台工作人员、少数民族杂志工作人员以及电视电影艺术机构的相关工作人员,作为主要面向文学创作评奖的全国少数民族文学创作奖,其评委组成中明显缺少足够的文学创作者、评论家以及研究者,这当然会导致人们对其评选的文学作品的审美艺术性产生质疑。

从第六届和第九届的评委名单来看,评委的非专业化现象也比较严重。首先也是最为明显的一点是,评委主任分别为中国作协党组领导以及国家民族事务管理机构负责人,对于评奖本身,这有两个向度的意义,之一是体现了评奖的

---

① 邵燕君:《倾斜的文学场——当代文学生产机制的市场化转型》,江苏人民出版社2003年版,第202页。
② 范国英:《作为文学制度的文学评奖与茅盾文学奖》,《文化研究》2007年第7期。
③ 〔法〕皮埃尔·布迪厄、〔美〕华康德:《实践与反思——反思社会学导引》,李猛、李康译,中央编译出版社2004年版,第111页。

权威性以及后勤实力,之二则显然也昭示了政权对文学本身的规训;其次,在评委中明显缺乏学院性的专业批评家和研究者,如第九届21位评委中只有关纪新一人从事中国少数民族文学理论和批评研究,从文学审美逻辑上来看如此的评委结构显然会使评奖所执行的择优标准令人质疑;再次,除了之前提到的官方化的领导地位,评委名单中作协体系的人员名额偏多,而且体现出某种作协内部指定评委的意味。这在第九届评委组成中体现得最为明显。除丹珠昂奔、金星华以及兰智奇三位国家民委负责人外,其余的18人中有5人为省级或者中国作家协会负责人,另有大约十人为中国作协会员,作协人员所占有的如此大的比重显然有碍于评选结果的权威性和公正性。

其三,评奖标准优先强调政治认同。任何文学评奖都具有明显的价值倾向性和明确的意识形态性,这集中体现在对其评价标准的设立和阐释之上。全国少数民族文学创作因为其在文学场中的作用与所处的位置,其评选的策略必然是权力场与文学场合谋的结果。少数民族文学奖的评选标准从第一届到第九届有了一个逐渐完善的过程,经过了不断地修正和补充。第一届评奖更多注重的是对作品评选范围的界定,在第二届(1985年)的评奖启事中,该奖项的运作标准只有简单的一句话,即"具有较高思想艺术水平以及良好社会效果,在各族读者中有较大影响";第五届评奖启事改为"应具有较高的思想性和艺术水准及良好的社会效果,并在广大读者中有较大影响"。这一表达将思想性和艺术性分别加以强调;而现行的标准于2005年第八届的评奖即已使用,2008年《全国少数民族文学创作"骏马奖"评奖试行条例(2008年2月14日修订)》正式确立,并详细地对评奖标准进行了阐释,将之分为四条进行逐一的细化解释,分别是规约为"倡导爱国主义、集体主义、社会主义的思想和精神"、"重视作品的艺术品位"、"注重作品的民族特色和多样性",并突出强调了"民族文学翻译奖人选"。

前后的标准虽然有所改动,但是显然内在的话语逻辑始终是一致的,即政治标准第一,艺术标准第二。虽然前面两个版本强调的是"思想性",但只要结合当时的社会语境进行分析就能得出这一结论。1985年内地的小说创作已然经过轰轰烈烈的"伤痕"、"反思"和"改革"阶段,开始进入更具有文化性的"寻根"思潮,但是在相对封闭和滞后的少数民族文学创作界,小说创作依然处于新时期初期的小说主流,即在对"四人帮"反动思想的清算之中致力于思想解放的呼唤和启蒙。在这一意义上,此处所强调的"思想性"所包含的必然是这样的意味,即少数民族文学的创作中是否潜藏着边缘向中心传达的伴随新时期社会改革思潮而来的新的生存感悟,以及中心向民族同胞传递的新的思想信息和乐观前景,较为直白的说,其所指的依然是政治化的主题通行证;可以说在彼时文学的政治教化和道德驯化功能依然是极为重要的方面,这意味着,此类文学评奖所注重的思想性其实质在于其是否能够转化为现实性的力量。而修订版的评奖标准仅从排列次序上即鲜明表达了"政治标准第一,艺术标准第二"的思路,这也符合中国所有权威文学大奖的情况,即"所谓的政治的质量认证,标准的制定和运用,总是一目了然的,往往也是公之于众的且被不折不扣地执行的;而所谓的艺术的和审美的认证,则不幸总是居于从属的和附加的地位"①。同时这样的逻辑还暗含着如此的考虑,即只有作品在政治性上符合了权力意识的要求,符合其所倡导的思想倾向,具有积极明确的模范作用,才有资格获得进一步艺术上的评审,这就是洪治纲所指出的"坚持政治导向性,兼及艺术审美立场"②。从这一意义上来看,《全国少数民族文学创作"骏马奖"评奖试行条例(2008 年 2 月 14 日修订)》中的评奖标准所侧重的其实还是上层权威对于少数民族作家的秩序自觉性和社会责任感的强调,对政治觉悟和立场的规定优先于对文学特质的选择。而在颇有组织性和号召力的社会主义文化建设中,全国少数民族文学创作"骏马奖"的评选在定位上显然注重的是对少数民族作家的规训和培养。

现实诉求与示范激励

全国少数民族文学创作"骏马奖"的设奖诉求强调引导示范和激励作用。全国少数民族文学创作奖在"指导思想"中明确提出"鼓励和倡导关注现实生活、体现时代精神,反映少数民族新的精神风貌的好作品"。这正好符合"评奖即引导即提倡"的立奖思维,体现的是组织者对少数民族文学优秀创作的美好期待与深切呼唤。全国少数民族文学创作"骏马奖"的设立在根本上是基于上层文艺机构树立少数民族文学创作"典范"的初衷,而更为重要的是其中所体现出的评奖运作的背后主办机构所代表的上层建筑的价值诉求:作为中国文学的一部分的少数民族文学需要尽快扭转已显现出的滞后状况,只有对创作水平高(如被择优评选的获奖作品)的少数民族创作加以鼓励和提倡,才能使少数民族文学创作名副其实汇入中国当代文学的发展大潮中。显然全国少数民族文学创作奖应运而生且当仁不让地承担了如此的责任和使命。虽然,依靠评奖的方式达到"引

---

① 朱晖:《第三届茅盾文学奖之我见》,《当代作家评论》1995 年第 2 期。
② 洪治纲:《无边的质疑——关于历届"茅盾文学奖"的二十二个设问和一个设想》,《当代作家评论》1999 年第 5 期。

导"和"提倡"的目的显然有违创作规律,因为成熟的创作必须而且只能针对作家的心灵空间、审美理想和叙事欲望而生发,但是说"评奖即鼓励即关怀"则是比较科学的①,这同样体现了对少数民族文学创作自上而下的引导作用。

虽然作为奖励性的文学评奖,全国少数民族文学创作奖自然会包含物质性的介入(其奖金额度为1万元),但是相比一些期刊和社会企业合办的动辄奖金额在10万元以上的文学评奖来说,全国少数民族文学创作"骏马奖"显然更为侧重的是一种象征资本。获得全国少数民族文学创作奖对少数民族地区和作家来说无疑具有一种潜在的政治资本。

该奖项对少数民族作家的文学能力的认同对其创作生涯的重大意义自不待言。由此,许多少数民族创作者得以进入更多评论家和阅读者的视野,开始逐渐闻名于文学界。但是更值得注意的是,全国少数民族文学创作"骏马奖"所颁发的象征资本与政治资本之间良好的转换率。较多的少数民族作家在获得少数民族文学奖之后,其身份开始出现转换,从边远地区难为人知的少数民族文学创作者跻身获得了主流话语空间内权威性的政治和类政治身份。比较典型的如吉狄马加在获得两届少数民族文学奖后从四川省凉山州文联《凉山文学》编辑部编辑成为四川省作家协会副主席、党组成员兼秘书长。石舒清在获奖后由中学教师成为宁夏文联专业作家,后又担任宁夏文联副主席等。象征资本的主流转化必然会激励众多有意于进入主流空间和上层机构的少数民族创作者努力通过文学创作进入该奖的榜上名单。

就在这一意义上,全国少数民族文学创作"骏马奖"的评选标准就不仅是少数民族文学的评价标准,而且很大程度上成了少数民族文学创作的导向标。少数民族创作者为了获奖不可避免地会有意迎合该奖的评选标准,从文学生产的工序上进行主流化创作,从而产生某种主题先行和先入为主的不良创作倾向。这也是历届获奖作品大多都表现出对民族风情的描述、对新生活的歌颂以及对本民族历史的弘扬等大同小异的特点的原因。以第八届获奖作品来看,关注现实、反映我国新时期以来社会现实生活及"三农"题材的作品就占有较大的比重。这显然是由"获奖思维"直接导致的主题内容上的千篇一律和深度的缺失,而像朱春雨的《血菩提》和阿来的《尘埃落定》等内容和形式俱佳的作品就较少出现。

---

① 洪治纲:《无边的质疑——关于历届"茅盾文学奖"的二十二个设问和一个设想》,《当代作家评论》1999年第5期。

20世纪90年代以来,整个社会呈现出一个消费性的文化空间,文学逐渐成为一种边缘化的文艺形态。在这种语境中,且不说那些由报刊和民间文学机构举办的各种文学奖逐渐成为商业话语的合谋,成为商业资本和大众传媒话语中的一种炒作,即便是像以茅盾文学奖、鲁迅文学奖等为代表的各种政府主导的文学评奖也相应地受到了消费文化和媒介文化的影响,与市场因素眉来眼去。然而,全国少数民族创作"骏马奖"却在这些喧嚣的消费环境中很少受到消费主义的影响。每届全国少数民族文学"骏马奖"的评选从预备期到评选结束,仍然显得比较寂寞,从媒体的关注度上来看,既没有大众传媒的宣传炒作,也没有对获奖者的频频曝光和访谈。只有少数作家被媒体和市场所关注,也是因为他们随后获得了茅盾文学奖和鲁迅文学奖的市场效应,如霍达、阿来以及石舒清等。在此需要指出的是,全国少数民族文学创作"骏马奖"与其他奖励一样,其对文学的正面意义的发生都存在一个前提,即在作者的写作动机之中,评奖奖励不能成为先在的价值衡量标准或者支配性的最终目的,否则评奖所包含的物质性和权力就会对文学本应实现的对于更为深在的意义世界和感性自我的表达构成一种伤害。

全国少数民族文学创作"骏马奖"评奖特征考察

向贵云

1980年7月2日至10日,中国作家协会和国家民族事务委员会联合召开首届全国少数民族文学创作会议,会议决定设立全国少数民族文学创作评奖,由中国作协和国家民委共同主办。全国少数民族文学创作奖由此诞生。1986年8月,首届全国少数民族题材电视剧电视艺术"骏马奖"在内蒙古呼和浩特举行,乌兰夫时任国家副主席,他亲笔题写"骏马奖"三个字为奖项命名。因为同属于少数民族文艺范畴且都由国家民委参与主办,全国少数民族文学创作奖也启用"骏马奖"这一名称。1999年,第六届"全国少数民族文学创作奖"正式更名为"全国少数民族文学'骏马奖'",2005年第八届评奖时进一步更名为全国少数民族文学创作"骏马奖",并一直沿用至今。全国少数民族文学创作"骏马奖"与茅盾文学奖、鲁迅文学奖、全国优秀儿童文学奖同为中国作协主办的四大国家级文学奖项,其评奖历史较茅盾文学奖长,至今已成功举办十届。与其他各类文学评奖活动相比,全国少数民族文学创作"骏马奖"表现出自身的鲜明特征。

一、政府参与评奖工作

1980年,首届全国少数民族文学创作会议决定,由中国作家协会和国家民族事务委员会联合举办全国少数民族文学创作评奖。由政府部门参与举办评奖,这是全国少数民族文学创作"骏马奖"区别于茅盾文学奖、鲁迅文学奖以及

题解　本文原载《扬子江评论》2014年第3期。向贵云的文章通过梳理全国少数民族文学创作"骏马奖"评奖的发展历程,总结出政府参与评奖工作、照顾民族平衡、扶植少数民族母语创作三大特征。具体而言,1980年首届全国少数民族文学创作会议决定,由中国作家协会和国家民族事务委员会联合举办全国少数民族文学创作评奖;照顾人口较少民族,在评奖条例制定、奖项设置和具体评奖操作上都表现出向人口较少民族和文学创作水平较低民族倾斜的特征;设立"翻译奖",扶植少数民族母语创作。

全国儿童文学奖等奖项的重要特征。从历届文学"骏马奖"的评奖情况看,国家
民委系统基本全程参与评奖的各个环节。

　　首先,全国少数民族文学创作"骏马奖"历届评奖活动都由国家民族事务委
员会和中国作家协会联合向各省、市、自治区民委和作协分会发出评奖通知,并
由各省、市、自治区地方作协和民委共同组织推荐参赛作品和翻译人选。这里以
第五届全国少数民族文学创作奖评奖通知为例说明:

中 国 作 家 协 会
国家民族事务委员会文件
作发〔1997〕2 号

关于举办第五届全国少数民族文学创作奖
评奖的通知

　　各省、自治区、直辖市作协、民委:
　　　　……中国作家协会和国家民族事务委员会决定于 1997 年举办第五届
全国少数民族文学创作评奖。
　　　　……
　　　　三、办法
　　　　由各省、自治区、直辖市作协会同民委,组织本地(包括部队)出版社及
有关报刊等单位推荐评奖篇目和翻译人选。……①

　　国家民族事务委员会、各地方民族事务委员会与作协系统共同组织了全国
少数民族文学"骏马奖"前期的通知、宣传等工作,并共同协作从全国具有参赛
资格的众多人选中筛选出参赛作品和参赛翻译人选推荐给评奖委员会,完成评
奖前期的海选工作。

　　其次,全国少数民族文学创作"骏马奖"评奖委员会由国家民委和中国作协
共同协商确定,且由国家民委领导担任评委会主任或副主任亲自参与评奖。评
奖委员会直接决定获奖者,对于评奖活动来说可谓至关重要。全国少数民族文
学创作"骏马奖"设有初评小组,由初评小组在阅读和讨论推荐篇目及翻译作品

---

① 《关于举办第五届全国少数民族文学创作奖评奖的通知》,见作发〔1997〕2 号文。

的基础上提出初选篇目和翻译奖名单,然后由评奖委员会认真审读初选作品并投票产生最终获奖篇目和翻译人选。但评奖规则同时规定,"评委会除对初选篇目和名单进行最后评定外,还有权直接决定获奖作品和翻译奖"①。可见,获奖作品和翻译奖的最终产生关键还在于评奖委员会。全国少数民族文学创作"骏马奖"对评奖委员会的产生办法有明确要求。如《关于举办第五届全国少数民族文学创作奖评奖的通知》就评奖委员会构成规定,"本届评奖委员会委员由各民族作家、评论家、翻译家及各省、自治区、直辖市作协和中国作协、国家民委有关领导组成,在对初选作品进行审读基础上经投票最终产生本届评奖的获奖篇目"②。2008年2月修订的《全国少数民族文学创作"骏马奖"评奖试行条例》也规定,"评委会委员由中国作协书记处在广泛征求文学界意见的基础上提名,和国家民委协商产生,报请主管部门备案。评委会主任、副主任共4人由中国作协和国家民委有关领导担任"。事实上,历届文学创作"骏马奖"评奖委员会成员基本都有国家民委领导参与,且大都任评委会主任或副主任。

再次,全国少数民族文学创作"骏马奖"的活动经费由国家民族事务委员会和中国作协共同解决。2008年《全国少数民族文学创作"骏马奖"评奖试行条例》就"评奖经费"一项说明,"全国少数民族文学创作'骏马奖'评奖活动经费,由中国作家协会、国家民族事务委员会拨款及吸收社会赞助的方式解决"。2012年2月最新修订的《全国少数民族文学创作"骏马奖"评奖条例》规定,评奖经费"由中国作家协会、国家民族事务委员会负责筹措","欢迎企业、团体、个人予以赞助"。由政府部门参与筹措评奖经费,这也让全国少数民族文学创作"骏马奖"受到政府部门一定程度的制约。

另外,历届全国少数民族文学创作"骏马奖"颁奖典礼都有国家政协、人大、民委、统战部、中宣部、文化部等领导人出席并做讲话,这些领导讲话常常对整个评奖活动起指导和规范作用。如1981年12月30日第一届颁奖典礼在人民大会堂举行,中共中央政治局委员、人大常委会副委员长乌兰夫,人大常委会副委员长赛福鼎·艾则孜,全国人大常委会副委员长、全国人大民族委员会主任委员阿沛·阿旺晋美,中央统战部部长兼国家民委主任杨静仁,国家民委副主任江平等领导出席颁奖典礼。乌兰夫在典礼上发表讲话说,"少数民族文学要突出自己的民族特点。要做到这点,一定要坚持四项基本原则,注意防止和反对资产

---

① 《中国作协、国家民委关于举办第二届全国少数民族文学评奖的通知》,《作家通讯》1985年第3期(总第78期)。

② 《关于举办第五届全国少数民族文学创作奖评奖的通知》,见作发〔1997〕2号文。

阶级自由化倾向。……我们要努力反映少数民族地区的新变化和少数民族人民的火热的生活斗争,要尽情歌颂党的民族政策的胜利和在历史上、现实中的少数民族英雄人物,使少数民族文学创作为中国文学的发展、繁荣做出更大贡献"①。国家民委副主任江平也在这次颁奖典礼上强调,"对于各民族作者,民族团结这个主题是永远不能忘记的"②。再如最近的第十届全国少数民族文学创作"骏马奖"于2012年9月19日晚在国家大剧院颁奖,全国政协副主席白立忱、阿不来提·阿不都热西提,全国人大常委会原副委员长布赫,国家民委主任杨晶、副主任丹珠昂奔,中宣部副部长翟卫华及中国作协领导出席颁奖典礼,中共中央政治局常委李长春给颁奖典礼发来贺信。李长春在贺信中希望广大少数民族作家"始终坚持中国特色社会主义文化发展道路,……真实描绘各民族波澜壮阔的历史画卷,深刻反映各民族地区翻天覆地的巨大变化,生动展示各民族群众在中国共产党领导下全面推进中国特色社会主义伟大事业,共创幸福美好生活的崭新精神风貌,创作生产更多无愧于历史、无愧于时代、无愧于各族人民的精品力作……"③历届领导的讲话对奖项的主办者、组织者以及各少数民族作家也产生着引导和规约作用。

全国少数民族文学创作"骏马奖"颁奖地点的选择也很讲究,目前举办的十届评奖,共有六届——第一至五届及第七届——在人民大会堂举行颁奖典礼,这种所谓的"最高规格"与作协举办的其他文学奖项有明显区别。

总之,全国少数民族文学创作"骏马奖",从筹措经费、制定评奖条例、推荐参赛作品、设立评奖委员会、确定获奖作品及至颁奖典礼,国家民委等政府部门都全程参与,这无疑大大强化了这一奖项的政治色彩。

二、照顾民族平衡

全国少数民族文学创作"骏马奖",其设奖宗旨在于繁荣少数民族文学创作,"维护祖国统一、民族团结"④。为实现这一宗旨,文学创作"骏马奖"往往照顾民族感情,考虑各民族在人口和文学创作水平上的不平衡,在评奖条例

① 《乌兰夫同志在全国少数民族文学创作评奖发奖大会上的讲话》,《作家通讯》1982年第1期。
② 《全国少数民族文学创作评奖发奖大会在京举行》,《作家通讯》1982年第1期。
③ 《全国第十届少数民族文学创作"骏马奖"颁奖典礼在京举行 李长春致贺信》,见中国作家网 http://www.chinawriter.com.cn/news/2012/2012-09-20/141714.html,2012-9-20。
④ 《全国少数民族文学创作"骏马奖"评奖条例》,见中国作家网 http://www.chinawriter.com.cn/zx/2007/2007-01-08/804.html,2012-3-1。

制定、奖项设置和具体评奖操作上都表现出向人口较少民族和文学创作水平较低民族倾斜的特征。

照顾"人口较少民族"①。照顾人口较少民族，是全国少数民族文学创作"骏马奖"自创办至今的一贯精神。1981年，第一届全国少数民族文学创作奖获奖作品揭晓，共有京族、鄂温克族、景颇族、锡伯族、仫佬族、普米族、乌孜别克族、塔吉克族、布朗族、达斡尔族十个"人口较少民族"作家获奖。1985年第二届评奖有作家获奖的"人口较少民族"增至十四个，分别是景颇族、土族、裕固族、鄂伦春族、仫佬族、锡伯族、撒拉族、阿昌族、柯尔克孜族、乌孜别克族、保安族、德昂族、京族和达斡尔族。冯牧在第二届全国少数民族文学创作奖颁奖典礼上说："我们还应当特别热诚地关心、培养和扶植那些人口较少的民族发展本民族的文学，以改变目前事实上存在着的各民族文学发展的不平衡现象。"② 此后各届全国少数民族文学创作"骏马奖"的评奖都渗透着这一理念。如《关于举办第五届全国少数民族文学创作奖评奖的通知》明确规定，"凡在1992—1995年四年内全国各地(不包括港、澳、台)地、州以上出版社出版的少数民族作者用汉文或少数民族文字创作的长篇小说、中篇小说集、短篇小说集、诗集、散文集、报告文学集、评论集、儿童文学集等均可参加此次评奖"，但"10万人口以下民族(以国家1990年人口普查公布的统计数字为准)的少数民族作者，可以单篇作品(省以上报刊发表的小说、诗歌、散文、评论)参评，年限可适当放宽"。③ 全国少数民族文学"骏马奖"自第三届起便要求以作品集参评，但对人口较少民族和文学新人一直持照顾政策，不但允许其以单篇作品参评，而且在各奖项的具体评选工作中给予其照顾。如第六届评奖委员会副主任吉狄马加在接受记者采访时说，"考虑到各民族文学创作发展的不平衡现状，对人口较少的少数民族地区作家的作品，如获奖的塔吉克族作家阿提克木·则米尔的小说集《冰山之心》、达斡尔族女作家阿凤的小说集《木轮悠悠》、阿昌族作家罗汉的小说集《父亲之死》、傈僳族诗人杨泽文的诗集《回望》等，本届都给予了足够的关注"。谈到今后少数民族文学创作的发展，吉狄马加说，"少数民族文学创作仍发展不平衡，水平参差不齐，

---

① 本文中"人口较少民族"是指《扶持人口较少民族发展规划(2011—2015年)》所称的全国总人口在30万人以下的28个民族，这些民族是：珞巴族、高山族、赫哲族、塔塔尔族、独龙族、鄂伦春族、门巴族、乌孜别克族、裕固族、俄罗斯族、保安族、德昂族、基诺族、京族、怒族、鄂温克族、普米族、阿昌族、塔吉克族、布朗族、撒拉族、毛南族、景颇族、达斡尔族、柯尔克孜族、锡伯族、仫佬族、土族。

② 冯牧：《时代呼唤着各民族文学的腾飞》，《文艺报》1985年12月21日。

③ 《关于举办第五届全国少数民族文学创作奖评奖的通知》，见作发〔1997〕2号文。

需要共同繁荣"①。

事实上,扶植"人口较少民族"地区经济、文化发展已经成为我国一项重要国策。在 2008 年修订的《全国少数民族文学创作"骏马奖"评奖试行条例》中,"指导思想"一栏明确要求,评奖应该"注意扶植人口较少的少数民族文学创作"。"评奖范围"一栏则指出:"'人口较少民族特别奖'专为人口较少民族作家而设。凡 10 万人口以下民族(以国家 1990 年人口普查公布的统计数字为准)的作者,均可以参评。所参评的单篇作品须在省级以上报纸、刊物、出版社发表或出版。"2008 年举办第九届全国少数民族文学创作"骏马奖",首设"人口较少民族特别奖",共评出五部作品:《山中那一个家园》(毛南族)、《星光下的乌拉金》(裕固族)、《以我命名》(德昂族)、《月亮刀魂》(阿昌族)、《家乡的泸沽湖》(普米族)。《全国少数民族文学创作"骏马奖"评奖试行条例》虽规定"人口较少民族特别奖"可以单篇作品参评,但此次评选出的五部作品皆为作品集,这说明人口较少民族的文学本身也已经有了较大发展。我国对人口较少民族的政策扶植一直没有变,且不断加大力度。2011 年 6 月,国家民委、国家发展改革委、财政部、中国人民银行和国务院扶贫办再次联合编制颁发《扶持人口较少民族发展规划(2011—2015 年)》,本规划在"发展文化事业和文化产业,繁荣民族文化"一节中要求"加大对少数民族文学艺术作品创作的支持力度,打造一批精品力作。加大对专业人才的培养力度,推出一批骨干人才",要"办好全国少数民族文艺会演、全国少数民族文学创作'骏马奖'、《民族文学》……"② 2012 年举办第十届少数民族文学创作"骏马奖"没有再设"人口较少民族特别奖",但 2012 年 2 月修订定稿的《全国少数民族文学创作"骏马奖"评奖条例》在"评选标准"中仍然明确要求"扶持人口较少民族文学创作",因此,这一精神仍贯穿第十届评奖的整个过程。

下表是对全国少数民族文学创作"骏马奖"自创办以来"人口较少民族"获奖情况的统计:

① 高小立:《五十大庆喜年骏马奔腾——全国第六届少数民族文学骏马奖揭晓》,《文艺报》1999 年 9 月 21 日。
② 《关于印发扶持人口较少民族发展规划 2011—2015 年的通知》,见民委发〔2011〕70 号文。

评奖届次	总获奖民族数	"人口较少民族"获奖数	"人口较少民族"获奖数占总获奖民族数百分比(%)	备注
第一届	38	10	26	
第二届	41	14	34	
第三届	41	17	41	
第四届	34	10	29	
第五届	24	8	33	
第六届	27	9	33	共10个作品获奖,撒拉族获诗集和理论两个奖项
第七届	21	5	23	
第八届	15	3	20	
第九届	23	7	30	含"人口较少民族特别奖"5个
第十届	16	1	6	

由上表可见,全国少数民族文学创作"骏马奖"注意照顾"人口较少民族",同时也可见出,随着这项评奖日趋规范与成熟,该奖也在逐渐淡化其评奖的照顾性质。2012年,第十届全国少数民族文学创作"骏马奖"的具体组织工作划归中国作协创作研究部负责(创作研究部同时负责茅盾文学奖、鲁迅文学奖和全国儿童文学奖等奖项的评奖工作),开始采用大评委制,并通过中国作家网、《文艺报》等媒介及时向公众公开评奖的各个环节,这些措施见证着全国少数民族文学创作"骏马奖"正逐渐走向透明化和规范化。

设"特别奖",照顾文学创作水平较低的民族。第三届全国少数民族文学创作评奖设"特别奖",规定"凡推荐作品而未列入获奖篇目的民族,均择优选一篇作品获特别奖"。① 本届共评出特别奖22个(其中"人口较少民族"占15个),用以鼓励文学创作水平较低的民族积极参赛。但因"特别奖"要求照顾的面比较广、照顾的度比较大,这势必影响整个文学创作"骏马奖"在公众中的公信度,故同样性质的"特别奖"此后没有再设立。

① 《第三届全国少数民族文学创作评奖获奖篇目》,《文艺报》1990年11月24日。

三、扶植少数民族母语创作

　　全国少数民族文学创作"骏马奖"自第二届起开始设立"翻译奖"。1985年,第二届全国少数民族文学创作评奖通知规定,"为了加强当代少数民族文学作品的翻译工作,鼓励翻译工作者,推进各民族间的文学交流,本届增设当代少数民族文学翻译奖。翻译文字包括少数民族文字译成汉文,汉文译成少数民族文字以及两种少数民族文字互译。所译原著必须是当代少数民族文学作品,不包括古典、现代、外国和民间文学作品。译者的民族成份不限"①。1985年底,评奖结果揭晓,本届共有8名翻译者获奖。此后,翻译奖成为全国少数民族文学创作"骏马奖"的固定奖项,至今共有39名翻译者获得该奖。全国少数民族文学创作"骏马奖"设立"翻译奖",为我国少数民族母语文学译成汉文、汉文创作译成少数民族母语文字以及各少数民族母语文学间的互译培养了大批翻译人才,为各民族间文学的相互传播拓宽了渠道,尤其大大加强了各少数民族母语文学在汉语界的传播。

　　允许少数民族母语文学作品参与评奖,并保证其在获奖作品中占相当大的比重。全国少数民族文学创作"骏马奖"自第二届起接受少数民族母语文学作品参与评奖,至今已有九届。要梳理历届评奖中少数民族母语创作作品的获奖情况,由此考察文学创作"骏马奖"对少数民族母语创作的重视程度和扶持力度,有两个重要参考指标,即各届评奖中少数民族母语创作的获奖比例和获奖率。

　　首先,对历届全国少数民族文学创作"骏马奖"中少数民族母语文学获奖作品在所有获奖作品中所占的比重做一统计:

评奖届次	总获奖数 (含翻译奖)	少数民族母语作品 获奖数(含翻译奖)	获奖作品中少数民族母语创作 所占比例(%)
第二届	111	35	32
第三届	83	23	28
第四届	99	34	34

---

① 《中国作协、国家民委关于举办第二届全国少数民族文学评奖的通知》,《作家通讯》1985年第3期(总第78期)。

评奖届次	总获奖数 （含翻译奖）	少数民族母语作品 获奖数（含翻译奖）	获奖作品中少数民族母语创作 所占比例（%）
第五届	63	18	29
第六届	61	25	40
第七届	55	22	40
第八届	31	11	35
第九届	39	18	46
第十届	29	14	48

由这组统计数据可以看出,第二至五届全国少数民族文学创作"骏马奖"评奖中,少数民族母语文学获奖作品在所有获奖作品中的所占比例在28%至34%之间徘徊,而第六至第十届,除第八届为35%外,其余四届皆在40%以上,特别是最近举办的第九、十两届竟高达46%和48%,几乎与以汉文创作的作品平分秋色。可见,随着全国少数民族文学创作"骏马奖"不断规范和成熟,少数民族母语文学获奖作品所占比重呈明显上升趋势,这不仅揭示出全国少数民族文学创作"骏马奖"对少数民族母语文学创作的日益重视和对其扶植力度的不断加强,同时也透露了少数民族母语文学创作本身的强劲实力。

再来考察各届少数民族文学创作"骏马奖"中少数民族母语创作的获奖率。在文学创作"骏马奖"的各届评奖中,汉文参赛作品和少数民族母语参赛作品在数量上常常悬殊很大,所以,获奖率是考察少数民族母语创作获奖情况的一个重要参考指标。下面以第六、七、十这三届①文学创作"骏马奖"为例,对各届评奖所有参赛作品中少数民族母语创作作品与汉文创作作品的获奖率做一统计和比较:

---

① 选取第六、七、十这三届评奖为案例说明问题,是因为从第六、七两届评奖开始,奖项设立基本固定,评奖程序、评奖标准基本规范定型,而第十届则是最近一届评奖,最能代表全国少数民族文学创作"骏马奖"的评奖现状并揭示其可能的发展趋势。

评奖届次	总参赛作品数（不含特别奖和翻译奖）	总获奖作品数	总获奖率（%）	汉文参赛作品数	汉文获奖作品数	汉文作品获奖率（%）	少数民族母语作品参赛数	少数民族母语作品获奖数	少数民族母语作品获奖率（%）
第六届	270	56	20.74	211	36	17.06	59	20	33.90
第七届	266	55	20.68	207	33	15.94	59	22	37.29
第十届	230	25	10.87	182	15	8.24	48	10	20.83

表面上看,历届评奖中汉文作品获奖数目大,但由上表可知每届评奖中少数民族母语创作作品的获奖率却远远高于汉文创作作品。计算这三届评奖中少数民族母语作品获奖率与汉文作品获奖率之比:第六届 33.90∶17.06＝1.99→第七届 37.29∶15.94＝2.34→第十届 20.83∶8.24＝2.53,呈上升趋势,进一步揭示出全国少数民族文学创作"骏马奖"重视少数民族母语文学创作,且对少数民族母语文学创作的扶植力度在不断加强。

下面再以对读者及评论者影响较大的长篇小说为例,统计其获奖比例和获奖率,对上述两项考察指标所得出的结论做进一步佐证。

先看各届获奖长篇小说中少数民族母语创作所占比例(下表):

评奖届次	总获奖数	少数民族母语作品获奖数	少数民族母语创作所占比例(%)
第二届	4	2	50
第三届	6	2	33
第四届	6	3	50
第五届	8	4	50
第六届	7	3	43
第七届	6	2	33
第八届	5	3	60
第九届	5	3	60
第十届	5	2	40

目前,有少数民族母语创作参赛的全国少数民族文学创作"骏马奖"共九届,长篇小说获奖作品中少数民族母语创作所占比例低于50%的共四届,分别是第三届33%、第六届43%、第七届33%、第十届40%,而第二、四、五届都占50%,第八届和第九届则占60%,综合来看,长篇小说获奖作品中少数民族母语创作所占比例高于汉文创作。

同样以第六、七、十这三届全国少数民族文学创作"骏马奖"为例,比较汉文长篇小说与少数民族母语创作长篇小说的获奖率:

评奖届次	总参赛作品数（不含特别奖和翻译奖）	总获奖作品数	总获奖率（%）	汉文参赛作品数	汉文获奖作品数	汉文作品获奖率（%）	少数民族母语作品参赛数	少数民族母语作品获奖数	少数民族母语作品获奖率（%）
第六届	47	7	14.89	35	4	11.43	12	3	25.00
第七届	62	6	9.68	52	4	7.69	10	2	20.00
第十届	71	5	7.04	59	3	5.08	12	2	16.67

从这组统计数据看出,单从长篇小说这一对读者及评论者影响较大的体裁来看,即便是获奖比例低于50%的第六、七、十这三届评奖中,少数民族母语创作作品的获奖率依然远远高于汉文创作作品。计算这三届评奖中少数民族母语长篇小说获奖率与汉文长篇小说获奖率之比:第六届25.00∶11.43＝2.19→第七届20.00∶7.69＝2.60→第十届16.67∶5.08＝3.28,仍呈上升趋势,这进一步证明了上文的结论。

2012年2月定稿的《全国少数民族文学创作"骏马奖"评奖条例》,其"评选标准"要求:"鼓励少数民族母语文学创作"。可见全国少数民族文学创作"骏马奖"在往后的评奖过程中仍将贯彻扶植少数民族母语创作的精神。

"读者来信"与新时期文学秩序

——"全国优秀短篇小说奖"的"读者来信"之辩难

刘　巍

　　文学作品的读者来信,是读者在读过作品之后,以第一人称的方式把自己的感想、看法表达出来的信函式写作。它具备诸多功能,其一是直抒胸臆。文学的读者来信有直接的针对性,它面对的是文学作品,是虚拟的非实存的人生故事,所以这"胸臆"更多的是读者个体对作品的感想。其二是上传下达。列宁更把报纸的读者来信称之为"最好的政治晴雨表",关于文学的来信虽说并非是政治政策性的读解,但同样有意识形态的味道在其中,特别是在社会的转型期或某个政治时期的发生发展阶段。其三是佐证意图,编辑的意图,政治大环境的意图,意识形态的意图等。抗日时期的《新华日报》和《解放日报》也都注意用读者来信来传递信息,反映舆论。作家、编辑、读者之间的来往使创作风尚、政策宣传、阅读潮流之间形成循环互证的关系。读者在信中除以某个作品为契机抒发感情外,还会自拟一些与文学相关的问题,提出并分析问题,发表意见和建议,以达解决问题的目的。从实证角度来说,读者来信是比较切实的文学接受反馈,因为它落实到了笔端,并且反馈给了编辑,甚至作者,从而实现完整的交流互动过程。现代报刊滥觞之时,出版界便有了"读者来信"的传统。文学性读者来信与解决生活中实际问题的读者来信相比,有着超越现实生活实在性、功利性的艺术特征,这也使其成为出版界、传播界倾听民众好恶、把脉文学动态的主要途径。"全国优秀短篇小说奖"发轫于1978年,是当代文学以制度的形式确立文学评奖的开端。那么,关于文学评奖的较为集中的"读者来信"与那些自发的、发散

题解　本文原载《文艺争鸣》2015年第3期。刘巍以20世纪70年代末80年代初全国优秀短篇小说奖中的"读者来信"入手,通过考察这一时期"读者来信"的特点来分析新时期文学秩序的重建,试图还原80年代初的文学现场。文章围绕读者来信的真实性、"读者来信"实践着重建新时期文学秩序的一种努力两个方面展开论述,作者发现读者在1978—1983年的来信中表现出从被形式所笼罩的"集体无意识"到关注日常生活多层面的"美学意识"的轨迹。文艺政策与文学制度的变更对文学发展具有强大的制约作用,往往通过文学期刊、文学出版机构的中介环节,迅速传达渗透到创作主体、接受主体的文学实践之中。

的、零碎的来信有哪些不同呢？这一时期的"读者来信"有哪些独有的、无可复制的特征呢？这特征与 80 年代的文学现场有哪些关联？它是否能够印证文学接受理论的实践条例呢？我们将一一探讨。

一、读者来信的真实性

研究读者来信，它的真实与否的问题应该放在第一位，如果这一点无法确认，其余的研究都只能是空谈。文学史上不乏编辑、评论家或文艺部门的领导"化名"读者发声，定制"读者来信"的先例。从《新青年》《现代评论》到《文艺报》，作家、编辑、评论家或为扩大杂志的影响，或要引起政府、社会的关注，或试图宣扬某种文艺观念，常常煞费苦心地策划几番争论。这就使本应来自群众的真实呼声的读者来信蒙上了面纱，假借读者的"来信"带有相当强烈的目的性，并不能真实反映读者大众的感想和意见。但在 70 年代末，"写真实"成为官方、民间、文艺工作者的一致倡导——高扬现实主义大旗，以扫荡当代文学三十年来占据统治地位的假大空政治文学话语。"讲真话"不仅仅是文艺领域的呼声，也是整个民族的向往。尧斯说："接受的审美理论不仅让人们构想一部文学作品在其历史的理解中呈现出来的意义和形式，而且要求人们将个别作品置于所在的'文学系列'中从文学经验的语境上去认识历史地位和意义。"① 为了探讨1978 年以后数年"全国优秀短篇小说奖"读者来信的真实性，我们需要重返评选的现场，对这一个时期的"读者来信"进行简单的回顾。

从数量上看，其时的读者体现了极强的参与热情。翻阅那几年的《人民文学》，可以得到这样的资料："1978 年的评选，收到读者来信一万零七百五十一件，评选意见表二万零八百三十八份"②；1979 年，"一百天内共收到'选票'二十五万七千八百八十五张，比上次增长十二倍以上"③；1980 年，"共有四十万零三百五十三张，比七九年增长近六成，为七八年推荐票数的二十倍，真是盛况空前"④；1981 年，"收到三十六万九千一百八十六张"⑤，比上一年度稍有减少；

① H.R. 姚斯、R.C. 霍拉勃：《接受美学与接受理论》，周宁、金元浦译，辽宁人民出版社 1987 年版，第40 页。
② 《报春花开时节——记一九七八年全国优秀短篇小说评选活动》，《人民文学》1979 年第 4 期。
③ 《欣欣向荣又一春——记一九七九年全国优秀短篇小说评选活动》，《人民文学》1980 年第 4 期。
④ 《第三个丰收年——记一九八〇年全国优秀短篇小说评选活动》，《人民文学》1981 年第 4 期。
⑤ 《喜看百花争妍——记一九八一年全国优秀短篇小说评选活动》，《人民文学》1982 年第 4 期。

1982 年,"收到推荐票三十七万一千九百一十一张,略高于去年"①;1983 年的评选,没有印发专门的推荐表,但仍收到了二千多件推荐信函,八千多篇次的推荐作品。

读者来信最多的时候有四十多万,几年间的数量呈现出由上升到趋缓的路径。如果扩容进那些读了作品但没有写信的人,这个数字就更加惊人。所有这些读者的热情反响,在今天这个期刊和小说一起被读者遗忘了的时代都是不可想象的,那是文学在 80 年代辉煌的灿烂回响。

从读者的身份看,几届读者来信表现出了广泛的公共性。以"一九八一年全国优秀短篇小说推荐表"为例,表格大致分为两大块:推荐作品的"篇名""作者""发表时间及报刊名称",每份表格可最多推荐 5 部作品;另一大块是"推荐人"部分,需填写"姓名""年龄""工作单位""职业"。表格虽然简单,却一目了然,推荐人、作品都无需赘言。在 1980 年第 4 期的《人民文学》上,署名为"本刊记者"的文章《欣欣向荣又一春》详细记录了该年度的评选活动:"据粗略统计,'投票'的读者中工人约占百分之四十;其次是学生,超过百分之二十;各级厂矿、企事业单位的干部,接近百分之二十;特别令人钦佩的是,中学教师对文艺作品的社会职能尤为关注,他们踊跃参加评选,竟占投票总数百分之十;其余百分之十为农民、战士和其他行业的文艺爱好者。""来信"不仅票数很惊人,而且读者的比例分配也值得注意。选票的主力军是工人,从欣赏角度来讲,他们对作品的故事、情节、人物甚至是作家宣扬的主题会较为关注;而教师群体则对作品的"职能"感兴趣,他们是有一定文学修养的文学爱好者,也就较为关注作品的社会功能。读者来自方方面面,对作品有着各自的感想,"来信"也就不会像以往文艺思潮中由评论家"定制"的那样集中于对某一文艺观点的解说。

从来信的内容看,读者对作品的阅读、接受和感悟有着不同的兴奋点。如果把文学接受分成这样几种:情感型接受、评判型接受和理论探讨型接受,那么在短篇小说评奖过程中的来信大多是前两者。情感型接受及其反馈是读者来信中最普遍的表达方式,约占总数的八成以上,这样的信中总会有读者自我的情感体验,将心比心的情绪流动。读者在作品中看到了自己镜像式的照影,这感同身受的生活经历使他们或者实现对以往经历的抚慰,或者形成对未来生活的向往。读者大都态度真切、言辞诚恳,借作品来说明自己对人生社会的看法。比如

① 《更上一层楼——记一九八二年全国优秀短篇小说评奖活动》,中国作家协会编《一九八二年全国优秀短篇小说评选获奖作品集》,上海文艺出版社 1983 年版,第 440 页。

《小说选刊》上专门开辟的栏目"读者三言两语"①选登的针对 1985—1986 年获奖小说的来信,就类似的读后感写作:

　　署名"张家口地区 52983 部队郭克勤"的读者在信中说他"爱作品中那些精神、品质、情操高尚的人物。……他们使我对自己的懒惰、自私、无所作为感到内疚,也使我奋发向前"。署名"湖北襄阳黄龙区姚岗学校亚蒙"的读者在简单描述了故事后,写他对《豆腐》的感想:"读到此,我心里酸溜溜的、苦涩涩的、辣乎乎的……"还有一读者写"《新兵连》贵在真实","虽说看是小说,但是我读完后,感到它就像是真事一样。我印象最深的有两个人:一是'老肥',二是李上进"。语言很朴实,写出的是读者亲身感受。

　　评价型的"读者来信"也不占少数,这样的信件多是表达读者对作品的主题、题材、人物形象、情节冲突等的一些看法。还有较为专业的读者,除探讨作品本身的问题外,还深入全面地探讨文学艺术的美学原理、创作技巧,探讨文艺政策,文学与政治的关系,文学内部的"改革开放"等问题。

　　1980 年第 7 期《人民文学》的"读者之页"上刊登了一篇非常有深度的读者来信,署名为"河北生涉县鲁申"。读者开宗明义提出"希望多创作一些好作品",指出当前创作的题材重复问题是"一拥而上","某一个作品打破了一个禁区,写了一个事件,于是大家就来凑热闹,非要把这个题材写烂不可"。② 对于造成这种题材沿袭、"起哄"的原因,来信中进一步指出,"这样的现象从根本上说是缺乏生活的问题",是由作者没有"生活原型"又不"努力去挖掘自身的内因"造成的。来信不仅提出了问题,而且分析了问题,对作家的写作进行批评的同时又为他们指明了克服缺点的手段。同年第 11 期的"读者之页"登出了 8 位读者的来信,从各自的岗位出发,希望作家能够写出反映"新时期里农村生活""医疗战线""商业战线""银行战线""中学生生活""教师生活"的作品。来信知识性强、说理严肃,有一定的理论储备,有较高水平的文学水准,可以代表那个时代较为专业的文学爱好者的心声。

　　以上这些因素综合到一起,应该可以说明这样的一个观点:"读者"来信是真实的,至少在我们翻阅的资料记载中是真实的。信中的字字句句都是那代人思想状况的记录,也是一份珍贵的历史档案。每届评选具体统计的来信数字是真实的;读者的姓名、地址、工作单位是真实的;读者的感想、评判、期冀也是真实

① 《小说选刊》1988 年第 7 期。
② 《人民文学》1980 年第 7 期。

240

的——可这真实的、庞大的、广泛的、内容丰富的读者来信又能说明什么呢？说明那个时期的文学现场是有魅力的？评奖是有秩序的？读者是有审美水准的？或许从来没有哪个历史时期的读者与评奖执行者的看法这样一致，这是历史的巧合？还是文学时代的原因，文学评价的原因，作品本身的原因？这就需要更深入地考量"读者来信"。

"真实的"读者所完成的只是对世界局部的、部分的揭示。

在认同"读者来信"真实性的基础上，我们研究"读者来信"就要借助于文学接受理论。接受理论"无言地假定了一种'既成'读者"，把读者区分为"超级读者""理想读者""全知读者""潜在读者""好的阅读"等，却没能具体厘定读者概念而将"读者"的外延无限扩大，也并未真正解决各个层级读者间的相互渗透。因此，本文所指的读者（其中不包括评委、编辑、其他作家写给编辑的信）仅为给编辑写了来信，说出自己想法的有自己普通人身份的"普通读者"。接受理论强调文学作品的两个阶段，从作者到作品的创作阶段和从作品到读者的接受阶段。"读者"是文学接受的主体，"来信"是接受反馈的"佐证"，这一阶段所进行的是读者将接受作品的感受落实到纸上的二度创作。作者原有的意向通过语词—事件付诸作品，读者在阅读中凭借"前理解"形成与作品和作者意向的"活的联系"，这种联系原本只能是单向的，因为作品既已发表便是独立的、固化的精神产品，是为读者的各种解释提供的原型。但在特定的文学接受过程中，"读者来信"会使这单向活动得以逆行。读者的态度不仅能够到达编辑，更能直通作者，这就构成了一个完整的循环。我们将就这循环图的每一个环节进行探讨，以寻找"全国优秀短篇小说奖"的"读者来信"特征以及这特征与时代政治的关联。

读者本身存有对文艺作品"先验"的阅读期待，这是与作品发生"活的联系"的前提。不同时代对特定文学作品的需求，总是受该时代读者期待视野的影响和制约。"阅读作为一种艺术有赖于对那被阅读的东西有一个基本的期待。"[1]"全国优秀短篇小说奖"的读者在1978年到1983年的来信中表现出了从被年度形势所笼罩的"集体无意识"到关注日常生活多层面的"美学意识"的轨迹。也就是说，读者的阅读期待是逐渐摆脱对社会热点单一主题的追踪而走向对文学本身的美学赏析的。举例来说，1978年的读者渴求在作品中读到"文革"那段动荡岁月中发生的故事，感动于故事中人的"伤痕"以及背负着"伤痕"的奋进，所以他们只认为满足了这期待的作品是好作品，而对其余表达了更深广的社会历

---

① 哈罗德·布鲁姆：《批评、正典结构与预言》，吴琼译，中国社会科学出版社2000年版，第254页。

史内容和更深刻的人体本性、更新颖的写作技巧的作品并不买账。1980 年的小说并不只局限于对十年浩劫的控诉、揭露、怨悱,有了《灵与肉》这样并不为当时大众读者理解的"唯物论者启示录";有了运用"东方意识流"全新手法创作的《春之声》,有了关注老年问题,笔法清新优雅的《空巢》。获奖作品中反思小说仍是 5 篇之重,占到了四分之一;改革小说 2 篇,中越反击战小说 1 篇,其余为各种题材。这一年不过是题材、写法向多元扩充的开端。到了 1981 年,"伤痕""反思"的写作风潮已不再占据社会心理的重心,关注日常生活的内容便开始成为大多数读者的"期待"。1982 年的获奖作品,"反思"内容弱化甚至让人感觉不到,取而代之的是人们日常生活的琐事,不论评委会还是作家和读者的落脚点已悄悄从"历史"移动到"当下"。改革开放风潮已涌进普通百姓家,日常生活哲学取代历史哲学变成文学的中心,这个变化谁都没有想到。1983 年并未发放专门的"选票",那一年获奖作品的题材因素变得更加模糊,史铁生《我的遥远的清平湾》、唐栋的《兵车行》、李杭育的《沙灶遗风》等小说吸引读者的已经不是揭露社会问题的轰动性,而是来自作品也即文学本身的力量。1983 年的文学已经在向"正常文学"逐渐回归,1983 年及其以后的读者也已经向着"文学"的读者而非"社会问题"的读者转型。文学作品的读者已经要在作品中读出"文学性"而非只醉心于从中寻找宣泄、愤懑以及过去的种种记忆。"改变那种把文学观念作为经济政治发展的附生物的研究方法,而把文学当成人类历史发展的自我肯定。"①

那么,是否这一转型就可以认定读者在走向成熟呢? 读者来信是促成文学向着健康、科学方向发展的动力了呢? 当然还是不能的。

一方面,在这几年的"来信"中,读者使用的话语表意、思想感怀等展现了高度一致的"前理解"。"前理解"是读者在阅读、理解作品之前所具备的生活经验、书本知识、心理结构等,它是读者阅读作品的必要前提和条件。因个体生存环境、教育背景、性格特征的差异,不同的阅读者是应有着不同的前理解的。"前理解"的储备与作品的主旨越贴近,对读者阅读、接受作品越有利。比如《乔厂长上任记》,"评奖中有相当多的厂长投票,当然也有很多的工人,有的工人就这样提出,乔光朴在哪里,能不能叫他到我们厂里来一趟? 这里头有许多读者虽然不懂文艺,但他拿作品到生活中去比较"②。工人喜欢改革题材、农民喜欢

---

① 王富仁:《关于"重写文学史"的几点感想》,《上海文论》1989 年第 6 期。
② 崔道怡:《谈当前的短篇小说创作》,《山东文学》1983 年第 1 期。

农业题材、学生喜欢校园题材、教师喜欢知识分子题材,大都是因为作品写了他们熟悉的生活,他们阅读起来容易理解、容易引出共鸣,但我们在"来信"中看到的"前理解"却不分年龄、不分职业的一致。海德格尔从哲学的角度说,我们对任何东西的理解,都不是用空白的头脑去被动地接受,而是以头脑里预先准备好的思想内容为基础,用活动的意识去积极参与。正是因为那一个时期读者的头脑里"预先准备好的"基础和"活动的意识"是大体相当的——"文革"后的幸福意识使读者缺失正视现实的能力,只能接触到有限的文艺理论使读者文学基本感受能力退化。70年代末80年代初的读者在审美心理结构上对"英雄""典型"("十七年"的红色经典、"文革"时期的样板戏)有着本能的热爱,他们对作品的阅读和感受总带着他们独有的历史时代色彩。因此造成这一个历史时期读者整体"前理解"的一致性。

我们能够找到的读者来信中(只是编辑选编然后发表的)可以看出那个时代统一的特点:革故鼎新、激情昂扬。几乎是每一封信都写出了对"旧"的厌恶和对"新"的期盼,用词统一、句式一致,甚至是应该体现出读者个性的情感、意志都没有太多的变数,来信中虽然有"我想""我觉得""我感到"等用语,但"小我"已经自然而然地被时代洪流的"大我"所涵盖。恰如温儒敏所言:"个人的研究程度不同都会接受意识形态声音的询唤,研究中的'我'就自觉不自觉地被'我们'所代替。"① 众多读者来信中使用频率较高的词明显看出了时代特征:"造反派""四人帮""解放思想""打破禁区""人民当家做主""为四化献身"等。多数读者的文学接受都有着政治话语规训的影子。仅以《一九八一年全国优秀短篇小说评选读者来信摘编》②为例。署名"山西蒲城县体委 苏红"的读者说:"八一年的短篇小说不论是在为人民服务,为社会主义建设所做的贡献上,还是从体现百花齐放、百家争鸣方针取得的成就上……向前迈出了一大步。"署名"北京七〇〇七厂 赵凤山"的读者说《路障》"敢于揭示那些阻碍四化进程的矛盾斗争,勇于探索新时期生活的底蕴和真谛……"等等,这样的用词,这样的语调应该都是某个时期专属的。我们并不否认这一篇篇的读者来信是读者发自肺腑的感言,可以看出当时的他们确实是这样认为、这样抒发感想的。我们只是回望历史的时候依然可见,虽然"思想解放"已是大潮,但读者内在的观念、精神并没有完全摆脱时代政治的束缚,仍然囿于旧有的思想、艺术框架之中。

---

① 温儒敏:《王瑶的〈中国新文学史稿〉与现代文学学科的建立》,《文学评论》2003年第1期。
② 《小说选刊》1982年第4期。

　　另一方面,作者提供了越位的"召唤"结构与自认的意义指向,直接导致了读者对作品的解读仅止于故事、形象、情感等表层结构,情、理、意的层次感不强,无法完成对作品"召唤"结构的应答。"召唤结构"是接受美学的术语之一,是作品天然构成的一部分,它是促使读者阅读、理解的灵感机制,作家为读者预留了某些意义空白点,期待、召唤、甚至要求读者个性化地将其填补。"既然创造只能在阅读中得到完成,既然艺术家必须委托另一人来完成他开始做的事情,既然他只有通过读者的意识才能体会到他对于自己的作品而言是主要的,因此,任何文学作品都是一种召唤。……作家向读者的自由发出所谓的'召唤',让他来协同产生作品。"① 重读当年的得奖作品,会发现多数作家都会将话说得很直白很全面,坦荡得不给读者留余地。不仅是剖析式的议论式的语言,甚至是描写式的语言也带有着不容置疑的感情色彩。《班主任》开篇就问:"你愿意结识一个小流氓,并且每天同他相处吗?"然后作者立即给出了确凿的答案:"我想,你肯定不愿意,甚至会嗔怪我何以提出这么一个荒唐的问题。"唐弢先生批评某些作品的写作纰漏:"(《爱情的位置》)不料第三段又是整段的议论。这也不是个别的现象……《愿你听到这支歌》里,第四节、第七节、第十一节都是议论。……至于那段当作心理活动的议论,不在抒情,仿佛是为了点题,所谓'爱情的位置'就从这里提出。其实人们读了小说之后,即使不加解释,也会知道作者描写的是'爱情的位置'。删去这段,对小说无损。"② 作者并没有让读者渐入佳境、心有戚戚,而是很满贯地把这个人展现在了读者面前。如此的写作,作品中需要读者根据自己的想象加以填充的"未言部分"被缩小,读者与作品的交流就是直白地"你说——我听"的过程。

　　难怪多数"来信"都只谈到了小说的思想性、艺术性、故事情节、人物刻画等,却鲜有对作品"召唤结构"探讨的,这样的阅读就未能实现对作品意义空白的填补。像《春之声》这样被称作"东方意识流"的作品,当年的读者抱怨"看不懂",可我们今天却很容易将作品剪辑后重组,说明当时的读者并不具备欣赏叙事手法多样的能力。接受美学理论家伊瑟尔认为,文本是一个结构或框架,它充满着各种潜在因素,因而有待于读者在阅读活动中对"潜在"加以具体和充实。按照该理论,作品文本只包含意义潜势,包含着被各种期待视野对象化的可能性。在作者和读者的双重视野中,文学作品的价值取决于创作意识和接受意识

---

① 施康强选编:《萨特文论选》,人民文学出版社1991年版,第121页。
② 唐弢:《短篇小说的结构》,《人民文学》1979年第4期。

的互为因果,作品的好坏、得奖与否,既取决于作家的创作,也取决于读者的阅读品味、欣赏水准。所以,我们对当年"评奖"的"读者来信"不太满意,原因是"召唤"与"应答"是双方面的。作家创作作品中的"空白"应该是前提,然后读者才能对其生发互动,实现与作者的"对话"。回头看去,直到1983年,获奖作品才或多或少地成熟起来(比如《我的遥远的清平湾》《那山 那人 那狗》),提供给读者一定的预留空间。成功的文学接受不仅能激活作品隐含的意义,更能赋予作品完整的社会时代、文化人性内涵,以实现对世界的揭示。获奖作品的作者却已经将自己的意向表露在作品中,无须细读式阐释,读者已经能够将其发掘。作者的"越位"和读者对其"越位"的认同导致他们共同完成的只是对世界的一部分揭示。

二、"读者来信"实践着重建新时期文学秩序的一种努力

观察一个年代的文学舆情,"文学评奖"是重要窗口,尤其是对1978年至1984年这段"文革终结"和"改革开放启动"的中国社会转型时期文学来说,"全国优秀短篇小说奖"的评选是中国当代文学重回文学轨道的序曲和重要一环。为了证明评奖的公正、客观及广泛的社会参与性,"读者来信"便成为这一环中的重中之重。评奖后的刊物选登了部分"读者来信",读者对小说的社会效果、作家主体、典型人物,作品对读者本身所起的激励作用等做出了原生态的热情评价。可见作品好坏的决定权不只在作者,读者同样是其意义生成的有力支撑。

从评选的程序看,读者已然是评选的重要的关卡,也是体现政府艺术民主的重要标志。在当代文学的发展史中,"读者的意见往往被高度重视……其批评与期待会给作家造成强大的压力……"① 文学承担的社会历史使命越强大,它离读者的接受就越贴近。将读者的接受程度视为作品成功与否的观测仪,在当代文学史上是有着政治历史渊源的。读者的意见代表的是人民群众的意志,早在1936年毛泽东进驻延安之前,"大众"二字就已进入他的文艺口号,他在文协大会上明确要求到苏区来的文艺家们发扬"苏维埃的工农大众文艺",指明了文艺的服务对象和服务目标。1942年,毛泽东《讲话》中的"文艺为人民大众",理所应当地成为他对新中国文化构想之一。建国初期的《文艺报》《人民文学》

---

① 王秀涛:《读者背后与来信之后——对〈人民文学〉(1949—1966)"读者来信"的考察》,《扬子江评论》2009年第3期。

《解放军文艺》《长江文艺》等一批重要文艺报刊,均开设有"读者中来""读者讨论会""读者论坛""读者评论"等栏目,以给"读者"言说的话语空间。茅盾在1953年第二次文代会的发言中说,"过去和文艺作品没有接触或很少接触的劳动人民今天已成为文艺的基本读者和观众了。广大读者不仅热情地关怀和支持作家的创作活动,并且认真地监督了我们的文学活动,来自读者的意见不但很快,而且非常热烈和尖锐。我们的作家和各个文学刊物的编辑部经常收到大量的来信,对作品提出了宝贵的意见"①。只可惜,在接下来的20多年里,这繁荣的言论空间数次被中断,文学工作由行政方式和评论方式决定,作者不敢写、读者不敢说,不求有功、但求无过的心理状态钳制了文学的话语表述。

从评选章程的确立看,《本刊举办一九七八年全国优秀短篇小说评选启事》中公布的"评选方法"是:(评选)"采取专家与群众相结合的方法。热烈欢迎各条战线上的广大读者积极参加推荐优秀作品;……最后,由本刊编委会邀请作家、评论家组成评选委员会,在群众性推荐与评选的基础上,进行评选工作"②。茅盾先生《在一九七八年全国优秀短篇小说评选发奖大会上的讲话》中说:"这次优秀短篇小说评奖活动,的确是空前的、过去没有做过的。这工作只有在打倒'四人帮'之后,才有可能搞起来。"③ 点明了文艺摆脱集权专制开始走向人民、走向读者的转变。该次及其后数次评奖中,无论从行政组织者的角度还是从具体执行者的角度,"读者来信"的溢美之词都成为获奖作品的重要参考。1979年第4期的《人民文学》,荒煤、草明、袁鹰等几乎所有的老作家在文章里都提到了群众选票、粉碎"四人帮"、人民民主等问题。不仅章程的确立,对"读者来信"的重视在评奖执行过程中也有体现,如巴金"在一九七九年全国优秀短篇小说评选发奖大会上的讲话"中说,"从全国四面八方,一共投来了二十五万多张选票,推荐了两千多篇作品。经过评选委员们多次认真地分析、讨论、协商,选出了现在公布的这二十五篇"。④ 得奖作品的绝大多数也确实是群众呼声极高的作品,比如各届获奖作品的"状元":《班主任》《西线轶事》等,都是在发表之后、评选之前就已经脍炙人口了。《一九八一年全国优秀短篇小说评选启事》比前几年沿用的"启事"略有改动,虽然明确强调"真实地描写各条战线、各种各样的社会主义新人的动人作品"是"尤所欢迎"的,但在这一句前面依然是重视"在群众中

---

① 茅盾:《新的现实和新的任务》,《文艺报》1953年第19期。
② 《人民文学》1978年第11期。
③ 茅盾:《在一九七八年全国优秀短篇小说评选发奖大会上的讲话》,《人民文学》1979年第4期。
④ 巴金:《在一九七九年全国优秀短篇小说评选发奖大会上的讲话》,《人民文学》1980年第4期。

反应较好、影响较大的作品"①。评奖中来自文学界内部的声音也强化了"读者"的力量,评委、编辑纷纷重新看重"读者"的态度,"人民是文艺工作者的母亲……任何时候,我们都不能脱离同人民、同生活的联系"②,这不仅是重视文学社会效应的体现,更加促成了读者向着文学秩序的回归。

从"摘编"的实质看,"读者来信"实际上是一种编辑行为,是编辑文艺思想的延伸。编辑是较早地接触作品的人,作品得以发表是要归功于编辑的。但作品发表后能否得奖,却需要编辑和多方力量博弈、磨合。"读者来信"是第一关,编辑择优推荐是第二关。巴金在 1982 年颁奖大会上特意提到了编辑的作用:"听说这次大会邀请了部分编辑同志参加,我感到很高兴。这说明编辑的劳动正在日益受到尊重。"③ 在《人民文学》当了 42 年编辑的崔道怡回忆 1977 年以后的几年间,"天地人与真善美,正式回归文学本身,编辑也才得以从容发挥本职功能。他们介乎作家与读者间,起着'纽带'和'桥梁'作用。既代表读者纯正地审美,又协助作家出色地创美,兑现作家的价值,满足读者的需求。这一点,在当时,得到了有关领导、诸多作家和广大读者认可"④。编辑在评奖过程中有两大无法被取代的贡献:摘编"读者来信";直接参与作品评定。

历史上的"读者来信"不乏编辑"做"的痕迹。"十七年"时期经常有编辑为了阐述自己的观点化名写"读者来信"的先例,比如冯雪峰化名"李定中"批《我们夫妇之间》的写作意识;比如《文艺报》由"王戬"和"苗穗"两位"读者"最早启动批评胡风,而他们的真实身份是报社的编者。"冒牌的读者来信也常因编辑部为有效引发或参与某一文艺问题的讨论而起。"⑤ 这样的情况在短篇小说评奖中并未较多出现,编辑更多地以"摘编"来信的方式将自己的喜好巧妙植入。有的编辑有先见之明,在作品得奖之前便完成了"造势"。有的"来信"是在评奖尚未开始选拔的时候刊登的,连篇累牍;有的读者来信虽是在评奖时候发表的,但这是一种编辑行为,他可以在数十万来信中选择恰到好处的语言"为我所用"。1978 年第 2 期的《人民文学》以《欢迎〈班主任〉这样的好作品》为题刊登了 5 篇读者来稿,共 7 页。评奖启事发表在该年第 11 期;

---

①　《人民文学》1981 年第 10 期。

②　巴金:《在一九七九年全国优秀短篇小说评选发奖大会上的讲话》,《人民文学》1980 年第 4 期。

③　巴金:《文学创作的道路永无止境》,《人民文学》1983 年第 4 期。

④　崔道怡:《又怕又悔编辑生涯》,《北京文学》2004 年第 10 期。

⑤　斯炎伟:《有意味的形式——"十七年"文艺报刊中的"读者来信"》,《中国现代文学研究丛刊》2011 年第 4 期。

1980 年第 7 期《人民文学》的"读者之页"以《读者欢迎〈西线轶事〉》为题发表了关于《西线轶事》的 16 篇读者来信摘录，读者一致反映小说的真实、感人。虽然是"选编"，也有 3 页篇幅，评奖是在次年 4 月。该小说果然是 1980 年全国优秀短篇小说评选的第一名。周立波在"短篇小说座谈会"上说，"好作品要推荐。作家都是从杂志里出来的。作家的出道，靠杂志，也要靠选集、靠评论家"①。事实证明，评奖确实发现、扶植了新人，仅前四届的评奖中就有喻彬等 13 位作家以处女作获奖。

编辑在对待具体作品、具体的"读者来信"时也有左右为难的情况，这就需要他们的慧眼与胆识做出公正地、符合文学标准、遵循历史发展立场的判断。编辑、评委对作品并非没有争议，只是要看支持的和反对的哪一种声音更合情合理些，哪一种评定更具备评价话语权威。崔道怡"小说评奖琐忆"系列中有一篇文章简单记录了评选 1980 年优秀短篇小说奖的过程。其中争议最大的是《被爱情遗忘的角落》。张光年主持会议，提名这篇小说，说自己"看了两遍，开始很感动，认为它写得相当有深度"。"两个月后重看，又觉得作者写的是角落里的角落，没有接受一点新生活的光照，取材太从稀少事物着眼"②，但后来这小说还是得奖了，虽然排名有些靠后，说明会上的支持者占了上风。《乔厂长上任记》自发表便风波不断，《天津日报》陆续发表批判文章，直指作者"通过小说中人物的言论，对揭批查运动作的总评价"，看了令人"毛骨悚然、不寒而栗"。《文艺报》是肯定这篇作品的，面对不同读者的意见，编辑部撰写评论、召开各方代表参加的座谈会、在《文学研究动态》上发布报道等来公开态度，支持这一"改革文学"的代表作。该小说获得"一九七九年全国优秀短篇小说奖"头名，蒋子龙在 1983 年也成为《人民文学》的"编辑委员"，为论争画上了句号。如上，即便是对作品的争议各方言辞激烈，也不失为艺术民主的进步。

从"读者来信"地位的变化看，国家政治话语引导下的媒介构建是紧随主流话语的转换而转换的。

"历史受害者"与读者默契地重建历史叙述。1978 年中国作家协会"委托"《人民文学》杂志举办"全国优秀短篇小说评选"的活动，实际是一次"国家行为"，"其初衷可能是为了对抗长期来对文学界只有打击、整肃，没有鼓励、嘉奖的恶劣现象"。③ 中国作协党组感到各杂志社各自为政，对文学事业的发展

① 刘锡诚：《在文坛边缘上——编辑手记》，河南大学出版社 2004 年版，第 27 页。
② 崔道怡：《第三个丰收年——短篇小说评奖琐忆》（二），《小说家》1999 年第 2 期。
③ 丹晨：《关于 1985—1986 年中篇小说获奖作品的答问》，《当代作家评论》1995 年第 3 期。

不利,便加以规范,统一由中国作协主持评奖活动。由茅盾、周扬、巴金等23人组成的评委会的"全国权威性"已毋庸置疑。这个"文革"后劫后余生的评委会名单除却尚未平反昭雪的胡风、丁玲、沈从文、艾青等之外,当时国内最重要的文学人物可以说悉数到场。"历史受害者"的身份和意识,作为一种不由分说的文学评价标准被带入解放后首届文学评奖活动中。由"受害者"身份和意识生成的文学评价标准决定着新时期初期文学的基本面貌和走向,同样厘定着读者审美接受的趣味和取向,评委的主流意愿和读者的主观愿望相合,直到1985年寻根文学兴起后才出现抵牾。早期的"读者来信"大都与评奖刊物、中国作协社会诉求的期待效果是一致的,可见意识形态不仅深入到读者的私人领域,而且以"读者来信摘编"的反馈强化了机构、制度的思想表达。这是评委、读者共同"以文学的名义"而重建的历史叙述。

"行政色彩"部分地牺牲了评奖的民主性。1979年后的各届评奖跟随形势一直在变化和调整。1981年短篇小说评选委员会"主任"换成巴金,"副主任"为张光年(中国作协党组书记、书记处常务书记);1982年不变;1983年评委会出现大改组,巴金、丁玲、冰心等老作家基本换掉,也不再设"主任"、"副主任"。老班底除保留王蒙、冯牧、张光年、草明(《人民文学》编委)、葛洛等五人外,都是崭新面孔:阎纲、徐怀中、谌容、崔道怡、蒋子龙等;1984年又恢复了"主任"制,主任是王蒙、副主任为葛洛,委员中增加了李希凡、束沛德。这份名单的变化值得注意的是:作协各级机构负责人、社科院文学所负责人的加入,虽然因较多接触第一线作家和新作品而扩大短篇小说入选作品的视野范围,促进了新时期文学向着多元化的方向发展,不过行政色彩也在无形中增加,扩大大牌杂志和文学组织的权力的结果就是部分地牺牲这个奖项最初设计的"群众性"、"民主性"。1978年的获奖作品中,首发自《人民文学》的就有12篇之多,几乎占了得奖总数25部作品的一半。直到1984年,首发自《人民文学》上的获奖作品有7篇(获奖作品共18篇),情况仍然没有改观。它们实际已奠定了日后"茅奖"、"鲁奖"的组织格局。这种由行政带文学的特色,不失为80年代文学的特色。

文学接受既是对作品本身的个性化丰富,亦是对读者内在阅读、审美心态结构的重塑与认读。但我们回顾"全国优秀短篇小说奖"的"读者来信",却不能不质疑其受意识形态规训"集体"状态——由"历史受害者"和具有行政色彩的各机构负责人统领下的"集体无意识"。如果依照伊瑟尔的说法,有关"评奖"读者的阅读是所谓"忘记日常自我的阅读""一个具有强烈的意识形态信念的读者很可能是一个不合格的读者"①。尽管他们的阅读是真实的、与作品建立了"活的联系"并试图实现对"世界的揭示"的阅读,但这背后依然受控于国家政治话语的引导。

在中国当代文学的发展史上,文艺政策与文学制度的变更对文学发展具有强大的制约作用,而这种自上而下的文化权力的贯彻,又往往通过文学期刊、文学出版机构的中介环节,迅速传达、渗透到创作主体、接受主体的文学实践之中。1978 年开创的"全国优秀短篇小说评奖"是当代文学史第一次真正的"文学评奖"。领导评奖的两代老作家,既是历史的受害者,也是历史的重建者。鉴于文学流派和主张还没有兴起,所以 1978 年至 1984 年全国性的"文学评奖"承载着文学政策、文学思潮、文学评论和导向的多种角色,对那个时期的文学创作产生了重大影响和引领作用,尽管其时的"读者""读者来信"还存有诸多可资"辩难"之处,但他们毕竟是以一种青涩却激情的方式集体亮相了。当 1985 年"寻根文学"兴起,流派竞争打乱在力图重建新的"文学制度"的时候,这种由中国作协主导的全国性文学评奖所产生的示范性作用不复存在,全国性读者对作品的簇拥也便随之消散。"读者"在后来数年里的品味不再整齐划一,"读者来信"的地位也在不同的评奖中千差万别。

---

① 沃·伊瑟尔:《阅读行为》,金惠敏等译,湖南文艺出版社 1991 年版,第 279 页。

文学的现实态度

——聚焦第六届鲁迅文学奖中篇小说

李丹梦

一、权力与公正

第六届鲁迅文学奖已尘埃落定。其间虽采用了实名投票、引入公证等革新方式,但依旧落下不少话题是非。归纳起来大致可分为两类:一是标准问题。提问的典型格式如下:"鲁奖"是谁的? 究竟是以专家评审的精英口味为准,还是该寻求更多的大众支持? 二是对评奖程序规则的质疑。譬如,实名制投票是否以所谓透明、集体、公正的名义干扰压抑了评委的个人意志?

上述问题,实无定解。这种评判走向颇似金庸笔下独孤九剑的路数:但凡对手出招,必随现破绽;只需剑挑破绽,自可立于不败之地。笔者并非为鲁奖辩驳,作为国家级的文学奖项,"鲁奖"的实行本就是各方斟酌妥协的结果。作品题材、作家地域、年龄等方面的平衡考量,便是一例,由此不难觉出国家奖项的"全面关照"与"综合公正"。早有论者指出:鲁奖乃是受控于国家权力的奖项。从制度层面看,它不啻为"自我评选、自行分配利益的奖项"[①]。观点虽不失精辟深刻,但也"一剑封喉"了继续探讨的可能。

把评奖视作权力的运作,跟眼下时评中把大部分文化现象归咎于资本的特性一样,实是简省化约、"正确"精深的文化思维,但未免用得过滥了。其中最大

题解　本文原载《文艺研究》2015 年第 4 期。作者李丹梦以第六届鲁迅文学奖获奖的中篇小说《隐身衣》《从正午开始的黄昏》《白杨木的春天》《漫水》《美丽的日子》为例探讨文学的现实态度问题,围绕评奖规则层面的现实应对策略和获奖文本中呈现的主体形象及现实立场,着重论述了"众"的想象与压抑、先锋的"转型"、文学对现实与历史的"丈量"、语言膜拜与文学救赎的关系等。作者在对鲁迅文学奖作品的剖析中表达了获奖作者内部文学的现实态度的疲软和乏力,往往集中于外部的语言叙事,忽略了外部的反思成长。

① 吴俊:《中国当代文学评奖的制度性之辨》,载《当代作家评论》2011 年第 6 期。

的问题是去历史化。其实无论集权或资本，都非一成不变的概念，更找不到与之对应的固态实体。就学术探讨来说，与其上来便自陷于概念的框架体系，不如把国家、集权之类视为"鲁奖"事件发生的条件之一，以平和开放的心态来检视事件的发展历程，这或许会带来新的思想契机。本文以"文学的现实态度"为题，即是想梳理其中多种因素的复杂关联，还原以"鲁奖"为核心的文学历史现场。它包括两方面：一是评奖规则层面折射出的现实应对策略，二是获奖文本中呈现的主体①的现实态度。这在当下文学中不无普适的意义与参照。为了避免论述过于宽泛，我们将笔触聚焦于鲁奖的一个重头戏：中篇小说。

第六届"鲁奖"共评出五部中篇：格非的《隐身衣》、滕肖澜的《美丽的日子》、吕新的《白杨木的春天》、胡学文的《从正午开始的黄昏》与王跃文的《漫水》。五位作者中除滕肖澜是"70后"（1976年出生）外，其余均为"60后"（王跃文1962年出生，吕新1963年出生，格非1964年出生，胡学文1967年出生）。就年龄而言，这体现了"鲁奖"一贯对中青年作家倚重提携的传统②，由此传递出文坛稳中求进、欣欣向荣的讯息。

五位作者在创作界系公认的实力派：格非、吕新在20世纪80年代的"先锋文学"运动中就已成名，王跃文的"官场小说"、胡学文的"底层文学"、滕肖澜的"上海故事"也各具特色。就此而言，他们的获奖并不属黑马式的例外。鲁奖的颁发，在相当程度上是对文坛既定格局等第，尤其是对创作界极具声望的核心文学期刊之审美趣味及判断的肯定与公认仪式③，不无顺应人心、顺水推舟之意。让人忧虑的"专家口味"，实际把控相当有限。

作为"鲁奖"最直接主动的一个环节——评委，我相信他们内里都有种担心：自己挑选的作品不能太黐边离谱。与其说压力来自某个明确的集权，不如说是公正意识本身的焦灼。对自己选出的作品，创作界怎么看？同行怎么说？媒体如何评论？百姓反应如何？此系对奖项"公信力"与"服众性"的预判或构想，

---

① 本文言及的"主体"，与作者密切相关，但并不完全等同。它是作者在作品里不断追认的希望与之趋同的形象感召，系作者、叙述人与作品人物交织互动后得出的一个"我"之印象。

② 笔者作了一个统计，就中篇小说来看，"鲁奖"获奖者的年龄段集中于35—55岁之间，最大的62岁（林希，第一届"鲁奖"），最小的31岁（田耳，第四届"鲁奖"；东西，第一届"鲁奖"）。从平均年龄上考察，第六届"鲁奖"中篇获奖者的平均年龄是46岁，第五届44岁，第四届42岁，第三届46岁，第二届44岁，第一届44岁。

③ 仍以中篇小说为例，截至2014年，六届"鲁奖"共评出33篇作品。其中，发在《人民文学》上的有9篇（占27%），《收获》5篇（15%），《十月》4篇（12%），《钟山》3篇（9%），《北京文学》2篇（6%），《大家》2篇（6%）。发在以上杂志的篇目共计25篇，占据了全部鲁奖中篇的75%。其他杂志，如《当代》、《上海文学》等，各有一篇。本届"鲁奖"的五部中篇出自《人民文学》、《收获》、《十月》、《钟山》和《湖南文学》。

而评选的过程很大程度上服务于这一预判。就此而言,鲁奖注定绝少真正的黑马。这并非文学界的独有现象,整个社会大体如此。中国自来尊古崇老,讲求名正言顺,此种传统思维很难断除,从历届"鲁奖"获奖者年龄中亦能感觉到这种思维惯性。

但凡"鲁奖"获奖作品,给人的印象以平和中正居多。这话绝无不屑或贬义,笔者认为它恰是当下文学状态的真实写照。我们一直被所谓"和"的精神笼罩困扰着,这从20世纪90年代文学地位旁落就已开始。"和"的初衷,旨在圆满解决文学与大众的关系,把文学从政治的掌控中还给大众。这恐怕也是中国文学在和平年代的"现代"追求吧? 前文所说的"公正"也包含在"和"的逻辑理念中。简单说,"公"即是"众";找到了"众",便是"和"。文学要摆脱边缘的窘境,就必须处理好与"众"的关系。作为媒介事件的"鲁奖"来说,对此更不待言。相比具体的集权,"众"的压迫在目下中国的语境中尤具威慑力。

某种程度上,可以把"鲁奖"的评选纳入到中国正在摸索尝试的民主事业来加以考察:如何让选出的作品符合"民"意? 一般说来,民主意味着对个体、个性的平等对待与尊重,但在实践中却常常与"众"的概念混淆起来。"众"的基础是多数,并由此辐射到世俗理性、人情常理、实用价值等,或可用海德格尔的"常人"(das Man)①状态来称呼它。从服众的角度看,把核心文学期刊与作者的名声当作重要的参照,不失为稳妥务实的选择。

"众"的绑缚不仅体现在评奖程序中,亦在创作精神与审美取向里表露出来。连续两届"鲁奖"在诗歌奖上均爆争议("羊羔体"与"啸天诗"),原因有多种,其中重要的一点便是对大众口味与世俗精神的评价分歧。以王蒙对周啸天诗作的点评为例:"这里有一种平常心,写平常事,而平常人平常诗中出现了趣味,出现了善良,出现了生机,出现了至乐至公至和,在充满戾气的现代世界上,这实在是难得的和谐之音。"② 一面是普通读者的发懵气闷,一面却是名家的称道赞赏。后者对于"众"的文学趣味,其理解或预判是否太低了点?

纵观"鲁奖"历届中篇小说,甚少有思想震撼之作。它们的叙述技巧已足够圆熟,语言上较之现代文学史上的前辈作家也"进步"多了,但思想却逡巡在常人的维度。这里有的是细腻温煦,亦不乏机智博学;慨叹是忧伤的,针砭是委婉的。跟评奖层面的现实应对相似,它们预设了一个常人式的理想读者,理解投契

---

① "das Man"是海德格尔生造的一个词,他把德语中的不定人称代词"man"大写并加上中性定冠词"das",以此合成词来指陈那些处在一般日常状态中的人,亦即丧失了向来我属性的此在。

② 吴亚顺:《妙赏新科鲁奖诗人周啸天的"新闻诗"》,载《新京报》2014年8月12日。

和睦是主调。就此而言,"鲁奖"获奖作品与鲁迅精神之间,实有不小的参差。套用李泽厚的话:这是个思想家淡出、作家凸显的年代。

所谓思想家,并非意谓拥有了某个具体先进的理念,它指向一种建立在真切的怀疑省思上的内里褶皱与深度。但当下的中国作家却极少在意这种内部修为与经营。他们只是构思、叙事。小说一篇篇地被策动生产出来,乍看千姿百态,但其间透出的主体人格状态却仍是"那一个",罕见成长与变化,更不用说对日常理念或世俗理性的冲击、升华了。本届"鲁奖"中篇亦存在这个问题,其中折射的现实态度让人深思。

二、先锋的"转型":"隐身衣"

文学创作的现实态度,涉及跟外在环境的物质比对,但绝不仅限于此;这实际是个文学世界观或"前想象"范畴的问题。任何作者在进入具体的创作之前,首先要确立的并非语言或技巧,而是主体的自我定位。它涉及三方面:主体形象、主体与世界(包括虚构世界及周遭读者与现实)的关联、主体与自身的关系。这三者彼此渗透,个我的形象需在与世界的关联中体现出来,而与世界的关联说到底是与自身的关联。我们很难在虚构世界与作者自身之间作明确的分野,就像张炜在回答"为谁写作"的提问时所说的:"写作时总觉得在很高很远的地方另一个'我'在看着我,我的写作要让那另一个'我'满意。"[1] 对此格非讲得更明晰:写作就是一个发现读者与自我的过程。"一个作家采取怎样的叙事姿态,很大程度上取决于他(她)对自己读者的想象与设定。"[2] "我的虚设读者首先是我自己。"[3]

在这个意义上,《隐身衣》[4]的出现不啻为主体态度的宣谕。隐身,指向一个不易被觉察的安全和平的观察位置。这在小说主人公兼叙述人"我"、一个胆机制造者小崔身上得到了应验。小崔的客户来自社会各个阶层,他们在小崔面前高谈阔论毫无顾忌,当他几乎不存在,一个实际功能上的"隐身者"。小崔由之见识了人性本色。他平和低调又窝囊:前妻跟单位主任跑了;姐姐为了让他尽早搬家,竟给他介绍了一个患有癌症的女友……

---

① 张炜:《午夜来獾》,作家出版社 2011 年版,第 270 页。
② 格非:《文学在读者中寻求认同》,载《文艺报》2014 年 10 月 10 日。
③ 余中华、格非:《我也是这样一个冥想者》,载《小说评论》2008 年第 6 期。
④ 格非:《隐身衣》,载《收获》2012 年第 3 期。

上述细节倘若流到写作《敌人》(1990)时期的格非笔下,画面不知会怎样残酷阴冷,但《隐身衣》的基调却是温情幽默的。这里存在类似创作"转型"的新质。那温文尔雅不无软弱的语调及姿态,不仅是小崔性格的体现,更是叙述的自觉与策略,隶属主体认同与构建的范畴。我以为《隐身衣》的获奖,有一半要归功于这种姿态的魅惑。那是一种既时尚现代又舒服愉悦的感觉,先锋书写与读者的紧张关系不复存在。以对悬念的处理为例:蒋颂平和姐姐之间究竟发生了什么事?盘龙谷里的女人为什么被毁容?小说均未给出答案。空白跳跃的技巧、神秘莫测的氛围,让人想到早年的格非,但没有造成理解的隔阂。相反,它们拉近了我们与主体的距离。这仿佛是个绅士写的故事:在不予解答的空白运用里,你能觉察他对个体隐私的尊重,绝不步步紧逼;而悬念的设置,则是他迷人的寒暄。真可谓叙述得体、进退合宜了。

这样的"人"(主体)连同其作品,实在让人难以拒绝。尽管他最终也未给出什么深邃新鲜的思想,像"事若求全何所乐"、"运气是唯一的宗教"等话,都是些尽人皆知、老实实用的生存智慧,却自有一套波澜幽深、知识缭绕的形式——《隐身衣》里遍布的音乐常识,着实触目——它已足够吸引人了。这恐怕也是文学"与时俱进"的体现:别以为自己比读者高明,不要教训启蒙,更勿挑衅"生存至上"的硬道理。我们只需把一个人之常情的道理讲得玲珑别致即可。

对他人宽大,亦是对自己慈悲。在小崔对其客户——一个大学教授——息事宁人的应对里,我们能体会到平等糊涂、自我慈悲的主体哲学。小崔一面讨厌教授的夸夸其谈自以为是,一面又要尽心为他们服务。这种态度让人想到在大学任教的格非。格非曾说:"假如作者一定要代表什么人的话,我愿意代表的,或许仅仅是失败者而已。"① 这或许是触发格非在讲述小崔故事时采取第一人称的内在动因?失败的精神体验让他们结成了一体联盟的"我"。格非一再强调自己的写作源于自身与现实之间难以沟通的困境,在对小崔平民身份的"我"之认同中,能感觉到主体企图融入社会、大众的倾向。整部《隐身衣》看不出任何超越升华的倾向,刚从"江南三部曲"沉重磨人的乌托邦追溯与破灭中走出的格非,在此来了个漂亮的"软着陆"。历史上"花家舍"式的乌托邦被用以移(怡)情的、既当下物质又流动飘逸的音乐取代。与之匹配的是那奇妙混合的主体精神状态:疲惫与噱头,委顿与调侃,寡合茫然与知识趣味。它们互为表里,彼此成就。与其说《隐身衣》写了一个小人物的故事,不如说它曲折呈现了时下知识分

---

① 格非:《我愿意代表失败者》,载《文艺报》2011 年 11 月 14 日。

子犬儒虚脱的心灵症候。对于弥漫的常人意志,他们的态度是不反抗的清醒,不拒绝的理解,不认同的接受。被小崔厌恶鄙弃的不单是"教授腔"或知识分子的夸夸其谈,还有启蒙的记忆,崇高的冲动以及对天真至性的追慕。它们一并在漫画式的速写中被涂抹玩笑化了。

"没有乌托邦的人总是沉沦于现在之中。"① 神学家蒂利希的这句话对书写《隐身衣》的格非来说实在贴切。关于乌托邦的设想虽各有不同,但有一点是共通的:那是个人与人(尤其是人与"我")和睦共处的世界,绝无欺瞒与压迫。就此而言,实践乌托邦的关键,不是寻找或建构外在的神祇,它奠基在豁达向上的个体生命状态中:何时何地无论遭遇到什么,都能自然秉持联系统一、平等慈悲的在世态度。这无疑需要点空性(尤其是去"我执")的智慧与修持。若念兹在兹都是"我",乌托邦的祥和与自由永远不会来临,因为自由被"我"障碍住了。如果仍勉力外求,乌托邦则易导致颓唐遁世、玩世不恭或伤害暴力。质言之,乌托邦的关节要害,应在于对"乌"(即"无"与"空")的体悟与妙用,而这恰恰是当代文学最稀缺的品质。

我们的构思被所谓个性或大写的"我"占满了,以致建立在与他人联系上的、需整体观照的现实与历史都成了难以企及、驾驭的问题。但凡提及乌托邦,作家总要在外界寻个希望的抓手,一种根深蒂固的以"我"为原点核心的实有思维。古典音乐之于小崔,亦是建立在自我快乐感受上的乌托邦。而凡可上手之物,终不长久。于是乌托邦的追求,便成了以有易有、饮鸩驱毒的悲剧循环。我们很少去反思这种思维现实的方式,更遑论改变了。在这个意义上讲,当代文学还未出现真正智性的作品。以此看《隐身衣》,那或许正是文学个人化书写无可救药的标志:要撼动个我的思维管控着实太难了,只得倚靠或模拟仙家传说里的隐身衣。这也应了老子那句话:吾有大患,为吾有身。

就格非来说,从孤独的先锋到亲和的小崔,其精神变迁与书写策略颇似当年"新写实"小说家的路数,但外观却迥乎不同。虽然也试图融入现实,缓和文学与大众的关系,但《隐身衣》并未坠入婆婆妈妈、锅碗瓢盆的现实汪洋。存而不决的悬疑诱惑、陌生化的音乐知识,让作品保持了些许前卫的元素与格调。这也是格非对自身形象的斟酌雕刻处。我相信在《隐身衣》的构思中存在着对"新写实"风格的有意规避,它在作者关于"文学与现实"的理论思考中清晰可见。②

---

① 蒂利希:《政治期望》,徐钧尧译,四川人民出版社1989年版,第215页。
② 格非:《文学与现实》,载《布老虎青春文学》2006年第1期。

《隐身衣》的叙述最终与"新写实"拉开了距离,但内里境界却是五十步笑百步。

想起杨绛的散文《隐身衣》,其中几句话可当作格非这部同名小说的补注:"隐身衣的料子是卑微。身处卑微,人家就视而不见,见而无睹。""世态人情,比明月清风更饶有滋味;可作书读,可当戏看……惟有身处卑微的人,最有机缘看到世态人情的真相。"① 简单说,"隐身"的实质就是镜子朝外的、不自伤的书写或看。这也是中国历代文人在不堪世事扰攘时的本能反应。就写作而言,隐身虽然削弱了个性的锋芒,却能收获世情的抚慰和娱乐。后者足以抵偿隐身的代价了。格非早年作品《褐色鸟群》里有个神秘女人棋,她在出场时抱着一个类似画夹或镜子的东西。作者没有交代棋的身份来历,她只是静静地聆听观看,画夹与镜子叠合起来。这很像是隐身书写/绘画主体的绝妙造型,一种无意识的表达。若果真如此,那是否意味着早在先锋写作的阶段,格非的内心就已萌生了隐身的"种子"? 今天的"转型"其实只是先前的种子成熟了。或者,所谓"转型",只是力求与现实、大众和解的造作表象?

在《中国小说的两个传统》一文中,格非指出中国传统小说特别强调世事人情。"中国的超越是经由世俗来超越的,'游于世俗,泯然无迹'。也就是说不离世间而超越世间。"② 小说《隐身衣》应该是在朝这个方向努力,只是超越的感觉未免暧昧了点。

三、如何"丈量"现实与世界

跟胡学文以往的创作相比,《从正午开始的黄昏》③(以下简称《正午》)流露出罕见的空灵、现代、婉伤色彩。小说讲述了乔丁的两极生活。在日常空间,乔丁经营一家小店,他有个让人羡慕的家庭:妻子温顺女儿伶俐,岳父岳母善解人意。而在另一重空间,乔丁却跟一个女贼同进同出。在乔丁因贫困从大学辍学的时候,是她帮了他,并把他训练成身手矫健的贼。他们溜门撬锁盗取财物,每隔一段时间,乔丁便会编个理由离开家、与她相伴行窃。那是种奇特的感觉:"他不缺啥……唯一不能放弃的是往昔的仪式。"一个晚上,乔丁鬼使神差地进入一个房间,却意外发现这里竟是岳母偷情的地方。他(她)们彼此窥见了对方的秘密,乔丁的世界被彻底掀开。他恨岳母,因为她毁了自己的仪式,吓走了

① 杨绛:《将饮茶》,生活·读书·新知三联书店 2010 年版,第 173、176 页。
② 格非:《中国小说的两个传统》,载《小说评论》2008 年第 6 期。
③ 胡学文:《从正午开始的黄昏》,载《钟山》2011 年第 2 期。下同。

"她"。那个"她"后来意外死去,乔丁一直不知她的真名和身份。她喜欢收藏与凤凰有关的东西,我们姑且叫她凤凰吧。在凤凰遗物中,乔丁发现她是从孤儿院逃出来的叛逆少女。乔丁到孤儿院打义工,希望打听到凤凰父母的消息,却一无所获。乔丁逐渐意识到:秘密是生命的一部分。他必须学会尊重秘密,包括岳母的秘密。

这听上去又像"隐身衣"的味道了。如果说在格非那里,隐身衣强调的是不自伤的看,那么《正午》中与隐身衣类似的"秘密",则更多指向人与人、人与外界之间那无法被克服的距离隔阂。二者的构思建立在同一个问题基座上:即个体如何去把握现实与世界? 虽然它们的意义侧重与表述风格各异,但就上述问题的应对态度却是一致的:不去把握,回避解答。格非自不必多说,他的把握止于"糊涂"。凭借着难得糊涂的心理,《隐身衣》的主体在世界的隐秘中潇洒滑行,抛几个悬念的气球,就看哪个认真的呆子接球了。文学的趣味与交流,在抛接之间转换完成。至于《正午》,就内容上看,主体倒是一直提着劲要揭示秘密,乔丁的打探便是这种努力的显现,但打探从一开始就注定了失败。《正午》的兴奋点在于打探过程中的情绪宣泄;那叛逆迷惘忧伤好奇的种种情绪,才是《正午》的主角。至于秘密为何,反而无关紧要了。胡学文以往作品中反复出现的寻找结构,亦可佐证。像《命案高悬》、《麦子的盖头》、《像水一样柔软》、《失耳》等,哪篇不是在找在问,哪篇又落得个眉目清楚的了局呢? 就此而言,《正午》依旧在自我重复。这恐怕不是胡学文个人的问题,它直指当代文学的痼疾:在认知现实世界、领悟存在时的勇气溃散与理性沉默。"抒情",成为当下文学的主调,这是一种跟自我疲软的理性认知相互妥协媾和的主体生存形态。文学的意义或功用,或许就是情绪的一次性鼓荡、充实与释放?

我们发现,本届"鲁奖"中篇不约而同地注重了故事的营构:滕肖澜的《美丽的日子》,故事叙述得实在漂亮;《正午》的故事,好看离奇得略嫌做作。这显露出文学走向人间、大众的强烈意愿。但如果上述痼疾不予解决或理会,仅在故事叙述的层面翻新用力,这可能是个不妙的讯号。它意味着文学在图像时代边缘地位的自我放逐与铭刻,因为就故事的呈现而言,以文字为载体的文学,"天资"实不及图像。

《正午》并非典型的"底层小说",这点很惹人眼目。作品里最能瓜葛到底层的,当是凤凰的身份:一个被父母遗弃的孤儿院少女。乔丁作为曾经辍学的农村青年,也沾点边。但这些都未发展成沉重酷烈的苦难叙事,像胡学文此前所写的那样。当代中国底层文学给人的总体印象是创作远不及评论闹忙,"底层"成为各种理论驰骋的场域。其间的核心问题有两个:一、底层能否发声,其表述与被表述的权力机制如何? 二、底层中是否蕴含着类似左翼文学的政治反拨潜能? 若有的话,该怎样把这种潜能发挥出来? 在"底层文学"创作中,胡学文是不能绕过的作者。他采取单刀直入、贴身叙述的策略:叙述人活在底层每个主人公身上,道其所言发其所想,以人性的开掘和对人物遭际的铺叙来显示底层的怨诉与反抗。一种直截响亮的底层声音。这对"底层能否发声"之类的设问不啻为爽气的回击,然而也因此积下了单调老派的印象。由于贴身叙述取消了观察的距离,供主体自我游刃的空间相应逼仄了,有些方面很难展开。我一直很好奇,那些层出不穷的底层故事跟作为主体的胡学文之间最初是怎样发生关联的? 对于底层的出路,他的思考如何? 这些疑问终于在《正午》中得到了解答。

在我看来,这是篇堪称典范的关于"底层书写"本身的寓言。《正午》创作谈里,胡学文写道:"我过去住的地方与福利院相邻,常听到对面的精神病患者唱歌……窗户这边的我与对面的他们对望,我很想知道对方在想什么?"于是,"一个女孩迈着她独有的步伐向我走来……目光漫过去,是她周围的世界,想追寻她,但更想探究她与世界、世界与世界的通道、切口"。① 这话透露了作者对底层世界之于自我世界的距离意识,以及他试图克服这种距离的愿望:"生活永远是有距离的……小说家的任务之一就是丈量这种距离。丈量不是简单的记录,而是有限地缩短或无限地延伸。"② 于是在《正午》中出现了"世界与世界的通道":它经由吴江与凤凰的奇特"爱情"铺设而成。主体与底层的关联,尽由吴江与凤凰的关系折射出来。凤凰带给吴江的感觉,直指作者心中的底层印象:她自卑倔强野性蛮横,让人同情又无可救药。正是这错综的印象,激发了《正午》的构思。我们由此可捕捉到文学丈量、把握底层现实及世界(或曰"底层文学化")的大致路径与逻辑:如扭曲复杂的人性、奇观化效应、救赎的消解等等。无论如何,底层总与日常相对,它是日常的裂隙或理性的反面,诚如吴江对凤凰的回忆,充满了跳跃动荡、混乱迷离。这不仅是现代风格或人物情绪的呈现,其中还潜藏着作者对底层的基本定位以及他测量底层的重心与倾向。很少有人在作品中去梳理底层形成的历史脉络,一上来它就是个既成的平面事实了。于是痛苦愤怒反叛,诸多情绪在具体事件的营构中迅速发酵升温,给人强烈的刺激与冲击。但随着故事讲述的结束,冲击的效力相应隐去。

---

① 胡学文:《创作谈:我们和他们》,载《北京文学(中篇小说月报)》2011年第4期。
② 胡学文:《小说的丈量》,载《文艺理论与批评》2007年第3期。

文学化的底层很难在读者中引发普遍持久、与己有关的触动和影响,因为它是特殊特例景观化的,罕见智性的启迪与救赎升华的建构。而后者却是把底层与普通人链接起来的不可或缺的环节,这建立在人类共通的离苦趋乐的心理上。一旦取消了该环节,"底层文学"给人的感觉,就像看了场沉重的纪实电影,或者买了个跟预想中的"底层"概念相符的物化商品。

把底层呈现为人性的深渊(凤凰即是一例),是文学的最大能事。我们可以心安理得地呆在没有救赎希望的世界里,却无法直视或忍受人性的荒芜——又一个对无恐惧、显示空性智慧匮乏的例子!或许就是为了涂抹救赎取消后的黑窟窿,才会不厌其烦地制造层出不穷的人性传奇?这也是文学底层带给现代人的抚慰与调剂吧,就像乔丁隔三差五总要跟他的底层女神凤凰出去流浪厮混一番:"原来世界竟有这样的活法,原来他不耻的勾当竟这样迷人。"

如何改变上述尴尬的局面?把底层从贪执个性、能所对待的文学认知陷阱中拔脱出来,也许势在必行。底层并非张扬自我文学才能的场所,而是自我与他人共在的一种生存结构。创作的着力点不应放在"我"的底层,而是"我们"的底层上;不是为了展示"我"所写的底层多么独特,多么有文学性,多么能吸引眼球,而是要让这个底层击中、切入公共的心灵。进而言之,底层的文学化不能拘于表象的观赏性,同情的理解与抒情也不够,它必须嵌入到对人类根本问题的探索之中。前文说的生存反思与底层救赎,是其中的核心内容。(倘真体悟到底层系自我生存的部分,又怎会纯粹技术情感地"文学"下去而不去寻觅解脱呢?)这不仅是为了构建意义分享与理解的公众语境,还能有效抵制猎奇消遣的观赏诱惑,让底层内化于心的自审挣扎当中,使其切实成为"我们"生存困境的显现与寻找救赎的契机。

目下的文学工作者可能大都认为文学不是用来教育大众的,它的本分在于抒写个体困惑及情感;文学只需提出问题,无须解释或拯救世界,那是哲学家、社会学家的事情。但果真如此么?这又回到文学与"众"的关系上了:是启蒙之、随顺之还是顾自叙说?以上想法的提出,跟现代社会日益细密的分工与科层化设置不无干系。文学的功能被设定为个体情绪的抒写与鉴别,这几乎成为公理。在我看来,创作主体与"众"之间必须保持某种对峙的张力。这并非鼓动要故作训诫启蒙的导师姿态,它实为激发文学活力、避免重复窠臼的必要驱动。

所谓"启蒙",说到底是自我启蒙,这在格非对理想读者的虚设与寻找、胡学文在《正午》里对自我风格的反拨中能体会到。作为启蒙对象的"众",不仅是大众、读者,它更多地指向自身,一种平稳怠惰人云亦云的主体状态。你是否愿意提高自己？是否想扣问世界的隐秘，探寻合理和谐的人际关系与存身方式？如果答案是肯定的，那么文学走向启蒙，走向对人类根本问题的反思及探索世界救赎的途径，便是本能自然的行为。当创作者如是行动表达的时候，他给大众的主体感觉就是一个不折不扣的启蒙者形象，亦可称之为时代的先行者、文化的先倡者。反之，假若创作者满足于在当下流行的文学功能中活动，那无异于拒绝文学的成长，其重复、枯竭和造作可以想见（对《隐身衣》中犬儒主体形象的感知，亦由此而来）。文学在这种单向功能的片面追求与畸形发达中，它的商品化前途不难预料。

然而，一旦涉及对人类根本问题的思考，文学的稚嫩贫弱立马显现出来。就此而言，《正午》让凤凰在意外中死去，不失为机智的"藏拙"，如此即可避免对底层救赎的探讨了。让"凤凰＝底层"置于忧伤的凭吊中，这便是文学对底层的最终态度或贡献吧。把此忧伤跟胡学文以往作品里凝重的痛楚与记述故事的客观调子相比，虽然情感的浓度、外观迥然不同，但都建立在生存的迷惘上。相对讲，忧伤的情愫在当代文学中要更普遍时尚些，《白杨木的春天》与《漫水》里亦能感觉到类似的忧伤触动。这是种对人对己都温情脉脉又不显肤浅的调门，尽管没有直接的救赎指向，但无论怎样，忧伤总是让人受用的。

在《正午》里，胡学文兜底亮出了他对底层救赎的悲观与放弃态度，外界所有的开导均不济事。我们在拥有了正常生活的乔丁试图劝说凤凰"金盆洗手"却屡遭嘲笑的情节中能体会到这点。在作者那里，底层系自成一体的他者世界。文学能做的，只是眼睁睁地看着其中的人物沉溺坠落，这跟鲁镇人对祥林嫂眼泪的好奇围观、叹息赏鉴颇为相似。当然，我们的文学主体是同情慈悲的，绝无鲁镇群众的冷漠与低级趣味。但不得不说的是，在眼球经济与娱乐盛行的市场语境中，如果文学一直缺失对底层历史、救赎等根本问题的正面回应反思，那么它的同情慈悲恐怕很难跟普通看客的情绪心理区分开来。从渴求自由解放的人性本能讲，文学远未尽到自己的责任与天职。这也算是一种深刻的集体无意识的文学"媚众"或"媚俗"了。

把底层嵌入到对人类根本问题的探索中，不是说一定要给出明确的答案，但必须要有这方面的趋向和努力，一种对世界应然或"是"的文学构想。以鲁迅为例，他的所有作品都建立在对世界"无"之本相的体悟上。文学的抒情与对世界的理性认知在鲁迅这里并行不悖，用他的话说："我"不相信唯黑暗与虚无方是实有。一种深入骨髓的乌托邦式的不甘与搅动。提到无，多数人想到的是顽空、否定与消极，殊不知若当真体悟到佛家所讲的空（无）有不二的境界，实是人生根本的平等慈悲与解脱救赎。能真正如之解行者，堪称人间大雄猛士是也！鲁迅做得虽不完美，却已臻于文学的极致。在对"无"的感知与运用中，鲁迅弥合了启蒙者与庸众的界限：没有纯粹的启蒙者，亦无本质化的大众或庸众；"看"与"被看"不断转化。这跟隐身的看与忧伤苦痛的丈量咏叹形成了鲜明对比。（前文提到的对底层的历史考察，亦可纳入"无"的眼光：没有固化平面的底层，是一个由历史累积、各方因缘汇聚的合相。）无在鲁迅那里化为一种悲智双运的力量，它既是批判自审，又是平等慈悲。鲁迅由此跟生活着阿 Q 们的底层未庄——他的中国世界融合起来，而当代作家和底层的关系却大致是各归各的，就像乔丁与凤凰。

《正午》里有个貌似救赎的设置，即凤凰本人。她不仅"自食其力"，还帮助乔丁从贫困自卑的阴影中走出，俨然是乔的救世主。这种底层的"自立"，当是作者构想的底层内部的自我救赎吧？其构思框架带有市场语境里常见的个人奋斗的模板痕迹，并综合反串了民间侠盗、英雄救美的原型书写，但效果与走向上却是破坏与毁灭性的。在价值层面，它显得扭曲、造作而紊乱。与其说是救赎的建构，毋宁说是拼贴反讽、贫乏绝望的出演，一个煞有介事华丽虚弱的救赎编织。凤凰的形象让人想到西德尼·谢尔顿的《假如明天来临》中的女主人公翠西，却远不及后者明亮。翠西被诬陷坐牢，出狱后变为江洋大盗，报仇雪恨。她被称作美国的"女基督山伯爵"，但凤凰没有这种惩恶扬善的感召力，这是个暧昧复杂、晦暗创伤的所在（底层的表征）。也正由此，《正午》从《假如明天来临》这类通俗小说中脱颖而出了。前者系纯文学派的严肃沉重的底层描绘，但在救赎的想象及深度上，二者其实不相伯仲。

四、重返"风景"与"乡土"

如果说《正午》试图丈量"底层"，那么吕新的小说《白杨木的春天》①（以下简称《春天》）则旨在丈量历史。《春天》描述了知识分子曾怀林在"文革"中的遭际。他曾携家带口被发配到偏远的小城，在城北开阔的原野上安顿下来，两间被白杨木栅栏三方包围的旧房子成了新"家"。白杨木栅栏是养马的老宋帮忙建的，它象征性地将他们与外界隔开，呈露出家园的模样。

《春天》里，"文革"的感觉并不十分突出，这也是吕新创作的一贯特点。

---

① 吕新：《白杨木的春天》，载《十月》2010 年第 6 期。下同。

我们很难把他的作品嵌入到某个固有的历史逻辑当中。那诗性迷离的语感句式,任意松散的叙述结构,注定要揉碎时空消解故事,将所有模式化的历史反应机制溶解在情绪的自然涌动里。在这个意义上,先锋似乎隶属吕新本色的一部分。它贯彻始终,并未出现格非式的"世情转型"。当然,吕新也在"变"。通过比较二者不同的变数理路,我们大体可预见先锋在中国的现实立场与未来去向。

《春天》称得上是部老实成熟的先锋之作。吕新是个语言内倾性极强的作家,这跟他的诗人素养有关。在 1986 年正式发表作品之前,吕新已有一两年诗歌创作的经历。那是一段在雁北度过的青春时光,激发写作欲望的,不是改变命运的野心,而是胸中集结翻涌的无数莫名的生命冲动和风雨阴霾,几乎张口就要吐出闪电。从诗歌到小说,不单是文体的转变,还有一个主体发声及定位的问题。这可是桩复杂艰巨的活计,只要回想下顾城的《英儿》写得多么勉强零落散乱,便可明白此中道理。一般说来,诗歌系个体的发声与抒情方式,而小说则是"众"的艺术。除了顾城、吕新外,兼治诗歌、小说的当代两栖作者还有不少,如林白、陈染、韩东、鲁羊、海男等,他们后来基本都放弃诗歌而专事小说了。从字面或语源学的角度看,"先锋"本是超群前卫的个体探索,它跟"众"、"群"之间较劲抵抗的紧张关系,是保持判别先锋的重要标识。在这个意义上,上述从诗歌转向小说的作家的创作实践,可视为文学先锋转型的具象切片。

我们发现,涉足小说的诗人多会感到某种不适和焦虑,而他们的表现也惊人地一致:语言成了小说书写中最用力的部分。一旦失去语言的着力点,他们会显得不知所措或破罐破摔(如林白小说的部分章节)。结构一直是个问题,但这种难堪被信誓旦旦的随性追求冲淡掩饰了。其作品不乏独特魅人的腔调,却难以树立起世界、历史的感觉。历史永远飘零模糊,除了叙述者外,大部分人物都影影绰绰。把这些归咎于诗歌书写的惯性——长于抒情却弱于知人论世——当然不错,但真正的障碍恐怕还是建立在"个"[①]与"众"对立、冲突上的文学思维与心结。对语言的考究即是对"个"的珍视。至于世界、历史或结构,那其实是一个层面的问题:它们都是关于"众"的想象、把握或压抑。纵观吕新的小说,历史实为伴随始终的关键词,但总的叙述效果却显示:历史为主体身外之物。这种"异在"感在《春天》里终于得到了相对圆满的解决。一个直接显明的证据,就是被

---

① 此处的"个",语出伊藤虎丸《鲁迅与日本人:亚洲的近代与"个"的思想》(李冬木译,河北教育出版社 2000 年版),其含义是"一种真正的个人主义",包括自我发现、主体建构及自由等。

放逐的知识分子曾怀林对"人民"的理解、趋近与回归;孤独的白杨木总算在错杂混生的"集体"风景——树林中找到了自己的"春天"。

我相信,吕新构思《春天》并非出自通常所谓的历史反思,而是先锋书写对自我孜孜以求、追寻雕刻的必然结果。"个"的极境并非古怪奇崛(这些绝不会长久),而是归宿信仰。通俗地说,就是给自己找个家。"我"属于它,本来就是这样的,也只能、只是这样了……很长一段时间,吕新给人的印象俨然一个在语言内部虔诚聆听的修士,这是他被划为先锋派的重要因素;另外,他被当作山西作家的异类,根由恐怕也在于此。那文绉绉的梦幻粘连的语言,很难让人把它跟诞生"山药蛋派"的山西联系起来。朱寿桐主编的《中国现代主义文学史》里这样写道:"山西这块土地,有着悠久而沉重的现实主义传统,'土'文化的凝固与沉稳似乎与变幻莫测的现代主义传统相距很远","吕新来自晋北山区,他的出道无论怎么说都给人意外的感觉"①。某种程度上,我们可把先锋派视为当代个人化书写的支脉或缩影。在对"个"的高标及发展走向上,二者有不少重合之处。先锋派对语言近乎神祇的倚重与孤注一掷,正是个人化书写力图伸张自我全面突围又无可措手的写照。从根本上讲,所有的个人化书写,其命运都是"个"的扩展、漫化与溶解。换言之,"众"的结局是不可避免的,但在对"众"的理解和择取上却不尽相同:格非的"世情"是一例,"新写实"的"日常"是一例,吕新对历史、"风景"的奔赴,又是一途。

历史的魅惑在吕新而言也许是命中注定的。借用朱寿桐的话讲,这个晋北山区的写作异类自出道以来以其对历史("众"的想象)的执著供奉,不期然绽露了他对山西"土"文化或现实主义传统的忠诚与眷顾,一种冥冥中文化吸引、铅坠的结果。然而就表面看,这很像是语言自主的探寻,或曰语言"自道"似的历史澄明与涌集;吕新以其虔诚的修士姿态充当了语言自道的活动载体。由于吕新的"根"扎在隶属农耕文明的山西土文化中,他对历史的痴迷及个性化书写,无意间带上了东方式"寻根"或"回家"尝试的典范意味。究竟如何"回家"? 怎样才能全身心地融入历史/"众"而不是满足于抓住其中的一鳞半爪? 这不单是先锋作家吕新个人的问题,也是日益向原子化社会滑落的当代中国普遍的精神问题。

吕新曾说:"好的小说应该用语言牵着你的鼻子,甚至你的裤带,将你带进

① 朱寿桐编:《中国现代主义文学史》,江苏教育出版社1998年版,第1015页。

那个世界里去。"① 这种感觉在《春天》依旧存在,但主体的沉溺程度不如从前。显然他加强了语言之于外界的及物性与把握力,试图发掘从自我内部(语言)通往世界的"林中路"②。这在曾怀林的沉思独语与交往行动的旋绕往复中体现出来。与其说《春天》写的是一个特定的历史时段——"文革",毋宁说是知识分子对以"文革"命名、代表的"大历史"之变革变动的存在感悟与生命哲学。

《春天》中最惹人瞩目的当属其中的风景描写。较之"文革",风景在文中的地位更具本体性。事实上,对风景的把捉与铺陈已成为主体极度仰仗、近乎条件反射的言说方式了。它能从任何一个叙述缝隙里探出头并迅速弥漫开来。这在下面一个细节表现尤著:当曾怀林遭到侮辱性的脱衣搜身时,他却被院里的海棠吸引住了:"又看见那几棵美丽得让人有些不敢相信的海棠树了,曾怀林揉了一下眼睛,眼前好像有一场薄薄的轻纱般的雾。"历史在此出现了涣散与延宕,吕新特有的深沉迷离的抒情声调也同时响起。他似乎对风景别有情结,不惜让作为风景标志之一的海棠把发生搜身的难堪定格的时空涨满,淆乱其中的历史次序与逻辑。"在似乎是无边的虚浮和寂静中,在混合着海棠花的芳香和从旧党校的食堂里飘出的阵阵熬白菜的气味的四月的空气里,曾怀林像是要准备沐浴一样脱去了贴身的一件衬衫。"就字面来看,曾怀林的脱衣事件一点不像是个人在接受"文革"/历史逻辑的羞辱与改造,毋宁说它跟海棠花或白菜一样,化作了寂静风景的一部分。

类似的风景在《春天》里俯拾皆是。它们绝非简单的移情,其间涌动着主体全部的精神能量。风景本身即是对历史的勾勒、咏叹与反思。譬如,无数次地注视荒草后,曾怀林对"折腰"一词有了更深刻的理解;在跟下放的县委书记车耀吉聊天时,后者"在砖垒之间的那些灼热的灰烬中埋了两个土豆和一把黑豆……受热的黑豆不时地崩响,仿佛过去年代暗夜里的零星而寥落的枪声"。这究竟是关于土豆黑豆的风景,还是车耀吉难以放下的灼热记忆?明明看去是景语,却道出了命运和历史的沧桑。在《春天》里,把历史化为风景跟从风景中识辨出历史,是一而二、二而一的。它们彼此镶嵌,就像下面这幅燕子猫鼠图,几多风景,几许"文革":"燕子在城外的原野和河流上低飞……它们越过宣传队的那片不断地更换着行头和面部表情的咿咿呀呀的歌舞之地,到相对安静的直属粮库的屋檐下安家落户。在那里……猫是粮库豢养的编外职工,它们不参与

① 吕新:《面壁而坐》,载《山西文学》1991年第8期。
② 参见海德格尔:《林中路》,孙周兴译,上海译文出版社2008年版。

翻晒粮食和每周三次的政治学习……只负责蹑手蹑脚地巡逻和守候,屏声静气地抓捕老鼠,把抓到的俘虏咬死后丢弃在值班室的门外。"

风景在吕新的创作中是个老话题了。不难发觉,每当吕新沉浸于语言的"自道"时,他的笔下流出的往往是风景,这点很耐人寻味。只是跟《春天》相比,吕新早期的风景书写,其效果仅算得支离零落的时空,远未达到浑然的历史形态。把风景和历史终于融为一道,是《春天》的作为,也是从语言切入的先锋书写积蓄已久的"进步"与归宿。

吕新为什么屡屡陷落于风景?后者究竟有何魔力?我以为,风景中显露的乡土记忆是关键所在。《春天》中的景语涉及的都是农业景观:如猫狗、燕子、白菜、土豆、粮库、荒草、河流、原野等。吕新曾说:"我的写作对象是留下了无数童年记忆的雁北山区,以及长城以北、内蒙古一带的汉人居住区……什么是故乡?我认为一个人的童年,才是他真正的唯一的故乡。"[①] 以此来看吕新的风景描写,颇似变相曲折的文学"返乡"行动。风景唤回了童年的记忆。

在吕新早期小说《空旷之年》里有段话:"这就是那天的一部分背景,它包含着一种无法传达的乡村情绪。在那些安静的村庄里,有多少年,农业的环境却一直被排除在有关的故事之外,绿色的枝叶被砍落树下。"[②] 这大体可视为吕新的"风景观"。至末一句"绿色的枝叶被砍落树下",是在慨叹风景在现代文学中逐渐衰颓的命运么?也许就是从那时起,吕新开始了他有意无意的风景主体化、历史化的探索。一边是对语言膜拜的先锋书写,一边是对乡土风景现实化历史化的抵达,看去抵牾吊诡的两端在吕新身上汇聚。较之鲁迅为首的启蒙乡土和以沈从文为代表的牧歌乡土,这称得上是乡土中国表达的又一种现代方式。对语言的虔诚聆听,一面自可视为经验匮乏的主体对自我发声的琢磨以及主动体历世界的渴望,一面亦显示出恋土、克己、重家的乡土传统在当下文学语境里维系传达的尴尬与困窘。必须借助极端个人化的语言膜拜,乡土才勉强得以存留,一种入时无奈辗转憋屈的现身。其实,在先锋最初选择从语言切入世界的文学行动中,已能嗅出一种隐约的乡土态度:说它是"不屑"可能夸张了,但至少是不够信任或底气不足的。当然,乡土并不会就此消失。在语言自道、鬼使神差的风景建构中,活动主宰的正是主体无意识中那关于乡土的顽强记忆。一个乡土中国的幽灵,悄悄蠕动挣扎显形。它不仅通过先锋主体对语言的梦呓祈请卷土重来,

---

① 林舟:《"靠小说来呈现"——对吕新的书面访谈》,载《花城》2001 年第 6 期。
② 吕新:《空旷之年》,载《作家》1990 年第 11 期。

还要把现代、历史纳入自身的"风景"。

吕新在他的创作谈里说:"孤独感、沉重感、压抑感已一直随我许久了……在家乡,有一带荒芜的山冈使我终身难以忘怀。我们家族的成员回来出去都要走过这道山冈。而我的黑色的初恋也是在这里萌芽、生长,直至后来的死亡……在这片初恋死亡的废墟上,我开始精心雕刻一尊完美的雕像。什么时候完成我不知道。"① 与此情境相类,曾怀林一到小城,撞入眼帘的便是颓败的城墙与荒草萋萋的原野,苍茫寂寥的气息笼罩了全篇。这不仅是通常的氛围晕染,其中还蕴含着对生命原点或历史基座的试探抚摸、呼唤眺望。原野城墙跟作家内心念兹在兹的山冈叠合起来,小城的历史(亦即"文革"那段日子)成为"废墟上的雕刻",一种荒芜寂寥的涵括。经由曾怀林的下放,主体启动了蓄意已久的"返乡"。但哪里才是家园呢?举目四望,处处是历史,处处是记忆里的风景,却怎么也寻不见本来的故乡了。它成了一团萦绕的气息,一个无法捕捉的"无"。这虽然让人难过,却不失为明智长久的与故乡厮守的写作方式。正因为抓不住,才要一次次地奔赴体尝。这里回避了对故乡、传统之来路及现代去向的理性认知;源源不绝的抒情咏唱,建立在传统的消逝衰亡上。一个荒芜的乌托邦。

跟《春天》相比,王跃文《漫水》②的乡土特征要明晰许多。从官场到乡土的"换档",王跃文显得轻松裕如。由此不难感受到中国文人传统里入世出世之思的余波回响,乡土成为出世想象与救济的本能载体。《漫水》中,最大的谜团是慧娘娘的出身来历。据说她曾是城里的妓女,因走投无路被男人有慧带到了漫水村。如果真是这样,她一生的善行便带有自我清洗的赎罪意味。这是现代人对传统歉疚负罪忏悔心理的折射么?我们很难把慧娘娘的一生融和起来,她的人生以漫水为界,斩成前后两段。我们看到的仅是美丽温柔聪颖的慧娘娘,她为漫水人无偿接生妆尸,"漫水人不论来到这世上,还是离开这世上,都从慧娘娘手里经过"。这里,文化恋母的意味再明晰不过。

慧娘娘曾说:"我很小就流落在外,就像水上的浮萍,不晓得哪股风把我吹到漫水来了。"她的无根性和作者的游子心态彼此映照。无独有偶,曾怀林也是没来由地被抛向了小城,一个"乡土"的历史借代。两部作品共通的省略或空白并非偶然。一方面,这是对乡土天然依恋的流露;另一方面,它触到了想象的边界与底限:主体无法为自己的返乡抉择举出一个足够现代、妥帖的理由。在注重

① 转引自李锐:《拒绝合唱》,上海人民出版社1996年版,第80页。
② 王跃文:《漫水》,载《湖南文学》2012年第1期。

物质与功利的社会语境中,任何回归传统或故乡的举动,很容易被视为冲动浪漫、感情用事的结果。空白的构思里,即隐含着对上述大众理解的顾忌或"共识"。慧娘娘人生的断裂及缺失表明,当下文学的审美、接受逻辑里已容不下她了;她就像虚构梦呓的彼岸神话。给她分派一个幽暗的出身,或许能冲淡些理想梦呓的色彩而多点现代人气?

《漫水》中出现了不少以现代白话注解方言俚语的句子,实有繁冗拖沓之感,但作者却浑然不觉。如果说方言的使用显示了主体拉近、把捉乡土的努力,一个把乡土"在地化"的文学举动,那么白话与方言的对举翻译,则呈现出相反的推拒效应。它表明:乡土乃是一种少数边缘、逐渐消逝的频率与声音。这令人想起弗洛伊德讲的孩子玩线团的游戏。当母亲上班时,孩子开始玩线团。他通过滚线收线的形式把母亲"离去—归来"的过程复制出来,并以此充实和娱乐自身。这种无意识的幽微逻辑,可用来照亮《漫水》里"方言—白话"对举的叙述方式与乡土的关系。吕新笔下"语言—风景"的循环,亦能如是观之。

通过《漫水》与《春天》,我们领略了文学主体对乡土那欲罢不能的复杂情绪。虽然不能把二者的乡土书写尽归于游戏,但若想从中寻得救赎与解脱,恐怕要落空了。此间充溢的是耗散生命、自我延宕耽溺的抒情,不无逃避与自欺。这大概也是文学之本性吧。

类似乡土书写的抒情立场及思维,构成了当代文学主体与历史、现实发生关联的重要方式。尽管乡土本身存在诸多问题,但从释放心灵、自我救赎的角度看,这似乎已是当代文学所能出具的最高形态了。乡愁繁衍的尽头,赫然是意义的黑洞,它成了文学主体怯于直视担当、把握穿透的存在之痛。抒情由是启动——此情绵绵无绝期。

被建构的"权威"

——全国优秀短篇小说评选中的"读者来信"考察

马　炜

　　作为文艺工作积极贯彻"群众路线"的一个有效途径,"读者"的意见在国家文艺政策中一向备受重视。而作为读者意见反馈的一个主要形式,"读者来信"在文艺报刊中经常出现。"读者"话语的被重视要追溯到 1942 年毛泽东《在延安文艺座谈会上的讲话》。《讲话》鲜明地提出了文艺要为工农兵服务、为广大人民群众服务,文艺工作者要和新时代的群众相结合的思想。"《讲话》第一次从革命现实需要出发,赋予'群众'以意识形态权威性,并系统提出一套实践方法作为保证。于是,'读者'与'群众'彻底合一,并分享了后者的意识形态权威,获得超强价值优先权力。"[1] 建国后,《文艺报》《人民文学》《文艺月报》《文艺学习》《群众文艺》《解放军文艺》《长江文艺》等一批重要文艺报刊,不仅均开设有"读者来信"或性质等同于它的专栏(如"读者中来"、"读者讨论会"、"文艺信箱"、"文艺通讯"、"通讯往来"、"读者论坛"、"读者评论"等),并且发表了数量惊人的读者来信。[2]

　　"文革"结束后, 1978 年全国范围内关于"实践是检验真理的唯一标准"的大讨论,使文艺工作和作家创作如何体现这一标准成为文艺界面临的首要问题。《文艺报》编辑部于 1978 年 10 月上旬邀请了部分文艺工作者就这个引起思想、

题解　本文原载《当代作家评论》2017 年第 2 期。马炜通过对 20 世纪 70 年代末 80 年代初全国优秀短篇小说评选中"读者来信"的考察,探讨"人民"或者"群众"对文学作品的反馈和评价在新时期的文学评奖中起到的作用,认为文学评奖"读者来信"中所反映的读者态度和表达体现了时代主流政治话语,"读者"的个人情感和文学审美需求与"人民群众"代表的主流意识形态话语保持了高度的契合;同时 80 年代"读者来信"受到刊物选登、编辑选择等因素影响,专家通过符合主流话语的"读者来信"摘编展示建构了一种理想化的读者反馈机制,塑造出高度一致的阅读需求和鉴赏趣味。而这种高度一致的情况在 80 年代中期逐渐瓦解。

① 　张均:《中国当代文学制度研究(1949—1976) 》,北京大学出版社 2011 年版,第 100 页。
② 　斯炎伟:《"有意味的形式"——"十七年"文艺报刊中的"读者来信"》,《中国现代文学研究丛刊》2011 年第 4 期。

哲学战线强烈反响的重大马克思主义基本理论问题进行了座谈。座谈会上强调在文艺领域里要大力发扬社会主义民主,坚持艺术实践与生活实践相结合、文艺工作也要受实践检验的原则。① 针对文艺作品的价值评判,大家一致认为"对作品最有发言权的人就是读者,就是广大人民群众。任何作品都要经过广大群众的实践来检验的"②。"文艺作品的评判员应该是人民群众。"③ 文艺界把对文艺作品的价值评判权力交给"人民群众",凭借"人民群众"的意识形态权威性实现对"文革"时期文艺评价标准中教条主义和唯心主义的有力反拨。1979 年第四次文代会,邓小平同志代表中共中央、国务院致的"祝辞"中强调"人民是文艺工作者的母亲","作品的思想成就和艺术成就,应当由人民来评定"。④ "人民"("读者")话语在文艺批评领域内的权威性得到国家文艺政策合法性的确认。文艺界也通过对"人民"话语的倚重实现了和新时期初期官方主流意识形态的某种契合。中国作协的一些重要期刊《人民文学》《文艺报》《诗刊》等复刊后,依然重视读者的意见和建议,不时辟出版面专门刊载读者对刊物编辑工作的意见,以及对文学作品的鉴赏评论。常设的"读者来信"栏目给了普通"读者"话语空间,使他们能以"来信"的方式参与到文学活动中。

80 年代各文学门类的评奖活动中,作为文学作品最广大读者的"人民群众"意见一直是在评选的各个环节中被强调的。而影响最大的全国优秀短篇小说评选更是直接"采取专家与群众相结合"的评选方法。《人民文学》1978 年第 10 期的"本刊举办 1978 年全国优秀短篇小说评选启事",公布评选方法,"采取专家与群众相结合的方法。热烈欢迎各条战线上的广大读者积极参加推荐优秀作品;恳切希望各地文艺刊物、出版社、报纸文艺副刊协助介绍、推荐;最后,由本刊编委会邀请作家、评论家组成评选委员会,在群众性推荐与评选的基础上,进行评选工作"。茅盾强调了"群众评选"的意义,"过去也有过短篇小说选,但不是经过群众评选的,这一次是经过群众评选的。实践是检验真理的标准。这一次,作品是经过群众来检验的"。⑤ "让群众参加评选,请他们发表意见,就是

---

① 《文艺报》1978 年第 5 期以"坚持实践第一　发扬艺术民主"为题刊登了座谈会上的部分发言摘要。座谈会上发言的有贺敬之、林默涵、张光年、沙汀、梁信、李春光、苏叔阳、费振刚等。茅盾、巴金未能参加座谈,但寄来了书面发言。
② 巴金:《要有个艺术民主的局面》,《文艺报》1978 年第 5 期。
③ 苏叔阳:《从社会实践中来,受社会实践检验》,《文艺报》1978 年第 5 期。
④ 邓小平:《在中国文学艺术工作者第四次代表大会上的祝辞》,《文艺报》1979 年第 11—12 期。
⑤ 茅盾:《在一九七八年全国优秀短篇小说评选发奖大会上的讲话》,《人民文学》1979 年第 4 期。

走群众路线,就是贯彻党的'百花齐放,百家争鸣'方针。"① "人民群众是文艺作品的接受者和享用者,他们最有资格来评断文艺作品的成败优劣。"② 由此可见,"群众"或者说"人民"对文学作品的反馈和评价在新时期的文学评奖中同样是非常受重视的。那么,"人民"对于文学奖和获奖作品的态度究竟是怎样的?他们在 80 年代众多文学评奖活动中占据着怎样的位置,发挥了怎样的作用?全国优秀短篇小说评选中"读者来信"的意见表达可以提供窥视和探究的一个窗口。

一、"大写"的个体——主流意识形态规训下的"读者"趣味

70 年代末 80 年代初,广大人民群众对短篇小说评选活动的关注和参与热情非常之高。据统计,1978 年全国优秀短篇小说评选,截至 1979 年 2 月 10 日,"共收到读者来信一万零七百五十一件,'评选意见表'二万零八百三十八份,推荐短篇小说一千二百八十五篇。参加这次评选活动的,有工、农、兵、学、商各行各业的群众和干部"③。1979 年的评选,截至 1980 年 2 月 10 日,"一百天内共收到'选票'二十五万七千八百八十五张,比上次增长十二倍以上;推荐小说两千篇,比上次多七百余篇"④。1980 年的评选,在 1981 年"年初以来,寄到编辑部的群众推荐票数疾增猛长。截至二月十日统计,共有四十万零三百五十三张,比七九年增长近六成,为七八年推荐票数的二十倍,真是盛况空前"⑤。1981 年的评选启事公布以后,截至 1982 年 1 月底,"三个多月时间里,共收到三十六万九千一百八十六张"⑥。1982 年"群众参与短篇评选的热情仍然有增无减。这一次共收到推荐票三十七万一千九百一十一张,略高于去年"⑦。1983 年的评选,"虽然没有专门印发推荐表,但很多读者主动寄来推荐信函。截至一月初为止,本刊编辑部收到来自全国各地的读者推荐信函二千件,被推荐的作品达八千多篇次!"⑧

---

① 葛琼:《群众评选的办法好》,《人民日报》1978 年 11 月 8 日。
② 葛洛:《在一九八一年全国优秀短篇小说评选发奖大会上的祝词》,《人民文学》1982 年第 4 期。
③ 《报春花开时节——记一九七八年全国优秀短篇小说评选活动》,《人民文学》1979 年第 4 期。
④ 《欣欣向荣又一春——记一九七九年全国优秀短篇小说评选活动》,《人民文学》1980 年第 4 期。
⑤ 《第三个丰收年——记一九八〇年全国优秀短篇小说评选活动》,《人民文学》1981 年第 4 期。
⑥ 《喜看百花争妍——记一九八一年全国优秀短篇小说评选活动》,《人民文学》1982 年第 4 期。
⑦ 《更上一层楼——一九八二年获奖短篇小说巡礼》,《小说选刊》1983 年第 4 期。
⑧ 《"做光荣的淘金者!"——记一九八三年全国优秀短篇小说评选活动》,《小说选刊》1984 年第 3 期。

目前所能看到的读者对短篇小说评选的态度和意见表达,分为两类:第一类是《人民文学》记者对 1978、1979、1980、1981 年全国优秀短篇小说评选活动的报道介绍;《小说选刊》记者对 1982、1983 年评选活动的报道介绍。第二类是《人民文学》刊登的 1980 年短篇小说评选中的"读者来信"。《小说选刊》的 1981、1982、1983 年全国优秀短篇小说评选的读者来信摘编。这两者结合大致能考察全国优秀短篇小说评选活动在 1978—1983 年全盛期读者的态度和意见。

新闻报道中读者对文学奖的意见反馈,虽然并不能怀疑来信态度的真实性,但是经过记者编辑整合阐述后的书面语表达肯定与"读者来信"的原貌是有所差异的。如,1978 年的全国优秀短篇小说评选"很多来信热情洋溢地颂扬了两年多以来的短篇小说,诉说了那些优秀作品如何深深地打动了自己,使自己受到多么大的教育和鼓舞。很多来信对于作者们挣脱'四人帮'制造的精神禁锢,冲破各种文学'禁区'的勇气和胆识表示钦佩,对于他们在艺术上刻苦探索,努力创新的精神表示赞扬。很多来信热情地欢呼短篇小说新作者的大量涌现"①。在这些报道中,读者的真实身份和姓名被虚化,直接简化为"读者"。有的报道中虽然出现读者的姓名和身份,但多是对来信中话语片段的引用。原本读者来信中的内容经过记者的选取加工,被重新整合到记者(代表文学专家的意见)的话语体系中,舍弃了旁枝末节,主旨表达往往更明确与纯粹。《人民文学》刊登的 1980 年短篇小说评选中的"读者来信"以及《小说选刊》的 1981、1982、1983 年全国优秀短篇小说评选读者来信摘编,虽然还是经过编辑的筛选,选取的是来信的片段,但相对来说较客观还原了读者来信的原貌,从中更能看出鲜活真实的读者态度。

"读者来信"中的一些读者对文学的分析和思考显示出非常专业的水准和趣味。不少读者来信推荐作品,深入分析作品的主题内容、形象塑造和艺术手法。还有更专业的读者,除了探讨文学作品本身的话题,还涉及到小说整体创作风格和发展现状、文学创作技巧和规律、文学评奖活动的改进措施、党的文艺政策等更专业的问题。但值得注意的是,读者们身份不同年龄不同,提出的评奖建议不同,推荐和鉴赏的作品不同,但是使用的词语、评价的句式却是惊人地相似。从众多读者来信中反复出现使用频率较高的词组中,能明显看出新时期初期特有的时代主流话语体系:"解放思想"、"冲破禁区"、"反映人民生活"、"表达人民心声"、"革命的锐气"、"百花齐放、百家争鸣"等。如 1978 年的小说评选中

---

① 《报春花开时节——记一九七八年全国优秀短篇小说评选活动》,《人民文学》1979 年第 4 期。

"很多来信指出,近年来出现的短篇小说佳作,反映了人民的生活,表达了人民的心声,以革命的锐气提出并回答了广大人民普遍关心的问题,在题材、风格和手法上真正体现了'百花齐放'"①。1979 年的小说评选,黑龙江干部苏剑锋来信说道,"近一年来出现的优秀短篇,像一束束绚丽多姿的鲜花,给我们的时代以浓烈的芳香。这些作品喊出了人民的心声,描绘了四化的远景,令人深思,振奋"。眉山车辆厂工人孟陆空说这些作品"以革命的锐气提出并回答了亿万人民普遍关心的问题,在题材、风格和手法上也体现了百花齐放"。济南军区战士王毅认为:"这不只是一次极为有益的活动,而且是党的文艺政策的温暖关照。"② 有些读者认为:"过去一年内,在党的十一届三中全会精神鼓舞下,许多新老作家继续解放思想,向生活的广度和深度开掘,各具特色的短篇小说新作如繁花竞放。它们好就好在思想感情与人民群众息息相通,表达了人民的心声,描绘了时代的步伐,看了令人深思,振奋。"③

通过对短篇小说评奖中"读者来信"内容的详细分析可以发现,不管是经过记者加工提炼复述出来的"读者来信",还是"读者来信"的原貌选登都可以看出,"读者来信"中对文学奖提出的意见以及文学作品的鉴赏和分析话语,往往带有浓厚的时代主流话语痕迹。不同时代的人们对文学作品的价值判断和审美需求,很大程度上会受到时代主流意识形态潜移默化的影响,使读者产生对文学作品"先验"的阅读期待,即"前理解"。"前理解"是解释学中的一个基本概念。最早出自海德格尔《存在与时间》中,系统化于加达默尔,由姚斯引入文学史研究。简单来说就是指一切理解都是在"前理解"基础上所达到的新的理解。新时期初期,人们因为生活环境、教育背景、个性差异造成的"前理解"的不同,被强大的无孔不入的时代主流政治话语弥合了,时代话语潜移默化到个体的"前理解"中并被接受。全国优秀短篇小说评选中"读者来信"的意见反馈体现出官方主流意识形态潜移默化的规训。

当然,不同年龄和身份的读者对文学作品的阅读和接受有着不同的层次。除了以上比较专业的读者意见,事实上,来信中针对具体文学作品的阅读和鉴赏感受是占大部分的,这是读者来信最普遍的表达方式。这类读者来信言辞恳切,可以很明显感受到普通读者对于获奖作品的喜爱之情。这些对具体文学作品分析鉴赏的读者感同身受地把文学作品作为理解现实社会、指导自身生活的指南,

① 《报春花开时节——记一九七八年全国优秀短篇小说评选活动》,《人民文学》1979 年第 4 期。
② 《一九七九年优秀短篇小说评选近况》,《人民文学》1979 年第 12 期。
③ 《欣欣向荣又一春——记一九七九年全国优秀短篇小说评选活动》,《人民文学》1980 年第 4 期。

借对作品的评价表达自己的人生感悟和社会观点。这就导致大多数读者在鉴赏和推荐文学作品的时候，着眼于文学作品的题材内容，注重对作品思想内涵的揭示，而对作品艺术特色的鉴赏分析则退居其次，往往三言两语略过。从现有的"读者来信摘编"资料来看，相比对作品思想内容的深刻揭示，对作品艺术风格的分析显得薄弱很多。

安徽省农民张树云委托《人民文学》"代向这些作者问好，感谢他们写出了如此激动人心的作品，为我们解答了生活中的问题，给了我们实现四化的力量和信心"①。湖北天门黄潭公社的社员杨琼娥评价张弦的《被爱情遗忘的角落》，"它发人深思，令人回味。它使我们领悟到，生活的贫困和文化的落后，是封建余毒植根的土壤，要彻底扫除封建遗毒，就必须彻底铲除穷根"②。河南省西峡县供销社杨海涛同志来信说："优秀作品是搅动我激情浪花的桨，使我得到精神享受，得到宝贵的教益；陶冶了情操，增强了修养，丰富了智慧，开扩了视野。"他"希望评选活动更好地开展起来，以激发更多的人对文学发生兴趣，养成多读书、读好书的习惯，从而为改进社会风气起到良好的作用"③。

广大读者通过"读者来信"的方式评论推荐他们心目中的优秀文学作品，态度真切、言辞诚恳，借鉴赏和评价文学作品，表达自己的情感诉求和对现实社会人生的看法和观点。应该说，这些对具体文学作品的鉴赏和推荐相比较于专业的分析小说创作总体态势和对评奖工作提出建议等而言，更多体现了读者个体的私人阅读感受。但即使这种对文学作品的私人阅读体验也无处不呈现出时代主流政治话语的强势渗透。不可否认，这一篇篇从全国各地寄来的"读者来信"中对短篇小说作品的高度评价确实是发自肺腑的，但是很明显来信中的"个人"主动向更具有政治合法性和话语权威性的"人民群众"群体靠拢，读者来信中最常用"我想"、"我感到"、"我觉得"等表达个人对文学作品的阅读体验，但大多数读者在鉴赏和推荐作品时，往往不自觉地突破个体小我的情感抒发，融入到大写的"我们"、"人民"、"群众"等话语中，代"我们"、"人民群众"之言，表达社会群体的心声。

70年代末80年代初读者个体的阅读趣味受到了当时大环境下主流意识形态的规训。文学评奖"读者来信"中反映的读者态度和表达充斥着时代主流政治话语，"读者"的个人情感和文学审美需求与"人民群众"代表的主流意识形态

① 《一九七九年优秀短篇小说评选近况》，《人民文学》1979年第12期。
② 《鉴赏·评议·期望》，《人民文学》1981年第4期。
③ 《第三个丰收年——记一九八〇年全国优秀短篇小说评选活动》，《人民文学》1981年第4期。

话语保持了高度的契合。"读者"个体凭借着"人民群众"的政治优先性和话语
权威性获得了新时期初期文艺评判的机会和权力。

二、虚化的话语权威——全国优秀短篇小说评选中的"读者"地位

在全国优秀短篇小说评选中，"人民群众"的态度和意见具化为书面的一封
封"读者来信"。一届届文学评奖活动中，从全国各地寄到编辑部数以万计热情
洋溢的"读者来信"是文学评奖组织者即文学专家们最强有力的支持和后盾。
专家们的文学意见和观点通过"读者来信"中"人民"的建议和需求(当然这些建
议都是经过编辑们筛选出来的和专家意见相似或相近的)而表达出来，更体现
了话语权威性。比如，在一些很专业的读者意见中，要求在文学评奖过程中重视
对文学作品评论的意见就占了大半，而且每届都有相关的意见。湖南激浦麻阳
水公社中学的张在贤建议评选应与文学评论相结合:这两年，创作活跃，文艺批
评不够活跃。《文艺报》《文学评论》以及各文学期刊，今冬明春如能组织力量重
点评论一批作品和作家，或出个《一九八一年获奖短篇小说评论集》，于广大读
者是有好处的。并建议设"文学评论奖"。福建漳州市龙溪柴油机厂的王杰认
为:"目前对短篇优秀作品的评论太少。一些好作品的问世，已在群众中起到鼓
舞斗志，促进四化的作用，文艺评论应当及时跟上去。可是目前文艺刊物反映得
不快，文艺评论的组织工作抓得不紧，这对短篇创作是很不利的。"① 上海市商
业储运公司国顺路仓库技革组的钱建，建议对获奖作品附上简要的评语，揭晓时
与广大读者见面，并阐述了四点好处:"其一:评选，顾名思义是'评'和'选'的结
合，应当有'评'有'选'，光选不'评'，何谓'评选'？其二:有了'评'，读者就能
知道作品当选的理由，更重要的是能体现评委会肯定什么，提倡什么，反映对当
前短篇小说创作方面的要求，有利于促进我国短篇小说创作的繁荣发展。其三:
评语可对当选作品的思想性、艺术性、题材与结构、深度与广度、人物形象、构思
技巧、语言风格、艺术创新等方面进行实事求是的评其所长，论其所短，可综述，
也可侧重，使当选作品的作者从评选中得到更大益处。其四:有利于帮助广大读
者加深理解作品和欣赏作品，充分发挥文学作品的作用。"② 江西省湖口县东庄
中学的柳德水提出了自己对评奖活动的几点意见，认为"要重视选后之评。

① 《一九八一年全国优秀短篇小说评选读者来信摘编》，《小说选刊》1982年第4期。
② 《一九八二年全国优秀短篇小说评选读者来信摘编》，《小说选刊》1983年第4期。

只选不评,不能帮助读者辨别良莠,识别雅俗。有选有评,帮助读者提高鉴赏能力,对获奖作者也有好处,对整个社会主义文学创作也不无裨益。因为,创作水平的提高是与鉴赏力的提高相得益彰的"①。

而加强对获奖文学作品评论的观点也是专家评委们所一直强调的。周扬在1979年3月26日的"1979年全国优秀短篇小说评选发奖大会"上指出:"经过评选获奖的作品是好的和比较好的,但也不可能十全十美,获奖的作品还可以请大家再加评论,这样对作者、对整个文学创作都会有好处。"② 张光年也强调1980年获奖作品的"其中许多篇,报刊上早有佳评。尽管如此,我们还是热望报刊上继续开展评论活动,对于这次获奖的三十篇及三十篇之外的佳作,评述其思想性艺术性的独到之处,同时指出缺点,促使创作的改进和提高"③。"评选不可只选不评,评成就同时也应评缺点。应该通过选拔后的评论,给当选作品以全面中肯的评价。只有这样,才能使获奖作者,并且使热心的读者,从评选活动中得到更大的帮助。"④《人民文学》在1982年3月15日专门邀请了一批比较活跃的中青年评论家、《小说选刊》的特约评论撰稿人,就1981年当选作品和当前短篇创作中的问题进行座谈,并在《小说选刊》陆续刊发有关评论文章。"1981年获奖短篇小说漫评"在《小说选刊》1982年第5期发表,集中刊发了阎纲《评奖·奖评》、缪俊杰《文艺创作要敢于接触社会矛盾》、唐挚《卖驴》琐评、谢明清《给人以信心和力量》、刘锡诚《不仅要思索,还要追逐生活的脚步》、张韧《到生活中去发现新的信息》、陈骏涛《作家要有真知灼见》、丹晨《还是有点"余味"的好》、雷达《色彩·情调·意境》、舒霈《谱写善良心灵的歌》、杨世伟《散发着清香的〈大淖记事〉》、行人《他们画出了色泽斑烂的生活彩图》等评论文章。"1982年获奖短篇小说漫评"也在《小说选刊》1983年第4、5期发表。从1983年开始,全国优秀短篇小说评奖的具体工作由《小说选刊》编辑部承担。评奖之后组织专家对当年获奖作品的点评也成为《小说选刊》编辑部接手短篇小说评奖之后的重点工作。如"1983年获奖短篇小说漫评"在《小说选刊》1984年第4、5期发表。"1985—1986年获奖短篇小说漫评"在《小说选刊》1988年第7、8期发表。

在对文学奖的价值和意义进行评判时,"专家"也大多采用"读者"的立场和话语体系。《人民文学》记者在介绍短篇小说评选中采取的群众推荐与专家

① 《一九八三年全国优秀短篇小说评选读者来信摘编》,《小说选刊》1984年第4期。
② 《欣欣向荣又一春——记一九七九年全国优秀短篇小说评选活动》,《人民文学》1980年第4期。
③ 张光年:《一九八〇年全国优秀短篇小说评选发奖大会开幕词》,《人民文学》1981年第4期。
④ 《喜看百花争妍——记一九八一年全国优秀短篇小说评选活动》,《人民文学》1982年第4期。

评议相结合的方法得到群众拥护行之有效时,就是采用的"读者"话语。有的读者来信指出:"这是正确的途径,既能保证当选作品的艺术质量,又能体现作品的人民性。专家的责任就是:把一篇篇在人民性与艺术性相结合上,革命现实主义与革命浪漫主义相结合上造诣较深的佳作,通过认真而又全面的评议,推荐给广大群众,让人民从日臻繁荣的民族新文艺中得到思想教益和艺术享受。"① 而寄自江南、塞北各条战线的一张张推荐表和来信,有力地表明:"人民群众是文艺作品最辛勤的培育者、最有权威的鉴定人。正是广大读者,首先充分肯定了短篇小说创作的成绩,给予文艺工作者以巨大的鼓舞。"② 在摘编出来的"读者来信"中,"人民"对文学作品的评价和专家的文学观点都是高度重合的。

80 年代的文学评奖中,"人民群众"表达意见的方式只有通过向编辑部写信的渠道。读者对文学奖及获奖作品的意见需要通过编辑的筛选后发表在期刊上才能表达出来。因为版面的有限,能发表出来的读者来信毕竟只是少数,大量的读者来信是湮没无闻的。编辑作为"读者来信"的阅读者和把关者,自然优先选择合乎自己审美趣味的信件刊登。一些不和谐的声音和批评的意见,是不可能在报纸上刊登的。③ 当然,我们也能看到一些指出不足之处的建议。但这种否定和批评的声音是有限度的,大多是在对短篇小说整体成绩充分肯定的基础上,对小说创作中出现的问题用"期望"和"展望"的形式提出自己的建议。如,山东潍坊化工厂徐斌认为今后短篇小说的创作应该要短,作品要在内容、情节充实的情况下注意压缩文字,提高短篇的质量。要注意语言的锤炼。言简意赅。河北承德人防办公室胡萍认为今后的短篇小说要有深度和广度,思想格调要高一些。

---

① 《欣欣向荣又一春——记一九七九年全国优秀短篇小说评选活动》,《人民文学》1980 年第 4 期。
② 《第三个丰收年——记一九八〇年全国优秀短篇小说评选活动》,《人民文学》1981 年第 4 期。
③ 值得注意的是,"读者来信"中被刊登出来选择评议的作品都是当年度的获奖小说。如:1980 年,《西线轶事》(2)、《乡场上》(2)、《月食》(2)、《一个工厂秘书的日记》(2)、《陈奂生上城》(2)、《心香》、《春之声》、《夏》、《被爱情遗忘的角落》、《天山深处的"大兵"》、《三千万》、《西望茅草地》;1981 年,《内当家》(5)、《飘逝的花头巾》(4)、《爬满青藤的木屋》(4)、《金鹿儿》(3)、《黑娃照相》(2)、《蛾眉》(2)、《路障》(2)、《卖驴》(2)、《女炊事班长》(2)、《山月不知心里事》(2)、《少年 chen 女》(2)、《大淖记事》、《普通老百姓》、《拜年》、《飞过蓝天》、《最后一篓春茶》、《黑箭》;1982 年,《拜年》(2)、《敬礼!妈妈》(2)、《女大学生宿舍》(2)、《神包谷的老人》、《漆黑的羽毛》、《这是一片神奇的土地》、《八百米深处》、《明姑娘》、《哦,香雪》、《不仅仅是留恋》、《三角梅》、《赔你一只金凤凰》、《火红的云霞》、《第九个售货亭》、《芨芨草》;1983 年,《秋雪湖之恋》、《四个四十岁的女人》、《阵痛》、《树上的鸟儿》、《琥珀色的篝火》、《肖尔布拉克》、《抢劫即将发生……》。括号里的数字是被选中的"读者来信"中评议到的作品的次数,被反复提及的作品也大多是每届获奖名单中排名较前的作品。而"读者来信"的呈现大多是在历届的小说评选结果出来之后,显然这是编辑有意为之的编选行为,体现了编辑的编选意图。也就是说编辑在大量读者来信中选取了评选意见和获奖结果相符合的来信。

作品要讲究写作技巧,能引人入胜,不搞庸俗低级的故事情节。① 辽宁省阜新市压铸机厂工人陈玉江提出,1982 年"尽管这些佳作在某些方面有所突破,然而不论从题材的开拓,小说如何及时反映变革时期的新人新貌等方面,还是在艺术创新方面,都需要在新的一年里做出新的努力"②。即使有一些直接指出不足的意见,也基本都是艺术创作手法上的,不可能触及作品思想内涵方面的批评。③ 也就是说一定程度上,读者阅读趣味和官方主流意识形态、专家审美标准高度一致,以及读者意见和专家主张高度重合的景象是体现专家意志的编辑所着力建构出来的。

作为大众传播媒介,文学期刊的编辑根据自身的文学理念和评判文学的价值标准进行选择和取舍,行使着"守门人"、"把关者"的职能。"一般而言,大众传播过程中的传播者在开始时所拥有的材料或潜在讯息的数量远远超过他将要传递的内容。在这种情形下,他只能根据某些选择标准从大量的材料中抽取一部分。"④《人民文学》和《小说选刊》上的"读者来信"也是如此,并非是读者对小说评奖和获奖作品的看法和态度的全面反映。在文学评奖过程中,作为文学作品接受主体的"人民群众"话语被筛选并被整合到"专家"话语中,所谓的"人民群众"需求是专家文学诉求和观点的翻版表达。实际上,"人民"的话语指向并不明确,"'人民'只是被选中的一个叙事策略。在当时许多争取文艺界独立评判文学作品权力的文章中,大多是在打'人民'牌"。⑤ "人民"因阶级的绝对先进性,拥有价值输出和意义配置的巨大象征权力,其先进的身份属性往往被文学"专家"作为一种话语权力的符号所使用,"人民"成为"专家"最有力的同盟军。但要注意的是,"虽然在理论上,文学的读者——人民群众被置于一个有决定权的位置上,但在文学的实际接受过程中,它却处于被给予和被利用的状态,

---

① 《一九八一年全国优秀短篇小说评选读者来信摘编》,《小说选刊》1982 年第 4 期。

② 《一九八二年全国优秀短篇小说评选读者来信摘编》,《小说选刊》1983 年第 4 期。

③ 比如:针对 1981 年的短篇小说创作,福建漳州市龙溪柴油机厂王杰认为有些写得还不够深刻,人物形象不够丰富。表现工厂生活的作品,佳作不多。陕西西安市公安局北院门派出所陈敏丽认为新人描写得薄弱,题材和内容还应继续扩大、充实,思想深度还应挖掘,人物种类还应更丰富。陕西蒲城县体委苏红认为有的作品深化主题不够,塑造的主人翁不丰满,显得苍白无力,读后给人印象不深。有的作品对话太多,使人看后,总觉得像话剧,不是小说。人物思想活动描写少,有的作品太冗长,废话又多。参见《一九八一年全国优秀短篇小说评选读者来信摘编》,《小说选刊》1982 年第 4 期。

④ [英]丹尼斯·麦奎尔、[瑞典]斯文·温德尔:《大众传播模式论》,祝建华译,上海译文出版社 2008 年版,第 44—45 页。

⑤ 初清华:《新时期文学场域研究》,人民出版社 2010 年版,第 34 页。

成为一种想象性的文学力量"①。理论上读者的地位是由官方赋权的,但是真实的读者处境是有差异的,大多数的读者处于社会底层,缺乏社会资源,很难真正运用到名义上属于他们的强势权力。权力和权力主体的剥离事实,使得各方力量寻求对读者权力的借用和代言而达到各自的目的和诉求。"专家"代"读者"发言,借"人民群众"的支持对文艺界的异质力量和不同声音进行整合,借"人民"的权威话语来彰显文学主张,建构文学潮流。而 80 年代文学评奖中真实多元的读者声音实际上是被遮蔽的。"真正的读者来信事实上并无能力左右文学的生成与发展,但它却又被赋予了绝对的文学权力,这种尴尬的状态,为读者来信'形式意义'的诞生提供了条件。'读者来信'这种形式,十分适合运用于管理与调控当时充满变数的文艺局势。主流文坛可根据具体情况,以所指含糊但又具备充足话语权的'读者'为说辞,用他们高度一致的文学观点和立场,去义正辞严地批判一切与之相斥的文学活动和倾向。"② 这一对"十七年"文艺报刊中"读者来信"的评判事实上也适用于新时期全国优秀短篇小说评选中的"读者"地位判断。

结 语

70 年代末 80 年代初期,在拨乱反正、思想解放的大背景下,整体的文学氛围和官方文艺政策相对来说较为宽松,给建国后被政治意识形态牢牢捆绑的文学松了绑。文艺界专家也有了更多的发展空间和机遇,他们能够相对自主地根据文学自身发展规律和实际情况开展文学活动。在全国优秀短篇小说评选中,专家通过符合主流话语的"读者来信"摘编展示建构了一种理想化的读者反馈机制,塑造出了高度一致的阅读需求和鉴赏趣味。"早期的'读者来信'大都与评奖刊物、中国作协社会诉求的期待效果是一致的,可见意识形态不仅深入到读者的私人领域,而且以'读者来信摘编'的反馈强化了机构、制度的思想表达。这是评委、读者共同'以文学的名义'而重建的历史叙述。"③ 专家"凭借对"人民"话语的摘编和借用,取得了和官方主流意识形态的潜在契合和沟通。借助

① 王本朝:《人民需要与中国当代文学对读者的想象》,《西南大学学报》2007 年第 1 期。
② 斯炎伟:《"有意味的形式"——"十七年"文艺报刊中的"读者来信"》,《中国现代文学研究丛刊》2011 年第 4 期。
③ 刘巍:《"读者来信"与新时期文学秩序——"全国优秀短篇小说奖"的"读者来信"之辩难》,《文艺争鸣》2015 年第 3 期。

"人民"话语的政治合法性和权威性取得了"文革"后百废待兴的文艺界的主动权和主导权,实现了对"专家"主导的文学奖合法性和权威性的确证,从而创造了 70 年代末 80 年代初文学评奖的繁荣格局。

80 年代后期,随着社会的发展和思想解放潮流的不断深入,主流意识形态对"人民"话语的规训作用逐渐减弱。文学创作上新的艺术探索不断出现,"人民"和"专家"的审美趣味渐渐分离,"读者"个体的阅读趣味也不再像 80 年代初期那样整齐一致,而开始走向多元化。80 年代中期开始,官方、专家(这里的专家特指参与评奖的作家、评论家、学者、编辑家组成的专家评审)、读者高度一致的意识形态认同和文学价值标准逐渐瓦解,文学读者群也开始分化。80 年代初中期各类文学评奖中贯彻得较好的"群众推荐与专家评议相结合"的评选方法,到后期"群众推荐"渐渐成为空喊的口号。1987 年,为使受文学界和社会普遍关注的各项全国性文学评奖工作开展得更好,中国作协在北京邀请工、青、妇各界有关人士就评奖工作问题举行座谈。与会者尖锐地指出了近年来全国性文学评奖工作本身暴露出来的一系列问题,"尤其是近年的全国性评奖,越来越多地忽视了群众性的问题"[1]。"读者"在全国优秀短篇小说评选以及 80 年代各门类文学评奖中的声音越来越弱,影响力越来越小。80 年代初中期那种全民关注参与文学评奖的繁荣景象一去不复返,各个文学奖的影响力渐渐衰微,先前在繁荣景象掩盖下的文学奖评选程序的失范和弊端也开始显露。80 年代文学评奖的热潮渐渐褪去以致各类体裁的文学奖相继停办。

---

[1] 《中国作协邀请工青妇各界人士座谈征求人民群众对评奖工作的意见》,《文艺报》1987 年 9 月 19 日。

体制的"磁场"

——文学评奖与20世纪80年代文学制度的重建

赵普光

20世纪80年代初期开始,出现了名目多样、数量巨大、层次不同的文学评奖,这在此前30年间的中国文学中是没有过的。尽管与此前30年间相比,新时期以来文学领导权的加强的目的并没有变化,但文学评奖的大量出现则表征着文学制度的转型。我们知道,20世纪50年代初到70年代末的文学"延续了延安文学的传统,党和政府一方面通过作协、文联的组织机构来领导、管理文学创作、出版和评价,另一方面采取直接干预的方式,实施着对文学的文化领导权管理功能"[②]。而到了80年代,对文学的评价的主导性因素有所松动和扩展,渐渐地学院、民间、市场、阅读受众也参与进来,这诸多因素都在一定程度上影响着对文学的评价。而与此同时,"当代政治意识形态以一种更加隐蔽、有效的方式参与文学艺术的生产、传播和接受,实现着文化领导权的潜在存在"[③]。这种潜在的引导和影响方式之一,即文学评奖体制的创设和有效展开。成功的文学评奖,是有效的文学引导机制。80年代设立并大力推行的文学评奖,是文学制度的重要新变。文学评奖成为新时期官方积极推动的一项制度化的文学生产激励措施。从制度建设的转型角度来看,文学评奖的设立标志着对文学发展的评价和管控,转变为具有奖励性、肯定性和引导性的机制。这使得党对文学的政治要求和方向性规定,通过一种更加温和的、包容的,当然也是更易贴近文学审美特性的积极渠道来实现,这也为文学的自性诉求提供了可能。在整个文学制度的

题解 本文原载《文学评论》2017年第6期。作者论述了新时期以来文学评奖成为官方积极推动的一项制度化的文学生产激励措施,文学评奖作为文学制度的重要方面对文学发展产生的外部规约和导引,而文学评奖也在一定程度上表现出文学自身对审美特性的某种追求。在文学评奖的运作中,评奖自身的机制在一定程度上发挥着独立作用,文学评奖的最后出炉也是在政治、文学、个人、读者、专家等众多力量的平衡和博弈过程中得以最终实现的。

② 吴义勤主编:《文学制度改革与中国新时期文学》,文化艺术出版社2013年版,第55页。

③ 吴义勤主编:《文学制度改革与中国新时期文学》,文化艺术出版社2013年版,第56页。

建构中,文学评奖作为一个"磁场",通过具有极强导向作用的激励,对"磁场"中的每个个体发挥着"引力"和"斥力"的双重影响。

一 文学评奖作为一种激励机制

新时期以来的文学评奖,是从 1978 年的全国优秀短篇小说评奖开始的。"1978 年以前,与文学艺术不断遭到批判和清理形成鲜明对比的是,它的奖项设立的严重匮乏。材料表明,就小说领域而言,在 1978 年全国优秀短篇小说评选之前,我国仅有三部小说作品获奖,它们是:丁玲的《太阳照在桑干河上》、周立波的《暴风骤雨》,分别获得'斯大林文学奖'二、三等奖;胡万春的《骨肉》,获'国际文艺竞赛奖'。它们都不是自己国家设立的文学奖。1978 年之前,其他艺术门类全国性的奖项仅有:'全国少年儿童文艺创作奖',电影的'文化部奖'和'百花奖'等少数奖项。"①全国优秀短篇小说评奖活动一直持续到 80 年代后期。全国优秀短篇小说评奖活动启动之后,陆续又有全国优秀中篇小说评奖、茅盾文学奖评奖等诸多评奖活动。80 年代初期和中期,各级各类文学评奖更是纷纷设立,不仅各省级、地市级的文学机构(如文联、作协等)设立奖项,很多杂志、报纸也积极参与和组织各种文学评奖。就全国性的评奖而言,除了从 1978 年开始的几乎贯穿于整个 80 年代的全国优秀短篇小说评奖、80 年代评了三届的茅盾文学奖以外,影响较大的还有:全国少年儿童文艺创作评奖、全国优秀中篇小说奖、全国优秀报告文学奖、全国优秀新诗评奖、1980—1981 年全国话剧戏曲歌剧优秀剧本评奖、全国少数民族文学创作评奖、中国电影金鸡奖评奖、《大众电影》百花奖、全国优秀散文(集)杂文(集)评奖等。全国性的文学评奖之外,文学体制中的各个部门也在积极推动和举办文学评奖。就 1981 和 1982 年言,仅报社、期刊社组织的文学评奖活动就种类繁多。②

---

① 孟繁华:《1978:激情岁月》,山东教育出版社 1998 年版,第 238 页。
② 比如:《文艺报》优秀中篇小说评奖、全国职工 1981 年短篇小说(工人日报社)、独幕话剧征文评奖(工人日报社)、"五四青年文学奖"短篇小说(中国青年报社)、《解放军文艺》1981 年优秀作品奖、《当代》文学奖、《儿童文学》1981 年优秀作品评奖、《十月》文学奖、《北京文学》1981 年优秀作品评选、《北京晚报》"一分钟小说"征文评奖、《河北文学》1981 年优秀短篇小说奖、《山西文学》1981 年优秀短篇小说评奖、《鸭绿江》1981 年作品奖、《绿野》1981 年新人奖、《萌芽》文学创作荣誉奖 1981 年度奖、《雨花》文学奖、"青春文学奖"、《安徽文学》1981 年佳作奖、《福建文学》1981 年优秀短篇小说评选、《星火》1981 年小说诗歌评选、《山东文学》1981 年优秀短篇小说评奖、《芳草》1981 年小说评奖、《芙蓉》文学奖、《湖南日报·朝晖》文艺副刊纪念《讲话》征文作品评奖、《南方日报·南粤》文艺副刊 1981 年小说散文诗歌报告文学评奖、《广西文学》1980—1981 年优秀作品评奖、星星诗歌创作奖、《延河》优秀短篇小说评奖、《飞天》1981 年短篇小说奖、《新疆文学》1980—1981 年优秀作品评奖。

各省市自治区的文联、作协作为文学体制中的不同层级也都呼应、推动和参与文学评奖。① 如果统观整个 80 年代文学,文学评奖的数量、范围就更大了。至此,不仅"文学评奖已经在文学各个门类中确立了"②,而且可以说文学评奖已经在文学体制的各个层级、部门中确立了。

如此丰富、多样、频繁的评奖之所以发生,毫无疑问首先来自于官方的倡导、肯定和包容。也就是说,进入新时期,文学评奖成为了一项制度化的文学生产激励措施。在 80 年代文学制度的建设和运作中,文学评奖发挥着非常重要的作用。从整个当代文学制度史的发展过程中看,文学评奖在 80 年代的兴起,是一次重要的创举和明显的转型。"奖励制度的设立,毕竟体现了人类对创造性精神生产的尊重和倡导,体现了人类对文化积累和文明发展的热情渴求。"③ 甚至有学者说:"1978 年文学评奖制度的建立无疑是'新时期'以来我国文学制度现代化探索的一个主要面向。"④ 从制度建设的转型角度来看,文学评奖的设立确是一次极为重要的探索。这一转型,使得官方对文学发展的评价和管控,转变为一种奖励性、肯定性和引导性的激励。文学管理实践表明,建立一种正向的激励机制,往往更容易达到文学引导的效果。这种更具弹性的调控,也使文学的制度空间得以扩容。在这个意义上讲,"文学评奖就是一种在新的文化政治语境下实践文化领导权的积极有效形式,是党和政府通过作协等中介机构来引领文艺的、具有新质的政治文化实践"⑤。

尽管客观上说"奖励制度的设立,毕竟体现了人类对创造性精神生产的尊重和倡导,体现了人类对文化积累和文明发展的热情渴求",但是就官方文学制度设计的最初动因而言,通过鼓励倡导方式去肯定一种文学方向、排斥另一种倾向,从而在隐性和显在的两个层面建立起符合需要的文学"磁场"才是目的。在这一磁场中,在"引力"和"斥力"的双重作用下,符合体制需要的美学原则得以确立。因为"奖励制度是鼓励文学艺术创作发展繁荣的重要机制之一,也是

---

① 以 1981 年和 1982 年为例,部分省市自治区设立了名目多样的文艺奖项。如:内蒙古自治区文学戏剧电影创作奖、内蒙古自治区首届民族民间文学奖、辽宁省 1981 年优秀文艺作品奖、吉林省 1981 年文学创作奖、上海儿童文学园丁奖、江苏少年儿童文艺创作奖、浙江省 1980 年文艺作品评奖、山东省 1981 年文学评奖、河南省 1981 年优秀文学作品、广东省 1981 年新人新作评奖、广西少数民族文学创作评奖、贵州省少数民族文学创作评奖、贵州省首届文艺评论奖、西藏自治区 1981 年度优秀文学作品奖、甘肃省首届少数民族文学作品评奖等。
② 吴义勤主编:《文学制度改革与中国新时期文学》,文化艺术出版社 2013 年版,第 56 页。
③ 孟繁华:《1978:激情岁月》,山东教育出版社 1998 年版,第 239 页。
④ 范国英:《茅盾文学奖的文学制度研究》,中国社会科学出版社 2009 年版,第 2 页。
⑤ 吴义勤主编:《文学制度改革与中国新时期文学》,文化艺术出版社 2013 年版,第 56 页。

意识形态按照自己的意图,以权威的形式对文学艺术的导引和召唤。因此文学艺术的奖励制度具有明确的意识形态性,权力话语以隐蔽的方式与此发生联系,它毫不掩饰地表达着主流意识形态的意图和标准,它通过奖励制度喻示着自己的主张和原则"①。那么,接下来的问题是,文学评奖作为文学制度建设的重要面向,是如何发挥着对文学的制度性的规约和导引作用的。

二 "引力"与"斥力":文学评奖的期待效应

作为制度性设置的评奖,其对文学的规约和导引,首先体现在评奖组织发起的机构和运作的机制中。文学评奖由谁发起,由谁来设立,对于文学作品的选择和评审起到至关重要的影响作用。统观 80 年代的文学评奖,其发起和设立的机构几乎全是新时期以来得以恢复和重建的文学体制中的部门。文学评奖设立的机构主要有几种。第一种是作为文学制度重要组成部门的文学媒体。如 80 年代初在全国范围影响最大的评奖"全国优秀短篇小说评选"。这是由《人民文学》最初发起和组织的。在 1978 年至 1984 年这 7 年间,《人民文学》进行每年一度的全国优秀短篇小说评奖。在此期间,《人民文学》还进行过儿童文学评奖(1 次)、中篇小说评奖(2 次)、报告文学评奖(3 次)、新诗评奖(2 次)。《人民文学》外,《文艺报》在 1980 年第 11 期刊登该社举办"文艺报中篇小说奖(1976. 10—1980. 12)"评奖的启事,而同年《诗刊》第 11 期发布 1979—1980 年全国新诗创作评奖启事。《十月》编辑部亦曾设立"《十月》文学奖"。第二种是作协、文联等文学机构。其中影响最大的则属茅盾文学奖。第三种是中央直属以及各地方所属的宣传文化部门设立的政府奖、官方奖。比如文化部、中国剧协联合举办的 1980—1981 年全国话剧、戏曲、歌剧优秀剧本评奖等。设立和组织评奖的这三种机构,无论哪种都或多或少、或潜在或显在地体现了党对文学方向的指认:文学评奖"不仅是进行表扬,还要有所倡导,应当全面地体现党的文艺方针政策,体现时代的要求和人民的愿望",入选的作品要符合"有利于四个现代化、安定团结、鼓起信心、战胜困难"的原则②。

如何才能更好地保证上述目标和意愿的实现,文学评奖的设立和组织机构的选择就成为了关键的问题。仍以"全国优秀短篇小说评选"为例,之所以由

---

① 孟繁华:《1978:激情岁月》,山东教育出版社 1998 年版,第 238 页。
② 《欣欣向荣又一春——记一九七九年全国优秀短篇小说评选活动》,《人民文学》1980 年第 4 期。

《人民文学》来发起组织,这决不是偶然的。要说明这个问题,我们还得回到70年代末的历史现场中。在当时,如何发挥符合官方要求和民间诉求的文学作品的榜样性作用,使其能够产生更为巨大的影响,就成为首当其冲的问题。"在这一局势下,亟需一个拥有更加强大的政治资源,能够引领文学批评风气、带动价值判断转变的角色来承担这一历史任务,行使其'一言九鼎'的历史使命。而此时,《人民文学》无疑是最为合适的领导者。"① 因为"《人民文学》的政治地位和政治性格与生俱来。它天生就与国家(最高)权力挂钩,同时也拥有了至高无上的文学界权威或权力","特殊的政治同样赋予了《人民文学》不凡的文学抱负,而实现其文学抱负同样也成为《人民文学》的特殊政治——或可谓之'文学政治'。与国家权力政治有所不同的是,《人民文学》主要担当的是文学的使命和责任,还有权利。如果没有了文学的使命和责任以及权利的自觉,《人民文学》的政治也就要落空了","直到今天为止,《人民文学》直接、亲自书写文学史的担当意识,也并没有因为刊物格局的巨变而弱化"。②

另一重要的文学奖项茅盾文学奖的设立和运作,则是依托中国作协书记处。我们看到,茅盾文学奖评委会的组成,按照规定,主任、副主任人选由中国作协书记处提名。委员人选由中国作协书记处提出候选名单,以随机抽取的方式,从候选名单中产生。候选名单一般应为评委人数的两倍以上。主任、副主任以及委员名单产生后,应由中国作协书记处批准,报请有关主管部门备案。甚至,第一届茅盾文学奖评委会的组成,是由中国作协主席团全体成员来担任的③。操办茅盾文学奖评奖的评奖办公室,实际也是由中国作协下设。在具体的运行中,评奖办公室开评前向中国作协各团体会员单位、全国各有关出版单位和大型文艺杂志社发出通知,征集符合要求的作品。可见其征集的对象和范围也都是文学制度中的各层级部门。

中国作协是国家一级的文学机构,从1949年以来在文学体制中一直处于极为特殊的枢纽性地位。中国作协操作茅盾文学奖,一方面能够很好地领会和

---

① 李丹:《"一九七八年全国优秀短篇小说评选"对于当代文学批评的意义》,《当代作家评论》2012年第3期。
② 吴俊:《〈人民文学〉的政治性格和"文学政治"策略》,《文艺争鸣》2009年第10期。
③ 第一届(1977—1981)茅盾文学奖评奖委员会组成情况是:主任委员巴金;委员15人,分别为丁玲、韦君宜、孔罗荪、冯至、冯牧、艾青、刘白羽、张光年、沙汀、陈企霞、陈荒煤、欧阳山、贺敬之、铁依甫江、谢永旺。第二届(1982—1984)评委会组成情况是:主任委员巴金;副主任委员张光年、冯牧;委员16人,分别为丁玲、乌热尔图、刘白羽、许觉民、朱寨、陆文夫、陈荒煤、陈涌、林默涵、胡采、唐因、顾骧、黄秋耘、康濯、谢永旺、韶华。

贯彻官方对于文学生产的导向作用,同时又能够充分发挥其在作协系统中的强大组织功能,调动下属各地方的作协机构及相关的文学媒体的积极性(事实上,大多数地方性的文学期刊都属于本地区作协、文联机构的下级部门或者挂靠单位)。如此一来,通过中国作协的领导和组织,能够迅速有效地动员全国将符合要求的文学作品提交参评。

而这里的"符合要求"一条,涉及两个重要问题。一是每一项文学评奖设立的主导思想;二是每一项文学评奖的评审标准。而对文学生产和文学审美标准的规约和导引,也在这两方面有了重要的体现。其实,主导思想,往往就是评奖的政治原则。所以,一项文学评奖的设立的主导思想,是判断作品是否符合该项奖励的方向性要求的首要原则。我们从第一届全国优秀短篇小说奖的评选目的,就能清楚这一点。在全国优秀短篇小说奖启动之初,《人民文学》刊发的启事明确宣称此次评选的目的是:"及时反映工农兵群众抓纲治国、努力实现社会主义现代化的火热斗争;促进文学创作题材、风格上的百花齐放;促进文学创作新生力量思想上、艺术上的锻炼和成长;让短篇小说迅速繁荣起来,带动各种文学创作日益繁荣兴旺。"[1] 至于评选标准,则往往是政治思想和艺术审美的指标。我们再来看一下1978年全国优秀短篇小说奖的评选标准,即"凡从生活出发、符合六条政治标准[2],艺术上具有独创性的作品,不拘题材、风格,皆可推荐。提倡那些能够鼓舞群众为新时期总任务而奋斗的优秀作品"[3]。很明显地,全国优秀短篇小说评选的主旨,是实施符合当时政治和国家形势需要的文学生产的遴选,进而通过榜样的树立和指认,同时在客观上达到对不符合上述要求的文学创作的排斥和扭转的效果。

我们再来看茅盾文学奖的主导思想和入选标准的制定。第一届茅盾文学奖最初并没有来得及制定详细的条例,从1986年乌热尔图提出建议,直到2003年才正式定稿《茅盾文学奖评奖条例(修订稿)》。"虽然每届都有变动,但它的基本原则却得到遵循。"[4]基于此,我们且以《茅盾文学奖评奖条例(修订稿)》为例,来看其设立奖项的主导思想。该条例规定:"茅盾文学奖评选工作,以马列

---

① 《本刊举办一九七八年全国优秀短篇小说评选启事》,《人民文学》1978年第10期。
② "六条政治标准"即:"有利于团结全国各族人民;有利于社会主义改造和社会主义建设;有利于巩固人民民主专政;有利于巩固民集中制;有利于巩固共产党的领导;有利于社会主义的国际团结和全世界爱好和平人民的国际团结","这六条标准中,最重要的是社会主义道路和党的领导两条"。(毛泽东:《关于正确处理人民内部矛盾的问题》,《人民日报》1957年6月19日。)
③ 刘锡诚:《饥腊催耕——大地回春前后的张光年》,《新文学史料》1998年第3期。
④ 任东华:《茅盾文学奖研究》,中国社会科学出版社2011年版,第33页。

主义、毛泽东思想、邓小平理论和'三个代表'重要思想为指针,坚持文艺为人民服务、为社会主义服务的方向,贯彻百花齐放、百家争鸣的方针,弘扬主旋律,提倡多样化,坚持导向性、公正性、群众性,注重鼓励关注现实生活、体现时代精神的创作,推出具有深刻思想内容和丰厚审美意蕴的长篇小说。"① 尽管一些表述或有稍变,但茅盾文学奖评奖中基本上都遵循着"文艺为人民服务、为社会主义服务"这一原则。而茅盾文学奖的评选标准,也基本上未出如下设定的范围:

> 1. 坚持思想性和艺术性完美统一的原则。所选作品应有利于倡导爱国主义、集体主义、社会主义的思想和精神;有利于倡导改革开放和现代化建设的思想和精神;有利于倡导民族团结、社会进步、人民幸福的思想和精神;有利于倡导用诚实劳动争取美好生活的思想和精神。对于深刻反映现实生活,较好地体现时代精神和历史发展趋势,塑造社会主义新人形象的作品,尤应重点关注。要兼顾题材、主题、风格的多样化。
> 2. 要重视作品的艺术品位。鼓励在继承我国优秀传统文化和借鉴外国优秀文化基础上的探索和创新,鼓励那些具有中国作风和中国气派,为人民大众所喜闻乐见,具有艺术感染力的佳作。②

在评奖的过程中,"主导思想""评选标准"就成为衡量作品的尺子。具体运行规则和细节,都须围绕着这两个原则性的规定。如此一来,文学评奖活动中,"引力"与"斥力"双重效用就能实现。

通过评奖来发挥对文学的规约和导引,还体现在文学评奖的后续效应方面——表现在评奖出炉后的表彰总结过程中。比如,每届茅盾文学奖评奖结束之后往往召开盛大的颁奖仪式。特别是80年代初的颁奖仪式,其规格之高、规模之大是其他文学评奖无法企及的。首届茅盾文学奖评奖完成后即于1982年12月15日举行了授奖大会。此次授奖大会的举办地点是人民大会堂,而出席大会者,除了中国文联、中国作协的领导与获奖作家之外,更有党和政府的主管文化宣传等部门的领导人,如宋任穷、邓力群、李一氓等,这是官方对茅盾文学奖评奖的高度重视和肯定的一种表示③。在后续报道中,《人民日报》专门为此

---

①② 《茅盾文学奖评奖条例(修订稿)》,见 http://www.china.com.cn/chinese/zhuanti/mdwxj/443897.htm。

③ 参见《茅盾文学奖首届授奖大会及长篇小说创作座谈会》,《文艺报》1983年第1期。

发表了评论员文章《祝长篇小说繁荣发展》①。类似地，在 1982 年 1 月 4 日召开的全国少数民族文学创作评奖发奖大会上，王震、乌兰夫等领导人也有出席。

从上述颁奖大会的规格等可以看出党和国家对文学奖的重视，这对于地方的文学机构会产生有效的激励和示范。比如鲁彦周的中篇小说《天云山传奇》②、张弦的短篇小说《被爱情遗忘的角落》③等获得全国的相关文学奖之后，1981 年 6 月 6 日安徽省召开了文艺界庆贺文学创作获奖大会，专门对鲁彦周、张弦等在全国获奖的 11 位作者进行大力表彰，且时任安徽省委第一书记的张劲夫出席了表彰会并作讲话。1981 年 6 月 23 日，河北省召开祝贺优秀文艺作品获奖大会，表彰张学梦的《现代化和我们自己》等 37 篇作品在全国评奖活动中获奖。而湖南省也在 1982 年 4 月 9 日举行文艺创作授奖大会，庆祝张扬的《第二次握手》、韩少功的《月兰》等 370 篇作品获奖。

如此大规模的隆重表彰会，不仅对其他的文学评奖起到示范作用，而且就获奖者个体而言，也是一种确认、鼓励和对于其未来的导向。比如周克芹在首届茅盾文学奖颁奖大会上代表获奖作家发言时就表示，"向人民献出更多更好的精神食粮，是当代作家的光荣职责。我们这一代作家是党亲手培养起来的，我们的命运是和党的命运紧密相连的，我们要听党的指挥，在政治上与党中央保持一致。我们做了工作，如果说我们有了一点成绩，应该归功于党"，"今后我们要不断地提高自己的政治素质，保持清醒的马克思主义头脑，坚持和发展革命现实主义的创作方法，长期坚持深入生活，把自己置身于生活斗争的旋涡的中心"，"我们的艺术触觉在任何时候都能感受到时代脉搏的跳动、生活前进的声音，艺术地展示生活的美好的前景"。④

入选者被制度确认和鼓励，除了给入选者带来更大的激励之外，更为重要的是，这种高度的表彰运作，会对体制中的每个成员产生有效的引导和召唤。有学者曾在分析 1978 年全国优秀短篇小说评奖时谈道："这次评奖也使一批作家确立了自己在当代文学上的位置"，成为"文学界最为活跃的作家，他们的创作给文坛以深刻的影响，并构成这一时代文学成就的一部分"。⑤ 所以，在这个意义

---

① 载《人民日报》1982 年 12 月 16 日。
② 获《文艺报》中篇小说奖(1977—1980 年)。
③ 获 1980 年全国优秀短篇小说奖。
④ 周克芹：《深情地领受人民的鞭策——在"茅盾文学奖"首届授奖大会上的发言》，《周克芹散文随笔》，四川文艺出版社 2013 年版，第 144—145 页。
⑤ 孟繁华：《1978：激情岁月》，山东教育出版社 1998 年版，第 240 页。

上,不仅获奖作品审美特点、主题内容会对此后的文学创作产生示范作用,获奖作家的创作风格乃至立场选择也会对周边作家产生示范效应,而获奖作家个体的选择往往就会被赋予了整体性的和方向性的期许。于是朝着文学评奖所认同的趋向,会成为文学体制中成员的自觉不自觉的追求①。可见,从评奖的发动,到评审的进行,再到颁奖大会的召开,文学评奖在整个组织化的过程中,在每个环节都充分体现了其示范性、引导性。于是,在整个文学制度的建构中,文学评讲作为一个"磁场",通过具有极强导向作用的激励,对"磁场"中的每个个体发挥着"引力"和"斥力"的双重效果。

三　多元与平衡:评奖的自性诉求

任何事物都不止一面,都有其两面甚至多面。前文着重论述了文学评奖作为文学制度的重要方面对文学发展产生的外部规约和导引。还应该看到,文学评奖作为文学机制中相对独立和富有自身特色的建构,其在运作的全部过程中,也肯定会遵循着此种机制本身的规律,从而保持某种程度的自律性。这对文学创作的影响主要体现为文学评奖在一定程度上表现出文学的自性诉求。

在一定程度上,文学评奖毕竟不可能不体现出文学自身对审美特性的某种追求。比如 1978 年全国优秀短篇小说评选的初选阶段,"初选的 20 篇作品,基本上都是从生活出发,在取材上冲破不少禁区,在风格、手法上也大都各有特点,可以说都有不同程度的独创性。20 篇作品中,写爱情生活的篇数最多,而反映工农业战线斗争生活的篇数较少,直接反映向'四化'进军的作品则连一篇也没有"②。由此可知,文学评奖一旦设立,就不能不遵循其公信力和权威性的追求,在其运行过程中,也必然会产生朝向文学自身审美特质的一种内驱力。而从 1978 年全国优秀短篇小说评选最终公布的小说篇目来看,其对文学自律性不仅没有放弃,而是多有体现。在一定意义上说,这可以看作是文学评奖对文学审美自性的彰显。

至于影响最大,同时也为人所批评和诟病的茅盾文学奖,在一定意义上,亦不能不兼顾对文学审美自性的要求。我们知道,关于茅盾文学奖的诟病,集中

---

① 黄发有曾指出:"在中国的文学奖项中,茅盾文学奖的影响最大,对作家最具有诱惑力,其价值导向对于作家的改塑也最为典型,也确实催生了不少为获奖而写作的长篇小说。"(黄发有:《以文学的名义》,《社会科学》2009 年第 3 期)。

② 刘锡诚:《在文坛边缘上:编辑手记》,河南大学出版社 2004 年版,第 188 页。

体现在对茅盾文学奖的"史诗情结"的批评上①。这些批评有一定针对性,但是同时我们也可以从另外一个面向去思考:在众多文学评奖中为什么是茅盾文学奖成为最符合官方对国族叙事的要求的文学评奖,而且在新时期文学中最为人所瞩目? 除了中国作协的操办等体制性因素外,还有没有某种文学特性本身的原因? 实际上,影响茅盾文学奖评审过程的,除了文学体制的引导功能、文学界最强力和最具组织化功能的文学机构中国作协等外部因素,我们不能完全否认茅盾文学奖从设立之初也有着自己文学审美风格特征的一贯坚持。关于这个问题,应该从茅盾自己的文学创作风格的特征上去考虑。

我们知道,茅盾本人的文学创作就充分显示了其追求宏大叙事、追求史诗性建构的特点,并形成了现代文学中的一种脉络和传统。换句话说,即使没有官方的召唤,茅盾的创作自身也会体现出对社会和历史宏大叙事的热情。问题在于,茅盾个人文学创作所呈现的这种"社会—历史"特征和史诗性美学追求,恰恰符合了新时期国家民族的现代化宏大叙事的需要。换言之,茅盾的文学特征和创作追求,与文学生产方向的要求和期待合拍了,政治性的要求与茅盾式文学追求在新时期的历史基点上和国族叙事的内容基点上一致起来了。当然,当这种茅盾式文学的追求作为文学风格之一种而自由成长,是完全合理的,如果作为唯一的一种模式或尺度来倡导,不免会有弊端。后来(尤其是新世纪以来)茅盾文学奖获奖作品风格渐有多样化的趋势,恰也说明评奖背后文学自性的存在和显现。

文学评奖作为一种颇富弹性的制度性建设,在一定程度上还体现出对文学评价、接受的民主化、科学化实践的认同。比如全国优秀短篇小说评奖,在公布评奖启事的同时,附上"全国优秀短篇小说推荐表",这种机制的设置在当代文学中是一个创举。根据刘锡诚披露的"仅供领导参考,不公开发表"的《1978年全国优秀短篇小说评选的初步设想》可以知道,在评奖启动之前,就已经有了这样的计划:

> 采取专家与群众相结合的方式。请各地文艺刊物、出版社和报纸文艺副刊推荐并发表消息;在《文艺报》及其他报刊发消息;在《人民文学》上发启事。(在本刊十月号上登"启事",并附《评选意见表》),发动广大群众推荐。
>
> 《人民文学》要安排专人负责初选,提出初选篇目,交评委会审定。初步设想每年选出优秀短篇小说二十篇左右,按质量分别为一、二、三等。在

---

① 如洪治纲:《无边的质疑》(《当代作家评论》1999年第5期)、王彬彬:《史诗情结的阴魂不散》(《钟山》2001年第2期)、黄发有:《以文学的名义》(《社会科学》2009年第3期)等。

明年三月号《人民文学》上公布评选结果,并酌情给当选者精神上和物质上的奖励。①

这是一个设计方案,问题的关键是能否切实遵循。刘锡诚对此作了确认:"群众推荐与专家评选相结合,是这次评选的一个突出特点。这一举措,得到了广大读者的热烈反响,纷纷投票推荐自己认为优秀的短篇小说作品,到 1979 年 2 月 10日,编辑部总共收到群众来信 10751 封,投票 20838 张,推荐作品 1285 篇。真可谓盛况空前。群众投票得票多的作品,编辑部在初选时,优先考虑。但也顾及到了读者意见会出现某种片面性的可能,如地区和读者文化水准的差异有可能导致确属优秀的作品而在群众中得票甚少的情况。编辑部把得票 300 张以上的作品(除《醒来吧,弟弟》外)全部入选,共 12 篇。另外,又在群众中得票并不很多的优秀作品中选了 8 篇,加起来共 20 篇。编辑部把这 20 篇作为'优秀小说初选篇目'送给评委审阅。"②

更能说明编辑部初选时对群众推荐意见的尊重的史料,是当时编辑部给评委会的那封附信。根据刘锡诚的抄录,尽管编辑部清楚地知道初选的 20 篇作品在题材上主要集中于写爱情生活,而反映工农业生产的很少,但他们仍然坚持认为:"如果在题材上求平衡,降低质量要求,使某些作品入选,这样做是不妥当的。"③ 特别需要注意的是,附信已经显示了编辑部初选过程中更多地是以群众的投票为首要标准的:

> (七)初选的 20 篇作品,仅仅是从 6 种刊物和一种报纸副刊上选出的,而《人民文学》上发表的作品又占了较大的比例,这样做是否合适?我们经过反复讨论,认为如果在这问题上考虑过多,势必影响入选作品的质量。因此对初选篇目没有再做调整。
>
> (八)在初选篇目中,刘心武同志的作品占据了两篇(《班主任》和《爱情的位置》),是否合适?我们认为从作品质量、社会影响以及群众投票的情况看,这样做毕竟合适。④

① 刘锡诚:《饯腊催耕——大地回春前后的张光年》,《新文学史料》1998 年第 3 期。
② 刘锡诚:《在文坛边缘上:编辑手记》,河南大学出版社 2004 年版,第 187 页。
③ 刘锡诚:《在文坛边缘上:编辑手记》,河南大学出版社 2004 年版,第 188—189 页。
④ 刘锡诚:《在文坛边缘上:编辑手记》,河南大学出版社 2004 年版,第 187 页。

尽管我们已经看不到初选的 20 篇的具体目录了,但从初选原则的说明上,我们仍然可以大致判断初选篇目的情况。我们知道,最终评选结果是 25 篇作品获奖,因为获奖篇目的增加,所以刊物的范围有所扩大。但是,如果我们把最终获奖结果也按照前引初选说明的分类进行分析,就会发现,在入选的作品的内容侧重、选录的刊物的比例、1977 年和 1978 年作品所占比例等几个方面都大致体现了初选篇目的面貌。由此,我们可以得出一个基本判断:1978 年的全国优秀短篇小说评选,在初选阶段较大程度上尊重了群众的投票,而最终公布的结果,虽有所调整,但整体上来看也遵循了"群众推荐与专家评选相结合"的评选原则。

正是因为此次评选是基于读者的投票推荐,所以茅盾在 1978 年全国优秀短篇小说评选发奖大会上的讲话中有过意味深长的表述:"这次优秀短篇小说评奖活动,的确是空前的,过去没有做过的。"① 毫无疑问,茅盾的这句话表达的是对这种文学评奖机制的认同。对此举,袁鹰也曾高度评价:群众性评选是"建国三十年来的一个创举","是文艺民主的具体实践之一"②。

这种群众性文学评奖的做法,之后被延续下来,且影响更大,参与范围更广。比如 1979 年全国优秀短篇小说评选中,从启事发布后"一百天内共收到'选票'二十五万七千八百八十五张,比上次增长十二倍以上"③。1980 年全国优秀短篇小说评选时,"共有四十万零三百五十三张,比七九年增长近六成,为七八年推荐票数的二十倍,真是盛况空前"④。1981 年全国优秀短篇小说评选,"收到三十六万九千一百八十六张"⑤。1982 年全国优秀短篇小说评选,"收到推荐票三十七万一千九百一十一张"⑥。正如有学者观察的那样,"在 1978 年至 1982 年的短篇小说评奖中,群众选票从中起了决定性作用"⑦。比如 1979 年全国优秀短篇小说评奖当选作品的前 5 篇《乔厂长上任记》《小镇上的将军》《剪辑错了的故事》《内奸》《李顺大造屋》,"既是得'票'最多的,又是受到评委一致赞赏的切近现实社会课题之作","《乔厂长上任记》得了那么多票,说明人民的渴望,对文学关怀而且有要求"。⑧ 1980 年,"大部分是得'票'最多和较多的。按得'票'顺序

---

① 茅盾:《在一九七八年全国优秀短篇小说评选发奖大会上的讲话》,《人民文学》1979 年第 4 期。
② 袁鹰:《第一簇报春花》,《人民文学》1979 年第 4 期。
③ 《欣欣向荣又一春——记一九七九年全国优秀短篇小说评选活动》,《人民文学》1980 年第 4 期。
④ 《第三个丰收年——记一九八〇年全国优秀短篇小说评选活动》,《人民文学》1981 年第 4 期。
⑤ 《喜看百花争妍——记一九八一年全国优秀短篇小说评选活动》,《人民文学》1982 年第 4 期。
⑥ 《更上一层楼——记一九八二全国优秀短篇小说评奖活动》,《一九八二年全国优秀短篇小说评选获奖作品集》,上海文艺出版社 1983 年版,第 440 页。
⑦ 黄发有:《以文学的名义》,《社会科学》2009 年第 3 期。
⑧ 崔道怡:《春花秋月系相思——短篇小说评奖琐忆》(一),《小说家》1999 年第 1 期。

排列的前十二名,只有一篇没能入选。其原因,也只是考虑到对蝉联三届者应有更高的要求"。① 除了全国优秀短篇小说评选外,很多其他的评选活动,也采取了群众推选的方式。如"从 1984 年起,《人民文学》发起'我最喜爱的作品'推选活动,内容包括短篇、中篇、报告文学、诗歌、散文、童话、寓言、创作谈等,以更广的文学涵盖面,推进了此前一年一度的全国优秀短篇小说评奖活动。这一推选活动一直持续到 1988 年"②。通过上述举例,我们可以看到,在文学评奖的运作中,评奖自身的机制在一定程度上发挥着独立作用。文学评奖的最后出炉,其实是在政治、文学、个人、读者、专家等众多力量的平衡过程中最终实现的,所以在这个意义上,有学者认为"文学在评奖过程中实现着文化领导权从个别人手中开始转向对大众的民主化诉求""以及在大众和专家双重评价视野下的科学性追求中重新建构自身权威性"③,又有表述:"当时的评奖组织者既想将这次活动进行得公开、公正,又想尊重主流话语的文艺准则,于是采取了'民主'与'集中'相呼应的办法,先是'群众推选''专家投票',最后由'有关部门'平衡的选拔过程。最终确定的获奖篇目是多方、多维博弈的结果,想面面俱到是不可能的。"④

总之,成功的文学评奖,是最强有力的文学引导机制之一。新时期之初开始大力推行并进而普及的文学评奖,是 80 年代文学制度的重要创设。作为一项制度化的文学生产调控机制,文学评奖的设立和成功运行标志着对文学发展的评价和管控转变为奖励性、肯定性和引导性的激励。在多方参与中,文学创作的多元化得以有限的开创。放置于整个当代文学制度的建构历史中,文学评奖的这种"磁场"效应和意义尤显重要。

---

① 崔道怡:《第三个丰收年——短篇小说评奖琐忆》(二),《小说家》1999 年第 2 期。
② 李萱:《新时期〈人民文学〉评奖/征稿启事研究》,《青岛大学师范学院学报》2007 年第 4 期。
③ 吴义勤主编:《文学制度改革与中国新时期文学》,文化艺术出版社 2013 年版,第 57 页。
④ 刘巍:《1978—1986:当代小说评奖的涉渡之舟》,《小说评论》2014 年第 3 期。

八十年代的全国诗歌奖

吕　进

　　文学圈内的年轻朋友只知道鲁迅文学奖和茅盾文学奖。其实,在上个世纪的八十年代,中国作家协会还主办了三届全国文学奖,这是当年的权威奖项。在那个文学气氛浓厚的时代,这个奖项受到全社会的关注,具有很大影响,也可以算作是现在的鲁奖和茅奖的前身。在 1989 年以后,全国文学奖暂停,再次出现,就是鲁奖和茅奖了。

　　在全国文学奖之前,八十年代还由中国作家协会主持过一次全国中青年诗人优秀诗歌评奖,评奖范围是 1979—1980 年发表的诗歌。这是八十年代的第一次全国奖。那次的获奖作品有 35 首,包括雷抒雁的《小草在歌唱》、曲有源的《关于入党动机》、韩翰的《重量》等等名作。四川占了六首,显示了四川在诗歌地图上的显眼地位,这就是骆耕野的《不满》(《诗刊》)、傅天琳的《汗水》(《星星》)、流沙河的《故园六咏》(《诗刊》)、杨牧的《我是青年》(《新疆文学》)、叶延滨的《干妈》(《诗刊》)和雁翼的《在工业区拾到的抒情诗》(《诗刊》)。

　　和鲁迅文学奖一样,全国文学奖以文体分设评委会,每届评委会的人选都是一时之选,先要在《人民日报》上公示三个月, 然后确定正式名单。新诗是只评诗集,所以全称是"全国优秀新诗(诗集)奖"。

　　全国新诗(诗集)评奖的程序是,由各省作家协会和全国重要出版社按分配名额推荐,每届推荐的都是两百多部。再由读书班子(也称专家班子)确定向评委会推荐的获奖书单,并附上每本推荐诗集的 500 字的推荐语。读书班子由著名评论家组成,和后来的鲁迅文学奖的差额推荐不同,全国文学奖是由读书班子

题解　本文原载《星星》2017 年第 11 期。文章回忆了 20 世纪 80 年代中国作家协会主办的三届全国文学奖,重点回忆了 80 年代由中国作家协会主持的一次全国中青年诗人优秀诗歌评奖,以及全国新诗的评奖程序,即各省作家协会和全国重要出版社分配名额推荐,再由读书班子确定向评委会推荐的获奖书单,读书班子由著名评论家组成,本届要评多少本,读书班子就只推荐多少本,最后由评委会阅读、评议、投票通过。

向评委会等额推荐。本届要评多少本，读书班子就只推荐多少本，最后，由评委会阅读、评议、投票通过。

第一届评1979—1982年出版的诗集，这就不限于中青年诗人了，所有年龄层次的诗人的作品均可参评，《星星》主编白航是这届评委会的委员。最后评出一等奖7名（艾青、张志民、李瑛、公刘、邵燕祥、流沙河、黄永玉）；二等奖3名（胡昭、傅天琳、舒婷）。四川两名获奖诗人中，流沙河的获奖作品是上海文艺出版社出版的《流沙河诗集》，傅天琳的获奖作品是四川人民出版社出版的《绿色的音符》，都是流行一时的诗集。

我是第二届（1983—1984）的读书班子成员。读书班子是最辛苦的。在北京八里庄读书半个月，每个人连床下都堆满诗集。日夜读书，我的眼睛都有些红肿了。时有讨论，也有争论，有时争得面红耳赤。但是读书班子成员的审美标准是大体一致的，所以总能取得共识。第二届评出16本诗集，作者分别是艾青、晓雪、牛汉、邵燕祥、周涛、林希、邹荻帆、张学梦、曾卓、李瑛、雷抒雁、张志民、陈敬容、刘征。四川有两本诗集获奖：杨牧的《复活的海》（人民文学出版社）、李钢的《白玫瑰》（重庆出版社）。在这些诗集里，牛汉的《温泉》在读书班子里呼声最高，评价最好，在评委会也获得了全票。颁奖以后，我把这个情况告诉牛汉，牛汉说："这个情况我知道了，谢谢你们啊！"

记得李钢从北京领奖回来后，给我电话，要在重庆市中区的两路口请我吃饭。那个时候"蓝水兵"李钢可是名满神州啊，在读书班子里根本没有异议。我所在的西南师范学院位于重庆远郊的北碚，那个年代，往返市中区的两路口，何其艰难。当时又没有出租车，吃了那一顿饭，还得赶最后一趟晚班车回学校。我在电话里对李钢说："算了，李钢，拉倒吧！"

1988年举行第三届（1985—1986）评奖，我既是读书班子成员，又是评委，成了贯穿始终的"重要人物"。公示名单中绿原是副主任，但是他本人报了奖，因此依例取消，改由公木接任，公木当时是吉林大学副校长。这届评委会仍是以北京人士为主，加了几个京外人士，除了吉林的公木，还有四川的吕进、湖南的李元洛和辽宁的阿红。评委会经过公示后的最后名单是：主任艾青，副主任公木，委员臧克家、冯至、李瑛、杨子敏、张同吾、谢冕、吕进、阿红和李元洛。李瑛当时是解放军总政文化部长，出访日本，所以提前投票，他的选票事先密封在一个信封里，计票时由艾青当众拆开。

评委会在北京北纬饭店举行，年事比较高的几位评委，如艾青、臧克家、冯至都不住在宾馆。第三届评奖，也就是最后一次全国文学奖了。有一天，我们几个评委里当时的年轻人向冯至索要墨宝。冯至为我们每个人写了一个条幅。给我写的是"删繁就简三秋树，领域标新二月花"。第二天开会时，我正在就一本诗集的评价发言，李元洛开玩笑说："吕进，讲话简短些，冯至先生不是叫你'删繁就简三秋树'吗?"严谨认真、一丝不苟的冯至紧张起来，连忙摆手，说："不，不，我还有下一句嘛:领异标新二月花。"大家都笑起来。

第三次评奖虽然充满争论，个别人选还征求中国作家协会书记处的意见，但10部获奖诗集，完全是读书班子推荐的书单，只是票数有差异，获奖作者是:绿原、叶延滨、李小雨、刘湛秋、郑敏、北岛、梅绍静、叶文福和晓桦。[①] 10人中有个四川获奖者，是个新人，叫吉狄马加，在四川凉山，我不知道，更不认识。

吉狄马加的获奖诗集是《初恋的歌》，很棒。我在评委会上详细介绍了读书班子和我本人的意见。这本写少数民族的诗集，不像通常的套路，仅仅展示民族的风俗风情，而是写到了人性深处，所以，在少数民族题材的报奖诗集中，显然高出一截。这本诗集也许告诉我们，一个值得注意的新人出现了。颁奖后不久，我到成都参加四川省作代会，马加找到我的房间来看望。他告诉我一个"秘密消息":他可能从凉山调到成都，到四川作家协会工作。我很高兴，说"祝贺，祝贺"!

近30年过去了，马加现在的诗已经大步向前，他的诗的视野扩展为全人类，咏叹着我们星球美好的寻找和灵魂的故乡。这些作品译成了意大利语、德语、捷克语、塞尔维亚语、马其顿语和保加利亚语，并且他成了中国作家协会的负责人之一，担任党组成员、副主席、书记处书记。

---

① 获奖作者应为绿原、叶延滨、李小雨、刘湛秋、郑敏、北岛、梅绍静、叶文福、晓桦和吉狄马加。——编者注

第四辑
文学评奖争议

导语

　　新时期以来,文学评奖在文学场域中扮演的角色越来越重,甚至成为掣动文学生产、传播和消费的关键枢纽,对激发创作热情、鼓励文学新人、当代文学的经典化、构建时代审美主潮、扩大优秀作品的社会影响等可谓功莫大焉,但是由于受到评奖导向制度、利益分配和其他一些问题的干扰,也出现了不少问题。本辑收录的文章中,《以文学的名义——过去三十年中国文学评奖的反思》《中国当代文学评奖的制度性之辨——关于茅盾文学奖、鲁迅文学奖之类"国家文学"评奖》《1980 年代文学评奖热探析兼对 1980 年代文学评奖格局的思考》等文章,从整体上对新时期文学评奖进行内在梳理与反思,考辨其制度性,以及作为文学生态链条中具有重要导引和资源意义的环节的正向与反向的调节功能。《无边的质疑——关于历届"茅盾文学奖"的二十二个设问和一个设想》《关于茅盾文学奖的评选内情》《关于茅盾文学奖的评选标准》《"纯文学意识形态"与"茅奖"的转型及其隐忧》《对"鲁迅文学奖"的若干思考》《我对第六届鲁迅文学奖报告文学奖项的三个疑问》《我所了解的"路遥文学奖"》《写实的多种可能——〈小说月报〉第四届百花奖获奖小说漫评》等文章,则聚焦于具体某一文学奖项的反思、质疑、解析、思辨与展望。

写实的多种可能

——《小说月报》第四届百花奖获奖小说漫评

王　干

　　我始终固执地认为,占据一个时代最基本的阅读面的文学是写实性的作品。这丝毫也不是贬损非写实性作品的意义和价值,写实与非写实的作品构成了文学创作的两翼,两翼齐飞才形成了文学创作繁荣多姿的艺术景观。因此,写实与非写实在艺术价值上无新旧、高低、优劣之分,它们产生出来的作品都有上品、中品、下品。只是就阅读的广泛程度而言,写实性的作品更易于被更多的读者喜爱和接受,所以我们不必担心写实作为一种创作方法会被淘汰、会消亡,只要写实作品不断发展,不断变化而不拘泥于一种格局、一种模式、一种套路,就会有顽强的生命力,就会拥有庞大的读者群。在阅读了《小说月报》第四届百花奖的得奖作品之后,更坚定了我上述的想法,也迫使我对这些小说的阅读魅力进行思考。

　　这届获奖的小说作者的面很宽,有"五四"文学的前辈冰心老人,也有 80 年代末期初登文坛的新秀,显示了中国新文学四代同堂的齐整阵容。这届获奖小说的题材也非常广泛,历史题材、现实题材、青年题材、家庭题材、农村题材、城市题材、教育题材、妇女题材都得到了反映。然而,无论是老作家还是新作家的作品,无论是描写哪一方面的题材,这 16 篇小说都基本属于写实型的作品,这表明写实小说在今天已处于绝对优势的状态。另一方面也说明写实小说已开始出现繁复多姿的景象,虽然不能说这 16 篇小说就呈现出 16 种写实风格,但相互之间的差异是非常明显的。为了避免空洞的理论说教和概括的遗漏,下面我还是就一些具体的作品谈谈写实作为一种小说作法在新的时期发展的多种可能以及与

题解　本文原载《小说月报》1991 年第 7 期。作者王干认为占据一个时代最基本的阅读面的文学是写实性的作品。以《小说月报》第四届百花奖获奖小说为参照,这届获奖小说的作者时代跨度很宽,题材广泛,但基本都是写实性的作品。本文就一些作品具体分析了写实作为一种小说作法在新时期发展的多种可能,以及与整个小说创作的某种必然或偶然的联系,从中可以看出,纪实性因素的强化,是写实性小说近年来发展的一个重要走向,写实小说也继 20 世纪 70 年代末兴起后进入了蓬勃发展的第二个阶段。

整个小说创作的某种必然抑或偶然的联系。

池莉的《太阳出世》这次名列中篇小说奖的榜首，发表在《钟山》时，该刊是把它列"新写实小说大联展"的名下的，表明"新写实"小说在一定程度上契合了时代的精神风范和读者的阅读心理。虽然"新写实"作为一种理论规范具体阐释时是很不完整的，在具体创作实践中也是很可疑，但它表明写实小说在经历了各种思潮和流派的冲击之后开始出现了新的转机，可以说"新写实"是应运而生的。因此我认为在谈到具体小说现象时可以使用"新写实"这一称谓，但如果作为一个理论命题来陈述，"新写实"是过于笼而统之。《太阳出世》是池莉"人生三部曲"中的一部，与《烦恼人生》《不谈爱情》相比，《太阳出世》似乎要明亮一些，基调要热烈一些，虽然依然"烦恼"不断，依然属于"不谈"语体，但赵小兰却有一种"重铸理想"的精神寄托。然而这并不是《太阳出世》最精彩的部分，赵小兰在生活困厄面前表现的精神追求只是袭用了陆文婷的模式而已。池莉的特点在于作为一位女作家在描写自身的生活经历和感情体验时，并不那样愤世嫉俗、张扬自我，而是平平淡淡地从从容容地呈现了赵小兰从新娘到少妇的心理转型过程，小说饱蘸着作家自身的个体经验，但小说中作家却时时逃避自我的身影，并努力隐匿到小说之外，这并不是一件很容易做到的事情，需要良好的写作心态和写实技术。如果就这个角度而言，就写实小说在隐匿自我情感上要比一般小说来得彻底、坚决而更有自觉性。

阎连科的《瑶沟人的梦》并没有给我阅读时的意外之感，对小说的所有变化我都有预感和心理准备，但我还是被《瑶沟人的梦》震撼了，瑶沟人为了争取"大队秘书"做出的种种艰苦而可歌可泣而又无谓的努力，一方面显示了民族（小而言之是家族）的特有的凝聚力和韧性，另一方面也沉痛地控诉了"左"倾路线对农民生计和心灵造成的巨大戕害。在我所读到的"梦"类文学作品中，这可能是最沉重最不美妙的梦，瑶沟人冀望的只是生存的最基本的条件不受侵犯不受损害，而最终成为一个虚无缥缈的幻想。生存幻想如此等同于一体，我们实在不会简单地指责瑶沟人的卑琐和愚昧，唯有叹息。在描写生存状态的写实小说中，阎连科是继朱晓平、刘恒、刘震云之后值得关注的一位青年作家，虽然他的小说仍明显可以看出他人的痕迹，但他独特的生活经验与简朴有余的叙事风格融为一体会使对整个小说发展轨迹不太熟悉的人觉得无懈可击。只是队长三叔的形象太像《桑树坪记事》里的金斗，这是这篇小说的最大遗憾。与《瑶沟人的梦》反差极大的，是刘毅然的《摇滚青年》。摇滚青年们的疯疯癫癫显然是"吃饱了撑的"，这帮都市的幸运儿亦是多余人真有点"怎么痛快怎么来"的味道，不过更多的时候是把痛苦表现为疯狂，把痛苦变为幽默，把烦恼空虚化为宣泄，我们可以批评他们有些"垮"或者有些"颓"，但不能否认刘毅然的小说是一种写实，它表现了一部分城市现代青年的生态和心态。《摇滚青年》的语句确实有某种流行病，但刘毅然能够以充沛的气势将这股语势保持到底，并将口语与书面语杂糅在一起，粘成了不洋不中的怪句式，亦可堪称一个绝活。只是过多的自我卖弄，反而造成阅读时会产生某种"失真"。

《妻妾成群》是近年来写实小说的奇葩。苏童原先的小说风格是非写实性的，他以童年视角为切入点沉浸在意象的河流里凭借灵性的游动，展现变幻闪烁的印象片断，省略事情的过程，忽略人物的性格，枫杨树故乡的罂粟、疯子、竹花、青石与河流成为他小说的主体部分。可是1989年下半年，一贯重主观意象重情感流动的苏童出人意料地抛出了《妻妾成群》，令文坛刮目相看：这小伙子原来不仅仅会大块大块涂抹意象的团块，还是写实的一把好手呢！《妻妾成群》很明显异于一般的写实作品，除了生活的独特与异常外，主要在于苏童选择了一个富有弹性的叙事角度，让陈佐千的最后一个小老婆颂莲成为小说的视点，便使小说生发出许多意想不到的阅读效果。青年女学生颂莲作为进入陈家较晚的姨太太，对陈氏家族的罪恶历史，既是窥视者又是被窥视者，作为窥视者，读者通过颂莲的眼睛看到了陈家隐匿的或正在发生的种种故事，她是替代作家的故事讲述者，但颂莲并不只是一个充当叙事功能的与小说故事无关的局外人，她同时又是陈家历史的制造者之一，一度还占据了陈家的历史的"中心"，因此颂莲又是被读者窥视的对象。这种叙述视角既非传统的全知全能的"上帝"，又非锁闭于个人内视角的意识流独白体，既有传统写实小说的"可读性"又有新小说派的"可写性"，扩展了小说的空间，增加了写实的弹性与张力。《妻妾成群》的另一特点在于苏童成功地改良了传统小说的白描手法，他将以前营造意象的灵性与才情很有分寸地兑进了写实叙述之中，使白描滋生出新的因素，加之苏童小说的语言本身就飘逸、舒畅，便使得《妻妾成群》的叙述有一种苏州丝绸式的优美而质地绵实。

如果说在面对历史时苏童的《妻妾成群》所采取的视角是女性的温柔的忧伤的，那权延赤阐释历史读解历史则明显是带着男性的阳刚的强烈的情绪。《狼毒花》的叙述方式来自于莫言的《红高粱》，但他已不是那种虚构的、情绪性的对历史和文化的想象和误读，在《狼毒花》里，纪实的因素强于虚构的因素，人物的地位高于情感的因素。与流行的新写实小说不同，权延赤并不留心社会底层的生存状态，他关心的是人物与历史的关系，但他无意于塑造"典型环境中的典型人物",用他自己的话说"常发这个人物在革命队伍中也没有代表性"。确实如此,我们很难对确有过人之处的常发做出某种价值判断,他在酒色方面的才能与他的忠诚耿直联系在一起怎么也不像一个革命前辈的楷模,他的性格有时非常恶劣,差点被军法处置,但他的可爱之处又在于他的性格。我们只能套用福斯特的术语将他称之为"圆形人物"。像常发这类人物在中国文学史上亦多次出现过,他们总与某种"历史"联系在一起,像《三国演义》中的张飞、《水浒传》中的鲁智深,虽然不能说常发是张飞、鲁智深在中国现代史上的再版,但他们的忠诚,他们的勇猛,他们的无敌却是一致的。常发的出现,隐约传递出作者对时代精神过于疲软过于纤细的不满。张宇的《乡村情感》亦是从人物入手,亦是对叔辈"历史"的追溯与描摹,但张宇的笔端开始忧伤和迟缓起来,明显减退《活鬼》里的戏谑色彩和喜剧因素,在把握"乡村"这一情绪时努力逃离意识形态的色彩,而还原到一种永恒的情感状态自身。

纪实性因素的强化,是写实性小说近年来发展的一个重要走向,像上面提到的《太阳出世》《狼毒花》《瑶沟人的梦》《摇滚青年》以及《乡村情感》几乎都沿用过去一度时髦的"纪实小说"的做法,除《太阳出世》外,作家"我"几乎都以真实的面貌出现在小说,以强化小说的真实感和毛茸茸的质感。在这次得奖的短篇小说中,王蒙的《坚硬的稀粥》、李森祥的《小学老师》、林和平的《乡长》、毕淑敏的《不会变形的金刚》、刘恒的《教育诗》等都含有不同程度的纪实因素,抑或直接叙述身边的真人实事,抑或套用纪实小说的形式,都努力不留虚构或人为虚构的痕迹。这表明作家越来越相信生活自身的原生的形态美,而忽视人工编造精雕细刻的匠心。其实,有好多生活故事本身就是小说。冯骥才的《拾纸救夫》是口述笔录加史料的新闻式的"通讯",是属于非虚构的叙事作品,但在阅读时倒反而有一种一般小说所没有的独特魅力,十年动乱里出现的这起家破人亡的小学教师冤案,荒诞得让人痛哭,荒诞得让人捧腹。因此,今天的写实小说已不是只在一个平面上滚动,除了有了历史和人性的纵深感之外,还有更多与其他艺术块面相交合的横向跃越。

王蒙的《坚硬的稀粥》可以称为心态小说,也可以称为寓言小说,但在其叙事形态上却是地道的写实小说,作家描述的是一个家庭内部围绕早餐改革所兴起的种种波澜,这里面有中西文化的冲突,亦有代沟造成的不和谐,亦有不同性别的误差而导致的矛盾,对待"稀粥"的种种态度可以说是当时社会各色人等的心态写照。在《坚硬的稀粥》中不同读者可以读出不同的判断来,可以读出对轻浮的全盘西化观点的批判,可以读出对墨守传统者的理解,也可以读出对中国变革艰难的忧思。比之王蒙以往的《冬天的话题》《风息浪止》这类荒诞幽默性的小说,《坚硬的稀粥》可以算作轻喜剧的写实作品。说其是寓言性作品是因为小说的人物性格没有任何发展变化,也不丰满全面,他们更多是一种符号,有点类似西方现代艺术的抽象化处理,这就与一般写实小说中形象的明确的能所指关系不同,而具有某种形式的意味。

刘恒的《教育诗》同样是以改革的现实作为背景,也是以一个家庭作为人物活动的环境,但小说的基调则是一种冷峻悲剧性的,大学生刘星在一个文化失范的年代几经变异,烙上时代的鲜明的印记,并不时与父辈发生冲突,但几年后,刘星与父亲在价值观念上的种种差异最后泯灭得一丝不剩,在刘星一声猿鸣之中教育者与被教育者找到了共同的归宿——气功。尽管刘恒在《教育诗》中依然保持那种不动声色的冷静客观叙述态度,但仍能感到作家内心的苍凉与焦虑。同样被认为"新写实"型的作家,刘恒与池莉的区别是非常明显的。毕淑敏的《不会变形的金刚》并不像刘恒和池莉那样注重新变,她填充的是新鲜的生活内容,尽管方法很古朴,但仍会以情动人。这次得奖小说中,可以参照阅读的还有两组小说:林和平的《乡长》与贾平凹的《王满堂》,赵德发的《通腿儿》和李森祥的《小学老师》。这些小说并不局限一种写实模式,它们各呈风采,《王满堂》与《乡长》都是写农村基层干部形象,一从纵向,一取横断,一写历史,一写现实,各得其所。《小学老师》和《通腿儿》都是记述过去的事情,都是描写相对应的人物,但各具千秋。《通腿儿》的作者完全退出小说之外,靠质朴的地方语言和高尚浓郁的生活气息的白描写出了老区妇女的命运以及善良、坚定的性格,而《小学老师》通过"我"对三位老师的记述,在散文般平淡的氛围中流露出文化的悲哀。

这次评奖所评选的小说,基本是80年代末和90年代初的作品,写实小说再次占据上风说明写实小说继70年代末兴起后进入第二个阶段,不过这次比第一阶段会平稳而漫长,甚至可以这样预言说:90年代的小说走向是写实,各种各样的写实。如果本世纪内中国有人获诺贝尔文学奖的话,肯定是写实型的作家或写实型的作品,虽然有人不喜欢这项奖而且这项奖也未见得代表世界文学的最高水平。这是题外之话,只是为了强调写实的重要性、可能性以及远大前程而已。

回眸:灿烂与忧伤

—— 对新时期以来全国历次中篇小说奖的回顾与思考

洪治纲

一　动机或者引言

1998 年 10 月号的《北京文学》全文刊登了由南京的晚生代作家朱文发起的《断裂:一份问卷和五十六份答卷》。尽管这份问卷和答卷存在着很多不够严肃或者不够科学的地方,甚至充满了某种武断和狂妄的色彩,但其中的有些设问和回答却不能不引起我们的思考。他们之所以要提出这些问题,说明他们对现存的种种文学秩序还在极度地关注着,虽然他们的回答常常流于骄狂的虚无主义和绝对的否定论腔调,很难看到一些带有学理性的、经过认真思考过的言语,但在我看来,他们至少相当直率地表明了自己对当下文学创作的态度和立场。

在这份共有十三道问题组成的问卷中,第十二个问题是如此提出的:"对于茅盾文学奖、鲁迅文学奖,你是否承认它们的权威性?"五十六位答卷者(其中有部分回答者根本算不上什么作家)当中有 94.6% 的人断然否定了这两项全国性大奖的权威性,有 5.4% 的人未表态,没有人对它进行合理的辩护,其中包括一位鲁迅文学奖中的中篇小说获奖者。[①] 连获奖者自己都对此项大奖的权威性保持着沉默,这不能不促动我们对它们的权威意义产生质疑。

题解　本文原载《小说家》1999 年第 2 期,收入本书时有删节。新时期小说的发展,大致经过从伤痕文学、反思文学、改革文学、文化寻根到现代主义、新写实主义、新历史主义、新现实主义以及个人化写作等主要阶段,"几乎每一个阶段都是以一些中篇小说作为其文学史标志的"。有鉴于此,作者在论述中篇小说审美特征与创作成就的基础上,从文学评奖制度建设的角度,对新时期以来历届全国中篇小说评奖的得失进行了深入的分析与思考,强调文学评奖应具有权威性、规范性与科学性,形成"相对明确的、固定的、可以接受公众和历史检阅的"评奖标准,并与作家作品形成有效的对话,从而更好地推动文学创作的深化与小说艺术的探索。

① 　参见《北京文学》1998 年第 10 期,第 39 页。

　　然而更令我感到意外的是,在对这个问题的回答过程中,还有相当一部分人把这两项大奖等同于政府奖或者说是来自于纯官方的荣誉。稍稍有点常识的人都知道,这两项大奖虽然是由中国作家协会主办的,但它的评委并不是来自于官方的代表,而是由全国公认的一些文学专家(其中包括作家和评论家)组成的,它所评选的目标有别于中宣部的"五个一工程奖",从某种意义上讲,是针对文学自身的艺术成就来说话的。但它们却在公众意识中与官方的政府奖产生了混淆。造成这种混淆局面是由于答卷者的无知,还是由于这种奖本身与主流意识存在着同构关系? 如果要进一步思考,我想后者可能是导致这种情形的更为直接的原因。

　　鉴于以上这种现实境域,也鉴于"还小说以艺术,还历史以公正"的世纪末总结的需要,我觉得对这种全国性的、带有权威主导作用的大奖进行认真的回顾与思考是时候了。历史总是在不断地反思过程中得以发展,艺术也是在不断地自省过程中才得以提升。尤其是在今天,当更多的人们带着盲目的自足情绪、虚妄的成功愿望以及充满自信的怀想等待着新世纪的钟声时,我们在蓦然回首之中,面对这个全国性的纯文学奖进行重新审视与拷问,不仅具备经验积累的意味,可能更具有教训总结的价值。所以,我在历史性地对新时期以来全国短篇小说奖进行了一番自认为很认真的巡视之后,还是决定对全国中篇小说奖也进行一次重新审度。与既定的文学秩序相比,与庞大的核心意识相比,我知道我的声音并不具备任何警世的力量和作用,但我觉得,站在整个 20 世纪中外文学的璀璨星河中,我们每一个从事文学批评的人不仅有责任,也有义务来"还历史以公正"。

二　关于中篇小说

　　要系统地考察新时期以来历次全国中篇小说奖的评奖情况,我们首先必须明确中篇小说作为小说文体中一种独特的艺术范式,它应该具备哪些审美特征,它与短篇小说、长篇小说存在着哪些质的差异性。只有了解了这些质的规定性,我们才能判断评委们是否严格地执行了中篇小说的艺术标准,也才有可能对评奖结果的科学性与公正性作出检视。

　　可是,要完整地回答中篇小说的审美特质却并非易事。一方面由于中篇小说是从短篇与长篇之间逐渐派生出来的一种较晚的小说样式,在很长一段时间里,它都被当作"较长的短篇"(篇幅接近短篇的)或"较短的长篇"(篇幅接近长篇的)来进行评述的,并没有人对它的文体样式进行严格的界定。无论是古今中外,有关中篇小说的文本研究总是少而又少,几乎一直处于空白状态。诚然,从叙事本身来看,中篇小说与短篇和长篇小说的区别似乎只在于篇幅的长短上,即,它是介于短篇与长篇之间的一种小说文体。而它的具体长度并没有严格的限制,尤其是 2—3 万的小说,有人将它视为短篇,有人则将它当作中篇,其命名的规定性似乎完全取决于作家自己或者刊物的编辑。在接近长篇的限度时,则往往又形成了两种划分,譬如余华的《活着》最早在《收获》杂志上就是以中篇小说发表的,而在后来出成单行本时却变成了长篇小说。这就表明以量的规定性作为唯一标尺来划分中篇小说的确存在着很多的不足。

另一方面,中篇小说又以其独特的叙事空间受到许多作家的高度青睐。很多作家都是非常自觉地选择中篇小说作为自己从事叙事艺术的突破口,力图通过中篇小说创作来证明自己在叙事艺术中的创造能力和艺术感觉。而当他们一旦找到了自己在叙事艺术上的自信心后,便开始认真地进行短篇或长篇的创作。这种情况在新时期的作家群中尤为普遍,像莫言、史铁生、梁晓声、陆文夫、苏童、余华、格非、陈染、林白以及一些晚生代作家们都是如此。这无疑与中篇小说的文体特性有着极为密切的关系。从叙事本身的角度看,中篇小说的确可以给作家提供一个相当充分的审美载体,为作家在叙事技术上的尽情发挥留下了相对自由的文本空间。无论是叙事视角的转换、结构形态的变化,还是人物形象的塑造、话语符号的运作,都可以在中篇小说中得到淋漓尽致的表现,既能够避免因为短篇小说的篇幅局限所导致的叙事受到节制,又可以逃离长篇小说所必须具备的深厚文化积淀和驾驭事件的独特能力。

因此,有关中篇小说的审美特征,我个人认为,至少具有以下几点:

首先是它具有故事的完整性。它比短篇小说更易于讲述,因为短篇只针对故事的片段负责,是依助一些极具艺术表现力的事件片段进行巧妙组接的叙事艺术,尽管它有时也会讲一些相对完整的故事,但它更注重故事之外的隐喻和象征,即故事中必须负载着大量的审美信息,作家对故事及其片段的择取必须有着独到的思考。因此它对创作主体的艺术智性有着近乎苛刻的要求。而中篇小说则摆脱了这种严格的叙事束缚。它更崇尚于以一些完整的故事来表达作家的审美理想,更注重故事本身的质量——它是否精彩,是否叙述得颇有韵味,是否有着独特的人生体验和历史感受,它实际上是以一种较为从容的叙事态度来检视作家的艺术创造力。如海明威的《老人与海》、福克纳的《熊》等,这些经典性中篇都是通过讲述一个完整的故事来表达作家的审美理想,而且从某种意义上说,它们的经典性并不仅仅在于体现了某种深刻的内涵,还在于作家在那种从容的叙事过程中所表现出来的绝妙的艺术感受和人生经验,如《老人与海》中的老人在与鲨鱼搏斗过程中所表现出来的惊人的韧性,在瀚海上忍受着孤独的那种独异而顽强的品质,都有着精彩绝伦的审美价值。

其次是它具有结构的繁复性。由于它拥有一定的叙事长度,可以通过相对完整的故事来实现作家的审美目标,这使它在形态学上具备了较为宽广的表述空间。虽然这种空间比不上长篇小说那样宽松和自由,但对于一个讲究叙事艺术自身特质并乐于在叙事过程中演绎自己虚构才能的小说家来说,已经足够了。因为在这种空间里,无论是作家对社会、历史、人生及生命有着如何深刻的体验和感悟,都可以借助于叙事视角的择用、故事时空的错叠以及人物命运的变化获得较为充分的表达。反过来说,只要作家拥有足够的叙事技术,都可以在这种空间里进行从容的组合与表达,使创作主体能够充分地发挥自己的叙事能力。譬如莫言的《红高粱》中就用了三种叙事视点来观照来自高密东北乡的那段辉煌的历史,无论是全知视角、豆官的视角还是"我"的视角,都在叙事的过程中非常自由地完成了相互转换的过程。洪峰的《极地之侧》则在故事中套故事,以一种迷宫式的结构将人的死亡状态进行了多方位的演示,而且每一个小故事或平行拼缀,或往返交叉,但都与整个叙事保持着和谐的统一。余华的《世事如烟》更是集中体现了中篇应有的极为繁复的文本结构。小说以一个个只有数字符号式的人物在生与死、梦幻与现实之间游走,将充满玄秘的、非理性的、纷乱无序的现实完全隐喻在飘乎不定的叙事文本之中,通过文本自身的不定性和无序性来表达作家自己对现实存在的感受。这些作品都足以说明,中篇小说对作家的叙事创造能力具有极大的适应性,具备丰富多向的结构特点,能准确地承载作家的各种审美信息。

再次是它对创作主体的艺术素质具有更大的宽容性。众所周知,短篇小说完全是一种技巧的艺术,它对作家的叙事技术有着十分全面的严格要求,无论是语言、结构还是叙述方式、表达力度,都缺一不可。而长篇小说更倾向于历史文化的穿透和社会生活的覆盖,它是以内蕴的丰厚性来证明自身的艺术价值的,因此它直接地要求作家必须具备深厚的生活积累,无论是对社会现实、历史文化还是人类生命本身,都必须有着独到的理解和深刻的感悟。中篇小说似乎恰好可以游离于这两者的具体要求之外,无论是艺术上还是思想上,至少对作家没有那种极为苛刻的要求。

此外,如果从接受层面上来考察,中篇小说可能比其它小说更容易激起大众阅读的共鸣。因为短篇小说讲究叙事的智性技巧,作家的审美意图在叙事话语中往往表现得极为含蓄,要真正地理解它的内在韵味及其审美价值,常常需要读者积极的文本参与意识和能动性地艺术再创造能力。这无疑对读者的接受行为提出了挑战。而长篇小说本身的庞大篇幅就会给人们的阅读造成一种心理上的障碍,特别是生活节奏不断加快的今天,人们对它的阅读选择可能更为慎重。只有中篇在大众接受上有着更多的优势,它那适中的长度和文本的故事性都更能迎合读者的阅读情趣。

在对中篇小说的艺术特质进行了一番粗浅的探讨之后,我们有理由相信,虽然它在艺术理论上还缺乏传统意义上现成的、相对严谨的审美规范,但这并不会从根本上影响我们衡量它的审美价值,因为只要我们将它放置在短篇和长篇之间稍加比较,就可以看出它的上述诸种特征。评委们对全国的中篇小说进行公正的价值评判时,不可能不对这些特征加以思考和关注。

三　辉煌的崛起

既然作为评审的重要依据——有关中篇小说的某些艺术特征并非无法把握,也就意味着中篇的评奖并不是无根可寻、无据可依,那么我们唯一担心的似乎只有作品本身了。有道是:"巧妇难为无米之炊",倘若中篇小说的创作本身并不尽如人意,缺乏一些可圈可点的作品,那么评选的艰难性也就可想而知了。

而事实究竟如何呢?

如果站在整个20世纪中国小说发展史上,以一种历时性的眼光来审度新时期以来的小说创作格局,我们可以毫不含糊地说,就其取得的艺术成就而言,最为突出的并不是长篇,也不是短篇,而是中篇。这是因为,长篇和短篇在新时期以前(特别是解放前)都已获得了相当大的成功,并涌现了大量的难以超越的经典之作,譬如巴金、茅盾、老舍、钱锺书的一系列长篇佳构,鲁迅、沈从文、郁达夫、张爱玲的一系列精粹短篇,至少在新时期二十年来,还很难看到有多少作品能与之进行真正艺术上的抗衡。

只有中篇小说是个例外。穿过世纪的长廊,可供我们反复阅读的经典之作,在我看来,似乎只有《阿Q正传》、《边城》、《迟桂花》、《骆驼祥子》以及张爱玲的《金锁记》等并不很多的篇章。而新时期以来涌现出的大量中篇小说中,无论是审美内蕴还是叙事形式,都存在着不少可以同它们相媲美的力作,像韩少功的《爸爸爸》、王安忆的《小鲍庄》所体现出来的对传统民族文化的深层思考,其严峻性与深刻性都为世人所公认,并且在文本上与《阿Q正传》一样拥有解读不尽的文化旨趣;陆文夫的《美食家》、阿城的《棋王》、邓友梅的《那五》在叙事话语中所体现出来的文化韵致,在人物性格中所折射出来的传统人格,足可以同《边城》等小说相抗衡;而莫言的《红高粱》、方方的《风景》、余华的《一九八六年》等对现实生存状态的揭示和人性内部丰富情态的发掘与展露,恐怕都不逊于《迟桂花》、《骆驼祥子》等作品的内蕴。此外,像莫言的《透明的红萝卜》、马原的《冈底斯的诱惑》、洪峰的《瀚海》、残雪的《黄泥街》、苏童的《一九三四年的逃亡》、格非的《迷舟》、余华的《四月三日事件》等在叙事策略上的成功实验,在整个20世纪中篇小说史上,恐怕都具有任何作品难以替代的文本开拓价值,为中国当代小说向新的模式发展和多元化审美向度的挺进奠定了极为重要的基础。

我这样说,并不是空口无凭地蓄意夸张。因为新时期的中篇小说创作不仅在历史的纵向坐标中确立了它的显赫地位,而且在小说发展的横向坐标中也成了新时期各个阶段的标志性作品。回顾新时期小说的总体发展过程,大致经过了从伤痕文学、反思文学、改革文学、文化寻根到现代主义、新写实主义、新历史主义、新现实主义以及纯粹的个人化写作等这样一些主要阶段。而在这样一些具有概括意义的历史阶段中,几乎每一个阶段都是以一些中篇小说作为其文学史标志的。也就是说,当我们对新时期以来的小说发展主潮进行文学史意义上的描述时,人们通常都是以一些中篇小说作为每个阶段的代表性作品来加以说明的,其中可能只有伤痕文学是个例外,因为受当时各种条件的制约(首先是刊物,国内大型刊物的大量创办主要是在1979年,这使中篇小说的发表阵地受到了很大的限制;其次是作家的内在激情亟待迸发,使短篇比中篇更易于让人接受,所以今天人们在谈论"伤痕文学"时通常以刘心武的《班主任》和卢新华的《伤痕》作为代表作),中篇小说的复苏速度无法赶上短篇,而伤痕之后的每一个重要阶段,中篇都成了其整个思潮的重要代表,如:

反思文学常常以《天云山传奇》、《人到中年》、《大墙下的红玉兰》、《犯人李铜钟的故事》等作为代表;

改革文学常常以《赤橙黄绿青蓝紫》、《燕赵悲歌》、《祸起萧墙》等作为代表;

文化寻根小说常常以《爸爸爸》、《小鲍庄》、《棋王》等作为代表;

现代主义小说常常以《冈底斯的诱惑》、《苍老的浮云》、《极地之侧》、《瀚海》等作为代表;

新写实小说常常以《风景》、《烦恼人生》、《一地鸡毛》等作为代表;

新历史小说常常以《红高粱》、《迷舟》、《一九三四年的逃亡》、《灵旗》等作为代表；

新现实主义小说则以《大厂》、《年前年后》、《分享艰难》等作为代表；

个人化写作作为近年来小说创作的主要模式,在大多数评论者笔下也是以一些中篇作为代表性例证,如林白的《致命的飞翔》、陈染的《嘴唇里的阳光》、徐坤的《先锋》、韩东的《障碍》、朱文的《我爱美元》等。

从某种角度上说,如果将上述这些不同时期的代表性中篇小说连缀起来,可以为整个新时期的小说发展画出一个较为完整的脉络,这足以证明中篇小说在新时期所取得的辉煌成就。

这种辉煌成就的取得,并非仅仅表现在文学史的历史地位上,更为重要的是,它还体现在一些作家的创作历程中,成为许多作家至今为止的代表作。像蒋子龙、从维熙、谌容、张一弓、李存葆、邓友梅、陆文夫、张贤亮、阿城、郑义、朱苏进、韩少功、王安忆、马原、洪峰、莫言、苏童、格非、韩东、陈染、林白等等这些作家,无论他们创作了多少长篇或短篇,但是,如果从一个小说家的真正角度来审视他们的创作成就,我们便会看到,他们最终都是靠中篇小说来奠定自己在文坛上的艺术地位。这是一个不容置疑的事实。

倘若从文本自身的历史发展轨迹上看,新时期以来的中篇小说在其自身形态的不断完善和多元化的审美创造上也体现出了惊人的成就。从最初的社会启蒙转向后来的人性启蒙,从文学的教化功能归复到文学的审美功能,从创作主体的自我张扬沉入到叙事话语的高度自觉……中篇小说几乎显示了它那极为强劲的艺术生命力。

所以新时期以来的中篇小说创作,无论在数量上还是在质量上,在整个20世纪的中国文学格局中,都可以说是取得辉煌的成就。

四 审视:灿烂与忧伤

我们之所以动用了相当的篇幅对中篇小说的艺术特征和它在新时期以来的发展状况作了一番必要的考察,意在从客观条件上说明:作为一项针对全国所有中篇小说创作的评奖,已没有任何外在的理由使它失去公正性和权威性。

但是,事实却并非尽如人意。

纵观新时期以来有关中篇小说的全国性评奖,累计举办了五次。其具体情况如下:

届次	参评作品的发表时间	获奖作品数量
第一届	1977—1980 年	15
第二届	1981—1982 年	20
第三届	1983—1984 年	20
第四届	1985—1986 年	12
第五届	1995—1996 年	10

从总体上看,由于第四届与第五届(即"鲁迅文学奖")之间空缺了 9 年,使得一些颇有价值的小说失去了参评的机会,但我们并不是对整个评奖作品进行历时性的纵向比较,所以无所谓遗憾。同时,从它历届获奖作品的数量上看,虽然大多都不相同,但我更认为他们可能是从艺术自身的角度来设定的,而且越到后来获奖的作品数量越少,在某种程度上也就意味着评委们对获奖作品的要求更严,从而也避免了某些作品"凑数"的可能。因为在通常的情况下,获奖作品数量越少就越能显示出评委们的审美眼光。

但是,要真正地考察他们的评选结果是否科学与公正,我们必须在一种横向的比较中才能作出清晰的判断。为了便于说明问题,也为了便于在每一届评选结果之间有一个相互的动态参照,我们不妨对每届的评奖进行逐一的分析。

第一届:严肃与谨慎

尽管第一届中篇小说的评奖范围横跨了从 1977 到 1980 这四年时间,但真正的获奖作品却全部集中在 1979 和 1980 这两年,这是因为前两年的中篇小说创作的确没取得什么成绩。一方面粉碎"四人帮"刚刚开始,人们都急于表达自己内心的痛苦和愤怒,从而更乐于选择短篇小说这一快捷的叙事形式;另一方面,当时的发表园地也存在相当大的局限。在 1979 年以前,只有《钟山》和《十月》两个大型刊物,其他的文学月刊每期最多只发一两个中篇,无疑影响了中篇小说的整体创作。而 1979 年之后就不同了,仅 1979 年就有十二家大型文学杂志创刊。这些以中篇小说为主阵地的刊物诞生之后,极大地促动了作家们对中篇创作的热情,使长期默默无闻的中篇犹如狂飙天落,异军突起,并产生了一大批极具反响的作品。

面对这种创作境况,评委们并没有从时间跨度上作一些让步,而宁愿让前两年处于空缺状态,这表明他们更多的是关注作品的本身。从评奖结果看,本届获一、二等奖的十二部作品都是在当时具有一定艺术水准并产生过广泛影响的小说,而且在叙事风格上呈现了某种多元的迹象,说明评奖带有一定的客观性。

位于本届中篇奖榜首的是谌容的《人到中年》。无论是在当时还是今天重读这部作品，我个人觉得它的确不失为一部中篇佳作。这部作品成功地逃离了当时的倾诉模式，作家有效地控制了自己主观情感在叙事过程中的全面渗透，而以一个普通家庭的实际生存状态作为叙事目标，将叙述还原到故事本体之中，在话语的运作上既呈示了一个女性作家细腻纤柔的叙事个性，又荡涤着某种诗意动人的生命质感。同时，就作品的内旨而言，它对中国当代知识分子的心灵发掘也有着相当的准确性，尤其是他们在那种特定历史条件下失望而不绝望、痛苦而不悲观的人格魅力临摹得十分独到。它以一种知识分子的受难方式折射了历史的悲剧与文化的错位。在陆文婷身上所体现出来的对苦难的承受能力，对事业的执着追求，对理想的时时眷恋，对现实的默默接受，都是对我们到今天为止的知识分子精神世界的真实表现。

叶蔚林的《在没有航标的河流上》尽管就当时的社会轰动效应而言，远不及鲁彦周的《天云山传奇》，但它在艺术上的确比《天云山传奇》高出不少，所以它依然排在《天云山传奇》之前。这部作品几乎完全改写了那个时代人们对历史苦难所普遍采用的书写方式，将社会的悲剧隐含到自然的华美之中，以一种极具文化质感的风土人情来演绎社会的不幸。不错，尽管后来有人认为这部作品抄袭了外国小说的某些情节，但是，我个人觉得，能够在抄袭过程中依然将叙事保持如此和谐的统一，这本身就体现了作家相当深厚的叙事能力。作家在话语的表述过程中，将自然景物的光、色、声、气全部集纳起来，使纯粹的自然美升华为我们需要用视、听、嗅觉来全身心感受的艺术美，这实在是一种了不起的尝试。

更为重要的是，这部小说还成功地动用了象征和隐喻的手段，使"没有航标的河流"与盘老五的精神禀赋形成了某种文化内质上的同构。如果说"没有航标的河流"正是那个时代价值信仰丧失、社会道德规范失位的一种隐喻，那么，作为善良质朴的普通平民代表，盘老五用了半辈子生命在这条河流上漂泊，正是中国乡土百姓苦难命运的一种象征。因此，盘老五在河流上的每一次搏击，并不只是人与自然的一次较量，而是人与他的生存境域的一次对抗，是人的精神力量与社会的制约背景的一次对垒，具有深远的审美意旨。这些无疑都是《天云山传奇》所难以企及的。这说明评委们对这些作品的艺术质量都进行了极为严肃的比较和分析，并没有被作品的社会影响左右自己的审度视线。

本届评奖之所以显得较为严肃和客观，还表现在评委们对一些作家的作品都经过了相当认真的比较与择定。譬如冯骥才的获奖作品选择了《啊！》而没有选择《铺花的歧路》，从维熙选择了他的《大墙下的红玉兰》而舍弃了《第十个弹孔》,这里面都体现了评委们在艺术上非常慎重和严肃的科学比较。《铺花的歧路》作为伤痕文学的代表性作品,其社会反响也是有目共睹的。据说,这部小说原名叫《创伤》,无论思想上还是艺术上都比卢新华的《伤痕》要深刻成熟得多,而且也完稿在《伤痕》之前,只因是中篇小说,又放在《十月》这个大型文学刊物上发表,出版周期较长,所以当《文汇报》发表了卢新华的《伤痕》之后,冯骥才不愿重复他人而将这篇小说改名为《铺花的歧路》,然而却因此错过了一次以自己作品的名字为一个文学思潮命名的历史机遇。不然"伤痕文学"就有可能叫"创伤文学"了①。这虽是题外的话,但也的确说明了它在艺术上的成熟性。这篇小说以一个纯真少女内心深处的伤痕作为叙事主线,非常细腻地刻画了白慧沿着"铺花的歧路"奔跑之后自我主体价值失落后的困顿与痛苦,特别是她以理想的热情捍卫方式卷入伤害自己的亲人过程中,渐渐地醒悟到动机与结果之间的巨大错位后所表现出来的内心的煎熬,叙述得可谓淋漓尽致。但是与《啊!》相比,它在艺术智性上却要稍逊一筹。因为《啊!》在处理历史苦难与人性的孱弱上更为机敏,也更为自然。特别是通过一封并没有丢失的信来对吴仲义的命运进行一种反讽式的串接,使整个叙事显得偶然中蕴含着必然,荒诞中透着真实,既出乎意料,又合情合理。历史、命运、性格等等复杂的因素都非常紧密地纠集在一起,审美内蕴上的确比《铺花的歧路》要显得厚重。

从维熙的《第十个弹孔》尽管在故事的处理上要比《大墙下的红玉兰》更富有戏剧性,但是在那个"大义灭亲"式的叙事模式背后,主人公对自己儿子犯罪的历史内疚和他们夫妻间的心理创伤都显得直露了些,而《大墙下的红玉兰》中的人物个性却要丰富得多,它的主题也更具有反讽的力量。所以从小说自身的内在艺术价值上来衡量,评委们还是非常严肃地选择了后者。

值得一提的还有王蒙的《蝴蝶》。这是一部在新时期最早向叙事方式进行挑战和突破的中篇,虽然它在很大程度上颠覆了人们的阅读定势,将故事的情节性化解到对人物内心意识流程的叙述中,但评委们并没有忽视它在艺术上的这种实验价值,并在当时现实主义一元化的严科酷律中,照样将它置于一等奖之列,这不能不说评委们颇具艺术眼光。至于没有将它在秩序上排得更前列一些,我想并不是评委们胆小怕事,而是这部作品在意识流的表现上的确也不是相当成功,特别是通过人物的意识流程所折射出来的历史深厚性也有所欠缺,所以即使今天看来也并不存在着什么遗憾。

① 金汉:《中国当代小说史》第209页,杭州大学出版社1990年12月版。

　　然而如果要说遗憾,我觉得有两部作品没有被评委相中有点可惜:一是靳凡的《公开的情书》,一是刘克的《飞天》。这两部作品无论在叙事方式上还是审美内蕴上同二等奖中的一些作品相比都毫不逊色。《公开的情书》在当时曾赢得过众多的读者并产生了极大的反响。它早在"文革"期间就以手抄本的形式在民间广为流传,1979年经作者再度整理与发表后,轰动依然不减当年。同时,更为重要的是,这部作品非常巧妙地采用了书信体这一独特的叙事方法,将人物的内在个性和精神品质都作了生动的展示,尤其是整个青年一代对个性解放、思想自由的渴望,对理想信念的执着,作家都在话语表达过程中赋予了一种相当独特的叙事激情。《飞天》则通过一个被侮辱和被损害者的青年女性飞天在寻找自己精神避难所的过程中,体现了高度的人性美与人情美。由于作者在处理这种人性美与人情美的过程中,将叙事空间设定在一个叫作黄来寺的古刹中,因而容易给人造成一种看破红尘、回头是岸的宗教情怀。但是只要认真地透过故事本体,我们便会发现,作者实际上是以一种极为复杂、极为艰难的方式在当时的历史语境中为人物寻找着心灵的净土。飞天在茫茫的人海里四处受辱,只有黄来寺这一宗教场所才有可能成为她的真正的栖身之处,而且飞天与海离子之间的爱情正是在这里得以迸发,所以从人物内心深处的价值观来说,并没有归依宗教的倾向。但是,这部作品还是非常意外地引起了争论。或许正因为这两部作品都存在着一定的争议(尽管这些争议都是站在庸俗的社会学层面上的)①,所以评委们没有更多地加以关注。从这一点上说,本届评奖也体现了某种谨慎性。

　　作为中篇小说的复苏时期,历史留给这个阶段的中篇地位不可能辉煌无比。无论是叙事形式上还是审美内蕴上,作家们都不可能创作出经典性的作品,因此本届评奖只能给人留下结局——形而下的灿烂与形而上的不足。

第二届:宽泛与严谨

　　如果从总体上来审度第二届中篇小说奖,我觉得它同第一届一样并不存在很大的非议性。二十部获奖作品,较为完整地体现了1981—1982年的全国中篇创作水准,就公正性与客观性而言并没有多少失位。但是,如果细细地审视这些获奖作品本身以及它们的排列秩序,我们仍可看出评委们在某些标准的执行上还或多或少地存在着值得思考的地方。

　　首先是由于获奖作品的数量定得过多,导致评选标准过于宽泛,获奖作品之

① 对这两部作品的有关争议,请参阅"新时期争鸣作品丛书"之一——《公开的情书》中的有关评论文章,时代文艺出版社1986年9月版。

间的艺术水准差异较大。尽管这两年从量的意义上说的确是中篇小说创作的丰收期,大型期刊不断问世,各个杂志都在争相发表中篇,电影、电视也开始不断地对中篇小说表现出极大的兴趣,但是在客观上,由于作家自身的艺术积累并不充分,尤其是对叙事艺术的特点、叙事手法的变化以及中篇小说应有的叙事灵活度都没有清醒的理性认知,更多的作家还只是停留在一种"讲述"故事而不是想办法"呈示"故事的技术层面上,他们大多都在自觉地以小说为手段来进行社会价值形态的建构,借小说来表达作家在现实生存中的使命意识和社会职责,所以就艺术质量而言并没有很大的提高。

然而也许是基于对当时中篇创作良好总体态势的考虑,评奖的组织者将获奖作品提升到二十部,这使得评委们除了将一些颇具价值的作品纳入获奖者之列,也不得不以凑数的方式选入了一些并不是很成熟的作品。以我个人的眼光,本届获奖作品划到朱苏进的《射天狼》就相当完整。因为从王安忆的《流逝》开始,以下的8部作品无论是叙事上还是内旨上都没有多少可资咀嚼的地方。像王安忆的《流逝》与韦君宜的《洗礼》在叙事风格上基本相似,都没有什么大起大落的故事情节和戏剧性的文本结构,它们的审美目标也都是以反思"文革"为主,表达的都是一种痛定思痛的情感。但是,就话语的练达性、人物精神的丰厚性和对苦难意识的体验性而言,《洗礼》显然要成熟些。这样,将《流逝》入选进来就没有必要。再如张承志的《黑骏马》与冯冷植的《驼峰上的爱》,无论是地域背景还是故事内核,都存在着很大的同构性。但是,《黑骏马》不仅写出了人与动物之间的独特情感,还使动物自身成为人的命运和理想的某种寄托,话语的流动充满了灵性与浪漫的气质,而《驼峰上的爱》还仅仅停留在人与动物的情感沟通和对母爱的某种理性的诠释上。所以后者的获奖也似乎完全没有必要。

如果将获奖作品控制在十二部,那么我们有理由认为本届的评奖相当成功。因为从《高山下的花环》开始的依次十二篇作品,在各自的叙事对象中都具有突出的代表性。

其次是本届评奖体现出对传统现实主义审美原则的严格维护。所有获奖作品都没有在文本技巧上超越现实主义的铁律,不仅叙事方法带有浓郁的典型化特征,而且叙事内容也都是针对当时的生存现实。以现实生活本身的经验作为作家审美表达的叙事资源,强调作家对现实生存境域的参与和思考,以体现作家的社会责任感和使命意识,是本届获奖作品共同表达的叙事哲学。

正因为这种现实主义审美原则的规约,所以除了《黑骏马》等极少数作品带有一定的抒情风格之外,大多数获奖作品在叙事上都呈现出惊人的一致性,譬如都集中笔力探究各种生存领域中的某些"新问题"并围绕它组构各种生存矛盾，然后通过矛盾的不断激化和发展，完成故事的启承转合。故事性、戏剧性以及对生活状态临摹的逼真性是它们共同的审美目标。当然，在具体的话语运作过程中，有不少作品还是在局部的情节处理上进行了一些颇有意义的尝试，如《高山下的花环》就以一种时空错叠的方式来对战争场景以及战争之外的生活现实进行往返拼接，都已经显得相当自由灵活。顺便要说的是，我对本届评委们把《高山下的花环》列为榜首相当满意，因为它对以往的战争文学模式作出相当大的超越。它不仅改变了以往作品常常依赖于战争场景的描写来引导故事发展的传统叙事结构，还真正地将战争本质归结到人性的本质之中，通过生与死、功与利的对垒，刻画出作为生命本体的人，在生与死的临界点上所必然表现出来的种种极为复杂的心理状态，从而真正地将文学还原到人学的意义中。

然而这些作品之所以拥有各自不同的审美价值，关键还在于它们塑造了一批相当丰实的、具有生活质感的、立体化的普通人物形象。无论是《高山下的花环》中的靳开来和梁三喜，《赤橙黄绿青蓝紫》中的刘思佳和解净，《人生》的高加林和刘巧珍，还是《那五》中的那五，《洗礼》中的王辉凡，《射天狼》中的袁翰……都超越了以往小说中对人物性格平面化处理的局限，破除了用既定的、非此即彼的价值观来定位人物个性发展的陋习。还人物以真正的人性，让他们带着各自的优点和缺点更真实地活动在人所必须具备的七情六欲之中，使得这些人物具备了多重性格组合的审美价值。人物的精神世界也因为有了各种矛盾的冲撞而充满了内在的张力，人性的精彩与复杂也由此跃然而出。所以，这些人物到今天为止读来仍然带着某种鲜活的气息。

再次是本届评奖在叙事的开拓性实验和人性的多方位开掘上仍显得过于严谨，缺乏应有的迎纳性眼光。实际上，从新时期一开始，对传统现实主义叙事方法的突围表演就一直没有停过。上届的获奖作家王蒙就是一个鲜明的例证。而在本届评奖范围的时段里，高行健的《有只鸽子叫红唇儿》也是一部极富创新意义的中篇，按理，作为一种对新的叙事行为的激励，将它纳入获奖作品之中，列在二十部作品的尾部恐怕并不会引起多少非议，但评委们将其拒之于门外。

更为重要的是，还有一些在人性内在层面的发掘上相当独特的作品也被评委"忽略"了，这多少有点让人感到失落。譬如张抗抗的《北极光》，张辛欣的《在同一地平线上》、《我们这个年纪的梦》，礼平的《晚霞消失的时候》等等，这些作品大多以年轻人的情感纠葛作为叙事主线，将爱与生命、爱与理想以及爱与人的社会地位、事业追求都作了相当丰富的思考。尽管在这些情感冲突过程中，没有更多的宏大叙事,也没有涉及主流意识观照下的生存焦点,但是它们都触及到了生命的某些本质部位。像张抗抗的《北极光》就非常明确地将爱情作为纯粹的叙事目标,力图通过芩芩这个人物对真正爱情的不断寻求与追问,使我们感受到纯洁的、超越于市侩主义、虚无主义和个人主义的爱几乎难以存在。小说正是在这种理想爱情与现实情感的不断转换中,将审美内旨延伸到人性的复杂和价值观念的多元之中。张辛欣的《在同一地平线上》实际上是一部带有女权主义启蒙色彩的小说,它的宗旨不只是为人们演示一场婚姻失败的过程,而是通过一对年轻夫妻的聚合与分离表达了女性自我独立的强烈愿望和能力。从叙述方式上看,这部作品明确地选用了一种女性视角,带着女性的激情话语不断地反问、追问作为丈夫的"他"的生存价值、道德取向,从而为"我"的奋斗找到合理的理由。应该说,作家的这种思考深度在当时都是极为独striking而深刻的,但没有获得评委们应有的重视。是评委们自身的评判水准所限,还是因为这些作品与当时的主流意识不合?

第三届:守旧与迎合

如果仅仅从获奖的意义上来重新审度第三届全国中篇小说奖,我们会欣慰地发现,遗憾比上一届更少。大凡具有一定艺术质量的作品大多进入了获奖者之列,遗珠者的确只在个别。

但是,这并不意味着本届评奖就相当合理和公正。因为另一个事实必须引起我们注意,那就是在它以得票数多少为序列的名单上,明显地存在着一些排名上的不合理倾向。正是这些不合理的排列,潜示着本届评委在具体审评过程中某些观念上的守旧和艺术尺度上的失范。试想,倘若我们将获奖篇目减少到十部甚至五部,那么就会有相当一部分颇具价值的作品遭到淘汰,其不公正性就会暴露无遗。

所以我个人觉得,如果全面、科学地从中篇小说的叙事艺术角度来重新评审本届获奖作品,它的前十部作品应该这样排列更为合理:① 阿城的《棋王》;② 陆文夫的《美食家》;③ 郑义的《远村》;④ 邓友梅的《烟壶》;⑤ 王润滋的《鲁班的子孙》;⑥ 朱苏进的《凝眸》;⑦ 冯骥才的《神鞭》;⑧ 张承志的《北方的河》;⑨ 张贤亮的《绿化树》;⑩ 李存葆的《山中,那十九座坟茔》……后面的十部作品已没有多少秩序上的意义,因此无论谁前谁后都不太会在审美价值上造成颠覆和混乱。

然而历史并不是随便可以改写的。我们唯一能做到的,只能是面对既成的评奖现实,进行一种理性的再审视和再梳理。

　　从创作整体上看,这两年的中篇小说无疑比前两年在艺术质量上有了相当大的突破与提高。作家们已不再盲目地对社会主流意识进行相当肤浅的情绪化表达,也不再对历史悲剧与个人命运进行简单的责任推诿,作家的自我中心情结得到了有效的控制,叙事开始由社会表象转向生存的背后。大量作品不仅在人性的内在层面上有了更为深入的探索和思考,而且对传统文化的本源性也开始进行更为客观的审视与穿透,形而上的审美追求变得更为明确。因此,如果就叙事自身的历史厚度和艺术深度而言,《棋王》当堪称第一。这部小说不但成功地超越了以往知青小说的创作模式,还将中篇小说有限的审美内涵引向了极为庞大的传统文化空间中。从故事表层上看,阿城似乎只写了王一生对吃和下棋的专注,用吃——这个生存的基本条件来本能地对抗物质上的困顿和折磨,用下棋——这个传统而又简单的娱乐方式来消解精神上的苍白和无聊。在那个物质和精神都极度贫乏的年代,作为知青的王一生不可能不承受着更多的肉体折磨和精神制约,然而他却并不像其他知青那样,处处带着狂热的理想与艰苦的现实进行着轰轰烈烈的搏斗,而是以一种少年老成式的恬淡、悠闲对视着历史的苦难。这里,阿城的智慧就在于他以中国传统文化中的大智若愚作为人物的精神本源,化解了当时一些作家对知青苦难的外表化书写,而将历史的疼痛真正地插入人物的心灵之中,让他以一种平静的方式自我咀嚼历史与命运的嘲弄。因此,在他那种毫无奢想、但求衣食温饱、寄情棋道的表象背后,内聚着满腔的孤愤、怅惘、压抑和失落,这无疑更具有情感的冲击力。同时,由于王一生在选择下棋这一精神自慰方式的过程中,始终将下棋与传统文化上的悟道紧密地关联在一起,又使得这部小说对传统哲学中人的生存方式与理想有着更为深远的观照。王一生不断地讲吃,时常以一个入世者的面孔游离于人群之中,而当他一旦进入"棋道"下起棋来,则精神灵智立即升腾高扬,仿佛超越了物我人矣、时空因果,与天地聚为一体,达到了一种宗教般的空寂境界。这种叙事不仅在他的人格内涵中注入了极为丰厚的儒道式生存哲学,使整个小说带着文化上的寻根意味,还将传统文化中有关入世与出世的方式纳入到现实观念之中,进行了别样的重新审视。此外,我们还不能忽视《棋王》在叙事话语的运作上也表现出了惊人的练达与准确。它有意排除对故事情节的悬念性营构,在事件的发展过程上可谓惜墨如金,以一种散文化的语调推动叙事,而当人物一旦进入精神内部的临界状态,则细摹精描,使得王一生的心灵境界常常在下棋的状态中出神入化,具有深远的审美指向。而如果我们再回头看看名列榜首的《山中,那十九座坟茔》,除了对我国军事文学中的悲剧艺术有所开拓以外,在审美内蕴上实在无法与《棋王》相比。但是,为什么它能够获得评委们最多的票数?我想除了这部作品本身带有较强的情节冲突,更容易在阅读上产生较大反响外,还在于它更能迎合评委们的守旧心态和当时的主流意识,而《棋王》在这方面则稍逊一筹。

实际上,对小说叙事中故事性的严格把守,对传统现实主义的极力迎合,使得评委们将一些明显带有主观情绪化和理念化叙事倾向的作品放到了不正常的前沿位置,譬如《今夜有暴风雪》、《没有纽扣的红衬衫》和《拂晓前的葬礼》都是如此。梁晓声的《今夜有暴风雪》尽管在故事上动用了极具冲突性的情节和悲壮性的场景,给人物内在性格的全面张扬提供了相当充分的时空境域,但是,在表现人物的整个悲剧命运过程中,作者失去了必要的叙事距离,贯穿全篇的都是创作主体自身的激情进射。过度主观化的话语流动不仅制约了人物本身的性格发展,也大大影响了小说在悲剧意义上的震撼力。《没有纽扣的红衬衫》也明确地显示出作家以强烈的情感操纵着叙事话语,使得安然这个少女在个性的全面铺展上总显得有点不够自然,特别是在她面对周围人群的曲解和批评时,作家情感的过于庇护使她失去了更多的自我反省和更深的人世感悟。《拂晓前的葬礼》则带有相当突出的理念色彩,作家是站在对当代农民的审视立场上进行叙事的,而不是将自己的审美感受与所要表达的人物进行审美同化,这使得小说在叙事过程中始终以知识分子话语基调来衍说农民的生存现实,特别是在主人公田家祥命运际遇的表述中,有着浓烈的价值评述意味。所以我觉得这几部作品完全应该列到十名之后。还有一部《迷人的海》也应如此。虽然从故事的象征寓意上说,与《北方的河》有着某些颇为类似的地方,但是无论是对人物精神的深层开发上,还是在语言的表现力度上,我觉得后者都要远远高出前者,只不过《迷人的海》更贴近传统现实主义的叙事原则,更强调对故事情节的设置和人物形象的刻画,而《北方的河》恰恰想摆脱那种故事化的圭臬,导致了它们在评奖中各自处在了相反的位置。

同时,我对《凝眸》、《神鞭》和《绿化树》被排在前十名之外也深感不解。严格地说,这三部作品不仅在故事性上都有着相当突出的优势,而且还充分发挥了中篇小说内在的文本空间,在叙事技术上作出了相当可贵的探索和创新。如《凝眸》不仅袭用了《射天狼》等作品的写实性话语,还有意识地借鉴了一些现代叙事技巧。整个作品采用一种放射式的结构,在朦胧、迷离以至带有某些神秘的氛围中,把大量的叙事空白留给了读者的再创造。作品不只是简单地再现情节发展上的线性因果关系,而是不断地强化叙事的情感氛围,着意于拓宽我军战士古沉星在观察镜中看到来自台湾方面种种情况后极为复杂的内心波动,其中不仅有来自父辈的家耻,来自当代军人的历史使命和神圣职责,还有来自民族根源上的血脉亲情,来自人道主义的自觉维护……正是这些带有价值对立性的文化冲突纠集在古沉星的内心之中,大大加深了人物意识的内在深度,使小说在审美上既有强烈的当代意识,又有深厚的历史纵深感。

《神鞭》由于其叙事表层带着明显的传奇色彩,可能被评委们以通俗化的眼光作了简单的审美认定。其实,这部小说在今天看来仍是一篇不可多得的、带有浓厚的民族文化寓言式的中篇佳作。从叙事载体上看,冯骥才选择"神鞭"这个极具传统文化表征特色的意象,不只是用它作为某种故事情节的纽带和虚构传奇人物的中介物,还将它作为对传统文化进行现代审度与拷问的一个契口。小说正是通过对这个独特的历史文化意象的重新演绎,让傻二用他的辫子在扫遍天下无敌手时,最后却惨败在洋人的洋枪洋炮下,使古老守旧的中国与开放迎纳的异域构成了某种生存观念上的比照,从而让我们感受到,在这里作家已不再把它仅仅当作对历史文化进行讽刺和揶揄的对象,而是摆脱了以往认识历史常采用的"进步——倒退"这种二元对立的观察视角,代之以新的二元转换和依存的评判立场,使之成为民族文化中集智慧与愚昧、勇敢与盲目、英雄气概与精神胜利的悲剧根源于一体的一个象征。而且,在叙事手段上,作家还大量地运用了荒诞、象征、反讽等手法,将传统的现实主义、古典文学中的白描、历史风情画的展示、民间故事的吸纳和俗文学中的悬念设置交汇在一起,为我们提供了一种多元的立体的叙事形式。而这些,似乎并没有引起评委们的足够重视,导致了它竟名列十七位之遥。

《绿化树》之所以没有得到更多的选票,可能在于这部小说一经发表便卷入了相当浩大的、长时间的争论之中。由于这部小说的内核触及到了知识分子精神信仰问题,特别是章永璘在思想改造过程中体现出来的价值观的冲突,使得一些争论不可避免地带有一定的政治性;同时它又第一次把人的本能问题与历史苦难连接起来,试图从性的角度来注解知识分子由精神磨难而导致肉体萎顿这一因果式的推论,这无疑又触及了当时意识形态最为敏感的部位,所以对于一些观念较为守旧的评委自然难以接受。当然,从客观与公正的立场上说,评委们应该只针对作品本身的艺术价值说话,应该关注作品是否在人性深度上有所揭示,但在具体执行过程中这种法则只能成为一种神话,尤其是对《绿化树》这样曾卷入政治与伦理双重争论的作品。

最后我们还不可思议地看到《鲁班的子孙》竟没有进入获奖者之列。如果从叙事上看,这部小说明显要比《老人仓》在艺术上成熟一些,但是从立意上看,

《老人仓》直指当时农村中的一些时弊,批判的目标和作家的价值立场都相当明确,与社会崇尚的道德尺度没有任何抵牾,而《鲁班的子孙》却出现了一些引起争议的思想倾向,特别是在老木匠的儿子秀川身上所表现出来的某些自私、贪婪、虚伪和冷酷,作家只是以一种再现的方式加以叙述,而没有明确地体现自身的批判立场,容易使人们产生某种道德上的错觉。事实也是如此。大量的争议都集中在作家为什么在农村改革中塑造黄秀川这个人物上,有的论者甚至认为作者"为了宣泄""道德方面的主观义愤而牺牲了社会冲突蕴含着历史内容","在政治上是不正确的"①。这种带有上纲上线意味的评论很可能也给评委们的心理造成了某种意识形态上的压力,以致外在化的主导意识最终压倒了他们对小说艺术本身的维护,《鲁班的子孙》被意外地"遗忘"了。这种"遗忘"正表明了本届评奖的对某种核心意识的迎合。

第四届:容纳与平衡

无论人们承认与否,1985—1986 年对于中国当代小说的发展都具有革命性的意义。它至少完成了人们在叙事观念上的彻底变革,使作家们明白了小说作为叙事艺术,不应该只强调"写什么",还必须更注重"怎么写"。作家在文体意识上的觉醒,引起的不只是小说在文本形式上的巨大变化,同时也促动了人们对于叙事本身在艺术价值上有了更为全面的认识。这种认识带来的良好后果就是,一些思维活跃的作家已率先一步领悟到了中篇小说自身的文体优势,并能自觉地摆脱短篇或长篇小说在叙事上的某些规约,充分地发挥中篇应有的文本空间,不但在叙事结构、视角选择和话语表达上广泛地进行审美探索,而且在人生体验和作品立意上也不断地进行开拓,真正使中篇小说的审美特征获得了全方位的展示。

在叙事结构的变革上,马原的《冈底斯的诱惑》、洪峰的《奔丧》等作品都成功地颠覆了以往中篇小说对故事线性发展模式的依赖,将叙事圈套、文本的多重组构引入到结构之中,使结构自身成为一种"有意味的形式"。

在叙事视角的突破上,莫言的《红高粱》、徐小斌的《对一个精神病患者的调查》等作品完全将叙述者与作家分离出来,使叙述者以独立的身份操纵话语自身,并在必要时让不同的叙述者不断地进行变换,从各种角度多方位地展示故事的发展状况。

在话语方式的探索上,王朔的《一半是海水,一半是火焰》、《橡皮人》,残雪

---

① 曾镇南:《也谈〈鲁班的子孙〉》,见《文艺报》1983 年第 11 期。

的《山上的小屋》、《苍老的浮云》等作品都彻底地摆脱了以往正统叙事的话语模式，还语言自身以个性特色，使语言带着更为明确的个体风格和价值特征，在最大范围内贴近人物性格和故事发展的内在逻辑。

在审美观念的反拨上，韩少功的《爸爸爸》、《女女女》，王安忆的《小鲍庄》，乔良的《灵旗》等小说开始自觉地逃离对既成现实观念的遵循，反叛以往作家对传统文化和思维定势的整体维护，并将反思的目光延伸到现实之外的历史、文化乃至生命本体之中。

在生存价值的思考上，刘索拉的《你别无选择》、郑义的《老井》等作品也开始反叛以往小说中仅仅把人当作社会群体中的一员来看待、过于突出人的社会性价值的某些偏颇，而更注重对人作为个体存在在生命本体上的价值和人性自我张扬与恢复上的意义。

这些作品从各个方面对中篇小说这一独特文体在叙事上的可能性都进行了积极的探索，不仅在艺术上取得了较高的审美价值，甚至成为中国当代文学史中不可忽略的作品，而且对作家本人而言，许多作品直到今天仍是他们的代表作。

应该说，面对中篇小说在创作态势上一片灿烂的现实景观，本届评委们还是体现了审美观念上的某种容纳性。细察本届十二部获奖作品，《小鲍庄》、《红高粱》、《灵旗》、《你别无选择》这四部带有明显文体探索意味的作品能够进入获奖者之列，并占据了四分之一的份额，至少说明评委们对小说探索给予了一定的关注。也许，评委们已经感觉到，现实主义审美原则经过数年的霸权式统领，已经给中篇小说的叙事造成了一定的模式化、概念化倾向，使得中篇小说这一原本具有相当灵活和自由的文本空间受到了某种制约，再加上当时西方现代主义思潮的大量涌入，尽管这种思潮与特定历史语境中的主流意识并不相符，但它们的确以其全新的审美观念给国人以某种启迪，并促动人们在艺术观念上与世界同步的强烈愿望。所以，在这种虽然来自民间、但有着强大公众呼声的审美态势面前，评委们不能不考虑到自己的行为与公众要求之间必须保持一定程度上的趋同性。

但是，客观地看，这种容纳姿态又带着相当明显的保守性质。因为入选的这四部小说，在很大程度上其审美立意都具有某种"积极"的倾向。《小鲍庄》尽管在结构上完全改变了故事的线性逻辑，以多头并进的叙述方式对故事进行了立体性的观照，并将创作主体的理性思考延伸到了对文化传统与现实生存之间关系的质疑上，但是，由于少年捞渣的英雄行为构成了整个作品的中心题旨，使小说对传统道德规范中的某些仁义品质得到了一定的弘扬，从而在寻根的过程中有着一定的积极意义。《红高粱》也同样以一种英雄叙事在我爷爷与我奶奶的生命注塑中体现了大量的人格精神和民族尊严，悲剧之中蕴含着普通国民可贵的民族凝聚力。《灵旗》更不必说，在那种充满神秘的话语氛围中，尽管隐含着作家对红军反围剿过程中某些错误指挥的批判，但是由故事本身所展示出来的，仍然是对英雄主义的颂扬，对牺牲品质的礼赞，对正义的褒奖和对邪恶的鞭挞。而《你别无选择》看似对现实社会的生存方式和价值理想构成了一定的反讽，但这种反讽更多地是基于人物的个性，或者说仅仅是一群青年内心中的某种躁动与不稳定的情绪波而已，并没构成对主流价值的对抗，也谈不上对社会整体秩序的解构。更为重要的是，这部小说一经发表，便引起了相当大的社会反响，成为青年读者四处传诵的佳作，所以评委们同样也给予了特别的宽容。

实际上，这种宽容在今天看来并不代表着本届评委真正从审美的角度对新潮叙事给予了积极主动的肯定，在很大程度上只是评委们面对多元化的极为丰富的中篇创作现实而又想固守传统现实主义叙事的真正立场所不得不进行的一种被动式的平衡。因为这几部新潮作品尽管具有相当深厚的艺术内蕴，但它们并没有处在获奖名单的前沿位置。名列本届获奖名单前三名的作品是《桑树坪纪事》《军歌》和《一路风尘》，都是传统现实主义的代表性作品，无论故事的结构还是叙事手法都没有任何现代意义上的突破，只是在主题学上对社会和历史有一定程度上的反思和重构。也就是说，这三部作品并不是依助形式上的成功尝试来赢得自己声誉的，而是依然靠作家对生活的某些新的思考获得评委们欣赏的。另外的一些获奖作品无论在叙事形式上还是在审美内蕴上都显得相当平庸，所以它们虽然也非常侥幸地进入了获奖者行列，但时间之手还是很快地将它们推出了人们的记忆之外，以至于今天已鲜有人再度提及。同时，如上所述，我们还看到入选的四部新潮作品在主题学上都带有传统观念可接受的立意，因此，我们有理由认定，它们的入选是基于评委们面对整个创作思潮和公众愿望所进行的一次小小的权衡。

然而这种权衡并没有从根本上使本届评奖走向科学与公正。因为在这种辉煌灿烂的创作现实中，绝大多数极具开拓意味、有着相当精深的审美内蕴的作品仍然被拒于获奖者之外，这不能不引起人们的忧伤和遗憾。

今天看来，这种忧伤和遗憾的最大之处首先是对马原《冈底斯的诱惑》的拒绝。我个人认为，拒绝这部作品获奖，不仅是马原个人的损失，实际上是评委们对整个新时期中篇小说发展态势在认知上的严重失误，因为这部小说不仅自身具有特定的审美价值，而且在新时期小说发展史上有着不可替代的里程碑意义。

它的史学价值丝毫不逊于刘心武当年的《班主任》。就像我们谈起新时期的伤痕文学时必提《班主任》一样，在论及中国当代小说叙事变革时，我们必须抛出马原和他的《冈底斯的诱惑》。它将中篇小说在叙事上的种种智性特征作出了开创性的探索，首次使人们真正地理解到了形式——这个一直屈从于内容的话语载体，其自身同样具有无穷的审美指向，可以说是对中篇小说叙事的多种可能性作出了突破性的尝试。事实也是如此，由马原首创的这种对叙事形式的革命很快以烽火燎原的气势在中国文坛上席卷开来，并彻底地改变了所有作家对小说叙事的审美观念。对这样一部带有原创意味的作品没有给予应有的关注，可谓是本届中篇小说评奖对自身的某种历史嘲弄。

其次，这种忧伤和遗憾还表现在对韩少功《爸爸爸》的遗弃上。作为寻根文学中最具代表性的作品，《爸爸爸》尽管不足三万字，但却有着极为惊人的艺术容量，湘山鄂水，祭祀打冤，迷信掌故，服饰仪器，乡规土语，全都囊括其中。然而更为重要的是，无论是它的人物，还是人物的言语以及故事本身都带着明显的寓言性质，"它像一把有许多匙孔的锁，可以用不同的钥匙去打开。它的语言表层和精神内涵都具有一种震慑人心的效果。叙事语态或晦涩、或沉重、或幽默、或粗野、或俚俗、或促狭、或警示、或象征、或感慨。丙崽和他娘、祠堂、鸡头峰和鸡尾寨、树和井、仁宝和父亲仲满、谷神、姜凉与刑天，每个词组后面都联系着一种久远的历史，并把它的阴影拖进了现代。人性在那种生存状态和文化氛围里以特殊的形态表现出来，它被某种神话、习俗和人伦所淹没。这部小说尽管非常地凝重、峻冷和超脱，我们仍然能够觉着生命的活力，以及深沉的感悟与忧虑。在它的字里行间时时透出激动人心的意味，使我们浮想联翩①"。这部作品实际上以其极为开放的叙事文本为我们提供了解读传统文化的多种可能，不仅在叙事形式上激活了话语内在的信念承载力，而且在对传统文化的根源性探讨上也展示了作家多方位的深层思索。它实际上非常全面地体现了中篇小说在文本上极为丰厚的审美负载力，但它没有被列入评奖者之中，使我们对评委们的审美能力产生了怀疑。

当然，更多的忧伤和遗憾还来自于那些在此后小说叙事和大众接受中都产生过广泛影响的作品的落选。譬如郑义的《远村》，张贤亮的《男人的一半是女人》，残雪的《苍老的浮云》、《山上的小屋》，以及王朔的《一半是海水，一半是火焰》等等。我不想再一一分析这些小说的审美价值以及它们在新时期中篇小说

---

① 《探索小说集》，上海文艺出版社 1986 年 9 月版，第 43 页。

乃至整个小说史中的意义,因为此后的历史发展和众多的作家评论家都已为它们进行了充分、合理、全面的辩护。

忧伤是无处不在的。当我们带着忧伤的眼光来重新回顾本届评奖,我们确实难以找到更客观的理由来替评委们开脱。也许有人会认为,本届评奖的失位,在某种程度上可能与中篇小说自身的多元化灿烂景观有着一定的关系,因为在多元化的创作现实面前,评委们有可能更难把握审度的标尺。这种看法显然不能成立。倘若依此观点,诺贝尔文学奖似乎可以终结了,因为它要对全世界文学创作中各种文体、各种审美风格进行艺术评判,岂不是无从下手? 而况,中国的这种多元化创作格局,几乎在任何一个发达的国家中都早已存在,难道他们那些带有悠久的、极具声誉的文学奖都是用抓阄弄出来的?

第五届:倾斜与失位

历史以其复杂的脚步迈入了九十年代。当人们将这一全国性的评奖渐渐地从失望的记忆中遗忘时,中国作家协会又带着某种历史的使命感和在市场大潮中重振文学雄风的良好愿望再度重续评奖行动。于是我们看到,在1995—1996年度的中篇小说获奖名单中,出现了十部获奖作品,并且在这十位获奖者中,除了极个别的作家曾在以往的全国奖中出现过外,其余几乎都是全新的阵容。

但是,这十部获奖作品并没有给人们期待已久的心里带来多少欣慰。甚至,它比以往的任何一届中篇小说评奖都更让人们感到失望,或者说更为彻底地暴露了自身平庸的特征。

我这样说,并不是出于个人的某种偏狭。作为唯一一种全国性的、由专家负责评审的小说奖,它存在的唯一理由就是必须评出这两年里全国中篇小说中最为优秀的作品,从而使自身评奖行为对将来的中篇小说发展产生一定的导向作用。在文本的第二部分,我们曾全面地分析了中篇小说在审美上的诸种特征,并突出地强调了它作为介于短篇和长篇之间的一种特殊文体在叙事上的自由度。如果说以往的中篇创作(特别是1985年以前)是因为受传统现实主义观念的制约,其应有的叙事自由度并没有获得全面的展示,那么,在经过了1985年的文体革命之后,中篇小说的叙事灵活性已经全面苏醒,并被作家们广泛地运用。可以说,就创作本身而言,这两年的中篇小说在叙事技术上已比先前任何一个时期都要成熟,而且也产生了不少颇为优秀的中篇小说。但是,审度本届获奖的全部作品,并没有出现我们所期待的结果。

大约是受所谓的"新现实主义冲击波"的影响,本届评奖的一个显著特征就是向现实主义小说的全面倾斜。获奖的十部作品中除了位居最后的一部——徐小斌的《双鱼星座》带有一定的现代主义审美倾向之外，其余都是明确的现实主义之作。当然，从艺术上看，文学创作并不存在着各种主义孰优孰劣的问题，关键在于这些"主义"在作家具体的实践过程中是否充分地发挥了它的审美价值，作品是否具有深厚的审美意味，即，它是否在文本形式上体现了某种有意义的开拓；在内蕴表达上是否具有独特的精神蕴涵，譬如对自然、社会、自我以及人类生命本体的理性洞悉，对人生命运根本性缘由的深入思考，对现实社会道德信仰、危机及其重建等问题的密切关怀等等；在话语运作过程中是否具备某种形而上的沉思。也就是说，无论是现代主义、现实主义还是后现代主义，其自身并不具备艺术价值上的高低，它们都有可能产生经典性的作品，重要的是作家对它们的成功运用。因此，本届评奖有九部获奖作品都带有现实主义审美特征，这本身并不意味着有什么不公，关键在于这些现实主义之作并没有多少丰厚的审美价值。譬如名列榜首的《父亲是个兵》，无论是叙事形式上还是审美内蕴上都没有超过十年之前莫言的《红高粱》，充其量只不过是对周梅森的《军歌》之类作品的简单翻版，而且对人性内在本质的揭示上还不及《军歌》的复杂，洋溢在话语表层的那种激情主义倾向虽然能给人以某种情绪上的感染，但是只要稍稍地与文本保持一点距离，我们就会看到，这种激情不是来自创作主体在灵魂深处与叙事对象进行高频式审美交流的结果，而只是作家在话语表达上惯常使用的某种自觉行为。名列第二的是林希的《小的儿》，这部小说完全只是一部带有一定通俗意味的市井小说，虽有那么点儿对传统文化的思考意味，但远不及多年前冯骥才的《神鞭》、《三寸金莲》等作品，无法给人提供更多的回味余地。故事只能给人们留下一些形而下的历史生活场景的还原过程，根本不具备某种形而上的理性深度。再譬如李国文的《涅槃》，不仅话语表达过于浅显直露，而且故事充满了主观化的叙事色彩，尤其是那个与作家自身价值相符的叙事人，完全带着一种评论者的使命而不是叙事者的责任在操纵着叙事过程，使得小说无论是对主人公白涛还是对白涛的情人谷玉的塑造，都带着明显的理念化倾向，根本不具备某种叙事的客观性。如果纯粹地从叙事角度来审视这部小说，我个人认为它并不是一部成熟的作品，它仅有的意义只是为人们提供了一个带有强烈的世俗倾向的老诗人在现实生存中极为尴尬的生活表象。我这样说不是想对这位勤于笔耕的老作家有什么不敬，从早年的《花园街五号》到近期的《垃圾的故事》，李国文都创作了一些颇具特色的作品，但是，《涅槃》确实不是一部成功之作。评委们将它纳入获奖之列，让人无法信服。这一点我相信不久的将来,历史便会作出结论。

实际上,在这九部现实主义作品中,只有东西《没有语言的生活》具有相当独特的审美价值和深厚的思想内蕴。从叙事对象的组合方式上看,《没有语言的生活》的确经过了作家精心的安排,但这种安排之所以没有暴露出任何人为的痕迹,就在于作家以其极为深厚的生活底蕴和水到渠成的情节设置作出了灵活的铺垫。从叙事方式上看,东西成功地运用了一种喜剧化的话语形式来表现悲剧性的平民生活,使得这篇小说摆脱了以往乡土小说的某种滞重性,折射出明确的现代意识和独特的艺术智性。在对人物命运的悲剧性展示中,作家既沉入故事本体之中,又超越于故事形式之外,通过王老炳这一家中聋、哑、瞎三人不断遭受的苦难,揭示了在现代文明尚难以企及的中国乡土社会中百姓蒙昧而又愚顽的生存本质,同时又从更深的层面上,通过这一家三口带着各自的残疾执着地寻求着对痛苦的表达和宣泄、对亲情的理解与沟通,给人以强烈的精神震撼。特别是最后,王老炳的孙子王胜利终于以一个健康人的形象诞生在这个家庭之中,然而他上学的第一天带回来的一首顺口溜却是对自己家庭的自渎。这种行为一下子将小说的审美旨向延伸到故事之外,使我们不得不重新审视人类肉体健康与精神健康之间的关系。而在我看来,《没有语言的生活》表面上是为了展示没有语言的生活给王老炳一家所带来的不幸与尴尬,而实质上,它意在呈示另一种更为可怕的不幸与尴尬,那就是来自精神与人格上的残疾。这才是构成人类一切悲剧的根源。所以,这部小说的获奖,的确给人以某种安慰。

徐小斌的《双鱼星座》虽然排名最后,但它的获奖同样也给人带来了一丝慰藉。无论从哪个角度来看,这都是一部有着独特蕴意的小说。尽管它在副题上标出了“一个女人和三个男人的古老故事”,但它并没有陷入古老的男欢女爱、争风吃醋之类叙事模式之中,而是以一种强烈的隐喻化手法,赋予三个男人以权力、金钱和欲望三种能指,使他们带着这三种社会生存的主体性话语,共同构筑成以男性为内核的社会话语中心。正是在这个由历史长期形成的生存语境中,美丽而纯洁的卜零出场了。但是,她的出场,不是为了检视这个男性话语的具体功能和它的真正作用或后果,而是以解构的方式,用生命自身作为手段来击毁男权主义的虚假表象,剥开由权力、金钱和欲望垒筑而成的社会中心形态中的真实面目,从而达到反抗和消解男性集权社会的目的。这里透露出创作主体明确的女权主义哲学倾向,使人们有理由相信,“一个完全成熟的女人是埋藏在男性世界中的定时炸弹,是摧毁男性社会的极为危险的敌人"①。

尽管我们能够从本届获奖作品中找到一点零星的安慰,但是与这两年里中篇小说在整体上的灿烂景观相比,我们依然感受到一种由于评奖的严重失位而产生的深深的悲哀。至少,就我个人的阅读视野来说,这两年中,像陈染、万方、王小波、方方、尤凤伟、王安忆、格非等一些十分活跃的作家都曾发表过大量颇具审美价值的中篇。譬如尤凤伟的《五月乡战》不仅在故事表层上成功地讲叙了一个颇为精彩的历史事件,而且在故事内层对人的个体生命与历史际遇之间的关系也进行了生动而又颇具深度的拷问。作为一个贪恋于个人欲望、终日纠缠于个人私情恩怨的卑琐男人,高金豹无论于家仇于国恨中都是一个地地道道的倒行逆施者,但他终究无法逃离历史语境的制约,无法摆脱作为一个家族的人、民族的人、历史的人在生命中所必然拥有的责任意识和价值标尺,所以最后在血与火的洗礼中终于将自己的生命画上了一个辉煌的句号。这种既具有形而下的生活质感,又具有形而上生命思考的叙事过程,无疑极大地充实了中篇小说内在的审美空间。方方的《埋伏》也是一部不可多得的中篇佳作。它以叶民主的庸常生命在一次充满荒谬意味的守伏中偶然抓住重大罪犯而获得改写为主线,将生命的必然性和命运的偶然性进行了一次颇有意味的撞击,使小说的内蕴不仅延伸到对我们现实社会里的功绩、荣誉等概念的反思,还对人生命运的过程与目的进行了某种现代意义上的审视。王小波的《2015》则是一部对现代社会里人类生存的荒诞性有着极为独到的表现之作。小说将叙事时空定位在未来的某个历史格局上(即 2015 年),通过叙事者"我"站在更远的时间维度上来对小舅王二的生命际遇进行某种追述。这里,王小波以极高的艺术智性将创作主体对人生的悖谬状态隐含到故事的流程之中,通过冷酷式的幽默话语和奇谲的环境想象使小舅王二的生命处于完全不可理喻的状态。王二因为在绘画中无法与现实经验接轨,所以也就无法取得现实生存秩序中的合法性资格,于是他只能以偷卖自己的画作为生,并因此而成为现实法则的惩罚对象。而当他被送往某个遥远而荒漠的碱厂劳动时,却与女看守过起了伊甸园式的生活。现实的惩罚转变成情感的慰藉,一切在现代文明长期培植下的理性、秩序和价值形态,都失去了应有的作用和意义。同时,在叙事的最后,王二那让人晕眩的绘画在电脑中只是一个最为简单的复制艺术……一切既成的思维定势和价值观念被作家不断地自行消解,人物的命运及其行为在本质上成了一种充满悖论的怪圈。正是这种怪圈

---

① 　徐小斌:《逃离意识与我的写作》,《当代作家评论》1996 年第 6 期。

构成了作家对现实生存秩序及其观念的有力反讽与质疑。我以为,在文本深处,它透露了作家内心之中那种加缪式的存在伤痛。陈染的《破开》则在对女性经验的个人书写中,非常强烈地展示了现代社会中妇女对历史所赋予的自身角色的极力反抗,有着相当独特的理性思考。格非的《时间的炼金术》和万方的《未被饶恕》《和天使一起飞翔》等作品则通过对人的本能力量的着力展示,以某种极致化的审美法则将人类生命纳入了自然愿望与文化境域中进行拷问,从而揭示出人的某些根源性的伤痛。限于篇幅,我不可能(也无必要)对更多的优秀作品进行更深入的具体分析,以上这些例证已足以说明本届评奖存在着相当严重的失位倾向。

也许有人会说,谈歌的《大厂》没有入选是否也表明评奖的某种失位?我的看法刚好相反。这篇小说虽然迎合了当时的现实氛围而广获好评,但是叙事话语显得十分粗糙,而且它所触及的故事内核仅仅局限于对社会表象问题的展露,相当于本世纪三十年代极为流行的"问题小说",根本不具备任何理性的深度。评委们还能冷静地撇开喧嚣不已的公众阅读视域作出自己的审美判断,多少让人感到一丝安慰。倒是刘醒龙入选了他的《挑担茶叶上北京》,而没有入选《分享艰难》有些让我意外,尽管这两部小说都没有多少更深的值得品味的意蕴,但从叙事上说,后者要比前者更成熟些。

五 无尽的追问

为什么诺贝尔文学奖有着如此巨大的吸引力?我想,最关键的地方有两点:一是它的获奖数量少,每届只有一位,面对全世界的文学创作,层层推选,直到最后确定一位获奖作家,这样确保了它的评奖质量。任何滥竽充数的机会都不复存在。二是它长期确保着自身艺术至上的审美原则。它似乎很少考虑到作家在社会上的声誉,或者他的作品在公众视域中的反响,而只针对他的艺术成就。这种倾向在本世纪的后半个世纪越来越明显。的确,认真地回顾诺贝尔文学奖,我们会看到它在五十年代以前还是带着一定的政治意识来操作的,特别是前苏联的某些反对派作家的获奖,存在着不同程度的西方中心主义倾向。但是,近些年来,它却频频地爆出"冷门":墨西哥的诗人帕斯、美国的黑人作家莫里森、法国的喜剧作家达里奥・福、葡萄牙作家萨拉马戈……这些作家正是在诺贝尔奖中确立了自身在世界文坛上的独特地位,或者说,他们的获奖从某种程度上确证了诺贝尔文学奖的评委们公正与科学的评奖态度。因为这些作家大多数并不是西方强权社会的代言人,评委们在确立他们作为获奖者的同时,已经将充分的获奖理由公之于众。这些授奖理由(即授奖词)足以为人们对这一奖项的科学性与公正性进行全面审视提供了依据。

而我们的历届全国中篇奖都没有评奖理由。没有授奖理由使我们无法判断其评奖过程的科学与公正,也是我们对历届全国小说奖不断地产生怀疑和逐渐丧失信心的重要原因之一。一项评奖的权威性是建立在它的科学性与公正性之上的,而科学和公正与否,必须要有明确的执行标准和授奖理由以供世人的检视和监督。只有不断地接受来自各方的监督和建议,才有可能使这项评奖渐渐地走向完善。实际上诺贝尔奖也是如此。它之所以越来越具有世界声誉,就在于它越来越注意修正自己的某些不足,不断地扩大授奖的视野。这也是本文再度引述诺贝尔奖的真实目的。在我看来,正是缺乏相对明确的、固定的、可以接受公众和历史检阅的中篇小说评奖标准,才导致了全国中篇小说奖几乎是越来越走向失位、越来越失去公正这一令人伤痛的结局。

如果进一步地反思,我想关键还在于人们对中篇小说的文体特征一直缺乏相应的关注。正如本文第二部分所述,中篇小说在文体上有着自身独有的特点,而我们要评选出优秀的中篇,就应该时刻依照它的基本特点进行审度和打量,看看它是否激活了某些叙事成分,是否将中篇小说的文体带入了一个富有开创性的领域,是否成功地在文本中聚合了更为丰富的审美向度,是否在话语的运作过程中体现了个人独到的生命体验等等,而没有这些相对科学完整的理论参照,评委们自然失去了重要的判断标尺,所以科学性也就无法维持。也许从客观上说,要确保每次评奖的绝对公正似乎是不可能的,但是,至少它不能对一些经典性作品产生遗漏,而事实上,像《爸爸爸》、《冈底斯的诱惑》等作品都流失在获奖者之外,这无论如何都让人难以接受。

由于缺乏对中篇小说审美特征的严格维护,评委们在具体的评奖过程中就不可能不受到一些非艺术因素的干扰。譬如在历次中篇小说奖中,我们就可以非常明确地看到,主流意识和社会阅读反响时常左右着评委们的判断视线,几乎成了他们进行评奖的两只拐杖,使他们总是在这种艰难而又尴尬的两难中不断地进行权衡,而在这种权衡过程中,付出最大代价的当然不是评委们自身,而是一些真正优秀的中篇小说。特别是那些既无法迎合主流意识倾向,又不可能在大众意义上赢得广泛赞颂,而在艺术探索上又确实有着开创价值的作品,更不可能获得公正的竞争机会。正因为存在着大量的有着更高审美价值的小说落选,最终也就导致了人们对这种全国性评奖的冷漠和怀疑,对它的权威性也就无法认同。

另外,我觉得之所以造成历次全国中篇小说评奖越来越显得不够科学与公正,还有一个相当重要的内在原因,即评委们很难与作家在小说艺术的内在审美价值上进行同一高度的对话。新时期伊始或者说1985年以前,作家基本上都是恪守着现实主义审美原则来进行小说创作,无论是叙事形式还是思想内涵,对评委们的审度习惯和鉴别能力来说,都不存在着太大的障碍。也就是说作家与评委们基本上能在同一个艺术维度上进行审美交流,所以前几届的中篇小说评奖虽然也出现一些失位现象,但总体上还是让人满意的,至少没有多少人对它失去信心。而在1985年之后,随着现代叙事观念的全面介入和作家在文体意识中的自觉醒悟,小说在审美上发生了巨大变革,特别是各种现代哲学思潮又渗透到一些作家叙事过程中,更加深了小说在审美表达上的丰厚性和复杂性。而中篇小说由于其自身文体的优势和内蕴空间的相对广阔,这种丰厚性和复杂性尤为明显。许多带有先锋意识的小说往往集纳着十分庞杂而丰富的审美信息,需要相当全面的现代知识结构才能正确地对它进行阐释,这势必给评委们造成了一种艺术判断的困难。客观地说,真正科学的、公正的评判不只是需要评委们与作家保持着相同的艺术高度,还要求他们必须站到比作家更高的艺术维度上,才能以一种俯视的姿态作出更为全面的评价。但是事实是,评委们甚至在某种程度上无法与作品进行同一维度的对话,所以随着小说创作本身越来越走向成熟与丰富,评奖也就越来越显得难以公正和合理。

顺便说一句,这种情况不仅出现在评奖过程中,其实也出现在大量的评论文章中。很多批评家在理论积累中或者说在思想深度上都难以同作家保持着某种同构关系,所以当他们对各种现代文本进行艺术阐释时,总难以切中肯綮,使得相当多的作家对目前的批评现状异常不满,总觉得他们在从事一些隔靴搔痒的工作。

六 在期待中期待

当我怀着异常复杂而又沉重的心情对历届全国中篇小说奖进行了一番回眸之后,我必须坦言:我对这项奖的未来并没有多少信心。

但我依然习惯于期待。

把完美放到将来,把神圣交给怀想,把权威留在下一个世纪。

这也许只是一种乌托邦式的自我安慰。但是,正如创作本身离不开作家对理想情怀的关注一样,我们也同样离不开对这一全国性评奖寄以理想的厚望。因为它不仅是目前全国唯一的纯文学评奖,而且在各个方面都有能力确立自身的权威性。而当它的权威性一旦确立，无论是对我们的中篇小说创作自身，还是对它与世界文学的接轨，都有着非凡的意义。同时我们还应该看到，随着社会民主化和科学化进程的不断加强，随着小说创作与世界文化交流的日趋加剧，随着作家与评论家对小说审美价值的不断强调，特别是随着文学与社会教育、政治意识等等诸种关系的逐步游离，我们有理由相信，其艺术的独立性必然会得到全方位的加强。针对作品的艺术质量，关注作品的审美价值，这是任何评奖都必须恪守的终极原则。在经过了无数次的曲折与彷徨之后，评委们将不可能不对此更为注重。

同时我们还应该看到，随着小说理论发展的逐步成熟，特别是对各种小说文本范式研究的日趋深入，人们对短篇、中篇和长篇在文体学上的探究将更为细致、更为全面，这不仅有利于我们建全小说自身的理论体系，也将为我们对各种小说形态的审美判断提供更为完整的依据。

从现实生存境域上看，随着社会市场化生存秩序的不断完善，文学已开始逐渐地远离了它的中心意识形态地位，成为人文科学中处于边缘状态的一种人类精神活动方式。这意味着作家不再具备某种社会主导价值的代言人身份，而只是一个普通的精神劳动者。尽管这多少给那些在心理上长期养成某种生存优越感的作家带来了一些心灵的失落，但在客观上却对文学创作产生了一定的净化作用——至少它剔除了那些带着功利性的非文学目的来从事创作的人，使我们相信还能执着于文学创作的作家，大多数都是基于自身审美表达的需要，基于对文学信念的某种追求，而这无疑会为文学创作在总体水准上的提高创造一个更为纯粹的环境。从另一个方面上讲，越来越多的普通百姓面对日趋多元化的文化消费，也不会再将文学作为唯一的消费选择，这虽然会使文学在大众接受的普泛性上遭到一定的制约，但是，这也为作家进行独立叙事、为文学自身的深化提供了一个契机。一旦作家们在这种生存环境中逐步地调整好心态，那么小说自身的艺术质量也会必然地得到提高。而创作的总体水平获得了提升，评奖也会自然而然地有所进步。我想，这应该是个客观存在的因果链。

事实也是如此。在目前的文坛中，许多作家已开始了更为纯粹的创作。他们不为世俗的功利愿望，不为喧嚣的大众阅读，不为庸常的社会热流，而是冷静地针对自己的审美追求，针对自身的艺术表达，进行着认真严谨的艺术探索，有的甚至已表现出极为惊人的艺术勇气。尽管这种状态还难以在更广泛的层面上得到支持和关注，但这种努力无疑是极有意义的。

也许，这只是我的一厢情愿的虚妄式设想。

也许，所有的结果都在"也许"之外。

无边的质疑

——关于历届"茅盾文学奖"的二十二个设问和一个设想

洪治纲

必要的背景

著名作家茅盾先生于 1981 年 3 月 27 日在北京逝世。逝世前的两周,即 3 月 14 日,他躺在病榻上向儿子韦韬口授了如下遗嘱——

中国作家协会书记处:

亲爱的同志们,为了繁荣长篇小说的创作,我将我的稿费二十五万元捐献给作协,作为设立一个长篇小说文艺奖金的基金,以奖励每年最优秀的长篇小说。我自知病将不起,我衷心地祝愿我国社会主义文学事业繁荣昌盛!
致
最崇高的敬礼!

茅 盾

一九八一年三月十四日

这封信是由韦韬记录,茅盾先生亲笔签名的。从这临终遗愿中,我们可以真正地感受到茅盾先生对小说艺术至死无悔的关爱,对繁荣我国长篇小说的热切企盼。

题解 本文原载《当代作家评论》1999 年第 5 期。文章在归纳"茅盾文学奖"主要评奖原则的基础上,对该奖进行了二十二个设问,涉及很多争议问题,包括获奖作品并未体现出我国长篇小说创作的"高峰走向"、与茅盾先生的原始动机存在一定距离、评奖的标准、评奖结果的局限性、奖项的公正性和客观性、部分作品本身的争议等。文章认为"茅盾文学奖"并未按预期在中国当代的每一个作家心目中构成一种艺术的权威性,应进行改革;并从确立明确而科学的评审标准,强调对多元化小说审美理想的积极推崇,改革评委成员的组成,提高读书班的预选权力四个方面提出了设想。

中国作家协会接到这份特别的请求后,立即给予了高度重视,并于同年10月召开主席团会议,正式决定启动"茅盾文学奖"(为准确起见,中国作协将茅盾原信中的"文艺奖"改为"文学奖")①。

由于资料所限,我们无法确知"茅盾文学奖"完整的评奖条例(实际上每一届的条例都略有变动),但从有关介绍这一奖项的文章中,我们可以大体归纳出评选此奖的几个主要原则:

第一,茅盾文学奖一般为每三年一届。所评作品应是在这三年中发表或出版的长篇小说,如遇特殊情况,经中国作协书记处决定,可延长参评作品时间,但最长不超过五年。

第二,在本届评选中未能获奖、但经此后的实践证明确属优秀的长篇亦可继续参加下届评选,即参评作品的时间有下限无上限。

第三,多卷本长篇小说,一般应全书完成后参加评选,但个别艺术上已相对完整,能独立成篇的多卷本中之一卷,亦可单独进入评选。

第四,茅盾文学奖由中国作协创研部负责操办,前期进行作品征集工作,由各省市自治区作协、中直和国家系统文化部门、各地出版单位和大型刊物共同推荐初选篇目,然后在此基础上由各地专家临时组成的读书班进行认真审读,并筛选出一定数量的候选篇目,交评委会评选。

第五,评委们除对读书班提供的候选篇目进行评选外,必要时还可以由一名评委提议、两名评委附议,随时增加候选篇目,然后进行无计名投票,凡获得三分之二票数以上者即为获奖作品②。

迄今为止,"茅盾文学奖"已经历四届,累计评出十八部长篇小说(两部荣誉奖作品除外),其评奖情况及获奖作品如下:

届次　作品发表时间　评选所用时间　　获奖作品及作者
第一届　1977—1981　一年　　　　1.《许茂和他的女儿们》
　　　　　　　　　　　　　　　　　周克芹
　　　　　　　　　　　　　　　　2.《东方》魏巍
　　　　　　　　　　　　　　　　3.《李自成》(第二部)
　　　　　　　　　　　　　　　　　姚雪垠

① 参见顾骧:《我所知道的中国茅盾文学奖》,《中华读书报》1997年8月20日。
② 此点归纳参见顾骧《我所知道的中国茅盾文学奖》与胡平《我所经历的第四届茅盾文学奖评奖》(《小说评论》1998年第1期)两文中的有关介绍。

			4.《将军吟》莫应丰
			5.《冬天里的春天》李国文
			6.《芙蓉镇》古华
第二届	1982—1984	一年	1.《黄河东流去》李准
			2.《沉重的翅膀》(修订本)张洁
			3.《钟鼓楼》刘心武
第三届	1985—1988	两年半	1.《少年天子》凌力
			2.《平凡的世界》路遥
			3.《都市风流》孙力、余小惠
			4.《第二个太阳》刘白羽
			5.《穆斯林的葬礼》霍达
第四届	1989—1994	三年	1.《白鹿原》(修订本)陈忠实
			2.《战争和人》王火
			3.《白门柳》刘斯奋
			4.《骚动之秋》刘玉民

设问 1:茅盾先生为什么投入二十五万元的巨资来设立全国长篇小说奖,这是否意味着他对长篇小说有着格外的偏爱?抑或他觉得当时的长篇小说与其他的文学门类相比更亟待提高?

这是一个涉及茅盾先生设立此奖的动机问题,同时也关系到我们在具体实施这项大奖过程中是否真正理解并实现了他的真正动机。从 1981 年的生活水平来看,茅盾先生拿出二十五万元作为奖励基金,的确是个相当庞大的数目。他之所以在临终前还要设立这样一个奖项,我认为这与他对长篇小说的偏爱关系并不是很大。纵观他的一生创作,无论长篇、中篇还是短篇,都取得了相当突出的成就,尤其是他的短篇"农村三部曲"和《林家铺子》等,至今仍可视为优秀之作。而且从他生前的一系列文论来看,亦没有任何理由证明他对长篇小说格外地钟情。他在临终前提出要设立这个全国性的奖项,这与他对建国以后长篇小说的发展态势有着紧密的关系。众所周知,从 1949 年到 1979 年这三十年时间里,只有《创业史》、《林海雪原》、《山乡巨变》、《保卫延安》、《红旗谱》、《红岩》、《青春之歌》以及《金光大道》等有限的几部长篇引起过反响。作为写过《子夜》这样作品的茅盾,深知上述这些长篇的艺术水平以及它们的局限性,这构成了他的一块心病。同时他自己建国后也一直在创作长篇《霜叶红似二月花》,但由于种种原因,历时数十年都未能完成,构成了他临终前的又一块心病。他实际上一直在两块心病中煎熬并等待着。当"四人帮"粉碎之后,随着思想上拨乱反正的完成和艺术创作上自由空气的复苏,他觉得是应该了结自己心病的时候了,虽然由于身体的关系,自己已难以完成《霜叶红似二月花》,但用重奖的方式,激活作家对长篇小说的创作热情,是他作为一个文学前辈、有良知的作家所力所能及的。

所以我们有理由认为,茅盾先生设立此奖,在本质上是为了表达自己对建国后长篇小说创作现状的忧思,是为了激励作家对长篇小说艺术的积极探索和追求,是为了倡导和繁荣一种具有历史厚度和生命深度、可以经受时代检阅的小说新格局。

设问2:茅盾先生在设立该奖的遗嘱中强调"以奖励每年最优秀的长篇小说",对于"最优秀"这三个字,应如何理解?

茅盾先生虽然没有为"最优秀"三个字加上更为详细的特别注解,但他是一个深谙创作规律并有着丰富创作实践的优秀作家,而且他将这份遗嘱交给的是中国作家协会这样一个同样也是深谙创作规律的组织机构,所以他觉得没必要加上更特别的注解。这里的"最优秀"毫无疑问是针对艺术性而言的,即在长篇小说的叙事艺术上取得了突破性成就、创作出真正具有艺术深度并让人深受震撼的优秀之作。它不可能与"最积极"、"最及时"、"最宏大"之类等同,也与"最现实主义"、"最现代主义"、"最主流意识"等等无关。

如果我们进一步理解,这里的"最优秀"还应该体现出长篇创作的某种艺术制高点,即通过历届茅盾文学奖的获奖作品,我们可以看出长篇小说的艺术发展在一段时期内一个较为清晰的"高峰走线"。

设问3:从四届茅盾文学奖的十八部获奖作品来看,它们是否体现了我国新时期以来长篇小说创作在艺术上的"高峰走线"?为什么?

显然没有。如果仅仅从这些获奖作品来认定新时期以来长篇小说的艺术成就,那么我们只能用"贫乏"两个字来进行总结。因为除了《白鹿原》、《白门柳》以及《少年天子》等极为有限的长篇有着一定的艺术深度之外,大多数获奖作品还处在平面化的叙事状态,无论是作家对生活的认知方式、对人性的体察深度,还是对叙事艺术的探索动向、对长篇小说审美内蕴丰繁性的开掘程度,都没有获得突破性进展。而相比之下,另有一些未能获奖的作品却以自身较高的艺术水准证明着新时期以来长篇小说所取得的成就。

为了便于说明这种情况,我们有必要对新时期以来的长篇小说整体走势进行一番粗略的考察(限于最后一届评奖时间截止于 1994 年,我们也只考察到此时间段)。

从审美格局上看,新时期以来的长篇小说基本上是沿着这样三种艺术程式在发展:传统现实主义,新历史主义,现代主义。但并不是所有的作家都只是严格遵照其中的一种审美原则进行叙事,很多人都积极采用多元融会的方法,试图将各种审美原则有机地结合在一起,追求多元互补的审美理想。

传统现实主义无疑是长篇小说创作的主流,尤其在作品的数量上占有绝对的优势。从早期的《第二次握手》开始,一直到《白门柳》,至少有三分之二以上的长篇都是现实主义的产物。它们在叙事中追求的是对生活本来面目的真实再现,强调典型人物、典型事件的塑造,力图通过对现实生活各种信息的及时把握和对历史事件的准确推衍来表现自己的审美理想。但是,由于我们的现实主义审美原则长期以来一直受到各种意识形态观念的不断篡改,在表现形态上常常成为一种庸俗社会学的创作方法,即以社会现实信息遮盖人物的生命情怀,以历史事件的宏阔性取代历史人物的命运悲剧,使创作主体的社会学观念上升为话语的核心,人物真实的生命状态、人性潜在的欲望动向、精神本源上的困顿与伤痛……常常被淡漠、忽视,成为屈从于表现各种社会表象的铺垫。在这种被异化了的现实主义原则驱动下,创作不可避免地出现艺术上的失误,典型人物常常隐含在典型环境里,人物自身的话语力量被创作主体的理性所钳制,作家的叙事无法激活人的生命特质,无法洞穿社会现实的本质,而只是对社会和历史面貌的某个方面的外在集纳。

就表现对象而言,这些现实主义作品基本上是针对当下的生存现实和针对真实的历史事件。在反映当下生活的作品中,又尤以表现社会发展动态性过程为主,强调对生活面貌的全景式概括、对各种生存观念的理性表达、对现实社会矛盾的及时披露,如《沉重的翅膀》、《许茂和他的女儿们》、《钟鼓楼》;在推衍真实历史事件的作品中,它们注重对历史宏大事件的捕捉,企图以事件本身的重要性和人物自身显赫的历史地位,获得艺术上的某种"史诗"品位,如《李自成》、《皖南事变》、《曾国藩》等。如果站在今天的时空境域中再来重新回顾这些作品,我们不难发现,绝大多数早已逃离了人们的记忆,无法再重新勾起人们的阅读欲望,其艺术生命力的孱弱令人震惊。倘若要真正地从艺术的"高峰走线"上看(这种"高峰走线"只是相对于此一阶段的现实主义创作实绩而言,并非具备经典意义),可能只有古华的《芙蓉镇》、张炜的《古船》、贾平凹的《浮躁》、杨绛的《洗澡》、路遥的《平凡的世界》、铁凝的《玫瑰门》、陈忠实的《白鹿原》、凌力的《少年天子》以及刘斯奋的《白门柳》可以权作代表。

作为一种对所谓的"真实历史观"的艺术反拨,新历史主义的崛起首先是从中短篇小说开始的。以莫言的"红高粱"系列、冯骥才的"怪世奇谈"系列等为标志的一批小说在将叙事指向以往的历史时空时,不再注重历史事实的可勘证性,也不讲究历史事件的宏大性,而只是借用过去的生活背景,来表达自己对传统文化制约下人的生命情态的认识。这种新历史主义艺术观,非常有效地排斥了一切先在的历史观念对叙事的干扰,使小说能够从容地向生活开放,向人的生命内层开放,向自由灵活的话语时空开放,能够充分地表达创作主体的种种审美理想。所以,它几乎一出现就赢得了大量作家的积极尝试,并在长篇创作中也形成了一种不可忽视的审美动向。刘震云的《故乡天下黄花》、格非的《敌人》和《边缘》、苏童的《我的帝王生涯》和《米》、陆天明的《泥日》等都是这种审美方式的代表性作品。

尽管现代主义被中国作家大面积地袭用是在八十年代中期以后,但是以王蒙、高行健等为代表的思想敏锐者早在七十年代末和八十年代初就已经对此表示了高度的热情,并以自身的创作实践进行了许多富有成效的努力。然而,由于"左"倾思想的长期影响以及意识形态领域的文化封闭所致,现代主义思潮一直像精神癌症一样在相当长的时间里让人谈之色变,直到改革开放全面深入之后,它才得以跟在外资的后面悄悄地来到中国大陆,并在一群具有前沿意识的作家心中找到了着陆地点。它不仅完成了文学在形式上的彻底革命,还对现实主义一统天下的创作思潮进行了合理的补充以及有效的反拨,使人们清楚地看到自身艺术思维的单一性、自身创作与世界文学发展总体水平的巨大失衡。更为重要的是,它还从根本上动摇并改变了我们的审美观念,为大量作家及时调整了艺术理想和创作目标。就长篇而言,它带来的直接影响便是作家对一些所谓"典型化"理论的自觉规避,使叙事彻底地从"五老峰"(老题材、老主题、老人物、老故事、老手法)和"三突出"(突出主题、突出人物、突出环境)的潜在阴影中解放出来,而在真正意义上开始直面人类鲜活的生命、人性的种种本质潜能以及人自身在存在境域中的种种困顿和忧思。虽然这种努力在具体的文本中还带有某些模仿的痕迹,但也产生了不少颇具审美价值且赢得广泛关注的作品,如王蒙的

《活动变人形》、张承志的《金牧场》、残雪的《突围表演》、马原的《上下都很平坦》、张抗抗的《隐形伴侣》、张贤亮的《习惯死亡》以及余华的《在细雨中呼喊》、孙甘露的《呼吸》等。

从上述回顾中我们可以看出，四届茅盾文学奖的十余部获奖作品根本没能较为完整地体现1994年以前的新时期长篇小说创作在艺术上的"高峰走线"，它们充其量只是对现实主义这一种创作思潮的成果作了有限的总结。

设问4：从历届获奖作品来看，茅盾文学奖的评选与茅盾先生设立此奖的原始动机是否还存在着一定的距离？

没能真正地评选出"最优秀"的长篇小说，自然无法真正地体现茅盾先生的初始愿望。这种距离是不言自明的。问题是，这种距离不能仅从评奖结果上来认识，它实质上体现了这种评奖背后某些观念上的局限性。茅盾并没有要求评奖要限定在某种单一的创作方式中，虽然他自身的创作一直在遵循着现实主义审美原则，但他从来没有任何文章中对其他创作原则进行过否定，而且他的《腐蚀》等作品还曾积极地尝试过一些现代叙事手法。他在要求设立文学奖的那封信中，最后一句是"我衷心地祝愿我国社会主义文学事业繁荣昌盛"，如果我的理解没错，这里的"繁荣昌盛"实际上是指一种真正意义上的"百花齐放"、多元并存且相互融会的创作格局。他老人家"衷心祝愿"的就是这样一种繁荣，可我们的评奖离他的愿望究竟有多远不是显而易见吗？

设问5：也许任何一种评奖都不可能十全十美，也不可能反映出每一个人的审美愿望。茅盾文学奖当然也不例外。从历届评奖结果来看，其局限性何在？

纵观十八部获奖作品，我认为其局限性主要在于四个方面：对小说叙事的史诗性过于片面地强调；对现实主义作品过分地偏爱；对叙事文本的艺术价值失去必要的关注；对小说在人的精神内层上的探索，特别是在人性的卑微幽暗面上的揭示没有给予合理的承认。当然还有很多其他的局限，譬如对主流意识的过分迎合，对长篇小说审美特征缺乏科学的认知等，但这些局限都源于上述四个方面。所以，我觉得有必要对这四个局限作些细致的分析，以避免本人有"胡言乱语"之嫌。

对小说史诗品性的强调本身并没有错误，从雨果、巴尔扎克到托尔斯泰、马尔克斯等等许多世界一流的作家，都是以史诗性的长篇巨著而享誉文坛的。史诗虽不是长篇小说必不可少的艺术特质，但也是长篇走向经典的一种重要途径。庞大的叙事时空、丰繁的文本结构、深邃的艺术思想以及繁富的人物形象都为长篇向史诗品格靠拢提供了有利的客观条件。但是，并不是每一个作家都能写出史诗性的作品,也不是每一个事件都具有史诗意义。史诗在本质上体现为一种思想层面上的博大与精深,它是创作主体对某个历史过程中精神主流绵延性的精确把握和生动的艺术再现,是寄寓于庞大的形式结构之中同时又超越于形式之上、具有多方位隐喻功能的审美旨归。从叙事表层上看,一切重大的、影响人类生活和历史走向的事件都有可能成为长篇小说走向史诗的有力依托,但作家必须要拥有洞穿这种历史深度的感知能力,要能够真正地沉入到这种历史本质之中,击穿它的种种表象,抓住它的主脉,找到作家自身独有的审美发现,并以高超的心智在叙事上驾驭它,使它在凝重的话语流程中展示出来,即"史"与"诗"的和谐结合。"史诗"是一个具有神性品质的艺术境界,是经典中的经典,它的产生必然决定了它的作者是一位不折不扣的大师。坦白地说,除了《白鹿原》具有一点史诗的迹象之外,所有获奖作品都毫无史诗气息。但是,我们注意到,很多人却非常轻率地使用"史诗"这个词来表达自己对某些作品的看法,譬如对《李自成》、《东方》、《黄河东流去》、《第二个太阳》、《战争和人》等作品。其实,这些作品只不过是在取材上选择了一些重大历史事件和人物,即具有"史"的意味或者说是沾了一点"史"的便宜,而并没有完成"诗"的升华。它们的叙事仍带着明确的理性指使,有的甚至带着阶级论的偏狭观(如《李自成》),创作主体没有从根本上激活历史生活,也难以体会到对这种历史过程的深刻思考,充其量只是按照公众既定的历史观将历史事件进行了一些必要的艺术拼接而已,不少作品还明确地呈现出对主流意识的攀附姿态。它们看起来都"很厚重",不少作品还是多部头的,但那仅仅是一种表象,而在审美内蕴上并没有丰富的意旨,无法负载史诗所应具备的广阔的阐释空间。不错,像《战争和人》、《白门柳》等作品也具有一定的艺术成熟性,但我认为它还停留在对人性的复苏、对历史事件生活化的真实还原上,它们充其量还只是运用了一种史诗的写法,离真正的史诗品质还有相当的距离。而将这些作品冠之以"真正的史诗"在每一届茅盾文学奖中大力推举,显然是一种对史诗过于简单的理解而又片面追求的粗率行为。

现实主义审美原则在历届茅盾文学奖中占据着绝对垄断的地位,这已是一个不争的事实。所有获奖作品,除了极少数有一些零星的现代叙事手法介入(如《白鹿原》中使用了一些魔幻手法,《钟鼓楼》中运用了极少的变形手法),其余均为纯粹的现实主义之作。如果说这种评奖结果仅出现在前两届还可自圆其说——因为那时的确也没什么成熟的现代主义之作,但在后两届仍出现这种倾向,这在我看来无论如何都是一种失误。这种失误并非因为大量优秀的现代派作品遭到了不公正的待遇,失去了一次次证明自身艺术价值的机会,而是评委们审美眼光的偏狭,缺乏对小说艺术中一些基本常识的维护。其最根本的不幸,还是导致了人们对这项全国性大奖失去应有的敬重。我这样说,不是否认现实主义本身的价值,它作为长期承传下来的重要创作方法,曾产生过大量的经典之作并且还将产生大量的不朽之作。但是,过分地偏爱它,甚至独宠它而偏废其他创作方法,这无疑会使它在过度被溺爱的环境中走向变异,从而失去它自身应有的艺术力量。

也许正是对现实主义过分强调的缘故,重温历届茅盾文学奖的获奖作品,我们还深深地感受到,这一奖项对叙事文本自身的审美价值缺乏积极的关注。由于现实主义在本质上注重的只是"写什么",强调的是对现实生活真实状态的临摹和再现,对生活本质的发掘与表达,所以评委们在这种现实主义审美定势的制约中,自然而然地更看重小说"写了什么",即它的思想含量(而且这种思想含量还更多地归服在庸俗社会学的层面上,归服在主题的明确性、导向性上),而对长篇小说"怎么写",即它在文本上的种种探索失去了兴趣。

的确,就叙事技巧的复杂性而言,长篇与中短篇相比要淡一些,因为庞大的时空构架、繁杂的事件组合以及众多的人物纠葛本身已给作家驾驭话语带来了巨大的挑战,也给读者的接受心理形成了一定的潜在压力,如果再在话语运作过程中像创作短篇小说那样大量地、频繁地使用一些不断颠覆人们阅读习惯的现代手法,势必会导致文本自身的艰涩,影响接受过程中的流畅性。但这并不意味着长篇创作对形式的要求就很简单。一部优秀的长篇总是要向人们提供多向性的审美意蕴,它应该拥有巨大的理解空间,可以让审美接受超越故事本体延展到社会、人生、历史和生命的各个领域,它的故事也许并不一定复杂,但它的审美触角利用长篇固有的多重结构和各种事件可以向不同方向延伸。要获得这种艺术境界,仅仅运用一般的客观性叙述显然是不够的。作家必须动用一切合理的叙述手段在时间、空间、结构、语言、视角等各个方面激活形式自身的审美功能,使之摆脱单一的意义传达,在"陌生化"过程中成为多种信息的承载体。犹如俄国形式主义理论家什克洛夫斯基所说,"艺术之所以存在,就是为使人恢复对生活的感觉,就是为使人感受事物,使石头显出石头的质感。艺术的目的是要使人感觉到事物,而不是仅仅知道事物。艺术的技巧就是使对象陌生,使形式变得困难,增加感觉的难度和时间的长度,因为感觉过程本身就是审美目的,必须设法延长"①。我们无意于对形式的重要性再作更多的阐释,历经了八十年代的文本

---

① 转引自张隆溪:《二十世纪西方文论述评》,生活·读书·新知三联书店 1986 年版。

革命,无论是理论界还是创作实践中对此都已有了清醒的认识。但茅盾文学奖并没有对这种文本自身的重要价值给予必要的重视,表明了评委们对叙事艺术的一些基本特质缺乏科学的体察。

撇开这种对小说叙事形态学上认识的局限性,如果仅仅从主题学角度来审度它的历次获奖作品,我们还惊人地看到,他们对人类内在精神的丰厚性也进行了刻意的回避,尤其是对那种向人性的困厄状态和丑陋状态、精神的伤痛状态和焦灼状态、生存的荒谬状态和虚无状态进行必要追问的回避。他们更多的关注主题的"积极性","健康性",致使大量获奖作品的主旨仅仅停留在庸俗社会学层面上,停留在人的现实性状态上,像《李自成》之类所谓的"史诗性"作品。即使有些作品看似触及到了人物内在的精神困顿,但这种困顿只是源于人物与社会之间的抵牾,是一种外在于生命的痛苦,是生活性的,不是存在性的,并不具备生命内在的原创性,像《沉重的翅膀》、《钟鼓楼》等(只有《白鹿原》是个例外)。我始终认为,一部长篇小说如果要获得某种永恒性的审美价值,必须要通过对生命的鲜活展示,表达出人类精神的原创性痛苦,表达出人在现实境域中所遭遇到的存在的不幸与尴尬,像《堂吉诃德》、《局外人》、《百年孤独》等等。只有鲜活的、具有难以言说的精神伤痛感的生命形象,才能构成长篇小说穿越时间的长久艺术基质。一个作家或者说一个优秀的作家,他的全部存在意义不是为了表达自己对于现实生活的某种认识,而必须通过有效的艺术手段、充满智性的话语方式在现实生存的内部,感受并表达出人在存在意义上的悲悯。它在塑造出各种人物形象时,不是以作家的理念来安排人物的生命际遇,而是通过他们在生存的诸种冲突中自然而然地打开生命的风景。长篇小说由于拥有充足的文本空间和自由的叙事领域,在对人类精神痛苦性的探索上无疑可以更深入、更细腻、更全面。实际上,只要我们认真地回顾一下二十世纪中期以来世界上所有具有经典意义的长篇小说,都可以清楚地看到这一点。回避对人类生命中种种不幸、丑陋、背谬状态的揭示,实际上是回避小说向精神深度挺进,回避作家对存在之域的严肃审视,它导致的结果是让作家永远驻足在对现实表层状态的抚摸上。

设问6:从当时的创作实际出发,有不少人认为第一届茅盾文学奖的评奖结果还是令人满意的,这种看法能否成立?

这种认识是对历史的不负责任,也包含着某种圆滑的献媚倾向。今天再审视这届评奖,至少有两点失败:一是获奖面过宽;二是过于追求"全景式"的史诗品格。在评奖的准备阶段,作为评委会主任的巴金就曾委托孔罗荪转述了自己的意见,要"少而精","宁缺勿滥"①。这不仅说明巴金对当时长篇小说创作的总体水平有着清醒的认识,还说明他对茅盾文学奖权威性的极为注重。他心里非常清楚,一旦获奖作品过多过滥,必然会导致人们对这一全国性大奖失去信心。但是,评委们对巴金这一重要意见却没有给予足够的重视,他们满怀激情、充满乐观地一下子评出了六部获奖作品。众所周知,从 1977 年到 1981 年,作为中国社会特定的历史转折时期,很多人的思想观念包括艺术观念根本还没有完全校正过来,长篇小说的整个创作数量也并不多,更何况在艺术上的成熟之作!实践证明,十多年后的今天,还有谁会愿意重读这些长篇?也许我们有理由认为,评委们是基于大力繁荣当时长篇小说创作的良好愿望,可是他们却让茅盾文学奖在权威性上作出了巨大的牺牲。如果要从艺术性上看,我觉得有《李自成》和《芙蓉镇》两部就足够了,这既体现了这一奖项的慎重性,也表明了它对叙事艺术品质的维护。

另外,本次获奖的六部作品,只有《芙蓉镇》反映的是普通人的普通生活,其余作品都是涉及宏大事件的历史叙事。《许茂和他的女儿们》是"反映了十年内乱带给农民的灾难,和农民热爱党的忠贞感情";《东方》是"艺术地概括了抗美援朝的面貌";《将军吟》是"通过三个将军不同命运的描述,反映了部队'文化大革命'的面貌";《冬天里的春天》是"通过对历史的回溯和对现实的描写,把抗日战争、十七年的社会主义建设、十年内乱和当前现实这四个时期的社会生活融合起来,交叉、对比地加以描绘,表现了四十年的斗争生活"。② 当然,我并非是在此否定长篇小说对宏大历史事件的关注姿态,我想说明的是,小说的艺术价值在本质上并不是以事件本身的重要性与否来决定的,我们可以从《静静的顿河》、《古拉格群岛》中品味到艺术的丰厚性,也同样可以从《喧哗与骚动》、《城堡》中感受到艺术的不朽,其中的关键在于作家是否穿透了这些事件的本质,是否对这些历史事件有着超越于一般史学定论的审美发现,是否把这种历史的宏大事件真正地化解到了人物的精神世界中,以生动而真实的生命形象来表现出来,就如劳伦斯所言:"除了生命之外,没有任何重要的东西。至于我本人,除了在有生命的东西之内,我在其他任何地方根本看不到生命。用大写的字母 L 写的生命只表示活的有生命的人。甚至雨中的白菜也是活的有生命的白菜。一切有生命的活的东西都是令人惊异的。一切死亡了的东西都是为活的东西服务的。活狗

---

① 参见顾骧:《我所知道的中国茅盾文学奖》,《中华读书报》1997 年 8 月 20 日。
② 《首届"茅盾文学奖"获奖的六部长篇小说及其作者简介》,《人民日报》1982 年 12 月 16 日。

胜过死狮,当然活狮比活狗更好。"① 小说在本质上就是要作家动用自己的经验和想像塑造出种种鲜活的生命,作家只有把自己对历史事件的独到认识渗透到人物的精神深处,让他们以真实的生命活力折射出来,才能够获得深厚的艺术价值。但从这一届中的六部获奖作品来看,离这种要求显然相距较远,它们大多只是对那些历史定论进行了一些形象的注释而已。评委们对这些作品的重视,导致了此后类似作品不断进入获奖之列,严重曲解了有关"史诗"品格的科学内涵。

设问7:与第一届相比,第二届茅盾文学奖的获奖作品减少到三部,这是否意味着评委们对这一奖项的权威性开始有了较清醒的认识?或者说是更加关注作品的艺术质量?

我不这么认为。从客观上看,减少获奖作品的数量,可以有效地遏止一些平庸作品进入获奖行列,以确保某一奖项的权威性,这是当今世界上很多著名文学奖都采用的通常做法,即使诺贝尔文学奖也不例外。但是,某一奖项的权威性,并非仅靠限制获奖作品的数量就能实现,关键还在于获奖作品的艺术质量。即使只有一部作品获奖,如果它仍是一般的平庸之作,也不可能让人们对它的权威性感到有多少信服。只要我们认真地读一下本届的三部获奖作品,不难发现它们在总体艺术质量上同第一届相比并没有多少提高。《黄河东流去》明显地带着阶级定性在操纵叙事话语,使人物简单地被划分成好人与坏人。尤其是下半部,以物质财富的拥有量来决定人性的善恶,将富裕的认定为坏人,贫穷的认定为好人,这无疑是带着早期无产者的政治哲学来图解历史生活,不仅使得小说中的人物关系变得平面化、简单化,还使人物自身的个性欲望、价值观念都变得一元化。所以,尽管这部小说在对农民文化心理的描写上不时地露出精彩之处,但它总体叙事的平庸性不言而喻。

《沉重的翅膀》作为一个社会问题小说,明显地带着从政治体制的先在观念出发,用作家自己的政治敏感性和超前的社会体察,来虚构一种平面化的现实冲突。这种冲突仅仅驻足在生存经验上,无法进入精神存在的部位,即,它们还只是一种合理性与不合理性的简单冲突,未能深入到合理性与合理性之间的、超越逻辑理性的精神对垒。创作主体的艺术心灵无法彻底地放开,或者说被现实矛盾缠绕得无法走得更远,诚如林为进所说:"《沉重的翅膀》着力于政治角度的描写,却没能深入到文学的内核,也就无法真正表现出中国政治的特色及内涵,而

---

① 王春元、钱中文主编:《英国作家论文学》,生活·读书·新知三联书店 1985 年版,第 509 页。

仍然只能是一种表层现象的扫描。……从社会学的角度看,《沉重的翅膀》固然不乏一定的价值和意义,但用小说的标准去衡量时,却又让人觉得它过于粗糙,难以忍受阅读的痛苦。没有生动精彩的情节营构,也没有具备性格内蕴的艺术形象。"①

《钟鼓楼》作为一部表现普通北京市民生活的小说,在文本结构上的确进行了一些颇有意义的尝试。作品围绕着薛家办喜事,写了各色人等在这一天中的活动轨迹,并以此辐射出各种生活矛盾。"不过,刘心武从来不是一个艺术感觉细腻的作家。他的创作历来都是侧重于社会学层面的反映,往往以提出问题的社会代言人为己任。这样,他的作品多是图解生活而不是表现生活,《钟鼓楼》同样如此。"② 要准确地表现普通市民的生活质地,作家不能将自己定位在社会代言人的身份上,他必须也是生活的参与者,他的全部心智和情感都必须浸润在现实生活的角角落落,惟有如此,他才能获得极为细腻的语言感觉,才能发现极有韵致的情节演化,才能使叙事直逼生活的原相时,又以虚构的方式达到艺术的整合,像老舍写《四世同堂》那样,具有"在平凡中见不凡"的艺术效果。但《钟鼓楼》却始终停留在生活表象上,停留在现实矛盾的简单冲突上,没有捕捉到世俗生活的潜在质地,没有表达出在这种普通生活覆盖下各种人物的丰富性格以及这种性格中隐含的文化背景。

严格地说,这三部作品作为长篇小说在艺术上都不能称为成熟之作,不仅一些人物的言行都带着创作主体的理念色彩,主题都相对单一和明确,对生活的叙事处理也都处在平面化的思维程式上,而且在叙事技术上也没有取得什么成功的突破,其文本自身的丰润性、话语间的隐喻功能都没能全面打开。它们"所关心和表现的不是人的灵魂、人的精神和人的命运,而是生怕读者不明白,因此,十分通俗、十分直接地告诉读者某一时期或某一阶段,在我们这块土地上曾经发生过什么样的事情。为了达到这样的目的,一般都是以虚构的人物,成熟或不那么成熟的故事,按主观的意图,突出某种问题去解释生活"③。不过,话又说回来,如果重新审视这三年的长篇小说创作实绩,的确也没有什么更好的作品。因此,本届评奖多少也显示出"巧妇难为无米之炊"的尴尬。但是,倘使能真正从"宁缺勿滥"的角度来评选,再剔除一两部获奖作品也许更为明智。

---

①②③　林为进:《历史的限制与现实的选择》,《当代作家评论》1995 年第 2 期。

设问 8:第三届茅盾文学奖与前两届相比,有何不同? 这种不同意味着什么?

第三届茅盾文学奖与前两届相比,的确出现了较大的不同:一是评选过程所费时间大大地延长了,花去了两年半;二是评委成员进行了大幅度的调整;三是在获奖作品之外,增设了"荣誉奖"。

第三届茅盾文学奖本应产生于 1989 年,由于当年的"政治风波"影响,使得它的评选过程不得不推迟。这是无法预料的客观事件所导致的结果。虽然"政治风波"在较短时间内得以平息,但随之而来的是有关思想界的清查清理和必然的人事调整,这些都使得这项大奖的组织机构——中国作家协会难以按既定程序进行评奖。所以,直到 1991 年下半年才重新进入评奖阶段,所费时间仍是一年左右。我个人认为,它并不存在什么更复杂、更特别的意味。

关于评委会成员的大调整,在本届中显得尤为突出。前两届一直都是由中国作家协会主席巴金先生任评委会主任,而第三届没有设主任一职,以致我们无法判断仍是中国作协主席的巴金先生是否参与过本届评奖,或者说对这次评奖结果持何种态度。在具体的评委成员中,只保留了冯牧、陈荒煤、康濯和刘白羽四人,其余由玛拉沁夫、孟伟哉、李希凡、陈涌等人取而代之。从被替换的人员看,相当一部分都是 1989 年之后被调整了相应职务的,如谢永旺、唐达成等,这说明了茅盾文学奖评委成员的组成,不只是注重评委自身的艺术素质和对作品艺术价值的判断能力,还应具备相应的职务和权力身份。众所周知,一项大奖的产生,最终取决于评委们的投票,而评委们的艺术眼光和思想倾向直接影响到评奖结果的公正与客观。第三届茅盾文学奖在评委成员上的这种调整,显然强化了评奖过程的政治要求,使本应超越于一切外在因素干扰、拥有相对独立自治空间的评奖,不可避免地带上了非文学因素的制约。从评奖结果来看,除了五部获奖作品之外,还评出了萧克的《浴血罗霄》和徐兴业的《金瓯缺》作为"荣誉奖"。对本届设立"荣誉奖"这一颇为例外的行为,我认为可能是基于评委们对某些情况的平衡,但这种平衡实际上是弄巧成拙。因为按照茅盾文学奖的有关条例,既没有对获奖作品的数量作过限制,也没有对参评时间的上限进行严格的界定,只规定了作品发表的下限时间,所有长篇小说虽然在本次评奖过程中没有中奖,但可以在此后的任何一届中继续参与角逐。这也就是说,完全可以在正常的程序中对这两部荣誉奖作品进行评审。现在破例地设立了这样一项没有奖金的"荣誉奖",我觉得不仅不能对一些作家起到安慰作用,反而让获奖者有些尴尬。要知道,对于一个作家,以这样一种方式来慰藉意味着什么?

设问9：从第三届的五部获奖作品来看，评奖的价值取向似乎仍集中在对现实主义审美原则的维护和对"史诗性"审美品格的强调上，是不是这一阶段仍像前两届那样，并没有出现在审美价值上更为丰富、更为多元的优秀之作？

从第三届的评奖结果来看，评委们的价值取向并没有丝毫改进。但是，由于前两届的评选对象有一个客观条件的制约，即，确实没有什么审美价值上具有突破意义的作品，所以评选也只有"矮子中挑长个儿"。而在第三届茅盾文学奖评选所允许的时段内（1985—1988），正是各种审美观念的小说大汇演的高峰期，并且产生了一系列相当优秀的长篇作品，如张炜的《古船》、贾平凹的《浮躁》、张承志的《金牧场》、杨绛的《洗澡》、王蒙的《活动变人形》、张抗抗的《隐形伴侣》、铁凝的《玫瑰门》等，评委们却没有给予应有的重视，这实在有点让人难以接受。只要稍稍具备一点小说审美能力的人都不难发现，如果将《都市风流》和《第二个太阳》与上述任何一部长篇进行比照，其艺术上的差距就可以清楚地判别出来。《古船》和《浮躁》在我看来是直到今天为止在反映乡村生活中仅次于《白鹿原》的长篇佳作，它们对中国乡土文化沉重性的深刻揭示、对普通人性的独到体察、对现代文明与封建文化冲撞的艺术传达，到现在仍具有一定的超前性。《金牧场》在叙事话语中所透示出来的那种高亢的民族主义激情、那种超越了庸常生活原相的英雄主义理想、那种对叙述语言诗意化的成功尝试、那种对现代都市文明与古老草原文化的双向梳理、那种使草原复活为艺术生命的叙事技能，都是一种极为难能可贵的探索。而《洗澡》对反右运动的深刻反思、对知识分子自身的独到反省，《隐形伴侣》对以往知青题材的明显超越、对心理叙事的熟练运用，都具有深远的意义。正是在这一点上，第三届评奖的平庸性暴露得最为彻底。

设问10：第三届获奖作品中，《第二个太阳》是在评选过程中由一名评委提议，两名评委附议的情况下进入评选程序的，并且顺利地获了奖。如果当时刘白羽不是评委成员之一，《第二个太阳》会有这种机遇吗？

这是一个涉及评奖公正和人事纠葛的问题，作为局外人无法进行判断。但有一点我比较相信，即如果作者不是评委成员之一，恐怕没有人会想起《第二个太阳》，就像我们现在也不会记得还有这么一部长篇一样。当然从有关文章中，我们知道作者本人在评选这部作品时还是采取了回避的方法①。

其实，人们之所以对这部作品的获奖表示质疑，关键不在于刘白羽是不是

---

① 参见顾骧：《我所知道的中国茅盾文学奖》，《中华读书报》1997年8月20日。

当时的评委,而在于这部小说在艺术上的确没什么独到的审美价值。从艺术构思上看,这部小说明显地带着"三突出"的思维痕迹——主题非常明确,正面展示我军在解放战争历史进程中的大无畏精神和锐不可挡的气势;人物突出——着力表现我军高级将领秦震刚毅、沉着、果断的大将风度和超凡脱俗的英雄品格;环境鲜明——从解放战争拉开战幕、武汉战役开始直到彻底打败国民党反动派,获取全国解放的最后胜利。这种"三突出"的构思在很大程度上削平了作家对这段历史的多向度思考,将敌对双方的丰富冲突转变成我军单向的历史推进过程。

从叙事方式上看,这部小说带着创作主体自身强烈的情感宣泄倾向,这种倾向在表面上似乎是为了强化小说的诗性品质,渲染故事的叙事氛围,但从小说的叙事功能上说,它并没达到这种审美目标,反而使故事的正常节奏、人物的命运发展被人为地错断,话语的审美信息被作家的情感所覆盖,叙述者、人物以及作家之间的角色距离被严重混淆。小说最基本的叙事法则受到严重破坏,话语的统一性被肆意颠覆。而且更为严重的是,作家还在不少地方武断地插入自己的评说和议论,试图更明白地向读者交待故事的意义,实则使整个故事流程受到了人为的干涉。

从叙述语言上看,这部小说也存在着较为严重的缺陷。由于它过分强调作家自身在小说中的主导地位,不是让故事中的人物以自己的生命方式说话,而是让他们带着作家的情绪说话,所以它的语调始终处在一种高亢的抒情性上,无论情节的发展是在高潮阶段还是处于平缓时刻,它都没有必须的起伏性。通篇都是短句、诗化的语言,看似简洁、凝炼,但细细读来又不时地发现叙述的失败。如第一章第四节的最后部分就有这样的叙述:"冰冷的水泥地面上敲出清脆而有节奏的皮鞋声响,说明他的脚步是灵活而敏捷的",显然这后半句是无须表述的废话;再如第二章的第一句:"风雨不知何时已经停息,黎明晨光正在慢慢照亮人间",将"黎明晨光"重叠在一起,无疑是犯了一个小学生式的语病。诸如此类的语言问题在这部小说中相当普遍。可是,就是这样一部小说,还被认为是"在解放战争的史诗性画廊里填补了一个空白"[①],确实让人难以信服。从这里我们也可以看出本届茅盾文学奖在评审过程中的粗率性。

设问11:如果说第三届评奖是因为特殊的条件制约(即1989年的"政治风波")从而延长了评奖时间,那么第四届评奖应该是在各方面条件都较为成熟的情况下进行的,可是竟花了三年时间才评选出来,这意味着什么?

一项评奖居然花了三年时间,说起来确实让人不可思议。遗憾的是,我们

① 《第三届茅盾文学奖获奖作品简介》,《人民日报》1991年4月5日。

至今无法洞悉导致这种马拉松式评奖过程的真正原因。如果仅从外在条件来看，这个时期的长篇小说创作实绩是非常突出的，不存在"无米之炊"的情况；由于该奖是由茅盾先生提供的资金作为基金，因此也不存在奖金不能落实的尴尬；整个社会形势稳定团结，没有一切不可预料的其他事件会直接影响评奖。那么，究竟是什么导致了它历时三年才得出结果？说实在的，只能是组织者的主观原因。但是什么主观原因恐怕是任何旁观者都无从知晓的。同时我们还看到，由于评奖过程的延长，导致了参评作品的时间段也不得不延伸，从 1989 年到 1994 年，横跨了六年时间。这比茅盾文学奖最初规定的最长时间还超过了一年，破坏了评奖者自己设置的评奖条例。这无疑使这一奖项的严肃性和权威性都受到了消极影响。

设问 12：有人认为"第四届茅盾文学奖无论如何是历届评奖中用时最长、波折最多、最富有戏剧性的一次，也是较为成功的一次评奖。其成功的主要意义在于它比较准确地反映了 1989 到 1994 年间中国长篇小说创作取得的成就，保持了迄今为止中国当代文学最高奖项——茅盾文学奖的荣誉"[1]。这种认识是否正确？

这种认识显然不够正确。说它是"用时最长"这谁都知道，既然费时三年才评出此奖，多波折、富戏剧性是必然的，只不过我们无缘知晓究竟是何波折和戏剧性罢了。然而要说本次评奖是历次评奖中较为成功的一次，让人难以信服。

众所周知，在这段时间内，长篇小说同其他文学形式一样，虽然经历了市场经济的巨大考验，但仍以多元化的审美格局保持着上升的姿态。不仅一些老年作家在继续创作长篇，一些中青年作家也在积极地从事长篇的写作，他们以其良好的艺术素养、敏锐的艺术感觉以及对各种现代叙事方法的合理借鉴，不断地推出各具特色的长篇力作，使长篇小说出现了一个相对繁荣的局面，并产生了一系列颇具影响的作品。

在以传统现实主义为主要价值取向的审美追求上，出现了陈忠实的《白鹿原》、朱苏进的《醉太平》、王安忆的《纪实与虚构》、刘恒的《逍遥颂》、贾平凹的《废都》、方方的《落日》、程海的《热爱生命》等代表性作品；

在以传统历史主义叙事观念为基调的审美追求中，产生了王火的《战争和人》、唐浩明的《曾国藩》、二月河的《雍正皇帝》、刘斯奋的《白门柳》等广受读者关注的作品；

在新历史主义的审美探索上，涌现了格非的《敌人》和《边缘》、苏童的《米》

---

[1]　胡平：《我所经历的第四届茅盾文学评奖》，《小说评论》1998 年第 1 期。

和《我的帝王生涯》、高建群的《最后一个匈奴》、李锐的《旧址》、刘震云的《故乡天下黄花》、须兰的《武则天》等优秀之作;

在先锋叙事的积极实验中,出现了残雪的《突围表演》、孙甘露的《呼吸》、余华的《在细雨中呼喊》、张炜的《九月寓言》、北村的《施洗的河》、吕新的《抚摸》、洪峰的《东八时区》等相当成熟的作品。

但是,从第四届评奖结果来看,所有获奖作品都集中在传统现实主义和传统历史小说中,而新历史主义和先锋小说则全军覆没。这不能不让人对本届评奖的"成功性"表示怀疑。虽说新历史主义小说与传统历史小说相比,从所谓的"厚重性"上看似乎要单薄些,但它们对人物生命的真实展示、对人性本质的发掘以及给人们审美视角上的冲击都要强得多。而且从文本上看,大量的新历史小说都成功地运用了一系列现代叙事手法,使故事本身包蕴着颇为丰富的隐喻意旨,如格非的《敌人》等,在艺术性上显得更具灵性和智性。先锋小说更不例外。像《九月寓言》和《在细雨中呼喊》,无论在审美理想上还是在叙事话语的运作上,都对长篇小说发展的可能性进行了极为有效的探索。这些作品被评委们忽视,其实暴露了本届评奖同以往一样仍然存在着很大的局限性,即在审美观念上缺乏必要的艺术宽容,尤其是对各种新型审美范式没有给予公正的评定;在价值判断上缺乏对文本自身艺术质地的关注,尤其是对各种先锋文本的探索意义没有给予合理的认同;在审美内蕴上缺乏对人性阴暗面揭示的积极支持,尤其是对一些表现了人们在现代生活中种种丑陋性、绝望性和荒谬性的作品没有给予充分的重视。所以整个评奖在总体上是以守旧的姿态来进行的,无法保持真正的客观与公正。

设问 13:如果纯粹地从长篇小说的艺术价值上来评判,本届获奖作品应该是哪几部才更为公正和客观?

这是一个真正的假设,虽说历史是不可重复的,但我们还是不妨以假设的方式来重构一下合理性的文学秩序,以便最大可能地还原历史自身的客观性。

从我个人的审美眼光来看,如果对这一时段的长篇进行纯艺术的评判,获奖的应该是《白鹿原》、《九月寓言》、《醉太平》和《白门柳》。其中《醉太平》作为一部现实主义的小说,对现实生活内在人际关系的揭示、对人性潜在欲望的展露、对既定生存秩序的反讽,都远比《骚动之秋》来得尖锐和深刻。但倘若要真正不折不扣地贯彻本届评委会主任巴金先生"宁缺勿滥"、"不照顾"、"不凑合"的意见①,只要评出《白鹿原》和《九月寓言》两部作品就足够了。我相信,用这样两部

---

① 胡平:《我所经历的第四届茅盾文学奖评奖》,《小说评论》1998 年第 1 期。

作品来维护茅盾文学奖的声誉比曾经评定的四部更有力量。其理由如下：

第一，《九月寓言》并不是一般意义上的先锋小说，其叙事话语完全摆脱了纯粹的文本实验性，在强大的隐喻功能中暗含了作家对整个人类文明进程的深刻反思。小说将故事时空定位在一种极不确定的背景中，尽管在空间环境上似乎是在表现一个小小村庄的历史，但它在现代时间与历史时间的往返穿梭中不断地改变着自身的地域文化质地，传统文明中的那些神秘性、宗教感和现代文明的物质技术同时交织在故事之中，使叙事不断地超越福斯特所说的"时间生活"而直入"价值生活"，折射出作家对古老生存秩序和现代物质欲望的双重质疑。而且，这种审美思考不是局限于某个固定的历史时段和某个独特的事件上，而是明显地带有人类共性倾向，是作家对整个人类社会发展命运的一种艺术探讨。张炜虽然没有在小说中对人类的前景作出明确的回答，但以话语自身的潜在意向表达了创作主体自身深远的艺术眼光。

第二，《九月寓言》在文本结构上彻底地颠覆了时间一维性所带来的故事走向上的平面化，并且将故事冲突有效地化为外在的社会背景冲突和潜在的细节对立。尽管这种努力使小说在审美接受上破坏了常规的阅读定势，但它加大了故事中"价值生活"的表现力度。历史、神话、现实从三种角度不断地冲击着小村庄中的生活秩序，不断地激化那里人们的生活信念。这里，历史代表着既定的生存逻辑，神话隐喻着人们对精神理想的寻求，现实涵纳了现代工业文明的强权姿态。它们一起进入叙事并负载在一个个人物的心灵中，让不同的人物之间以各种富有情趣的方式发生碰撞。但作者又有效地控制着这种碰撞程度，在一种优雅的节奏中保持着故事的内在张力，使小说摆脱了由于故事情节的大冲突、大起伏而有可能带来的理念操纵话语的尴尬。

第三，《九月寓言》在话语基调上保持了相当独特的叙述姿态——充满诗性的、平静温柔的语言质地。这种话语方式有效地激活了小说中的生存环境，使自然复活成一种极富生命质感的艺术载体，带着灵动的气息跳荡在读者的眼前，从中我们不仅可以深深地感受到作家对那种返朴归真式的田园生活充满了迷恋之情，还可以看到作家内心深处对现代文明的逃离愿望。同时，也正是这种诗性语言，将叙事上的经验与超验、现实与魔幻、事实与隐喻、纪实与象征和谐地组接在一起，获得了一种令人惊悚的审美效果。

同《九月寓言》相比，《战争和人》、《白门柳》和《骚动之秋》在艺术上都要稍逊一筹，尤其是在叙事手法的灵活性、文本结构的丰富性和审美内蕴的多重指向上，都无法相提并论。《九月寓言》和《白鹿原》一样，实际上都是茅盾文学奖无法绕过去的作品,只不过《白鹿原》更注重现实主义叙事法则,容易被评委们接受,而《九月寓言》在叙事上更"现代派",所以遭受了无端的排斥。

设问14:据有关文章透露,《骚动之秋》本来并未列入由读书班最后推荐的二十部作品之列①,它的获奖是否有何更深的意味?

几乎所有的局外人都对《骚动之秋》获茅盾文学奖感到意外。我也如此。这并非是因为这部作品从问世以来就没有引起什么阅读反响,更重要的是,它在艺术上确实较为平庸。

首先,就审美旨意而言,它还停留在对改革进程中一些外在矛盾的表述上。回顾有关改革题材的长篇,从张锲的《改革者》、张洁的《沉重的翅膀》到柯云路的《新星》、钱石昌和欧伟雄的《商界》等,它们虽曾轰动一时却又瞬间消失于人们的阅读记忆。造成如此短暂的艺术生命力,我想最主要的原因就在于这些作品都未能真正地沉入社会底部,未能发掘出那些改革矛盾中的深层冲突——观念冲突下所隐含的文化、人性以及精神本源上的缠绵与决绝的状态。《骚动之秋》虽然在这方面前进了一步,但它的基本冲突仍处在人物观念的表层,特别是主人公岳鹏程,他从一名退伍军人成为了一个农民企业家,在这种漫长的社会角色转变过程中,作者试图将他放在各种矛盾的中心,让他与儿子冲突、与妻子冲突、与上级冲突、与群众冲突、与情人冲突,以一种全方位的冲突强化他的内心世界和生命个性。但是,所有这些冲突以各种方式煎熬着他的内心,却难以促动他作为一个"农民英雄"在某些精神本源上的撕裂与嬗变,他的痛苦始终是一种观念性的、道德化的,是社会理想与自身角色的不协和造成的,本质上是守旧与创新的冲突,包含着简单的合理与不合理性。这使他的悲剧仍停止在不同观念的自我对抗上,没能像《白鹿原》那样触及到观念背后的文化和人性的深处,折射出作为社会的人、文化的人、历史的人和生命的人之间无法调和的伤痛。

其次,在文本结构上,它仅仅停留于对故事时空顺延性的机械维持上。《骚动之秋》作为一部长篇,它的所有叙事努力似乎就在于把故事说完整,让人物的"英雄形象"树立起来,使他们变得绝对地真实,而不是动用一些合理的文本技巧让叙事更充满审美内蕴。我们无意于否定小说在"真实性"上的力量,但站在二十世纪末的小说发展进程中,再来看这种对生活真实的还原目标,无论如何都不能说是一种叙事的进步。《骚动之秋》的平庸性主要就在于作者对整个故事的营构没有什么创造性,一切都遵循着既定的时空顺序,完全为了交待人物命运

---

① 胡平:《我所经历的第四届茅盾文学奖评奖》,《小说评论》1998 年第 1 期。

的发展和事件的起落,没能在文本中构成应有的叙事张力,有限的话语紧张感都是来自于各种冲突事件的安排。

第三,在叙事语言上仅仅满足于对故事的再现。《骚动之秋》的叙述虽也动用了一些方言,增加了叙事的民间性和故事的生活气息,但整个叙事语言显然不如《白鹿原》那样更具凝重感,它质朴但缺乏韵致,明净却缺少内涵,饱含生活的真实感却难以激起审美上的亲切感。

由于这些显的艺术局限,导致了它只进入读书班最初选定的三十部小说之列,而在此后稍加精选的二十部长篇中,它即遭淘汰。但是,由于读书班不具备任何法定意义上的权威性,仅仅是给评委们作一些基础工作,评委的最终裁决可以全面自由地选择任何一部他们所注意的作品,所以《骚动之秋》还是侥幸地分享到了这份"迟来的爱"。如果要说它的获奖有什么更深的意味,那只能在文学之外,艺术之外。

设问15:《白鹿原》以"修订本"的方式在本届评奖中才得以通过,而它的"修订本"在评奖时还没有出现。这种评奖情况似乎在古今中外都还未听说过,这是不是茅盾文学奖的一个历史创举?

以"修订本"的方式来进行评奖,在张洁《沉重的翅膀》中曾出现过,不过那是以一本已经出现的"修订本"来进行的。而《白鹿原》的"修订本"还没有出现,却已经获奖了。这在我有限的阅读经验来看,的确是闻所未闻。广大读者对此也觉得非常难以理解。因为我们完全有理由设想:如果作者从自身的审美理想出发,坚持不愿意进行修订,那么《白鹿原》的奖项会不会因此取消呢?如果作家在修订过程中,并没有按照评委们的意见,而是进行了另一种审美倾向的修订呢?

当然这都是可能性之外的设想。事实是,我们终于看到了《白鹿原》的修订本,并且这个修订本是严格地按照评委们的意见进行删削的。所以一切可能会引起的尴尬得以安全地消解。但是,从中我们可以看到,对于第四届茅盾文学奖的全体评委们来说,《白鹿原》的确是一部绕不过去的作品。它的历史厚重性、内蕴丰繁性、审美的震撼性都已成为有目共睹的事实。它确实是新时期以来我国在长篇小说中出现的一部难得的精品。如果不评它,不仅有可能使人们对茅盾文学奖的权威性进一步地失去信心,还有可以导致大家对评委们最基本的审美判断力失去信任。所以评委们只好小心翼翼地走了一着不得不走的棋——让作者重新出版一本"修订本",将小说中涉及到的一些宿命性和政治倾向性的言语(主要是翻鏊子和国共之争无是非)删去,以消除有可能导致的误读和意识形态上的误解。虽然从修订本来看整个小说的艺术性并没有受到什么大的影响,不过,我们还是感受到了这个奖项对政治导向性的严格要求。

《白鹿原》获奖了,这是一个的确值得重视的事情。贾平凹为此还专门发表了一则颇有意思的短文,我觉得很能代表一部分人的心理,所以不妨在此全文贩卖一下——

当我听到《白鹿原》获奖的消息,我为之长长吁了一口气。我想,仰天浩叹的一定不仅我一人,在这个冬天里,很多很多的人是望着月亮,望着那夜之眼的。

其实,在读者如我的心中,《白鹿原》五年前就获奖了。现今的获奖,带给我们的只是悲怆之喜,无声之笑。

可以设想,假如这次还没有获奖,假如永远不能获奖,假如没有方方面面的恭喜祝贺,情况又会怎样呢? 但陈忠实依然是作家陈忠实,他依然在写作,《白鹿原》依然是优秀著作,读者依然在阅读。污泥里生长着的莲花是圣洁的莲花。

作品的意义并不在于获奖,就《白鹿原》而言,它的获奖重在给作家有限的生命中一次关于人格和文格的正名,从而使生存的空间得以扩大。外部世界对作家有这样那样的需要,但作家需要什么呢? 作家的灵魂往往是伟大的,躯体却卑微,他需要活着,活着就得吃喝拉撒睡,就得米面油茶酱,当然还需要一份尊严。

上帝终于向忠实发出了微笑,我们全都有了如莲的喜悦。①

设问16:《白鹿原》为什么是一部让评委们"绕不过去"的作品? 它的艺术价值究竟在哪里?

实际上已经由很多重要的评论家和作家对此发表了极为深刻的见解。作为一部十分难得、也是人们期待已久的长篇佳作,我认为《白鹿原》的重要价值在于:

它成功地改变了中国传统家族小说的叙述模式,不仅将家族作为一种故事枢纽和文化载体,而且将它深植到人类自身固有的自缚性悲剧根源上,并以此作为审视的契口,辐射出作家对中华民族近现代史的全面思考。众所周知,家族

---

① 贾平凹:《上帝的微笑》,《小说评论》1998 年第 1 期。

小说是中国传统长篇小说中一个最通常的叙事模式,从《金瓶梅》、《红楼梦》等古典小说到巴金的《家》、《春》、《秋》、老舍的《四世同堂》等现代小说,都是以家族结构为故事核心来进行审美的多向度表达,但它们大多侧重于某一两个方面,或家庭伦理,或权力纠葛,或社会沧桑,而《白鹿原》"把白鹿原作为近现代历史替嬗演变的一个舞台,以白、鹿两家人各自的命运发展和相互的人生纠葛,有声有色又有血有肉地揭示了蕴藏在'秘史'之中的悲怆国史、隐秘心史和畸恋性史"①。它改变了人们对"家族"这一中国传统文化结构形态的通常认识,将人物的生命际遇投置在无法把握的广阔空间进行全方位的探讨,使小说在现实、历史、文化和人性的多种层面上都有着深刻的思考。

在历史叙事的处理方法上,它既摆脱了传统历史小说对事件真实性过于依赖,又逃离了新历史小说对历史背景的纯虚构性。它注重大事件大背景的合理和真实,从清朝改民国、民国到解放的近四十年里一系列重大的政治斗争,都在白鹿原这块土地上有着真实的记录,督府的课税引起的"交农"事件、军阀与国民革命军的你争我夺、国共两党的合作与分裂以及建国后的一连串政治运动,都具有历史的实证性;但在内部的情节和事件的处理上又动用了想像和虚拟,将这些历史风云化解到人物的具体言行之中,化解到他们的生存命运中。这样不仅确保了整个作品对历史进程的动态反思,还充分发挥了作家的想像与虚构的能力,使作品在叙事上获得了广泛的自由度,作家的审美理想得以全面地展示。

在叙事手法上,它灵活地容纳了传统现实主义和魔幻、隐喻等现代主义的表现手段,将这些叙事方法有机地交织起来,使整个叙事虚实相间,在一种看似混乱的、千头万绪的文本结构中将审美触角延伸到广阔的想像空间,给读者的解读和思考提供了多种向度、多种可能。从整个故事来看,它以时间的延伸为主轴,让不同的人物围绕着这根主轴不断地发生各种纠葛,没有彻底改变人们的阅读习惯。但在一些具体的细节上,它又动用了大量的虚幻手法,将宿命的、迷幻的、象征的话语引入叙述,使一些事件负载着非确定性的审美信息,给读者的审美再创造设置了大量的契口。法国作家布托尔曾说:"所有的伟大作品,无论多么富有智慧,多么大胆和严峻,都会以这种或那种方式与这种无穷无尽的幻想,与这种含糊不清的神话,与这些无数的触点发生关系。但是这类作品也具有全然不同的、最为重要的作用:它们改变着我们对世界的看法,改变着我们关于世界的

---

① 白烨:《观潮手记》,河北教育出版社 1998 年版。

叙述,因而可以说它们在改变着世界。"①《白鹿原》在某种意义上就具备这种审美意图。

设问17:茅盾文学奖至今已进行了四届,从评奖过程来看,每一届在评奖之前都设有一个"读书班",即由一些全国重要的中青年评论家和编辑组成的审读小组,对各个地方部门报上来的长篇小说进行初选,但他们的初选又没有任何决定性作用。这种"读书班"是否有存在的必要?

有关读书班的性质和地位,曾参加过数次茅盾文学奖的评委顾骧作了这样的说明:"邀请若干评论工作者、编辑组成读书班,这些同志对长篇小说有比较专门的研究,做了十分重要的筛选工作,读书班是评奖活动中十分重要的一环。但是茅盾文学奖不是两级(初评、终评)评选。读书班是评委会的工作班子,任务是对各地推荐的大量作品进行筛选,提出供评委阅读的书目。读书班提出的阅读书目没有法的效力,没有荣誉意义。评奖办公室可以在读书班提出的阅读书目基础上增加书目供评委阅读(如第二届茅盾文学奖评奖活动),评委本身更可以建议增加阅读书目,只要经过评委一人提议、两人附议的程序即成(如第三届茅盾文学奖评奖活动)。"② 从这里可以看出,读书班在整个评奖过程中的确没有什么决定性作用,第二届、第三届、第四届的获奖作品都不是全部产生于读书班最后推荐的篇目之中。他们只是评委会的一个助理班子,为评委会减少一些阅读工作量,对评委们的最终裁决没有任何影响。如果评委们早已在心中圈定了某部作品,可以轻松地超越读书班而直接将它推入终评。

但读书班又是重要的。仅从第四届茅盾文学奖的读书班组成成员来看,他们是:蔡葵、丁临一、李先锋、胡良桂、白烨、林建法、张未民、朱晖、陈美兰、朱向前、张德祥、王必胜、盛英、周介人、陈建功、雷达、胡平、林为进、潘学清、雍文华、吴秉杰、牛玉秋③。这些成员大多是资深的评论家和编辑家,年龄不高,其艺术活动的经历基本上与新时期的文学发展是同步的。他们不仅对整个文坛的态势了解全面,而且都具有良好的艺术素养和较准确的审美判断力。应该说,他们的参与,给茅盾文学奖的评选工作提供了一个重要的艺术保障,其存在的必要性是不言而喻的。从评奖结果来看也是如此。凡是超越了他们最后提供的评选篇目而获奖的作品,艺术上确确实实是较为平庸的作品,如第三届中的《第二个太阳》、第四届中的《骚动之秋》。这也反证了读书班的审美眼光。遗憾的是,由于

---

① 《"冰山"理论:对话与潜对话》,工人出版社1987年版。
② 顾骧:《我所知道的中国茅盾文学奖》,《中华读书报》1997年8月20日。
③ 胡平:《我所经历的第四届茅盾文学奖评奖》。

读书班是处在一个"言不顺，名不正"的尴尬地位，"他们提出的阅读书目没有法的效力"，所以他们的存在价值就大打折扣了。

设问18：一项文学大奖的公正与否，关键取决于评委们的审美判断力以及对自身审美判断力的有效维护上。即，他们必须站在较为客观的文学立场上，以一种容纳的姿态和开阔的视野来全面衡量、比较不同审美类型的作品，不以个人的艺术偏爱来影响评审结果。从已经产生的四届茅盾文学奖来看，评委们是否做到了这点？

评奖的公正与否无疑来自于评委们评审行为的公正与否，这种行为的公正合理不是指评委是否受到某些文学之外因素的左右，而是指他们是否能对新时期以来我国长篇小说的发展现状有着准确而清醒的把握，尤其是对多元化的艺术现实是否能够全面科学地理解。要回答他们是否做到此点，有必要看看评委们的组成情况：

第一届　主　任：巴　金

　　　　副主任：无

　　　　成　员：丁　玲　韦君宜　孔罗荪

　　　　　　　　冯　至　冯　牧　艾　青

　　　　　　　　刘白羽　张光年　陈企霞

　　　　　　　　陈荒煤　欧阳山　贺敬之

　　　　　　　　铁依甫江　谢永旺

　　　　总人数：15 人

第二届　主　任：巴　金

　　　　副主任：张光年　冯　牧

　　　　成　员：丁　玲　乌热尔图　刘白羽

　　　　　　　　许觉民　朱　寨　陆文夫

　　　　　　　　陈荒煤　林默涵　胡　采

　　　　　　　　唐　因　顾　骧　黄秋耘

　　　　　　　　康　濯　谢永旺　韶　华

　　　　总人数：18 人

第三届　主　任：无

　　　　副主任：无

　　　　成　员：丁　宁　马　烽　刘白羽

冯　牧　　朱　寨　　江晓天

李希凡　　玛拉沁夫　　孟伟哉

陈荒煤　　陈　涌　　胡石言

袁　鹰　　康　濯　　韩瑞亭

蔡　葵

总人数：16人

第四届　主　任：巴　金

副主任：刘白羽　　陈昌本　　朱　寨　　邓友梅

成　员：丁　宁　　刘玉山　　江晓天

陈　涌　　李希凡　　陈建功

郑伯农　　袁　鹰　　顾　骧

唐达成　　郭运德　　谢永旺

韩瑞亭　　曾镇南　　雷　达

雍文华　　蔡　葵　　魏　巍

总人数：23人

从上述这些组成成员来看，有两点值得注意：一是普遍年龄较大，除了极少数中年评论家和作家加盟其中（如第四届中的雷达和陈建功），基本上都是老龄化的评委，说明茅盾文学奖不可避免地被资历所影响；二是大多身居文学工作部门的要职，或者说是政府部门的某种代表，这无疑意味着这个奖项必须对政府部门负责，对主流意识负责。这两种特定的现实情况实际上还暗含了更深的评奖局限。因为众所周知的原因，这些老一代专家大多是在现实主义传统艺术思维的长期熏陶下成长起来的，他们的审美观念基本上固定在现实主义一元化的艺术模式中，他们的艺术素养是从长期以来我国固有的、带有明显封闭性的文学形态中积淀而成的，缺乏与世界现代艺术范式融会的格局，这使他们无法与那些具有现代审美倾向的作品站在同一维度上进行对话，无法在审美价值上对它进行合理的评断，从而导致了他们在评审过程中对现代性叙事的本能抗拒。同时他们自身的权力身份，又规约着他们必须站在社会学的层面上，从文学的教化功能上考虑评奖结果。这种双重局限无法使他们保持纯粹的艺术原则立场，也无法全面地、多元化地审度各种不同艺术特质的作品。

此外我们还应该注意到，这些评委成员的产生不是民主选举的结果，而是直接由"有关部门"来任命的。诚如评论家朱晖所说："似乎没有理由怀疑评委们的鉴赏能力,正像我们深信'有关部门'在选择评委的时候,并非把鉴赏力放在首先的和惟一的位置。……'有关部门'将钦定的'专家'、'内行'推向评选的前台,至于社会公众和没有发言权的文学艺术家们则是地地道道的看客。就此而论,第三届茅盾文学奖评选结果,无非是以夸张的形态,暴露了这种评奖方式及其权威性所固有的败笔。"① 朱晖在这里虽然说的是第三届评奖情况,其实也是历届茅盾文学奖所暴露出来的共同弱点。

在具体评选过程中,巴金作为其中三届评委会的主任,由于身体的原因一直没能真正地参与到评奖的全过程,这也是一个巨大的遗憾。否则,我们有理由相信,以他的艺术素养和威望,以他清醒的审美判断和每次所强调的"宁缺勿滥"的评奖主张,茅盾文学奖的评选结果一定会有所不同。

设问 19:评奖标准是维持一项文学大奖的重要依据。从历届茅盾文学奖的评选结果来看,他们的标准如何?

这是一个令所有人至今仍迷惑不解的问题。现在,我们无法从相关的材料上找到相对具体的评奖标准。在那些较为详细的评奖条例中,只强调了评奖的程序和方法,惟独没有突出评奖标准。但是,按照我们通常的文艺评奖思路,对一切文艺作品的审定基本上是沿着两种标准来进行的,一是政治标准第一,艺术标准第二。只有作品主题符合主流意识的要求,符合一定时期内的思想倾向,具有积极的、明确的导向意味,才能进一步审度它的艺术性是否成熟、是否生动、是否完美。一是坚持艺术原则立场,兼及政治导向性。这种情况并不普及,仅在一些小范围的评奖中还有所坚持。它强调艺术作品自身的审美价值,注重它们在艺术的创造性上是否有着成功的突破,是否潜示着某种新的审美动向,是否向人们提供了新的思想信息和艺术信息。毫无疑问,用这种标准去审度作品更合理、更科学、更权威些,因为无论如何,任何一部经典的作品都是以它艺术上的审美价值而获得不朽的。

回顾历届茅盾文学奖,虽然我们无法准确地判断他们在具体执行标准中更强调哪一种规则,但从评委成员和评奖结果来看,政治的质量认证明显大于艺术的审美认证。诚如有人所言:"几十年间的经验教训告诉我们:几乎在每一个时期,所谓的政治的质量认证,标准的制定和运用,总是一目了然的,往往也是公之于众的且被不折不扣地执行的;而所谓的艺术的和审美的认证,则不幸总是居于从属的和附加的地位;标准,也往往并不取自文学发展实践及其理论形态的最新

---

① 朱晖:《第三届茅盾文学奖之我见》,《当代作家评论》1995 年第 2 期。

的和最高的成果,而是见出了僵化的、'外行'的或者是以偏概全的、先入为主的眼光,因而不可能不是含混不清的和经不起辨析的,往往也只能是任由可以'说了算'的那一部分人'见仁见智'地制定和执行;以致在许多文学的评奖活动和评选结果中,所谓的政治上合格而艺术上'过得去'的作家作品总是最容易被选中;而在艺术和审美上不同凡响、不拘格套的作家作品,即使侥幸不被忽略不计,充其量也不过是担当'点缀'罢了。"① 茅盾文学奖的标准实际上仍是局限在这种思维定势中,这不仅影响了评委们以自身的审美眼光和艺术标准来评选作品的独立裁决空间,还使大量的远离政治意识的小说失去了公平的竞争机会,在本质上,也使该奖的科学性受到了动摇。

设问20:有人认为,"评奖即引导即提倡",如果从创作自身的艺术规律角度来说,这种提法是否科学? 茅盾文学奖进行到今天,是否对我国长篇小说的发展真正起到了"引导"和"提倡"的作用?

所谓的"评奖即引导即提倡",只是评奖者一厢情愿的良好愿望或者迫切要求而已,并不符合文学创作自身的发展规律。纵观古今中外的所有经典之作,我们至今还无法确认有哪部不朽之作是在"引导"和"提倡"下产生出来的。文学创作作为作家生命律动的一种特殊形式,是一个独立的个体精神劳动行为,它是直接受制于作家自身审美表达的需要,是作家将自己的全部艺术感觉投放到社会生活、历史文化中,吸纳、咀嚼、思考后的一种自然结果。对于任何一个成熟的作家来说,他对自身精神独立性的要求是极为苛刻的,他的全部创作都只针对自己的心灵空间、针对自己的审美理想、针对自己的叙事欲望。只有拥有这种绝对独立的人格立场和绝对自由的精神空间,才有可能确保他的创作全面体现自身的艺术目标。

我这样说,并不是强调作家可以逃避自己作为一个社会的人、文化的人在群体意识上所必须履行的职责,而是他的内心深处必须与生俱来地拥有这种使命意识和良知情怀。没有崇高的艺术良知和人文品质,他不可能站在人类精神的制高点上,不可能洞悉现实表象背后的深远意义,不可能触及到人类生命的某些存在本质,更不可能对人们期待已久的困顿作出独到的回答。任何一个优秀的作家,其实都必须具备这样三重素质:对人类永无止境的博大之爱,对自我精神独立性的严格恪守,与生俱来的良好的艺术感觉。这三重素质都不是"引导"和"提倡"所能达到的。相反,对于提倡某种意识导向,反而会使作家失去自身的

---

① 朱晖:《第三届茅盾文学奖之我见》,《当代作家评论》1995年第2期。

艺术个性,失去对社会、现实以及人生的独立思考能力,其结果不是出现精品,而只能产生平庸的应时之作。这样的教训,在"文化大革命"时期已有太多的例证。

回顾茅盾文学奖评选以来的创作情况,我们可以看到,长篇小说的整体创作格局也并没有受到这项大奖的多少影响。这在那些具有先锋意识的作家作品中可以更清楚地得到证明。至今为止,还没有一部严格意义上的先锋小说获得过此奖,但这方面的探索却从未停止,而且不断地有一代代文学新军加盟其中。譬如像一些六十年代出生的作家,他们在首次尝试长篇写作时,都在自觉地袭用种种现代叙事法则,进行完全属于自己审美追求的艺术实践,产生了诸如曾维浩的《弑父》、东西的《耳光响亮》、王彪的《身体里的声音》、林白的《一个人的战争》等等大量的具有全新审美倾向的长篇小说。

所以说,想用评奖的方式达到"引导"和"提倡"的目的,是有违创作规律的。这种愿望是美好的,而事实是不可能的。科学的说法应该是:评奖即鼓励即关怀。

设问21:能否用一句简单、直率的话来总结历届茅盾文学奖的评选情况?

公正性受到怀疑,科学性值得思考,权威性难以首肯。

设问22:第五届茅盾文学奖的评选即将进行,如果从长篇小说自身的艺术性来看,这次评选有望获奖的作品有哪些?

这是一个绝对虚妄的假设。在第五届茅盾文学奖参评作品的发表时段内,长篇小说的整体水平无疑有了明显提高。作家们经过了市场经济秩序的荡涤和艺术积累的加强,无论是创作心态还是艺术水平都获得了进一步的提升,并且出现了不少不同审美特质、不同叙事风格、不同思考向度的优秀长篇。如果以我个人的审美眼光来看,我觉得能够代表这一时间段里长篇小说艺术成就的作品是:余华的《许三观卖血记》、阿来的《尘埃落定》、王安忆的《长恨歌》、刘震云的《故乡面和花朵》、贾平凹的《高老庄》、张宇的《痛疼与抚摸》、徐小斌的《羽蛇》等。其中《许三观卖血记》是一部无法绕过去的长篇精品。但是,鉴于上述的大量考察,如果本届的评奖在各个方面没有更多的改变,那我们还是不要对第五届茅盾文学奖寄寓太多的希望。

一种设想

当我对茅盾文学奖进行了长达二十二个设问之后,我感到我的回答充满了苦涩和复杂。作为迄今为止我国长篇小说中惟一一项大奖,从茅盾先生到巴金先生等老一辈作家都倾注了自己的大量心血,它理应在一次次评比中向更科学、更公正,理应全面地展示出新时期二十多年来长篇小说的最佳成果,理应在中国当代的每一个作家心目中构成一种艺术的权威性,但我们伤心地看到,它却没能做到这点。

这无论如何都是一个让人难以接受的事实。

的确,从客观上说,任何一项文学奖都不可能像科学奖那样做到绝对的公正和合理,因为它无法具备科学奖在评审过程中所拥有的明确的量化标准。文学作为一种精神性产品,它的价值时常会见仁见智,但这并不意味着"茅盾文学奖"的评比结果就有其合理性,因为我们完全有理由、也有办法改变它的现有局限,更有效地增加其权威性和公正性。

正是基于这种维护艺术良知的愿望,也是基于对茅盾先生等老一代作家良苦用心的积极回应,我觉得,在世纪末的钟声即将敲响的时刻,应该全面地反思这一奖项的评审情况了,应该重新考虑它的科学性和合理性了。我们无法对既往的历史作出补救,但我们可以在经验的积累和教训的自省中使明天做得更好。以我个人的看法,要彻底扭转这一被动局面,必须对评奖过程中一些关键性问题进行卓有成效的改革。

首先是确立明确而科学的评审标准,即坚持艺术原则立场。茅盾文学奖不同于政府奖,它是一项旨在提高当代长篇小说艺术水平的大奖,目的是为了忠实准确地记录长篇小说在艺术上的"高峰轨迹"。它的评审必须将长篇小说的艺术价值放在首位。这种艺术价值包括了长篇小说在审美内蕴上的深厚性、文本结构上的丰繁性、话语运作上的独创性,不能只强调一种而偏废其他。在通常意义上,人们总是将长篇小说作为一个时期和一个民族小说发展的制高点来看,这不只是因为它像巴尔扎克所说的那样具有"百科全书"的性质,还由于它拥有虚构艺术所具备的一切有利条件,可以全面地、不留余地地表现作家的叙事理想和精神深度。它在叙事上的自由组接功能十分巨大,可以同时集纳多种叙事手法的交换演绎,使作家的艺术探索能够从容地、淋漓尽致地发挥出来。只有将评审标准定位在长篇小说的这种艺术质地上,才能使评委时刻保持艺术价值的警惕性,注重小说对人的精神空间的开发,注重人物心灵的深度以及作家对存在的深度发掘,注重文本在审美表达上的独特"意味",而不只是局限在对现实生活的表层观照上。

其次是强调对多元化小说审美理想的积极推崇,尤其是对一些具有探索意义的作品给予积极的重视。任何一种真正意义上的艺术繁荣，都不是某一种审美风格的独霸天下，而是"百花齐放"、多元相融的审美格局。文学的发展同其他事物一样，都离不开对新的叙事模式的探索、对新的文本形式的实验。没有新的审美追求，就意味着文学发展的僵化和终结。正是从这个意义上说，文学的先锋精神尤其值得关注。因此我们的评奖过程尤其要对这种多元格局进行合理的维护，对那些具有先锋品质的作品进行合理的鼓励，并根据各种审美倾向的作品所应有的艺术价值进行全面比较，以一种宽广的艺术视野审视所有作品。

对于评委成员的组成，有必要进一步民主化、制度化。由于他们直接掌握着评审大权，所以他们自身的艺术素养、审美眼光都必须适应现代文学发展状况，必须能对所有形式的长篇小说进行准确的艺术质量认证。而要使每一位评委都具备这种能力，仅靠"有关部门"来圈定显然难以做到，所以一个有效的办法就是采用候选人制，有关部门可以圈定数十个目前在全国颇有影响的专家，然后交给中国作家协会全体会员，由他们进行民主推选，产生出一定数量的评委会成员。

有效地提高读书班的预选权力，使它的预选具备法的效力，也是不可忽视的一个环节。这不仅能对终评委的行动进行有效的制约，还可以使更多的评论家、作家和编辑加入到评审活动中，让每一部优秀的作品都能更大范围地接受检视。

当然，这些仅仅是一种民间的期待。虽然他的心灵是诚挚的，但他的声音是非常孱弱的。

1999.4.4 于杭州

大师的《大家》？还是大众的"大家"？

——从"《大家》·红河奖"的评选看"民间奖"的市场化倾向

邵燕君

1998 年前后,中国作协主办的第四届茅盾文学奖和首届鲁迅文学奖引起诸多非议,政府"三大奖"中与当代文学关系最为紧密的"五个一工程奖"评奖活动也处于暂停阶段①。与此同时,各种形式的民间文学评奖活动则不断涌现。如《北京文学》推出的"当代中国文学最新作品排行榜"、"新世纪北京文学奖";《当代》举办的"《当代》文学拉力赛"、"春天文学奖";《中国作家》举办的"中国作家大红鹰文学奖";"九头鸟"丛书(长江文艺出版社)设立的"九头鸟"长篇小说奖;上海作协等单位发起组织的"90 年代最有影响的 10 部作品"问卷调查活动;中国小说学会推出的"中国小说排行榜";等等。此外,世纪末前后,各种文学经典评选活动也层出不穷。各种新设立的奖项形成一个相当活跃的"民间奖"阵营。虽然这些"民间奖"的"民间性"是相对而言的——主办单位大部分仍是体制内文学期刊、出版社或文学组织机构,但在评选原则和操作上毕竟与"政府奖"和"作协奖"有所不同。

这些"民间奖"具有双重特性,一方面,它们极力强调评奖在审美原则上纯粹的艺术性。另一方面,这些新设立的"民间奖"——尤其是由文学期刊和出版社举办的文学大奖,都有一个无法回避的背景,就是在"断奶"、"入世"、"民营出版"等几重压力下,文学期刊和出版面临着的严峻的生存危机。作为"市场化"转型应对策略之一,"民间奖"从创意到操作本身就是集明确宗旨、扩大影响、招募优秀

题解 本文原载《文艺争鸣》2003 年第 5 期。世纪之交时,由国内各级刊物和出版机构主办的文学奖项纷纷设立,在作协体系和官方宣传部门主导的文学评奖外,形成了一个文学民间评奖的潮流。邵燕君在这篇文章中从文学市场化的大背景入手,对以"《大家》·红河奖"所代表的民间文学奖的评选作出了别致的观察,她认为"民间奖"一面标榜艺术的自足和纯粹,一面又不免受到市场运作的干扰而向大众读者的趣味倾斜,专家与大众的博弈,使得民间奖往往难以摆脱尴尬的境地。曾号称"中国文学第一大奖"的"《大家》·红河奖"即为明证。

① "五个一工程"奖本为年度奖,但在第 6 届(1996 年)和第 7 届(1999 年)之间有 3 年的间隔。

作品、甚至制造广告效果为一体的商业运作的有机组成部分。有些大奖,如"《当代》文学拉力赛"(最高奖金 10 万元,人民币,下同)、"新世纪北京文学奖"(总奖金 18 万元)、"九头鸟"长篇小说奖(最高奖金 10 万元)都没有赞助,高额奖金是其运作成本的一部分,市场因素势必会对大奖的评审原则和操作方式产生内在影响。

"民间奖"诞生的双重背景预设了其在操作中尴尬的处境。一方面,纯粹的艺术奖是它们的基本立足点(至少是姿态)。但在举办过程中,纯文学原则与大众流行趣味之间的对抗却更为凸显。可以说,纯文学旗帜越高扬,"市场化"的程度越深,二者之间的张力就越大。这样的矛盾冲突突出表现在当代设立最早也影响最大的"民间大奖"——"《大家》·红河文学奖"的评选过程中。

二

《大家》在 1994 年 1 月的创刊号上就刊登出要设立"中国第一文学大奖"——"《大家》文学奖"的启示,以诺贝尔文学奖获得者"虔诚仰视文学殿堂的肖像"为封面,以"寻找《大家》、造就《大家》"为口号,再加上 10 万元的巨额奖金,"《大家》文学奖"很自然地被视作中国的"小诺贝尔文学奖",令不少文坛人士为之振奋。不过,作为以市场方式操作的纯文学期刊,"《大家》文学奖"的创立还有另一重要目的,这就是在纯文学普遍低迷的状态下,为"横空出世"的《大家》打造知名度,吸引优秀作家以精心之作支持新刊物。云南红河卷烟厂在获知《大家》的意图后之所以能够立刻决定(据说只用了 10 分钟的时间)主动捐助,也是由于在文学领域树立红河品牌的文化形象是该企业的既定宣传策略①。这样,10 万元最高文学奖就与一流名人主持、一流撰稿人、一流版式、一流纸张一样,成为既标明品位又吸引市场、以品位赢得市场的创意之一。

1995 年底首届"《大家》·红河文学奖"揭晓,颁奖典礼在人民大会堂举行②,获奖作品是莫言的《丰乳肥臀》。《大家》编者称,此次颁奖使"《大家》激励

---

① 参见舒晋瑜:《文学期刊赛事知多少》,《中华读书报》2002 年 11 月 6 日。
② "《大家》·红河文学奖"的历届颁奖典礼都在人民大会堂举行,在有关报道中,这个地点也被一再强调。人民大会堂作为国家最高权威的标志在这里用来烘托大奖的权威性。但是,在 1995 年以前,人民大会堂的一些场所就已可以被租用(大概是作为一种"创收"形式),也曾经被一些烟酒厂家用来举办产品宣传会。"人民大会堂"与"红旗牌"轿车一样,以其留在人民记忆里的权威性在商品社会成了可以用金钱购买的"象征资本",成为庄重、典雅的象征,高品质的保证。从人们普遍接受的市场逻辑来看,这不失为一个成功的炒作策略。但若拿编者用以自比的"堂·吉诃德式"的标准来苛求,采用这种企业家们惯用的方式则显得有点缺乏"诗意的想象",也缺乏"不一样"的"大家风范"。

中国作家向世界文学巅峰发起冲击的愿望进入实质性操作阶段"①。莫言一向是被认为有可能以中国特色的魔幻现实主义登上诺贝尔奖领奖台的"有潜力"的作家之一,但是,《丰乳肥臀》这部作品却未获得很高的评价。评论界普遍认为这部作品无论在文化思考上还是在叙述方式上都没有突破,"丰乳肥臀"的书名还被不少人认为是有商业炒作的嫌疑。在世纪末前后,众多的"文学盘点"中,这部作品也一直未能榜上有名,说明"《大家》·红河文学奖"首度垂青的作品并非公认的"《大家》之作"。不过,此时《大家》创刊未久,参选作品必须是自己发表的作品,一时没有更合适的佳作也在情理之中。

根据"《大家》·红河文学奖"的评选规则,该奖每两年评选一次,每届只评选一部作品获得"大奖"。1998年初,第二届《大家》·红河文学奖"颁奖典礼再次在人民大会堂举行。为保证大奖的严肃性和权威性,此次大奖宣布"空缺"。而第三届评选则因种种原因一再推迟,"《大家》·红河文学奖"能否继续,最终花落谁家?成为文坛的疑问和悬念。

2002年1月,第三届、第四届"《大家》·红河文学奖"同时揭晓。评选结果是,由于"评委会再三推敲,未能评出一部有深刻影响的代表性的长篇小说",第三届大奖再度宣布空缺。而经两度空缺后,承担着"捍卫这一重奖的严肃性和权威性"使命的第四届大奖最终授予了市场号召力一向大于"圈内"影响力的作家池莉②,她获奖的作品《看麦娘》是一部中篇小说,而非"一部有深刻影响的代表性的长篇小说"。这一出人意料的评选结果更引起了不少人的疑问。

"《大家》·红河文学奖"评委会对《看麦娘》给予了高度的评价,称《看麦娘》标志着池莉已然从"新"写实走向"心"写实,"她不再只是世俗生活的记录者和认同者,《看麦娘》是她创作的一次涅槃,也是小说精神的一次升腾"③。

《看麦娘》发表于《大家》2001年第6期。发表以来评论不多,在笔者所能查到的数篇评论文章中,只有曾担任第三届、第四届"《大家》·红河文学奖"评委之一的王干对这部作品大为称赞④,其他的文章大都持批评态度,有的用语还相当尖刻。比如李建军在《一锅热气腾腾的烂粥——评〈看麦娘〉》一文中称:"《看麦娘》也显示着池莉试图摆脱过去创作模式的努力,但这种努力由于缺乏博大的精神视境,由于缺乏坚实的思想支撑,由于缺乏圆熟的艺术形式,而终归

① 《不一样的〈大家〉编年史》,《大家》杂志1998年末随刊附页。
②③ 参见邓凯:《巨奖呼唤大家——第三、四届大家·红河文学奖在京颁奖》,《大家》2002年第2期。
④ 参见王干:《重新回到当代——2001年中短篇小说述评》,《南方文坛》2002年第1期。《伪之罪》,《文艺报》2002年2月26日。

失败。"他因而认为第四届"《大家》·红河文学奖"的"商业意义大于文学意义"①。还有评论者认为,《看麦娘》的意义被过分夸大显示了批评家在畅销标准和艺术标准之间的无所适从。如殷实在《狗尾草·看麦娘·池莉综合症》一文②中说:"在名噪今时的诸多小说作者中,池莉可能算是最为特殊的一个类型:在其作者的平庸无奇与读者的无条件拥戴和崇拜之间,存在着难以理解的关系。这肯定会令那些找不到自己见解的批评家感到头疼,因为他们既无法忽略狂热的、不可捉摸的大众因素,又找不出池作的文学魔力——对读者的反应妄加怀疑,难免有感性迟钝、观念滞后之虞,说不定会落得一个将先入的审美标准强加进读者头脑的可耻名声;而彻底抛开所谓的如潮好评,对其作品进行纯粹的文本解读或形而上沉思,若不是过分自欺的话,最终也会明白是选错了材料。"殷实将这种现象称为"池莉综合症",认为《看麦娘》受到推崇、奖励和为众多读者青睐的情况正是这一症状的典型显现。

尽管评论者的看法可能见仁见智,但对于一位创作风格一向很稳定的作家来说,一次偶然的变化和一次根本性的转型是性质不同的两回事。在两者之间做出判断需要特别的审慎,判断的结果也可以通过作家的后续作品来进行检验。

在《看麦娘》之后,池莉又接连出版了长篇小说《水与火的缠绵》(华艺出版社 2002 年 4 月版)和《有了快感你就喊》(中国青年出版社 2003 年 1 月版)。这两部作品均未显示出池莉在创作风格有什么重大的转变,王干自己在评论《水与火的缠绵》时也表示:"比之前不久获得'《大家》文学奖'的《看麦娘》,池莉还是过于沉湎于她对现实的体验和理解,她在零距离接近生活、接近读者的同时,少了些超越性,文学毕竟不是回忆录,……"③ 如此看来,《看麦娘》与池莉以往的作品纵使有较大区别,恐怕也只是一次自我突破性的尝试,并谈不上本质上的超越,更谈不上"升腾"、涅槃。对于作家这样的一次尝试,"《大家》·红河文学奖"匆匆以大奖的形式予以高度评价,显示出一种令人难以理解的草率。而且,"《大家》·红河文学奖"第三、四届在评奖规定上有一项重要的改变,即将过去以作品为单位参评的方式改为以作者为单位参评,目的是"以便从作家一贯的人格力量和创作的整体走向及成就等多方面进行考察,真正评出更具影响力、时代性和代表性的大奖"④。"《大家》·红河文学奖"一向旨在鼓励"坚持先锋性

---

① 李建军:《一锅热气腾腾的烂粥——评〈看麦娘〉》,《南方文坛》2002 年第 3 期。
② 殷实:《狗尾草·看麦娘·池莉综合症》,《中国图书商报》2002 年 5 月 30 日。
③ 王干:《温情主义,池莉的看家本领》,《中国图书商报》2002 年 5 月 30 日。
④ 参见邓凯:《巨奖呼唤大家——第三、四届大家·红河文学奖在京颁奖》,《大家》2002 年第 2 期。

和前卫性,坚持文本创新的文学《大家》",而池莉一贯的写实风格与之几乎是南辕北辙。并且,对于不久前还公开宣称自己创作只为"博得老百姓的喜欢",拒绝"取悦文学圈"①的池莉来说,"代表中国作家向世界文学顶峰发起冲击"恐怕既超出了她的能力,也不是她的志愿。

然而,"《大家》·红河文学奖"的评委在经过两届慎重的空缺(甚至对于一向支持《大家》、创作的先锋性受到公认的于坚、李洱也仅授予荣誉奖)之后,却独钟情于池莉。而且,几乎是作品刚一发表就立即被授以桂冠(作品发表于2001年第6期,大奖于2002年1月揭晓),给人的感觉是,大奖虽然高扬先锋大旗,但对传统的写实主义作家池莉的创作却格外关注,殷殷期盼着她的超越、升腾。而所谓的超越、升腾也是相对于池莉自己而言的,正如王干在称《看麦娘》为中国当代文学2001年度"最有价值的中篇"时所说的:"说最有价值首先是对池莉而言,池莉的小说好看,鲜活,但往往拘泥于现实,而这一篇小说一下子'升腾'起来,……"② 但问题是,为什么是池莉而不是别的作家可以自己和自己比?如果池莉没有受到广大读者"无条件的拥戴",她是否有可能受到大奖评委"无条件的关注"? 在这样的关注下评选出来的作品在审美标准上又会产生怎样的偏差? 2002年3月中国小说协会公布了该协会评选出的2001年度中国小说排行榜中,上榜的中篇小说共有9篇,但未包括刚刚获得"《大家》·红河文学奖"桂冠的《看麦娘》。该排行榜的评委全部是在文坛上活跃的著名评论家,《看麦娘》的落选至少说明"《大家》·红河文学奖"对它的高度评价在文学圈内不能得到公认。

要对第四届"《大家》·红河文学奖"出人意料的选择做出解释,大概只能从此次评奖在学术性、厚重性、权威性之外,特别提出的"广泛性"这条标准来寻找原因。

在评选结果揭晓之前,关于评委身份是否"够格"的问题已经引起广泛的议论。据称,评委会在人员构成方面进行了有意识的改革,5位评委中除了作家余华、学者谢冕、评论家王干之外,还特别聘请了武侠小说作家金庸和中央电视台"读书时间"栏目主持人李潘。议论的焦点正集中于后两者,虽然金庸先生的武侠小说在华人圈内的影响无人能及,李潘主持的"读书时间"栏目也在文化界有着良好的口碑,但他们毕竟是通俗小说大师和媒体主持人,他们在各自领域内的

① 参见程永新、池莉:《访谈录》,收于池莉:《怀念声名狼藉的日子》,"金收获丛书",云南人民出版社2001年3月版。

② 见王干:《伪之罪》,《文艺报》2002年2月26日。

成就是否可"平移"为纯文学大奖评委的资格？这一问题受到不少人的质疑,有批评者更直称,《大家》如此做法不过是借评委的知名度吸引读者"眼球",是一种明显的商业炒作方式①。

《大家》主编李巍在谈到此项改革的初衷时谈到,评委构成在原来清一色的作家评论家的基础上新增了媒体记者和海外著名华人学者两种身份,主要目的是让纯文学走出小众,引起大众的关注。他的理论依据是,文学本身是一个变化的过程,纯文学的概念已经日渐宽泛,纯文学与通俗文学之间的关系其实就像艺术电影与商业电影一样,二者在不断地靠近、互渗。因而该领域的评奖也必然会有变化,不该把自己封在小圈子里。金庸先生的小说之所以畅销,自然有其原因,纯文学亦可以从中思考吸取某些东西。在此问题上,其他几家纯文学刊物的负责人都对《大家》进行了"声援"。如《人民文学》编辑部主任李敬泽称,纯文学与通俗文学之间并不存在楚河汉界,二者在某个空间是可以实现交流的。《收获》杂志副主编程永新也认为,金庸先生担任"《大家》·红河文学奖"的评委是很正常的一件事。金庸在文化、历史上的修养,以及他对文学的看法、判断都是具有一定水准的。他还表示"就算《大家》此举有一定的商业炒作因素,那也是情理之中的事"②。

从以上的"声明"和"声援"中,我们可以看到,几位当前中国最重要的纯文学期刊负责人在有关"纯文学"概念的拓宽、雅俗文学界限的打破(而且只注重强调纯文学对优秀的通俗文学应有所借鉴)等问题上持相似的观点,这样的观点与我们曾讨论过的《北京文学》对"好看"的提倡以及以"好看"为"好刊"的价值取向有相同的理论基础。而且,从诸如"情理之中"一类的说法中,我们可以感觉到,这样一种"共识"的形成与纯文学期刊共同面临的生存压力之间有着的直接关系。但是在"情有可原"的同时,我们也不得不看到,当大众流行趣味不但影响到纯文学期刊的发表原则,甚至也渗透到纯文学大奖的评审原则以后,纯文学的发展会陷入更深度的恶性循环。

如果说在"市场化"不断加深的文学环境下,像《大家》这样的大型纯文学期刊是少数的几个"纯文学阵地"的话,"《大家》·红河文学奖"这样的文学大奖就堪称阵地上的旗帜。如果说处于稿源限制和销量压力下的文学期刊,在发表作品时难免受到作家创作风向和读者趣味的影响,两年一度的大奖则正可以比较单纯明确地标明刊物的价值取向。"《大家》·红河文学奖"所谓的"《大家》",

---

①② 参见赵晨钰:《〈大家〉评奖　金庸当评委不够格?》,《中华读书报》2002 年 11 月 6 日。

到底是"大师"意义上的《大家》，还是"大众"意义上的《大家》？这中间确实有着不可模糊的楚河汉界。虽然确有不少大师在攀登文学顶峰的同时也赢得了当世大众的拥戴，但在纯文学的领域，是否赢得大众丝毫不构成其能否成为"大师"的资格。相反，为生前寂寞的大师赢得身后的大众，这正是权威大奖的最基本也是最神圣的职责。像"《大家》·红河文学奖"这样的以"中国的诺贝尔奖"为自我期许的文学大奖，它所依据的毋庸置疑只能是精英小众的审美原则，它所颁发的"象征资本"的权威性也正取决于它对于纯文学原则恪守的严格性和把握的准确性，当然这首先要求评奖者对纯文学原则有着坚定的自信。

在"《大家》·红河文学奖"试图从"小众"走向"大众"的"突破"中，我们确实可以看到"文学精英"们对于以往文学界奉行的纯文学原则的不自信。虽然所谓的纯文学原则本身是处于不断变化之中的，中国当代文学中与"先锋小说"等文学实验相伴生的"纯文学"概念本身就有许多先天不足之处，更需要拓宽和调整。但是调整拓宽并不意味着"楚河汉界"的自我消解，更不意味着价值基础的自动倾斜。而"《大家》·红河文学奖"向我们显示的调整方式基本上是对大众审美原则的直接引入——聘请通俗文学大师和媒体主持人为评委（且比例占到2/5）是意图明显的手段，将大奖授予最有市场号召力的作家是自然的结果。

在"文学精英"们对精英标准的质疑中，还伴有对读者标准的过分推崇和倚重。其实，并不存在真正"自然"的读者标准，所谓"自然标准"其实也是各个时期的专家标准塑造的。如果在一个时期，读者标准与专家标准产生了巨大的差距，那么很可能是旧的专家标准与新的专家标准之间的距离，这种情况在一个刚刚进行过重要形式变革的文学环境中几乎是必然会出现的。在中国当前的文学环境下，年轻读者有可能比年老专家的审美观念还要滞后，因为，读者的体验虽然是当下的，但审美趣味却可能是从前奠定的。专家奖所起的正是一种"导读"的作用，通过褒奖那些对文学发展真正具有推进作用的作品，使它们在读者中间产生广泛影响，从而使新的专家标准逐渐成为"自然的"读者标准。这就要求专家标准必须具有严格性和独立性，并且在必要的时候敢于疏离、对抗读者标准。读者只有基于对专家审美判断的信任，才会去购买阅读对自己文化准备具有挑战性的作品，从而提高自己的文学素养，也使纯文学生产进入良性循环。纯文学的生存环境越恶劣，就越需要"象征资本"的支持。如果以"寻找《大家》、造就《大家》"为宗旨的"《大家》奖"都转而青睐广受大众认同的作家，"中国《大家》"成长的空间在哪里？"中国第一文学大奖"的立足点又在哪里？

"民间奖"出现的最大意义在于打破过去由"政府奖"、"作协奖"的单一垄断格局。但保持多样化的基础是依据不同标准的文学奖"各守其职",否则,很容易走向新的"大一统"。目前,包括国家图书奖、中国图书奖和"五个一工程奖"等"政府三大奖"在内的"官方奖"也越来越把"为人民群众所喜闻乐见"作为重要的评奖标准之一。在"市场原则"的强势压力下,大众流行趣味可能是促成新"大一统"的最大的驱动力量。

三

专家标准向大众趣味的倾向并非只出现在"《大家》·红河文学奖"的评奖活动中,在其他文学大奖的评选中也相当程度地存在着。

中国由文学期刊或出版社设立的文学奖并不全是专家奖,其中有一部分基本可以算是大众奖,如《小说月报》"百花奖"、《中篇小说选刊》奖、《小说选刊》奖、《小小说选刊》奖,等等,其中于1984年设立、一年一度的《小说月报》"百花奖",获奖作品完全根据读者投票选出,是中国文学界最具连续性的大众文学奖。"布老虎"丛书也曾于1997年设立了"金布老虎"奖,该奖的评委虽然都是著名的文学评论家,但由于"布老虎"丛书畅销书的性质,评奖标准必然基于大众标准。

专家奖与大众奖的区别首先在评选标准上。从严格的意义上讲,专家奖依据的只能是专家标准,反映民意是大众奖的任务。正因为依据不同的标准,它们所颁发的"象征资本"才具有不同的荣誉性质和不同的资本转化功能。大众奖是对读者认可的再认可,虽然也是一种荣誉,但其性质类似于畅销排行榜或民意测验,在读者市场中引发的是一种"从众"的效应。虽然获奖可以使作品更畅销,但即使不获奖,这类作品的市场价值也可以获得较充分的实现。比如,开价100万元的"金布老虎奖"虽然由于铁凝的"婉拒"而落空,但总策划安波舜则宣称,包括铁凝的《大浴女》在内的几部"布老虎"小说"实际上"都已获得了"金布老虎奖",因为"金布老虎奖"是以100万元买断版权,而这几部小说的版税都已达到了100万元①。而专家奖所褒奖的作品事先却未必会自动获得读者的认可,大奖首先是一种巨大的荣誉,但通过"象征资本"向市场资本的转化,也可以给作家带来物质上的利益。世界上的文学大奖有的奖金颇高,如诺贝尔文学奖,

---

① 材料来源:笔者于2002年7月19日采访"布老虎"丛书前总策划安波舜先生后整理的《安波舜访谈录》,经安波舜审核,同意引用。

有的奖金极低,如法国的龚古尔奖,据说奖金的票面价值在巴黎只够买一束鲜花。但低额奖金并不意味着奖励只是荣誉性质的,《文学社会学》的作者罗贝尔·埃斯卡皮在谈到文学奖的作用时把它称为一种最常见的、十分经济的政府资助方式:"奖金的价值在票面上是有限的,然而,得奖作品可以保证得到畅销;作者的收入就此大增。"① 一项大奖所颁发的"象征资本"是否能有效地转化为市场资本,也是对它自身权威性的一种检验。

从某种意义上说,一些新设立的"民间"大奖争相不惜重金,且对高额奖金过分渲染和倚重,这本身就意味着其颁发的"象征资本"的"含金量"不足。中国官方性文学奖项的奖金一般都不高,基本在数千到一万元之间。奖金最高的是冯牧文学奖,每位获奖者的奖金为 2 万元。与之相比,"《大家》·红河文学奖"1994 年首开先河的 10 万元大奖确实对作家构成很大的吸引力。2000 年启动的"《当代》文学拉力赛"也以 10 万元的高额数目"跟进"。《美文》2001 年举办的"全球华人少年美文写作征文大赛"总奖金 101 万元,最高奖金 10 万元,关于中学生一篇作文值不值 10 万元的问题曾一时引起社会上的广泛争论。2002 年《收获》杂志宣称将联合几家企业打造"中国诺贝尔文学奖"——"《收获》文学奖"(暂定名),每年在全球范围内奖励一位成就卓著的华语作家,而用来与诺贝尔文学奖抗衡的主要筹码也在于 100 万元人民币的高额奖金。

《大家》和《当代》的负责人都曾表示过杂志尽管财政窘困但仍要重奖作家的决心。《大家》主编李巍在首届"《大家》·红河文学奖"颁奖之后说,虽然《大家》在颁奖时显得无比潇洒,但编辑部在日常经营中"一个子儿一个子儿地抠"。但他同时也表示:"视潇洒为奢侈的我们,毕竟在人民大会堂云南厅,在首届《大家》·红河奖颁给莫言的那一刻,让自己,也让所有清贫的文人都潇洒了一回。"②第三届"《大家》·红河奖"虽然空缺,但 10 万元奖金仍颁给了 8 名荣誉奖获得者。《当代》常务副主编常振家在"《当代》文学拉力赛"以转让冠名权争取商家赞助的计划落空后表示,《当代》就是"勒紧腰带过日子",也要从办刊经费中每年拿出 10 万来颁奖。而且,即使"矮子里面拔将军",也绝不令大奖空缺。"以高额奖金掀起炒作热潮,又以'空缺'方式一毛不拔的伎俩,《当代》是绝不会的。"③

从以上表述中我们可以体味到,这些大奖表面上看似乎"财大气粗",但背后则是囊中羞涩的文学期刊的惨淡经营。但是,这样强烈的对比却越发强化了

① [法]罗贝尔·埃斯卡皮:《文学社会学》,王美华、于沛译,安徽文艺出版社 1987 年 9 月版,第 73 页。
② 李巍:《主编絮语》,《大家》1996 年第 1 期。
③ 《"〈当代〉文学拉力赛"2000 年第一站竞赛纪实》,《当代》2000 年第 2 期。

大奖票面价值的重要性。虽然说在大奖设立的初期，足以引发新闻效应的奖金数额可以起到扩大知名度、吸引作家的实际作用。但就长期而言，大奖的权威性只能建立在其获奖作品的权威性上：大奖以其卓越的审美眼光不断评选出经得起文学史检验的优秀作品，从而使自己获得对一个时期文学精品，甚至文学经典的命名权，使这些作品可以成为长久的畅销书。否则，如果主要以"票面价值"吸引作家和舆论关注，不但无益于自身权威性的建立，而且，随着畅销书收益的不断增加，在诸如"金布老虎"等轻易可以拿出一百万元的畅销书巨奖的映衬下，靠"勒紧腰带"抠出的奖金也很快会失去其诱人的光辉。

"市场化"转型以后，中国当代"文学场"中发生的最显著的变化是读者地位的提升。读者从被动的接受者变成了主动的消费者。读者的消费倾向不但影响了作家的创作原则、文学期刊出版社的发表出版原则，也直接影响到文学批评和评奖的评审原则。但对于"民间专家奖"而言，在赢得"广泛性"的同时也难免削弱其权威性。因为，这些"民间专家奖"的评奖标准是建立在与官方主流审美原则和大众流行趣味的双重对抗的基础上的。正像前文所分析的，并不存在所谓"自然的读者标准"。今天"自然的读者标准"正是昨天的权威标准，尤其是对曾发生过重要形式变革的当代文学而言，对还未生根的新标准的放弃就意味着对依然强大的旧标准的屈从。应该说，纯文学在现实中的生存处境越险恶，越需要"象征资本"的支持。如果纯文学大奖都唯民意是从，先锋探索如何能在逆境中披荆斩棘？从更长远的角度说，今天的文学产品，喂养着明天的消费者。今天的文学标准，塑造着明天的文学趣味。今天的单调平庸也将造成明天的贫瘠荒凉。也正是在如此的意义上，"民间专家奖"虽然生逢困境，但仍难免被苛责承担守护文学香火的使命。

关于茅盾文学奖的"评选标准"

任东华

1981 年,茅盾在病危之际,口述了两封信,一封给中共中央,请求在他去世后追认为中共党员,并郑重表示这将是他"一生的最大荣耀";一封给中国作家协会书记处:

> 亲爱的同志们,为了繁荣长篇小说的创作,我将我的稿费二十五万元捐献给作协,作为设立一个长篇小说文艺奖金的基金,以奖励每年最优秀的长篇小说。我自知病将不起,我衷心的祝愿我国社会主义文学事业繁荣昌盛。①

据韦韬回忆,这是茅盾生前最大的两件事情;据此可知,它们有着不可分割的内在联系:茅盾首先是一个革命家,然后才是一个文学家,并且,他是以文学创作来进行革命实践的。这是理解"遗嘱"丰富内涵的先在前提。尊重文学奖的设置者——茅盾先生的"遗愿",无论是对主办者、获奖者还是其他相关的人而言,都义不容辞。然而,"如何尊重"却殊途难归。四分之一个世纪的六届评选,在勉为其难之时,仍留下了诸多难以规避的缺憾;其中,最关键的仍是如何认同茅盾文学奖的评选标准,这甚至成为茅盾文学奖被经常诟病的症结和难题所在。不过,它也促使我们反思:我们究竟该怎样去理解茅盾的"遗愿"? 为此,深入

题解 本文原载《粤海风》2007 年第 2 期。1981 年至 2007 年共进行了六届茅盾文学奖的评选,但茅盾文学奖的评选标准仍然是争议所在。文章从"遗嘱"的"意图"管窥、评选标准从"遗嘱"到"条例"的原则化与意识形态本质、评选标准的实践与误区三个方面出发,认为茅盾文学奖的评选标准应从"茅盾传统"出发经"现实主义主旋律"指向"对当代文学的愿景";将茅盾遗嘱拆分开来,从"方向、性质、标准、时间、范围"五个方面为文学奖规定了根本性的参照体系;同时从思想标准、艺术标准两个方面分析了目前评奖存在的局限性,希望应真正解放思想,破除"遗嘱"和"条例"之间的障碍与藩篱,使评选遵循"遗嘱"的精神。

① 参见《人民日报》1981 年 4 月 1 日。

研究茅盾"遗嘱"的"潜在意图"是什么,主办者是否对它存在误读,面对未来它有无开放性等等就显得特别紧要了。

一、"遗嘱"的"意图"管窥

如果按照韦韬的"说法",茅盾文学奖的设置是非常"偶然"的。1980年9月,中国作协把设立鲁迅文学奖的议案送交茅盾征求意见,茅盾由此"得到启发",根据当前"长篇小说还不够繁荣"的状况,决定把稿费25万元捐献出去"设立长篇小说奖"。① 但检视茅盾一生的文学活动,我们又可以这样认为,这既是茅盾对在世的文学创作之交待与总结,又是茅盾对未来的文学生命之执著与延续。从这个角度来解读"遗嘱",事实上可以看出茅盾对"我与文学"之关系的多重思考与设置。

对"茅盾传统"的传承。茅盾曾经说过,他希望能以文学创作的形式把波澜壮阔的"现代史"宏观地描述出来。夏志清也承认,就宏大叙事而言,现代作家是"无出其右"的;如果按照作品的叙述年代而言,他的小说就形象地纪录了新民主主义革命的完整过程;它们不但形成了鲜明的叙述特征并赢得了众多作家的跟进与实验。对此,早在1952年,冯雪峰就精辟地指出茅盾不但有别于鲁迅另开一种现实主义传统,而且还形成了现代文学创作中的"茅盾模式",捷克汉学家普实克则把它概括为重客观写实的"史诗叙事"。在众多研究的基础上,王嘉良认为,无论是就模式的独特性还是就它对新文学广泛而深刻的影响而言,"茅盾模式"都体现了不可替代的范式意义,并且具体表现在三个方面:积淀深厚的现实主义(方法)传统;气势阔大的创作"史诗传统";注重社会分析的"理性化"叙事传统等等。② 与研究者们过于条理化与规律化的概括不同的是,茅盾通过自己的感受、体验和实践,把它们还原为更生动、更丰富也更感性化的"创作经验",并在内心深处情有独衷。无论是对年轻的革命文学者如"太欧化、多用新术语、正面说教"之类的告诫,还是以《子夜》、《林家铺子》、《春蚕》等等作品对现实主义的倡导;甚至在建国之后,他满怀热情地拟定创作计划,当现实要求与"经验"不可调合时,他宁愿住笔不写;"文革"时期,茅盾续写《霜叶红于二月花》,等等,都潜在而象征性地意味着茅盾对自己的"创作经验"的眷恋与深信

① 陈小曼、韦韬:《我的父亲茅盾》,辽宁人民出版社2004年版,第304—305页。
② 王嘉良:《论"茅盾传统"及其对中国新文学的范式意义》,《茅盾研究——第七届年会论文集》,新华出版社2002年版。

不疑,它对于"真文学"普遍的示范意义,它在当下所具有的无可替代的"使用"价值。在与韦韬商量该设置何种文学奖时,他"胸有成竹"地表示"自己是写长篇小说为主"的,所以,也有意识地期待着这种"传统"与"经验"能够传承下去。

对"现实主义主旋律"与"文学思潮多样化"的和谐化期待。如果仅仅把茅盾设置文学奖的目的局限于对自己所熟稔的"创作经验"或所形成的"创作传统"的宏扬,显然有背于茅盾的初衷。作为新文学的开创者,特别是长期复杂的、充满探索也充满矛盾的文学实践,使茅盾深刻地认识到,"经验"作为主体在既定的情境之中,根据自己的知识、兴趣及受限等各种条件与外在对象耦合所形成的创作选择,呈现为风格、范式或相对稳定化的审美特征,它在形而下的层面是可以仿效或操作的。所以,茅盾在寄希望于"传统"的传承之时,也在内心深处对它是否会造成创作"重复"不无忧虑。因此,把"经验"形而上化,从思想层面来理论地把握文学,就成为茅盾文学实践的精神基础。这既在于理论可以超越创作"经验"之"用"的局限,也在于当理论反馈于创作之时,又可以有效地丰富"经验"。然而,如何把握文学,特别是"当代中国"所需要的文学?众多研究者如朱德发、杨健民、史瑶、杨杨等人在论及茅盾的早期文学批评时,都不约而同地认为,茅盾是在比较自然主义、新浪漫主义、象征主义等等西方文学思潮的基础上,最终从意识形态角度选择了"为人生的现实主义",并始终不渝地倡导与捍卫着。但事实上,茅盾对种种文学思潮又有着内在的宽容精神,选择"为人生的现实主义"并不意味着茅盾否定他者的合理性和补充意义,只是"时代与社会"会抑制甚至排斥它们的"中心化"而已。因此,茅盾在坚持现实主义之时,总难免产生来自他者立场的质疑、辩诘和择取。总体看来,茅盾是以现实主义为"体",以其他思潮为"用","体"的独尊倾向与"用"的重构冲动总是困扰着茅盾并呈现为动态化;不过,在意识层面,茅盾期望既尊重两者主次格局又能调解双方矛盾,以使当代文学的"现实主义主旋律"与"文学思潮多样化"能够和谐化。所以,茅盾既坚持以鲁迅文学奖的设置为参照并坚定地认同"鲁迅传统",但在"遗嘱"中又把标准"泛化"且对现实主义不置一词。

对当代文学的愿景。作为新文学的开创者,茅盾深味到尽管由于与守旧派斗争、国民党的文化专制及社会动荡等等"种种不利条件",但现代文学仍然"打了胜仗"。建国之后,无论是在第一次文代会作报告,还是雄心勃勃地拟定创作规划,甚至勉为其难地出任共和国的文化部部长,茅盾都深信当代文学的"光明前途",但事实却出乎他的意料之外。不仅他本人"无法"创作,连续的政治运动在打倒大批作家、批判所有作品之后,干脆把文艺界列为"黑线统治",所谓的

"文艺新纪元"却导致创作荒芜或是"阴谋文艺"。茅盾在痛心之余,也于1966年搁笔闲居,以示抗议。1976年之后,粉碎"四人帮"和平反冤案所带来的宽松政治环境,第四次文代会的高规格召开及党的文艺政策调整等等,都使茅盾相信文艺"春天"到来。为此,他一方面大力清除"左倾"政治与"四人帮"所遗留的积弊和"乱",一方面又积极呼吁发扬艺术民主,解放艺术生产力。无论是出席座谈会、撰写回忆录还是支持办刊等等,他都不遗余力地强调"如何繁荣社会主义文艺事业"。查阅日记及其他资料,可以看出他在这个时期的精神真相:由于感到在世无多,茅盾已不再计较浪费创作时间,情愿花费更大心力去为其他作家"服务",如受命担任中国作协主席;要总结正反两方面的经验,团结一致开创当代文学的"新时代";要创造条件,千方百计地提携文艺的新生力量以及与错误倾向斗争;等等。由此可知,茅盾对文学奖的设置,是对他终生所热爱的文学事业之继续参与,也表达了他对中国文学真诚的祝愿与预期。

总之,这三个方面是内在递进又互相涵括的,从"茅盾传统"出发,中经"现实主义主旋律",最后指向"对当代文学的愿景",或许,这是我们"真正而完整地"窥测到的,茅盾设置文学奖的本意!

二、评选标准:从"遗嘱"到"条例"的原则化与意识形态本质

仅仅就"意图"而言,"遗嘱"只是茅盾以当代文学为对象为我们所提供的巨大能指。而当代文学是变动不居的,它所拥有的价值或成就往往要经受读者和历史的反复考验才能得到论定。因此,在当代境遇下,如何使"意图"所指化,实现茅盾的"未竟之愿",就成为文学奖评选的前提与关键所在。

"遗嘱"遣词"简单":除去称呼与落款之外共八句话,但其中以"最优秀"为核心的关键词系统却涵括了文学奖评选的基本标准并寄寓着茅盾"身在现实"的诸多"暗示"。

书记处。它是中国作协的常设机构,由主席团推举产生,负责处理协会的日常工作和根据需要建立相应的工作机构及专门委员会。茅盾把文学奖委托给书记处,并非止于简单的工作关系,而是为评奖确定"方向",即必须坚持评奖的"党性"原则,在党的领导下,实践评奖的科学化。

社会主义文学事业。由于"茅盾首先是一个革命者,其次才是一个文学家",所以,他所从事的文学事业,必须是党所领导的社会主义事业之一部分;茅盾倡导文学为广大的"人民"服务,为社会主义制度和国家现代化服务,必须

坚持文学的社会主义"性质"。

最优秀。茅盾并不认为"最优秀"就是创作的顶峰或模式,而是由基本的文学要素辩证地"创新"所体现出来的"最突出"特征,它包括:文学在为社会变革服务时,与时代的发展趋势保持一致,在深入、分析和把握生活的基础上,以个性化的典型表现出丰富复杂立体的人格建构,在思想倾向的自然流露中给读者以希望、理想和出路。

每年。作为批评家,茅盾深知任何优秀(伟大)的作品(作家)的"意义"都是丰富而博大的,对它的认知与把握也是不可能一蹴而就的;同时,语境变动会导致"价值"复杂化,所以,"每年"就不仅在于作品的"创作或者出版",更在于对作品的"价值发掘"和对文学发展之连续性期待。

我国。从政治上而言,"我国"指包括台港澳在内的全部领土;从文学上而言,"我国"指以社会主义文学的存在区域如大陆、以资本主义和殖民主义文学的存在区域如台港澳之共同构成。茅盾从文学方面所称的"我国"既指向前者,但又潜在地涵括着对后者的评价。

总之,茅盾从"方向、性质、标准、时间、范围"五个方面为文学奖规定了根本性的参照体系,已有的文学经验、当代文学的发展现状、历史曲折与当前所存在的突出问题等等使茅盾在强调意识形态对文学奖的前提意义之时,仍寄最大希望于"文学性"本身,尽管这种"文学性"总会不自觉地偏至"现实主义",但它悬置意义的具体化仍为后来者理解与评说留下了巨大的话语空间,也为评奖应对文学变化提供了丰富的意义资源。

当然,把"遗嘱"放在茅盾的创作史与百年中国文学的宏大背景上,它的内涵是异常丰富的,但它的目的毕竟在于指导评奖,如何把它当代化与现实化,使文学奖"有章可循"?尽管研究者及"民间"见仁见智,但受委托者——中国作协及书记处所制订并负责解释的《茅盾文学奖评奖条例》才真正决定了茅盾文学奖的评选乃至运作。

自1982年至今,茅盾文学奖已历六届,共计29部作品(包括2部荣誉奖)获奖。就评奖条例而言,每届都有变动,但它的基本原则却得到遵循,特别是《茅盾文学奖评奖条例(修订稿)》不但是对第一至五届条例的总结,而且还将对后来评奖产生规范作用,所以,分析评奖标准从"遗嘱"到"条例"的位移及其变化,以之为对象是非常富于代表性的。"修订稿"在解释之外共计八条,其中第4—8条是指评选机构、评奖程序、评奖纪律、评奖经费等等,属于真正意义上的评奖标准则是指第1—3条,包括在述的三个方面内容,我们来看看它们是如何把"遗嘱"的

"要求"原则化的。

第一,指导思想。对于"遗嘱"所规定的文学奖的"方向与性质","条例"一方面通过具体情境滤掉了局限于时代所挟带的"政治情绪",一方面又自觉适应党对文学由"具体行政干预"向"宏观思想指导"的策略转移,旗帜鲜明地规定评奖工作,"以马列主义、毛泽东思想、邓小平理论和'三个代表'重要思想为指针"。宪法规定它们是中国特色社会主义事业的指导思想,"条例"把茅盾文学奖纳入它们的"指导"之中,无疑也就内在地规定了茅盾文学奖的社会主义性质。1942年,毛泽东曾在《讲话》中提出,"为什么人"是文学的"首要问题",所以,坚持文艺为社会主义的主体——人民服务、为人民所从事的"革命"——社会主义事业服务也就成为评奖坚持社会主义性质的方向逻辑。——"条例"把茅盾的评奖期待纳入了当代意识形志体系之中并得到确定表述,但它的合理性又内聚着对"遗嘱"解释存在着与时俱变的可能。"贯彻百花齐放、百家争鸣的方针,弘扬主旋律,提倡多样化,坚持导向性、公正性、群众性。"则把"遗嘱"对文学奖的意识形态要求转换成"条例",通过对文学的规律、功能及主流特征的深刻认知而形成的内在规范,从而使思想指导能够"措施化"。

第二,评选标准。"遗嘱"的"最优秀"包括着茅盾对文学的复杂认知,"条例"则依据文论界对文学的传统"二分法",把"最优秀"理解为"思想性与艺术性的完美统一"。就"思想性"而言,"条例"首先定义了它的功能:有利于倡导"爱国主义集体主义和社会主义"、"改革开放和现代化建设"、"民族团结社会进步和人民幸福"以及"用诚实劳动争取美好生活"等等方面的思想和精神。这种明确的正面取值,确实符合文学的"真善美"本性要求,但是否会对其他的价值取向构成潜在抑制?其次,"条例"突出了它的内容承担,即"深刻反映现实生活,较好地体现时代精神和历史发展趋势",这是茅盾无论就自己的文学创作还是对别人的批评而言,都在内心认同并最先关注的;不过,"塑造社会主义新人形象"却恰恰是茅盾所短,它补充着"遗嘱"对社会主义文学"应该如何"的理解。就"艺术性"而言,"条例"既鼓励在中外文论传统基础上的"创新",又强调文本的"中国作风与中国气派"以及艺术感染力等等。它使茅盾在"遗嘱"中所内存的艺术传统由"五四"向"延安"倾斜,但当代语境又有意味地"诠释"着评奖的艺术选择。总之,"条例"依据当代文学传统而对"遗嘱"的"最优秀"标准进行有倾向的原则化,但也潜伏着对思想或者艺术的"偏至"危机。

第三,评奖范围。就评奖来看,每四年评选一次、多卷本长篇小说应在全书完成后参评、字数13万以上等等条件所受非议不大。但把"在我国大陆地区公开发表与出版"和"由中国籍作家创作"作为评奖的先在条件则被研究者们认为与"当代文学"的概念不符;尽管强调"鉴于评选工作所受的语言限制和其他困难",但"凡用少数民族语言创作的长篇小说,以汉文的译本出版后参加评选"仍被认为是"话语霸权";评选年度以前的优秀之作重新参评,固然表明评奖"慎重",但却难以操作。与"遗嘱"的"暗示"不同的是,"条例"更注重评奖的实践性,但它的种种"修正",又总是引发着对评奖的"公正性"质疑。

总之,"条例"把"遗嘱"置入当代文学的整体框架之中,假若我们把"条例"与1979年邓小平在第四次文代会的《祝辞》①进行比较,我们可以发现,《祝辞》无论是对"马列主义、毛泽东思想"的总体表述,对"社会主义新人"、对创作要表现"时代前进的要求和历史发展的趋势"、文艺的工农兵方向、"双百"方针与艺术创新以及人民性等等的倡导,都成为"条例"的精神资源。"遗嘱"既因此而获得了可靠的意识形态支持,但也因此而不可避免地遭受着当代文学诸多难题的困扰,特别是"遗嘱"的先在参照、社会对文学奖期望的多元化以及评奖的操作难度等等原因,"条例"在具体的实践中又会遭遇种种情况而发生变形。

三、"评选标准"的实践与误区

按照《条例》规定特别是四分之一个世纪的评奖实践,我们知道,经过相应的机构和程序之后,评奖办公室聘请"熟悉长篇小说创作的若干评论家、作家和编辑家"组成审读组,对推荐作品进行筛选,为评委会提供备选篇目。评委会"在认真阅读全部备选作品的基础上,参考各界反馈意见,经过充分的协商与讨论",最后进行无记名投票,以三分之二以上的票数当选获奖作品。从评奖过程来看,尽管审读组有初选权,但决定权则在于评委会,所以,他们如何理解"遗嘱"特别是如何执行《条例》的"标准",就成为茅盾文学奖"评选"的关键所在。

思想标准实践。尽管新时期以来,"政治标准第一,艺术标准第二"已经不再被提起,但"思想性"依然是当代文学的"潜在"传统,它既不止于"政治",也有别于意识形态内容,而是指向更为宽泛的精神价值,所以,对于具有"半官方性质"的茅盾文学奖而言,凡是出现"明显的错误、有害甚至反动倾向且在社会上影响恶劣"的作品是不可能进行参评的。当然,这也并不排除评委会对在此之外的评奖对象的思想价值充满歧见以及相应的处理方式。

---

① 邓小平:《在中国文学艺术工作者第四次代表大会上的祝群》,《人民日报》1979年10月31日。

如果评奖对象的思想价值存在"争议"，即文本在主流、大方向或根本精神方面被认为"正确"，但在局部、细节或若干观念方面被认为有"突出问题"的话，评委会会进行协调。如《白鹿原》就被认为虽然不存在政治倾向性问题，但儒家文化的体现者朱先生关于"翻鏊子"与"国共之争无是非"的若干见解以及与主题无大关系的若干性描写可能引起误解与批评。① 对此，评委会采取折衷办法，即建议作者"修改"，以"修订本"的形式参加评奖。这样，评委会就通过对所述的"两个问题""计划清除"，缝合了《白鹿原》与茅盾文学奖之间的思想裂缝，保证《白鹿原》"既深刻揭示封建家族和封建文化的本质，又通过对时代精神和社会生活的真实反映，呈现出20世纪前半期的历史发展趋势"之"条例式"评价的完整性并遮蔽了它的"自反性"。《檀香刑》则被认为"张扬人性之恶"而终于"落选"。

如果评奖对象的思想价值具有时代的"先进性"，特别是"深刻揭示"现实的"主旋律文学"，评委会会"重点关注"，如《骚动之秋》和《英雄时代》就是在初选审读组之外由评委会"联合提名"获奖的。无论是"授奖辞"还是评委们后来对这些作品的评价，都认为它们"最形象地"实现了"条例"所要求的思想标准，并以巨大勇气实践着茅盾的现实主义创作传统。如《抉择》就被认为"直面现实，关注时代"，《骚动之秋》"反映了迅速变化中的农村现实，以及中国农民由传统走向现代化过程中发生的蜕变并成功地刻画了岳鹏程的复杂性格特征"。是实现"弘扬主旋律，鼓励贴近现实生活、体现时代精神"的"优秀之作"。②

如果评奖对象的思想价值呈现为"复调叙述"，评委会会从"现实"出发，以"现代性"为参照，在文本的"杂语喧哗"中，择取"我们"所需要的，进行"社会主义"、"改革开放"、"民族团结"等等方面的宏大"命名"，特别是在历史题材领域。如《李自成》（第二卷）就描写了"起义军在处于极端不利的情况下，如何惨淡经营并发展壮大"的"艰苦奋斗精神"；《黄河东流去》、《茶人三部曲》和《战争和人》则"寄寓着中华民族求生存、求发展的坚毅精神和酷爱自由、向往光明的理想倾向"。③《少年天子》和《张居正》则宏扬了执著、悲壮并不畏牺牲的"改革精神"等等，它们正是当代社会最需要的，如郭沫若倡导史剧应该"以古人骸骨，吹嘘些现代人的精神进去"一样，这些作品也拓展着"遗嘱"与"条例"对现实的深层关怀精神。

①② 胡平：《我所经历的第四届茅盾文学奖评奖》，《小说评论》1998年第1期。
③ 张炯等：《第五届茅盾文学奖评委会撰写的获奖作品评语》，《人民日报》2000年11月11日。

总之,评委会一方面把评奖对象纳入到茅盾文学奖的思想传统并发掘出它们的主流意义,一方面又可能遮蔽了它们的"丰富性"并使之呈现出非真实的"重复性"。茅盾文学奖在近年遭受越来越多的困扰、诟病与批评,可能与此有关。

艺术标准实践。在读者看来,它既没有触及意识形态底线的风险存在;并且,无论是就茅盾本人的"创作传统"还是就"条例"的艺术期待以及新时期以来与世界文学交流所形成的开放性而言,茅盾文学奖都应该引领着当代文学的艺术潮流。但事实并非如此,受制于现实主义的保守性及内在规范,评委会对艺术标准总是有倾向地选择并使之"惯例化"。

一是依赖于"全景、宏大和理性"的史诗叙事,这缘于评委会根深蒂固的"茅盾传统"情结。尽管"条例"体现出对艺术的鼓励和宽容,但评委会仍然认为,"多卷本小说在厚重感方面有自己的优势",从艺术角度舍弃那些"线索单一,结构更像中篇"的作品如《许三观卖血记》等是情有可原的。① 并且,由于《平凡的世界》体现为"诗与史的恢宏画卷",《都市风流》"全景式又深层次地反映了城市改革的深化",《芙蓉镇》"寓政治风云于风俗民情,借人物命运演时代变迁,展示了三中全会前后农村的巨大变化",等等,所以能够成为茅盾文学奖的"当然之选"。不过,评委会有把"史诗叙事"理解为仅止于对社会、时代及生活的概括并把它潜在"权威化"的倾向。

二是对"个人化写作"与创新的"谨慎"处理。陈建功就认为,作家局限在自己的小世界里,小情小调地封闭自己,会导致创作的狭窄和重复,也会让读者生厌。② 所以,在评委会看来,《私人生活》缺乏对社会与他人的责任意识,是难以"为人民大众所喜闻乐见"的,"落选"实在意料之中。但在牛玉秋、摩罗、白烨、李建军等人看来,《古船》、《活动变人形》、《洗澡》以及李洱、莫言、余华等人的"落选",则表明评委会艺术视界与选择的单调性、滞后性和缺乏宽容精神。③ 这种批评当然无法领会评委会的"苦衷":创新固然是艺术的动力,但也存在着成败风险,作为"最优秀"标准的茅盾文学奖,是难以为此付出代价的。所以,综观29部获奖作品,《冬天里的春天》、《钟鼓楼》、《穆斯林的葬礼》、《尘埃落定》等等的评奖虽然对艺术探索有所"鼓励",但评委会对"原创性"评价及要求方面仍被认为过于保守。

①② 隋建功:《茅盾文学奖不是中国"诺贝尔"》,《成都商报》2005年12月26日。
③ 桂杰:《茅盾文学奖:热辣辣的大奖静悄悄地评》,《中国青年报》2000年1月17日。

　　三是对"完美统一"的妥协。"条例"规定评奖"坚持思想性与艺术性完美统一的原则",如果评选年度以内的作品被认为并不满足这种条件的话,评委会就在3—5部的限度之间选择最合适的评奖,这也就不可避免地使"完美统一"发生倾斜,或者降低一方标准。从六届评选来看,无论是评委会还是评论界都普遍认为,《骚动之秋》、《抉择》、《英雄时代》等等直面现实之作在艺术方面还比较"粗糙"。因此,评委会以"牺牲艺术"来"拯救思想",无疑会磨蚀着茅盾文学奖积多年之力所建立的"公正性、权威性、导向性"。并且,茅盾文学奖的艺术标准还欠缺多元性,"史诗叙事"在被主流化之时又面临着如何与其他艺术标准和谐共处以丰富评选标准,确实值得深长思之。

　　总之,不论是对评选的思想标准还是艺术标准的实践,评委会都以"遗嘱"与"条例"为原则,并尽可能地接近他们所想象的茅盾文学奖"目标"。但如何真正解放思想,破除二者的障碍和樊篱,使评选不是拘泥于"遗嘱"与"条例"的规则而是遵循它们的精神,推动评奖的科学化与特色化,则是评委会亟待解决的难题。

回归本源　何谓好小说

——关于第四届"鲁迅文学奖·中篇小说奖"及其他

李建军

　　几年前,我曾写过一篇题为《长篇不如中篇,虚构不如写实》的文章,表达了这样一种观点:2004 年度的长篇小说写作不如中篇小说写作水平高,小说创作不如报告文学影响大。事实上,描述 2004—2006 年度的小说创作态势,那前半句话,好像仍然用得着。虽然某些长篇小说因为作者的知名度和商业炒作的缘故,获得了市场上的巨大成功,但是,无论从艺术技巧看,还是从内在深度考察,这些作品都是名不副实、令人失望的。但是,中篇小说的创作状况显然要好得多。

　　从入围"第四届鲁迅文学奖·中篇小说奖"的 22 篇作品中(这些作品是从 230 多篇申报作品中遴选出来的),我们似乎可以获得这样一些信息:中篇小说的创作态势依然是旺盛的、活跃的;写实主义仍然是中篇小说写作的主潮(除了《师兄的透镜》,其他 21 篇作品全是写实性质的);"底层写作"数量多、影响大,引人关注(至少有 10 篇);年轻作家占了较大的比例(出生于 60 年代以后的至少有 12 人);题材和风格也较为丰富多样。

一、关于获奖的作品

　　根据《文艺报》(2007 年 10 月 25 日)提供的消息,"第四届鲁迅文学奖·中

题解　本文原载《小说评论》2008 年第 1 期。2007 年 10 月 25 日,"第四届鲁迅文学奖·中篇小说奖"评选出炉。从入围作品来看,写实主义仍然是中篇小说写作的主潮;"底层写作"数量多、影响大,引人关注;年轻作家占了较大的比例。本文以获奖的 5 篇作品和入围的 22 篇作品为基础,详细分析了这些小说在叙事上的过人之处。通过分析,作者总结了七条"准则"来阐明"何谓好小说";同时指出当年的"鲁迅文学奖"仍然存在一些问题,如中篇小说评选中少见历史反思性质的作品,少见"海外华人身份"的作家和港澳台地区的作家,而"杂文奖"竟然出现了空缺等。文章强调文学的价值永远在于作品本身,不要过分抬高文学评奖。

篇小说奖"最后获奖的作品是蒋韵的《心爱的树》、田耳的《一个人张灯结彩》、葛水平的《喊山》、迟子建的《世界上所有的夜晚》和晓航的《师兄的透镜》。这是一个不错的评选结果。尽管其中令人一见惊艳的"绝对经典"惜乎太少，但几乎每一篇都是令人愿意开卷再读的好作品！

我曾经在一篇文章说过这样一段话："一个好的小说家，善良，有同情心，绝不对人物的痛苦无动于衷；他亲切，不拿架子，什么时候都把人物与读者都当作自己的朋友；他把小说当作小说，当作必须写人、讲故事的一种文学样式，当作与读者沟通的一种交流方式，因此，便努力把故事讲得有趣、可信，把人物写得生动、可爱。"这次获奖的五篇小说的作者，无疑都懂得这些常识一样的道理，所以，他们的小说才写得那样有人情味，有感染力。

蒋韵的《心爱的树》是一篇充满温情的作品。在这篇小说所讲述的并不复杂的故事里，有学生习方平对老师严重的背叛，有妻子梅巧对丈夫大先生的致命的伤害——老师的妻子梅巧跟着丈夫的学生习方平私奔了。这真是糟糕透顶的事情。然而，更坏的事情是日本人来了。为了躲避侵略者的威逼利诱，大先生带着凌香和其他几个孩子逃到了深山。他见到了大萍，感动于她的朴实而温存的爱，便又结婚了。长大成人的女儿凌香历尽千辛万苦，终于在陪都重庆见到了自己的母亲梅巧。本来，她见到母亲只是为了说出那句包含着怨恨的话："你——不值得我这么，这么样牵挂"，但是，最终，她还是原谅了母亲，做了一个"善良温情"的孩子。又是许多年过去了。大饥饿来了。已经人到中年的凌香不仅要照顾年老的父亲，而且，救济起了从南方回到故乡的母亲和那个被父亲宣判为"咱们全家人的仇敌"的习方平。母亲依然是父亲心头的痛。但是他却还是心疼她，在最困难的日子里，送救命的东西和奢侈的凤凰牌香烟给她。若干年后，年老的他们跨过了34年的岁月，终于在一个火车站见面了，此时他已是一个身患绝症的老人。一切都成为过去，唯有真情还在。他们谈到了那个院子，还谈到了那棵大槐树："午后的阳光，从阔大的玻璃窗里，照射进来，她整个人，沐在那光中，永世不返的一切，沐在那光中。那光，就好像，神光。远处，有一辆列车，轰鸣着，朝这里开来了，是大先生要登上去的列车，是所有人，终将要登上去的列车。他眼睛潮湿了。"在这里，作者笔下的每一个字，都是在情感的净水中浸泡过的，洗涤过的。那语言的节奏是缓慢的，仿佛一首低缓的音乐，既哀伤，又温暖，给人一种宁静而安详的感觉。这是我近年从当代小说中读到的最感人的一幕。久违了，如此温暖、如此美好的感动！

按说，这里已经具备了可以让一个小说家大加渲染的娱乐性叙事元素：根据学生对老师的背叛,你大可以把人写得连动物都不如;根据妻子对丈夫的伤害,你可以写一个否定爱情的小说,可以像"消极写作者"那样宣布"爱情是一种病"。但是,蒋韵没有这样做。她用自己的心灵之光,照亮了一切;她在人物的内心深处,发现了最可宝贵的东西——仁慈、宽恕和爱。这篇小说为什么获得普遍好评?为什么最终获奖?原因就在这里。是的,文学的价值最终决定于它对"亲爱"的情感体验达到什么样的深度,决定于它在伦理精神的追求上达到什么样的高度。

田耳的《一个人张灯结彩》所处理的是颇有难度的叙事内容。警察和罪犯,还有什么比面对这些人物的时候,更使人倾向于做出简单的判断和随意的想象的呢?犯罪与惩罚,还有什么比面对这些主题的时候,更令人觉得复杂和棘手的呢?然而,田耳却写出了新意。警察老黄为人朴实、厚道,就仿佛我们在自己身边常常会遇到的好心人一样;"罪犯"们呢,写得稍微弱了一点,但是也还真实,——从他们身上,我们看见了另外一个我们本不该觉得陌生的世界。难能可贵的是,作者写到了"刘副局长"这样的人物,写出了这些人物的嚣张和跋扈,从而以暗示的方式揭示了一些发人深思的严峻问题,显示了作者在开掘和表现生活上的智慧和勇气。

葛水平的《喊山》是一篇读来令人震惊的充满现实感的作品:一个被拐卖的女人被以极为野蛮的方式剥夺说话的自由达十年之久,整日生活在沉默和恐惧中,最后终获解脱和自由。它在艺术上显示出极为成熟的风格。巧妙的结构,鲜活的细节,克制的叙述,使这篇作品给人留下深刻而美好的印象:

> 太行大峡谷走到这里有些瘦了,瘦得只剩下一道细瘦的梁,却仍就是谷,瘦得骨骼突出,赤条条的青石头儿悬壁上下,瘦得光有个"陡",没了个"胖"。从远处望去拖拽着大半个天,绕着几丝儿云,老骥伏枥的样子,像一头抽干了力气的骡了,肋骨一条条挂出来,挂了几户人家。
>
> 就是这梁上的几户人家,平常说话面对不上面要喊,喊比走近了说话要快。一个在对面喊,一个在这边答。一大早就有人喊:"秀芝,对面北圪梁上的秀芝,问问发兴割了麦,是不是要混插豆?"

文字干净、利落,文气轻飏、俊爽,显示出一种优雅而朴实的语言风格。

对于迟子建的创作来讲,《世界上所有的夜晚》有着特殊的意义,——这部小说标志着她对自己的固有的写作风格和叙事模式的超越。在这里,我们无疑仍然可以看见那个熟悉的迟子建,一个充满诗意和温情的女性叙事者,但是,同时,我们也看见了一个把自己的人生体验的边界拓展得更广阔的迟子建。她的这篇小说里,有"江阔云低断雁叫西风"的中年心境,有生死两在、幽明永隔的"人鬼情未了"。然而,迟子建没有停留在过度个人化的叙事语境里,而是极大地超越了一己的悲欢,深入而真实地叙写了乌塘镇可怕的生存现实,从而使她的这部小说实实在在地成了"底层叙事"。从这篇小说中,我们可以看到这样的事象:下井的矿工随时都会有生命危险,所以就有了那些为钱而来的"嫁死的"。最令人惊心动魄的,是蒋百嫂的遭遇:迫于无奈,她不得不把已死的丈夫藏在冰柜里。读迟子建描写冷藏在冰箱中的蒋百的文字,我仿佛在读托斯陀耶夫斯基在《罪与罚》中对娜斯塔西娅之死的描写,仿佛在读萧红的《生死场》对行将死亡的"打渔村最美丽的女人"月英的描写,仿佛在读陈忠实《白鹿原》对田小娥之死的描写。真是力透纸背、势夺五岳!

但是,仅有这些是不够的。一部作品的伟大不仅在于它要有勇气面对苦难,更在于它能为苦难的世界带来安慰,能给黑暗的生活创造光明。在"所有的夜晚"里,迟子建都不忘记弹响祝福的琴弦,都不忘记点燃心灵的烛光。她通过对那条执着地等待主人蒋百归来的狗的描写,来激活人对温情和忠诚的感受能力。她在小说的结尾部分对蝴蝶的描写,更是将一种诗意的、温暖的情感抒发,推向高潮:"我"将丈夫的装着剃须刀的盒子打开,一只蝴蝶飞了出来:"它像精灵一样从里面飞旋而出!它扇动着蓝色的翅膀,悠然地环绕着我飞了一圈,然后落在了我右手的无名指上,仿佛要为我戴上一枚蓝宝石的戒指。"——优雅的浪漫,正是这种在我们的文学中不复见久矣的精神,赋予了迟子建的小说以感人的力量!丰富的诗意,正是这种在我们的文学叙事中严重匮乏的品质,使《世界上所有的夜晚》成为一首庄严的安魂曲!

青年作家晓航走的是以理念为基源的智性写作的路子。这是一种智慧含量很高、在中国尚属稀缺品种的写作模式。理念化写作容易流入为文造情的歧路,陷入空洞、乏味的泥潭。然而,晓航却能凭借推理性的想象和虚拟性的情节,创造出一个有别于庸常经验的崭新世界。他用丰富的想象、曲折的情节支撑起耐人玩味的主题,从而使自己的小说充满引人入胜的吸引力。《师兄的透镜》围绕一幅画的丢失与回归,将悬疑小说的紧张感渲染得淋漓尽致,让人在透不过气来的强烈体验中,思考真与假、诚与伪、信与疑等重大问题。机智的幽默令人忍俊不禁,反讽性的暗示则引人追索事象背后的深意。倘若作者能赋予"形而上的思索"以必要的明晰感,那么这篇作品会赢得更多读者的喜爱。

二、关于入围的作品

如果说，以人道主义为灵魂的现实主义是文学的永恒本质，那么，以客观性为基本特点的写实，则是小说的基本性质。就此而言，小说乃是一种最接近人的心灵和生活的本来状况的精神现象。而人们之所以喜欢小说，就是因为他们从小说中可以看到自己的影子，可以看见对生活的最生动、最真实的表现。

在丰富多样的现实主义叙事中，"底层叙事"无疑是当下影响最大的一种叙事模式。有人可能会对这种"苦难"叙事很不耐烦，也很不以为然，但是，我却觉得在当代文学的整体构成中，底层写作具有特别重要的意义。我的一个观点是，真正伟大的文学总是关注和同情弱者，总是把目光投向那些不幸的人。一位俄罗斯批评家说，表现"小人物"是俄罗斯文学的"纲领"。在我看来，同情底层人和不幸者，则是整个人类文学的精神纲领，因为，文学的精神就是一种以爱为核心的伦理精神，就是一种给人以光明和温暖的精神，就是一种把对不幸者的怜悯和拯救当做自己的使命的精神。所以，无论我们的底层叙事存在多少不足和问题，它们都是值得赞许的。

在本届入围的作品中，底层写作占了极大的比例，这足以说明，面对艰难复杂的生活，我们的作家表现出了一种积极介入的精神态度。例如，刘庆邦的《卧底》、陈应松的《马嘶岭血案》、胡学文的《命案高悬》、荆永鸣的《大声呼吸》、马秋芬的《蚂蚁上树》、徐则臣的《跑步穿过中关村》、姚鄂梅的《穿铠甲的人》和张学东的《坚硬的夏麦》等作品，就以一种充满热情和勇气的现实主义精神，叙写了转型时期生活在社会底层的人们所承受的压力，所感受到的内心紧张，从而为我们全面而深入地了解自己的时代，提供了宝贵的信息。如果说，《卧底》以一种强化的方式写出了人性的复杂，那么，《马嘶岭血案》则以一种酷烈的方式写出了人性的脆弱；如果说，《命案高悬》以执着的态度挖掘底层人良心的光耀，那么，《大声呼吸》则以不乏幽默的方式写出了飘泊者生活的暗淡；如果说，马秋芬的《蚂蚁上树》充满女性特有的温情和体贴，细致委婉地写出了乡下人进城之后的并不顺遂的经历，那么，徐则臣的《跑步穿过中关村》则充满了叙事的动感和紧张感，把小说叙述的传奇性发挥到了极致，——从中可以感受到他对一个特殊的底层群落较为切近的观察和了解；如果说，姚鄂梅的小说叙述了一个叫杨青春的农民在贫困中仍然坚持热爱文学，仍然不愿扔掉对心灵生活来说必不可少的"铠甲"，从而为我们塑造了一个充满诗意感的善良的人物形象，那么，张学东的小说则在表现农民生活的艰难困苦的同时,赞美了一个叫陆小北的孩子的行为中所洋溢出来的"青春光彩"。

王松的《双驴记》和王瑞芸的《姑父》则是两篇具有深邃的历史感的写实作品。《双驴记》显示出一种自由的叙事风度与活跃的反讽激情。王松这篇小说的想象力是奇特的,结构是巧妙的,读着它你会联想到巴尔扎克的《驴皮记》,会体验到一种引人入胜的悬念感和紧张感,会感受到小说艺术特有的吸引力。《姑父》叙述的则是一个普通人在一个特殊时代的不幸遭遇。一个纯真、英俊的青年,因为别人的缘故,被打成"反革命",从上海送到遥远的东北,度过了从1950年到1973年的二十多年劳改生活。无论在生活中,还是在文学作品中,这样的故事,都是司空见惯的,一点也不让人觉得别致和新鲜。但是,作者的情感态度和叙事方式改变了一切。她起死回生地赋予了旧的题材内容以新鲜的意味。王瑞芸遵守小说的基本纪律,充分地尊重人物,耐心地展开叙事,细致地进行描写,精心地使用语言,显示出一种朴实而成熟的审美气质和艺术风貌。有必要指出的是,虽然叙写的是严重的人生毁灭和沉重的精神痛苦,但《姑父》的作者却始终保持着情感表达和审美表现上的分寸感和平衡感,而不是像某些"先锋"小说家那样,将人物的内心情感和外部动作,都推向乖戾而病态的极端。在作者笔下,无论姑父、姑妈、爸爸、表姐们,还是里弄居委会的马家姆妈,都显得真实、自然。他们的情感复杂,但并不难理解;他们的生活残缺,但并不令人厌恶。正是在这种平静、自然的叙事下面,我们感受到了更为巨大的悲剧力量,看到了更为真实的人生图景。

读着王瑞芸的《姑父》,让人油然联想到鲁迅的《祝福》。是的,无论精神气质,还是写作技巧,这两部小说都有许多近似之处。像《祝福》一样,《姑父》也是从第一人称的角度、以倒叙的方式展开叙述;与姑父的三次见面被当作组织情节的结构策略;情节发展过程的交代被含藏到人物的对话中;白描手法被当作一种具有主宰意义的表现手法,被用来细致地刻画人物的眼神、表情和动作。尤其值得称道的是,虽然"有真意,去粉饰,少做作,勿卖弄"的白描手法,被某些"先锋"小说家和时髦批评家当作老古董,弃之如敝屣,《姑父》的作者却不仅知道它的好处,而且还懂得如何用它。

例如,作者先后两次以白描的方式,写到姑父吃东西的细节和神情。其中一次是在姑父"解放"后,由姑姑带到扬州"我家"的时候,面对爸爸特意买来的熏鸡:

姑父坐着不说话,对着一桌子菜肴,他脸上有一种近似庄严的表情,仿佛信徒对着神坛一般,眼睛由于聚焦显出了奇怪的光彩。……只见他用鹰隼般的速度,只一口就把鸭块全放嘴里了,鼓着腮嚼,脖子上的老皮跟着一抽一抽地动。动了好一阵,见他把两根手指头伸进嘴里,抽出一小截腿骨来,送到眼前看一看,复又放到嘴里吮一吮。吮的时候,腮帮瘪了下去,一边一个大坑。……姑父只顾大嚼,待他的视线终于和姑妈相遇时,他筷头上刚送到嘴边的一块鸭子就一滑掉到地上去了。他立刻把筷子往桌子上一搁,弯下身体去找。这时爸爸妈妈眼睛都垂到饭碗里,极认真地大口吃饭,谁都不互相看。只有姑妈紫涨了脸,低下头去,对姑父说:"不要捡了,随它去好了。"姑父不理,把椅子往后推了推,弯了腰继续找。想是看到了,就把一只手臂伸到桌子下去够,身体全沉到桌子以下,只剩一颗头露在桌面上。因尽力伸直手臂的缘故,他脸上的肌肉绷紧了,横着竖着像画了格子,眼珠子也抄上去,露出大块吓人的眼白。

每一行字里,都浸透了血泪,读来令人心情沉重,不能释怀。这样的情景,除了用白描手法来表现,我们很难想象还有什么别的更好方法可选择。

"官场小说"无疑也是当下的一种比较受青睐的叙事样式。但是,与那些满足于渲染人性的阴暗和权力的龌龊的小说不同,杨少恒的《林老板的枪》和魏微的《家道》显示出的则是另外一种积极的精神姿态:前者表现了智慧和理性对贪婪和庸俗的胜利,后者则从一个别致的角度,显示出在"权力"笼罩下的家庭生活中人物内心所体验的温情和感动,所遭受的撕裂和疼痛,别有一种耐人寻味的深致在焉。陈启文的《逆着时光的井》也是一篇充满严峻的现实感的作品,以一种令人略带感伤和愤慨的语调,叙述了一个叫做麦秋的女人借助权力的威势开矿牟利,从而给和谐的乡村生活带来了毁灭性的破坏。

以家庭伦理问题为主题的叙事,是小说叙事的经典模式。值得注意的是,在本届"中篇小说奖"入围的作品中,至少有五篇作品涉及到了家庭伦理问题。旅美作家严歌苓的《吴川是个黄女孩》无论在题材上,还是在叙述方式上,都显得很有特色。这是一个主题复杂的文本,既有对复杂的家庭关系导致的人格扭曲和情感病态的展示,也有对不同价值观背景下的种族冲突的揭示;既有对人性自私的冷峻解剖,也有对人间亲情的热烈颂赞。尤为可贵的是,作者能够较为成功地将复杂的事象和主题,和谐地统一到一个被巧妙安排的情节体系之中,从而给人留下特别深刻的印象。李铁是一个以擅写工业题材而著称的小说家,但是,他的《冰雪荔枝》却将叙事的焦点转向了家庭生活,着力揭示病态的家庭生活对一个纯洁的女孩造成的消极影响;发生在人物之间的爱与恨的纠缠,以及报复和伤害的转换,给人留下沉重而深刻的阅读记忆。叶弥的《小女人》则将笔触深入到两个女人的内心世界。这是两个生活失去依托的女人,内心充满隐秘的欲望,时时承受着由失望带来的焦灼和无助:"蝴蝶的翅膀是湿的,它努力着,不让翅膀垂下来"——作者将她们的心思写得细致入微。比较起来,项小米的《二的》就是一个更加复杂的叙事文本,作者在叙事上所表现出来的耐心,也是非同寻常的。

三、结 论

现在,根据以上的考察,我们来回答文章的标题所包含的问题:

(一)好小说是能把细节写得准确传神、能把故事讲得引人入胜、把人物写得栩栩如生的小说;

(二)好小说是充满想象力和具有智慧风貌的小说;

(三)好小说是具有现实主义精神和底层关怀精神的小说;

(四)好小说是致力于发现并揭示生活真相的小说;

(五)好小说是在"世界上所有的夜晚"寻找光明、给人安慰的小说;

(六)好小说是富有"亲爱"的诗意、浪漫的情调和理想主义气质的小说;

(七)好小说是那种充满正义感和责任感并致力于向上提高人类精神生活水平的小说。

这就是我通过分析"第四届鲁迅文学奖·中篇小说奖"的获奖作品及入围作品得出的结论。

四、余 论

获得他人的认同和社会的肯定,是人类特有的一种心理需要,因为,只有通过肯定性的社会评价,一个人才能充分地体验自我实现的价值感,才能更大地调动起继续创作的热情和积极性。某种程度上讲,包括文学奖在内的所有奖项,就是为了满足人们的这种心理需要而设立的。

公正无疑是评奖的第一原则。丧失公正性的评奖是没有价值的。但是,要让评奖绝对公正却是很难的,甚至几乎是不可能的。为什么这么说呢? 这是因为,从客观上讲,很多时候,评奖是一个无奈的取舍,——由于数额的限制,必须在同样好的作品里选择最终获奖的作品;从主观方面看,评委的人格境界、趣味倾向和判断能力,都必然会影响到评奖的结果,就此而言,一切评奖都意味着"偏爱"甚至"偏见",而所谓的"公正",也只不过是相对而言罢了。就连"诺贝尔文学奖"这样的信誉度很高、影响很大的奖项,不也遗漏了托尔斯泰、契诃夫和鲁迅这样的大师吗? 不也把奖授予赛珍珠、克劳德·西蒙、大江健三郎、库切和耶利内克这样的二流甚至三流作家吗?

对于文学评奖来说,最大的贡献就是发现最有成就的作家和最有价值的作品,最大的失误就是奖励拙劣的作品而遗漏掉优秀的作品。然而,在一个复杂的文化语境里,文学评奖总是会受到外部因素的干扰,总是会奖励一些金玉其外、败絮其中的作品和声闻过情、名不副实的作家。即使在"茅盾文学奖"和"鲁迅文学奖"这样的大奖里,我们也能发现一些根本不配获奖的作品,也会看到一些令人失望的评选结果,——这也许本来就是难免的,但是,我们还是希望这样的"误奖率"越低越好。

今年的"鲁迅文学奖·中篇小说奖"的评选结果虽然也差强人意,但似乎全都是暖色调的"抒情性"(Lyrical)作品,而少见冷色调的"反讽性"(Ironical)作品;似乎大都是叙写当下生活场景的,而少见历史反思性质的作品;似乎全都是"大陆"的作家,而少见"海外华人身份"的作家和港台澳地区的作家。这样,本届的"中篇小说奖",就多少给人一种结构单一的感觉,给人一种容纳度不够大、覆盖面不够广的印象。

今年"鲁奖"的其他奖项,似乎也有一些未尽如人意的地方。例如,本来最能体现"鲁迅精神"的"杂文奖"竟然空缺。这实在令人费解。就我所知,当下的杂文写作一直是很活跃的,佳作也是很多的。如果说,"往者不可追,来者犹可谏",那我们从现在开始,就应该花些心力,关注和发现那些有价值的杂文作品。在我看来,刊发在《随笔》杂志2007年第4期上的章明老先生的《秦始皇,中国的癌—— 秦陵漫忆及秦皇杂论》,就是一篇令人击节的绝妙好文! 我改写了一首诗,以表达自己读罢此文的欣喜和感想:"劝君细审秦始皇,焚坑事业要商量。祖龙虽死魂犹在,独夫名高实秕糠。百代竞行秦政法,《十批》堪称好文章。熟读卡尔《资本论》,莫从盲聋颂秦王。"希望大家都来读一读这篇不可多得的好文章,希望这类言之有物、铺陈有序的文章,能使下届"鲁迅文学奖"的"杂文奖"不再空缺。

现在,"鲁迅文学奖"影响越来越大。这本来是好事,但是,把它看得太重,抬得太高,甚至赋予它文学以外的功能,就是一件堪忧的事情。"一登龙门,身价百倍。"我们不应该把"鲁奖"搞成"登龙门"的阶梯。对于文学奖,我们应该有一颗平常心。要知道,文学的价值在作品本身,因此,只要是真正的好作品,无须任何奖赏,也可传之久远的,比如《红楼梦》,比如鲁迅的作品,比如孙犁的散文;要知道,文学是一种艰辛而孤独的事业,因此,只有那些踏实而虔诚地面对人生、面对文学的人,才能写出有价值、有生命力的好作品。

文学评奖固然是好事,但也很容易被搞成俗事。

"文学"永远比"获奖"重要。

以文学的名义

——过去三十年中国文学评奖的反思

黄发有

　　从建国一直到"文革"结束,中国大陆只进行过一次文学评奖,中国人民保卫儿童全国委员会为促进儿童文艺创作,在1954年6月举办评奖。1962年,在周恩来的倡议下,《大众电影》设立了"百花奖",此外不再有其他文艺评奖。在小说领域,仅有《太阳照在桑干河上》、《暴风骤雨》分别获得苏联的"斯大林文学奖"二、三等奖,胡万春的自传体短篇小说《骨肉》(发表于《文艺月报》1956年1月号)在1957年世界青年联欢节的国际文艺竞赛中获奖。

　　从1978年开始,以"全国优秀短篇小说评选"为先导,全国优秀中篇小说评选、全国优秀报告文学评选、茅盾文学奖、全国中青年诗人优秀诗歌评选、全国优秀新诗(诗集)评选、全国优秀剧本评选、全国优秀儿童文学评选、全国民间文学评奖、全国少数民族文学创作奖等奖项接踵而至。这些名目繁多的全国性奖项的设置,"其初衷可能是为了对抗长期来对文学界只有打击、整肃,没有鼓励、嘉奖的恶劣现象"①。到了90年代,文学奖项越来越多,新设的具有官方色彩的全国性奖项有"五个一工程"奖(1991年设立,与文学相关的为"一本好书奖")、鲁迅文学奖(1997年设立)、国家图书奖(1993年建立,2007年被整合为中国出版政府奖),各省市作家协会也纷纷设立省级文学大奖,报刊与出版机构设立的文学奖、民间机构举办的文学奖、商业性文学奖更是遍地开花。埃斯卡尔皮认为

题解　本文原载《社会科学》2009年第3期。文章从21世纪以来围绕文学评奖的争议入手,分三个方面对中国文学评奖进行反思并提出了希望。一是话语权的博弈,认为政治倾向与商业力量是过去30年文学评奖中最为关键的影响因素,不同话语权之间复杂的博弈使文学评奖过程具有妥协游戏的特征,平衡各方利益的中庸趣味占据了主导地位。二是为获奖而写作,创作主体为获奖而写作的倾向,推动了史诗情结和宏大叙事的风行,文学的多元性和独立性成为被牺牲的代价。三是找回失去的尊严,认为必须建立健全的规章制度,确保程序公正,坚守自己的独立品格,拒绝把评奖当成追逐现实功利的工具;而文学创作要确立自己的尊严,必须拒绝为获奖而写作,坚守自由与独立的文学立场。

①　丹晨:《关于1985—1986年中篇小说获奖作品的问答》,《当代作家评论》1995年第3期。

政府主办的文学奖是一种间接资助形式，"这种办法的好处在于国家花费不多，因为奖金本身数额不大，但却能确保得奖作者的作品有很好的销路，从而有所得益"①。值得注意的是，90年代以来由报刊和民间机构主办的文学评奖通过商业赞助不断提高其奖金额度，《大家》红河文学奖开巨额奖金的先河，随后的《当代》文学拉力赛、华语文学传媒大奖杰出成就奖、红楼梦世界华文文学奖都以其高额奖金引起广泛关注。

好的文学评奖，必须以独立的、自由的价值评判拒绝外部干预，彰显被忽略和被遮蔽的文学价值，有效地引导作家的创作，间接调节文学生产，激浊扬清是披沙拣金的文学经典化过程的重要环节。而坏的文学评奖，往往以追逐利益为首要目的，屈服于权势、金钱、人情的压力，指鹿为马，丧失了公信力，流毒深远。新世纪以来，围绕文学评奖的争议与日俱增，迫切需要对文学评奖的深层机制进行深入反思。

一、话语权的博弈

返观新时期以来的全国性文学评奖，感觉总是受艺术标准以外的因素影响太多，而艺术标准在政治、商业、时潮、读者舆论、宗派与圈子等种种声音的夹击下，往往成为最早被牺牲的代价。正因如此，名目繁多的评奖往往都不能坚持独立的艺术判断，使艺术标准成为其他更加强势的文学评价体系的附庸。正如王彬彬所言："影响文学奖的非文学因素，可就太多了。……这种'规则'，首先决定着谁能当评委谁不能当评委，首先保证着谁'必须是'评委谁'决不能'是评委；其次，才决定着谁能获奖谁不能获奖，才保证着谁'必须'获奖谁'决不'获奖……其结果呢？其结果，就是文学奖非但在社会上毫无影响，即便在文坛上，也少有人关心。许多人听说谁获了奖，哪怕是'大奖'，也像听说邻居的猫下了崽一样漠然。所以，在咱们这边，文学奖是组织者、评委和获奖者的一次自助餐。"② 文学评奖过程，是权力、商业、人情等各种力量犬牙交错、相互博弈的过程。布尔迪厄在讨论"场"时谈到："场作为各种力量所处的地位之间的客观关系的一种结构，加强并引导了这种策略，这些地位的占据者通过这些策略个别地或集体地寻找保护或提高他们的地位，并企图把最优惠的等级体系化原则加到

---

① ［法］罗贝尔·埃斯卡尔皮:《文学社会学》，符锦勇译，上海译文出版社1988年版，第57页。
② 王彬彬:《文学奖与"自助餐"》，《文学报》2004年11月25日。

他们自己的产品上去。"① 权力与金钱是控制文学场的最重要的干预性力量,也是对文学评奖的最为关键的影响因素。

尽管新时期文学逐渐摆脱"工具论"的笼罩,但具有官方色彩的文学评奖不能不成为政治环境的晴雨表。1981 年,由于白桦的剧本《苦恋》和据此拍摄的电影《太阳和人》引起的批评和争议,为此召开了一次全国思想战线问题座谈会,提出了"反对资产阶级自由化"的问题。在当年的短篇小说评奖中,张光年认为"1981 年短篇创作的情况是:写矛盾不深刻,有一点回避重大社会矛盾。矛盾不尖锐,影响到新人形象的塑造,就不那么生动"。魏巍在评委会上发言:"思想与艺术都应该考虑,特别是在思想战线座谈会后,更应该保证思想上健康、艺术上有一定水平。"② 在 1979—1980 年全国中青年诗人优秀诗歌评奖中,叶文福的《将军,不能这样做》(发表于 1979 年 8 月的《诗刊》)得票最高却没有获奖,1981年 11 月以后,不少文章予以尖锐批判,认为该诗的小序是"捕风捉影,以假乱真",为了"蛊惑人心而'胡乱编造',起了挑拨官兵关系和破坏军民关系,破坏安定团结的有害作用",诗中"歪曲我军将军的形象",是对"我们党、国家和社会的本质,进行放肆的诋毁"③。1985—1986 年的短篇小说、中篇小说、报告文学、新诗评奖本应在 1987 年秋天之前完成,但由于开展"反对资产阶级自由化",直到1988 年 4 月才确定获奖篇目。1987—1988 年的文学评奖,由于受政治风波的影响,评奖没能按照原来方式进行。1989 年第 7 期的《小说选刊》发布了"关于举办 1987—1988 年优秀中短篇小说评奖的启事",其中有言:"为了检阅我国小说创作成果,推荐小说佳作,中国作家协会举办过多次优秀中短篇小说评奖。为保持这项评奖的连续性,经与中国作家协会议定,此项活动将由人民日报文艺部和《小说选刊》杂志社联合部分著名企业承担。为此,我们将在近期内举办 1987年—1988 年全国优秀中短篇小说奖。"1989 年 10 期的《小说选刊》公布了获奖名单④。在崔道怡的"短篇小说评奖琐忆"⑤系列文章和洪治纲的《权威的

---

① [法]布尔迪厄:《文化资本与社会炼金术——布尔迪厄访谈录》,包亚明译,上海人民出版社 1997 年版,第 147 页。
② 崔道怡:《喜看百花争妍——短篇小说评奖琐忆》(二),《小说家》1999 年第 3 期。
③ 潘旭澜主编:《新中国文学词典》,江苏文艺出版社 1993 年版,第 906 页。
④ 短篇小说获奖作品为杨咏鸣的《甜的铁,腥的快》、雁宁的《牛贩子山道》、马烽的《葫芦沟今昔》、周大新的《小诊所》、陆文夫的《清高》、谢友鄞的《马嘶·秋诉》、朱春雨的《陪乐》、刘震云的《塔铺》、陈世旭的《马车》、柏原的《喊会》、阿成的《年关六赋》;中篇小说获奖名单为王星泉的《白马》、池莉的《烦恼人生》、方方的《风景》、刘琦的《去意徊徨》、苗长水的《冬天和夏天的区别》、谌容的《懒得离婚》、李晓的《天桥》、叶兆言的《追月楼》。
⑤ 连载于《小说家》1999 年第 1—4 期。

倾斜——对新时期以来全国历次短篇小说奖的巡回与思考》①和《回眸：灿烂与忧伤——对新时期以来全国历次中篇小说奖的回顾与思考》②中，都没有提到这次评奖，认为1987—1994年间全国中短篇小说评奖空缺。崔道怡还有这样的表述："（1987—1988）的短篇小说评奖，就该在1989年内举办。但是，由于众所周知的原因，评奖活动未能进行，而且从此休眠十年。"③他还提到《小说选刊》举办的1987年短篇小说评奖④，并评述道："这次评奖，毕竟是由《小说选刊》主办的，只选该刊所转载的作品；尽管自有特殊意义，却难以说成是中国作家协会主办全国优秀文学作品评奖的接续。"事实上，《小说选刊》同时举办了1987年中篇小说评奖⑤。《小说选刊》创刊于1980年10月，茅盾撰写的"发刊词"中有言："为评奖活动之能经常化，有必要及时推荐全国各地报刊发表的可作年评奖候选的短篇佳作。因此，《人民文学》编委会决定编辑部增办《小说选刊》月刊。"1983年10月，《小说选刊》与《人民文学》分离，独立建制。1989年12月，该刊停刊。因此，中短篇小说评奖中断的年份应该是1989—1994年，一直拖到1997年5月，第一届鲁迅文学奖才浮出水面，对1995—1996年间的中短篇小说进行评奖。再譬如茅盾文学奖，第三届读书班原计划于1989年6月7日举办，受政治风波影响，评奖工作中止，1990年7月才再次启动，1991年3月颁奖。在这一届评奖中，五部获奖长篇和两部获得荣誉奖的作品不是现实主义题材就是历史题材，而在获奖年度内的《古船》《浮躁》《活动变人形》《金牧场》《玫瑰门》等在新时期文学中堪称经典的作品纷纷落马，这与当时的政治形势不无关系。更为有趣的是，按照常规应该三年评选一次的奖项，第四届一再拖延，直到1995年中国作协党组主要负责人更替后才予启动，不得已将评选年度延伸为1989年至1994年，跨度为六年⑥。人事环境对于评奖的影响，由此可见一斑。

　　从90年代以来，商业力量对于文学评奖的控制日益加强，这尤其体现在那些依靠商业赞助作为资金支持的文学评奖中。正如杨扬所言："文学评奖在近些年慢慢在变化，它正脱离原有的推举优秀作家作品的轨道，而成为包装某些

---

① 载于《小说家》1999年第1期。

② 载于《小说家》1999年第2期。

③ 崔道怡：《春兰秋菊留秀色 雪月风花照月明——短篇小说评奖琐忆》（四），《小说家》1999年第4期。

④ 获奖作品为朱春雨的《陪乐》、陆文夫的《清高》、陈世旭的《马车》、谢友鄞的《马嘶·秋诉》、林和平的《腊月》、王蒙的《来劲》、郑万隆的《古道》、刘震云的《塔铺》、杨咏鸣的《甜的铁，腥的铁》、雁宁的《牛贩子山道》。

⑤ 获奖作品为方方的《风景》、池莉的《烦恼人生》、何士光的《苦寒行》、谌容的《献上一束夜来香》。

⑥ 胡平：《我所经历的第四届茅盾文学奖》，《小说评论》1998年第1期。

作家作品的图书推销方式。……那些"文学"奖的出资人与其说是赞助文学评奖,还不如说是借文学来投资。"① 曾经有传媒集团组织文学评奖,评委的选票还没有寄出,结果却已经公布了。近几年,圈子化的诗歌评奖呈现出泛滥的势头,有些诗歌奖,评委挨个获奖之后,评奖就没有下文了;而一些网络诗歌比赛的评委居然不懂诗歌。不少投资人尤其是书商毫不掩饰地操纵评奖结果,把文学评奖当成了物美价廉的商业广告。1997 年 11 月,"布老虎"丛书在两年期限内以 100 万元的天价征集一部"金布老虎爱情小说"书稿,共征得来稿 678 部,其中专业作家来稿 61 部,编辑部在审读后认为仅有皮皮的《比如女人》比较接近标准,其余作品均存在不同程度的偏差②。2000 年又爆出铁凝的《大浴女》获得百万大奖的传闻。趋之若鹜的作者愿意为巨奖而接受出版商的严格限制,甚至以牺牲个性为代价。有趣的是,这个悬赏的巨奖最后居然不了了之。另一方面,随着主旋律文学在商业上的成功,文学评奖被视为资本化运作的重要环节,商业资本对于重要的文学奖项尤其是官方文学奖项的渗透也呈现出日益加强的趋势。隆重加冕带来的象征资本所具有的潜在商业价值,成为推动图书销售的无形力量,根据获奖作品改编的影视也能借梯上树,获取超额的商业回报。比如张平的《抉择》原载《啄木鸟》1997 年第 2、3、4 期,由群众出版社出版后获"五个一工程"奖、建国 50 周年十大献礼小说和第五届茅盾文学奖,被改编为电影《生死抉择》后更是在全国范围内产生强力震动,引发了猖狂的盗版潮流。这还带火了由作家出版社出版的《十面埋伏》,仅 2000 年就销出了 27 万册。作家出版社出版的长篇小说《中国制造》获得 1999 年国家图书奖、中宣部"五个一工程"奖,并被推举为"共和国五十年全国十部献礼优秀长篇小说",当年发行数也高达 8 万册③。文学评奖成为一种商业工具,投资人以商业经营的思维操纵文学评奖,这是市场化语境中文学评奖最为值得警惕的文化蜕变。

在日益商业化的过程中,读者口味对于文学创作的反制作用越来越大。但是,除了在《小说月报》"百花奖"等极少数奖项中,普通读者在文学评奖中的话语权不断被削弱,甚至完全丧失了发言权。在 1978 年至 1982 年的短篇小说评奖中,群众选票从中起了决定性作用。1978 年全国优秀短篇小说评奖当选作品

---

① 杨扬:《文学评奖与商业炒作》,《文学报》2003 年 4 月 17 日。

② 张景勇:《"金布老虎爱情小说"重奖征稿已两年 大奖至今无得主》,新华社北京 1999 年 12 月 25 日晚报专电。

③ 李春林、秦晋:《作家出版社坚持正确导向大力推进改革 成为传播先进文化的生力军》,《作家文摘》第 403 期,2000 年 10 月 24 日。

的前五篇:《乔厂长上任记》、《小镇上的将军》、《剪辑错了的故事》、《内奸》、《李顺大造屋》,"它们既是得'票'最多的,又是受到评委一致赞赏的切近现实社会课题之作"。刘白羽在评议中说:"《乔厂长上任记》得了那么多票,说明人民的渴望,对文学关怀而且有要求。"① 1980 年的当选作品,"大部分是得'票'最多和较多的。按得'票'顺序排列的前十二名,只有一篇没能入选。其原因,也只是考虑到对蝉联三届者应有更高的要求"②。选票代表了"人民"的愿望,这就使评奖有一种从众倾向,这在那个文学齐声合唱的年代里,也有一定的合理性。有趣的是,90 年代后期以来,群众选票成了摆设和废纸,譬如第二届老舍文学奖,就在不少媒体刊登了读者选票,但在新闻发布会上,组委会人士公开承认读者选票在终评中不会起作用。群众选票从"人民的渴望"到"花瓶"的两极震荡,也折射出文学和文学评奖从广场撤退到小圈子的历史过渡。为此,80 年代的获奖作品多为当时产生重大社会影响的作品,但这种创作对于时势的屈服,缺乏独立的审美追求,大多数都只能成为速朽的时文;而鲁迅文学奖开评之后,一些作品连从事当代文学研究与批评的专家都没听说过,在获得报告文学奖的作品中,甚至有一些是被宣传单位掏钱买版面、开研讨会的广告文学。看到这样的"帮忙"或"帮闲"文字获得了以自己名字冠名的文学奖,鲁迅还活着的话,不知有何感想?

　　文学评奖是不同的政治倾向、审美判断、文化趣味相互撞击的过程,评委们在求同存异的妥协中,往往牺牲了那些艺术特色最鲜明、形式探索最激进的作品,成全了那些四平八稳的、能被普遍接受的作品,因而,中庸趣味的作品往往能最终胜出。不妨来看看 1980 年短篇小说的评奖过程,冯牧认为《西望茅草地》"写得很偏激","消极作用大于积极作用",主张"加上《最后一个军礼》";草明认为《被爱情遗忘的角落》"强调生理本能,表现性欲冲动,会在青年人中起不好的作用";唐弢认为《被爱情遗忘的角落》"意图好,但效果不好";严文井支持《西望茅草地》;王蒙认为《被爱情遗忘的角落》"不是黄色,完全不牵涉到性不可能",认为《西望茅草地》"优点非常突出,但又存在很大缺点。选不选,我犹疑"。主持评奖的张光年(时任《人民文学》主编)在妥协中求得平衡:"民主讨论,互相补充。我吸收大家的意见,重新回到原来的立场,对《被爱情遗忘的角落》,愿把问号改成圈儿。《西望茅草地》可以加进去,但妥协的办法是把《最后一个军礼》也加进去。《空巢》如能当选,则二十、三十、四十年代的作家济济一堂,可称

① 崔道怡:《春花秋月系相思——短篇小说评奖琐忆》(一),《小说家》1999 年第 1 期。
② 崔道怡:《第三个丰收年——短篇小说评奖琐忆》(二),《小说家》1999 年第 2 期。

文坛佳话。"① 崔道怡回忆:"汪曾祺的《受戒》,在评 1980 年度奖时,虽被某些评委心中默许,却还未敢明确而公开地指认该作理应获奖。及至评 1981 年度奖时,据我所知,有些评委是怀着补偿的心情,坚持要评上汪曾祺的另一篇别致佳作《大淖记事》的。"② 就艺术个性而言,《受戒》显然要更加出色。但《大淖记事》的获奖也是费尽周折,草明认为它"没什么艺术性,是猎奇。……那地方妇女强悍,但性关系不好。'号长'实际上是强奸,巧云也不抵抗,舆论也不谴责"。唐弢也认为"《大淖记事》也不理想,四十年代我编刊物就发过他的东西,他学沈从文,文笔淡淡的"。葛洛也认为"《大淖记事》作为艺术品我赞赏,但其思想内容我不赞成"。幸亏有严文井和冯牧支持他,严文井认为《大淖记事》有"艺术性",即"小说的散文化、诗歌化、寓言化";冯牧认为它"独树一帜","缺的是如何进一步从思想上对其题材加以提炼。……在作家群中有这么一个,在评奖中就应该有这么一篇"。③ 再看看 1983 年的评奖,王蒙"呼吁给《除夕夜》和《旋转的世界》投票,虽不深刻,但亮色足"。邓友梅与之形成呼应:"我盲从王蒙,也投了《旋转的世界》一票,但我真不希望有更多这样的小说。"④ 由此可以看出,评委要坚持自己的艺术立场,绝不容易,甚至违心地支持自己不欣赏的作品。事实上,每个评委说话的分量是不一样的,有一言九鼎的,有说话不算数的,充当一种凑数的摆设。

再反思一下茅盾文学奖,尽管第四、第五届的评奖差强人意,但依然具有妥协游戏的特征。巴金一贯主张"宁缺毋滥"、"不照顾"、"不凑合",从这样的角度来说,就没必要非评上一部贴近现实生活的作品来凑数不可,这样的鼓励无异于纵容平庸。评奖条例中有言:"弘扬主旋律,提倡多样化,坚持导向性、公正性、群众性,注重鼓励关注现实生活、体现时代精神的创作,推出具有深刻思想内容和丰厚审美意蕴的长篇小说。……对于深刻反映现实生活,较好地体现时代精神和历史发展趋势,塑造社会主义新人形象的作品,尤应重点关注。"从这样的指导思想出发,我们以纯粹的艺术原则来评价茅盾文学奖,无异于缘木求鱼。按照思想优先性原则,评委会要求陈忠实以修订的承诺来换取几位评委的投票,也就变得顺理成章。《白鹿原》的责编和终审何启治在接受笔者的访谈时说:"在中国的国情之下,在关键时刻作适当的妥协,可以达到更重要的目的,而且对

---

① 崔道怡:《第三个丰收年——短篇小说评奖琐忆》(二),《小说家》1999 年第 2 期。
② 崔道怡:《春兰秋菊留秀色 雪月风花照月明——短篇小说评奖琐忆》(四),《小说家》1999 年第 4 期。
③ 崔道怡:《喜看百花争妍——短篇小说评奖琐忆》(三),《小说家》1999 年第 3 期。
④ 崔道怡:《春兰秋菊留秀色 雪月风花照月明——短篇小说评奖琐忆》(四),《小说家》1999 年第 4 期。

中国当代文学的繁荣有好处,我认为是可以接受的。不要过多去苛求或责难作者,应该说陈忠实修改《白鹿原》,比柳青修改《创业史》要好得多了。他比柳青幸运。"① 我们没必要苛求陈忠实的妥协,却有必要质疑这种以"改写"为前提的评奖游戏。一种权威性奖项是对它所严格奉行的价值和审美标准的弘扬,作为一种追求完美的文学理念实在是无可非议,但如果它必须让获奖的"不完美"的作品付出"改写"自己的代价,缺乏必要的包容度,那么它就会抑制文学发展所必须的多元性和丰富性。幸好,时间才是最好的筛选者,大奖的光环既能够提升真正的好作品的艺术地位,也能够把那些"幸运者"的瑕疵反衬得更加刺目。

历届全国性评奖的落选作品中,仅就小说而言,诸如短篇中的宗璞的《鲁鲁》、汪曾祺的《受戒》、阿城的《遍地风流》、郑万隆的《老棒子酒馆》、韩少功的《归去来》、张承志的《绿夜》和《残月》、林斤澜的《溪鳗》、徐星的《无主题变奏》、苏童的《桑园留念》和《拾婴记》、余华的《十八岁出门远行》等作品,中篇中的礼平的《晚霞消失的时候》、王润滋的《鲁班的子孙》、贾平凹的《商州初录》、韩少功的《爸爸爸》、张承志的《黄泥小屋》、莫言的《透明的红萝卜》、马原的《冈底斯的诱惑》、朱文的《尖锐之秋》、苏童的《一九三四年的逃亡》、余华的《一九八六年》等作品,长篇中的《古船》、《九月寓言》、《玫瑰门》、《在细雨中呼喊》、《心灵史》、《日光流年》、《檀香刑》等作品,我个人以为更能经得起时间的考验。有趣的是,评委似乎总是把艺术性作为陪衬,而且故意要遮蔽那些具有鲜明艺术个性与审美冲击力的作品,使评奖显得老成持重,缺少活力。非常值得注意的是,在迄今为止的官方评奖中,先锋作家和新生代作家差不多是群体缺席,尽管叶兆言的《追月楼》成为点缀其中的一抹亮色,先锋文学也有其局限性,但评奖结果和这些作家的创作实绩实在是不相称,甚至构成一种反讽式的对比。而且,叶兆言是具有较为扎实的传统写实功底的作家。由此可以看出褊狭的现实主义趣味已经积重难返。这当然和评委组成的超稳定性以及老年评委主宰局面有密切关系,保守的成见与偏见使单一的趣味成为普遍的衡量标准,文学发展过程的丰富多彩的、生机勃勃的、多元共生的局面被熟视无睹。难怪韩东、朱文的"断裂"问卷中会设置这样一个问题:"对于茅盾文学奖、鲁迅文学奖,你是否承认它们的权威性?"黄梵说:"它们的腔调是从流水线上下来的。"于坚说:"谈不上承认不承认,它评它的,我写我的。事实上它们并不是为文学设立的。"徐江这样回答:

---

① 根据 2003 年 9 月 16 日笔者与何启治的访谈记录,修订稿以《用责任点燃艺术》为题发表于《文艺研究》2004 年第 2 期。

"奖并没有权威性。世上最有说服力的东西在有些人眼里永远只是两种：权和钱。"①

二、为获奖而写作

有生命力的文学奖总是要倡导一种具有普遍意义的文学价值，譬如诺贝尔文学奖始终不渝地推举文学的理想主义品格，强调作家必须以永远的怀疑精神挑战权威和传统。但是，如果一种文学奖所倡导的价值定于一尊，排斥异己，甚至要求作家完全屈从于自己的标准，逼迫他们为获奖而写作，其确立自己权威的代价是牺牲了文学的审美创造的丰富性与复杂性，使文学生态丧失了多元互动的活力，在一体化的进程中陷入了异口同声，以表面繁荣掩盖灵魂平均化的沉寂。在中国的文学奖项中，茅盾文学奖的影响最大，对作家最具有诱惑力，其价值导向对于作家的改塑也最为典型，也确实催生了不少为获奖而写作的长篇小说。在 80 年代的获奖文本中，张洁的《沉重的翅膀》的经历可谓一波三折。作品在《十月》1981 年第 4、5 期连载后，产生巨大反响，批评意见也接踵而至，"当时来自上面的批评意见就多达一百四十余条，有的批评很严厉，已经上纲到'政治性错误'"，编辑家韦君宜反复劝说作者进行必要的修改，"又很有耐心地亲自找胡乔木、邓力群等领导同志，为这部长篇小说做必要的解释和沟通工作"。这样，1984 年出版的第四次修订的《沉重的翅膀》，已经是"大改百余处、小改上千处"，并以此获得了第二届茅盾文学奖②。到了 90 年代，《白鹿原》为了获奖而修订则是另一个经典案例。作者在第四届茅盾文学奖评委会的要求下做了修改，对此，《白鹿原》的责任编辑和终审之一何启治说："评委会的主要修订意见是'作品中儒家文化的体现者朱先生这个人物关于政治斗争翻鏊子的评说，以及与此有关的若干描写可能引起误解，应以适当的方式廓清。另外与表现思想主题无关的较直露的性描写应加以删改'。目前来看，删去的文字主要集中在两段，前后加起来只有两千多字，所以不存在'面目全非'。"③ 有意思的是，修订本当时还没有出版，陈忠实却以此获得第四届茅盾文学奖。不妨来看看陈忠实自己对"改写"的回答："没有人直接建议我改写，我不会进行改写，那是最愚蠢的办法。我知道过去有人这么做过，但效果适得其反，而且《白鹿原》在读者心目

---

① 朱文：《断裂：一份问卷和五十六份答卷》，《北京文学》1998 年第 10 期。
② 何启治：《文学编辑四十年》，人民文学出版社 2001 年版，第 57 页。
③ 引自孙小宁：《尘埃何时落定——也谈第四届茅盾文学奖》，《中国文化报》1998 年 2 月 17 日。

中已经有了基本固定的印象,后面再改也很困难。"① 一种权威性奖项是对它所严格奉行的价值和审美标准的弘扬,作为一种追求完美的文学理念实在是无可非议,但如果它必须让获得这一奖项的不完美的作品付出"改写"自己的代价,那么它就与文学发展所必须的宽容性和丰富性背道而驰。一种审美标准如果沾染了"改写"别人的冲动,它与权力意志的距离也就形同虚设了。

对于茅盾文学奖的史诗情结,洪治纲的《无边的质疑》和王彬彬的《史诗情结的阴魂不散》都提出了尖锐的质疑。但我个人倾向于认为,茅盾文学奖不仅钟情于史诗风格的作品,而且其获奖作品大多体现出宏大叙事的旨趣。不管是历史题材的还是现实题材的,都追求大场面、大气象,强调高屋建瓴的总体把握,力求揭示历史规律与时代精神,在思维路向上强调概括和归纳,注重对必然性、最高法则、绝对真理的形象化阐释,却忽略了对复杂性和差异性的审美观照。因为一味求大,多数作品都不无理念化倾向,教化和认识价值的膨胀削弱了作品的审美感染力,对于社会意识的敏感遮蔽了对于人性和灵魂的洞察。求大的倾向必然导致鸿篇巨制的盛行,返观历届的茅盾文学奖,系列化或多部头创作的获奖比例是惊人的——《李自成》、《黄河东流去》、《平凡的世界》、《金瓯缺》、《战争与人》、《白门柳》、《茶人三部曲》,而且,《李自成》、《白门柳》和《茶人三部曲》都是以"未完成"的形式参评并获奖。第六届获得读书班提名的宗璞的《东藏记》是其系列小说《野葫芦引》的第二部,熊召政的《张居正》洋洋洒洒 140 万字。追求规模效应是新时期长篇创作的一种发展走势,这和茅盾文学奖的倡导不无关系。90 年代以来,长篇小说大都追求对历史的整体把握,对一个时代的艺术概括,对人类生存的人性反思。在"史诗性"、"纪念碑"、"传世之作"等宏伟目标的召唤下,许多作家都陷入了大而无当的尴尬。陈忠实就说:"因为文坛有一条不成文的惯例,作家如果没有长篇就好像在文坛上立不住脚,所以有'长篇一举顶功名'的说法。正是因为这种原因致使有些作家不顾作品的质量而追求篇幅的大小。"② 由于在生命体验、知识储备、思想境界等方面的欠缺,观念先行成为长篇创作中的一大痼疾;以一个特殊家族的兴衰沉浮来揭示民族的历史演进,更是成为众多长篇结撰情节的枢纽;在表现形式上,生硬的模仿和翻新的赶潮大行其道,许多长篇大同小异,题材和艺术手法都缺乏创新;在叙事结构上,文气不连贯,内在的断裂常常造成虎头蛇尾的草率。获得茅盾文学奖的系列化创作,几乎

---

① 张英:《白鹿原上看风景——陈忠实访谈录》,载《文学的力量》,民族出版社 2001 年版,第 205 页。
② 张英:《白鹿原上看风景——陈忠实访读录》,载《文学的力量》,民族出版社 2001 年版,第 196 页。

无一例外地越写越糟,这实在是耐人寻思的。

作家对于"系列"的偏爱显示了创作题材的狭窄和风格的过分成熟,将自己限定在一块自留地上造成了叙事情感的自恋。同时,作品在故事结构、人物关系、价值判断、情感表达等方面也存在雷同化倾向,不少作品的场景、对话和结局几乎如出一辙。确实,系列化创作要求风格的基本一致,但不意味着缺乏变化。在我个人看来,长篇创作的系列化倾向,在很大程度上是作家对自身的精神资源进行过度开掘的表征,也是传媒的市场化运作将写作引入机械化、规模化的结果。有些评委分析长河小说《第二十幕》之所以败给《茶人三部曲》,就是因为前者是完整的作品,写到后面已经显露出疲态,而后者以前两部参评,水平显得比较整齐。这种解释暴露了程序上的漏洞,修订前的评奖办法规定,"多卷长篇小说,一般应在全书完成后参加评选,但个别艺术上已相对完整,能独立成篇的多卷本中之一卷,亦可单独进入评选",这就使系列化写作进退自如,既可以单篇作品参评,也可以未完成的整体参评。事实上,《茶人三部曲》的第三部《筑草为城》以"文革"为背景,作家在叙述时仅仅把当时的文化灾难与茶文化拼凑在一起,呈现出相互游离的状态,作品结尾写到中国茶文化博物馆的建立,更是狗尾续貂。王火的《战争和人》的第一部《月落乌啼霜满天》就曾经被送进第三届读书班。经过修订的评奖条例中增加了这样的内容:"评选年度以前发表或出版的、经过时间考验的优秀之作,也可由有关单位慎重推荐参评,通过初选审读组筛选认同并以无记名投票方式获得评委会半数以上委员的赞同后,亦可列入评委会备选书目。"这一规定意在亡羊补牢,可也会导致一些作品经过反复"修订",不断地被提交到评奖会上,就像封建时代落榜的举子,屡败屡战,文学评奖成了赶场游戏。

茅盾文学奖的获奖作品,不仅"史诗性"的写作追求宏大气象,现实题材的作品同样热衷于表现重大矛盾冲突,进行全景式的扫描。刘心武的《钟鼓楼》是获奖作品中第一部反映城市普通市民生活的作品,但过于强烈的"问题"意识淹没了人物的个性与活力,无节制地为社会代言的热情,使作品酷似新闻报刊上一度泛滥的"大特写"。尽管取材于平民琐碎而平凡的生活,但作家的笔触依然流露出以小见大的宏愿,试图从生活和现实的一角提炼出全局性的历史感。遗憾的是,这种将小事放大的写法,使作品的叙述走马观花,缺乏深度开掘,变成了"问题"的堆积。最为关键的是,作者站在生活的外部,以居高临下的姿态、先入为主的态度表现高于生活的判断,导致了种种牵强附会的隔膜。《抉择》就更类似于硬新闻,表现与人们切身利益密切相关的政治、经济、军事、文化等方面变动的消息,题材重大,行文较为严肃和庄重。现实题材的作品多数站在历史与现实的交汇点上,力图揭示时代精神的深层内涵。像刘玉民的《骚动之秋》就让农民企业家岳鹏程置身于矛盾的旋涡之中,表现中国农民从传统走向现代的艰难过程,过度戏剧化的冲突使人物成为观念的附庸。我一直感到纳闷的是,这些获奖作品的中心人物为什么总是被塑造成具有"类"的特征的符号?为什么非要让他们成为时代精神的缩影?为什么不让他们成为鲜活的、不可替代的"这一个"?通过一个人或几个人去诠释、浓缩时代精神,这不就把时代精神看得太简单了吗?时代精神从来就充满了内在的冲突,具有复杂的内涵与内在的差异性,将它定于一尊不仅会削弱其活力,这也使以表现时代精神为己任的现实主义文学呈现出雷同化趋向。这些作品并没有解决好"十七年文学"遗留下来的"大而空"的问题,在预设的框架中填充平面化的人物形象和失真的细节,在观念上也常常陷入历史决定论、目的论和道德优先论的陷阱。大多是越写越拖沓,越写越匠气,叙事节奏缺乏必要的节制和紧张,在套路和模式的泥潭中难以自拔。作家王兆军有篇文章《八十年代的做大与九十年代的做小》,他认为80年代的文学力争做大,而90年代的文学力争做小。这个说法有点绝对化,至少在长篇创作领域,90年代的多数作家依然痴迷于"做大"。文学作为人学,必须体现出对人的尊重,而生命个体都是卑小的,对于"小"的尊重中恰恰体现出一种大境界。而我们的作家,总是倾向于表现"类"的关怀,并以此理由漠视了"小"的权利,如此的"大"架势与"大"关怀,在某种意义上是虚构出来的,也是虚伪的,这也是他们的创作格局变得越来越小的症结所在。

综观前几届茅盾文学奖的获奖作品,几乎每届都兼顾历史题材和现实题材,但很少有作品能抵达人性与灵魂的深处。也就是说,这些作品大都重视对外部世界的概括,却忽略了对内在世界的无限可能性的开掘。"做大"并不是跑马占地,只注重架势的铺排而没有深度,更不是只注重对社会表层和外部世界的描述,忽略了对内心思想、人物性格、心理现实等"看不见的生活"的深层表现。"做小"也不是两耳不闻窗外事的封闭式的审美表现,应该从小的视点中体现具有历史深度的开阔视野。余华的《许三观卖血记》之所以落选,或许正因为其"小",篇幅不大,主人公也不是什么英雄人物,甚至揭示了人性中卑琐阴暗的一面,但作家在"小"的视点中贯注着大视野,遗憾的是这样的"大"不如大而化之的表面文章来得直观,也就常常被漠视。

三、找回失去的尊严

反思过去三十年的文学评奖,批评的主要矛头都指向评奖的程序和规则的混乱。各种评奖都没有建立健全的规章制度,缺乏必要的程序公正,评奖过程具有随意性与偶然性。在选择评委时,几乎没有哪个评奖能够始终如一地贯彻回避机制。譬如80年代的短篇小说评奖,冰心的《空巢》(冰心曾表示不要选她),王蒙的《悠悠寸草心》《春之声》都在作者担任评委的年度获奖。鲁迅文学奖之所以没有确立自己的权威性,首先是评奖程序和评奖规则本身就不稳定。在奖项设置上,中国作家协会在设立这一奖项时,其规划包括两年评选一次的单项奖和四年评选一次的"鲁迅文学大奖",结果"鲁迅文学大奖"不了了之,而第五届又增设青年作家奖;在评奖的时间范围上,第一届为1995—1996年,第二届为1997—2000年,第三届为2001—2003年,第四届为2004—2006年,评奖年限居然有两年、三年、四年等三种,可谓变动不居;在评奖规则上,第一届各种单项奖实行包干制,分别承包给中国作家协会直属的《人民文学》《小说选刊》《中国作家》《文艺报》等报刊,主评报刊对于评奖结果具有操纵作用,加上获奖数量泛滥,仅报告文学就有15篇获奖作品,其公正性说得上是一败涂地;回避机制不健全则是争议的焦点,譬如在第二届鲁迅文学奖评审中,铁凝是短篇小说评选的主任,其《永远有多远》获得中篇小说奖,这篇作品写得比较生动和用心,但就程序合法的角度而言,铁凝应该回避;在第三届鲁迅文学奖中,陈超是诗歌奖的评委,却获得优秀理论、评论奖;而2007年举办的第四届评奖更是有四名终评评委最终获奖,虽然获奖评委参评的是其他奖项,但其程序漏洞造成的公正性问题,却是无法回避的事实。在评奖的透明度上,如果说是暗箱操作失之偏颇的话,那么,说这些评奖是灰箱操作应该不算过分。要是没有那些评奖的见证人在回忆文章中披露一些内幕,公众根本无从知道评奖的过程与细节,只能通过评奖的结果去猜测和揣摩过程中的种种冲突与妥协。问题在于,历次的评奖结果总会有沧海遗珠和鱼目混珠的遗憾,半明半暗的灰色状态就更容易引发舆论的质疑,这样的评奖不可能体现程序公正,而程序的错乱也必然无法实现实质正义。

近年,对于"茅盾文学奖"的批评多了起来。这当然是一种进步,是文化环境日渐宽松的精神表征,批评的舆论监督也有利于克服评奖的局限性。第五届的评委有一半多是新聘任的,平均年龄也有所降低,第六届开始吸纳北京以外的评委,这些改进都是值得肯定的。但是多数的评说者都不敢对它寄予太高的期望,甚至把种种不合理视为常态,吴秉杰连续参加了几届初选,并当选第五届评委,他在《评奖的偶然性》中认为:"倘若获奖的作品中有你心目中的出类拔萃的好作品(不是全部),还有的作品也是你所认为的中上水平之作,你就不用抱怨了。"① 这似乎暗合了管理学中经常提到的墨菲定律:如果坏事有可能发生,不管这种可能性多么小,它总会发生,并引起更大可能的损失。人类不可能不犯错误,可悲的是在意识到错误的可能性后,仍然没有程序上的防范,防止偶然发生的人为失误导致灾难和损失。茅盾文学奖饱受诟病的是其经过一名评委提议、两名评委附议就可以随时增加候选篇目的规则,《第二个太阳》、《骚动之秋》、《英雄时代》的获奖都得益于这一条款。刘白羽的《第二个太阳》获得茅盾文学奖,也是在作者担任评委的年度,尽管作者在评选自己的作品时采取了回避态度②,但这种回避实在是暧昧的。有趣的是,评奖规则始终保持这一条款,意在避免遗珠之憾。事实上,这一条款成了劣币驱逐良币的特殊通道,也使读书班的努力受到深深的嘲弄,更使终评委的权力缺乏必要的约束与监督。我个人认为,终评时要增加候选篇目,至少应该得到一半以上评委的附议,否则,只会给种种私愿大开方便之门。每次评奖之前,圈内人士和众多媒体似乎都对即将公布的结果心存疑虑,甚至会觉得真正公平的结果反而是不正常的。在这样的氛围下,茅盾文学奖就很难真正地确立其权威性。在第六届评奖过程中,《羊的门》和《沧浪之水》的"主动"退出,柳建伟的《英雄时代》、周梅森的《绝对权力》、关仁山的《天高地厚》、马晓丽的《楚河汉界》、吕雷和赵洪合作的《大江沉重》、潘婧的《抒情年代》等6部作品由三名或三名以上的评委联名推荐,被增补列入备选作品名单,都使其公信力遭到质疑。更有趣的是,一次评奖居然可以拖了一年多还没公布结果,这样的难产实在是耐人寻思。评奖年度外的《马桥词典》也被联名推荐,它和入围读书班初选名单的王蒙的《活动变人形》、周大新的《第二十幕》、阎连科的《日光流年》一起,被提交评委会进行投票表决,均未获得半数以上的票选。按《条例》规定,非评奖年度内的作品参评,必须获得二分之一以上评委同意,方可获得参评资格。为了确保公平起见,这一条例和三名或三名以上评委联名推荐可以增补候选篇目的条款,都应当废止。徐林正在《茅盾文学奖背后的矛盾》一文中介绍,评委会的阅读量大大低于读书班,即使是经过大幅度年轻化的第五届评委。评奖办公室的负责人也承认,有一半的评委阅读"读书班"

---

① 吴秉杰:《评奖的偶然性》,《钟山》2001 年第 2 期。
② 顾骧:《我所知道的中国茅盾文学奖》,《中华读书报》1997 年 8 月 20 日。

推荐的 25 部作品有困难①。白烨在《评文学评选与评奖》中认为,要真正改变茅盾文学奖的现状,只能采取这样的办法:"作协在评委中淡出,代之以茅盾文学奖基金会作为主办单位,以民间的方式予以运作,以年富力强的评论家、研究家、编辑家为主组成评委会。"② 其实这并非问题的关键所在,如果没有程序上的完善与监督,民间的评奖同样无法免俗,引起巨大争议的"长江读书奖"就是前车之鉴。

在当前的国情下,要求文学评奖完全站在艺术至上的立场上,这是不现实的。官方奖项要求获奖作品必须贯彻"二为方向"、"双百方针"等主旋律法则,追求"思想性与艺术性的统一",这种或浓或淡的意识形态色彩几乎是难以避免的。正如邵燕君所言,这类评奖"只能是在'历史的限制'中的'现实的选择'③。而那些具有商业背景的文学评奖,要一边看投资人的脸色一边寻求评判的独立,也只能是在夹缝中首鼠两端。一些民间的文学评奖以为权威性来自于高额奖金的诱惑力,这实在是大错特错。法国的龚古尔文学奖的奖金才 50 法郎,在新世纪欧洲实行欧元货币制之后改为 10 欧元,但它依靠长期不懈的努力建立起来的权威性却得到了普遍认同。因此,文学评奖要找回失去的尊严,必须坚守自己的独立品格,拒绝把评奖当成追逐现实功利的工具。捍卫文学尊严的文学评奖都具有共同的特性:其一,文学评奖要确立文学的尊严,重要的前提是要独立于权力与金钱的压力之外。具有理想品格的文学奖项,必须长期捍卫爱与美的普适性价值,发现苦难中人性的闪光,反抗冷漠与奴役,尊重个体的自由权利。其二,公正的评奖一定要有完善的评奖规则,规则制定后不能轻易更改,在评奖的程序上要做到公开透明,将参评对象的要求、评委的遴选范围、评奖的价值标准、评审的具体过程、得票情况都公诸于众,接受舆论的监督,而不是只公布评审结果。其三,建立严格的回避机制,避免人情因素的干扰。诺贝尔文学奖一共有 7 位瑞典作家获奖,为此而饱受质疑,但 1974 年两位瑞典作家的获奖成为最后一次自家人的"关门作业",从此本国人士绝迹,只能问鼎地域性的北欧文学奖,诺贝尔文学奖的地域色彩为此而淡化,巩固了奖项的权威性。其四,必须有长期规划,确保其规范性、连续性和稳定性。诺贝尔文学奖之所以举世瞩目,很大程度上来自于其周而复始的坚持,除了 1914、1918、1940—1943 年因为两次世界大战和 1935 年没有达成决议未能颁奖外,从未中断。

---

① 《陕西日报》2000 年 6 月 23 日。
② 白烨选编:《2000 中国年度文坛纪事》,漓江出版社 2001 年版。
③ 邵燕君:《倾斜的文学场》,江苏人民出版社 2003 年版,第 209 页。

对于文学创作而言,要确立自己的尊严,必须拒绝为获奖而写作,不管是诺贝尔文学奖还是茅盾文学奖,都注定只能成为失去主体性的傀儡。被奖项所控制,意味着以事先规定的程式限制了自己的创作自由,作家和文学的灵魂都只能在戴着镣铐的舞蹈中逐渐枯萎,使文学观念机械化、艺术形式八股化。正如康德所说:"属于天才本身的领域是想象力,因为它是创造性的,并且比别的能力更少受到规则的强制,却正因此而更有独创性。"① 独立、自由、创造是文学创作的生命,失去了这些,再重要的奖项都无法抵挡时间的无情淘洗,而像托尔斯泰、卡夫卡、乔伊斯、哈代、博尔赫斯、易卜生、普鲁斯特、契诃夫、里尔克、高尔基、左拉、瓦雷里、布莱希特、斯特林堡、曼杰什坦姆、阿赫玛托娃等被诺贝尔文学奖遗漏的大师,其作品依然历久弥新,因为它们创造性地从人的内心唤醒那些一直沉睡的审美冲动,就像一束强光照亮被长期遮蔽的漆黑的心灵世界。正如卡尔维诺所说:"经典是每次重读都像初读那样带来发现的书。……即使我们初读也好像是在重温的书。"② 而一些速朽的获奖作品带给我们的却是:即使我们初读也好像是似曾相识,而每次重读都是一次精神折磨。这类写作注定为获奖而生,也为获奖而死。

---

① 康德:《实用人类学》,邓晓芒译,上海人民出版社 2002 年版,第 125 页。
② [意]卡尔维诺:《为什么读经典?》,黄灿然译,译林出版社 2006 年版,第 3—4 页。

对"鲁迅文学奖"的若干思考

万安伦

鲁迅对当代文学与文化的影响既表现在深刻的思想层面,也表现在多种形式上,"鲁迅文学奖"即如此。作为中国文学唯一的级别较高的综合性奖项,并以鲁迅的名字命名,该奖不但在继承和弘扬鲁迅精神方面还有很远的路要走,也远没有达到其应有的文学声望和预期的社会影响,而且负面和质疑之声越来越大。在褒贬不一的评奖历程中,在社会各界长时间关注和每届颁奖都引起不同程度的讨论甚至争论的情况下,深入地考察其历史背景和现实意义,系统地研究其奖励机制,冷静地思考该奖存在的问题并探讨一些新的更优的评奖机制和体制,显得必要和迫切。

"鲁迅文学奖"是个什么奖?

"鲁迅文学奖"最早可以上溯到 1942 年解放区创办的"鲁迅文艺奖金",活动主办单位是晋察冀边区文学艺术界联合会鲁迅文艺奖金委员会,魏巍长诗《黎明的风景》等获奖。这项活动虽然与此后的"鲁迅文学奖"没有直接关系,但毕竟同是用鲁迅的名字命名的,也可以把它看作是半个世纪后"鲁迅文学奖"的先声或尝试。公众或许也期待着这两者之间与鲁迅精神方面的某种契合。

有感于"诺贝尔文学奖"等的巨大影响力和创作推动力,中国从 1978 年《人民文学》成功举办"全国优秀短篇小说奖"开始,全面构建文学奖励的机制和体制,孟繁华认为"1978 年短篇小说奖的设立,其意义也许不在于评选了多少

题解　本文原载《鲁迅研究月刊》2010 年第 12 期。作为中国文学唯一的级别较高的综合性奖项,"鲁迅文学奖"评选远没有达到其应有的文学声望和预期的社会影响,负面和质疑之声此起彼伏。本文在回顾"鲁迅文学奖"创办过程的基础上,审视了其评奖标准与社会评价,认为该奖缺乏具体明确的评奖标准,未能达到预期的影响和效果,同时冷静地思考该奖存在的问题并探讨了一些新的更优的评奖机制和体制,如"鲁迅文学奖"应与"鲁迅精神"关联更紧密、解决办奖体制的稳固性、保证征评机制的科学性以及确保评奖的"最优性原则"等。

作品,更重要的是,它首次以制度化的形式确立了文学奖项"①。接着,《文艺报》准备筹办"全国优秀中篇小说奖"。"中国作家协会党组感到各个杂志社各自为政,各搞一套,于文学事业不利,便加以规范,改成统一由中国作协主持。"②1981年,在中宣部领导下中国作协创设了长篇小说(茅奖)、中篇小说、报告文学、新诗和儿童文学五大全国性的文学奖项,基本建立了多种文学体裁的奖励机制和体制。但好景不长,不几年,除"儿童文学奖"和"茅盾文学奖"外,其他文学奖项基本停办。这些奖项的停办不但给文学事业带来损失,而且对刚刚建立起来的国家文学奖励的体制和机制带来严重影响。为了改变这一状况,文学界及社会各界的有识之士不断呼请恢复这些文学奖项,由于此前各奖项水平不一、名目太多,给外界参差混乱之感。1995年,中国作协党组报请中宣部同意,决定除长篇小说由作协单设"茅盾文学奖"、戏剧文学由文联与剧协单设"曹禺戏剧奖"之外,设立一个名为"鲁迅文学奖"的相对综合性的文学奖项,三年一评,按文学体裁和样式设七个子项,除接续已停办多年的短篇小说奖、中篇小说奖、报告文学奖、诗歌奖、散文杂文奖,还另设了文学理论评论奖和文学翻译奖,这七大文学类别鲁迅都有较高的文学成就,从这一点说奖励名称和奖项类别的设置应该是说得过去的。该奖1997年启动首届评奖,1998年首次颁奖。至此,"茅盾文学奖"、"鲁迅文学奖"、"曹禺戏剧奖"鼎足而立的文学奖励的形式格局基本形成。

"鲁迅文学奖"的创办,不仅标志着停办10年的若干单体文学奖的部分功能得到了再接和延续,同时也标志着中国国家的文学奖励机制和体制得到一定程度的恢复和重建。起初,文学界和社会各界对"鲁迅文学奖"抱有极大的期待和热情,主办者一直希望把该奖办成中国最高荣誉最高级别的综合性文学大奖,直到现在,也仍然是这样对外宣称的:"鲁迅文学奖是我国具有最高荣誉的文学奖项。"③但准确地说,目前中国还没有名副其实的"最高荣誉"的"国家文学奖"或"国家级文学奖"。"鲁迅文学奖"、"茅盾文学奖"、"曹禺戏剧奖"等实事求是的说只能算作"较高荣誉"的中国作协级别的文学奖。这个结论,对比已颁发十届的"国家最高科学技术奖"是很容易得出的。一是体制和机制建设差别较大,前者是在中国作协下设立临时性工作室,后者由国务院成立"国家科学技术奖励工作办公室"负责评审和奖励的日常性工作;二是奖励单位级别相差甚远,

① 孟繁华:《百年中国文学总系——1978:激情岁月》,山东教育出版社1998年5月第1版,第240页。
② 刘锡诚:《在文坛边缘上:编辑手记》,河南大学出版社2004年9月第1版,第537页。
③ 《关于征集第五届鲁迅文学奖参评作品的公告》,2010年2月28日,中国作家网 http://www.chinawriter.com.cn。

前者是中国作协,只是一个部级建置,后者是中华人民共和国,级别规格是国家最高级,由国家主席签署获奖证书并颁发奖金。三是颁奖典礼的规格差别很大,前者邀请一个全国人大或全国政协的领导颁奖已经算是较为难得了,后者由国家主席率国务院总理等政治局常委颁奖。四是奖金数额相差极大,前者只有万元左右,甚至只有几千元,还基本上要靠"化缘"取得,后者每位奖金 500 万元,直接纳入国家财政预算。所以,严格意义上说,目前只有中国作协级别的"较高荣誉"的文学奖励。这种现象的出现,说到底是中国自"洋务运动"以来重实业轻精神,迷信"实业救国"的又一体现。

从与国家科技奖励机制体制建设的对比中应清醒看到中国国家文学奖励机制和体制建设的任重道远。文学奖励要真正演变成一种国家的文学制度,"鲁迅文学奖"要真正与宣称的"最高荣誉"匹配,不仅中国作协及相关领导部门要更加高度地重视"鲁迅文学奖"的意义和作用,应该从国家文学制度建设的高度来看待该奖,比照国家科技奖,提高该奖的行政级别,把"鲁迅文学奖"办成真正意义上的"国家文学奖"或"国家级文学奖"。然而,行政级别固然重要,任何文学奖励能否办好,办出影响,办出价值,最根本的还是所奖励的作品是否立得住?是否优秀?能否经得起考验和淘洗?能否得到广泛认可和认同?说白了,就是人们的口碑和心碑才是最有价值的奖杯。很多作家获"诺奖"前寂寂无声,一旦获奖声名鹊起,找来他们的作品细读,确是"实至名归",这也就是为什么该奖虽然偏见很大问题很多,但分量仍然沉甸甸的原因。

"鲁迅文学奖"的评奖标准与社会评价

纵观五届"鲁迅文学奖",第一届评选的是 1995—1996 年两年间的作品,史铁生的《老屋小记》等 95 部(篇)作品获奖,数量庞大,设奖也不规范,散文杂文奖,分拆成"荣誉奖"、"散文奖"和"杂文奖"三项,翻译奖也拆分成"彩虹奖荣誉奖"和"彩虹奖"两项;从第二届开始七个子项不再分拆,设奖基本固定下来,评选的篇数也大致固定在每个子项五部(篇),第二届评选的是 1997 年—2000 年三年间的作品,刘庆邦的《鞋》等 35 部(篇)作品获奖;第三届评选的是 2001年—2003 年三年间的作品,王祥夫的《上边》等 29 部(篇)获奖;第四届评选的是2004 年—2006 年三年间的作品,蒋韵的《心爱的树》、范小青的《城乡简史》等 32部作品获奖。第五届评选的是 2007 年—2009 年三年间的作品,乔叶的《最慢的是活着》、车延高的《向往温暖》等 30 部作品获奖。五届获奖总数达 221 部

（篇），是百年"诺奖"的两倍还多，是七届"茅奖"31部的七倍多。奖励的范围和人次不能说不广泛，但给读者留下深刻印象的获奖作家和作品并不多。这是值得反思的。

造成这种情况的原因有很多，但该奖缺乏具体明确的评奖标准则是重要原因。在文学奖励机制的诸多要素中，最为重要的是"评奖标准"及执行标准的"评委"。文学奖励通过特定标准的制定和评委的构成，可以达到倡导某种文学风格、引导某种文学思潮、推进某种文学运动的目的。"鲁迅文学奖"的原则性标准是：坚持"二为"和"双百"方针，"弘扬主旋律，提倡多样化，鼓励贴近实际，贴近生活，贴近群众，体现时代精神，坚持导向性、权威性、公正性，坚持少而精、宁缺毋滥的原则"。① 具体评奖标准有三条：一是"坚持思想性与艺术性统一的原则"；二是"重视作品的艺术品位"；三是"重视作品的社会影响力"。② 三条标准都过于宽泛并与其他文学奖雷同。

"诺贝尔文学奖"在坚守自己确定性的评奖标准方面值得"鲁迅文学奖"学习，根据诺贝尔遗嘱，该奖"奖给在文学界创作出具有理想主义倾向的最佳作品的人"。③ "理想主义倾向"的评奖标准的确是瑞典文学院长期真诚坚守和严谨遵循的，为此，不惜将他们认为缺乏"理想主义倾向"的"无政府主义者"托尔斯泰、"自然主义者"左拉、"否定主义者"易卜生、"缺乏宗教伦理基础者"哈代等文学大家拒之门外，正是用这样内涵清晰的评奖标准延伸出来的价值取向和审美尺度，筛选出百年来以昂扬向上为基本精神风貌的优秀获奖作品，同时也成就了一长串光辉灿烂于世界文坛的名字：海明威、肖洛霍夫、罗曼·罗兰、萨特、福克纳、川端康成、叶芝、加缪、罗素、泰戈尔、艾略特、萧伯纳、聂鲁达等。该评奖标准在执行近百年后的1990年经瑞典国王批准，改为授予"近年来创作的或近年来才显示出其意义的具有文学价值的作品"。④ "文学价值"代替"理想主义倾向"不知是福是祸。

应该看到，"鲁迅文学奖"在整合和接续已经中断十年的诸如短篇小说奖等多种全国性文学奖项方面居功至伟，是我国级别较高的综合性文学大奖，对于国家文学奖励的机制和体制建设均卓有贡献。但更应该看到，该奖的社会评价

---

① ② 《鲁迅文学奖评奖试行条例》（2010年2月25日修订），见中国作协官方网站"中国作家网"（www.chinawriter.com.cn）。
③ 焦国伟、贾玉娇编著：《世界最具影响力大奖：诺贝尔奖》，吉林人民出版社2009年4月第1版，第12—13页。
④ 焦国伟、贾玉娇编著：《世界最具影响力大奖：诺贝尔奖》，吉林人民出版社2009年4月第1版，第22页。

一直不高,质疑之声不绝于耳,未能达到预期的影响和效果,受到社会和公众的怀疑和冷待。第一届揭晓后就有人认为是"完全失败";第二届揭晓有人在网上发表《为第二届鲁迅文学奖而呕吐》的长文;第三届获奖名单在中国作家网上公布不到一天就删掉了,引来"暗箱操作"的猜测,有记者撰文批评:"鲁迅文学奖也是信息'匮乏'的一个奖项。"① 更有人撰写《鲁迅文学奖值多少钱?》等文章在网上抨击;第四届揭晓,陈量在《中国教育报》上发表题为《鲁迅文学奖:集体的突围还是整体的衰落?》的批评文章,认为:"以中国新文化运动伟大旗手鲁迅命名的鲁迅文学奖却迟迟找不到它的精神命名。"② 这些批评的基本态度是认为"鲁迅文学奖"与"鲁迅精神"无关,"缺乏具体标准","暗箱操作","钱奖交易"等。第五届刚一揭晓,因身份特殊并曾写作"口水诗"《徐帆》《刘亦菲》的武汉纪委书记车延高获奖备受争议,被网民戏称为"羊羔体"。网上的文章,没有太多的事实依据,观点也过于偏激,但他们对于"鲁迅文学奖"的失望和指责是代表着相当一部分人的观点和情绪的。对于这些文学批评和社会批评,我们还是应该以开放和宽阔的胸怀对待,这毕竟比什么声音也没有的"两间余一卒,荷戟独彷徨"的死寂要好很多。

"鲁迅文学奖"应无愧于鲁迅的名字

"鲁迅文学奖"一直希望办成"最高荣誉"的综合性国家文学大奖,但四届的实践和努力没有达到预想效果,反而引来众多的质疑和非议。人们对该奖失望的原因,除客观上该奖有点生不逢时,主观上的原因也不容忽视。

其一,"鲁迅文学奖"与"鲁迅精神"关联不紧密而且评奖标准不具体。有论者指出:"什么是好作品,判断好作品的标准何在? 标准不全是条条框框,可也不能少了条条框框。如果一直用大话来定位鲁迅文学奖,那'鲁奖'的价值何在? 再次要问的是,'鲁奖'和鲁迅先生的精神关联何在? 难道仅仅是因为鲁迅先生在小说上曾创作过短篇吗? 如果没有明确答案,以鲁迅先生的名字冠名的资格何在? '鲁奖',只能是形同虚设。'鲁奖'成为行业内的自我狂欢。"③ "鲁迅文学奖"与"鲁迅精神"关联何在? 这样的追问是一针见血的。"鲁迅文学奖"应该奖励敢于直面现实、勇于批评社会的作品,具有独立思考的人文精神,并对

---

① 记者陶澜:《文学评奖能否找回失落的权威?》,《北京青年报》2005 年 3 月 1 日。
②③ 陈亮:《鲁迅文学奖:集体的突围还是整体的衰落?》,《中国教育报》2007 年 11 月 3 日。

人类有大爱的作品。可根据参评作品与"鲁迅精神"的关联度,制定诸如"社会批评"、"现实情怀"、"人类关爱"等具体切实可把握的标准,评委据此来评判作品的价值追求和审美倾向。只有这样,"鲁迅文学奖"才无愧于鲁迅的名字。

其二,该奖"办奖体制的稳固性"没有得到根本解决,这是最值得忧虑的。"鲁迅文学奖"四届颁奖的时间地点都不确定,原定三年一届,也没有严格执行,评奖活动的不规范不稳固和颁奖仪式时间地点等的不确定,大大降低了该奖项的社会影响力和文学促进力,也影响了"期待效应"的形成。该奖 1998 年 2 月在京首颁;三年半后的 2001 年 9 月第二届在绍兴颁奖;四年后的 2005 年 6 月第三届在深圳颁奖;两年后的 2007 年 10 月第四届又回到绍兴。从不能按时颁奖,到首届冠名"资产新闻杯",二、三、四届寻找地方政府协办,每届都要寻找"埋单"者,可以判断,该奖没有从根本上解决资金问题。其评奖条例也印证了这一点:"评选活动经费由国家拨款及吸收社会赞助的方式解决"①,"吸收社会赞助"正说明该奖的经费不是很充足(应该注意的是,接受社会赞助要以不干扰正常评奖为底线)。"诺贝尔奖"和"茅盾文学奖"建立奖励基金的办法值得借鉴,可设立鲁迅文学奖奖励基金(会),以国家拨款为基础,同时吸纳个人捐资和企业赞助,建立起长效的而不是临时的财政保障机制和体制。

其三,该奖"征评机制的科学性"没有得到保证。"鲁迅文学奖"必须拓展征选视野,构建"提名"、"申报"和"推荐"三大征选体系,组织委员会和评审委员会必须建立科学完善的长效评奖征选制度,像"诺奖"一样,在接受相关组织和专家"推荐"的基础上,还可以安排专门人员全方位搜寻初选对象进行"提名",并可以比"诺奖"更开放,允许并接受作家自己"申报"。这样就可以建立起自上而下的"提名制"和自下而上的"申报制"及平行的第三方"推荐制"三者相结合的全方位多渠道的征选体系。而现在"茅盾文学奖"和"鲁迅文学奖"的征选体系基本延用了过去的相关组织"推荐制",这是计划经济体制留下的模式,需要改革。"科学性"原则要得到保证,还必须改革现行评审机制,将评奖的权重分成"领导意见""专家意见"和"群众意见"三份,各占一定比重,这样既能博采众长又能扩大影响。专家、领导、受众既相互尊重也相互博弈,在竞合中达到最优。

其四,该奖"设奖评奖的最优秀性"没有得到体现。"鲁迅文学奖"的价值和影响难与"诺奖"比肩,甚至还比不上"茅盾文学奖"。五届 221 部(篇)获奖

---

① 《鲁迅文学奖评奖试行条例》(2010 年 2 月 25 日修订),见中国作协官方网站"中国作家网"(www. chinawriter. com. cn)。

作品,超过百年"诺奖"总和一倍多,丧失了该文学奖项原本应该具备的"最优秀性"原则。"诺奖"全球年度的唯一性;"茅奖"差不多一年一部,算是中国年度唯一,而且是分量较重的长篇小说,这些确是它们的影响力超过"鲁迅文学奖"的重要原因。设奖应与创作实绩一致,宁缺毋滥。七个子项的奖项设置数量太大,应该至少归并减少到四个,改为小说奖(中短篇,也可以有长篇)、诗歌奖、散文奖(含杂文和报告文学)、文评翻译奖,每个奖项五部(篇)获奖数量太多,应该严格控制在两部次之内,这样"鲁迅文学奖"每届获奖总名额控制在十人次或部次之内甚或更少,用控制数量的办法来控制质量,以达到评奖的"最优秀性原则",同时也可以通过减少获奖数量来提高获奖者奖金,每届可以设大奖一名,像科技奖那样奖以重金。另外,现在评奖的对象是近三年来某作家的具体作品,这种评奖办法的弊端是"只见树木不见森林",不利于体现"最优秀性"原则,应该改现行的"作品奖"为"作家奖",总观该作家近年来的创作实绩和社会影响,这样有利于剔除一些"昙花一现"和用情不专的文学过客。

值得注意的是,在文学评奖中要充分尊重作家的创作自由,不能搞行政命令,更不能搞权奖交易或钱奖交易。只有这样,才能把"鲁迅文学奖"真正办成"最高荣誉"的"国家级文学奖",甚至是"国家文学奖",使其影响和作用更加突出和明显,也真正与"鲁迅"这个伟大的名字相称。可以说,"鲁迅文学奖"的机制和体制建设好了,当下中国国家的文学奖励机制和体制就建成了大半,毕竟这个文学奖包涵的内容太丰厚了。

近三十年茅盾文学奖审美经验反思

任美衡

在长期发展过程中,茅盾文学奖逐渐形成了部分基本的审美特征,如叙事视角的多元化,正面的价值取向,新现实主义的多边拓展,史诗叙述的精神化,等等。在当代文学不断"世界化"的过程中,这些叙事质素也进行了内在的冲突、裂变和复杂的自我构型。它们交流、对话,不断地衍生、革新,也容纳着别种质素的"介入"。与时俱进既使它们与母体葆有深在的精神联系,又不断地拓展着主体的现代性。从第1—7届获奖作品来看,尽管这些基本的审美特征具有某种意义的"艺术核心"作用,但并非是对茅盾文学奖美学的限制描述,相反,却显示了茅盾文学奖对艺术的宽容与有机选择精神。从发展的眼光来看,尽管它们不断地"新陈代谢",甚至不乏深在的"哗变",但却概括并表征了近三十年茅盾文学奖的审美走势,值得关注。

一、有选择的"全知叙事"及变奏

在近三十年的发展过程中,尽管茅盾文学奖力倡"多样化"的评奖理念,并在具体的评奖活动中得到了有效的实现。但综观所有的获奖文本,我们发现仍是"有章可循"的。如在叙事方面,评委会出于对茅盾本人及创作实践的尊重,追求文学"对一个历史时期社会风貌的全面反映"的"百科全书"之效果,使全知叙事成为茅盾文学奖主导的叙述形式。

从部分获奖文本来看,这种全知叙事的叙述人有时是权威而主体的,"他"

题解 本文原载《小说评论》2011年第3期。在长期发展过程中,茅盾文学奖逐渐形成了部分基本的审美特征,如叙事视角的多元化,正面的价值取向,新现实主义的多边拓展,史诗叙述的精神化等。本文从以上四个方面入手,结合七届茅盾文学奖获奖作品分析了其审美特征在评选实践中的具体表现。认为这些因素既没有断绝与外界的文学交流,又不乏与时俱进地自我更新,概括并表征了近三十年茅盾文学奖的审美走势。

有着上帝般深邃的"眼光",居高临下地向着"读者"讲着故事,有着不容置疑的"卡里斯马魅力",仿佛是真理、人类、民族或者权力的"代言人",并且喜欢有意识地打断故事进程,在关节处"爱发议论,教诲色彩浓厚,可发的议论并非出自机杼,而是社会通行的伦理准则或道德格言",或者是具有教益性的人生感悟。①他有着绝对的叙述权力,可以根据自己的爱好与策略需要,改变叙述焦点和设置叙述障碍,形成赵毅衡所说的"跳角"效果,或者热奈特所说的"越界"现象,也体现了作者对文学的"入场"。如《将军吟》《沉重的翅膀》《黄河东流去》《抉择》《英雄时代》,仿佛是叙述人在安排生活、历史和社会的逻辑与秩序似的,一切都那么"合情",可一旦遇到"不合理"处,叙述人就慷慨放言。这种"权力"曾得到了广泛的好评与效仿,但也遭到了不少诟病,如某些批判者所说:由于叙述人过于生硬、频繁地干预情节,以及浓厚的说教味,可能会使读者难于忍受,取消故事的真实感,即希普来所说的会失去读者对情景的接受力、生动性和亲切感,从而令人对文学产生信任危机。

也有这种情况,就像布斯在《小说修辞学》中所说的,作者"退场",或者叙述人站在"隐含作者"的立场进行讲述。"他"是"中性"的,仿佛是一个"导游",带着读者经历文本与人物世界,自己却不发一言。一般来讲,"他"并不自由,通常守在一个叙述焦点上。但"他"又是非常尽责的,陪着读者上天入地或者进入人物隐秘的内心世界,且和读者保持适当的"距离",绝不"介入"读者的态度与选择。它使人物与事件都呈现在"前台",增强小说的"在场感"和"真实性"。如《东方》《钟鼓楼》《白门柳》《战争和人》《湖光山色》。其中,《张居正》无论写主人公在政治方面的铁腕手段,在权谋方面的无穷智慧,在生活方面的侠骨柔肠与贪财好色,对人生悲剧的预感与无可奈何,以及明代后期的社会风俗人情,作者都不动声色,一一道来,让读者身历其境又浑然不觉。不过,这种事实与身历其境之效虽然容易产生令人震撼的穿透力,但也可能会因语言信息的拥挤和想象力萎缩导致叙述的自动化与平庸化。

杨义在考察我国叙事文学时认为,在动态的操作中,全局的全知往往是由局部的限知合成的。他说:"讲话人首先必须和他叙述的人物视角重合,讲起来能够口到、手到、眼到、神到,他采取的往往是限知的角色视角,角色变了,视角也随着流动,积累限知而成为全知。"② 在某些获奖文本中,全知叙事与限知叙事

① 陈平原:《中国小说叙事模式的转变》,北京出版社2003年版,第97页。
② 杨义:《中国叙事学》,人民出版社1997年版,第210—211、221—223页。

有时也交错杂呈,取长补缺又相得益彰。或者采取第一人称,如《尘埃落定》在部分扇区,"我"表现得一无所知,只以儿童的眼光打量人间的种种情事,宗教、权力、战争和女人,这样就提升了文本的神秘、空缺与诗性之美,也内在地增加了叙述的旋律感和音乐性。或者虽采取第三人称,但作者往往以人物行动为中心,对于与他无关的事物通通略去,他只是一个"平凡的人",所见、所思、所行都被完整地"呈现"但又局限在"个人"的范围之内,如《暗示》就是通过安院长、钱之江、施国光、韦夫以及金深水的眼光呈现了事态的整个过程,"内透视"与"外透视"互相流动旋转,不停地产生悬念,直接生动紧张,有时甚至幻化出多种"视角"效果,令人目不暇接又层出不穷;同时又可延长审美感受并唤起读者的期待心理,使他们可以充分领略、欣赏事物并陶醉于体验与感受之中。

在获奖文本中,客观叙事也是主要的叙述方式,它与限知叙事一起构成全知叙事的两翼。布斯认为,"艺术家不应该是他的人物和他们谈话的评判者,而应该是一个无偏见的见证人",保持"中立性、公正性、冷漠性"。① 所以,也有人称之为"戏剧式"或"叙述者<人物"。在理论层面,它追求对象的精确性并力求仿真,追求话语与现实的等同;在实践层面,主要表现为化虚为实,把生活与事实仿真化,如《茶人三部曲》——这部具有编年史方式结构的作品,就有着明确的"书记官"意识,在多方面追求厚重的历史感和事实的精确性,抵制虚构或者想象对二十世纪中国人的日常生活、苦难以及历史经验的修辞,有着浓厚的实录倾向和认知要求。或者尊重事物的客观逻辑并予以自然呈现,如《历史的天空》对梁必成的成长过程,在很多地方忠实于人物命运,不虚美,不隐恶,作者仿佛一个电影放映员,一旦开机,屏幕中的人物就按照自己的生命逻辑活起来了,谁也无法干预。或者通过行动与对话把人物形象化,以集体无意识的姿态进行叙述,形成"在场",如《东方》对郭祥的恋爱与生活就过于公共话语化,我们无法窥见或者进入他的心灵世界,也可以说,他是行动的人而非精神的人。实事求是地说,这种"零度叙述"因它的真实性会增强读者的信任机制,并保持读者的冷静与理智,但也可能因客观化而间接地阻碍双方的交流,最终导致文学与人的同时退场。

当然,进入茅盾文学奖多姿多彩的文本世界,我们还会发现诸多标签了中国特色的叙述质素,它们无限地丰富着长篇小说的修辞诗学。其中,以独特的全知叙事为主导,以限知叙事和客观叙事为补充,它们共同地形成了茅盾文学奖基本

① [美]W.C.布斯:《小说修辞学》,华明、胡苏晓、周宪译,北京大学出版社1987年版,第75—98页。

的叙述框架;这些质素既有机融汇又此消彼长,不断地造型又不断地变革,在这种移形换景之中,茅盾文学奖也不断地拓展了自己的叙述风格及其美学。

二、正面的价值取向及可能性

无论是第一届评奖所要求的"反映时代、创造典型、引人深思、感人肺腑",还是《茅盾文学奖评奖条例(修订稿)》所要求的"弘扬主旋律",以及贯穿每届评奖实践的思想标准,都对茅盾文学奖的价值取向有着内在的规约与要求,核心在于不遗余力地倡导正面价值。

在当前,这种正面价值主要表现为这样几种精神,一是新人文精神,如雷达所呼吁的,当今文学亟需增强从正面影响人、塑造人、建构人的精神能力,亟需呼吁爱、引向善、看取光明与希望的能力,亟需明辨是非的能力。① 它既立足于当下的社会主义现代化建设,在跨文化与跨语际的视野中,关注如何处理市场经济条件下的自然与人、科技与人文、物质文明与精神文明等种种关系,以便促进人的现代化,提高国民素质和培养现代人格,② 如《骚动之秋》《英雄时代》《抉择》《秦腔》《湖光山色》;又立足于人的日常生活,在具体的生存境遇中,关注如何思考与实践人的存在与意义,以及有关善与恶、生与死、爱与痛的人生问题,以便消除异化,回归自我,真正地实现人的本质。二是新时代精神,也就是茅盾文学奖的与时俱进精神。它既指茅盾文学奖关注时代主潮,也指获奖作品在叙述重大社会变革、历史事件与人的生命选择之时,都不约而同地采取了"现代性"立场:一方面通过形象,实事求是地表现它们的历史遭遇与进步精神,一方面又从当今的需要出发,充分挖掘它们对时代精神的丰富与增值。三是新中华精神,这不仅指茅盾文学奖对内通过"人"的现代化发现民族的灵魂,对外通过文化的碰撞与交流重铸着崛起的中国形象;也指它不再以他者为镜像但并不否认西方,以东方为主体但并不拒绝批判与否定;还指它以本土性的和谐来取代现代性的对抗,以个体伦理来补充集体的道德,从及时跟上世界潮流到积极地参与世界进程,以整个民族的独特性、包容性和主动精神来构筑人类与世界的普遍的价值体系。

不可否认,茅盾文学奖对正面价值的实际倡导与理想的效果之间还存在着不小的差距,这潜在地弱化了它在当今的"影响力",不过也从这些基本的价值

---

① 雷达:《新世纪长篇小说的精神能力问题——一个发言提纲》,《南方文坛》2006 年第 1 期。
② 蒋述卓、李自红:《新人文精神与二十一世纪文学艺术的价值取向》,《文学评论》2001 年第 4 期。

层面促进了茅盾文学奖的审美重构。

ⅰ. 功用性。这种功用性并非是指茅盾文学奖作为具体的"工具"为某项具体的政策或者任务服务,而是如"条例"对主旋律的"概括":所选作品应有利于倡导爱国主义、集体主义、社会主义的思想和精神,有利于倡导改革开放和现代化建设的思想和精神,有利于倡导民族团结、社会进步、人民幸福的思想和精神,有利于倡导用诚实劳动争取美好生活的思想和精神,等等。

ⅱ. 文学之"真"。由于深在的"百科全书"情结,所以茅盾文学奖特别注重那些能预测时代与社会的发展趋势,并通过人物命运、重大变革和其他事件的"前因后果"来深刻把握历史规律的作品。因此,"真"几乎成为它的价值基础。如《李自成·简介》就认为,作者试图全面展现明清之际的社会生活场景,并通过各种艺术形象使读者得到较为广泛的历史知识;以"深入历史与跳出历史"为原则,通过明末李自成的悲剧命运,揭示了农民战争和历史运动的规律。当然,茅盾文学奖也难以规避它与"真"的内在冲突,如某些获奖小说的部分情节就不是严格地从事实、从人物性格出发来推动故事逻辑,而是根据"正确的理论"予以说明和阐释,这就导致了叙述本身的不可靠,如李自成在某些地方就被认为有拔高之嫌疑,这无疑会损害它的艺术完整性。

ⅲ. "善"是文学的道德意义,与"恶"相对。近三十年来,特别是市场经济的确立,当代文学在走向"自由化"之时,也走入了道德失范的种种误区,如某些文学津津乐道于血腥的暴力场面、不问是非冤冤相报的仇杀、成者为王败者为寇的"江湖规则",甚至完全泯灭力的正义与非正义、人性的善与恶、道德的好与坏之界限,容忍并助长着"恶"的倾向。茅盾文学奖在对这种现象进行深刻的拷问之时,也以中华民族的传统美德为基调,大力建构符合社会需要的现代道德,如《平凡的世界》《抉择》《英雄时代》《骚动之秋》《湖光山色》对市场经济与全球化之境遇下,人们该如何处理义与利、个人自由与集体伦理、公平与正义、真知与信仰等问题作了深入的辨析、批判与取舍,从而为我们提供了有益的鉴照。

ⅳ. 在哲学方面,"美"是人的本质力量在客体对象中合乎人性的实现或对象化,它表示的是人的活动及其成果同人的本性的一致,或者说是对人的自由的肯定形式。[①] 在文学的价值取向方面,它可以表现为"思想与艺术的完美统一"、充满无限美感的艺术形象和感人肺腑的情绪仪式,其中,从"文学是人学"的角度而言,它主要是指"人性的全面发展",也包括文学对"扭曲的、畸形的、怪异

---

① 袁贵仁:《价值学引论》,北京师范大学出版社 1991 年版,第 123 页。

的"东西、粗俗不堪的行为、歇斯底里的病症以及龌龊、残忍与乱伦等病态人格进行本体性否定。从茅盾文学奖来看,它对"人性"进行了真诚的预期并力求有效地拓展,如四姑娘许秀云的本然、纯朴以及不乏野性的"乡土性格",《无字》鞭辟入里地呈现了自私、冷酷、不负责任等人性之"丑",《钟鼓楼》《东藏记》在如缓缓流水般的诗意之中,展示了由农耕文化所熏陶的朴实、善良、乐观、血性、温情、本真等"人性晶体"。以"美"为镜,茅盾文学奖对人性的表现是万殊的,"在路上"既使它们充满不竭的动力,又与"真"和"善"密切地联系,并融为一体。

在茅盾文学奖之中,正面的价值取向还体现了不少独特的表征,如对时代与社会积极的参与意识,从注重"事"的发现转向"人"的创生,精神资源的多元化,以及对娱乐、消费、启蒙、宣传、教化等价值的理解及深化。一方面,在对各种价值整合的过程中,茅盾文学奖越来越趋向意义的自觉;一方面,面对着价值的泛化,茅盾文学奖也在不断地遭遇"难题":如何与意识形态对接,如何处理负面价值系统的主体性与杠杆意义,如何对待正面价值的相对性? 这些都值得我们深长思之。

三、"有限"与"无边":新现实主义的拓展及冲突

在前文中,我们谈到了茅盾文学奖与现实主义审美领导权的复杂关系,只要深入获奖文本的话,我们又会发现,尽管没有出现激烈的"理论交锋",或者断背式的创作反叛,但它所"积淀"的新时期以来文学的部分"质素",仍然真实地"缩略"了"现实主义的当代中国命运"。一方面,它纵向地经历了理想性现实主义、批判性现实主义、个人化现实主义的精神转换及其"变形",对客观世界的描述由追求"形似"转向重在透视生活本质的"神似"[①];一方面,它对经典现实主义的若干性质"变革"也使茅盾文学奖美学在"合力"之中越来越走向"主体化"。

ⅰ. 1978 年以来,随着"思想解放"运动的不断发展,文学也多方面地重构了对现实的审美关系。茅盾文学奖深在地表现了这种变化:一是文学反映现实变得主动化了,甚至根据主体与社会的需要进行"有意味地选择",如《平凡的世界》;二是由于审美主体的出身、经验、才能等素质各异,所以他们的"现实感觉"也出现了"哈姆雷特效应","印象"成为文学审美的基础、动力与对象,如《尘埃落定》;三是把现实部分地"当下化",即从生活实践本身来表征"现实"的本体

---

① 李运抟:《论新时期现实主义文学的三种精神类型》,《西北师范大学学报》2001 年第 3 期。

精神,它自主、鲜活、能动,游离于意识形态的规范之外而呈现为无限的本然状态,如《秦腔》;四是把现实部分地"虚无化",通过"人"的存在境遇而"绝对化"彼岸的灵魂世界。总之,对现实的种种理解,无疑使茅盾文学奖对现实的审美视角、技术及效果发生了种种改变。

ⅱ.在当代文学与世界文学的思潮、方法及手段更新的宏大背景之下,茅盾文学奖也接受并促进了现实主义基本元素的变革。在情节方面,许多获奖文本突破了线性的时间逻辑与整体的空间秩序,对时空结构进行打碎并重新安排,顺叙、逆叙、插叙、预叙等叙事方式交互错杂,形成当代独特的叙述诗学,如《钟鼓楼》的桔瓣式结构、《无字》的蒙太奇手法,遵循着心理逻辑,打乱、重组物理世界的先后自然承接关系,形成陌生化的艺术效果。在人物方面,茅盾文学奖首先把人还原到生活本身之中,从日常的角度来审视人的存在,大力祛除人的概念化、符号化及其意识形态表征;其次努力突破人的心理限制,深入到人的灵魂内面,即非理性和潜意识方面;再次,提升主要人物的文化内涵和象征意蕴,使之哲学化,如白嘉轩、吴为、傻子二少爷、王琦瑶、陆承伟、杭嘉和。在倾向性方面,茅盾文学奖在追求主旋律之时,也追求无主题变奏,如《少年天子》个人悲剧与历史障碍互相纠缠,像线团一样牵扯不清。在冲突方面,茅盾文学奖追求事物的辩证法,力求符合历史的基本规律并以合力的方式呈现出来,如《历史的天空》就如实地讲述了主人公艰难的成长过程及其必然性。它们共同地形成新现实主义的"本体特征"。

ⅲ.在谈到现实主义的广阔性时,达尔安·格兰特认为,在批评术语中,由于现实主义独立不羁又富有弹性,不能以内容、形式或者质的方面的任何描述加以限制,所以既靠不住又值得怀疑。[①] 不过,这也说明了现实主义有着无边的包容性,可以与其他学科或者对象嫁接,形成新的艺术形式,如《东方》《许茂和他的女儿们》之朴素现实主义,《无字》之心理现实主义,《钟鼓楼》之日常现实主义,《历史的天空》《李自成》《暗算》之传奇现实主义,《尘埃落定》之魔幻现实主义,《骚动之秋》《英雄时代》之社会主义现实主义,《长恨歌》《都市风流》之大都会现实主义,《芙蓉镇》《秦腔》之乡土现实主义。不过,不管艺术形式如何改变,是否具备对现实的深层关怀仍然是现实主义的根本依据。这种深层关怀既包括对弱者关怀他们的生存,也包括对强者关怀他们的灵魂,但关键在于文学是不是在关怀人的本身,即关怀人的心灵在遭受着来自政治、科技、商品、金钱、权力、

---

① 达尔安·格兰特:《现实主义》,周发祥译,昆仑出版社1989年版,第1页。

话语暴力等因素的逼压、摧残与异化的真实处境及其摆脱困窘之努力①。茅盾文学奖力求在这方面有所突破，如《骚动之秋》《湖光山色》就描述了岳鹏程、暖暖等人在绝对的权力、不规范的经济关系和残酷的市场竞争的挤迫之下人性和道德的沦丧、精神的炼狱。尽管宏大叙事让这些作品承载着过多的意识形态任务，但这些人物无疑是它们的叙事焦点。

ⅳ. 茅盾文学奖的深层关怀也体现在它对现实的批判精神。这里有对人物弱点、缺陷和堕落的深刻呈现，它们既让我们引以为戒又激起我们的愤恨，如郑百如、王秋赦、鹿子麟等人；这里有对丑恶社会现象的大胆曝光，它们既让我们正视人心的黑暗和社会冷酷的潜规则，又让我们体会无穷摆脱与宿命抗争之矛盾和冲突，如《抉择》就潜入了李高成的内心深处，追索他的选择因由、徘徊与决断；这里有对历史的反思，如《张居正》对改革的代价及其意义所作的估衡与描述；这里有对现实阴暗面的内在剖析，如《英雄时代》对权、欲、金钱的相互交易及其对社会公平与秩序的破坏。不过，由于茅盾文学奖持守着传统的和合精神，所以这种批判也欠缺应有的锐气。

ⅴ. 茅盾文学奖的批判性也并不影响它的理想精神。在获奖文本中，无论是悲剧还是喜剧，都有一种根柢性的精神存在——它让人在黑暗之中看见光，在失败与沮丧之时看见希望，在恶践踏着社会的公平与秩序之时看见正义和善良；这种理想也让我们执着地相信：冬天已经来了，春天还会远吗？尽管工作组被撤了回去，但金东水仍然对社会主义事业满怀信心并为葫芦坝设计了近期和远景规划；《黄河东流去》《茶人三部曲》《额尔齐纳河右岸》则让我们触摸到民族强韧的生命活力和创造历史的主动精神，现实主义与茅盾文学奖由此实现了"共生"。

韦勒克说过："现实主义作为一个时代性概念，是一个不断调整的概念，是一种理想的典型，它可能并不能在任何一部作品中得到彻底的实现，而在每一部具体的作品中又肯定会同各种不同的特征，过去时代的遗留，对未来的期望，以及各种独具的特点结合起来。"② 所以，我们无须否认茅盾文学奖与现实主义实践之间的差距，如陈建功所说，由于某些作品的思想欠缺深度与厚重，茅盾文学奖在对人物内心的剖析上，在对生活本质的把握上，在对历史环境的营构上，还显得不够；所以，茅盾文学奖亟需从经典性出发，处理好形而下与形而上的分解裂变状态，处理好文学的中心与边缘关系，从多元化文学发展格局之中不断地完善自己的"美学"。③

---

① 雷达：《新世纪长篇小说的精神能力问题》，《南方文坛》2006 年第 1 期。

② 韦勒克：《批评的诸种概念》，丁泓、余征译，四川文艺出版社 1988 年版，第 241 页。

③ 王冠：《现实主义：当代文坛的新惊喜》，《文学报》第 898 期。

四、"规范"与"精神":茅盾文学奖深在的史诗情结

在第五届茅盾文学奖评选出来之后,面对着众多的质疑与争议之声,终审评委曾镇南这样认为:由于茅盾是社会主义现实主义的大作家,他的长篇反映的就是时代,为时代描绘出广阔的社会画卷,因之,茅盾文学奖的评选不可能与茅盾对长篇小说的思想艺术要求及追求风格相背离。[①] 姑且不论这种说法是否符合实情,但从所有的获奖文本来看,"史诗叙事"确实成了茅盾文学奖的"潜规则"或者基本的审美特征。

不过,这种史诗叙事又并非完全等同于"有头有尾地描绘了生活的长河"之"茅盾经验",也非完全渊生于"用诗的语言记述各民族有关天地形成、人类起源的传说,以及关于民族迁徙、民族战争和民族英雄的光辉业绩等重大事件,规模比较宏大的民间叙述传统",[②] 甚至还突破了它的"现代模式",如人们常常把比较全面地反映了某个历史时期的社会面貌和人民生活的结构复杂、画面广阔、内容丰富、意义深刻的优秀长篇小说称作史诗。其实,这种史诗叙事既积淀了上述史诗文学的基本原则与精神,又在创作与评奖实践中不断地拓展着新的表现形式,并大致呈现为这样几种类型。

ⅰ. 重客观写实的"现代史诗"。假若我们不过于苛刻的话,可以把大部分获奖作品归入其中,包括《东方》《许茂和他的女儿们》《李自成》《将军吟》《平凡的世界》《都市风流》《白门柳》《张居正》《茶人三部曲》《秦腔》。这些作品在创作观念上普遍认为,文学就是对生活的客观反映,这种反映不是攫取现实世界的一鳞半爪予以印象化或者扫描,而是要从政治、经济、军事、文化、科技等方面深入时代与社会,进行宏观的叙述,通过众多人物与广阔场面的辩证法凸现出历史的合力及发展规律。因此,它们讲究巴尔扎克式的冷静态度、百科全书式的创作视界和精雕细刻式的场景描述。它们所反映的是具有"节点"性质的关键事件,无论是波澜壮阔还是和风细雨,在情节与故事深处,总是内在地涌动着主体的情感与忧愤,并诗意地贯穿全文。如《平凡的世界》就被雷达认为是"史与诗的恢宏画卷":作者"抓住了两种最基本的结构力量,那就是史与诗:纵向的史的骨架与横面的诗的情致的融合,对社会历史走向的宏观把握与对人物命运、心灵的

---

① 曾镇南:《孰是孰非"茅盾文学奖"》,《深圳商报》2000年9月17日。
② 胡敬署、陈有进、王富仁、程郁缀主编:《文学百科大辞典》,华龄出版社1991年版,第557页。

微观透视的融合。没有史的骨架作品无以宏大，没有诗的情感作品难以厚重。总的来说，《平凡的世界》是通过人物命运的历史化和历史进程的命运化，力图概括我们当代生活中最大的思潮和某些本质方面"①。其实，评论界对《白鹿原》《张居正》《茶人三部曲》的核心评价，也大多是从这些方面展开论述的，几有异曲同工之妙。从观念、创作到评介来看，这些作品几乎都有某些的基本规律可"循"。当然，也无需否认，它们在形成了茅盾文学奖独特的叙述特征之时，也不可避免地带来了审美的单调与重复。特别是史诗变成作家潜在的文学范式，创作就变成了史诗的"填空"，而非寄托著作者心血、生命与经验的"创造"了。正如朱伟对《白鹿原》的评价："在《白鹿原》中，我们感觉到的是陈忠实的生命形态被他所要寻找的形式与框架不断的阻隔。这种阻隔的结果，使他的生命形态在其中越来越稀薄，最后就只剩下一大堆材料艰苦拼凑而成的那么一个'对一个历史时期社会风貌全面反映'的史诗框架，这个框架装满了人物和故事，但并没有用鲜血打上的印记，在我看来，它是空洞的一个躯壳。"②

ⅱ."心灵史诗"的"再现"。这种心灵史诗，既吸收了苏联20世纪"70—80年代"小型史诗、《诗经》的周民族史诗、屈原的《离骚》以及现代派文学经典的艺术精神，又深入百年中国丰富多彩的社会与历史实践，表现出了与现代史诗若干不同的叙述"创新"：即高度地浓缩与概括生活。按照艾尔雅舍维奇的说法，就是实践了"大规模集约化"的文学叙事。如叙述视角由过去的"非聚焦型"转向"内聚焦型"，承担者往往是作品中的一个人物；它有利于敞开主人公的内心世界，淋漓尽致地表现人物激烈的内心冲突和漫无边际的思绪，并通过这种心理活动来反映历史和现实。③　叙述时间则采取了闪回、闪前、重叠、交叉、压缩或者扩张手法，使时间召之即来，挥之即去，在无限的绵延与轮回中，化解主人公的现代性焦虑，赋予他们永在的生命意识和自觉的主体性；在空间方面，无论是宇宙之大还是粒子之微，无论是客观的存在还是日常想象，都被重置了它们的常规秩序，空间的整体性支离破碎，在叙述中飞舞，并多方面地环绕着主人公；时空交错，形成非线型的立体结构，它超越传统的复线类型，既在多种可能之中表现出无限的开放性，又使情节淡化，不以高潮与悬念取胜。

心灵史诗不完全"束缚于"重大的历史事件和可歌可泣的英雄传奇，它也

① 雷达：《史与诗的恢宏画卷》，《求是》1991年第17期。
② 朱伟：《史诗的空洞》，《文艺争鸣》1993年第6期。
③ 单之旭：《视角、时空与结构——苏联70—80年代小型史诗叙事手法分析》，《国外文学》1999年第2期。

广阔地追求平民的百味人生与生老病死,并在咀嚼与体验之中,引发对生命的哲理思考,有的文本甚至呈现出浓郁的寓言与象征意味。如《无字》隐在的叙述人——"我"与"吴为"是部分重合的,作者以吴为的人生为主线,既讲述了她及其家族几代女性的婚姻故事,描摹了社会大动荡、大变革中各色人等的与世浮沉、坎坷人生,展现了百年中国的风云际会,并通过独特的记录与审视,写出了一个说不尽的时代;① 又渗透了作者饱经沧桑的精神创伤,对生命境遇形而上的思考和深刻探究。《额尔古纳河右岸》以温柔的抒情方式讲述了鄂温克族人的顽强坚守和文化变迁。它是作者与之的坦诚对话,在对话中表达了对尊重生命、敬畏自然、坚持信仰、爱憎分明等被现代性所遮蔽的人类理想精神的彰扬。② 总之,心灵史诗的出现,不仅仅是突破了传统史诗的形式束缚,在更深的层次上,它还突破了传统史诗的思维障碍,即在保持史诗的基本原则之时,它还"创造"了更广阔的发展空间和生命活力。

结　语

从理论上来讲,作为一个面向未来、追求"多样化"的第一文学大奖,茅盾文学奖不能重复,正如陈忠实在《白鹿原·序言》中所说,无论是重复别人还是重复自己都令人悲哀,也会导致艺术创作的萎缩。然而,由于共同的文化语境,总体的审美原则与精神追求,文学传统的运行合力,以及整个社会所积淀的平均接受心理、水平和视界等因素,都使茅盾文学奖在评选实践之中又延续了某些基本的审美特征。尽管它们不可避免地会遮蔽甚至损害茅盾文学奖的丰富性,但在内部,这些因素既没有断绝与外界的文学交流,又不乏与时俱进地自我更新。因此,在看似"平静"之中,茅盾文学奖不断地"融入"当代文学潮流,这种"融入"不但改变着茅盾文学奖的外在特征,而且还深入到它的思维逻辑,使之形成了开放的审美体系。当然,这些由传统所积淀的基本的叙事形式也可能在某种程度上质疑并阻碍着当今的文学创新,使某些优秀的文本暂时得不到认同而被拒之门外,从而留下"遗珠之憾",使茅盾文学奖显得保守而招致严厉而苛刻的批判。不过,正是在这些张力之中,茅盾文学奖困苦而又坚定地开拓了自己纷纭复杂的审美旅程。

① 张洁:《无字·内容提要》,人民文学出版社 2005 年。
② 迟子建:《额尔齐纳河右岸·授奖辞》,北京十月文艺出版社 2006 年版。

"叹息也有回声"

——柔刚诗歌奖三人谈

黄梵 叶辉 沈苇

黄梵(诗人、作家、柔刚诗歌奖评委) 今年柔刚诗歌奖的评选结果存在某种巧合。沈苇生活在新疆,他的诗歌带有某些北方诗歌的特征,其获奖作品涉及到社会题材。而南京叶辉的诗歌则更多体现出南方诗歌的特征,叙述一种个人生活。两位获奖者的诗歌从表面上看区别很大,但其实殊途同归,最终触及的都是人的内心深处。

叶辉(诗人、第19届柔刚诗歌奖获得者) 我相信,对于沈苇而言,这组诗歌并非即兴创作,而是一个长期思考的过程。为什么发生公共事件后,诗人的反应最迅速?因为诗人们平时就在对这些问题进行思考。诗人每时每刻都生活在对时代、对生活的疑问之中。平时,他是在对各种细小细微的生活进行观察,这种思考触及的也是关于人的内心,不过是通过对日常的点滴感受来进行反映。当一件大事发生,平日的思考就汇聚成一个巨大形象,找到了一个公开化的契机。从这个角度来讲,个人题材也可以视为社会题材。

沈苇(诗人、第19届柔刚诗歌奖获得者) 我最初写作的起因十分单纯:为了免于自我崩溃。我至今认为,《安魂曲》不是诗,只是一份诗歌记录,一份亲历者档案。它记录了一个事件、一幕人间惨剧、一份创伤经验,它反对仇恨与暴力,呼唤一种绝对的人道主义精神。如果《安魂曲》有助于消除隔阂、唤醒互爱与和解,那是我最大的欣慰。

黄梵 我同意在诗歌写作中,文本第一,题材第二。但在中国这块土地上,

题解 本文原载《文学报》2011年6月2日。这是柔刚诗歌奖评委黄梵与第19届柔刚诗歌奖获得者叶辉、沈苇的谈话录。黄梵认为二者诗歌风格不同,但殊途同归,最终都触及人内心深处。文中有几个观点,一是诗人每时每刻都生活在对时代、生活的疑问之中,当有一个公开化的契机,个人题材也可以扩展为社会题材,诗人永远是先锋的。二是新人奖的授予要特别慎重。年轻诗人的获奖,可以间接鼓励到他周围的一批写作者。三是网络诗歌的数量化生产、"大跃进"生产使年轻一代的诗人过早成名,这反而限制了他们的成长。因此,一个正规、严肃的奖项,对诗歌写作可以起到引导和帮助的作用。

有些题材可遇不可求。我始终认为，诗歌是当代中国抵抗野蛮的一种重要方式。当遇到人类普遍的精神困境时，诗歌本身会发出一种声音，我们要尊重这种声音。比如当时汶川地震时出现很多地震诗歌。而沈苇的《安魂曲》，就体现了诗歌的这种自动发声。在日常环境中，面对各种困惑，诗人可能会选择沉默，保持卓然独立。但是在重大时刻，他们不会把语言的困境作为逃避现实困境的理由。

沈苇　但我们并不能要求所有诗人都去对社会事件进行反映，这种发声是自发的。我有一个观点，叫"更社会，更个人"。诗歌写作的向内和向外，其实没有那么严格的壁垒分明，它们之间还存在某种相通之处。

叶辉　但现在的中国诗歌中存在很多非个人化的、群体性的东西，比如说，某一个阶段，大家会一窝蜂去写民国，写古代。一个诗人忽然对清代一个人产生困惑，完全可以。因为现实的人与历史的人可以在情感上有冥冥的对应，但如果一群诗人一窝蜂地去写同一个题材，这种状态肯定有问题。诗人每天都在面对活生生的生活，面对巨大的内心困境，诗人们对此视而不见，集体在传统里面找题材，某种程度上是缺少创造力的表现。每个诗人都有写任何诗歌的自由。但当我们从整体上对当下诗歌写作进行判断时，不能将这些作品视为我们文化中最优秀的东西。诗人还是要有先锋的特质，诗人永远是先锋的。

沈苇　对，诗人最大的优点是能体验他人。诗人应该是探险队。

叶辉　不能让诗人成为考据学家。诗歌精神不能如此。

沈苇　但现在的诗歌写作中，有很多聪明的人。

叶辉　是的。现在的一种情况是，中国诗人，尤其是当下年轻诗人的写作，在很大程度上有一种投机的因素。这些诗人还没有成型，但他们并没有安心写作，看到前辈诗人哪种类型的诗歌比较受重视，就会跟风。从这个层面上来说，新人奖的授予要特别慎重。

黄梵　今年柔刚奖将新人奖颁给了"80后"诗人唐不遇。这也是我们"现代汉诗研究计划"接手柔刚诗歌奖后首次设立新人奖。此前，最年轻的柔刚奖获得者也是"70后"，还没有"80后"诗人获得过这一荣誉。为什么要设立这个奖项？评选前面三届诗歌奖的时候，我们发现，如果没有新人奖，与相对成熟的前辈们一比较，那些写得比较好的年轻人几乎没有获奖机会。新人奖与主奖不同。主奖是颁发给成熟诗人的，新人奖则带有一定方向性，年轻诗人的获奖，可以间接鼓励到他周围的一批写作者。这也起到了某种暗示的作用。

叶辉　现在年轻人的写作环境与我们当年已经大不一样。我出生在上世纪60年代，参加了较早的诗歌运动，但由于地理边缘化等原因，我对自己的写作一直充满怀疑。从 1986 年到 1996 年,包括上世纪 90 年代初在《作家》杂志发表诗歌时,我还是感觉自己的写作有所欠缺。直到 1996 年后,我才有所突破,能把面对社会时的困惑和思考,转化为人性的、灵魂的东西表现出来,这以后,我个人的写作才呈现出不一样的状态。但是,现在诗歌的传播方式减缓了年轻诗人自我发展的进程。很多年轻诗人从网络跳出来之后,很红火,受到很多赞扬,自我感觉很好,但其实已经把自己的写作限制了。他们有时需要经过五六年甚至七八年,才会慢慢地有一个自我反省的意识,然后才能继续成长。

黄梵 是的。过早成名反而限制了他们的成长。在一片赞同声中,他们会认为自己半成熟状态创作的作品就已经很好,不需要进化。

沈苇 网络诗歌的数量化生产、"大跃进"生产确实是个大问题。网络时代的诗歌写作跟我们当年的状态已经不一样了。我感觉那些在网络上成长的诗人,天天为自己站岗放哨。我们那个时候写诗歌,没岗没哨。

黄梵 另一个可能是,我们看 30 多岁的"80 后"诗人,觉得他们还是很年轻,也跟新诗成熟速度比较慢有关。新诗的写作至少需要十年时间才能慢慢成型。

叶辉 在这样的状态下,一个正规、严肃的奖项,对诗歌写作就可以起到引导和帮助的作用。

黄梵 白桦先生说过,叹息也有回声。柔刚奖所要做的,是按照我们的希望做好这一奖项。即使它只是一个叹息。

中国当代文学评奖的制度性之辨

——关于茅盾文学奖、鲁迅文学奖之类"国家文学"评奖

吴 俊

今夏"文娱界"的热点还真是不少。以其眼球效应的程度而论,先是连环出丑并不断被揭出案底、直至最后又被冠以"十宗罪"的故宫大丑闻,仿俗例可称之为当代中国文化界的"故宫门"。几乎同时,"锋芝婚案"则以狗血之极的电视剧情节,嘲笑了所有编剧的想象力,娱人耳目到夸张的程度,难怪郭美美在网上炫富后说动机是要进娱乐圈——立即娱乐圈里传出消息"我们也是有底线的"。但这话在我听来倒是十分地惊奇且意外了:娱乐界的"底线说"也该是在娱乐吧?看来娱乐界的底线和慈善界的底线到底有得一拼——视听陷在文娱新闻中太过频繁了,害处也或好处就是连"七·二三"动车血案也被冲淡了不少。在被迅速冲洗或掩埋掉的血痕中,不知是否会有人联想到鲁迅在"民国以来最黑暗的一天"所写的文字。

令人不能不提到的,当然还有茅盾文学奖的评选。只是相比之下,茅奖的"娱乐性"似乎正在逐年下降,文学毕竟只属于小众范围,虽也泛过一点波澜,但并未掀起大风浪,最后不出意外,都平安地偃旗息鼓了。不过文学中人还是可以习惯性地,或者也是有理由地将这个"国家级"大奖及其引发的话题持续放大——关于茅盾文学奖,连同鲁迅文学奖之类,不仅属于当代中国文学中的某种特定现象,而且也是这个时代的文学性质,文学生态和文学宏观面貌、特征等大问题的表现,有必要在颁奖热度消退之后进行一点冷思考。

题解 本文原载《当代作家评论》2011 年第 6 期。当代文坛可称作"全国性"文学奖项的,只有四种,分别为茅盾文学奖、鲁迅文学奖、少数民族文学创作"骏马奖"、全国优秀儿童文学奖,它们被称为"国家文学奖"。它们不仅属于当代中国文学中的某种特定现象,而且也是这个时代的文学性质、文学生态和文学宏观面貌、特征等大问题的表现。本文从"国家文学奖"的特殊政治性和"国家文学"评奖的制度瓶颈入手,对"国家文学"评奖进行了反思,涉及"文学政府"、实名制、大评委会制度等细节。认为争议的本质是国家文学的制度和制度实践的问题。号召包括茅盾文学奖、鲁迅文学奖在内的国家文学评奖制度和广义的国家文学制度在当下国家政治制度改革的形势下应做根本性的改革。

国家文学奖的特殊政治性:茅盾文学奖体现的
权力意志和制度设计特点

如何看待茅奖?连同如何看待几个所谓国家级文学奖项?须先认清另一个更加基本的问题,即如何看待当代中国文学的基本性质?

从宏观角度看,我把当代中国文学的基本特点和性质界定为是国家性,当代文学首先即为国家文学。何谓国家文学?最简洁的释义就是,(受制于)国家权力支配的文学就是国家文学;国家文学就是国家权力意志的代言或表达。这里的国家,指的是国家政治权力(国家政权)①。

对此,或有两个基本质疑:一、当代中国文学中是否存在着国家文学之外的文学?即国家文学是否能够涵括全部的当代中国文学?二、国家文学是否能够解释全部的当代中国文学历史?如果"十七年"、"文革"时期的文学在某种程度上可以称之为国家文学的话,新时期、改革开放以来的文学还是否可被认作是国家文学呢?

释疑一,国家文学当然不能够涵括全部的当代中国文学;任何一种概括性的文学(特点),即便在宏观面上,也都不可能囊括尽一个时代文学的全部(特性)。但是,这并不能构成对一种历史宏观特点进行概括观点的关键性质疑;最重要的应该是,这样一种宏观判断能否担当解释历史的基本使命,即是否可能对历史研究提供一种有效的学术阐释观念、方法或视角。国家文学之于当代文学,或是一种意识形态的自觉主导——这是当然的,或是一种政治手段或策略——文学生存必须获得政治正确的前提,这两种现象无疑构成了当代文学历史中的基本主流;否则,当代中国文学的政治性质就会被悬疑。所以,宏观或主流之外的文学(现象)存在,并不能构成对此宏观或主流文学特征的否定。只能由此得到一个判断,在国家文学以外,当代中国文学生态仍有其相当的丰富性乃至一定程度上的多元性(丰富性并非定然关涉价值观,但多元性则是对多种价值观取向存在

---

① 关于国家文学的释义和探讨,请见笔者的下列作品:《国家文学的想象和实践》(合著,上海古籍出版社,2007)、《向着无穷之远》(吉林出版集团,2009)、《〈人民文学〉与"国家文学"》(《扬子江评论》,2007年第1期)、《中国当代"国家文学"概说》(《文艺争鸣》2007年第2期)、《文学的政治:国家、启蒙、个人》(《南方文坛》2008年第6期)、《当代中国文学的历史境遇》(《当代作家评论》2009年第3期)、《以政治为核心:现实与文学的关系》(《当代作家评论》2010年第3期)、《〈人民文学〉的政治性格和"文学政治"策略》(《文艺争鸣》2009年第10期)、《文学的权利博弈:国家文学与文学批评》(《当代作家评论》2011年第1期)等。

的一种表达）。国家文学概念所要解释的就是当代中国文学的基本性质、历史走向、生态格局等宏观问题。它不仅较为明显地涉及"十七年"到"文革"的文学史，而且也贯穿到当下的文学现状。这就与第二个质疑，连同本文的写作旨趣相关了。

释疑二，"文革"后迄今的文学历史仍然未改当代中国文学主流的基本性格，即国家文学仍然是新时期以来文学主流的宏观政治特征。从表面上看，好像有诸多现象和事实可以证明近三十年来中国文学"多元"发展的历史现状。但从根本上看，文学的"多元"生态所依赖的还是权力（政治）的策略默许。不一定是文学变了，恐怕是政治本身有了变化。所谓当代文学，自始至今，真有偌大改变吗？称得上大改变的关键只能是中国政治，或文学与权力的关系。文学有底线，国家政治即底线。从来都是政治改变了文学，文学只因政治之变而变。曾经有过文学对政治的挑战，但这种现象从未发生在当代中国文学的宏观生态中。不仅文学从未真正颠覆过政治，而且批判政治的文学也几乎无一例外地只能成为个例。这些个例直到现在也还不足以成为可与国家文学相提并论的对于文学宏观政治特性的一种概括或描述。有限的量变或数量意义还远不足以构成对于文学宏观性质的有效判断依据。

当代中国文学的宏观政治特点何以至此不变？原因无他，即从国家层面看，中国文学的存在生态首先是一种制度安排或政治设计，文学按其政治意识形态的功利性程度而获得国家资源的分配——许多人看到了中国体育举国体制的问题，却一直没有发现或重视举国体制之大者，实则莫过于当代中国文学制度：它保障了参与者既获得了国家资源的配给和分享，同时又还名正言顺地是文学商品市场的获利者。只要国家层面的文学制度观念不做根本改变，国家文学的特性就永远会是中国文学的一种基本生态政治现实。认识和理解茅盾文学奖应该也可由此路径进入。

如果说宏观上看当代文学的生态格局是中国政治的一种制度设计，那么茅奖就是这种制度设计系统中的一个具体环节或构成部分。在特定的历史阶段，相似功能的策略环节或手段，当然非止茅奖一种或一类。之所以这样说，主要就是因为茅奖之类设计的地位、权利（权威、权力和利益）及有关特殊性是由国家权力所保障和保证的，当然它们同时也就是国家权力的意识形态或文学的特定表达。前者关乎茅奖或国家文学的权利地位，后者则体现茅奖或国家文学的责任和义务。

茅奖的这种国家权力和国家政治性——在文学上就是我所谓的国家文学性

质,可以说是彰明昭著、一目了然的。迄今为止,在国家层面的文学制度或规定上,合法的、被政府允许且认可的,也就是受到国家权力保障的可称作"全国性"的文学奖项,只有四种,即茅盾文学奖、鲁迅文学奖、少数民族文学"骏马奖"、全国优秀儿童文学奖。也就是说,只有这四种文学奖项才能称为当代中国的国家文学奖(或称当代中国文学的政府奖)。再稍加释义,茅奖之类既是彰显政治性导向的文学奖,又是文学专业领域中的一种政治权利待遇。而且,这种政治和文学的双重奖励经由国家最高权力的认可与颁布,成为国家制度意义上的最高即国家文学的代表或典范。

有关"全国性"奖项的这种制度性规定,同时也就意味着凡是未经政府批准的其他文学奖项,在制度上都不具有全国性或者说"国家级别"的资格;最高文学奖项的正统性和合法性,须获得国家权力的授权或任命。这种制度规定或者说文学评奖的政治性,也保证了能够从反面阻止国家文学奖的地位不会受到意外的挑战。从权利资源和等级政治的角度看,这项规定也杜绝了,或不允许国家文学利益及资源的分散或"滥用"。形象点说,文学领域中的多头政治、政出多门的弊端由此得以遏制——这在宏观政治上,文学评奖实质上就成为中国当代文学活动中的一种集权政治现象。

但是说来也非常奇怪,行使国家最高文学权力的机构并非国家政府部门,而是一个"人民团体"、"社会力量",即中国作家协会。中国作协"章程"开宗明义即其自身定位是"人民团体"。而茅盾文学奖评奖条例则明确中国作协为其主办者,且自称"是中国具有最高荣誉的文学奖项之一"。这里就有两点可以商榷:一个人民团体何以能够行使国家权力(即代行政府职能)? 一个人民团体何以能够将自己主办的奖项命名为国家最高奖(或即茅盾文学奖自命为国家最高文学奖的依据何在)?

对此的法理探讨留待他人,仅就政治方面来说,唯一的理解——也是必须的理解——只能是中国作协获得了国家权力的授权,也就是说,中国作协在现实的政治操作和制度实践中,不仅是一个专业人民团体,而更符合一个"文学政府"(国家机构)的特点和性质。简言之,中国作协也就是我所谓的国家文学的专业行政领导机构。

这本来并非秘密或需讳言的话。之所以强调这些"秃子头上明摆着"的话,主要就在彰明现在讨论茅奖之类话题的一个症结所在:所有关于茅奖、鲁奖等的质疑和批评(包括误解),均须从制度设计、制度实践方面才能得到合理解释;换言之,无法解释的部分也不只是技术问题或程序问题,而是根本的制度问题。

问题症结:"国家文学"评奖的制度瓶颈

每届茅奖、鲁奖评选下来,几乎都有争议。争议现象本身并不必然构成质疑奖项的问题,诺贝尔奖结果出炉也会有歧见和争议,甚至有人弃奖不要的。不过,以我有限的见闻,好像没有过质疑诺奖程序性问题或评奖过程的技术性问题的;人们争议的主要是评奖结果,即得奖者是否名副其实,是否足堪最优秀者。这样一比较就看出问题来了,历来争论茅奖、鲁奖的问题,多不在或基本无涉作者、作品的优秀性方面,而几乎都在评奖的程序性问题或其他技术性问题上。与此相应,相关奖项的评奖条例的多次修改,也都在程序性和技术性方面。比如最新一届茅奖评选所采用的实名制和大评委制等,也是如此。

这说明了什么呢? 从批评者角度看,至少是很在乎,甚至看重茅奖之类的国家文学大奖,同时却又对其评选方式、评选过程、评选标准不予信任①。而从评选者,主要是主办方来看,正因其政治责任重大,同时又要取信于人(社会),所以才不厌其烦,长期、持续地修改、完善评奖条例。就此而言,对主办方的"主观恶意"的批评显然难以成立。那么,在这种明显的努力之下,有关茅奖之类的社会争议何以仍主要围绕着程序、技术问题呢?

双方都无法解决的其实是同一个问题,就是国家文学的制度问题。表面上争议的是技术、程序问题,其实不仅于此,争议的关键其实应该是制度或制度实践问题;或者说,技术、程序问题体现的实质上就是制度、制度实践问题。技术、程序问题归根结底是制度和制度实践问题,制度实践——而非理论上的明文制度——才是制度性质的最重要、最主要的判断依据。

关于制度实践问题,或者说关于国家文学奖项如茅奖、鲁奖之类中的根本问题,也或可称瓶颈性的问题,可以择要做些具体讨论。

根据中国作家协会所属的"中国作家网"资料介绍,中国作协现有团体会员四十四个,个人会员九千三百零一人(这是二〇〇九年的数据,二〇一一年已逾万人)。团体会员囊括了全国各省、直辖市和自治区的地方作协,还包括了国家水、电、煤、石油、国土和新疆建设兵团各系统的作协。除直属会员以外,各地方和系统的作协会员人数当更庞大;此外,许多省辖市还各有其所属的作协

---

① 这种不信任的质疑有:入选者/作品身份大多是作家协会主席、副主席,网络作品的选取和淘汰,每轮入选作品的排名戏剧性变化,选票的集中化程度,《你在高原》的阅读和评审问题,究竟是奖作家还是奖作品问题,回避制度问题等。

（文联）组织——究其覆盖全国的各级作协机构及其成员的庞大数量而言，中国的作协组织可谓典型的"全民作协"。可以领导全民作协的只能是具备政府功能的一种"文学政府"机构。这从中国作协的组织机构设置中可以看得很清楚，基本仿照政府机构的行政构架。除了基本的政府机构行政构架外，同时还设有众多、庞大的专业部门或单位，分为直属单位、主管社团、专业委员会等，其中包括了中央级、全国性的制度等级最高的报刊出版社等传媒单位，各门类文学学会或研究会，各门类领域的专门委员会等①。可以这样说，凡国家权力所及之处的文学存在、文学事务、文学活动，中国作协都有可能、有理由，特别是有（政治）责任介入和领导。全民作协、文学政府，此之谓也。

不过也有一点不同，或者说是特定的模糊。虽然作协组织机构介绍中有中国作协党组，但在"中国作家协会组织机构图"中，却并无作协党组的具体位置。而且，在中国作协的章程中，也没有关于作协党组的说明，甚至都没提到"党组"字样②。作为实际领导组织的作协党组何在呢？党组的明文定位为何如此暧昧？这种制度设计或者就是体现中国作协能够自如游移在"人民团体"和"政府机构"之间的政治智慧？不管你信不信，反正我是信了：将中国作协完全理解为政府机构恐怕未必十分恰当，而将中国作协仅视为人民团体，则显然是太天真了。

有关制度设计的政治智慧的核心或目标是什么？都一样，就是最大限度地保证设计者对最高权利的拥有权和支配权——区别或主要只在对"最高权利"的解释、理解和界定，由此也直接决定了制度实践的方式、过程和特点。因此，凡属技术、程序的或大或小的任何改变，其真实目的都不会，也不可能是对既有权利的削弱甚或放弃，而是相反，只能是基于对权利的更充分使用的动机，或更加机智、有效使用权利的策略手段。换言之，只是这种主要停留在技术层面的改变或改进，无助于关键问题或根本问题的解决，即无助于解决制度难题和制度瓶颈衍生出来的一系列问题，并且，结果招来的往往又会是对于易见的技术程序问题的批评和责难——制度问题只能从制度层面上才能获得有效解决。制度解决的方案也只能在制度实践中才能获得真正落实。但这在现在显然还做不到。

一旦想通了这些，也就应该明白：主要在技术层面讨论、批评、责难茅奖的评选程序或其他相关问题，其实没有实际意义；一切意见只能是隔靴搔痒，没抓住

---

① 有关中国作家协会的资料来源，俱见"中国作家网"。
② 见"中国作家网"中"作协机构"栏等资料。

关键。对于评奖相关的技术、程序等问题，必须费心设计、专门负责的，只有，也只能是主办方，主办方是唯一的责任者。原因无他，因为只有它才是"文学政府"，并且，还是一个"无限责任政府"。

这个"政府"的负担和困境——也就是制度瓶颈——在哪里？它一方面，也是最主要的方面是要为国家权力负政治责任，这是它的存在，也包括茅奖、鲁奖之类评奖意义和价值的首要（政治）前提。另一方面它必须履行作为"全民作协"，特别是"文学政府"的社会义务（包括服务功能），在最广泛的范围中确立政府为社会服务的公信力，具体之一即为文学评奖的公信力。这就需要调和"政府"利益（国家权利）与社会权利之间的关系，最低限度是不能使"政府"行为（主要即评奖的技术和程序过程）因严重伤害社会利益而导致两者的对立（至少会因之产生或加剧社会情绪对"文学政府"的严重不信任）；最高理想则是能够引导社会利益接受、认同"政府"利益（国家权利），甚至能够将之同时也作为自身的利益——达到这种政治目标的难度可想而知，在当今（文学）社会基本无此可能。这个"文学政府"的困难还不尽如此，除了政治责任、社会责任外，它理所当然还须承担中国文学现状发展的专业责任。从最低限度言，政治责任是底线，社会责任是形式，专业责任则是其基础（也或基本特征）。也就是说"文学政府"的理想目标应该是最大程度地兼顾甚或完成政治、社会和专业的三重责任。而其基础也即特殊性或基本特征，则应该是对于当代中国文学的专业责任；"文学政府"在此应又可称作"文学专业政府"。如果说政治责任和社会责任还是一种更显普遍性的广义范畴，非独文学政府为然，那么文学的专业责任就应该是"文学政府"担当其政治责任和社会责任的一种特定必备条件或规定途径。应该或必须通过文学责任的完成而达到政治和社会责任的担当——"无限责任政府"的有限性，也就是制度瓶颈，就此便暴露无遗了：在意识形态领域，政治正确、政治责任、政治利益永远凌驾于任何专业标准、专业责任、专业利益之上；在国家文学评奖中，文学质量是否属于首要考虑和评价的对象其实并不肯定。换言之，这样的"文学政府"事实上不可能兼顾、完成它的无限责任使命，它只能有所放弃；在放弃和坚持中，可以认识它的真面目。当然同时，当今的中国文学其实也早已不可能受其制约或支配了。扩大一点观察面，在国家政治层面上，当代中国的政治实践也已经对"无限责任政府"模式的失败有过历史证明。只是意识形态系统的制度革新步骤还是远落在中国当代制度改革潮流之后。

如果制度性质或系统不可能改变，那只有局部改进制度策略或手段了。于是，国家文学奖的意义和价值就在此特别重要地体现出来了：作为一种由国家权力树立、确认和保障的最高文学标杆,茅奖、鲁奖的评选就是一种主要从事并彰显政治、社会、文学专业三者统一的文学典范的生产机制。为了确立、达到这个目标,评奖的文学价值观当然重要,技术程序也同样重要——否则这一制度设计就会因公信力问题而变得没有价值,完全违背了设计目标和宗旨。所谓程序正义的意义在此。这同时也就是茅奖之类评选技术程序一再修改的深层原因。

但也就是在这种程序正义的意义上,对茅奖、鲁奖的任何重大质疑,都足以威胁奖项的正当性和公信力,而其累积效应都有可能成为压垮奖项主办方的政治责任、社会责任和文学专业责任的最后那根稻草,即技术程序也都会是致命的。可以再次重申前文旧话,所有的技术和程序问题到底都是制度问题。技术程序可以从正面改进制度,也能从反面彻底瓦解制度本身。

最明显的一个问题就是,茅奖属中国作协主办,中国作协既是评奖领导("文学政府"),又是评奖者(评委会的组织者),同时还是参评者(被评者与中国作协有直接隶属关系)——这就构成了直接的利益相关方。也就是说,从制度实践上看,这个"文学政府"实际主办的是一个自我评选、自行分配利益的奖项,既如政府公务员同时担任商业公司首脑谋取红利,也有点像是上市公司内部利益输送的关联交易,所有参与方之间都存在着明显直接的利益关联。这种利益分配的(政治)伦理如果成立的话,就需要一种前提,即其中无关、无涉任何社会利益(包括文学利益)。否则,就涉嫌滥用政府权力而侵害社会利益。国家文学在履行其政治责任的时候,是否涉嫌侵害了当代中国文学的社会利益? 这是应当可以检讨的一个问题。"全民作协"的组织构架和政治权力是真实的,但同样确凿的是,即便是全民作协也并不能取代、代替或代表全社会的文学利益。犹如政府以外还有社会的存在。这就是问题的关键。要不然就可干脆将"中国作协文学"代替"中国当代文学"算了。

但这是个制度瓶颈问题。国家文学制度决定了文学政府不可能改变甚至退出对于整个社会文学利益的最大程度的占有、支配和利用——这在评奖技术程序上,就使得最能体现程序正义的所谓回避制度形同虚设。为什么需要回避? 最基本的一点就是为了保证评奖的公正和公平,必须回避利益相关方介入评选权力。但现在的茅奖评选制度设计,回避的只是旁枝末节,最需要回避的直接利益相关方却非但无需回避,甚至还直接同时成为评奖的主办方/领导者、评委会主要构成者、直接参评的候选者/机构——在强调个人利益关系回避的同时,机构组织的利益权力介入则毫无回避。这样的回避制度有什么意义呢? 程序公平、公正的正义又如何体现呢? 无须个人担责的貌似公正的回避制度,掩护的是制度不公。这也就是国家文学评奖的制度脆弱性。它不是技术程序的改进所能改变和完善的。

再说实名制和大评委会制度。这是这届茅奖评选的制度程序"亮点",但这两个"亮点"非但无法改进、遮掩茅奖的制度问题,反而再次将制度问题凸显出来。先说实名制。循世界各国成例,评奖实名与否,皆各有其例,本无涉程序正义因素。茅奖的实名制也一样无须非议,尽可视为用公开化的方式监督评委行为的措施。但是,实名制的一个最大弊端却也不能不指出,任何个人意志会因此受到集体/社会意志的最大可能的干扰。就评委的个人意志自由而言,匿名制显然胜于实名制。如果说匿名制会使得评委更方便"行私"投票,那么谁又能说实名制就是公正的保证呢?如果实名制更能体现程序正义,世界各国成例何不一律采用实名制呢?实名、匿名,其实是个无须费心的随机采用形式罢了,真不是个能够体现程序正义的必然要素。

再说大评委制。据说这是为防止有人"行贿"、"搞定"评委而采取的手段。大评委制显然增加了"有人"行贿、搞定的难度和成本,甚至使之变得不可能。不过假如真没有人有能力、有可能搞定评委的话,程序公平公正的正义不就在眼前看着实现了吗?可惜,在集权者看来这却是危险的——自己的权力不也同时被剥夺了吗?别人搞不定,"我"还能搞定吗?于是,结果就是只有"我"才能搞定了。现行的策略就是除保证中国作协直接聘请的评委人选外,大评委会里增加的人选主要采用了组织推荐制——就是由各省级作协"推荐"一名评委;此外是所谓"专家库"抽选人选(形式上也由中国作协书记处聘请)。试问,这样的大评委制有程序公正意义吗?别人的行私固然由此可能杜绝,但主办者的权利却变相得到了更大的保障——因其同时部分地直接介入了参评候选。这种制度设计和制度策略难道不是对制度程序正义和制度权力诚信价值观的最大颠覆和瓦解么?!这种制度不公难道不正是给制度腐败开启了极大的方便之门吗?!

因此,从大评委制的这种构成角度看,与其说实名制是为社会监督评委行为,不如说是为"权力"更容易地监控评委。真是太高明了——这届茅奖的实名制和大评委制,从制度角度分析,实在并无可能增强评委独立、公正行使权力的必然性,但形式上追求制度公平、公正的努力却因此变得有目共睹且振振有词——同时倒是无碍、甚至强化了"文学政府"的实际主导权和利益分配权。这正是国家文学权力的性格和策略。

制度决定技术程序而非相反,技术程序是制度性质的体现。国家文学评奖的制度和程序都决定、保证了这种评奖不可能产生意外。但话说太满了也会诱发意外,制度实践的过程中毕竟存在着不确定性。最大的不确定就是执行力问题:制度执行中的专业水平和一般道德水平。这里的专业水平是指文学优劣的判断力,这是因人而异的。道德水平则主要是指执行者是否可能因切己私利而损害、牺牲其他更重要的利益——严格说是国家文学利益。专业水平有失可说是客观、无心之过,道德水平被一己私利绑架则属主观、故意的行为,严重如犯罪。

每个评委也会受到相同考验。故举这届茅奖引发的一个突出争议问题为例,有人(包括高校文学教授、权威文学刊物知名编辑等专业人士)质疑张炜《你在高原》以高票获奖,但到底有几位评委真有可能读完了这部长达四百五十万字的作品呢?这一质疑得到的评委回答各异,各位都想把答案措辞装修得圆满一些。更多的人则沉默。沉默是金。① 作为同行,我想到的是:用道德诚信作为权宜之策的代价是否值得?如果一种制度形同逼迫个人只能放弃道德坚守,那在无奈的堕落之余,作为个人是否还有可能尝试一点制度问题的思考和批判?

所有关于茅奖、鲁奖的争议都要在,也能在国家文学奖项的制度之辨中寻求答案,也可以从程序正义的追究中开始。虽然制度问题、制度弊端不能怪罪于任何人,个人不可能承担制度之责,在某种程度上这也就是制度改革之难的原因所在。但是,改革制度弊端不能不是我们每个人、整个文学界乃至全社会的一种觉悟,尤其是在近年政府领导人多次在世界面前高调宣示国家政治制度改革的时势下,包括茅奖、鲁奖在内的国家文学评奖制度和广义的国家文学制度,应该也有了根本性改革的理由。笔者参加过茅奖、鲁奖的评选,深感评奖制度关系到全体社会利益和我们每个人的利益,如果认为这还是一件值得严肃对待的事,文学批评就应该首先担当起责任和使命。本文宗旨在此。

---

① 从制度建设角度上说,应该正式、严格地建立、加强和完善茅盾文学奖、鲁迅文学奖等国家文学奖的官方发言人制度,既披露信息,也须回应社会质疑——最重要的是,用了纳税人的钱,也就无权沉默。

多元博弈的文学评奖

——"新世纪文学反思录"之九

汪　政　谢有顺　郭春林　何言宏

主持人:何言宏

对话者:汪　政(江苏省作协创研室主任)

　　　　　谢有顺(中山大学文学院教授)

　　　　　郭春林(同济大学中文系教授)

　　　　　何言宏(南京师范大学文学院教授)

主持人的话:与 1990 年代,特别是与 1980 年代相比,新世纪以来的中国文学有一个非常突出的变化,那就是文学评奖的类型、方式、功能与意义及它们的社会影响越来越具有新的特点,也是文学界经常性的公共话题和私议焦点,有的时候甚至会在整个社会掀起一场轩然大波,对于我们的文学生态以至于整个文化生态和精神生态都会产生重要影响。前不久,第八届茅盾文学奖刚刚公布,评奖的影响余波未息,虽然在我们的"新世纪文学反思录"中原来就有这方面的议题,要讨论一下新世纪以来的文学评奖,但我们在这个时候一起来讨论,也许会有着相当特别的现场感,有些认识和有些体会也许还会更加深切。

题解　本文原载《上海文学》2011 年第 11 期。21 世纪以来的中国文学与 20 世纪 80、90 年代相比在文学评奖的类型、方式、功能与意义及它们的社会影响方面大有不同。本文是何言宏与汪政、谢有顺、郭春林四位教授的谈话录,也是"新世纪文学反思录"的议题之一。对话主要围绕政府奖和民间奖的评奖体系及权威性等问题展开,认为政府奖与民间奖的关系是"相互补充""多元博弈"的。同时以第八届茅盾文学奖为例,思考如何建立文学奖的权威性,探讨文学界及各种各样的文学奖评审如何通过制度化的设计,最大限度地分享文学的公共价值,重新获得社会的尊重,为文学重新赢回应有的尊严,促进文学、文化和精神生态的健康与成熟。

庞大的政府奖体系

汪　政：其实，文学奖的影响是不是重要，现在还很难说。说到影响，那就不是事物本身，而是它对他者的施事并且产生结果，但现在评奖的意义还在于它们自身。由文学而波及到文学以外，大概第八届茅盾文学奖算一个，但是文学界以外的人来说茅盾文学奖确实少有接近其本身的。反正现在流行质疑，不管什么事物出现，先打一个问号再说。所以，不管什么奖，评固然重要，但更重要的是对评奖的研究与阐释，没有研究与阐释，就很难使文学评奖得到文学自身以及文学以外的理解与认同。这次茅盾文学奖在与外界的沟通上是做了一定的努力的，也许媒体更多的是关注评奖的实名制，关注谁获奖，其实过程本身就是一种制度的探索与构建，是经验的再度积累，是与外界的互动与对话。这些努力的意义也许还要假以时日才能显现。

谢有顺：文学奖会引起关注、争议，和公众对文学奖的期许有关。作为文学生态中的一种存在，说句实话，现在很多人对文学奖的期待是过度理想主义了，他们要求文学奖介入当下的文学写作，引导文学发展的趋势，其实这是苛求了。写作是一回事，写出来之后别人怎么评价又是另一回事，我不相信哪个文学奖能够真正引导文学的发展，我也不相信有哪个作家会傻到按照某个文学奖的标准去写作。因此，文学奖是已经存在，而且还会继续存在下去的一个事实，既不必把它理想化，也不必对它怒气冲冲。有人写文章说"文学奖造就不了文学的繁荣"，这话是对的，可这话也可反过来说，没有文学奖也造就不了文学的繁荣啊。这就好比一些人对任何文学奖所出示的结果都是不满意的、持批评态度的，可当他们自己筹办一个文学奖，或者参与一些文学评奖之后，也不见得就有什么建树。文学评奖是一次集体作业，必然是一种妥协和平衡的结果，它其实很难贯彻、践行个休的理想。把一种个体的审美和　种集体的审美相对应，肯定是会有差异和冲突的，但若由此说文学奖的存在恶化了文学的生态，就像说文学奖引导了当下文学的发展一样，肯定都是夸大其辞了。而公众在讨论、质疑文学评奖的时候，其实也是在出示一种对文学现状、文学成果的评价，这也可看作是文学奖还有存在价值的理由之一。

何言宏：我以为在新世纪以来，我们的文学评奖大体上可分为两大类型：一是"政府奖"，二是"民间奖"。这样的分类当然很粗略，有些评奖实际上"杂糅"了政府和民间等多方面的因素，很难明确地将它们归类。我个人以为，反思和总结新世纪以来的文学评奖,应该联系于中国更加宽广的政治、经济、社会和文化语境,某种意义上,正是这些语境制约和决定了文学评奖的诸多方面。首先来看"政府奖"。实际上自1990年代开始,相应于国家意识形态和文化战略的变化与调整,特别是随着国家经济实力的增强,国家在文学场域建立了一套规模庞大的"政府奖"体系,以文学评奖为杠杆来引导和促进文学生产,形成了一种具有新的特点的文学生产机制,这一机制在新世纪以来越来越突出,越来越被强化,越来越具有较大的影响。为了方便,我曾经将这样的机制非常简单地概括为"抓评奖,促生产"。这一机制的基本特点,便是国家文学奖励制度的建立。这一奖励制度,主要是以从国家到地方所层层建立的"'五个一工程'奖"作为主干的"政府奖"体系。在国家层次上,这一体系主要由中共中央宣传部主办的"'五个一工程'奖"和中国作家协会主办或参与主办的"茅盾文学奖"、"鲁迅文学奖"、"全国少数民族文学'骏马奖'"等组成。在地方层次上,"政府奖"体系则由地方党委主办的"'五个一工程'奖"和地方政府或作协主办的形形色色的文学评奖组成,比如北京市的"老舍文学创作奖"和我们江苏省的"紫金山文学奖"等等。任何文学奖,其实都是某种文学标准和文学理想的倡导、重申和确立,当然也是对那些相异于此的文学实践的排斥与规约。如果借用法国的社会学家布迪尔的理论,在新世纪中国的文学场域中,"政府奖"运用其强大的动员能力与丰厚资源,对于合乎其文学理念与文学标准的文学实践进行了相当有力的"激励",其对新世纪中国的文学生产影响巨大。

郭春林:言宏兄刚才提到了一个非常重要的问题,你将目前大陆的文学奖依照奖项设立者的性质,划分为政府奖和民间奖两大类,进而认为政府奖作为一种国家意识形态的手段对文学生产机制的影响。这确实把握到了文学生产与国家意识形态机器之间的关系。但我想这里的关系其实非常复杂,既涉及到葛兰西所说的文化领导权,而文化领导权在另一个层面上来说,又可能蜕变,或者本来就是文化霸权。就当代中国的复杂性而言,我想,这两个方面大概都必须考虑进去,同时通过对各奖项进行深入细致的个案分析,才可能看到政府所设立的诸文学奖与国家意识形态机器之间的深层关系,从而把握它对文学生产机制的影响。同时,如果将文化领导权的问题具体化,它又会涉及到国家意识形态深层内涵的具体内容。可从另外一个角度来看,作为体制中的政府奖本身也是需要认真考量的对象,单就评审机构与评委的构成就并非可以简单地视为合谋或共同体的关系,而可能存在内部的紧张、博弈,以及诸文学观念、政治立场之间的冲突、权衡。但是,这里似乎仍然有一个问题,就是政府奖的公信力。一方面,公信力的普遍下降必然对文学奖的评审产生影响;另一方面,文学奖公信力的下降又将导致整个知识界,特别是知识分子公信力的下降。或者说,几方面相生相伴,彼此关联。而所有这一切,恰恰是言宏兄前面提及的布迪厄文学场的研究方法所要面对的大问题,也就是说,为什么会造成如此局面,当然,在我看来,更重要的是文学界及各种各样的文学奖评审如何通过制度化的设计,重新获得社会的尊重,为文学重新赢回应有的尊严。

谢有顺:文学奖公信力的建立,其实也不是非常复杂的事情,关键是看大家是否有勇气、有意识地去探索它。只是,很多奖项都包含着潜在的利益诉求,尤其是政府类奖项,必然会有意识形态要求,而不单纯就是艺术的评价,这并不奇怪。比如茅盾文学奖明确说"是由中国作家协会主办的我国具有最高荣誉的文学奖项之一",一个代表官方主办的奖项如果不弘扬主旋律、不坚持导向性,那反而是奇怪的了。而据我所知,在弘扬主旋律、坚持导向性之外,茅盾文学奖也特别强调提倡多样化,强调思想性和艺术性的高度统一,可见,艺术的尊严还是被标举出来的。但什么是主旋律,这个概念不应作狭窄化的理解,不能简单地以为,图解意识形态或写重大社会事件的作品才是主旋律,我认为,书写善与美,表达社会正义,关注时代变迁中的疑难和出路,更应是这个时代的主旋律。这就需要大家都对文学和文学评奖有新的共识。我记得有一次听余光中先生说,文学评奖要办得好,要回答四个问题:一、谁来办?二、谁来评?三、谁来得?四、为什么得?来办的人要热心文化,来评的人要望重"士林",来得的人要实至名归,为什么得,要价值分明——这个概括是精辟的,它表明一个文学奖要有公信力,既要注重结果公正,也不能忽视程序公正。有一些文学奖总是在强调它的程序如何公正,如何透明,但忽视了评委的构成,这未尝不是一种缺憾——当公众对参与评奖的人没有信任的时候,再公正的程序都可能会评出荒唐的结果。伤害文学评奖公正性的三个致命要素是:利益、人情和思想压迫。要保证一个文学奖的公正性,除了要有严密的程序保障以外,还要努力反抗低级的利益诉求、暧昧的人情文化和庸俗的思想压迫。文学评奖公信力的重建,必须在程序设置和评委构成上一起努力,缺一不可。

民间奖的活力

何言宏:除了我们上面所讨论的政府奖,新世纪以来,形形色色的民间奖对文学的影响也不能忽视。在我的印象中,较有影响的如《南方都市报》的"华语文学传媒大奖"、青海省的"金藏羚羊国际诗歌奖"、唐晓渡和西川他们的"中坤诗歌奖"和我们这几年所主办的"柔刚诗歌奖"及"刘丽安诗歌奖"、"在场主义散文奖"等。政府奖之外,这些民间奖的影响其实很大。前面我说到,我们讨论新世纪以来的文学评奖,应该联系于更加宽广的政治、经济、社会和文化背景,我以为民间奖的运作和它们的重要影响,和这些年来民间资本的壮大极有关系。比如"中坤诗歌奖",就是由诗人黄怒波的中坤集团出资设立的,还有像武汉的"闻一多诗歌奖",也依托的是阎志的卓尔集团。我们目前主办的"柔刚诗歌奖",则是由诗人柔刚个人出资。这些民间奖的经济实力差异很大,有的非常雄厚,有的则很单薄,但是在对很多作家、诗人和他们作品价值的确认方面,绝对不亚于政府奖,某种意义上,他们所推崇的文学理念也许更具个性,也更加纯粹,在各种各样的文学评奖中充满了活力,它们的意义决不能低估!

汪　政:文学奖多了当然是好事,当然,随着时间的推移,文学奖可能也会有一个常态的分布,一些奖生存下来,一些奖淘汰出去,现在如此,将来也是这样。民间奖的构成与动机是比较复杂的。有的是为了文学,有的则是为了商业和出版的考虑,你举的不少例子是当下看上去操作得较为成功的,但是社会的关注度与文学界的关注度并不很强,认同度一直是个问题。

谢有顺:以中国文学的版图之大,一两个文学奖肯定是无法全面评价它的成就的,评价方式多一些,丰富一些,确实不是坏事。民间奖没有政府奖所具有的优势资源,但有时却比政府奖更显面貌清晰,原因在于它更迫切地想传达自己的价值信念。很多文学奖之所以中途夭折或者饱受诟病,原因就在于它失去了价值信念,或者说,它所要坚持的价值极其混乱,无从取信于人。何以一些文学奖每一届都在变,都在修改章程,都在被动应对外界的质疑,原因就在于它没有自己的价值观,而如何保持一种值得信任的价值观的连续性和稳定性,是一个文学奖如何才能走得更远的关键所在。但很多民间奖由于缺少建立一种新的评奖文化的雄心,过度放纵个体的艺术偏好,也容易流于小圈子游戏,这同样是一种需要警惕的趋势。我一直认为,文学写作是个人的创造,文学评奖呢,则是一种对文学现场的检索和观察,应该最大限度地分享文学的公共价值。过度意识形态化,和过度个人化、圈子化,其实都是一种评奖危机。

郭春林:在文学普遍被边缘化的今天,近年在大陆民间涌现出的各种文学奖确实是个值得面对的现象。这也就提醒我们不得不通过对其获奖作品的分析去把握其真正的动机。但我想,我们首先还是该肯定在这些不同名目、不同构成的文学奖中,大多数还是怀抱着一个真诚的文学理想的,当然,究竟是什么样的文学理想仍需通过对作品的判断来获得。依我的孤见，或许其中审美主义的文学理想要占到大多数吧，这其实也是个值得关注的问题。为什么越来越多的人对审美主义抱着一种热情，甚至是一种很坚定的执著，换言之，是什么原因使这些人在这样的时代里，放弃了对文学之于历史和现实发言的期待，而将热情只投注在审美这一对象上。可是，问题却又并不这么简单，审美主义本身又兼具了逃避和抵抗的双重作用。这两者间的张力在各个不同的文学奖中是如何体现的，就很值得思考。可是，我们也确实应该看到，民间的这些个文学奖，有相当一部分无疑有其非常明确的利益诉求，这个利益诉求既可以是或明显或隐藏着的商业目的，也可能与权力诉求相关，也就是说，权力与资本相互勾结。其实，在文学生产领域，权力与资本勾结最成功，也最常见的就是文化产业，所以，从这个意义上说，文学奖，无论是政府奖，还是民间奖，恐怕都与文化产业这一资本占据主导地位的文化生产空间相关，有些甚至就是文化产业的一个商业策略和手段。

何言宏：春林提醒我们注意各种民间奖的出发点和他们的内在诉求，这里面的复杂性确实值得我们进一步深究。但正如诸位所共认的，民间奖的意义仍然不可低估。其中一个很重要的方面，就体现在它们与政府奖之间的复杂关系，我以为这用"互相补充"和"多元博弈"来概括也许比较恰当。一方面，民间奖是对政府奖的一种补充。很明显的就是在诗歌方面。应该说，政府奖中较有影响的还是像"茅盾文学奖"这样的长篇小说奖和"鲁迅文学奖"中的小说奖，"鲁奖"等各种政府奖中诗歌奖的权威性远远不够，这样一来，民间奖中种类更多的诗歌奖便成了一种很好的补充。很多诗人的创作难以得到政府奖的认可，倒被民间性的诗歌奖所确认。比如我们这几年来所操持的"柔刚诗歌奖"，先后给被政府奖所忽略的北岛、白桦颁发了荣誉奖，给柏桦、潘维和写了《安魂曲》的沈苇等诗人颁发了主奖，在诗歌界都产生了很好的影响。"华语奖"的"年度诗人奖"先后评给诗人多多和欧阳江河，诗歌界也是十分认可的，这也增强了"华语奖"的权威性。还有它将2002年度的"杰出作家奖"颁发给史铁生，现在看来，尤其令人钦佩与感动。还是按照布迪尔的说法，在各种"资源"角力和占位的文学场中，史铁生可是没有"资源"的人，他唯一的"资源"，就是他的创作和他的人格。所以说，民间奖对政府奖的"补充"，意义相当重大。另一方面，民间奖和政府奖之间，也是一种"博弈"。无论是在主观上，还是在客观上，民间奖和政府奖在文学场域中都形成了相当复杂的张力。它们在根本上所追求的，还是在于以自己的文学理念从很多方面——比如作家或诗人的文学史论证及经典化和对创作实践的导向等等——影响或引导文学。所以，这种"博弈"非常深刻，实际上是不同的文学理想和文学价值理念之间的深刻"博弈"。

谢有顺：民间办一个文学奖，其实是不容易的，尤其是在中国的语境里，民间办的文学奖如果没有影响力，也就罢了，一旦有了影响力，压力就会接踵而来。所以，奢谈一个理想的文学奖容易，但我们也不能忽视让这个文学奖生长的语境，毕竟，随心所欲地表达自己的文学见解的时代还没有来临。所以，我对很多民间性质的奖项有更多的理解，觉得它们能坚持下去，这本身就是理想主义的。而在一个价值普遍失范的时代，一个文学奖的作用或许是渺小的，但我也不藐视任何微小而有意义的声音，因为就文学的现状而言，建设比破坏更重要。只是，文学奖是一件任何人来做都很难做好的事情——迄今为止，在世界范围内，似乎还找不到一个令所有人满意的奖项，包括诺贝尔文学奖，每次也是争议不断。个人的局限性、群体的局限性，是任何文学评奖都不能回避的。但民间文学评奖的实践依然值得期许，因为在中国，历来不缺提口号者，甚至不缺有头脑和思想的人，但缺能把好的想法付诸实践，并实践成功的人，也就是说，中国从来不缺空谈的思想家，但缺强有力的行动家。不管能否成功，总要有人去实践，去行动。

汪　政：我主张不要太刻意地区分政府与民间，事实上也不太好区分。这一点中外文学奖区别确实大。外国是小政府，不管文学。中国不然。而且，有没有纯粹民间的？中国的文学评奖人大都是两边跑，在民间说民间，在政府说政府。民间也不是铁板一块，任何一个奖都有自己的支持，这支持也是牵制，评奖已经是一种文学权力的表征，而真正的权力在这些奖的背后。从这个角度说，政府与民间有多大区别？即使从文学趣味与文学理想上说，两者区别也不是想象的那么大，举一些在民间得奖而在政府不得奖的容易得很，反之亦然，但举出在民间与政府两方面都得奖的更容易。这需要仔细分析，单个的例子没有太大的意义，何况还有文学以外的因素，而并不是什么文学理想与文学价值理念有什么鸿沟。所以，对文学奖的研究我主张还是如同作家作品一样，先不要归类，而是进行个案细读。但只要这样，拿任何一个奖去纵向研究，就会发现它几乎看不出一以贯之的东西。

权威如何确立？

何言宏：与往届相比，第八届茅盾文学奖由于在评奖机制上作了改进，建立了由六十多人组成的"大评委"制度，再加上一轮又一轮投票的实名公开，努力体现主办者所追求的"公开"、"公平"和"公正"。我个人认为，许多年来，茅盾文学奖一直未能建立其充分的权威性——包括其自身所期许的权威性。如果我们回溯一下以往各届的获奖名单，便会发现在每一届的获奖作品中，起码都会有一部甚至是两部的水平其实很差，按照我一位朋友的话来说，有的甚至连发表或出版的水平都不太够。但这一届的获奖作品，还是很有说服力的。当然，我也认为，实际上不少被刷下来的作品，也完全够得上获奖的水平。这次"茅奖"之所以在机制上作这么大的改进，应该说是耗费巨资，不惜代价，完全是为了树立甚至是挽救"茅奖"的权威性。从实际结果来看，似乎权威性确实得到了增强，不再像以往那样会评出一些很不靠谱的作品了，但以我个人比较"农民意识"的观点来看，为了保证"茅奖"的权威性，是否一定需要兴师动众地花费如许的资金、时间和精力呢？因为比如像诺贝尔文学奖，与我们的"茅奖"完全相反，采用的是"小评委"制，而且完全是匿名的评审，具体情况要到很多年以后才能解密的，不是更加具有权威性？所以，这一届的"改进"，也并不是没有值得"改进"的地方。当然，包括像"鲁迅文学奖"等其他奖项在内的整个政府奖体系，以及各种各样的"民间奖"，也许都需要不断改进。

汪　政：这届茅盾文学奖的评奖机制是个尝试，也是对社会的一种回应，一种主动适应社会氛围和关切的调整。我觉得在这个问题上不大好做中外比较。就诺奖来说，也评过很不靠谱的作家，而且如果仔细研究诺奖，它同样不是我们想象的那么纯粹，背后也是有支持的。小评委制好，还是大评委制好？匿名好还是实名好？包括投几轮、怎么计票等等，还都是比较专业的问题，我觉得总体上应该跟着现代社会制度走，同时，要适应公众对文学奖的评选期望。而最关键的是评出好作品，只要评出了好作品，你怎么评的就不重要了。

谢有顺：没有人愿意把一个文学奖评坏，包括茅盾文学奖，改进的意愿如此强烈，说明它也在深思，在正视一些问题。尽管它之前可能有不少作品的获奖缺乏说服力，但总体而言，它依然是一个值得期待的文学奖——至少它是影响力最大的。不过这次茅盾文学奖的评选，为求程序的公正，这种努力是值得赞许的，但以我的观感，似乎又有点矫枉过正了。我是赞成实名制投票的，因为只有让评委具体承担责任，他才能接受艺术良心的监管。但我又觉得没必要把每个人的选票都公之于众，因为这样一来，那些想坚持自己艺术判断的人，就会束手束脚了。不公布个人选票的实名制，既有压力，又能保护评委的个人私见，是否会更理想？因为评奖如果不透明，会有暗箱操作的嫌疑，但如果太透明了，也有可能导致公正性的崩溃——这里潜藏的中国国情，大家应该不难理解。在如何让评委承担责任和敢于坚持己见之间，茅盾文学奖还可寻找新的平衡点。

何言宏：我们在思考和探索建立文学奖的权威性时，一方面要看到评奖机制这些"硬件"的方面，但我以为更加重要的，是要进一步思考，我们应该建立怎样的权威性？或者说，形形色色的文学评奖所应该追求和理解的"权威性"应该具有怎样的内涵？我以为，这才应该是问题的关键。前面我曾说到，包括政府奖和民间奖在内的形形色色的文学评奖，实际上是文学场域中不同的文学理想和文学价值理念之间的深刻"博弈"。有一点我们应该承认的是，在目前的各类文学奖中，还没有哪一种评奖已经获得了被充分公认的权威性。世界范围内，最最权威的文学奖应该是诺贝尔文学奖了，其他像英国的布克奖等也有巨大的权威性。但是在我们国内，似乎还没有这样非常服众的文学奖。比如像"茅奖"和"鲁奖"，基本上没有被大学系统的文学教育、文学研究和文学史编撰所"买账"。有关的获奖作品如果不被转化和纳入到文学研究和文学史的知识体系中去，其生命力是非常可疑的。因此说，各种文学奖在经过充分的"博弈"，是否能在最终胜出，最根本的，还是取决于其文学理念和文学价值标准的纯粹，而这，也许就是——也是我所理解的文学奖的权威性所应该具有的真正内涵。

汪　政：这涉及到如何理解权威，如何界定权威，怎样才算权威。文学奖还是一个时效性强的文学评价行为，它更多地是针对当下而不是未来。文学奖的表述与文学史的表述是两种系统，后者并不是建立在前者之上的。我不在大学，不清楚大学如何对待现在的文学奖。讲授当代文学，弱化文学奖作为文学史叙述来说是很正常的，但只要细细看去，绝大多数政府或民间奖的得主与作品还都是被文学教育与文学研究言说的，只不过并不一定特别地点出这些作家与作品与文学奖的关系。文学奖更多地是在公众、传媒与出版领域被提及甚至放大。不过，我主张将文学奖作为一种特殊的文学制度或一种特殊的文学批评方法来单独研究，就像你这次发起的讨论一样。当然，如果去较真的话，大学不买文学奖的账是很有趣的，因为现在几乎所有的文学奖的评委大部分都是由高校的学者构成的，自己评出来的奖自己不认账或不搭理，这不是很奇怪吗？是不是没评出好作品？为什么？是学者没有从自己的文学良知出发？因为不能责怪这些奖项的设置，没有哪个奖的主观愿望是要评出差的作品的。所以我宁愿认为是缺乏好的作品可评，不是菜做得不好，而是本来料就不行。任何一次评奖都是一种遗憾，但这遗憾应该是没有评出好的作品，而不是有好作品被评掉了。

谢有顺：权威性的建立，关键还是看人，看是哪些人在评。不在乎多少人评，在乎的是这些人是否有公心，是否有良好的艺术判断力。好人未必评得出好的文学奖，因为他还需要有艺术鉴赏力；好的学者或评论家也未必评得出好的文学奖,因为他还需要有艺术公心。两方面相平衡之后,这个人才是值得信任的。但我还是要强调,对文学评奖不能太理想主义化,而是要面对已有的文学现实。假如文学现实里就没有很好的作品,你又能奢望文学奖评出什么好作品?多大的脚穿多大的鞋,这是没办法的事。像一些年度文学评奖,一些人一开口就质疑,为何某某作家没有获奖,可某某作家当年度没有发表或出版作品,你怎么给他评奖?因此,我对文学奖没有最高的要求,只有最低限度的要求:不是看哪些应该获奖的作品有没有获奖,而是看是否有不该获奖的作品获奖了。遗漏总是难免的,但不该获奖的作品获奖了,就会带来大的问题。比如,诺贝尔文学奖饱受质疑更多的是有哪些应该获奖的作家被错过了,但很少有人说哪个作家就绝对不能获奖,能做到这一点,其实就很不容易了,就是权威性的一种了。权威是相对的,但也并非不可以努力。

郭春林:文学奖的权威性问题实在是个很麻烦的东西。除了汪政老师所说的之外,我想,还有一个很棘手的问题,就是权威性来自哪里?就时间性的角度说,是来自当下,还是来自文学史,可是当下的权威与文学史的权威性无疑并不完全吻合,而文学史的书写又面临历史书写和历史叙述的权力及立场、观念等等的问题,由此带出一个是否存在绝对的权威性问题,并进而与文学史书写中的经典化相关联。而就权威性的认同看,是社会和时代绝大多数人的认同,还是文学从业人员甚至是专家学者所认可的权威,也就是说,谁对这个权威性作出认定,而认定权威性的权威又来自何处。就权威性的内在规定来看,则又有除了良知之外的文学性标准问题。同时,如果我们不仅仅是在民族国家的内部来思考这个问题的话,也就是说我们将这些文学奖放到世界文学的范畴中来看,就又会带出文学性的普遍性标准等等的问题,譬如诺贝尔文学奖有没有绝对的权威性,英国的布克奖,以色列的耶路撒冷奖,日本的芥川奖,中国的"茅盾奖"是不是有世界性,如果有,这个世界性的东西究竟是什么,它与民族性的关系又是怎样的?所以,从这个意义上说,我倒更愿意站在相对的立场上,不是先确立任何一个文学奖的权威性,而是首先去质疑它的权威性。当然,我绝不是相对主义者,也不是怀疑主义者,我想,这大概主要与我对权力的不信任有关吧。

汪　政:前几年我曾就所谓整顿规范文艺评奖发过几句议论。主要的意思是,首先要认清文艺评奖的内涵与意义,评奖实际上是一种特殊意义的文学举动,在严肃的意义上,任何一种评奖都是一定的文艺立场与价值的提倡、探索、申张与坚持,因此,评奖越多,就意味着不同的文艺立场与价值观都能拥有自己的表达途径,它有助于不同文艺观念和风格的生存与竞争,有利于文艺生态的多样化而防止垄断与文艺物种的单一化。一种成熟的理性的文艺评奖贵在坚持与积累,它的权威与不可替代就在这长时间的坚持与积累之中。现在的问题就出在许多奖出台非常随意,更不注重它的可持续发展,这样的评奖想权威也不可能。但文学的价值与意义并不是由奖来说明的,事实上,自有文学史以来,未获奖的经典远远多于获奖的作品。作家希望获奖是一回事,但是不是按奖写作又是另一回事。很少有作品是为哪个奖而量身定做的。另外,对文学奖的理想与标准也不能太当真,那也就是个方向,诺奖的标准能说明其获奖作品吗?我觉得文学奖的权威就在于坚持,时间长了自然权威,自然胜出。

何言宏:是啊,我很赞同这样的说法。无论是体系庞大的政府奖,还是"百花齐放"的民间奖,主观和客观上都是在以评奖这种相当独特的方式来表达各自的价值观,这对一个国家和一个民族的文学生态与精神生态,无论如何都是件好事。它们之间当然是一种博弈,但我以为,而且也很希望通过这种长时间的多元博弈,最终胜出的,不仅仅只是某一种或某一些具体的文学奖项,而是我们的文学、文化和精神生态的健康与成熟。

"纯文学意识形态"与"茅奖"的转型及其隐忧

刘复生

第八届茅盾文学奖已经落幕,民间虽有争议,但争议主要集中在外围问题上,如获奖者身份或评委身份(他们是否在作协体制内有职位);大评委制、实名制投票等程序设计是否有问题,比如评委们是否有可能读完全部近180部参评作品(对于以最高票数当选的张炜的《你在高原》质疑之声更多,投票评委是否都读过或读完了这部长达10部的系列长篇小说?);或者网络文学是否仅仅是陪衬? 这些基本上是在细枝末节上挑毛病。其实,按照某种心照不宣的网络空间流行的"政治正确"观点,像茅盾文学奖这种由中国作协操办,国家意识形态部门高度重视,代表了中国文学最高荣誉的具有某种政府奖性质的文学奖项,本身就带有原罪。无论最终获奖的是哪些作品,作者是谁,总是应该受到谴责的。既然对本届获奖作品本身难以提出实质性的反对意见,或对其文学品质难以评判,大众媒体或反体制的所谓公共意见也只好把批评的焦点集中在这些外围的细节或技术性问题上。相对于这种具有潜在非理性态度的民间舆论,文学界对本届获奖作品的反应要平静得多,比起此前的获奖作品,本届获奖小说在作家、批评家那里几乎得到了一致的认可,共识度较高。

但是,这或许也正是问题之所在。

题解 本文原载《新文学评论》2012年第1期。茅盾文学奖自"诞生"以来一直受到国家主流意识形态与"纯文学"意识形态的双重制约,"国家"、"纯文学"共同体以及大众对"茅盾文学奖"均有不同的期待。本文结合第八届茅盾文学奖获奖作品分析"纯文学意识形态"对评选的影响,刘复生认为这种转型固然可以扭转茅盾文学奖在"纯文学"界的声誉,重新确立它在文学界的权威形象,但它可能会随着正在陷入危机的"纯文学"一起跌入一个新的陷阱,逐渐形成一个新的排他性的结构。从中国当代文学的发展来看,好的作品应该是试图构筑新的普遍性价值,用中国人的眼光看世界,领会人生意义的中国文学。茅盾文学奖应该有更大的包容性和开放性,而不是在"纯文学意识形态"的影响下走向新的封闭。

茅盾文学奖一直受到国家主流意识形态与"纯文学"意识形态①的双重制约,是两重标准相互重叠、相互博弈并相互妥协的结果。中国作协本身也存在着双重性格。这种矛盾性体现在评选的程序设计与参与人员的权重和比例构成上。"国家"与"纯文学"共同体对评奖都具有巨大影响力,双方也都有对"茅奖"的不同的期待。官方希望评奖反映国家主流意识形态的意志,并兼顾题材、民族、地域方面的平衡;"纯文学"共同体则希望尽可能排除外围政治因素的干扰,推出"纯文学"的典范作品,或者根据文学界内部的利益分配格局及权力平衡规则产生获奖作品。在这两方能够对评奖施加实质性影响的力量之外,民间或一般读者形成的社会公众则通过形成所谓公共舆论的方式对评奖施加压力,它本能地不信任所谓体制,但在何谓"好文学"的问题上却深受"纯文学意识形态"的影响。虽然在很多时候大众也会抨击"纯文学"远离现实与大众,并时不时地奚落"纯文学"孤芳自赏,被时代文化所抛弃,但真要让它提出一种关于文学的评价标准,却又无能为力,在评价"茅奖"作品本身的高下时,它其实只是在盲从"纯文学意识形态"关于文学的价值尺度,除了坚持一种抽象的"写得好",本身并不能提供一种关于这个时代需要什么文学的新的标准。

在这个背景下,我们就可以理解为什么中国作协要进行评奖方式的改革。我把它看做是中国作协代表"纯文学"界突显自己作为最权威、最专业的文学组织的身份,尽量淡化自己作为国家机关的官方色彩。在不触犯意识形态底线,或适当照顾其要求的前提下,保证评奖在"纯文学"价值上的纯洁性,以挽救"茅奖"在文学界的公信力,确立中国作协的声望。在这一点上说,中国作协内部"纯文学"的方面居于主导地位。

大评委制的改革确保了这一结果的实现。评委会由 62 名评委构成,除一部分是中国作协指派的专业人士,大部分来自全国各省级作协和行业协会。因为评委基本来自"纯文学"界的专业作家或职业评论家,其广泛的行业分布和地域构成决定了评奖结果最能反映出"纯文学"界对作品的较为一致和一般或平均化的评价,这至少保证了其结果不会太多地偏离"纯文学"界的一般想象。这种制度设计就是要保证结果能达到文学界的期望,而文学界满意了,大众文化界也

---

① 这里所说的"纯文学的意识形态",主要是指在 1980 年代以来逐渐形成的关于文学本质的理解,意味着一整套的文学惯例、成规和技术性标准,比如好的文学应是非政治的,与当下现实生活拉开一定距离的,审美的,呈现人性复杂性的,具有外在形式感的。这种意识形态还建立在一系列的观念性的预设之上,如启蒙主义以来关于人性、人生意义的一系列社会性观念,以及作家的知识分子精英意识和对世界普适价值的信赖等。

就不可能有什么实质性的反对意见,因它本就没有自己的意见,它在文学判断标准上基本还是依附于"纯文学"界。所以,只要它不和"纯文学"界结合在一起质疑评奖,就不可能从根本上挑战"茅奖"的合法性。如果像往届那样,一旦有某部明显低于标准线的作品获奖,则会招致文学界与大众文化界关于获奖合法性的广泛非议,当然,这种所谓低于标准线,肯定是用"纯文学"的尺度来衡量的。

另外一方面,只要获奖作品没有触碰意识形态的基本要求或底线,官方意识形态部门也是可以接受的。应该说,在政策要求上,在国家对文学意识形态性的重视程度上,都较之以前大为减弱,因为文学的公众影响力已经今非昔比,而且其地位越来越被其他的文化传播类型所取代。从某种意义上,国家对文学的高规格重视只是1940年代以来的历史传统的自然延续而已,其在当代政治、文化生活中的真实地位其实已大幅下降。既然"国家"容许的空间已经有所松动,中国作协又何必作茧自缚呢?不难发现,从本届最终评选结果及进入前二十位、前十位的提名作品来看,"主旋律"文学明显受到抑制,而此前各届一般都会有带有鲜明"主旋律"色彩的作品或作家获奖,如第六届的《历史的天空》、《英雄时代》,第五届的《抉择》,第四届的《战争与人》,第三届的《第二个太阳》、《浴血罗霄》(荣誉奖),至于第二届和第一届就更不必说了,由于时代的原因,它们几乎都鲜明地体现了当时的"主旋律"精神。本届获奖作品(包括提名作品)几乎都没有什么明显的"主旋律"色彩,也没有特别照顾民族及地域构成。本届评选中,《苍黄》、《八月狂想曲》因为有"主旋律"或"官场小说"的嫌疑,虽说按"纯文学"的标准来要求写作水平很高,却以第29、30名而止步三十强,无缘下一轮,事实上如去除"纯文学意识形态"中的题材决定论,仅按当前通行的文学尺度衡量,它们也要比前二十强中十部左右的作品要好得多。

同样,大众文学比如网络文学仍基本上被排斥在外,虽然在形式上也象征性地给予了一些参选席位,但一则做了很多限定,比如网络文学必须是已由正式出版社出版的;另外,评委的构成也基本上决定了它们的获奖前景极其渺茫。结果它们完全被挡在了前42部作品之外。这不奇怪,"纯文学"标准和大众文学的标准本来就是不兼容的,它们有不同的成规和评价尺度。在本届评奖中,参选作品在市场及大众文化中的反应或口碑没有成为一个考量因素,如果有,那也只是一个负面的因素,因为在"纯文学的意识形态"中,广泛的公众接受或市场成功只是表明了某种较为低劣的文学品质而已。于是,在评奖开始前呼声甚高的《大秦帝国》、《遍地狼烟》,以及可读性甚强、大众文化色彩鲜明的《足球门》等均未能进入前42位,早早地被淘汰。应该说,在以往各届的评选中,广泛的社会接受有时还是一个潜在的考量的因素,如《平凡的世界》、《暗算》、《历史的天空》等。这一届则不再予以考虑。

本届评奖充分体现了"纯文学的意识形态"。最后获奖的作家基本上都是在"纯文学"领域成名已久的重要作家,即使参选作品不是本人最好的作品,也不一定是当下最好的作品。一则,作为"纯文学的意识形态"执行者的评委们对这些作家的评价带有先入之见,既往的成就与文学贡献肯定会作为一种参量,作为一种权衡、取舍的重要因素,介入对具体作品的评价;二则,本届参选作品共有178部,其中两部小说名为一部,其实是多卷本,如《你在高原》、《大秦帝国》等,都是十多卷本的长篇小说,至于三四卷者也有几部,半年多的时间的确很难保证全部阅读,评委们肯定会有所侧重,那些重点作家肯定是重点关注的对象。这些作家写得好的作品一般不会被遗漏,而不太知名的作家即使写得很好,也不能保证被广泛而认真地阅读过,虽然这类作家可能会获得部分评委较高的评价,但难以上升为普遍的共识,于是他们所获选票很难集中。而最后几轮的实名制投票,也让某些评委不愿承担把票投给小作家的风险,而重要的作家相对而言对评委们的心理影响甚至个人情感上的影响也要大些。这些因素共同决定了,最终的结果一般会倾向于那些重要的作家,当然,他们的参选作品至少在本人的创作中不能是太差的作品(评选中,有很多名家早早落选,比如苏童、方方、叶兆言等),这也间接地保证了它们基本上也是当下比较优秀,至少不能算是太差的作品。所以,或许从本届开始,"茅奖"越来越具有"纯文学"的终身成就奖的性质,而不再单纯是作品奖。

客观地说,像莫言的《蛙》,即使按"纯文学"的标准,也不算特别成功之作,但考虑到莫言在"纯文学"创作上的历史贡献,仍然有资格获奖。张炜的《你在高原》是一部以巨大的体量和精神气质向"纯文学"成规致敬的作品,即使对于专业读者来说,也是对阅读耐心的巨大考验和挑战,虽然应该对这样的写作表达某种敬意,但可以预见它的阅读与接受将是极其有限的,也很难和当下的历史产生互动关系。应该说,这部作品不见得被全部评委认真地通读过,在评委中也存在一定的争议,但鉴于张炜作为一个重要的,新时期以来的代表性作家,以及二十年写一部书的对"纯文学"价值的理想追求,他以最高票当选仍是无悬念的,而且票数越往后越集中。

对于某些对"纯文学意识形态"有批判性反省的评委来说,他们的自我是分裂的,虽然不认同或不完全认同"纯文学"的规范,但在评奖的过程中,仍然主动、被动地执行了"纯文学"规则守护者的角色。因为,在某种意义上,这是角色身份的要求。另外,即使某些评委不按这种角色要求行事,也无碍大局,那些不符合"纯文学"规范的作品也不会因为某几位评委的不守规矩的想法而获得机会。它们仍然会不断地出局,因为这是"纯文学"评价机制作为一部无人称的机器在运作,作为一个平均值,已经排除了个人的"误差"所造成的影响。

的确,从事后各方对获奖作品的反应来看,相对于此前获奖作品的饱受争议,本届评奖基本上做到了大家满意。以往的争议既针对结果,也针对程序,事实上有时程序或评奖规则直接决定了结果。而一旦有些获奖作品明显偏离了文学界对于"好作品"的一般理解,就容易导致对"茅奖"的全面质疑。但对于本届评奖的结果和程序,除了纠缠于某些技术性的细节,公众舆论已经很难提出强有力的反对理由。

很多人从中看到了"茅奖"的成功转型和美好前景,但我认为,这种转型固然可以扭转它在"纯文学"界的声誉,重新确立它在文学界的权威形象,但却带来了另一种隐忧:它可能会随着正在陷入危机的"纯文学"一起跌入一个新的陷阱,它可能会逐渐成为一个新的排他性的结构。在某种意义上,我们甚至可以说,旧的评奖模式虽然有它诸多的问题,但毕竟内部还有多重的空间,现在,这些曾经存在的开放性空间却被关闭了,比如某些带有"主旋律"或大众文学色彩的作品将由于"纯文学"的规则与尺度,以及它自身的洁癖而被排斥在外。最明显的证明,就是在本届评选中,《大秦帝国》居然未进入前42名,最重要的理由据说就是这部历史小说"为暴秦翻案",触犯了"纯文学"界的某种启蒙主义的"政治正确"的教条。

茅盾文学奖的转型隐含着另一种多少有些让人担忧的趋向。1980年代以来所建立的所谓"纯文学"已经遭遇历史危机,亟须进行深刻的自我反省和自我批判,以重建与历史和现实的联系。在这种历史情境中,茅盾文学奖却以国家奖的形式为陈旧的、正在丧失生命力的文学模式守灵,试图挽救它日趋没落的命运,和正在没落的"纯文学"一样,它也表现出某种狭隘、偏执,甚至高傲与专断性。"茅奖"的前脚刚从主流意识形态里拔出,后脚却又落入了"纯文学"的泥潭,仍然难以与社会建立有效的连接。

作为中国文学的最高奖项,"茅奖"理所当然地应当表彰那些最优秀的当代文学,那么,什么是真正优秀的当代文学?只有认定了这个前提,才谈得上进行制度设计把它们遴选出来。于是我们又不得不回到那个最根本的问题上来:当代文学是什么东西?当代文学还能干什么?怎样来评价一部当代文学作品的高下?在我看来,真正具有当代文学精神的文学,总是不断地生产着我们关于当下的新的理解,而且不断地打开一个重新理解未来的通道。它将自己的根深深地扎在当代性的土壤中,超越当代流行的各种意识形态,将这个时代的零散化的经验整合起来,从而为之赋予一种形式感。

真正的当代文学的意义在于具有对现实加以总体化的叙事能力,由此超越了个体的狭隘的经验的限制,从而创造出在复杂的社会联系中重新感知现实的可能性。它改造了我们认知与感受的方式,重建了总体化的生活图景,从而为读者提供了一种新的方向感。那些优秀的当代文学,总是蕴藏着解放的潜能,能够打破既有的定型化的意识形态的束缚,把个人从各种神话与幻象体系中释放出来,恢复对"另外的生活"与"另外的现实"的感觉与认知能力,它总是暗含着批判性的视野与乌托邦的维度,激发着对未来的想象。因而,当代文学对现实的审美表述应当具有潜在的实践能量,尽管并不是直接的,也不应是直接的。直接地反映现实是庸俗的,它未能把现实消化并转化为富于想象力的文学叙述,这是一般化的官场文学和职场文学的缺陷之所在。因而它们也往往被最流行的、一般化的意识形态所捕获。

这是"当代文学"之外的任何经典文学所不能提供的内容。毫无疑问,并不是所有在当下发表的文学作品都是合格的"当代"文学。当代文学的当代性就在于它有深刻的政治性的视野。当然这里所说的政治,是原初意义上的政治,是孔子与柏拉图意义上的政治,不是庸俗化了的所谓政治。"政者,正也",它意味着对一种好生活的追求,对于未来的更合理、更美好、更公正的生活的追求,文学正是它的内在构成部分。当代文学总是和当代生活进行着持续的对话与争辩,因而,它内含着一种乌托邦的理想性维度和批判性精神。在这个意义上,好的当代文学总是在生生不息地创造着我们对当下和未来的想象,而不是筑固着流行的观念,它总是在不断地刷新着,创造着我们的感性,把它从各种意识形态或流行意见中解救出来,它在发现着一个我们视而不见的现实。

茅盾文学奖作为最高的国家文学奖,我以为它应提倡的正是这样一种当代文学精神。而事实上,茅盾本人的创作正鲜明地体现着这种"当代"文学的精神,它们体现着面向现实的批判性视野,它们代表的左翼文学在当时打开了一个审视生活的理想性维度,也代表了一种真正的文学上的先锋气质。可以说,茅盾本人的文学创作正提示着对当代文学尤其是长篇小说的意义与价值的本真理解。

所谓"纯文学"的那一套审美规例也在面临危机,人们似乎正在对它感到厌倦。读者对虚构与文学想象变得缺乏耐心,很多曾被认为是纯文学的经典原则正在丧失号召力。这不能简单地用当代读者审美能力下降、阅读品位低下来解释。事实上,随着教育的普及,这些纯文学的文学惯例在很大程度上已经被非神秘化了,作家、批评家经常使用的语言,如人性的丰富性、性格复杂性、自由、情感、道德、生命……早已经成为俗套(不是指这些词语指称的事物,而是说它们所对应的审美惯例成为俗套)。一个有趣的现象是,在虚构的、想象性的"纯文学"普遍遭受冷落的同时,却是大量的非虚构文学、纪实文学或准纪实文学,以真实经验为基础的网络小说的持续走红。这至少部分地说明,当代读者对远离现实与当下性的那一套美学成规或技术体系已经厌弃。其实,那些非虚构的经验本身已经远比那些技巧"高明"的所谓"纯文学"更具有想象力,更有戏剧性与当代的文学性,反倒是众多所谓纯文学表现出想象力的枯竭。没有什么比辱骂当代读者弱智更弱智的了,它只能暴露出固守一种狭隘的文学原则的人的偏执与内心的虚弱。当然,这些非虚构或纪实类的作品还称不上是优秀的当代文学,因为它们还不能有效地给现实赋予形式感或将现实美学化,只是诉诸无中介地呈现现实,因而,它们受到欢迎只能理解为是对"纯文学"失望之后的无奈转移或替代。或许,我们只能说,这些非虚构或纪实类文学的走红,并不说明它们作为文学的成功,它只是说明了旧有的"纯文学"成规的失败。在这个意义上,《平凡的世界》《抉择》等作品的获奖还是有意义的,虽然它们并不是多么了不起的当代文学,但的确具有鲜明的当下性,比起那些故作高深的所谓"纯文学"要高明得多。

所谓当代的文学,当然不能离开既定的文学传统,或旧有的文学成规而存在,但对于真正的优秀的当代文学来说,此前的所谓文学规范或文学标准从来都不是神圣的圭臬,而只是一种历史的参照,甚至只是有待于去丰富、修改甚至打破的程式。当代文学在不断地创造着关于文学自身的想象,在优秀的当代文学那里,文学的边界是不断地敞开和拓展的。

而我们很多的当代文学作家至今仍存有一种关于普遍的、世界文学的幻想,以为某种有着明确西方起源的文学形态是普遍的文学,以为某种历史阶段生成的文学是超历史的、永恒的,而他们心目中所谓好的文学,就是照着这个既定的标准去写,他们幻想自己的文学可以写给几十年之后,甚至百年之后的读者去欣赏。岂不知,所谓永恒的审美价值,伟大的文学传统与成规,恰恰正是过往的、某种特定的"当代文学"所创造出来的,它们深深地植根于它们的历史性与地域性(民族性)之中。从某种意义上说,它们之所以能成为伟大的审美标准与传统的代表与象征,正因为它们当初曾经是合格的、优秀的当代文学!在这个西方现代文化的迷信正在破产的时代，这个所谓普遍性背后的特殊性的历史逻辑与现实逻辑正在日益彰显的时代，我们的很多作家却还沉浸在对西方现代以来的文学标准和成规的迷信之中，借由西方现代文学的这套"装置"过滤、透视中国生活，重复和中国生活无关的所谓永恒的文学母题，这样的文学的价值是成疑问的，虽然在形式上显得极其"文学"。如苏童的《河岸》、范小青的《赤脚医生万泉河》，它们甚至连《杜拉拉升职记》都不如，毕竟那里还存在真实的当下生活的影子，尽管是一种被流行观念和市场社会的意识形态所解释的生活。顾彬对当代文学的指责虽然粗暴，其实自有它的针对性，立足于欧洲文学传统里的他当然瞧不上那些面向西方文学（也就是所谓普遍标准）学舌的不上道的中国学生。事实上，一个永远瞄准那个打着西方印迹的所谓世界文学标准去写的中国文学永远是二流、三流的文学。当然，所谓真正的中国文学也不能通过凸显所谓民族特色来解决。它要通过克服西方的所谓普遍性，重新建立当代中国的文化普遍性来实现。

因而，目前中国当代文学最需要的不是一种仅仅向既定的、普遍的、经典的文学标准致敬的，没有新的普遍价值观抱负的国家文学奖，当然，也不是狭隘的，仅仅体现官方意识形态的，具有狭隘民族主义的文学奖，而是试图构筑新的普遍性价值，用中国人的眼光看世界，领会人生意义的中国文学。正是在这种意义上，本届提名作品中进入前十强的作品，郭文斌的《农历》，呈现的是一个从容坦然的中国人才可能有的对生活价值的理解，它饱含的诗意是对当代中国文化价值的深刻肯定。尽管这部小说格局不大，未免刻意，却是真正的中国当代文学。

在这个时代，茅盾文学奖应该有更大的文化价值上的抱负，更大的文学尺度上的雄心，以及由此产生的包容性和开放性，而不是在"纯文学意识形态"的影响下走向新的封闭，如果是这样，它的转型与改革也无助于提升它的社会影响力。不仅如此，由于它的国家最高文学奖的权威性，它的评价尺度自然会产生对文学创作的导向作用，这将进一步强化目前"纯文学"创作所遭遇到的社会危机。

当然，上述的分析可能过于严重地估计了"纯文学意识形态"对于"茅奖"的影响，应该看到，"纯文学意识形态"在文学界内部也在遭受越来越多的质疑，在作家们、评委们中间内部分化已经在发生，相信将来会越来越明显。事实上，在本届的获奖作品中，刘震云的《一句顶一万句》、毕飞宇的《推拿》正体现出真正的当代中国经验，虽然刘震云处理的方式过于零散化和暧昧，减弱了其力量

（但是，具有反讽意味的是，它的获奖并非因为其以"纯文学"的形式超越"纯文学"的革命性意义，却是因为据说其表现了中国人的孤独和"无法沟通"这一普遍性的人生主题，真是让人啼笑皆非）。可以说，在现阶段，这些作品的获奖的理由仍是"纯文学"的。但是，像《一句顶一万句》、《推拿》、《农历》这类作品获奖，或获得较高的认同，是一个可以期待的信号。

我所了解的"路遥文学奖"

赵 勇

2013 年 9 月初,我收到一条陌生的短信,来信者名叫高玉涛,邀我至《收藏界》编辑部参会,商议一些有关路遥文学奖的事情。犹豫了片刻之后我答应了。此前我曾浏览过路遥文学奖启动的新闻,也知道此奖甫一面世便引发争议,心中便有些疑惑。现在既然让我参会,便可借此弄清楚究竟是怎么回事了。可以说,当初接受邀请,除了路遥的名字感到亲切之外,满足我好奇心的成分更大一些。

9 月 5 日上午,我换乘地铁,摸到了潘家园附近的华威里一号楼。大概是以前对唱《马儿啊,你慢些走》的马玉涛印象太深了,我一直也把高玉涛想象成了女性。但见面之后,才发现此玉涛是个大老爷们儿,一位敦实的陕北汉子。那天参会的人还有萧夏林、李建军、旷新年、邵燕君、王向晖等,主要议题是讨论《路遥文学奖评奖条例》,征求意见。此前他们似乎已经讨论过两三轮了,而我则是第一次入伙。记得当时邵燕君主要在讲读者的变化:原来有可能读路遥小说的更年轻的读者,现在都跑到网上或用手机去读玄幻小说了,所以要弄清楚路遥的读者是谁很重要,搞清楚类似于路遥那种现实主义风格的读者是谁更重要。李建军则谈到了好作品主义,他认为这个奖项不一定局限于长篇小说,因为现在的纪实类文学更有意思,小说看的人已经不多了。

我就是在这样一种氛围中开始与路遥文学奖打交道的。而经高玉涛先生解释之后,我也大体明白了这个奖项的一些情况:此奖由他(其身份是《收藏界》社长)和高为华先生(收藏家)共同发起并筹资设立,是一个纯粹的民间文学奖项。因是民间办奖,既无官方机构撑腰壮胆,又要"在战争中学习战争",它最初受质

题解 本文原载《文学自由谈》2016 年第 2 期。2013 年 9 月,赵勇受邀参与讨论《路遥文学奖评奖条例》。2014 年初,"路遥文学奖"正式开评,赵勇作为二审评委成为其中的一员。作者通过自己两年的经历,回顾了"路遥文学奖"的设立和举办情况,介绍了高玉涛(《收藏界》社长,"路遥文学奖"发起者)、萧夏林("路遥文学奖"秘书长)两位主要参与者。文章指出奖项主要遵循路遥精神进行评选,即通过写作这种诚实的劳动达到一种身心的自我完善的写作精神和倡导现实主义的文学精神,同时完善了其缺乏的批判现实主义的力度。作为还未得到广泛认同的民间文学奖,"路遥文学奖"仍有很长的路要走。

疑、被批评也就变得可以理解了。但我也能感受到，虽然面临的压力不小，高玉涛要把这件事情做成的决心也很大。李建军当时提醒他，一定要注意报批环节，因为在中国，什么事情都是可能发生的。高玉涛则很坦然且信心十足，他说：这个奖既不敛财，传递的又是正能量，能会有什么问题呢？

后来与高玉涛先生接触稍多，对他也就多了一些了解。他是做企业起家的，用他的话说，"在家乡陕北、古城西安、首都北京、南粤广东、闽乡福建、西夏古都银川等地，曾创办过食品、乳业、制药、包装、广告、设计、饭庄等十多家工厂、公司、研究所、杂志社、书画院、艺术馆、美术馆、全国性收藏协会以及规模较大的企业集团"（《一首歌·一句题词·一生的敬畏》），可谓一位名副其实的实干家。但许多人可能纳闷：企业做得好好的，干嘛还要来文学界插一杠子呢？依我理解，这其中，感恩的意味要更浓一些。据他言，1990 年代初，他与路遥曾有过三年左右的交往，其间曾请路遥去他经营的厂里做过讲座，也请路遥为他创办的普惠集团创作过《普惠之歌》（赵季平作曲）。他至今仍保留着路遥写给他的一封长信。信中路遥先是鼓励他克服困难，勇于创业。写到最后，他甚至向这个小老乡吐露了自己的心情："我埋头写那个随笔，也相间应付一点杂事，因个人私生活的原因，心情不是很好，只能是走到哪里再说哪里的话。身体状况也不好，时有悲观悲伤悲痛之情默然而生。自己祝福自己吧。"（《路遥的影响——一段尘封了 20 多年的往事》）能把话说到这个份上，说明了路遥对高玉涛的信任。

这些还不是最重要的，重要的是，高玉涛是路遥的崇拜者，是路遥作品的受益者——借用现在的网络用语，他算得上是路遥的"脑残粉"。他在文章中曾经说过："路遥的著作，我视为心中的《圣经》，时常在读。路遥之精神，我当作个人的信仰，一世追求。从知道、认识路遥那一天起，他既是我平凡生活中必然念想的人，又成为自己人生紧要关头多次产生重要影响的人。"他还说："《平凡的世界》，我曾通读过两遍。生活顺畅的时候，我会翻开《在困难的日子里》。尤其事业遇到了不顺或发生重大变故的时刻，我都会静心阅读《早晨从中午开始》，先后阅读过近十遍，而且常常放在枕头边，读后会坚定自己做事的意志，帮助树立信心，战胜困难，启发自己如何建构某项事业的发展体系，特别是提升自己不卑不亢、坚持到底的精神品质与思想境界。"

路遥对中国千千万万的读者都产生过影响，但能影响到高玉涛这种程度的毕竟不多，而影响到终于有一天要以路遥的名字办成一个文学奖的，也就高玉涛一人了。所以，在我的想象中，当高玉涛办奖遇到重重困难和阻力时，他一定又读起了《早晨从中午开始》。他既要从这篇五万字的随笔中汲取力量，显然也是在用这种设奖的方式感念路遥。记得我曾经问过他一个问题：为什么陕西那边的官方机构不抓住路遥弄成一个奖，却让你这样一个民间人士奔走呼号呢？高答曰：那边挺复杂。

我还想到，以后我们谈到路遥文学奖时，一定不应该忘记发起者与路遥的这种特殊情谊，这是作家影响粉丝、粉丝回报作家的一个经典案例。

那次参会之后，我大概就算正式入伙了，后来高玉涛逢会必邀，我也尽量抽出时间参与其中，为它的完善尽绵薄之力。2014年初，路遥文学奖召开新闻发布会，标志着这个奖的正式开评，我则被邀请担任该奖的二审评委。从此之后，我便与路遥文学奖拴在一起，读作品，写评语，参加中间的评审会和年底的终评会，至今已整整两年矣，其中的感受似可在这里说出一二。

就先从路遥文学奖秘书长萧夏林先生说起吧。

我应该是1990年代中期知道萧夏林这个人的，其后他主编过"抵抗投降书系"，张承志的《无援的思想》（华艺出版社1995年版）就是其中的一本。因我那时对张承志的文字喜欢得一塌糊涂，他的书自然是要悉数买到的。而读过《无援的思想》后，免不了要对这位主编者想象一番：萧夏林是谁？抵抗投降？这策划还挺有想法的嘛。

真正见到萧夏林是2005年，那是在北大中文系召开的一次会议上。初次见面，我就觉得这人好像在哪儿见过。与他相熟者就不客气了，说：还是人家萧夏林长得有特点，跟电影里的汉奸似的。大家就乐，他也不恼，抿嘴一笑，仿佛这么被调侃已是家常便饭了。

又一次与他打交道是四年之后。2009年10月的一天，老萧突然给我打电话，让我第二天参加一个聚会，说是要审读一部长篇小说。跑到万圣书园附近的避风塘见面，他掏出一摞打印稿，名为《我的大学》，依次分发给赶去赴会的几位，让我们读后写个千字左右的审读意见。他叮嘱道：一定要实事求是，但也要提点建设性的意见，以便作者修改。我完成了老萧布置的任务。一年之后，偶然得知这部小说已经出版，作者于怀岸，书名已改成了《青年结》（金城出版社2010年版）。

后来，我们仿佛就相忘于江湖了，直到在商量路遥文学奖的时候相遇。

就这样，我成了萧夏林领导的部下。当一个季度结束时，他便把一审评委看好的两部小说快递一圈，让二审评委审读并拿出审读意见。许多时候，他只是给大家预留十天半月的时间，结果催要得又很急，跟黄世仁似的。去年4月29日，他一大早就用短信给我发布命令："赵勇,上午把意见给我。"我的回复也斩钉截铁:"给不出来。五一期间读,然后给,如何?最近已进入农忙季节,大量的硕博士论文需要看。"他不依不饶:"明天要开发布会了,本来今天要开。你一向最稳妥的啊。你看了没有?看了,先给我个意见。"我说:"还没看,最近忙死了。你以后给大家信息,告一下交评审意见的最后期限才好。我不知道这两天要开发布会。"但说归说,做归做,那天我放下所有事情,"挑灯夜读牡丹亭",又半夜三更给他发意见,第二天起床,感觉整个人都昏沉沉的。

这大概就是老萧的风格。

老萧长得像坏人,实际上是好人,读作品这件事他就很敬业。加了微信之后,我就见他隔三差五在朋友圈里发图片,不是晒地瓜(他似乎在山东种了二亩地),就是晒杂志——他把看过的二三十本文学期刊码在那里,让人觉得惊心动魄。记得十年前,北大邵燕君还很有心气儿,带着一干人马办了个"北大评刊"的论坛,天天忙着读期刊,发高见,搞得文学期刊大小主编心旌摇荡。几年之后她却金盆洗手了,用她的话说,是文学期刊"非常边缘化,没有向上的生长力"(《网络文学完全有可能成为主流文学》,《新京报》2013 年 3 月 16 日),于是她一头扎进网络文学的汪洋大海之中,不冒泡了。应该是老萧劝她苦海无边,她才开始上岸歇脚(邵燕君也是路遥文学奖评委之一)。在今天这样一个手机阅读或"悦读"的时代,谁还有闲心去读期刊呢?我看也就剩下老萧率领的我们这个团队了。因是二审评委,我只看挑上来的小说,阅读量毕竟要小许多,但老萧和一审评委却要在众多的文学期刊中披沙沥金,干的是"众里寻他千百度"的事情。

老萧早有文坛"骂将"之名,他"骂"过余秋雨、杨绛、巴金、王蒙、贾平凹,连香港的金庸和台湾的南方朔也没放过。所谓"骂",其实也就是心直口快,有甚说甚,批评的火力过猛,不像文坛上以表扬为业的评论家那样温良恭俭让。这种风格自然也被他带到了路遥文学奖的评审里。记得去年年初他主持新闻发布会,一开口就说茅盾文学奖如何,华语传媒文学奖怎样,指名道姓批评一些当红的评论家。有人发言时就劝他:路遥文学奖现在还是在争生命权和生存权,不必搅和进他们的是非之中。但老萧本性难移,去年"茅奖"评过后他又开骂了。

老萧的骂法并非全无问题,但它依然让我想起了马克思的谆谆教导:"向德国制度开火!一定要开火!这种制度虽然低于历史水平,低于任何批判,但依然是批判的对象。"

为什么我会加入到路遥文学奖的阵营中呢？借这次写作之机，也许我需要清理一下自己的心路历程了。

首先当然是路遥。路遥是我敬重的一位作家，我在文章里、课堂上曾表达过如下意思："重要的是路遥把文学当成了一项神圣的事业，而不是像他的后来者那样把它当成了一种可以开发的产业。从这个意义上说，路遥写作所营造出来的神话依然有着不可替代的价值。"（《今天我们怎样怀念路遥》）因此，我常常把路遥的写作看作一种古典行为，他不取巧，不跟风，认认真真地思考，踏踏实实地劳作，最终写出了那个时代的精神状况。路遥病逝于1992年，而正是从这一年开始，"市场经济了，文学怎么办"的呼声此伏彼起。从此往后，大部分作家的写作心态和状态为之一变。有时候我会想，英年早逝对于路遥来说诚然是一个悲剧，但倘若换一个角度，是不是也算不幸中的万幸？记得盲人歌手周云蓬曾如此评价过海子之死："如果他还活着，估计已经成为了诗坛的名宿，开始发福、酗酒、婚变，估计还会去写电视剧。站在喧嚣浮躁的九十年代的门口，海子说，要不我就不进去了，你们自己玩吧。"（《绿皮火车》）这种说法或许也适用于路遥。如果路遥还活着，面对时代战车的呼啸与喧嚣，他将怎样调整自己和把持自己呢？他还能写出《平凡的世界》那样的作品吗？

不得而知，一切都是未知数。

路遥文学奖应该是对路遥精神的延续。在那个反复推敲的《评审条例》中，开篇就有这样一段文字："路遥文学奖面向整个汉语文学写作，坚守现实主义文学理想，鼓励现实主义文学创作，提高汉语作家和社会公众对现实主义文学的重视和关注，推动汉语文学的发展。"（《生活的大树》）显然，"现实主义"是路遥文学奖中的关键词，它也让我想到了路遥当年对现实主义的反思："如果认真考察一下，现实主义在我国当代文学中是不是已经发展到类似十九世纪俄国和法国现实主义文学那样伟大的程度，以致我们必须重新寻找新的前进途径？……虽然现实主义一直号称是我们当代文学的主流，但和新近兴起的现代主义一样处于发展阶段，根本没有成熟到可以不再需要的地步。"（《早晨从中午开始》）在我看来，当路遥有了这番表白时，他固然是在为现实主义文学鼓劲，但无疑也是在与当年盛行的先锋文学较劲。而实际上，就在他较劲的时候，那些先锋作家已纷纷转辙改道，回归到了现实主义的传统叙事之中。

于是有必要继续追问：路遥之后，现实主义成熟起来了吗？发展到了法、俄现实主义文学那样伟大的程度了吗？

很可能就是为了弄清楚这些问题,我才决定到路遥文学奖中走走看看。而这样做的好处是,我可以回到文学现场。

但是,带着任务读小说并不是一件美差。

记得汪曾祺曾说过他读小说的办法:随便翻开某一页试读,若语言好,便从头读起;若语言糟,小说就被扔到了一边。

作为二审评委,我想我们每个人都无法像汪曾祺那么潇洒。一旦一个季度的小说被"推送"上来,那就意味着必须从头读起,而且还必须读得仔细。听一个人唱歌是不需要全部听完的,许多时候,你只要听他唱两句,大体就知道他的段位了。但小说,尤其是长篇小说,却没办法偷工减料,你得跟着作者的叙述进入小说的情境之中,随着故事的讲述形成感觉,做出判断;不仅仅是要关注语言,还要琢磨细节,结构,人物塑造,等等。

除了文学性,小说的公共性(介入性、批判性)是我形成判断的一个重要尺度。大概,这也涉及到对路遥精神的理解。

在我的印象中,路遥精神一直就有形无形地伴随着路遥文学奖评奖的全过程,但明确把它提出来讨论,却是在去年的终评会上。《当代》杂志社的社长杨新岚女士发言时指出:我们这个奖既不是茅盾文学奖,也不是鲁迅文学奖,而是路遥文学奖。既如此,评选最后的年度大奖时,这部小说就更应该向路遥精神靠近。

说得有道理。但什么是"路遥精神"呢?

在我看来,路遥精神至少涉及两个层面:其一是路遥所践行的写作精神,其二是路遥所倡导的文学精神。

在《早晨从中午开始》等文章中,路遥的写作精神已有了充分的呈现。如果要寻找更精炼的表达,那么,《个人小结》(未刊稿,写于1989年初)中的文字或许更具有代表性:"我认识到,文学创作从幼稚趋向于成熟,没有什么便利的捷径可走。因此我首先看重的不是艺术本身那些所谓技巧,而是用自我教育的方式强调自身对这种劳动持正确的态度。这不是'闹着玩',而应该抱有庄严献身精神,下苦功夫。"(转引自厚夫:《路遥传》)

这里的关键词是劳动、献身、自我教育。也就是说,通过写作这种诚实的劳动达到一种身心的自我完善,应该是路遥追求的初始目标。因此,在路遥的思考和实际操作中,生活与写作是合二为一的,它们不是两张皮,不是热中人作冰雪文,而是强调言行一致,言文一致,强调"为伊消得人憔悴",不到黄河心不死。

当然,除此之外,我们还不应该忘记,路遥是最具当下意识和读者意识的作家之一。为当下写作而不是为虚妄的未来写作,为千千万万的读者写作而不是为自己写作,曾被他反复强调过。这也应该是路遥写作精神中的一个重要支点。

那么,什么又是路遥所倡导的文学精神呢?宽泛而言,这种精神自然便是现实主义精神。这种精神巴尔扎克、托尔斯泰讲过,马克思、恩格斯也讲过,已不需要我在这里重复。而具体到路遥,我觉得他所奉行的现实主义更注重回到生活现场,直面社会矛盾,关注普通人心灵的歌哭。此外,他还在这个主义中抹上了一笔理想主义的色调。于是,它温暖人心了,它给人希望了,它励志了,它也改变许多人的情感结构了。

但也必须指出,路遥的文学中还缺乏一种批判现实主义的力度。当我们谈论路遥的文学精神时,一定不要以为那种精神已完美无缺。路遥精神中值得继承的自然要发扬光大,而欠缺的方面则应该充实完善。只有这样,我们才不至于画地为牢,才能打通路遥精神的"任督二脉",让它与古今中外的现实主义精神完美对接。

大概也正是"路奖"评委对路遥精神的理解存在着差异,所以终审投票时才会有些分散。记得2014年的终评会上,评委在讨论阶段很是热闹。有评委说,《活着之上》里的人物是功能性人物,相对于《沧浪之水》是一个退步;还有评委说,《活着之上》并没有让人看到理想主义的曙光,不如《黄泥地》;更有两个评委认为,当年评上来的几部小说均未达到评奖标准,于是他们投了弃权票。当然,为《活着之上》叫好的评委也不少。而我虽对这部小说也不甚满意,但反复权衡,最终还是把票投到了它那里。促使我如此投票的动因之一是,这部作品延续了批判现实主义的精神。也就是说,我这么投票,既考虑到了路遥精神,也考虑到了批判现实主义。毫无疑问,批判现实主义精神比之于路遥精神,会具有更为丰富的内涵。

2015年的路遥文学奖年度大奖,尽管何顿的《黄埔四期》(《收获》2015年长篇专号春夏卷)已经胜出,但在介入现实和批判现实的力度上,我以为它不如陶纯的《一座营盘》(《中国作家》2015年2—3期)。

转眼之间,路遥文学奖已经两岁了。它已度过了蹒跚学步阶段,但毕竟走得还不够稳健;又因为那个民间身份,它还没有得到文学界的广泛认同。但所有这些,我觉得都不是什么问题。古人云:日中则昃,月满则亏。它离如日中天还有不小的距离,也就意味着它还有很大的改进空间和发展前景。而我本人置身其中,也从最初的好奇者成为了这个奖的参与者和关心者。如果没有特别的原因,我还想伴随着这个奖再走一程。我把"路奖"也当成了一部值得细读的长篇小说,我才看了两章,更多的细节还没读到呢。

也想起路遥在写完《平凡的世界》时曾引用过托马斯·曼的一个说法:"……终于完成了。它可能不好,但是完成了。只要能完成,它也就是好的。"(《早晨从中午开始》)

只要把"完成"换成"开始",这几句话同样也适用于路遥文学奖。

那么,就让我们一起为这个奖祈福吧!

1980年代文学评奖热探析兼对1980年代文学评奖格局的思考

马 炜

一、80年代初中期中短篇小说评奖的繁荣与衰微

粉碎"四人帮"后,"文革"中被禁锢的文学创作迅速恢复生机,全国各地报刊、杂志陆续发表了大批受到广大群众好评的短篇小说。这些短篇小说大部分以揭露"文革"造成的创伤,谴责"四人帮"极"左"路线为主题。作家们恢复创作自由之后选择短篇小说的文体形式并不是偶然的。短篇小说的好处在于篇幅"短",创作周期也"短",被称为文学战线上的"轻骑兵",能够迅速反映人们现实生活中最急迫最值得关心的问题,契合了"文革"后社会各领域人们的倾诉需求。1978年6月中国作家协会恢复后,张光年出任党组和书记处书记,李季接任《人民文学》主编。李季有感于短篇小说创作在思想解放运动中所起的重要作用,为促进短篇小说的发展和提高,发现培养新人,促进社会主义文学事业的繁荣发展,提出了评奖的动议。经请示张光年同意,又取得茅盾支持,李季决定由《人民文学》主办,对短篇小说创作中涌现出来的优秀作品进行全国性评奖。在1978年全国优秀短篇小说评选活动成功举办之后,随着官方文艺政策的调整、文化氛围的宽松,以及文学创作形势的蓬勃发展,全国优秀中篇小说、长篇

题解 本文原载《当代作家评论》2018年第3期。20世纪80年代的中国当代文学经历了从中短篇小说热到报告文学热,从专家主导文学评奖到政府主管意识形态的重要转变。本文从20世纪80年代文学评奖热入手,分时间段对80年代文学评奖情况进行了分析和思考。一是80年代初中期中短篇小说评奖情况。70年代末到80年代中期,官方、专家、读者的文学审美趣味大体上是一致的。80年代中期开始,随着改革开放的深入,三者高度一致的意识形态认同和文学价值标准逐渐瓦解,文学读者群也开始分化。二是80年代后期出现报告文学热,报告文学评奖活动也大量涌现。三是从90年代评奖活动可以看出获奖作品的思想性是被纳入官方主流意识的作协文学奖首要考察的内容,这在一定程度上标志着80年代"专家"主导文学评奖的转变。

小说、诗歌、报告文学等的评奖活动也相继开展。影响广泛的各类常态性文学评奖活动成为 70 年代末到 80 年代初中期文坛的独特风景。

中国最高文学专业机构中国作协举办的文学奖在 70 年代末 80 年代初中期是社会各界关注的中心,它兼具创作引导、文化规范、社会秩序重建等多重意义。文学评奖的各个环节都有社会各种力量的支持和参与。《文艺报》《人民文学》《诗刊》等对各自承办的文学评奖活动进行大篇幅的报道。国家的机关报《人民日报》①、《光明日报》等也会对评奖活动进行新闻报道和评论。在 80 年代初中期的这股文学评奖热潮中,中短篇小说因篇幅短,创作周期短,契合了"文革"后大批作家急切的创作需求和情感诉求。也能及时应和时代变革浪潮,反映现实生活,引导广大读者对新的历史时期社会生活的想象和认知。因此中短篇小说成为这一时期社会各界关注的重心,而作为对中短篇小说进行价值评定的全国优秀中短篇小说评选自然异常繁荣,成为 80 年代初中期社会各界关注的焦点。为适应文学发展形势,配合全国中篇、短篇小说评奖工作的需要,《小说选刊》于 1980 年创刊。② 而 1984 年《小说选刊》改版目的在于"将为读者提供最新的中篇、短篇小说精品,为全国中篇、短篇小说评奖提供候选作品,帮助读者提高小说鉴赏的能力"。③ "更好地配合小说评奖的工作和进一步推动小说创作走向繁荣。"④

中短篇小说历届评奖都得到了诸如《人民日报》文艺部、《文学评论》、社会科学院中国文学研究所、中国文联理论研究室等专业文艺研究评论机构的大力协助和支持。这些机构召集本单位人员进行座谈,针对评奖发表了很多宝贵意见,提出了各自的推荐篇目。此外,也得到了全国各地文艺单位,如各作协分会、文学杂志社、报社、出版社、图书馆、文化馆的热情推荐和支持。⑤

---

① 如 1978 年 11 月 8 日《人民日报》对 1978 年全国优秀短篇小说评选活动做了相关的报道。

② 中国作协在接连成功举办了两届全国优秀小说评奖之后,觉得应该建立一个能为评奖做些准备工作的日常机制。由时任中国作协党组书记张光年同志提议,经中央宣传部批准,1980 年 10 月《小说选刊》面世。时任中国作协主席的茅盾同志题写刊名,并撰写了发刊词。《发刊词》中坦言:"为评奖活动之能经常化,有必要及时推荐全国各地报刊发表的可作年终评奖候选的短篇佳作。为此,《人民文学》编委会决定增办《小说选刊》月刊。"参见茅盾:《发刊词》,《小说选刊》1980 年第 1 期。

③ 《〈小说选刊〉改版发行》,《义艺报》1983 年第 9 期。

④ 《〈小说选刊〉改版答问》,《小说选刊》1983 年第 9 期。

⑤ 如 1978 年全国优秀短篇小说评选得到了全国各地兄弟报刊、出版社、图书馆、文化馆的热情支持和帮助,把搞好这次评选当作自己义不容辞的责任。许多单位专门组织了读者座谈会,通过座谈进行评选、推荐,有的还寄来了会议记录。河南省图书馆为了协助做好这次评选工作,开辟了宣传专栏,举办了短篇小说阅读周,把近两年来全国各地出版的文艺刊物,设专架陈列,供读者阅读,为读者评选提供条件。1979 年 1 月中旬,邀请 30 多位业余文艺工作者、新闻工作者、大中学教师、青年读者举行座谈会,进行评选和推荐。参见《报春花开时节——记一九七八年全国优秀短篇小说评选活动》,《人民文学》1979 年第 4 期。

非文艺单位①也积极参与到评奖活动中来。不管是专业的文艺机构、报社杂志社，还是和文学并不相关的单位，都自发以各自不同的方式在群众中大力宣传文学评奖活动，评选推荐优秀作品。广大群众更是以"读者来信"的方式热情参与推荐文学作品。从1978年到1982年，短篇小说评选编辑部都收到数以万计的读者推荐选票。除了国内的读者群众热情推荐，评选活动还吸引了远在美国、西德的华侨、留学生，积极赞助评选活动，就自己读到的作品进行推荐。此外还得到了国际友人的热情支持和参与。② 80年代初中期的中短篇小说评奖，扶持了大量文学创作新人，推出了大批优秀文学作品，促进了文学思潮的形成和发展，对当时的文学创作发展繁荣产生了很大的影响。中短篇小说奖也在对优秀文学作品的价值确证中奠定了自身在80年代初中期文学发展进程中的重要地位。

1985—1986年的第四届优秀中篇小说、第八届优秀短篇小说、第四届优秀报告文学和第三届优秀新诗（诗集）四项评奖活动，本来是中国作协"为促进文学创作的发展，集中展示新时期文学最近时期的新成果"③的举措，现在看来却是80年代初中期文学评奖繁荣景象中各类文学体裁评奖的最后一次集体亮相。这次评奖过程简单很多，"没有关于评奖活动的报道。12月出版的获奖作品集，也只收入获奖作品而没有关于评奖和颁奖情况的报道。虽然，曾举行了简单的、小规模颁奖会，但没有领导人发表重要讲话，没有像过去颁奖那样隆重而热烈的盛况，甚至有些获奖作家也没有出席"。④ 在此之后，有的奖项停办，有的奖项虽

---

① 如1979年全国优秀短篇小说评选，解放军某部政治处组成了有政委和宣传、新闻干事参加的评选小组积极参加评选。山东、贵州、四川等省的总工会向所在地市厂矿企业工会和文化宫行文转发了推荐表，号召他们发动和组织群众推荐。江南光学仪器厂六车间团支部召开评选座谈会，寄来座谈记录。丽水师范专科学校中文系团支部以评选为题过团日活动，并且同推荐表、意见书一起寄来五枚团徽献给当选作品的作者。而文艺界各兄弟单位也给予了更大更热情的支持。全国各地有51家文艺刊物报纸副刊经过认真研究，推了各自在过去一年间发表的优秀作品301篇。参见《欣欣向荣又一春——记一九七九年全国优秀短篇小说评选活动》，《人民文学》1980年第4期。1980年的评选，五二九五一部队组织科万中原同志征得领导同意寄来师部的"优秀党员证书"，转赠"为党的人民写出了优秀作品"的前五名当选作者。济南公共交通公司电车场团总支的同志专门举办了推荐优秀作品座谈会。全国各地有38家文艺刊物和报纸副刊推荐了他们发表的优秀作品211篇。参见《向参加一九八〇年全国优秀短篇小说评选的广大读者致谢》，《人民文学》1981年第3期。
② 《欣欣向荣又一春——记一九七九年全国优秀短篇小说评选活动》，《人民文学》1980年第4期。
③ 《中国作家协会举办的1985—1986年全国优秀中篇小说、短篇小说、报告文学和新诗（诗集）评奖活动开始进行》，《文艺报》1987年10月24日。
④ 崔道怡：《春兰秋菊留秀色　雪月风花照眼明——短篇小说评奖琐忆（四）》，《小说家》1999年第4期。

还在举办但影响力已大不如从前。① 而正是从这届评奖开始,先前占据社会各界关注重心的中短篇小说评奖开始失去轰动效应。

1989 年 5 月《小说选刊》发布《关于举办 1987—1988 年全国优秀中短篇小说评奖的启事》:"为保持这项评奖的连续性,经与中国作家协会议定,此项活动将由人民日报文艺部和《小说选刊》杂志社联合部分著名企业承担。"② 作为主办方的《小说选刊》对这届评选做了较详细的报道。③ 1989 年 8 月 26 日的《文艺报》仅用很小的版块以《人民日报文艺部和〈小说选刊〉评出 1987—1988 年优秀中短篇小说》为题对获奖情况做了简单的介绍。这是中短篇小说的最后一次评奖,但却被很多回忆和研究文学奖的文章遗漏了。除了黄发有《媒体制造》中"文学评奖的文化反思"一章中提到,其他如崔道怡的"短篇小说评奖琐忆"系列文章、洪治纲的《权威的倾斜——对新时期以来全国历次短篇小说奖的巡回与思考》和《回眸:灿烂与忧伤——对新时期以来全国历次中篇小说奖的回顾与思考》,以及邵燕君的《倾斜的文学场》中都忽略了 1987—1988 年的全国优秀中短篇小说评奖。由此可见,除了主办方《小说选刊》做了报道,其他相关材料是非常少的。这届中短篇小说评奖也基本没有引起反响,对比 80 年代初中期中短篇小说评奖繁荣景象,难掩落寞。

1987 年,为使受文学界和社会普遍关注的各项全国性文学评奖工作开展得更好,中国作协在北京邀请工、青、妇各界有关人士就评奖工作问题举行座谈。与会者尖锐地指出了评奖工作暴露出的一系列问题。首先是近年来的全国性评奖,越来越忽视群众性问题。其次是评委构成严重不合理。如老作家占了绝大多数,中青年作家屈指可数;评委的"突击性"和高龄化;④ 没有建立相应的评委回避制度;⑤ 历届

---

① 1988 年 7 月"为了检阅 1977 年至 1986 年十年来散文、杂文的创作成就",全国优秀散文杂文奖开展,这是首次也是唯一一次散文杂文评奖。参见《全国优秀散文杂文奖评委会组成》,《文艺报》1988 年 7 月 30 日。1989 年 1 月,第三届"茅盾文学奖"开始初评工作。但这届因政治和人事方面的种种原因,一直拖到 1001 年 3 月底才颁奖,评选过程耗时两年多。
② 《关于举办 1987 — 1988 年全国优秀中短篇小说评奖的启事》,《小说选刊》1989 年第 7 期。
③ 《小说选刊》1989 年第 10 期刊载《〈人民日报〉文艺部、〈小说选刊〉杂志社主办 1987—1988 年优秀中、短篇小说奖获奖作品》;1989 年第 11 期刊载《〈人民日报〉文艺部和〈小说选刊〉杂志社主办 1987—1988 年优秀中、短篇小说奖发奖活动专辑》。
④ 《中国作协邀请工青妇各界人士座谈 征求人民群众对评奖工作的意见》,《文艺报》1987 年 9 月 19 日。
⑤ 如 1979 年的全国优秀短篇小说评奖,王蒙的《悠悠寸草心》获奖同时他又是本年度全国优秀短篇小说评选委员会的委员。冰心《空巢》、王蒙《春之声》获 1980 年的全国优秀短篇小说奖,同时两人都是本年度短篇小说奖的评委。

各奖项的评委有很大的重叠。① 最后是评奖办法随意不规范。② 这些评选程序中的失范现象削弱和损害了评奖工作的原则性和权威性。

从80年代中期开始，官方、文学专家（包括作家、批评家和评奖委员）、普通读者高度一致的意识形态阵营的逐渐瓦解，是原本轰轰烈烈影响广泛的文学评奖（主要是中短篇小说评奖）渐渐式微的根本原因。70年代末到80年代中期，官方、专家、读者的文学审美趣味大体上是一致的。从伤痕文学、反思文学到改革文学，都是一脉相承的现实主义。现实主义是官方的主流意识形态，也是当时的作家和评论家自觉追求和认同的创作手法，同时更是契合了"文革"后广大读者群众的情感宣泄和观照现实的需求。80年代中期开始（1985年是关键的一年），文学领域产生许多新质和变化。随着改革开放的深入，西方文艺思潮大量涌入，而以系统论、控制论和信息论"三论"为基础的新方法论的引入，引发了国内有关方法论、主体性问题的讨论，从而推动了作家创作观念的转变。80年代中后期，一部分作家的写作视角转向传统文化、地域风俗，突破了对现实的书写而深入到对人性、对民族文化更深入的思考。一部分作家则借鉴西方现代派技巧进行文学形式的创新实践，小说领域的艺术创新和多样化探索越来越深入。从寻根文学到现代派小说再到先锋文学，小说创作出现多元化的审美倾向。而这些超前性、独创性和实验性的艺术创作新质却很难被习惯于将文学作品作为自身情感寄托和生活范本，秉持传统现实主义审美趣味的广大普通读者所能欣赏和接受。文学上的创新阅读和消费仅仅局限在有限的具有较高审美品位的专业文学圈内，而无法进入大众阅读的范畴。文学专家所推崇的文学原则和进行的先锋探索，使得秉持现实主义传统的普通读者的阅读趣味和专家的审美趣味之间出现了明显的距离和隔膜。

文学书刊消费市场上广大读者之间的阅读欣赏趣味和审美趋向也日益分化。当时记者在京走访一些大学和公共图书馆。据反映，《新星》《夜与昼》《钟鼓楼》等切近现实的小说前些日子都曾引起过"借阅热"，而刊载《五·一九长镜头》

---

① 比如：张光年是1978年至1983年全国优秀短篇小说评选委员会委员，也参加了第一、二届茅盾文学奖的评选工作。陈荒煤担任1978年至1982年全国优秀短篇小说评选委员会委员，以及第一、二、三届茅盾文学奖的评选工作。从纵向来看，以全国优秀短篇小说的评委构成为例，1978年到1982年历届评委的人员构成几乎没有什么大的变化。

② 如首届"文艺报中篇小说奖"原先计划评奖名额定为15部（一等奖三部，二等奖六部，三等奖六部）。最后公布出来的结果，虽然总获奖名额还是15部，但是一等奖定了五部，二等奖定了十部，三等奖被砍掉了。尽管获奖档次的改变可能并不影响评选过程，但作为已经在《文艺报》上公布出来的信息，更改奖项的设置似乎太过随意了。

《中学生启示录》《洪荒启示录》《阴阳大裂变》等直面现实的报告文学、纪实小说的刊物,一直十分抢手,往往一个阅览室进一二十本仍不敷借阅。北京朝阳区工人俱乐部和北京经济管理学院图书馆的同志说,近来,一般读者的阅读口味开始趋向真切、朴实与警辟,写实之作成为他们首先注目的对象。值得注意的是,不少公共阅览室在增订其他文学期刊的同时,纷纷停订一些近年来以"探索求新"为己任的文学刊物,原因是"无人借阅"。① 80 年代后期,官方、专家(这里的专家特指参与评奖的作家、评论家、学者、编辑家组成的专家评委)、读者高度一致的意识形态认同和文学价值标准逐渐瓦解,文学读者群也开始分化。

"新时期文学最初评奖时,读者面对的是一片空白,近年来,各门类各种形式的文学艺术百花齐放,这种变化无论在量或质方面都是巨大的,读者对文学作品的单纯的依赖性大大减弱了。"② 80 年代初中期那种全民关注参与文学评奖的繁荣景象一去不复返,各个文学奖的影响力渐渐衰微,80 年代初中期文学评奖的热潮渐渐褪去。

二、80 年代后期"异军突起"的"中国潮"报告文学征文

在全国优秀中短篇小说评奖式微之时,80 年代后期另一个值得关注的突出现象是报告文学创作热以及声势浩大的"中国潮"报告文学征文评奖活动。80年代后期出现的报告文学创作和接受热潮主要基于以下两个原因:一是 80 年代后期,小说、诗歌领域正热衷于纯艺术的实验和探索,过分强调作品的形式因素,忽视了作品内容的社会性,为读者设置了太多的阅读障碍,也远远超出了普通读者的欣赏水平。导致读者的阅读兴趣和热情自然转向内容反映社会现实又通俗易懂的报告文学。二是从艺术审美因素来看,报告文学有很强的现实性和世俗性,有更具体实在的社会场景与人生画面。报告文学的一个重要特征就是真实反映社会生活的原貌。而 80 年代后期社会转型、新旧交替的改革时期出现的纷繁复杂的社会现象为报告文学作家提供了广阔的写作空间。报告文学热的出现很大程度上也是改革开放十年来现实生活和观念变化带来的。报告文学因密切关注社会现实,反映改革中的成败得失,弘扬文艺的"主旋律"而受到官方主流

---

① 《读者层次分化 审美趋向多样 直面现实人生的书刊和作品受到欢迎》,《文艺报》1986 年 12 月 20 日。

② 《中国作协邀请工青妇各界人士座谈 征求人民群众对评奖工作的意见》,《文艺报》1987 年 9 月 19 日。

意识形态和普罗大众的关注。

基于 80 年代后期出现的报告文学创作和阅读热潮,报告文学评奖的"异军突起"也就不足为奇了。全国优秀报告文学奖在 80 年代总共评了四届,和全国优秀短篇小说奖、全国优秀中篇小说奖、茅盾文学奖、全国优秀新诗(诗集)奖共同创造了 80 年代初中期的评奖繁荣景象。但在这股评奖热潮中,中短篇小说评奖显然是独占鳌头的。每届的中短篇小说评奖不仅是文学圈内的盛事,更是社会各界关注的重心和焦点。而在 80 年代后期文学评奖整体沉寂的情况下,"中国潮"报告文学征文异军突起,创造了 80 年代的又一次评奖热潮。这从《文艺报》发布的信息也能很明显看出来。《文艺报》和《人民文学》是中国作协主办的两大最重要的机关刊物,是国家文艺政策的直接体现者和阐释者,是党实现文化领导权的重要阵地。和《人民文学》相比,《文艺报》侧重于官方的文艺政策和文艺理论批评。从它每期关注和研讨的对象,以及话题所在的报纸版面就能很明显看出官方主流话语的推力和指向。正如有学者所说,"文艺刊物在计划经济时代,是文学创作、评论和理论研究最重要的载体和传播媒介,同时也是时代政治风云变幻的晴雨表。刊物在传播文艺作品的同时,也担负着引导方向,宣传阐释中共的文艺方针、政策,讨论重大理论问题的'阵地'的职能,特别是重要的理论刊物,比如中国作家协会主办的理论刊物《文艺报》,就属于这类刊物"①。

翻看 80 年代后期的《文艺报》会发现,关于中短篇小说及评奖的信息已经很少出现。1987—1988 年的全国优秀中短篇小说评奖,1989 年 8 月 26 日的《文艺报》用很小的版块以《人民日报文艺部和〈小说选刊〉评出 1987—1988 年优秀中短篇小说》为题对这届获奖情况做了简单的介绍。但与此产生鲜明对比的是,关于报告文学的讨论和征文信息却频频在 1987、1988、1989 年的《文艺报》上以显要的位置推出。② 1987 年第 12 期的《人民文学》刊登《中国作家协会继续举办第四届全国优秀报告文学评奖活动》之外,同期刊登了《"中国潮"报告文学征文百家期刊联名启事》。1987 年 11 月 14 日《文艺报》头版发表《壮改革之潮声 奏时代主旋律 全国百家期刊发起"中国潮"报告文学征文》。轰轰烈烈的"中国潮"报告文学征文拉开序幕。《文艺报》对"中国潮"报告文学征文评奖给予了足够的重视和宣传,相关信息经常在《文艺报》刊登。如 1988 年 12 月 10 日

---

① 孟繁华:《传媒文化与领导权——当代中国的文化生产与文化认同》,山东教育出版社 2003 年版,第 162 页。

② 80 年代初中期《文艺报》上报告文学的讨论以及报告文学奖的信息明显少于短篇小说奖和中篇小说奖。

头版头条《在改革的洪流中"迎潮下海"》,《"中国潮"征文评奖揭晓》;1988 年 12 月 24 日头版头条《报告文学作者编辑在"文学的节日"中聚谈》,张光年《报告文学的节日》,《中国潮报告文学征文优秀作品获奖篇目(续)三等奖》;1989 年 3 月 25 日吴泰昌《这是一个值得书写的浪潮》等。《人民日报》也对"中国潮"报告文学征文评奖给予了宣传和报道。①

80 年代后期,官方的主流话语是经济领域的"改革","改革"已经成为官方政策关注的重心。文学专家们也深切感到文学在经济改革的压力下逐渐边缘化的处境,文学创作处于低潮,文学出版也遭到前所未有的困境。在这一背景之下,全国百家期刊共同推出"中国潮"报告文学征文,② 亟愿当代报告文学作家在"中国潮"中大显身手,宏观地把握时代,真诚地直面生活。以认识的深刻、视点的独特、手法的新颖、笔触的犀利,去同亿万人民一道,共同创造具有中国气派的新的"命运""英雄"和"创世纪"交响乐章。亟愿"中国潮"报告文学征文活动,在党的十三大精神的鼓舞下,能为改革开放的时代大潮略尽推波助澜之力。③ 这次以改革为主题的报告文学征文活动由人民文学杂志社和解放军文艺社联名倡议,全国 101 家文学期刊共同发起。征文时间自 1987 年 11 月 1 日起,至 1988 年 9 月 30 日止;采取"共同发起、联名征稿、分头刊载"的方式进行。发起倡议后,短短十天左右,就接到全国百家文艺期刊的纷纷来电来函及长途电话的热烈响应。不少刊物还提出许多具体的倡议。④ "短短一年中间,刊出反映各条战线改革新貌的报告文学近 1000 篇,获奖作品 100 篇。其中不少佳作,在国内外引起热烈反响。这次'中国潮'征文,吸引了成千上万的文学作者,数以百万计或千万计的广大读者。"⑤ 普通读者对征文活动的广泛关注和参与度,表明了征文活动有强大的读者基础。

① 相关报道有:《百家期刊联合发起"中国潮"报告文学征文时间从今年 11 月 1 日至明年 9 月 30 日》,《人民日报》1987 年 11 月 11 日;《"中国潮"报告文学征文评选在京揭晓》,《人民日报》1988 年 12 月 10 日;《"中国潮"报告文学获奖作品选将出版》,《人民日报》1989 年 3 月 14 日。
② 首届"中国潮"报告文学征文由全国百家期刊联合发起、组织,意在鼓励、促进作家们及时反映中国的改革现实;时间范围:1987 年 11 月 1 日—1988 年 9 月 30 日。此次获奖篇目一等奖 10 篇,二等奖 30 篇,三等奖 60 篇。一等奖篇目:麦天枢《西部在移民》,李延国《走出神农架》,尹卫星《中国体育界》,中凤《侨乡步兵师》,贾鲁生《第二渠道》,陈冠柏《蔚蓝色的呼吸》,徐刚《伐木者,醒来》,沙青《依稀大地湾》,胡平、张胜友《世界大串连》,理由《元旦的震荡》。二等奖、三等奖从略。参见《"中国潮"征文评奖揭晓》,《文艺报》1988 年 12 月 10 日;《中国潮报告文学征文优秀作品获奖篇目(续)三等奖》,《文艺报》1988 年 12 月 24 日。
③ 《"中国潮"报告文学征文百家期刊联名启事》,《人民文学》1987 年第 12 期。
④ 《全国百家期刊发起"中国潮"报告文学征文》,《文艺报》1987 年 11 月 14 日。
⑤ 张光年:《报告文学的节日》,《文艺报》1988 年 12 月 24 日。

作为"中国潮"报告文学征文评委会主任的唐达成在接受记者采访时指出，这次征文活动加入刊物数量大，投稿作品多，引起反响强烈，都说明这一活动的确抓住了时代生活的主题和旋律，扣动了亿万读者的心弦。对将这一活动视为迎合政治需要的"回归现象"的非议，他认为是一种误解。作家们在这次征文中所表现出的广阔的视野、敏感的观察和独特的思考，这种开拓精神和创造性都是"钦命文学"所不可同日而语的。①80年代后期的这次由百家期刊联名发起的"中国潮"报告文学征文活动，与其说是迎合政治需要，不如说是文学期刊的专家们对于时代"改革"主潮的主动参与，从而争取自身的生存空间。这从张光年在1988年12月17日上午和报告文学作者编辑聚谈的发言中可以窥视一二。他认为："在近年文学创作不太兴旺（或曰失去轰动效应）的时候，在文化书刊出版碰到严重困难（或曰出版危机）的时候，在我国经济建设与改革进行新的调整（或曰经受新的考验）的时候，我国文学界发起大规模的'中国潮'报告文学征文，在全国范围掀起一个有声有色的报告文学高潮，为八十年代建设与改革的中国潮鼓浪前进而振臂助威，这是非常切合时宜的。"②

80年代后期，经济领域的"改革"使得原本处于社会中心的文学逐渐走向边缘。小说领域的艺术探索远远超出普通读者的欣赏水平，导致文学读者群产生分化。文学上的创新阅读和消费仅仅局限在有限的具有较高文学素养的专业文学圈内，不能进入大众阅读的范畴，大部分普通读者对这种艺术创新是隔膜和难以接受的，普通读者和文学专家的审美趣味发生偏差。80年代初中期文学专家审美趣味因和官方主流、广大读者高度契合而被赋予的话语权威性受到削弱。在这样的历史语境下，体制内的文学专家们紧跟官方时代主题，通过对当时受广大读者群众欢迎和接受的报告文学的倡导，保持与官方主流意识的一致性，从而扩展自身话语权的表征空间，重塑自身在文学专业领域的绝对主导性和话语权威地位。而文学奖依然是文学专家们所能依赖的最直接有效的方式。如果说，80年代后期小说评奖渐渐式微很大程度是因为官方话语、专家审美和读者趣味发生偏差的话。那么，与此同时涌现出的报告文学创作热与评奖热，则很大程度上是文学专家对于官方话语和读者趣味主动靠拢并加以倡导的结果。

在激烈的社会转型期，文学专家借助对大力反映社会主义现代化建设、改革开放以及中华民族优秀历史等社会主流题材的报告文学的褒奖和弘扬，参与进

① 《在改革的洪流中"迎潮下海"》，《文艺报》1988年12月10日。
② 张光年：《报告文学的节日》，《文艺报》1988年12月24日。

对官方主流话语的合法性论证,取得了官方"主旋律"赋予的权威地位。而报告文学奖也因为报告文学这一体裁本身所反映的社会历史、现实的客观性和写实性,获得了更广大读者群众的支持和接受。80年代后期产生的这一报告文学创作和评奖热潮效应一直延续到90年代。十三届四中全会以来,文艺战线按照党中央的部署,"一手抓整顿,一手抓繁荣","高扬主旋律,发展多样化"取得了明显的成果。"重大革命历史题材电影创作的大丰收,反映社会主义现代化建设和改革开放的报告文学的大丰收,就是具体明证。"① 在中国作协的全国优秀短篇小说、中篇小说、诗歌、散文奖相继停办的情况下,报告文学奖到了90年代初期还继续举办着。1992年中国作家协会主办了第五届"1990—1991年度全国优秀报告文学评奖"。评奖结果于1992年4月28日在京揭晓,1992年5月2日《文艺报》以《1990—1991年度全国优秀报告文学评奖揭晓〈无极之路〉〈沂蒙九章〉等33部作品获奖》为题头版头条报道。这届评奖将"长篇"和"中短篇"分开,评选出了8部长篇报告文学作品,25部中短篇报告文学作品。② "1990年至1991年是我国政治社会生活的一个重要阶段。在这一特定的岁月里,广大报告文学作家通过积极的思想调整,很快就进入良好的创作状态之中。这次评委会主任、中国作协书记处常务书记玛拉沁夫说,这两年的报告文学创作十分繁荣,取得了可观的成绩,应该充分估计到它对整个文学事业的繁荣和健康发展所起到的领先作用。这次评奖既是为了及时总结报告文学创作的经验,也是为了更好地促进文学艺术的进一步繁荣发展。"③

三、从"启事"到"通知"——1980年代 "专家"主导文学评奖的落幕

"文革"结束后,中央面临的是"四人帮"留下的烂摊子,社会政治、经济、文化各领域百废待兴,亟需重建。清理"文革"余毒,在思想政治领域重新建立新的标准,尽快恢复工业生产发展经济,这些是关乎国计民生的更为急迫的事情,中央当时还没有太多精力管理和制定文艺界的具体政策。所以,这给以《人民

---

① 《突出主旋律 发展多样化——"文学艺术与社会主旋律"座谈会在京举行》,《文艺报》1993年1月2日。

② "1990—1991年度全国优秀报告文学奖"被很多研究文学奖的学者遗漏。1995年中国作协和505集团共同设立"中国505报告文学奖励基金",从评选范围(1992—1993年)算是报告文学奖的延续,但是和之前中国作协框架下的文学评奖性质不同了。所以通行说法都只提到90年代只有茅盾文学奖延续了下来。

③ 《1990—1991年度全国优秀报告文学评奖揭晓》,《文艺报》1992年5月2日。

文学》为主的文学界"专家"力量的出场提供了一个很好的机遇。就如阎纲所回忆的:"我们向哪个部门请示、谁又是我们的主管单位呢? 中央什么时候才能制定新的文艺政策呢? 自下而上已经沸腾起来,不能坐等! 在无从请示的紧急情况下,张光年等负责同志明智决策,由刊物带头,从文艺界发难,打开缺口,只要不是被禁止的就可以先干起来。"① 而正是张光年等文学专家敏锐的政治嗅觉和无畏的探索精神,使得"粉碎'四人帮'后的《人民文学》,暂时替代尚未恢复的中国作家协会,在刚复苏的文艺界中起着率先呼应拨乱反正的作用"。② 《人民文学》的专家通过举办"短篇小说创作座谈会""在京文学工作者座谈会"占据了文艺的主动权,并有效地团结起被"文革"打散的文艺队伍,一起促进了文联、作协等文学组织机构的恢复以及《文艺报》的复刊,为新时期文艺工作的开展奠定了基本的组织机构保障。

1978 年 12 月 18—22 日,中国共产党十一届三中全会召开,这次会议确立了"解放思想、实事求是"的思想路线,掌握了拨乱反正的主动权,给文艺界摆脱"左"的干扰,肃清"左"的流毒,给予了有力的理论指导,推动了思想解放运动的进程。1979 年 10 月 30 日,中国文学艺术工作者第四次代表大会召开,邓小平代表中共中央、国务院致的"祝辞"首次正面传达了"党如何领导文艺""文艺与人民的关系"等新时期官方文艺政策的根本性问题。"祝辞"中传达的精神,在1980 年 7 月 26 日《人民日报》的社论中总结为"文艺为人民服务、为社会主义服务"。③ "二为"口号的提出,是党的文艺政策重要的调整,也是文艺界拨乱反正极为重要的一步。"文艺为人民服务、为社会主义服务"成为新时期党的文艺方针政策的重要组成部分,是文艺界开展工作的总纲领,为社会主义新时期的文艺工作指出了正确的方向。

思想解放的潮流和官方文艺政策的宽松氛围,给建国后被政治意识形态牢牢捆绑的文学松了绑,也给文学界专家更多的自主发展机遇和空间。在不逾越官方主流意识形态的前提下,文学专家们能够相对自主地根据文学自身发展

---

① 阎纲:《〈人民文学〉的争夺》,《美文》2009 年第 6 期。

② 崔道怡:《又怕又悔编辑生涯》,《北京文学》2004 年第 10 期。

③ 1980 年 7 月 26 日的《人民日报》第 1 版发表题为《文艺为人民服务、为社会主义服务》的社论。明确提出新时期文艺工作总的口号:"文艺为人民服务、为社会主义服务。"并对"文艺为人民服务、为社会主义服务"的内涵做了详尽的阐述:"为人民服务,就是为除一小撮敌对分子外的全体人民群众,包括广大的工人、农民、士兵、知识分子、干部和一切拥护社会主义、热爱祖国的人们服务,首先是为工农兵服务。为社会主义服务,就是为社会主义的经济、政治、军事、文化等各项事业的根本需要服务,在今天,就是为社会主义现代化建设的伟大事业服务。"

规律和实际情况开展文学活动,并且获得官方的资源保障和社会各界的大力支持。新时期先后设立的各文学体裁的评奖活动,就是文学专家们对日益繁荣的各个体裁文学创作以褒扬,以此推荐文学新人,引导文学潮流健康发展的一个具有开创意义的举措。1978 年肇始的各类体裁文学评奖活动还谈不上是正式的文学评奖制度的建立,也不是官方文艺政策中系统性和全局性的安排。而是在全国优秀短篇小说评选取得了良好反响的情况下,顺应文学自身发展的实际情况而逐渐展开的对各类体裁优秀作品进行奖励的常态性活动。1978 年至整个 80 年代的中国文学,"国家在文学领域的制度安排虽然仍有着一体化的基本要求,但在另一方面,文学领域的自主性还是得到了一定程度的尊重,'文学人'的知识分子意识也开始逐步觉醒并与此前的'干部身份'逐渐脱离,文学领域变成了独特的'专家系统'('作家'、'评论家'等等),文学知识分子的身份认同开始多元,话语空间也较开阔"。① 所以文学专家在文学评奖活动中的自主性有很大程度的体现。各类文学体裁评奖活动的设立都是顺应了当时文学发展的实际情况,除了茅盾文学奖,② 大多是由刊物先提议,并经过作协党组的批准之后进行。有些甚至并没有经过"党组"批准而直接举办。1979 年下半年到 1980 年上半年,中篇小说空前繁荣,优秀作品此起彼伏。"中篇小说的新崛起,是近年来文艺界经常谈论的话题",③ 成为新时期文学的一个新景观,《文艺报》编辑部上下决定举办"文艺报中篇小说奖"。由刘锡诚起草"文艺报中篇小说奖"评奖办法,并在 1980 年 10 月 3 日举行的编辑部会议上,正式通过了评奖办法。首届《本刊举办"文艺报中篇小说奖"启事》在《文艺报》1980 年第 11 期上发表。后来,随着各文学体裁奖项的陆续设立,中国作家协会党组感到各个杂志社各自为政,各搞一套,于文学事业不利,便决定加以规范,改成统一由中国作家协会主持,短篇小说评奖委托《人民文学》杂志社主办,中篇小说评奖委托《文艺报》主办,新诗评奖委托《诗刊》社主办,报告文学评奖委托《文艺报》和

---

① 何言宏:《20 世纪中国文学的现代性阐释与文化政治问题》,《南京师大学报》(社会科学版)2002 年第 1 期。

② 1981 年,根据茅盾先生遗愿,25 万元稿费捐献给了作协,作为设立一个长篇小说文艺奖金的基金,奖励每年最优秀的长篇小说。同年 4 月 24 日下午,中国作家协会召开主席团扩大会议,讨论茅盾先生的请求,与会全体成员一致同意成立茅盾文学奖金委员会,由中国作家协会主席团全体成员担任委员,巴金任主任委员。茅盾文学奖的设立旨在推出和褒奖长篇小说作家和作品,首届评选定于 1982 年举行,评选范围限于 1977 年至 1981 年的长篇小说。参见《中国作家协会召开主席团扩大会议》,《文艺报》1981 年第 9 期。

③ 张光年:《一九八〇年全国优秀短篇小说评选发奖大会开幕词》,《人民文学》1981 年第 4 期。

《人民文学》联合主办。①

《人民文学》《文艺报》《诗刊》等刊物的文学专家顺应文学创作发展潮流的大胆创新举动,促进和推动了新时期文学评奖活动逐渐走向规范化制度化。而在中国作协体系下的文学评奖整体疲软和沉寂的情况下,报告文学征文评奖活动异军突起。"为壮改革之潮声,为奏出时代生活的主旋律,为创造出更多无愧于当代社会主义中国的动人心魄的报告文学作品,我们百家期刊一致决定:在全国范围内共同发起一次以'改革'为主题的报告文学征文活动。"② 一定程度上这是文学专家们80年代最后一次的集体呐喊。通过梳理80年代文学评奖历程会发现,从最初的中短篇小说评奖热潮到后期的报告文学征文热潮,文学专家都在其中起着推波助澜的引导作用。如果说80年代初中期的中短篇小说评奖热潮是官方、专家、读者对文学的价值判断和审美趣味高度契合合力推动的结果。那么,80年代后期的"中国潮"报告文学征文热潮更多体现了专家的主导意志。通过紧跟官方主流政策,倡导当时备受广大读者推崇的报告文学,尝试弥合专业评审与官方意志、读者趣味之间的偏差,参与进对官方主流意识形态的合法性论证,从而重新夺回文学领域的话语权和主导权。从"中国潮"报告文学征文的影响范围以及读者的参与度来看,这样的努力显然是卓有成效的。

90年代文学奖的评奖环境和运行机制与80年代大相径庭。计划经济向市场经济转轨的社会转型期,政府官方加强了社会思想文化领域的管控。一方面政府从幕后走向前台举办文学奖弘扬主旋律文艺。另一方面作为国家最高文学机构中国作协的奖项也自然被赋予了更多的意识形态性质。由中国作家协会主办的全国性文学大奖——鲁迅文学奖评奖工作于1997年启动。为鼓励优秀的中短篇小说、报告文学、诗歌、散文、杂文、文学理论、文学批评作品的创作,鼓励优秀的外国文学作品的翻译,推动社会主义文学事业的繁荣与发展,经中央批准而设立。鲁迅文学奖除了恢复80年代短篇小说、中篇小说、报告文学、诗歌、散文(杂文)奖的评选之外,还增添了文学理论和文学翻译奖项的评选。鲁迅文学奖和茅盾文学奖两大奖囊括了文学作品的各类体裁,也标志着覆盖文学各体裁的国家级大奖格局的形成。90年代官方通过茅盾文学奖的改革和鲁迅文学奖的设立完成了文学专业领域评奖制度的建构。

新设立的鲁迅文学奖和经历着调整的茅盾文学奖一起,被官方正式赋予了

---

① 刘锡诚:《在文坛边缘上——编辑手记》,河南大学出版社2004年版,第537页。
② 《"中国潮"报告文学征文百家期刊联名启事》,《人民文学》1987年第12期。

更多的意识形态性质。90 年代的鲁迅文学奖和茅盾文学奖评奖信息发布,统一
采用"通知"的形式。如:《关于推荐鲁迅文学奖参评作品的通知》(《文艺报》
1997 年 9 月 13 日)、《关于推荐第二届鲁迅文学奖参评作品的通知》(《文艺报》
2001 年 4 月 17 日)、《关于征集第六届茅盾文学奖参评作品的通知》(《文艺报》
2003 年 6 月 26 日)、《关于征集第七届茅盾文学奖参评作品的通知》(《文艺报》
2007 年 12 月 11 日)。1997 首届鲁迅文学奖评奖通知第一条就是强调鲁迅文学
奖评奖的思想标准:"鲁迅文学奖参评作品的推荐工作以马克思列宁主义、毛泽
东思想和邓小平建设有中国特色社会主义理论为指导,坚持文艺'为人民服务,
为社会主义服务'的方向和'百花齐放、百家争鸣'的方针,弘扬主旋律,提倡多
样化,推荐思想性、艺术性俱佳的作品参评。"① 而 80 年代各个体裁文学评奖的
通知大多是用"启事"的形式发出的。如:《本刊举办一九七八年全国优秀短篇
小说评选启事》(《人民文学》1978 年第 10 期)、《本刊举办"文艺报中篇小说奖"
启事》(《文艺报》1980 年第 11 期)、《中国作家协会举办第三届(1983—1984 年)
全国优秀报告文学奖评奖启事》(《人民文学》1984 年第 12 期)、《中国作家协会
举办第一届(1979—1982)全国优秀新诗评奖启事》(《诗刊》1983 年第 2 期)。
形式很随意,有时甚至直接以新闻报道的形式发布。评奖的思想标准并没有被
突出强调,只有全国优秀短篇小说评选简单列出了评选标准"具有较高的思想
和艺术水平"。

　　虽然都是以公开登报广而告之的方式,但"启事"和"通知"大有区别。根据
《辞海》的定义,"启事"有三个含义:陈述事情;陈述事情的文书函件。今指为了
某事而公开声明的文字。② "启事是在需要向大家公开说明某事或希望大家协
助办理某事时写出的简短文字稿。"③ 而"通知"是一种很重要的公文,各级机
关、企事业单位使用范围非常广,使用频率也非常高,是各类公文中用途最为广
泛的文种。在《党政机关公文处理工作条例》(中共中央办公厅、国务院办公厅
2012 年 4 月 16 日联合发布,自 2012 年 7 月 1 日起施行)中是 15 种④主要公文种
类中的一类。该条例规定通知"适用于发布、传达要求下级机关执行和有关

---

① 《关于推荐鲁迅文学奖参评作品的通知》,《文艺报》1997 年 9 月 13 日。
② 夏征农、陈至立主编:《辞海》第六版缩印本,上海辞书出版社 2010 年版,第 1473 页。
③ 邰文斌、褚国刚主编:《公务员实用写作》,中国人民大学出版社 1993 年版,第 192 页。
④ 《党政机关公文处理工作条例》中列出公文种类主要有:决议、决定、命令、公报、公告、通告、意见、通
知、通报、报告、请示、批复、议案、函、纪要。

单位周知或者执行的事项,批转、转发公文"。① "发布行政法规和规章,转发上级机关和不相隶属机关的公文,批转下级机关的公文,要求下级机关办理和需要周知或共同执行的事项,用'通知'。"② 将"启事"和"通知"对比会发现"启事与通知有相同之处,即都有要求办理或需要周知的目的,但区别也很明显:一是发出范围、形式和接受对象不同,通知都是上级以文件形式发给下级的,对象很确定,启事则是任何单位或个人都可发出,而且不以文件形式发,接受的对象也不确指;二是内容性质和要求程度不同,通知一般都具有法令性或政策性,有很强的强制性和约束力,启事则没有——启事的对象可以参与启事中所要求的事,也可以不参与"。③

80 年代文学专家主导的各大文学奖,还没有正式被纳入国家文艺政策的统一制度设计中,官方意识形态相对较弱。80 年代各文学体裁的评奖"启事",大多比较简单随意,没有统一固定的表述。④ "启事"这一文体相对于发布对象的平等性和非强制性,喻示着作为主办方的中国作协虽然是国家最高的文学机构,但是努力营造一种自由宽松的氛围,以平等的地位来向各省市的作协、其他单位以及广大的读者群众发出参与文学评奖的信息,把文学评奖活动作为一种与社会各界平等交流讨论文学的方式。这也是 80 年代"专家"主导的文学评奖格局所特有的。相比较而言,90 年代茅盾文学奖和鲁迅文学奖对评选信息的发布更正规,语言表述更加规范统一,也更加具有官方赋予的权威性。从"启事"到"通知"的转变,也可看出获奖作品的思想性是 90 年代之后被纳入官方主流意识的作协文学奖首先要考察的内容。在新的历史时期,鲁迅文学奖和茅盾文学

---

① 《党政机关公文处理工作条例》,"中华人民共和国中央人民政府"网站"国务院文件",http://www.gov.cn/zwgk/2013-02/22/content_2337704.htm。
②③ 郄文斌、褚国刚主编:《公务员实用写作》,中国人民大学出版社 1993 年版,第 21—22、192 页。
④ 当然,随着评奖实践的丰富,针对评奖过程中出现的问题不断做出调整是无可厚非的。比如全国优秀短篇小说评选,1979 年就和 1978 年的有很大不同,1980—1982 年全国优秀短篇小说评选启事内容与 1979 年基本相同。从 1983 年起评选工作由《小说选刊》负责,评选方法上增加了初选环节,另不再专门附推荐表。全国优秀中篇小说评选第二届(1981—1982)评选启事与第一届基本相同。第三届(1983—1984)和第四届(1985—1986)评选启事中增加了对作品思想和艺术水平的评选标准,推荐单位推荐的作品数量也有调整。甚至有些届的文学评奖都没有专门的启事,文学评奖的信息发布是以新闻稿的"本报讯"形式发出的。如:全国优秀诗歌奖的第二届(1983—1984)没有专门的启事,第三届(1985—1986)和全国优秀中篇小说、短篇小说、报告文学一起评奖,也没有专门的评选启事,评奖内容以新闻稿的形式发出。报告文学奖也是如此,第一届以新闻报道的形式发布,第三届(1983—1984)才正式以启事的方式发布。第四届(1985—1986)对推荐作品数目做了限定。第五届(1990—1991)以新闻报道的形式发布评选通知。茅盾文学奖的评选情况也都是以零星的新闻报道的形式发布在《文艺报》上。如:《"茅盾文学奖"评选工作在积极进行中》(1982 年第 10 期)、《茅盾文学奖评委会举行会议》(1985 年 9 月 21 日)。

奖被纳入国家文艺制度的总体框架之中,被官方赋予了更多的意识形态色彩。鲁迅文学奖和茅盾文学奖,逐渐建立起一套更健全更系统的评奖程序并从制度的层面形成规范化条例,引导、组织和管理全国的文学创作,成为官方文艺政策统领下的既要弘扬文学主旋律又要兼顾文学艺术审美性的国家最高文学专业奖项。

编年简史

1950 年

刘白羽的电影文学剧本《中国人民的胜利》获得斯大林文艺奖一等奖。

1951 年

丁玲的《太阳照在桑干河上》与贺敬之、丁毅的歌剧《白毛女》获得斯大林文学奖二等奖,周立波的《暴风骤雨》获得斯大林文学奖三等奖。

1978 年

3 月 26 日,由《人民文学》主办的全国优秀短篇小说评奖在北京举行颁奖仪式,评奖组共评选出 1977—1978 两年以来的 25 篇优秀作品。获奖作品分别为刘心武的《班主任》、王亚平的《神圣的使命》、莫伸的《窗口》、邓友梅的《我们的军长》、周立波的《湘江一夜》、王愿坚的《足迹》、成一的《顶凌下种》、李陀(达斡尔族)的《愿你听到这支歌》、宗璞的《弦上的梦》、卢新华的《伤痕》、张洁的《从森林里来的孩子》、张承志(回族)的《骑手为什么歌唱母亲》、张有德的《辣椒》、贾大山的《取经》、贾平凹的《满月儿》、王蒙的《最宝贵的》、陆文夫的《献身》、萧平的《墓场与鲜花》、刘富道的《眼镜》、孔捷生的《姻缘》、祝兴义的《抱玉岩》、关庚寅(满族)的《"不称心"的姐夫》、齐平的《看守日记》、于土的《芙瑞达》、童恩正的《珊瑚岛上的死光》。

1979 年

3 月 25 日,由《人民文学》主办的全国优秀短篇小说评奖在北京举行颁奖仪式,此次评奖共评选出 25 篇优秀作品。获奖篇目分别为蒋子龙的《乔厂长上任记》、陈世旭的《小镇上的将军》、茹志鹃的《剪辑错了的故事》、李栋与王云高的《彩云归》、母国政的《我们家的炊事员》、樊天胜的《阿扎与哈利》、张弦的《记忆》、王蒙的《悠悠寸草心》、张洁的《谁生活得更美好》、张天民的《战士通过雷区》、陈忠实的《信任》、叶蔚林的《蓝蓝的木兰溪》、邓友梅的《话说陶然亭》、方之的《内奸》、高晓声的《李顺大造屋》、孔捷生的《因为有了她》、刘心武的《我爱每一片绿叶》、陈国凯的《我应该怎么办》、金河的《重逢》、中杰英的《罗浮山血泪祭》、句川的《办婚事的年轻人》、张长(白族)的《空谷兰》、冯骥才的《雕花烟斗》、周嘉俊的《独特的旋律》、艾克拜尔·米吉提(哈萨克族)的《努尔曼老汉和猎狗巴力斯》。

1980 年

3 月 25 日,由《人民文学》主办的全国优秀短篇小说评奖在北京举行颁奖仪式,评选小组为32位获奖作家颁奖。获奖作品分别为徐怀中的《西线轶事》、何士光《乡场上》、李国文的《月食》、柯云路《三千万》、锦云与王毅的《笨人王老大》、蒋子龙的《一个工厂秘书的日记》、高晓声的《陈奂生上城》、张贤亮的《灵与肉》、张抗抗的《夏》、张弦的《被爱情遗忘的角落》、玛拉沁夫（蒙古族）的《活佛的故事》、张石山的《镢柄韩宝山》、叶文玲的《心香》、周克芹的《勿忘草》、刘富道的《南湖月》、李斌奎的《天山深处的"大兵"》、张林的《你是共产党员吗?》、冰心的《空巢》、王蒙的《春之声》、马烽的《结婚现场会》、陈建功的《丹凤眼》、罗旋的《红线记》、陆文夫的《小贩世家》、韩少功的《西望茅草地》、方南江与李荃的《最后一个军礼》、京夫的《手杖》、王群生的《彩色的夜》、益希卓玛（藏族）的《美与丑》、吕雷的《海风轻轻吹》、王润滋的《卖蟹》。

1981 年

3月14日，茅盾致信中国作家协会书记处，表示"捐献稿费25万元"，希望作为设立一项长篇小说文艺奖金的基金，以奖励每年最优秀的长篇小说。3月20日，中国作协主席团召开会议，决定成立茅盾文学奖金委员会，中国作协副主席巴金任主任委员。

5月25日，在中国作家协会、《文艺报》编辑部、《人民文学》编辑部的共同主持下，全国中篇小说、报告文学、新诗评选发奖大会在北京举行。会上，丁玲、冯至、艾青、张光年、陈荒煤、贺敬之等向获奖者颁发证书和奖品。大会由中国作协副主席、《文艺报》主编冯至主持，作协副主席、中共作协党组书记张光年致开幕词《发展百花齐放的新局面》。谌容的《人到中年》、叶蔚林的《在没有航标的河流上》、张一弓的《犯人李铜钟的故事》等15篇作品获1977—1980年全国优秀中篇小说奖。徐迟的《哥德巴赫猜想》和《地质之光》，刘宾雁的《人妖之间》等30篇作品获1977—1980年全国优秀报告文学奖。张万舒的《八万里风云录》、李发模的《呼声》等35篇诗作获1979—1980年全国中、青年诗人优秀新诗奖。

5月26日，儿童文学作家陈伯吹倡议并捐款5.5万元稿费，中国作家协会上海分会、少年儿童出版社等单位在此基础上联合设立"儿童文学园丁奖"，用以奖励儿童文学的优秀作者。成立的评奖委员会，钟望阳为主任，李俊民、陈伯吹、陈向明为副主任，洪汛涛为秘书长。

10月13日，中国作家协会第三届主席团举行第五次会议。代主席巴金主持了这次会议。会议讨论了"茅盾文学奖"的评奖工作，确定首届评奖范围限于1977年至1981年发表或出版的长篇小说。首届评奖数额，初步定为5部至7部。授奖大会定于1982年第四季度在北京举行。为协助茅盾文学奖委员会进行作品阅读和预选工作，会议决定成立"茅盾文学奖"预选小组。

12月，全国第一届少数民族文学创作奖颁奖大会在北京举行。获奖作品（1976—1980年）的长篇小说有陆地的《瀑布》、益希单增的《幸存的人》等；中篇小说有张承志的

《阿勒克足球》、金溶植的《闺中悲事》等；短篇小说有张长的《希望的绿叶》、李惠文的《蛮人小传》等；长诗有吾铁库尔的《喀什之夜》、晓雪的《大黑天神》等；散文有蔡测海的《刻在记忆的石壁上》、马瑞芳的《煎饼花儿》等；儿童文学有拉希扎布的《你知道吗?》、石太瑞的《竹哨》等；报告文学有韦明波的《她的心》、孟和博彦的《足迹》等；另外还有电影文学和剧本等获奖作品。

1982 年

1 月 21 日，西藏文联召开 1981 年度优秀文学作品授奖大会，获奖作品有益希单增的长篇小说《幸存的人》、格桑朗卓的中篇小说《三姊妹的故事》、巴桑的短篇小说《"琪玛"的风波》、尼彭的诗歌《生产责任制威力大》等。

2 月 17 日，1977—1981 年度全国优秀科技图书评奖颁奖大会在北京举行，73 种图书获奖。这是我国第一次对科技图书进行全国性的评选活动。

3 月 22 日，1981 年全国优秀短篇小说发奖大会在北京举行。当选作品有《内当家》《卖驴》《飘逝的花头巾》《女炊事班长》《大淖记事》《飞过蓝天》等。

4 月 2 日，但丁国际奖授奖仪式在意大利佛罗伦萨举行，巴金被授予但丁国际奖。

5 月，《鸭绿江》第 5 期刊登"1981 年鸭绿江作品奖获奖作品篇目"，其中路遥的小说《风雪腊梅》等作品获奖。

5 月 21 日，首届儿童文学园丁奖颁奖，辽宁作家吴梦起、山东作家邱勋获一等奖，另有 12 人获优秀奖。

6 月，《当代》第 3 期刊登《当代》文学获奖作品名单(1979—1981 年)。中长篇小说奖有《将军吟》《芙蓉镇》《赤橙黄绿青蓝紫》等；报告文学奖有《中国姑娘》《黄植诚少校》等；游记散文奖有《一个神秘世界的见闻》；文论奖有《艺廊思絮》，另外还有荣誉奖获奖作品。

8 月 3 日，中国人民解放军总政治部决定设立"中国人民解放军文艺奖"。该奖项每三年评选颁发一次。

12 月 15 日，首届"茅盾文学奖"颁奖大会在北京举行。周克芹《许茂和他的女儿们》、魏巍《东方》、姚雪垠《李自成》(第二卷)、莫应丰《将军吟》、李国文《冬天里的春天》、古华《芙蓉镇》等 6 部作品获奖。

1983 年

3 月 16 日，中国作家协会主办的全国第一届(1979—1982 年)新诗(诗集)奖、第二届(1981—1982 年)报告文学奖、1982 年短篇小说奖、第二届(1981—1982 年)中篇小说奖的评奖结果揭晓，84 位作者的 75 部(篇)作品获奖。

6 月 10 日，《诗刊》6 月号刊出《1981—1982 年〈诗刊〉优秀作品、评论评奖获奖篇目》。获奖作品有赵恺的《第五十七个黎明》、刘征的《寓言诗三首》、刘小放的《我乡间的妻子》、牛汉的《华南虎》等。

7月27日,为纪念建军56周年,"中国人民解放军文艺奖"首届授奖大会在北京人民大会堂举行。获奖作者119名,获奖篇目时间跨度为1977—1982年。胡乔木和余秋里在大会上发表讲话(讲话全文和获奖名单载《解放军文艺》1983年9月号)。

12月,第一届全国民间文学评奖授奖大会在北京举行。经以周扬为主任的评奖委员会通过预选和终审评选出获奖作品86部。其中一等奖7部、二等奖23部、三等奖29部、荣誉奖27部。在86部获奖作品中,少数民族的汉语作品有50多部。获奖作品有《格萨尔王传·霍岭大战之部》《江格尔》《玛纳斯·第五部》等。

1984年

3月15日,《小说选刊》编辑部代表中国作家协会和评奖委员会在新侨饭店召开记者招待会,公布1983年全国优秀短篇小说获奖篇目并回答提问。这次评奖共有20篇小说获奖,包括陆文夫的《围墙》、史铁生的《我的遥远的清平湾》、楚良的《抢劫即将发生》等。

3月29日,《文汇报》刊载消息:由中国民间文艺研究会上海分会和《采风》报举办的1983年度新故事作品评奖揭晓。《周总理请客》《阿福寻娘》《桂珍改嫁》《他为什么回国》《内部消息》《两张存单》等6篇作品获作品奖。获奖作者中青年业余作家占了一半。

5月,为促进新疆少数民族文学创作,推动文学翻译工作的开展,新疆文联在乌鲁木齐举行了新中国成立以来首次优秀文学翻译作品评奖颁奖活动,对50篇优秀译作颁发了奖品和证书。

6月,四川广汉县新丰乡农民张人士,自愿出资设立"奋飞文学创作奖",规定凡广汉县的作者,每在全国性刊物上发表一篇小说,将奖给100元,发在省市刊物的奖给50元,发在地区级的奖给25元。

7月26日,江苏省作协为繁荣文学创作,决定设立曹雪芹文学金像奖和瞿秋白文学金像奖。前者为"创作奖",每三年举办一次;后者为"伯乐奖",为表彰优秀评论、编辑和组织工作者而设。

8月31日,文化部出版局就审稿费和编辑费支付问题答复辽宁省出版总社的请示。复文中对社内外编辑人员与非编辑人员、编辑人员工作时间及业余时间从事审稿和编辑工作,应否领取审稿费及编辑费作了答复。

1985年

1月10日,《文学评论》在北京召开首届中青年作者优秀论文发奖大会,钱中文、刘纳、许子东、乐黛云、余斌、陈孝英、黄子平等人的论文获奖。这次评奖是中国社会科学院举办的13个学术刊物评奖活动的一部分。

1月16日,为庆祝新中国成立35周年和《光明日报》创刊35周年而举办的"光明"

征文获奖作品揭晓,祖慰的报告文学《朱九思的"引力"》(一等奖)等 80 篇(幅)作品获奖。

2 月 14 日,第三届全国优秀报告文学评选初选工作持续推进,本届报告文学评委会主任为夏衍、张光年,副主任为袁鹰、周明。

2 月 21 日,第七届全国优秀短篇小说评委会开始评阅初选作品,评委会由王蒙任主任,葛洛任副主任。

3 月 3 日,《小说月报》首届优秀中短篇小说百花奖发奖大会在天津举行,共 16 篇小说作品获奖。其中中篇小说 6 篇,包括张贤亮的《绿化树》、张承志的《北方的河》等;短篇小说 10 篇,包括姜汤的《新客规今天生效》、陆文夫的《门铃》、梁晓声的《为了收获》等。

3 月 16 日,中国作家协会第七届全国优秀短篇小说、第三届全国优秀中篇小说和报告文学评选揭晓。共有 69 位作者的 65 篇作品获奖,其中短篇小说 18 篇,中篇小说 20 篇,报告文学 27 篇。评委会以无记名投票方式进行评选。本次评选的优秀短篇小说有:宋学武的《干草》、陈冲的《小厂来了个大学生》、邵振国的《麦客》等;优秀中篇小说有:李存葆的《山中,那十九座坟茔》、陆文夫的《美食家》等;优秀报告文学有:袁厚春的《省委第一书记》、王蒙的《访苏心潮》等。

4 月 2 日,第三届全国优秀报告文学、优秀中篇小说和第七届全国优秀短篇小说颁奖大会在南京举行,100 多位作家、文学编辑出席了大会。

4 月 10 日,《北京文学》第 4 期公布该刊 1984 年优秀作品评选获奖篇目,荣获本届"《北京文学》奖"的作品共 19 篇,作者 18 人。其中,小说 8 篇:邹志安的《哦,小公马》、余华的《星星》、尹俊卿的《清凉界》等;报告文学 1 篇:徐然的《红军留下的儿子》;散文 2 篇:汪曾祺的《老舍先生》、李学鳌的《奇峰当面立》;诗歌 6 首:王晋军的《紧急下潜》等;以及评论 2 篇。

5 月 16 日,首届《作家》小说授奖仪式在长春举行,洪峰的《人们叫他"岁儿"》等 14 篇作品获奖。

5 月 25 日,第四届儿童文学园丁奖授奖大会在上海举行,萧育轩的长篇小说《乱世少年》等 13 篇作品获奖。

5 月 26 日,《儿童文学》1984 年优秀作品评奖发奖大会在北京举行,《蓝军越过防线》等 17 部作品获奖。

5 月,黄子平、陈平原、钱理群的论文《论"二十世纪中国文学"》发表在《文学评论》第 5 期。郑万隆的《我的根》在《上海文学》第 5 期上发表。

同月,第二届《花城》文学奖(1984 年)授奖大会在广州举行,张洁的中篇小说《祖母绿》等 11 篇作品获奖。1984 年《昆仑》优秀作品奖揭晓,李存葆的中篇小说《山中,那十九座坟茔》等 24 篇作品获奖。

6 月 10 日,1984 年《当代》文学授奖大会在北京举行。获长篇小说奖的有:苏叔阳的

《故土》、柯云路的《新星》、刘心武的《钟鼓楼》等;获中篇小说奖的有:水运宪的《雷暴》、陈忠实的《初夏》等;获短篇小说奖的有:邵振国的《麦客》;获报告文学奖的有:乔迈的《希望在燃烧》等;获评论奖的有:冯立三的《当代知识分子的心灵造影》;获新人新作奖的有:王朔的《空中小姐》等。获奖作品共13篇。

6月20日,《人民文学》第6期发表韩少功的《爸爸爸》,残雪的《山上的小屋》发表于第8期。

6月29日,中国作家协会举办的第二届茅盾文学奖评奖活动开始。

12月9日,第二届全国少数民族文学创作奖颁奖大会在北京举行。此次评奖活动共评选出126篇(部)作品,其中长篇小说4部,中篇小说12篇,短篇小说39篇,长诗4部,短诗29首,散文10篇,报告文学2篇,评论5篇,翻译作品8种。另有13篇(部)作品获荣誉奖。获奖作品有《醉乡》《罪行》《探索》《驼铃》《大坂》等。

12月17日,第二届茅盾文学奖颁奖大会在北京举行。李準的《黄河东流去》、张洁的《沉重的翅膀》、刘心武的《钟鼓楼》获奖。

12月25日,中国作家协会浙江省分会1981—1982年、1983—1984年两届优秀文学作品评奖授奖大会在杭州举行。大会向获奖的中篇小说、短篇小说、诗歌(集)、报告文学、翻译作品及儿童文学等类的56部作品授奖。张婴婴的小说《后脑勺》、孙武军的组诗《回忆与思考》等作品获奖。

12月27日,由上海青年文学艺术联谊会、上海领带厂联合举办的首届上海青年"敦煌"文学奖评奖活动揭晓,青年女作家程乃珊荣膺本届青年"敦煌"文学奖大奖。王安忆、吴亮、赵丽宏、陈村荣获大奖提名奖,王小鹰、金宇澄等26人获得包括中短篇小说、报告文学、散文等14个项目的青年"敦煌"文学系列奖和新人新作奖,复旦大学诗社、石化总厂"海贝文学社"等20个业余文学团体获得"优秀业余文学社团奖"。

1986 年

1月30日,由中国作家协会主办的第二届新诗(诗集)评奖揭晓,杨牧的《复活的海》、艾青的《雪莲》、牛汉的《温泉》、林希的《无名河》等作品获奖。

3月15日,《民间文学论坛》举办的"银河奖"优秀理论文章评奖揭晓,杨堃的《论神话的起源与发展》(一等奖)等33篇论文获奖。

4月,庆祝人民文学出版社成立35周年暨首届"人民文学奖"授奖大会在北京举行。获奖作品有魏巍的《东方》、莫应丰的《将军吟》、李国文的《冬天里的春天》、古华的《芙蓉镇》等13部作品。

5月5日—6日,上海文艺出版社召开第二届《小说界》作品奖授奖暨小说创作座谈会。孙建忠的长篇小说《醉乡》等作品获奖。

5月8日,《中篇小说选刊》编辑部主办的1985年优秀中篇小说评选授奖大会在福州举行,孔捷生的《大林莽》、陆文夫的《井》等10篇作品获奖。

5月21日,《儿童文学》1985年度优秀作品评奖揭晓,曹文轩的小说《再见了,我的星星》等13篇作品获奖。

6月1日,宋庆龄基金会在北京宣布设立"宋庆龄儿童文学奖",用以鼓励儿童文学工作者创作更多更好的激励少年儿童奋发向上的作品。

6月8日,广东"鲁迅文学奖"在广东番禺县揭晓,陈残云的长篇小说《热带惊涛录》等13部作品获奖。

8月15日,第二届(1983—1985年)"中国人民解放军文艺奖"评选揭晓。朱春雨的长篇小说《亚细亚瀑布》、李存葆的中篇小说《山中,那十九座坟茔》等30部作品获奖。

9月1日,中国艺术研究院主办的《文艺理论与批评》(双月刊)创刊于北京。

10月15日,《文汇报》举办的"短报告文学征文"评选揭晓并举行发奖大会。胡少安的《面向海洋》等11部作品获奖。

10月21日,解放军总参谋部在北京召开首届"新长征文学奖"授奖大会。获奖作品有杨得志的《横戈马上》、孙毅的《走向征途》等。

12月14日,第二届上海青年文学奖揭晓。王安忆荣获大奖。其中,民间文学是首次评奖。交通大学"寸草"文学社等5个社团获优秀文学社团奖。

12月26日,首届金陵文学奖授奖大会在南京举行。周梅森、孙华炳、俞津等33人分获小说、诗歌、散文、评论和翻译奖。

12月29日,上海市文联举办的首届"上海文学艺术奖"评奖结果揭晓。

1987年

3月3日,中国作协中外文学交流委员会主办的首届彩虹翻译奖发奖仪式在北京举行。姚锦清翻译的加拿大作家布里安·莫尔的《图尔洛舅舅》荣获一等奖,郑海凌翻译的《夜莺大盗》荣获二等奖,李英男翻译的《活尸》荣获三等奖。这个奖项由著名的英籍华人作家韩素音女士资助设立。

3月21日,由《作家》编辑部举办的第二届"《作家》奖"评奖揭晓。刘元举的《黑马白马》、李国文的《危楼记事之八》、闻水、陈璇的《能量力量热量奏鸣曲》、周晓红的《零点以后的浪漫史》、高光的《纸鹤》、陈村的《有一个王安忆》等19篇作品获奖。

4月17日,由《小小说选刊》主办的全国优秀小小说评选授奖大会在郑州举行,李延国的《雾》等10篇小说获奖。

4月22日—24日,由《散文选刊》编辑部主办的首届优秀作品奖"杜康散文奖"颁奖大会在河南洛阳召开。刘再复的《读沧海》、田野的《离合悲欢的三天》、赵丽宏的《小鸟,你飞向何方》、贾平凹的《走三边》等15篇作品获奖。巴金、刘白羽、冰心、孙犁、华山等5位老作家获"杜康散文荣誉奖"。

4月26日—27日,中国出版工作者协会首届韬奋出版奖评奖委员会在北京集会,评定王仰晨等10人获首届韬奋出版奖。

5月21日,由新闻出版署、全国妇联、宋庆龄基金会和全国少年儿童艺术委员会联合主办的第一届全国幼儿图书评奖结果在北京揭晓,61种图书获奖。获优秀幼儿读物奖的有:少年儿童出版社出版的《宝宝乖》,上海教育出版社出版的《幼儿数学》,湖南少年儿童出版社出版的《小蛋壳历险记》和中国少年儿童出版社出版的《熊猫小胖》等。

5月30日,《儿童文学》杂志公布该刊1986年优秀作品名单。赵燕翼的《白鼻梁骆驼》、陈丽的《遥遥黄河源》等共16篇作品获奖。

6月23日,《萌芽》1985—1986年度文学创作荣誉奖授奖茶话会在上海举行。《乌恰海子》《河套人》《高丽洞》《在南极的日日夜夜》《因为有了秘密(三篇)》等作品获奖。

6月,河北省第二届文艺振兴奖发奖大会在石家庄召开,郭秋良的长篇小说《康熙皇帝》、王惠云等的专著《老舍评传》等作品获奖。

7月,中国人民解放军第二届"新长征文学奖"评奖揭晓,靳大鹰的《志愿军战俘记事》等35篇作品分获优秀奖和创作奖。

9月21日,《中国青年报》、人民文学出版社等单位主办的"改革大潮中的年轻人——火凤凰杯报告文学征文"揭晓,并在人民大会堂举行授奖大会。赵军的《魂系中华》等20篇作品获得一、二、三等奖。

9月23日,《文汇报》举办的文汇杂文征文评奖揭晓,屈超耘的《话说"暗示学"》等12篇作品获奖。

11月10日,"中国潮"报告文学征文活动在北京举办新闻发布会。这次征文活动由《人民文学》《解放军文艺》和全国108家文学期刊共同发起。11月中旬,征文评委会对各刊推荐的数百篇作品进行了认真讨论和评选,评出一等奖10篇,二等奖30篇,三等奖60篇。

1988年

4月15日,中国作家协会第三届(1985—1986年)新诗评奖揭晓。共有10部诗集获奖,它们是叶延滨的《二重奏》、绿原的《另一只歌》、李小雨的《红纱巾》等。

4月21日,中国作家协会第八届(1985—1986年)全国优秀短篇小说评奖揭晓。共有19篇作品获奖,包括田中禾的《五月》、扎西达娃的《系在皮绳扣上的魂》、乔典运的《满票》等作品。

4月23日,中国作家协会第四届(1985—1986年)全国优秀中篇小说评奖揭晓。共有12篇作品获奖,包括朱晓平的《桑树坪纪事》、周梅森的《军歌》、王安忆的《小鲍庄》、莫言的《红高粱》等作品。

5月,中国作家协会第四届(1985—1986年)全国优秀报告文学奖揭晓。共有22篇作品获奖,包括李延国的《中国农民大趋势》、钱钢的《唐山大地震》等作品。

8 月 23 日,北京人民艺术剧院设立文艺重奖"人艺大宝优秀剧本创作奖"。金奖、银奖、铜奖各一名。

10 月,贾平凹的长篇小说《浮躁》获第八届美孚飞马文学奖铜奖。

12 月 6 日,第一届"啄木鸟文学奖"发奖大会在北京召开。获奖作品有王朔的《一半是火焰,一半是海水》、风章的《法兮归来》、丰收的《中国西部监狱》等。

12 月 7 日,公安部首届"金盾"文学奖(1978—1987 年)揭晓。柯岩的《寻找回来的世界》、海岩的《便衣警察》、从维熙的《大墙下的红玉兰》、杨润身的《失落了的"无价之宝"》等作品获奖。

12 月 19 日,由中国儿童文学研究会主办的全国儿童文学理论评奖揭晓。陈伯吹获荣誉奖。

12 月,首届四川郭沫若文学奖(1981—1987 年)在成都揭晓,共评选出获奖作品 7 部,其中包括王火的《月落乌啼霜满天》、星城的《绿色的太阳》、乔瑜的《少将》等作品。

同月,"中国潮"报告文学征文评奖揭晓。共评选出一等奖 10 篇、二等奖 30 篇、三等奖 60 篇。获奖作品有麦天枢的《西部在移民》、李延国的《走出神农架》、尹卫星的《中国体育界》等。

1989 年

2 月 28 日,中国作协主办的新时期全国优秀散文(集)杂文(集)评奖揭晓。获奖作品有巴金的《随想录》、夏衍的《夏衍杂文随笔集》、柯灵的《柯灵散文选》、杨绛的《干校六记》等。

5 月 26 日,全国少儿文化艺术委员会主办的"中国新时期(1979—1988 年)优秀少儿文艺读物奖"颁奖大会在北京举行,60 种读物获奖。获奖作品有《云雾中的古堡》《抓来的老张》《永远的秘密》等。

5 月 30 日,由华东六省一市期刊联合举办的第三届(1989 年)田汉戏剧奖获奖作品公布。获奖作品有《人杰鬼雄》《郑怀兴剧作论》。

6 月 1 日,《解放军文艺》第 6 期公布 1988 年《解放军文艺》特别奖获奖作品。李延国的报告文学《走出神农架》、谌容的中篇小说《懒得离婚》获奖。

8 月 22 日,《人民日报》文艺部和《小说选刊》杂志社举办的 1987—1988 年优秀中短篇小说奖颁奖大会在北京召开。获奖作品有王星泉的《白马》、池莉的《烦恼人生》、方方的《风景》、谌容的《懒得离婚》等。

9 月,第二届全国民间文学作品(1983—1988 年)授奖大会在大连市举行。评选出获奖作品 81 部,其中荣誉奖 5 部,二等奖 16 部,三等奖 35 部。《天牛郎配夫妻》《密洛陀》《祭天古歌》获得一等奖。

1990 年

1 月 6 日,第二届宋庆龄儿童文学奖授奖大会在人民大会堂举行。本届授予科学文艺。一等奖空缺;二等奖有《神翼》《梦魇》《大熊猫的故事》;三等奖有《乔装打扮的土狼》《数学司令》《少年李四光》等。

1 月,由中国少数民族文学学会举办的首届中国少数民族文学研究成果揭晓。钟敬文、贾芝、马学良等 17 人获个人荣誉奖;《中国少数民族文学》等 4 部著作获著作奖荣誉奖;《文艺民族化论稿》等 7 部著作获得最佳著作奖。

3 月,在《钟山》1990 年第 2 期上,"新写实小说"评奖揭晓。共有 5 部作品获奖,分别为赵本夫的《走出蓝水河》、朱苏进的《绝望中诞生》、范小青的《顾氏传人》、刘恒的《逍遥颂》、高晓声的《触雷》。

4 月 28 日,"蜂花杯"上海 40 年优秀小说奖在上海举行领奖仪式。评奖活动由中国作协上海分会主办,共选出获奖作品 19 部,其中有长篇小说《红日》《上海的早晨》《金瓯缺》等 5 部,中篇小说《小鲍庄》《蓝屋》等 5 部,短篇小说《百合花》《伤痕》《黎明的河边》等 9 篇。

5 月 12 日,由中国大众文学学会举办的首届中国大众文学奖颁奖大会在北京举行。浩然的长篇小说《苍生》获首届中国大众文学奖特等奖,颜廷瑞的《庄妃》等 5 部长篇小说以及孟伟哉的《旅人蕉》等 4 部中篇小说获首届中国大众文学奖。

11 月 5 日,中国作家协会和中华文学基金会 1990 年度"庄重文学奖"颁奖典礼在北京人民大会堂举行。《江西新时期十年文学作品选》等 6 套丛书的编辑和出版者获得此届文学奖。

1991 年

3 月,《女子文学》月刊社主办的首届中国女子诗歌大奖赛评选揭晓。孙大梅、吕新、郑天玮等获"十佳女诗人"称号。

4 月 18 日—22 日,由华东 7 家戏剧期刊联合举办的第五届田汉戏剧奖(1991 年)在浙江奉化评选揭晓。共有 13 个剧本、15 篇评论、2 个短剧获奖。本届剧本及评论一等奖空缺,《女儿城》(代路)、《大排山》(陈明正)、《留守女士》(乐美勤)等 8 部剧本获剧本二等奖,韩冬的《人性的"怪圈"》等 12 篇评论获评论二等奖。

7 月 27 日,首届"东方杯"传记作品评奖活动揭晓。王朝柱的《李大钊传》,刘家泉的《宋庆龄传》,何晓鲁的《元帅外交家》,聂荣臻的《聂荣臻回忆录》,李维汉的《回忆与研究》,林志浩的《鲁迅传》,杨建业的《马寅初传》,苏双碧、王宏志的《吴晗传》,吴崇其的《林巧稚传》,郑理、佳周的《李苦禅传》,纪宇的《刘开渠传》,马烽的《刘胡兰传》等 12 部长篇传记文学获奖。

7月，天津《小说月报》第7期公布第四届（1989—1990年）"百花奖"评选结果。其中，特别奖1篇，为权延赤的《走下神坛的毛泽东》；中篇小说6篇，有池莉的《太阳出世》、阎连科的《瑶沟人的梦》、权延赤的《狼毒花》、刘毅然的《摇滚青年》、张宇的《乡村情感》、苏童的《妻妾成群》；短篇小说10篇，有王蒙的《坚硬的稀粥》、赵德发的《通腿儿》、冰心的《两个家庭》、李森祥的《小学老师》、栗良平（日本）的《一碗阳春面》、贾平凹的《王满堂》、林和平的《乡长》、毕淑敏的《不会变形的金刚》、刘恒的《教育诗》、冯骥才的《拾纸救夫》。

9月26日，文化部在北京人民大会堂举行首届新剧目"文华奖"颁奖大会。本次"文华奖"（90年度）评奖的艺术门类包括戏曲、话剧、歌剧、舞剧、儿童剧（含木偶、皮影）。其中，话剧获奖作品有《天边有一簇圣火》（解放军艺术学院）、《天下第一楼》（北京人民艺术剧院）获文华新剧目大奖；《火神与秋女》（中国青年艺术剧院）、《生命之光》（辽宁省沈阳市话剧团）、《我也是太阳》（中国儿童艺术剧院）获文华新剧目奖；郑振寰（《天边有一簇圣火》编剧）、何冀平（《天下第一楼》编剧）、苏雷（《火神与秋女》编剧）获文华剧作奖；夏淳和顾威（《天下第一楼》导演）、张奇虹（《火神与秋女》导演）、苏金榜（《生命之光》导演）、黄意璘和董骥良（《我也是太阳》导演）获文华导演奖；杜振清、林连昆、魏积安、宋洁、谭宗尧、王琪、王笑等获文华表演奖。

9月，1991年"陈伯吹儿童文学奖"评选活动在北京进行，杜淑贞的《十二岁的故事》等22篇作品获奖。

1992年

3月10日，《诗刊》公布1991年度优秀诗文评奖获奖名单。丁庆友的《怀念那一片泥土》、李瑛的《山草青青》、公木的《摆正诗与政治的关系》（评论）获一等奖。

3月17日，《中国作家》1991年度中篇小说评选揭晓，陈源斌的《万家诉讼》等9篇作品获奖。

3月，第二届中国纪实文学"长篇报告文学"作品评奖揭晓。刘贵贤的《生命之源的危机》、刘宁荣的《愤怒的地球》、安徽省文联的《91年安徽抗洪纪实》等8篇长篇报告文学获奖。

4月28日，中国作协主办的1990—1991年度全国优秀报告文学评奖揭晓。王宏甲的《无极之路》，李永葆、王光明合著的《沂蒙九章》等33篇（部）报告文学获奖。

5月20日，文化部第二届全国新剧目"文华奖"在北京人民大会堂颁奖。话剧《大桥》（上海市工人文化宫话剧团）、《抗天歌》（南京军区前线话剧团）、《死水微澜》（四川省成都市话剧院）获文华新剧目大奖；话剧《爱洒人间》（辽宁人民艺术剧院）、《冰山情》（总政话剧团）、《没毛的狗》（吉林省延边话剧团）、《白居易在长安》（陕西人民艺术剧院）、《女人》（河北省承德市话剧团）、《旗长，您好》（内蒙古自治区话剧团）、《情结》（广东省广州市话剧团）等7部作品获文华新剧目奖。

497

5月28日，由国内13个满族自治县联合主办的"首届中国满族文学奖"在北京揭晓并召开颁奖大会。端木蕻良、马加、颜一烟（女）、关沫南、丁耶、寒风、许行、华忱之等8位满族老作家，被授予最高奖"荣誉奖"，作品一等奖被长篇小说《血菩提》（朱春雨）、诗集《瀑布与虹》（胡昭）、中短篇小说集《公主的女儿》（赵大年）夺得。《焦大轮子》（于德才）、《最后一个冬天》（马云鹏）、《浅草》（戈非）、《女性没有地平线》（边玲玲）、《盐柱》（江浩）等10部作品荣获二等奖。中短篇小说集《金色的白桦树》等23部作品分获三等奖。诗集《山川走马》等23部作品分获佳作奖。

5月，中宣部1991年度精神产品生产"五个一工程"评奖揭晓。获得话剧"五个一工程"奖的是：《大桥》《毛泽东的故事》《死水微澜》《情结》《旗长，您好》（即《旗长，赛努》）和《海边有个男儿国》。

9月10日，中国戏剧家协会主办的第六届全国优秀剧本创作奖颁奖大会在北京人民大会堂举行。本届共有17部话剧、戏曲、歌剧、儿童剧、滑稽戏获得优秀创作奖。其中，话剧有《大桥》（贺国甫）、《没毛的狗》（李钟勋、金雄杰）、《冰山情》（郑振环）、《李白》（郭启宏）、《旗长，赛努》（石峥嵘、朱长金、傅强）、《情结》（许雁）、《辛亥潮》（徐棻）等10部作品获得提名奖。

9月16日，在第五届德语文学讨论会召开之际举行了"冯至德语文学研究奖"第二届颁奖仪式。1992年度有4位青年学者获得二等奖，分别是中国社会科学院外文所的李永平、上海外国语学院的卫茂平、北京经贸大学的黄燎宇和北京外国语学院的郭铭华。

9月26日，四川省作家协会、四川省民族事务委员会联合举行的"四川省首届少数民族优秀文学作品奖"颁奖大会暨少数民族文学丛书《环山的星》首发式在成都隆重举行。

12月5日，第五届庄重文文学奖颁奖大会在厦门召开，王安忆、李晓、王晓明、舒婷等16名青年作家获奖。

12月，第一届"柔刚诗歌奖"（民间奖）授予诗人游刃。

1993年

1月15日，为纪念宋庆龄100周年诞辰，宋庆龄基金会在北京宋庆龄故居举行第三届宋庆龄儿童文学奖颁奖大会。本届宋庆龄儿童文学奖一等奖颁给曹文轩的《山羊不吃天堂草》（江苏少年儿童出版社）。3个二等奖分别是李潼的《少年噶玛兰》（台湾天卫文化图书有限公司）、张之路的《第三军团》（中国少年儿童出版社）与程玮的《少女的红发卡》（江苏少年儿童出版社）。其中，李潼的《少年噶玛兰》是第一部获得宋庆龄儿童文学奖的台湾作家作品。杨啸的《鹰的传奇》（湖北少年儿童出版社）、刘健屏的《今年你七岁》（中国少年儿童出版社）、李杨杨的《太阳梦见我》（中国少年儿童出版社）、张微的《雾锁桃李》（江苏少年儿童出版社）、罗辰生的《天才 神才 鬼才》（海燕出版社）获三等奖。

1月18日，由北京三露厂和北京人民艺术剧院共同设立的北京人艺·大宝优秀剧本创作奖首届授奖活动在北京举行,重奖 8 部话剧的 8 位剧作家。该奖项给予每部戏的奖金是 1 万元。获奖的 8 部戏近十年演出超过百场,包括曹禺的《王昭君》,苏叔阳的《丹心谱》,梁秉堃的《谁是强者》,魏敏、孟冰等的《红白喜事》,李龙云的《小井胡同》,刘锦云的《狗儿爷涅槃》,何冀平的《天下第一楼》和王志安的《末班车上的黄昏恋》。人艺·大宝优秀剧本创作奖是 1988 年 8 月由北京三露厂出资 15 万元和北京人艺共同设立的。

2 月 14 日,中国作家协会第二届(1986—1991 年)"全国优秀儿童文学"奖揭晓。获奖小说有:刘健屏的《今年你七岁》(中国少年儿童出版社)、沈石溪的《一只猎雕的遭遇》(江苏少年儿童出版社)、邱勋的《雪国梦》(人民文学出版社)、李建树的《走向审判庭》(中国少年儿童出版社)、罗辰生的《下世纪的公民们》(人民文学出版社)、秦文君的《少女罗薇》(少年儿童出版社)、曹文轩的《山羊不吃天堂草》(江苏少年儿童出版社)、关登瀛的《西部流浪记》(海燕出版社)、金曾豪的《狼的故事》(希望出版社)、程玮的《少女的红发卡》(江苏少年儿童出版社)、韩辉光的《校园喜剧》(湖北少年儿童出版社)、张之路的《第三军团》(中国少年儿童出版社)、常新港的《青春的荒草地》(新蕾出版社)、葛冰的《绿猫》(重庆出版社);获奖童话有:张秋生的《小巴掌童话》(少年儿童出版社)、周锐的《扣子老三》(湖南少年儿童出版社)、郑允钦的《吃耳朵的妖精》(江西少年儿童出版社)、孙幼军的《怪老头儿》(湖北少年儿童出版社)、冰波的《毒蜘蛛之死》(四川少年儿童出版社);获奖散文、报告文学有:吴然的《小鸟在歌唱》(少年儿童出版)、孙云晓的《16 岁的思索》(少年儿童出版社)、郭风的《孙悟空在我们村子里》(福建少年儿童出版社)、班马的《星球的细语》(福建少年儿童出版社);获奖诗歌有:徐鲁的《我们这个年纪的梦》(湖北少年儿童出版社)、金波的《在我和你之间》(中国少年儿童出版社)、刘丙钧的《绿蚂蚁》(安徽少年儿童出版社);获奖幼儿文学有:谢华的《岩石上的小蝌蚪》(少年儿童出版社)、薛卫民的《快乐的小动物》(中国少年儿童出版社)、鲁兵的《虎娃》(少年儿童出版社)。

3 月 20 日,《昆仑》第 2 期刊登 1991—1992 年度《昆仑》优秀作品评选获奖篇目,奖项分设荣誉奖、长篇小说、中篇小说、短篇小说、报告文学、散文、诗歌、理论等。朱苏进的长篇小说《炮群》、徐贵祥的中篇小说《潇洒行军》、张欣的中篇小说《真纯依旧》等获奖。

4 月 3 日,第二届"金桥奖"评选结果揭晓。《往事并非如烟》《漫谈西藏》《7% 与 22%》和《画乡杨柳青》等 4 部纪录片获优秀影片奖。

4 月 11 日,《青年文学》第 4 期公布第三届(1989—1992 年)青年文学创作奖评选结果。刘震云的《头人》、洪峰的《重返家园》、刘醒龙的《凤凰琴》等 6 部作品获中篇小说奖;陈源斌的《仇杀·杀仇》、吕新的《人家闺女有花戴》、范稳的《回归温柔》、刘庆邦的《胡辣汤》、林白的《英雄》、毕淑敏的《女人之约》等 15 篇作品获短篇小说奖;卢跃刚的《藤崎一年》等 3 篇作品获报告文学奖。铁凝的《河之女》、王开林的《梦中的黑乙鸟》等 8 篇作品获散文奖。

4 月 14 日—19 日,华东地区戏剧期刊第七届"田汉戏剧奖"评奖活动在上海举行。

共有 14 个剧本、13 篇评论获奖,其中赵耀民的《闹钟》获剧本一等奖,评论一等奖空缺。

6 月 12 日,《中流》杂志第 6 期发表该刊"菊花奖"评奖结果,《她的中国心》等包括报告文学、杂文、诗歌、文艺评论等多种体裁的 22 篇作品获奖。老作家欧阳山、刘白羽、李尔重和台湾大学教授颜元叔获得特别奖。"爱我中华的心声 壮我中华的呼唤"等 7 个栏目、"纪念《在延安文艺座谈会上的讲话》发表 50 周年"等 8 项活动和钱学森等 12 名作者受到表彰。

6 月 29 日,第二届上海文学艺术奖获奖名单颁奖。施蛰存获杰出贡献奖,余秋雨的散文集《文化苦旅》获优秀成果奖,长篇小说《孽债》、小剧场话剧《留守女士》获优秀成果提名奖。

7 月 15 日,历时一年多的《钟山》文学大奖赛结果在《钟山》第 4 期揭晓。叶兆言、汪曾祺、雷达、成瑞华等 20 多位作家、评论家以及读者获得"廉泉杯"中青年小说奖、"泥池杯"同题散文奖、"美奇杯"专家评论奖和"麦圈杯"读者评论奖。叶兆言的《挽歌》、史铁生的《第一人称》、朱苏进的《孤独的炮手》、李晓的《民谣》获"廉泉杯"中青年小说奖。汪曾祺的《故乡的野菜》、苏叶的《一点不能忘记的记忆》、邓晓文的《那座城》、丹晨的《狗猫鼠》、梅汝恺的《故乡的野菜》、吴泰昌的《我的戒烟》、苏子龙的《吃瓜子》、何立伟的《一点不能忘记的记忆》获"泥池杯"同题散文奖。雷达的《写在四部小说的边上》、陈晓明的《难能的小说》、周介人的《人生之困》、朱伟的《我的看法》、黄毓璜的《阅读四部作品之我见》、张颐武的《我的困惑》获"美奇杯"专家评论奖。成瑞华的《永远关注人》等 6 位作者的评论文章获"麦圈杯"读者评论奖。

8 月 7 日,甘肃省作家协会举行纪念甘肃作协成立 35 周年暨"陇南春文学奖"颁奖大会。获奖的作品有伊丹才让的诗作《雪师集》、季成家等编著的《西部风情与多民族色彩》、武玉笑的剧作集《一个快乐的苦命人》、张弛的长篇小说《汗血马》。

8 月,《芙蓉》第 4 期刊登 1991—1992 年芙蓉文学获奖名单,奖项设特别奖、纪实文学(中篇报告文学)、短篇报告文学、中篇小说、短篇小说、诗歌评论。贾鲁生的《不落的太阳》、柯云路的《新世纪》获特别奖,权延赤的报告文学《四个秀才一台戏》、范小青的中篇小说《文火煨肥羊》、刘心武的中篇小说《蓝夜叉》、叶梦的散文《创造系列》(之二)、舒婷的散文《仁山智水》、彭燕郊的散文诗《混沌初开》、海男的诗歌《歌唱》等分获各单项奖。

10 月 3 日,维吾尔文学创作的最高奖项——第五届汗腾格里文学奖颁奖会在北京举行,共有 32 篇作品获奖,是历届最多的一次。

12 月 1 日,《小说月报》以读者投票方式评选出该刊第五届(1991—1992 年)"三峰杯"百花奖并于第 12 期上刊出结果,共有 6 篇中篇小说、6 篇短篇小说和 2 篇微型小说获奖。陈源斌的中篇小说《万家诉讼》、刘震云的中篇小说《一地鸡毛》、曹桂林的中篇小说《北京人在纽约》、刘醒龙的中篇小说《凤凰琴》、方方的中篇小说《桃花灿烂》、池莉的中篇小说《你是一条河》、毕淑敏的短篇小说《女人之约》、冯骥才的短篇小说《炮打双灯》、池莉的短篇小说《热也好冷也好活着就好》、铁凝的短篇小说《孕妇和牛》、谭文峰的短篇小说《扶贫纪事》、方方的短篇小说《纸婚年》获奖。

12月13日,由庄重文先生设立,中国作家协会、中华文学基金会主办的"庄重文文学奖"1993年度颁奖大会在人民大会堂举行。获本届庄重文文学奖的作家有陈建功、史铁生、刘恒、张曼菱、余小蕙和孙力(共同获奖)、赵玫、铁凝、陈超、何申、李锐、张平、吕新、阿尔泰、乌热尔图、肖亦农、刘兆林、马秋芬、于德才、赵洪峰、薛卫民、王述平、张抗抗、常新港、迟子建、刘震云、毕淑敏、梁晓声、斯好、黄传会、张志忠、张立勤。

12月18日,中国作家协会主办的《中国作家》1991—1993年度"江轧杯"优秀短篇小说评奖活动揭晓,颁奖仪式在北京举行。汪曾祺的《小芳》、李贯通的《乐园》、铁凝的《孕妇和牛》、陈国凯的《周末》、赵新的《理发》、梁晴的《红尘一笑》、李平的《红发绳》、王方晨的《霜晨月》、程绍国的《逝者如斯》、邓建永的《龙卷风》、徐坤的《一条名叫人剩的狗》、裘山山的《等待星期六》等12篇作品获奖。

12月,第二届"柔刚诗歌奖"(民间奖)授予诗人周伦佑。

本年,中国作家协会主办的《中国报告文学》首届"505杯"奖获奖篇目公布。获奖长篇作品有:麦天枢、王先明的《昨天——中英鸦片战争纪实》(人民文学出版社1992年7月版),邓贤的《中国知青梦》(人民文学出版社1993年4月版),张建伟的《大清王朝的最后变革》(中国社会出版社1993年2月版),王宗仁的《周冠五与首钢》(《长城》1993年第1期),张正隆的《血情》(《解放军文艺》1993年第3期);获奖中短篇作品有:李鸣生的《澳星风险发射》(《当代》1993年第2期),正言、爱民的《天地人心》(《当代》1992年第10期),邢军纪、曹岩的《商战在郑州》(《十月》1993年第1期),杨守松的《苏州"老乡"》(《人民文学》1992年第10期),黄传会的《"希望工程"纪实》(《当代》1993年第1期),王家达的《天下第一鼓》(《人民文学》1993年第12期),卢跃刚的《长江三峡:中国的史诗》(《中国作家》1992年第6期),张胜友的《沙漠风暴》(《江南》1993年第2期),梅洁的《山苍苍,水茫茫》(《十月》1993年第2期),陈祖芬的《生之门》(《光明日报》1993年9月28日)。

1994 年

1月22日,第一届国家图书奖近日在北京揭晓。经过70余位评委数月的评选,共评出135种获奖的优秀图书,其中8种获得国家图书奖荣誉奖,45种获得国家图书奖,82种获得国家图书奖提名奖。《随想录》、《管锥篇》(5册)、《莎士比亚全集》(12卷)、《罗摩衍那》(7卷)、《新时期中篇小说名作丛书》(12部)等5部文学类图书获国家图书奖;《李可染书画全集》(4卷)等6部艺术类图书获国家图书奖;《中国美术全集》(古代部分,共60卷)、《鲁迅全集》(新诠释本16卷)获国家图书奖荣誉奖。

5月6日,《莽原》杂志社1993年度"冰熊杯"文学奖颁奖大会在河南省文联举行,获奖结果刊载于《莽原》1994年第3期。

6月21日，上海第二届"长中篇小说优秀作品大奖"颁奖仪式举行，共有9部（篇）小说获此殊荣。其中包括长篇小说一等奖1部为《九月寓言》（张炜），二等奖1部为《四牌楼》（刘心武），三等奖2部为《陪读夫人》（王周生）、《大上海漂浮》（俞天白）；中篇小说一等奖空缺，二等奖2篇为《接近于无限透明》（朱苏进）、《叔叔阿姨大舅和我》（李晓）；三等奖3篇为《享福》（陆文夫）、《最后一个生产队》（刘玉堂）、《"文革"轶事》（王安忆）。

9月6日，第五届冰心儿童图书奖、第二届冰心儿童图书新作奖、首届冰心艺术奖颁奖大会在北京人民大会堂举行。获得第五届冰心儿童图书奖大奖的图书有浙江少年儿童出版社出版的《人类探险史故事》丛书、台湾光复书局出版的《世界儿童传记文学全集》、新蕾出版社出版的《世界儿童小说名著文库》和海燕出版社出版的《中国婴幼儿百科》。此外，还有《樊发稼作品选》等19种图书获奖。王晓晴的《梦之树》、金波的《红树林童话》、冰波的《钟声》、吴天的《三道彩虹》获得第二届冰心儿童图书新作奖大奖；郭宇波的《孩子和狗》等19部作品获佳作奖。

9月27日，第七届"庄重文文学奖"（1994年）在四川成都举行颁奖大会。获奖的作家、评论家有扎西达娃、马丽华、扎西班典、王英琦、陈源斌、许辉、张宇、李佩甫、陈继会、吉狄马加、邓贤、莫怀戚、拉木·嘎吐萨、于坚等人。

10月25日，《人民文学》45周年刊庆大会在北京举行，颁发了"昌达杯"优秀小说奖、"嘉德杯"小说新人奖、"银磊杯"报告文学奖、"红豆杯"散文奖、"长沙杯"诗歌奖共五项奖项。所有55篇优秀作品均是从1990年1月至1994年10月《人民文学》所发各种体裁作品中评选出来的，程树榛、雷达、崔道怡、王扶、蒋子龙、李国文、李敬泽等人担任评奖委员。

11月11日，由中国戏剧家协会主办，《剧本》月刊、剧协创委会、天津影视文化艺术广告公司承办的首届曹禺戏剧文学奖在北京举行颁奖仪式。14个剧本获奖，戏曲有《山歌情》《大河谣》《铁血女真》《红果红了》《董生与李氏》《金龙与蜉蝣》《甲申祭》《贵人遗香》，歌剧有《张骞》，儿童剧有《潇洒的女孩》，话剧有《北京往北是北大荒》《李大钊》《结伴同行》《水下村庄》。

11月17日，《文学报》刊载消息：《上海文学》颁奖仪式日前在上海举行，来自各地的18位作家、评论家分获中短篇小说、散文和理论奖。荣获中篇小说奖的7篇作品是刘玉堂的《最后一个生产队》、池莉的《白云苍狗谣》、沈海源的《窟窿》、李锐的《黑白》、刘醒龙的《暮时课诵》、王安忆的《香港的情与爱》、张欣的《首席》。王周生、王霄夫、苏童、王蒙和沈子东获短篇小说奖，张炜、萌娘获散文奖，薛毅、南帆、王晓明、李洁非获理论奖。

12月16日，在人民文学出版社建社45周年之际，该社和广东炎黄文化研究会联合举办了炎黄杯"人民文学奖"（1986—1994年长篇小说、长篇纪实文学），同时举办了《当代》杂志创办15周年并出刊100期的"《当代》文学奖"（1985—1994年）。12月16日，两项大奖在北京颁发。获奖作品中，有描绘各重要历史阶段斗争生活的长篇小说《地球的红飘带》（魏巍）、《战争和人》（王火）、《长城万里图》（周而复）、《南渡记》（宗璞）、《大国之魂》（邓贤）、《第二个太阳》（刘白羽）；有反映新中国成立以来，尤其是改革开放以来的历史新时期生活的作品《夜与昼》（柯云路）、《超越自我》（陈祖德）、《中国知青梦》（邓贤）、《桑那高地的太阳》（陆天明）、《白发狂夫》（王川）、《活泉》（浩然）、《有梦不觉夜长》（周大新）等；还有充满艺术魅力和历史厚重感的《古船》（张炜）、《白鹿原》（陈忠实）、《活动变人形》（王蒙）、《子民们》（雷铎）、《女巫》（竹林）、《世纪末的挽钟》（吴民民）等。

1995 年

1 月 18 日,广东省首届"秦牧散文奖"揭晓,李兰妮、范汉生、黄国钦等 13 名作者（含港澳地区）获奖。

2 月,第四届"宋庆龄儿童文学奖"揭晓,台湾地区有作家参选并获奖。这次大奖评选内容为 1986—1993 年出版的中长篇童话和短篇童话集。

4 月,首届中国爱文文学奖在北京揭晓,张承志获奖。

6 月 22 日,第三届上海文学艺术奖揭晓,柯灵获杰出贡献奖。

8 月 18 日,中国传记文学学会举办的首届（1990—1994 年）中国优秀传记文学作品奖评选活动揭晓。《我的父亲邓小平》（毛毛）、《心灵的历程》（刘白羽）等 12 部作品获奖。

10 月 23 日—24 日,中宣部在上海召开 1994 年度精神文明建设"五个一工程"工作会议暨颁奖大会。入选 1994 年度精神文明建设"五个一工程"的话剧有《鸣岐书记》《同船过渡》《徐洪刚》《周恩来在南开》《世纪风》《甘巴拉》《沙洲坪》和《极光》。

11 月 1 日,首届"华扬杯"中国优秀传记文学作品奖颁奖,《我的父亲邓小平》作者毛毛等 14 位作者获奖。

11 月 10 日,中国戏剧家协会主办,中国剧协创委会和《剧本》杂志社协办的'94 中国曹禺戏剧文学奖颁奖大会在北京人民大会堂举行。共有 5 部话剧获奖,分别是《同船过渡》（沈虹光）、《徐洪刚》（陈志斌、殷习华）、《警钟》（李景文）、《甘巴拉》（丁一三、王向明、张子影）和《午夜心情》（赵耀民）。

12 月,《大家》杂志宣布设立"大家·红河文学奖"并评出提名奖。该奖由云南人民出版社《大家》杂志社和云南红河卷烟厂共同设立,奖金额高达 10 万人民币。每两年一届,每届一奖,每奖一人。"大家·红河文学奖"开启了九十年代文学大奖的序幕,引起极大的关注。

1996 年

1 月 30 日,第二届国家图书奖颁奖大会在北京举行,获奖图书 92 种。

1 月 31 日,第六届河北省文艺振兴奖颁奖,谈歌的中篇小说《年底》（发表于《中国作家》1995 年第 3 期）等获奖。

同日,第三届"安徽文学奖"（天鹅杯）揭晓,中篇小说《黑锅》（曹玉模）、《儿本平常》

（郭本龙）、《黑白道》（孙志保）、《打工实验》（严歌平），理论专著《台湾文学观察》（王宗法）、《新诗大千》（陶保玺），电视剧本《生意场上的女人》（侯露），长篇小说《陈独秀一家人》（吴晓）、《女人寨》（袁汝学）获优秀作品奖;散文集《奥澳朝三国旅行记》（陈基余）获荣誉作品奖。

1月，第三届"花踪文学奖"在吉隆坡举行颁奖典礼，中国内地作家马毅杰以《三寸金莲》获世界华文小说奖首奖。

同月，莫言的《丰乳肥臀》获《大家》杂志颁发的"大家·红河文学奖"。

2月，深圳"第二届特区文学奖"揭晓并举行了颁奖仪式。7种共18件作品获奖:中篇小说《挚爱在人间》（竹林）、《驶出欲望街》（缪永）、《牙买加灯火》（申力雯）、《割草的小梅》（叶蔚林）等，短篇小说《面具》（老末）、《风景线》（李季彬），评论《新都市文学——开放的现代文学语境》（宫瑞华）、《迟到的批评》（倪鹤琴），报告文学《高速公路梦幻曲》（洪洋）、《深圳，两万人从痛苦走向辉煌》（张俊彪），散文《学画记》（陶萍）、《在德国的日子里》（程学源），诗歌《唐古拉山前的沉思》（李瑛）等。

同月，《山花》第2期公布1995年"山花理论奖"获奖篇目，包括陈晓明的《晚生代与九十年代的文学流向》，谢有顺的《先锋小说再崛起的可能性》，欧阳江河、陈超、唐晓渡的《对话——中国式的"后现代"理论及其他（上下）》，王干的《世纪末的风景——九十年代文化心理描述》，张颐武的《此时此地:重新追问我们的位置》，昌切、刘继明的《〈柏慧〉与当下精神境况》，西川的《关于诗学中的九个问题》。

4月，《北京文学》第4期公布《北京文学》"神华杯"小说大奖赛获奖篇目。一等奖为关仁山的《落魄天》，二等奖有袁一强的《小人不可得罪》、谈歌的《天下荒年》、王梓夫的《审判》，三等奖有王蒙的《寻湖》、刘庆邦的《泥沼》、半岛的《尘缘清浅》、刘连枢的《黑凤冠》、陆涛的《零点播出》、古清生的《流浪京都》。

5月29日，中宣部、国家教委、共青团中央和中国作协联合举办的第三届（1992—1994年）"全国优秀儿童文学奖"颁奖大会在北京举行。获奖作品包括:小说《男生贾里》（秦文君著，少年儿童出版社）、《青春口哨》（金曾豪著，安徽少年儿童出版社）、《十四岁的森林》（董宏猷著，江苏少年儿童出版社）、《裸雪》（从维熙著，华艺出版社）、《神秘的猎人》（车培晶著，民族出版社）、《小脚印》（关登瀛著，湖北少年儿童出版社）、《有老鼠牌铅笔吗》（张之路著，浙江少年儿童出版社）;童话《狼蝙蝠》（冰波著，江苏少年儿童出版社）、《哼哈二将》（周锐著，安徽少年儿童出版社）、《树怪巴克夏》（郑允钦著，少年儿童出版社）、《会唱歌的画像》（葛翠琳著，海燕出版社）;诗歌《到你的远山去》（邱易东著，四川少年儿童出版社）、《林中月夜》（金波著，湖北少年儿童出版社）;散文《悄悄话》（高洪波著，湖北少年儿童出版社）、《淡淡的白梅》（庞敏著，重庆出版社）、《我们的母亲叫中国》（苏叔阳著，中国少年儿童出版社）;幼儿文学《鹅妈妈和西瓜蛋》（张秋生著，湖南少年儿童出版社）、《大头儿子和小头爸爸》（郑春华著，新蕾出版社）。

5 月,由山西省委宣传部、山西省作家协会主办的"恒泰杯"当代长篇小说长篇报告文学大奖揭晓。山西省青年作家许建斌创作的长篇小说《乡村豪门》及河北、江西、辽宁等地作家创作的 12 篇长篇小说、长篇报告文学获奖。

6 月 3 日,第三届上海市长中篇小说优秀作品大奖(1994—1995 年)揭晓。此次评奖共有 13 部作品入围,其中两个项目的一等奖空缺。《苍天在上》(陆天明)、《醉太平》(朱苏进)获长篇小说二等奖,《父亲是个兵》(邓一光)、《耙耧山脉》(阎连科)获中篇小说二等奖。

6 月 10 日—12 日,华东地区戏剧期刊第十届"田汉戏剧奖"评奖活动在江苏徐州举行,共有 13 个剧本和 15 篇评论获奖。其中,获得剧本一等奖的是《太阳花》(大型现代淮剧)和《侨乡轶事》(芗剧现代戏);评论一等奖空缺。

6 月,由辽宁省作家协会主办的第四届"辽宁优秀青年作家"奖评选结果揭晓,刘元举、洪峰、原野、荒原、素素获奖。

同月,1995 年《长江文艺》优秀小说奖揭晓。陈应松的中篇小说《归去来兮》获一等奖;林希的中篇小说《三一部队》获二等奖;范小青的中篇小说《城市民谣》、周昕的中篇小说《美伦》、巴兰兰的短篇小说《老货》获三等奖。

同月,第五届全国小小说大奖赛评奖揭晓,田洪波、姚淑清等获奖。

7 月,由辽宁省作家协会主办的第二届"辽宁优秀文学评论"奖评选结果揭晓。共有老、中、青评论家十人获奖,其中田志伟的评论集《焚膏集》、高海涛的论文《文学在这里沉思》获一等奖;刘树元、刘嘉陵等人的论文和评论集分获二、三等奖;李作祥的评论集《论辽宁作家群》获特别奖。

9 月 1 日,第七届"冰心儿童图书奖"、第四届"冰心儿童文学新作奖"在北京钓鱼台国宾馆举行颁奖大会,张之路的《我和我的影子》、谢乐军的《燕王》等 21 篇作品获奖。

9 月 24 日—25 日,中宣部在北京召开精神文明建设"五个一工程"第五届工作会议暨颁奖大会。话剧获得"五个一工程"奖的是《最危险的时候》(总政)、《孔繁森》(山西)、《女兵连来了个男家属》(总政)、《这里一片绿色》(河北)和《阮玲玉》(北京)。儿童文学方面有:儿童电影《红樱桃》、《孙文少年行》、《童年的风筝》、《自古英雄出少年》,儿童电视剧《嗨,小海军》、《琴童的遭遇》、《血色童心》,儿童戏剧《我爱我班》、《白马飞飞》、《托起明天的太阳》、《少年霍元甲》,儿童文学作品《中国当代少年小说丛书》(曹文轩等著,江苏少年儿童出版社)、《青春风景创作丛书》(秦文君等著,安徽少年儿童出版社)获奖。长篇小说获奖的是王旭烽的《南方有嘉木》、柳溪的《战争启示录》(上下册)等。

10 月 20 日,1995 年曹禺戏剧文学奖在北京举行颁奖大会。话剧剧本获奖的是《女兵连来了个男家属》《春秋魂》和《天之骄子》。

10 月,由福建省作家协会主办的"福建省第十届优秀文学作品奖暨第六届黄长咸作品奖"在福州举行颁奖大会。阎欣宁的《枪族》、黄玉石的《朱熹传》、王炳根的《文化与人生的抒说》、房向东的《迫于时势》等 20 位作家的 19 篇（部）作品获奖。

1997 年

1 月,1996 年度"刘丽安诗歌奖"颁布,韩东、金海曙、蓝蓝、凌越、欧阳江河、于坚、翟永明、钟鸣等人获奖。

3 月,中国作协与国家民委举行第五届全国少数民族文学创作奖评选。获奖作品中,长篇小说有央珍的《无性别的神》、张长的《太阳树》、庞天舒的《落日之战》等,小说集有石舒清的《苦土》、肖仁福的《箫声曼》、关仁山的《关仁山小说选》;诗集有华舒的《阳关在前》等。

4 月 11 日,1996 年度《小说选刊》中短篇小说评奖在北京举行。获奖的 5 篇作品是谈歌的《大厂》、李国文的《涅槃》、李佩甫的《学习微笑》、李贯通的《天缺一角》、东西的《没有语言的生活》。

4 月,吉林省第五届长白山文艺奖在长春落幕。公木、王肯、苏里、雷振邦等 10 位老作家、艺术家获长白山文艺奖特别成就奖,乔迈、张笑天等 11 位获长白山文艺奖成就奖,长篇小说《雪殇》、电影《九香》等 17 部作品获长白山文艺奖作品奖,另有 19 部文艺作品获长白山文艺荣誉奖。

同月,由中国现代文学馆、中央民族大学满族研究所、辽宁省作协《满族文学》杂志社、辽宁省满族文学学会等主办的"第二届满族文学奖"评选结果在北京揭晓。此次参评作品以 1992 年至 1995 年发表的长篇小说、中短篇小说集、散文、诗歌集及评论专著为主,参评者包括内地（大陆）、港澳台及海外的满族作家。这次共评出 71 部作品,庞天舒的长篇小说《落日之战》、赵玫的散文集《一本打开的书》、林佩芬（台湾地区）的长篇儿童文学《西迁之歌》、赵冈（美国）的专著《红楼梦新探》、华舒的诗集《阳光在前》5 部作品获一等奖。老作家关沫南的小说集《流逝的恋情》、巴音博罗的诗集《悲怆四重奏》、关仁山的小说集《关仁山小说选》等 18 部作品获二等奖,淑勒的长篇历史小说《荡平三潘》、匡文立的小说集《白刺》等 28 部获三等奖,寇丹的小说集《仙华风流》、高作智的文学评论集《艺苑文谈》、郑恩波的散文选《望儿山·多瑙河·紫禁城》等 20 部获佳作奖。胡可荣获荣誉奖。

5 月 23 日,中国电影剧本的最高奖,第一届"夏衍文学奖"评选结果在北京揭晓。《西南凯歌》（陆柱国编剧）获一等奖,《离开雷锋的日子》（王兴东编剧）、《四季》（马卫军编剧）、《星塘阿芝》（芦苇编剧）获二等奖,《一棵树》（张子良编剧）、《红河谷》（冯小宁编剧）等 6 部作品获三等奖,《旱舟》（张慧生编剧）等 10 部作品获鼓励奖。

5 月,1996 年"昌达杯"《人民文学》奖揭晓,10 篇刊于 1996 年《人民文学》的佳作获特别奖和优秀奖。谈歌的中篇小说《大厂》获特别奖。获优秀奖的作品共 9 篇。

8 月 13 日,第五届全国少数民族文学创作奖揭晓,共有 60 部（篇）作品和 3 位翻译家获奖,24 个民族的作家榜上有名。本届评奖活动的评选范围是 1992 年至 1996 年出版的少数民族作者用汉文或少数民族文字创作的长篇小说、中篇小说、短篇小说集、诗集、散文集、报告文学集、儿童文学集。央珍的《无性别的神》、张长的《太阳树》、庞天舒的《落日之战》等 8 部长篇小说,石舒清的《苦土》、肖仁福的《箫声曼》、关仁山的《关仁山小说选》等 14 部小说集,华舒的《阳关在前》、哥布的《母语》等 13 部诗集,赵玫的《一本打开的书》、鲍尔吉·原野的《善良是一棵矮树》等 7 部散文集,乌恩巴雅尔《八十年代蒙文小说现象》等 4 部评论集,白山《血线——滇缅公路纪实》等 3 部报告文学集,海代泉的儿童文学作品集《螃蟹为什么横行》等获奖。

8 月 25 日—28 日,华东地区戏剧期刊第十一届"田汉戏剧奖"评选活动在安徽青阳县举行。共有 15 部话剧和 14 篇评论获奖。其中,获得剧本一等奖的话剧是赵莱静、陈云发的《难忘玫瑰红》,获得评论一等奖的是钱念荪的《朱光潜论中西戏剧的异同点》。

8 月 28 日,《中华文学选刊》杂志首次举办的文学评奖结果揭晓。评奖范围是该刊1993 年创刊到 1996 年间选发的数百篇作品,此次评奖有 16 部中篇小说、10 部报告文学、10 篇短篇小说、15 篇散文获奖。

8 月,由华北五省区文联共同举办的第二届"华北区文艺理论"评奖活动在河北石家庄结束。本届获奖作品有:《侦探小说学》(黄泽新、宋安娜合著)、《广告摄影创意语言》(夏放著)、《孙犁的现实主义艺术论》(金梅著)、《多元与选择》(贾方舟著)、《当代文学的窘迫与抉择》(方伟著)、《生命本体论反思录》(刘大枫著)等。

9 月 2 日,中共中央宣传部在北京召开精神文明建设"五个一工程"第六届工作会议暨颁奖大会。227 件作品获本届"五个一工程"入选作品奖,其中有长篇小说 5 部:周梅森的《人间正道》(人民文学出版社)、张宏森的《车间主任》(山东文艺出版社)、黄蓓佳的《我要做好孩子》(江苏少年儿童出版社)、郁秀的《花季·雨季》(广东海天出版社)、刘先平的《刘先平大自然探险长篇系列》(中国青年出版社);长篇报告文学 4 部:张建伟和邓琼琼的《中国院士》(浙江文艺出版社)、李钧的《生命甘泉的追寻者》(解放军出版社)、田天的《你是一座桥》(长江文艺出版社)、高胜历的《东部热土》(青岛出版社);散文集 1部:张海迪的《生命的追问》(作家出版社);儿童文学作品 3 部:秦文君的《宝贝当家》(上海少年儿童出版社)、赵郁秀和韩永言主编的《棒槌鸟儿童文学丛书》(6 册,沈阳出版社)、薛屹峰的《天地无情》(《少年绝境自救故事》丛书之一)(甘肃少年儿童出版社)。入选的话剧作品是《地质师》(黑龙江)、《热血甘泉》(总政)、《王振举》(宁夏)、《新居》(广东)和《大院》(铁道部)。获奖的少儿戏剧有《一二三,起步走》《远山的花朵》《这里将是别墅》《雪童》《开天辟地人之初》《纳西小子》等。入选影片是《大转折》《鸦片战争》《红河谷》《离开雷锋的日子》《喜莲》《夫唱妻和》《青年刘伯承》《男孩女孩》《一棵树》《男婚女嫁》《彝海联盟》《滑板梦之队》《军嫂》《徽商情缘》《红杜鹃白手套》《鹤童》。另外,大型电视文献纪录片《邓小平》入选作品特别奖。

9月6日,第三届国家图书奖颁奖大会在北京举行。《曹禺全集》(花山文艺出版社)、《旷代俊才——杨度》(湖南文艺出版社)、《小鳄鱼丛书》(孙幼军等著,海燕出版社)、《神脑聪仔卡通系列丛书》(聪仔工作室,接力出版社)获奖。获提名奖的有《刘先平大自然探险长篇系列》《花季·雨季》《少年绝境自救故事》《共和国儿童文学名著金奖文库》。

9月28日,第八届冰心奖颁奖大会在北京举行,雷洁琼、胡絜青等出席了颁奖大会,北京少年儿童出版社的"自画青春"丛书、海燕出版社的《中国大百科全书(青少年版)》等42种图书获奖。

10月6日,中国文联、中国戏剧家协会联合主办的'97中国曹禺戏剧文学奖颁奖活动在曹禺的故乡湖北潜江市举行,共有话剧、儿童剧、戏曲等10部作品获奖。其中话剧3部,分别是《地质师》(杨利民)、《商鞅》(姚远)和《都市军号》(王树增);儿童剧1部:《雪童》(吴玉中);戏曲6部,分别是《死水微澜》(徐棻)、《哪嗬咿嗬嗨》(常剑钧、张仁胜)、《歌王》(常剑钧、梅帅元、陈海萍)、《原野情仇》(胡应明)、《木乡长》(胡桔根)、《水墙》(赵德平、张世昆)。

12月11日—14日,诗刊社承办的中国作家协会鲁迅文学奖(资产新闻杯)单项奖1995—1996年全国优秀诗歌奖评奖会议在北京召开,评出8部获奖诗集。它们是李瑛的《生命是一片叶子》、匡满的《今天没有空难》、韩作荣的《韩作荣自选诗》、沈苇的《在瞬间逗留》、张新泉的《鸟落民间》、王久辛的《狂雪》、辛茹的《寻觅光荣》、李松涛的《拒绝末日》等。

12月19日,第四届茅盾文学奖评选结果在北京揭晓。4位作家的4部长篇小说获奖:陈忠实《白鹿原》(修订本,人民文学出版社);王火《战争和人》(三部曲,人民文学出版社);刘斯奋《白门柳》(第一、二部,中国文联出版公司);刘玉民《骚动之秋》(人民文学出版社)。本届评选范围为1989年到1994年间发表的长篇小说。评奖委员会由巴金任主任,刘白羽、陈昌本、朱寨、邓友梅任副主任。评委会成员有23人,即刘白羽、陈昌本、丁宁、刘玉山、江晓天、朱寨、邓友梅、陈涌、李希凡、陈建功、郑伯农、袁鹰、顾骧、唐达成、郭运德、谢永旺、韩瑞亭、曾镇南、雷达、雍文华、蔡葵、魏巍。

12月,梁晓声、毕淑敏获《新华文摘》"双星"文学奖。该奖由人民出版社、新华文摘社、青岛双星集团联合主办。

同月,《小说月报》第七届百花奖颁奖仪式在北京人民大会堂举行,18位作家和他们的责任编辑获奖,50名热心读者获读者奖。岳恒寿的《跪乳》、谈歌的《大厂》、何申的《信访办主任》、方方的《埋伏》、李肇正的《女工》、梁晓声的《学者之死》、池莉的《你以为你是谁》、刘醒龙的《分享艰难》获中篇小说奖;冯骥才的《石头说话》、毕淑敏的《翻浆》、贾平凹的《制造声音》、陆颖墨的《大水》、王周生的《星期四,别给我惹麻烦》、徐坤的《遭遇爱情》、毕飞宇的《哺乳期的女人》、迟子建的《亲亲土豆》获短篇小说奖;田松林的

《绝症》、徐慧芬《爱的阅读》获微型小说奖。

1998 年

1 月 12 日—13 日,上海《巨人》杂志、台湾《民生报》与海峡两岸儿童文学研究会联合举办的"海峡两岸中篇小说创作研讨会"在上海召开。与会者就中篇少年小说的创作现状及如何推动海峡两岸儿童文学创作的交流和发展进行了探讨。同时,1997 年海峡两岸中篇少年小说征文获奖名单揭晓,共评出一等奖 3 名,佳作奖 7 名。一等奖包括《我的经历和你的故事》(常新港)、《你是我的妹》(彭学军)、《等待红姑娘》(台湾陈素宜)。佳作奖则有《五天半的战争》(简平)、《天天天蓝》(饶雪漫)、《远山》(谢华)、《菱子的选择》(殷健灵)、《少年本色》(小民)、《地球与 Q 星》(王国刚)及《美国的月亮》(缪忆纬)。

1 月 23 日,中国文联、中国剧协和《人民日报》文艺部联合主办,《中国戏剧年鉴》社承办的"中国曹禺戏剧文学奖·评论奖"('97 昆泰杯)颁奖大会在北京举行。这次评奖是首次举办以戏剧评论为主的全国性奖事,是文学艺术界目前唯一的全国性评论奖,也是戏剧评论的最高奖项。首届曹禺戏剧评论奖有 5 篇文章获奖,分别为廖全京的《题材的超越——川剧〈山杠爷〉散记》,霍长和的《大气磅礴的英雄史诗——评歌剧〈苍原〉的音乐》,徐晓钟的《"老船工"的启示——试析胡庆树在〈同船过渡〉中的表演》,洪兆惠的《追光照亮的是灵魂》,列斌的《调动各种艺术手段增强话剧的表现力——〈春秋魂〉的导演手法》。

2 月 10 日,中国作家协会主办的首届鲁迅文学奖各单项优秀作品奖在北京揭晓。鲁迅文学奖每三年评选一次,下设短篇小说、中篇小说、报告文学、诗歌、散文和杂文、文学理论和文学评论、文学翻译七项。第一届评选的是 1995—1996 年的优秀作品。获全国优秀短篇小说奖的有《老屋小记》(史铁生),《雾月牛栏》(迟子建),《赵一曼女士》(阿成),《镇长之死》(陈世旭),《哺乳期的女人》(毕飞宇),《心比身先老》(池莉)6 部;获全国优秀中篇小说奖的有《父亲是个兵》(邓一光),《小的儿》(林希),《挑担茶叶上北京》(刘醒龙),《年前年后》(何申),《涅槃》(李国文),《天知地知》(刘恒),《没有语言的生活》(东西),《黄金洞》(阎连科),《天缺一角》(李贯通),《双鱼星座》(徐小斌)10 部;获全国优秀报告文学奖的有《锦州之恋》(邢军纪、曹岩),《灵魂何归》(亦名《没有家园的灵魂》)(杨黎光),《黄河大移民》(冷梦),《黑验》(一合),《恸问苍冥》(金辉),《没有掌声的征途》(江宛柳),《东方大审判》(郭晓晔),《温故戊戌年》(张建伟),《淮河的警告》(陈桂棣),《大国长剑》(徐剑),《敦煌之恋》(王家达),《共和国告急》(何建明),《走出地球村》(李鸣生),《开埠》(程童一等),《毛泽东和蒙哥马利》(董保存)15 部作品;获全国优秀诗歌奖的有《生命是一片叶子》(李瑛),《今天没有空难》(匡满),《韩作荣自选诗》(韩作荣),《在瞬间逗留》(沈苇),《鸟落民间》(张新泉),《狂雪》(王久辛),《寻觅光荣》(辛茹),《拒绝末日》(李松涛)8 部作品;获全国优秀散文奖的有《何为散文选集》(何为),

《春宽梦窄》(王充闾)，《中华散文珍藏本·周涛卷》(周涛)，《女人的白夜》(铁凝)，《秋白茫茫》(李辉)，《皇天后土》(周同宾)，《从这里到永恒》(赵玫)，《羊想云彩》(刘成章)，《湮没的辉煌》(夏坚勇)，《两种生活》(斯妤)10部散文集；获全国优秀杂文奖的有《微言集》(林祖基)，《何满子杂文自选集》(何满子)，《邵燕祥随笔》(邵燕祥)，《韩羽杂文自选集》(韩羽)，《世象杂拾》(唐达成)5部杂文集；获全国优秀理论评论奖的有《认识老舍》(樊骏)，《社会主义市场经济与文学价值论》(敏泽)，《自传统至现代——近四百年中国文学思潮变迁论》(陈伯海)，《论鲁迅与林语堂的幽默观》(曾镇南)，《茅盾几部重要作品的评价问题》(邵伯周)5篇文章；获全国优秀翻译奖的有《华兹华斯抒情诗选》(杨德豫)，《艾青诗百首》(燕汉生)，《浮士德》(绿原)，《修道院纪事》(范维信)，《莱蒙托夫全集2·抒情诗Ⅱ》(顾蕴璞)5部作品；获全国优秀散文杂文荣誉奖的有《我的家在哪里》(冰心)，《赋得永久的悔》(季羡林)，《牵牛花蔓》(严秀)，《半月随笔二集》(雷加)，《郭风散文选集》(郭风)，《烟水江南绿》(艾煊)6部散文杂文集；获全国优秀文学翻译彩虹奖荣誉奖的有陈占元、金克木、黄源、刘辽逸、吕叔湘、施蛰存、孙绳武、伍孟昌、朱维之、陈冰夷、齐香、方平、金隄、蒋路、磊然、李芒、钱春绮、孙家晋、唐笙、辛未艾、袁可嘉、叶水夫、郑永慧、草婴、任溶溶25位翻译家。

3月23日，第二届"大家·红河文学奖"在北京人民大会堂举行颁奖大会。获奖作品为：长篇小说奖空缺；迟子建的《白银那》和叶兆言的《故事：关于教授》获得中篇小说奖；业余青年作者木祥的《怒江故事》获得短篇小说奖；张锐锋的《飞箭》获得散文奖；屠岸等7位诗人创作的组诗《公仆之歌》获得诗歌奖。

3月29日，首届"中国星星跨世纪诗歌奖"在成都颁奖，白连春、孙静轩、章德益获奖。该奖项由四川省作协和星星诗刊社共同设立。

3月，1997年度中国科幻小说银河奖在上海颁发。绿杨的《黑洞之吻》获得特等奖。获奖者中有三分之二是大学生，新一代的科幻作家群正在形成。

4月5日，《作家报》评出1997年度十佳小说。赵德发的《缱绻与决绝》、毕淑敏的《红处方》、阿来的《尘埃落定》等10部长篇小说，刘恒的《贫嘴张大民的幸福生活》、阎连科的《年月日》、李国文的《垃圾的故事》等10部中篇小说，铁凝的《秀色》、杨绛的《方五妹和她的"我老头子"》、严歌苓的《拉斯维加斯的谜语》等10篇短篇小说获奖。

4月17日，第二届夏衍电影文学奖暨全国优秀电影剧本征集评选活动在北京结束。自1997年6月1日以来，全国各地寄来应征剧本454部。最终获奖名单如下：电影文学奖一等奖为《马兰草》(彭继超、陈怀国编剧)；二等奖为《英雄圈》(张卫明编剧)、《金婚》(李东东、申健编剧)、《兵哥》(杨争光编剧)；三等奖为《山不转水转》(郑沂、赵铮后编剧)、《高原如梦》(尚敬编剧)、《天月》(杜丽鹃编剧)、《山河交响乐》(中杰英编剧)、《两生花》(马卫军编剧)。此外，还有5部剧本获评委会奖。5月21日，1997年度中国电影华表奖暨第二届夏衍电影文学奖颁奖典礼在北京举行。

4月,新闻出版署和中国作家协会主办的"八五"(1991—1995年)期间全国优秀长篇小说评奖在北京揭晓。本届评奖共有35家文艺出版社参加,参评书共102种。在参评作品中,《大上海沉没》(俞天白)、《失恋的季节》(王蒙)、《他乡明月》(柯岩)、《逐鹿金陵》(庞瑞垠)、《南方有嘉木》(王旭烽)、《蓝眼睛·黑眼睛》(马瑞芳)、《孽债》(叶辛)等20部作品获奖。

5月5日,第七届《上海文学》优秀作品奖在上海揭晓。此次评选范围是1994—1997年在该杂志上发表的作品,共评出中篇小说10篇、短篇小说8篇、散文3篇及理论文章4篇。

5月5日—8日,华东地区戏剧期刊第十二届"田汉戏剧奖"评奖活动在上海举行。共有13个剧本和14篇评论获奖。其中,郭启宏的昆剧《司马相如》(原载《上海戏剧》)获得剧本一等奖;《中国剧坛十大问题》(原载《上海戏剧》)获得评论一等奖。

5月12日,1997年度《萌芽》新人奖揭晓,小说《不系之舟》《搬家游戏》《房檐四角的天空》的作者王淑瑾、商羊、路玮,纪实作品《窃车:正在升级的都市犯罪》《乡镇企业中的大学生群落》的作者张雄、蒋东敏等8位新人获此奖励。

5月19日,由《小说选刊》杂志社设立的"小说选刊"奖1997年度评奖结果揭晓。这次评选增加了长篇小说奖。阿来的《尘埃落定》获长篇小说奖,鬼子的《被雨淋湿的河》、李国文的《垃圾的故事》、叶广芩的《黄连厚朴》获中篇小说奖,刘庆邦的《鞋》、铁凝的《安德烈的晚上》、孙惠芬的《台阶》获短篇小说奖。

6月8日,《东海》"兄弟杯"全国纯文学最高稿酬奖在杭州揭晓。8部作品获奖,即苏童的《白沙》、残雪的《弟弟》、洪峰的《结局与开始》、贾平凹的《浙江日记》、张抗抗的《钟点人》、潘军的《对话》、李国文的《钓鱼》、叶兆言的《纪念少女楼兰》。

7月,云南省作协主办的《边疆文学》第二届"边疆文学奖"揭晓,何元超的小说《湍急的河道》、罗汉的中篇小说《太阳花》、张宝三的诗歌《邓小平颂》等作品获奖。

8月30日,第九届中国儿童文学冰心奖在北京揭晓。《看北极丛书》《关怀》等50种图书获图书奖,《如诗如歌》《青春有价》等18篇作品获新作奖,68名儿童和教师获冰心艺术奖。

8月,陕西作协第七届505文学奖揭晓。赵发元的《曲江雨》、朱鸿的《药叫黄连》等10位作家的10部散文集获奖。

9月9日,上海第四届(1996—1997年)"长中篇小说优秀作品大奖"评奖揭晓。在选送的14部长篇小说、30部中篇小说、7部纪实和报告文学中,共评选出长篇小说一等奖1部:《马桥词典》(韩少功);二等奖2部:《丹青引》(王小鹰)、《壮士中华行》(余纯顺,纪实文学);三等奖2部:《务虚笔记》(史铁生)、《长相思》(周懋庸)。中篇小说一等奖1部:《年月日》(阎连科);二等奖2部:《和天使一起飞翔》(万方)、《春堤六桥》(王蒙);三等奖4部:《我爱比尔》(王安忆)、《本乡有案》(彭瑞高)、《分享艰难》(刘醒龙)、《屋檐下的河流》（殷慧芬）。

9 月 19 日—23 日，"第四届中国当代女性文学学术研讨会"暨"首届中国当代女性文学评（颁）奖"大会在河北省承德市召开。该奖共设"创作奖"和"建设奖"两个单项奖。其中，"创作奖"颁发给在当代卓有成就尤其是近二十年比较活跃的大陆女性作家，"建设奖"颁发给当代尤其是近年来在中国女性文学理论建构、译介和组织推动女性文学研究工作的成绩突出者。方方、王安忆、池莉、迟子建等 30 位女性作家获本届"创作奖"，林丹娅、荒林、谭湘、季红真等 15 位学者、评论家获本届"建设奖"。

9 月，第二届冰心文学奖（小说奖）揭晓，王成均、李元恒的《父亲山、母亲地》获一等奖。

10 月 8 日，"维维杯"第六届《十月》文学奖在北京揭晓。池莉的《来来往往》、梁晓声的《学者之死》、关仁山的《九月还乡》、李国文的《人物》、杨绛的《方五妹和她的"我老头子"》、张锲的《在地球的那一边》、季羡林的《听雨》等作品获奖。

同日，"'98 中国曹禺戏剧文学奖·剧本奖"在福建泉州举行颁奖大会。获奖的话剧剧本有：《虎踞钟山》（邵钧林、嵇道青）、《沧海争流》（周长赋）、《炮震》（庞泽云、王承友）、《圣旅》（孙德民）和儿童剧《大森林》（王靖）。

10 月 9 日，内蒙古文艺创作基金文学创作"索龙嘎"奖、艺术创作"萨日纳"奖评审委员会授予扎拉嘎胡、冉平第五届内蒙古"索龙嘎""萨日纳"杰出贡献奖，奖金两万元。

10 月 22 日，首届北京市文学艺术奖在北京颁发，主要表彰 1997—1998 年度北京市属宣传文化单位和市文联所属各文艺家协会会员创作的优秀文艺作品。毕淑敏的长篇小说《红处方》、刘恒的中篇小说《贫嘴张大民的幸福生活》、史铁生的短篇小说《老屋小记》、北京儿童艺术剧团的《雪童》、北京人民艺术剧院的《古玩》等获奖。

11 月 8 日，全国首届侦探小说（宏业杯）大赛在北京颁奖，白烨、范小青、刘醒龙、余华等作家榜上有名。

12 月，中国寓言文学研究会第七次年会在湖北襄樊召开，选举产生第四届理事会，年会上颁发了中国寓言研究会第二届"金骆驼奖"。《黄瑞云寓言》（第四版）、凡夫的《动物寓言故事 100 篇》等作品获奖。

同月，辽宁省第二届"曹雪芹长篇小说奖"评选结果揭晓。获奖作品空缺，4 部作品获得提名：朱东惠的《裂岸》、胡小胡的《太阳雪》、王占君的《辽太祖阿保机》、皮皮的《渴望激情》。

1999 年

4 月 2 日，人民日报社在北京为 1997—1998 年度《人民日报》发表的优秀报告文学颁奖。蒋子龙、池莉、刘醒龙、王宏甲、汤世杰、曾凡华等创作的 15 篇作品获奖。

4 月 25 日—29 日，《戏文》杂志承办的"东港杯"戏剧期刊工作会议暨第十三届"田汉戏剧奖"评奖活动在舟山市举行,共有 17 个剧本和 23 篇论文获奖。其中,罗怀臻的新编京剧《西楚霸王》(原载《上海戏剧》)、洪钰的大型戏曲《幕内内幕》(原载《剧作家》)、顾锡东的七场历史故事剧《将门之子》(原载《戏文》)和代路的话剧《工人世家》(原载《戏剧丛刊》)获得剧本一等奖;论文一等奖空缺。

4 月,中国作协第四届(1995—1997 年)"全国优秀儿童文学奖"获奖作品名单揭晓。获奖作品有:长篇小说《草房子》(曹文轩著,江苏少年儿童出版社),《我要做好孩子》(黄蓓佳著,江苏少年儿童出版社),《花季·雨季》(郁秀著,海天出版社)等;中、短篇小说集《赤色小子》(张品成著,少年儿童出版社),《一百个中国孩子的梦》(董宏猷著,21 世纪出版社);童话《唏哩呼噜历险记》(孙幼军著,湖南少年儿童出版社),《小朵朵与半个巫婆》(汤素兰著,江苏少年儿童出版社),《我和我的影子》(张之路著,江苏少年儿童出版社)等;幼儿文学《花生米样的云》(王晓明著,海燕出版社),《大头儿子和隔壁大大叔》(郑春华著,新蕾出版社),《长鼻子和短鼻子》(野军著,海燕出版社);诗歌《为一片绿叶而歌》(薛卫民著,湖北少年儿童出版社);散文《山野寻趣》(刘先平著,中国青年出版社);纪实文学《还你一片蓝天》(李凤杰著,湖北少年儿童出版社);科学文艺、寓言空缺。

6 月,《当代》杂志创刊 20 周年之际,《当代》杂志举办两项文学评奖活动。一为"焦作化电"杯《当代》文学奖日前揭晓,评出 1998 年该刊发表的 8 篇优秀作品,其中主要有中篇小说:池莉的《致无尽岁月》,王跃文的《夏秋冬》,何申的《乡村英雄》,王世春的《春忙·春茫》;短篇小说:王蒙的《枫叶》,谢萌的《黄站》;杂文:李国文的《嘴巴的功能》;报告文学:陈桂棣、春桃的《民间包公》。二为"双轮"杯报告文学奖,该奖评出了三年来刊登发表的优秀报告文学 5 篇,分别为:陈桂棣、春桃的《淮河的警告》,王家达的《敦煌之恋》,点点的《点点记忆》,杨镰的《最后的罗布人》和戴煌的《九死一生》。

8 月 16 日,由人民文学出版社和北京图书大厦联合发起,邀请社会知名文学研究专家评选出的"百年百种优秀中国文学图书"篇目揭晓。包括《官场现形记》《倪焕之》《台北人》等 52 部小说,《南社丛选》《九叶集》等 23 部诗集,《寄小读者》等 15 部散文,《包身工》等 3 部报告文学,《茶馆》等 7 部戏剧。

8 月 28 日,庆祝"冰心图书奖"设立 10 周年大会暨颁奖活动在北京举行。《百年巨变》《小飞虎漫游因特网》《爱心与教育》等 70 种图书获本届"冰心儿童图书奖",《麦子,麦子》等 24 篇作品获"冰心儿童文学新作奖",近百名少年儿童和教师获"冰心艺术奖"。

9 月 15 日,中宣部在北京召开"五个一工程"工作暨表彰会议,第七届精神文明建设"五个一工程"评选揭晓。共有包括电影、电视剧(片)、戏剧、图书等在内的 372 部作品获奖,《草房子》《突出重围》《走出硝烟的女神》等献礼小说位列其中。入选儿童作品有:儿童电影《花季雨季》、《草房子》、《宝莲灯》(美术片);儿童戏剧《尼玛·太阳》《享受艰难》《夜郎新传》《认识你,真好》;儿童文学作品《草房子》《一个中国孩子的英雄喜剧》《男生贾里全传》《童谣童话》《一百个中国孩子的梦》《鸽子树的传说》《红帆船诗丛》等。入选话剧有:《虎踞钟山》《洗礼》《沧海争流》《炮震》《古玩》《工人世家》《圣旅》《春夏秋冬》《浪淘碧海》《马背菩提》《小巷民警》《大江奔流》《一人头上一方天》。

9月20日,第四届国家图书颁奖大会在北京科技会堂举行。12种图书获荣誉奖,40种图书获国家图书奖,96种图书获提名奖。人民文学出版社的《老舍全集》、江苏教育出版社的《朱自清全集》、江苏少儿出版社出版的《草房子》(曹文轩)和未来出版社出版的《中国新时期幼儿文学大系》(张美妮等主编)等作品获奖。《红帆船诗丛》(6卷)、《三毛大世界》(4册)、《秦文君文集》(5册)、《一个中国孩子的英雄喜剧》(4册)、《花生米样的云》等获少儿类提名奖。

9月,由国家民委和中国作协共同举办的全国第六届少数民族文学创作"骏马奖"揭晓,来自18个省、市、自治区,共27个民族和61名少数民族作家的57部作品获奖。《中国少数民族文学经典文库》(5卷本)获特等奖。藏族作家阿来的《尘埃落定》等7部长篇小说,鄂温克族作家乌热尔图的《你让我顺水漂流》等15部小说集,回族作家郭风的《汗颜斋文札》等10部散文集,纳西族作家沙蠡的《大地震》等2部报告文学集获奖。《面向阳光》(禄琴,女,彝族)、《家园的颂辞与挽歌》(马丁,撒拉族)、《情感地带》(蔡金华,普米族)、《寻找自己》(高深,回族)、《唱给故乡》(石太瑞,苗族)、《回望》(杨泽文,傈僳族)、《冉庄诗选》(冉庄,土家族)、《回归》(袁冬苇,白族)、《另一种禅悟》(罗莲,女,布依族)、《阿尔泰新诗选》(阿尔泰,蒙古族)、《红印》(别尔地别克,哈萨克族)、《绿色钟声》(朴桦,朝鲜族)、《故土赞》(穆罕麦提江·热什丁,维吾尔族)、《雪山情》(角巴东主、恰嘎·多杰才让,藏族)等诗集获奖。回族作家王叶伦的《纸公主和纸王子》等4部儿童文学集及满族评论家关纪新的《老舍评传》等4部理论集榜上有名。另有那顺德力格尔等5人获得翻译奖。获奖作品的40%(含翻译奖)是用蒙古族、藏族、维吾尔族、哈萨克族、塔吉克族、朝鲜族、彝族等7种民族文字创作的作品。

10月,解放军总后勤部举办的第五届军事文学奖评奖揭晓,106件选送作品中,《悲壮历程》等28件作品获奖。

同月,湖南首届毛泽东文学奖揭晓。陶少鸿的长篇小说《梦土》、蔡测海的中短篇小集《当代湖南作家作品选·蔡测海卷》等作品获奖。

同月,江西第四届"谷雨"文学奖揭晓。本届"谷雨"文学奖定为长篇小说专项奖,陈世旭的《将军震》获一等奖。

同月,由《清明》杂志社举办的"建国五十周年征文活动"在安徽评选揭晓。共有6部中篇小说获奖,李本深的《苍天可鉴》获一等奖。

同月,由东北三省作家协会联合举办、黑龙江省作家协会承办的东北地区最高文学奖项第四届"东北文学奖"——长篇小说奖与长篇儿童文学奖在哈尔滨揭晓。获长篇小说一等奖的有张涛的《窖地》、胡小胡的《太阳雪》等。

11月26日,首届"中华铁人文学奖"颁奖大会在北京人民大会堂举行。全国政协副主席陈锦华,中国作协负责人翟泰丰以及石油界、文学界人士150多人出席了颁奖大会。李季、李若冰因其对石油文学事业的卓越贡献获"中华铁人文学奖"贡献奖。张光年、刘白羽等8位老作家获"中华铁人文学奖"荣誉奖。徐迟、魏钢焰等6位故去的作家被追授"中华铁人文学奖"纪念奖。薛柱国的歌词《我为祖国献石油》、张天民的电影剧本《创业》、吕远的歌词《克拉玛依之歌》因其广泛深远的社会反响,获得"中华铁人文学奖"特别奖。另有周绍义、余述平、张敬群、贾平凹等26位作家的作品分获不同奖项。

11月,第二届"西藏新世纪文学奖"颁奖仪式在拉萨举行。共有5部作品获奖:旺多的藏文长篇小说《斋苏府秘闻》、青年作家平措扎西的中短篇小说集《斯曲和她的五个孩子的父亲们》、军旅作家杨坚斌的报告文学集《守望西藏》、青年诗人金荣·次仁亚培的诗集《风》、次仁顿珠的藏译世界名著《一千零一夜》。

同月,第十八届"陈伯吹儿童文学奖"颁奖大会在上海举行。获奖作品有小说《鼓掌员的荣誉》《比乐与军刀》《留级生沙龙》《神秘小屋》《狂奔》《永恒的生命》,童话《森林里捡来的魔法音带》《霍去病的马》等。

12月12日,中国文联、中国剧协联合主办的"'99中国曹禺戏剧奖·剧本奖"颁奖大会在北京举行。获奖话剧剧目是《洗礼》(作者王海鸰)、《歌星与猩猩》(作者赵耀民)、《青春涅槃》(作者蒋晓勤、姚远、邓海南);儿童剧是《小宝贝儿》(作者永涓、田牛等)。中国曹禺戏剧奖·剧本奖是经中宣部批准,由中国文联、中国剧协联合主办的我国唯一的全国性戏剧文学大奖,设立于1980年,原名全国优秀剧本奖,1982年更名为中国曹禺戏剧文学奖,1999年列入中国曹禺戏剧奖系列。

12月15日,《上海戏剧》第12期揭晓该刊评选出的20世纪中国十大戏剧大师,分别是梅兰芳、曹禺、田汉、老舍、黄佐临、焦菊隐、周信芳、王国维、欧阳予倩、郭沫若。

2000 年

1月20日,中国诗歌学会在北京隆重举行首届"夏新杯·中国诗人"颁奖大会,臧克家、卞之琳同获"夏新杯·中国诗人——终身荣誉奖"。

2月16日,首届冯牧文学奖在北京揭晓。李洁非、洪志纲、李敬泽、红柯、徐坤、朱苏进、邓一光、柳建伟等8位中青年文学工作者获奖。

同月,《长江文艺》第二届方圆文学奖揭晓。此次获奖作品是从《长江文艺》1999年1—12期所发表的作品中选出的。有魏光焰的中篇小说《大雪流萤》、石钟山的中篇小说《角儿》、金仁顺的短篇小说《高丽往事》等。

4月26日,《小说选刊》杂志社主办的"东方华茂杯"(1998—1999年)优秀小说奖在北京颁奖,铁凝的《永远有多远》、叶广芩的《谁翻乐府凄凉曲》、石舒清的《清水里的刀子》、阿成的《被遗弃的黄豆》和王安忆的《酒徒》获奖。

5月29日,中国作协与宋庆龄基金会在北京世纪剧院联合举行了第五届宋庆龄儿童文学奖和中国作协第四届全国优秀儿童文学奖颁奖大会。曹文轩的《草房子》、班马的《绿人》、葛冰的《梅花鹿的角树》等3部作品获宋庆龄儿童文学奖,金曾豪的《苍狼》等18部作品获得中国作家协会全国优秀儿童文学奖。会上宣布宋庆龄儿童文学奖和全国优秀儿童文学奖自即日起进行奖项合并。

6月,中华民族园杯首届老舍文学创作奖揭晓。《梦断关河》(凌力)、《古街》(刘育新)获长篇小说奖;《贫嘴张大民的幸福生活》(刘恒)、《永远有多远》(铁凝)获中篇小说奖;昆曲《司马相如》(郭企宏)、曲剧《烟壶》(张永和、王保春)获戏剧剧本奖;电视连续剧《一年又一年》(导演安战军、李小龙,编剧李晓明)、电影《离开雷锋的日子》(导演雷献禾、康宁,编剧王兴东)获影视剧奖;广播剧《脊梁》(导演李健,编剧罗金)、《千古流芳》(导演李建,编剧刘宝毅)获广播剧奖。

7月11日,首届湖北文学奖评选揭晓。获奖作品有:陈应松的小说集《大街上的水手》、胡发云的中篇小说《老海失踪》、丁少颖的传记文学《红岩恋——江姐家传》、甘茂华的散文集《鄂西风情录》、刘小平的诗集《鄂西倒影》、邓一光的长篇小说《组织》、胡晓明和胡晓晖的长篇小说《洛神》。另据《湖北文学奖评奖条例》,对在本届评奖年度内获得鲁迅文学奖和中宣部"五个一工程"奖等国家级大奖的刘醒龙的中篇小说《挑担茶叶上北京》等6部作品授予首届湖北文学奖荣誉奖。魏光焰的中篇小说《大雪流萤》等9部作品获首届湖北文学奖提名奖。

9月21日,第二届中国戏剧奖·理论评论奖日前在浙江绍兴揭晓。《粤剧在城市、乡村和海外唐人街的生存空间和发展策略》《戏曲行当、表演程式与人物塑造的关系》等9篇文章获得奖项。此外,刘厚生的《中国话剧史的十一个"为什么"》、李默然的《纪念话剧百年》、欧阳山尊的《战斗的历史——纪念中国话剧诞辰一百周年》等5篇论文获得了"纪念中国话剧诞辰百年优秀论文奖"。理论评论奖是中国戏剧奖的子奖项之一,由中国文联和中国剧协主办,每两年评选一次,其前身为"中国曹禺戏剧奖·评论奖",是目前唯一的全国性戏剧理论评论奖项。

9月,第五届"上海长中篇小说优秀作品大奖"(1998—1999年)揭晓。本届长篇、中篇小说的两个一等奖均告空缺,长篇小说二等奖为严歌苓的《人寰》、周梅森的《中国制造》,三等奖为殷慧芬的《汽车城》、孙颙的《门槛》;中篇小说二等奖为李唯的《腐败分子潘长水》、莫言的《三十年前的一次长跑》,三等奖为西飏的《河豚》、阎连科的《耙楼天歌》、彭瑞高的《六神有主》。

同月,"人民文学·贝塔斯曼"杯文学新秀奖在北京颁奖。程莫深的小说《20世纪末世界战争缩写》获得特别奖,马雨默的小说《骆叔的镜子》、向晓霞的小说《金芭太太和她的猫》获一等奖,蔡骏的小说《绑架》、西岭雪的小说《爱如烟花只开一瞬》、韦俊海的小说《等你回家结婚》获二等奖。

同月,《人民文学》"伊力特"杯中短篇小说奖颁奖大会在新疆乌鲁木齐市举行。徐怀中的《来也匆匆,去也匆匆》、叶广芩的《谁翻乐府凄凉曲》、阎连科的《朝着东南走》、刘庆邦的《谁家的小姑娘》、铁凝的《省长日记》、阿宁的《无根令》、鬼子的《上午打瞌睡的女孩》、池莉的《猜猜砒霜和菜谱是什么做的》8 部作品获奖。

同月,由中国传记文学学会举办的第二届传记文学作品奖评选活动在北京揭晓。共评选出 12 部近 5 年来创作的传记文学作品,分别是:《开国领袖毛泽东》(王朝柱)、《张爱萍传》(东方鹤)、《田汉传》(董健)、《钱学森》(祁淑英、魏根发)、《我在共产党内七十年》(《一个革命的幸存者》)(曾志)、《万里》(张广友、丁龙嘉)、《高原雪魂——孔繁森》(郭保林)、《群山——马文瑞与西北革命》(忽培元)、《无悔的岁月——我们姐妹的人生道路》(浦代英)、《赵超构传》(张林岚)、《赵无极传》(朱晴)、《你是一座桥》(田天)。

同月,由《科幻世界》举办的第十二届银河奖举行颁奖仪式,刘慈欣以《流浪地球》斩获特等奖。

10 月,第五届茅盾文学奖评选揭晓,张平的《抉择》、阿来的《尘埃落定》、王安忆的《长恨歌》和王旭烽的《茶人三部曲》(一、二)等 4 部长篇小说获奖。

11 月 4 日,"中国曹禺戏剧奖·剧本奖"在西安揭晓。获奖的 5 部话剧作品是:《"厄尔尼诺"报告》(姚远、邓海南、蒋晓勤)、《生死场》(田沁鑫)、《父亲》(李宝群)、《绿荫里的红塑料桶》(孟冰)、《岁月风景》(唐栋);获奖的 5 部戏曲作品是:《乡里警察》(冯之)、《金子》(隆学义)、《徽州女人》(陈薪伊、刘云程)、《迟开的玫瑰》(陈彦)、《葫芦庙》(范莎侠)。

11 月 21 日,第八届中国人口文化奖颁奖大会在北京人民大会堂小礼堂举行。话剧《"厄尔尼诺"报告》和《水下村庄》获得话剧剧目一等奖。

12 月 24 日,"榕树下"第二届网络原创文学作品奖揭晓。《岩画》(宁肯)、《毕业一年间》(零之)、《烟火不堪剪》(飞花)、《迟到的戒指》(人面桃花)、《漂亮的鼻子》(飞雅雷)、《瘟疫》(燕垒生)、《猫城故事》(快乐魔鬼)、《梯子》(刘塬)、《悟空传》(今何在)、《秋风十二夜》(心乱)等 10 篇作品获最佳小说奖,《烹饪》《太阳女人》《倾城》《那一场风花雪月的事》等 10 篇作品获最佳诗歌奖,《老婆·嫁妆·女儿红》《我是一只橙》《大地之上(三篇)》等 10 篇作品获最佳散文奖,flying_max 的《灰锡时代》、凡妮的《傍晚那场电影》、小引的《西北偏北》分别荣获最佳小说大奖、最佳散文大奖和最佳诗歌大奖。根据网友投票结果,最佳人气奖由小说《悟空传》、散文《大地之上》、诗歌《那一场风花雪月的事》获得。颁奖典礼上增设的特别奖项——评委会特别奖,颁给了于本月 11 日去世的《死亡日记》作者陆幼青。

2001 年

9 月 17 日,由中国文联、中国戏剧家协会主办的第十四届"曹禺戏剧文学奖·剧本奖"颁奖典礼在上海举行。经过初评、终评,获正式奖剧本有 8 部,分别是《班昭》《香魂女》《正红旗下》《张协状元》《远山》《寒号鸟》《无话可说》和《司马迁》。

本年,由中华文学基金会冯牧文学专项基金创设的第二届"冯牧文学奖"举行颁奖仪式,何向阳、阎晶明、谢有顺、刘亮程、毕飞宇、祁智、莫言、乔良、朱秀海等9人获奖。

由人民出版社主办的第三届"人民文学奖"颁发了长篇小说、纪实文学、诗歌、散文四个奖项。阿来《尘埃落定》,邓一光《我是太阳》,周大新《第二十幕》,方方《乌泥湖年谱》,王蒙"季节"系列(《恋爱的季节》《失态的季节》《踌躇的季节》《狂欢的季节》),周梅森"中国制造"三部曲,王小鹰《丹青引》,柳建伟"时代三部曲"之一、之二(《北方城郭》和《突出重围》),李佩甫《城市白皮书》,海诚《新西游记》,张宇《疼痛与抚摸》,徐贵祥《历史的天空》,赵德发"中国农民三部曲"之一、之二(《缱绻与决绝》和《君子梦》)获长篇小说奖;邓贤《流浪金三角》,郝在今《协商建国》、陈桂棣《淮河的警告》获纪实文学奖;海子、食指获诗歌奖;张承志《中华散文珍藏本·张承志卷》、吴冠中《画外画·吴冠中卷》获散文奖。

由《科幻世界》举办的第十三届银河奖颁发了银河奖、读者提名奖两大奖项。刘慈欣《全频带阻塞干扰》、王晋康《替天行道》、潘海天《大角,快跑》、赵海虹《蛻》、王亚男《盗墓》获得银河奖,刘慈欣《乡村教师》、失落的星辰《废墟》、王亚男《诡础》、韩治国《心中的香格里拉》、李忆仁《棋谱》、柳文扬《是谁长眠在此》、刘维佳《来看天堂》、何夕《故乡的云》、北辰《战神初航》、杨玫《薰衣草》获得读者提名奖。

由《小说月报》创设的第九届"百花奖"举行颁奖仪式,10篇中篇小说与10篇短篇小说入围奖项。

2002 年

4月,由中华文学基金会冯牧文学专项基金举办的第三届冯牧文学奖的获奖者为郜元宝、吴俊、李建军、雪漠、周晓枫、孙惠芬、周大新、李鸣生、苗长水。

9月9日,由中国作协、国家民委联合主办的第七届全国少数民族文学创作"骏马奖"颁奖典礼在北京举行。共有51部作品(6部长篇、17篇中短篇、10部诗歌集、9部散文集、3篇报告文学、2篇儿童文学、4部理论评论集)和4位翻译家获奖。

本年,由《科幻世界》举办的第十四届银河奖为入围作品颁发奖项,何夕《六道众生》、刘慈欣《中国太阳》、王晋康《水星播种》、Shake Space《马姨》、杨玫《日光镇》获银河奖。刘慈欣《朝闻道》《吞食者》、柳文扬《一日囚》、程婧波《西天》、王晋康《生存实验》、燕垒生《瘟疫》、赵海虹《宝贝宝贝我爱你》、赵永光《植花演义》、李罟《饥不择食》、韩松《天下之水》获读者提名奖。

2003 年

1月15日,由国内11位著名学者、编辑共同发起的"21世纪鼎钧文学双年奖"在北京举行首届颁奖典礼,莫言《檀香刑》、李洱《花腔》获得该奖项。

4月18日,由《南方都市报》设立的首届"华语文学传媒大奖"为年度杰出成就奖、年度小说家、年度诗人等奖项获得者颁奖。史铁生获年度杰出成就奖,韩少功获年度小说家称号,于坚获年度诗人称号,李国文获年度散文家称号,陈晓明获年度文学评论家称号,盛可以获年度最具潜力新人称号。

11月7日,由中国作家协会中华文学基金会主办的第一届"姚雪垠长篇历史小说奖"举行颁奖仪式。唐浩明《曾国藩:血祭·野焚·黑雨》、凌力《梦断关河》、熊召政《张居正》、颜廷瑞的《汴京风骚:晨钟卷·午朝卷·暮鼓卷》、二月河《乾隆皇帝(六卷本)》5部长篇小说获此奖项。

11月20日,由中华文学基金会主办的第九届"庄重文文学奖"评奖揭晓。毕飞宇、红柯、国风、西川、徐坤、何向阳、柳建伟、关仁山、张梅、刁斗获得此次文学奖。

本年,由人民出版社主办的第四届"人民文学奖"颁发了优秀中篇小说、优秀短篇小说、优秀散文奖和优秀诗歌奖4个奖项。熊正良《我们卑微的灵魂》、荆永鸣《北京候鸟》、池莉《有了快感你就喊》获优秀中篇小说奖,魏微《大老郑的女人》、戴来《茄子》获优秀短篇小说奖,周晓枫《你的身体是个仙境》、黄集伟《借一张嘴,说美丽脏话》获优秀散文奖,李元胜《景象》、桑克《时光登记簿》、大解《神秘的事物》获优秀诗歌奖。

由《科幻世界》举办的第十五届银河奖颁发了银河奖、最佳新人奖和读者提名奖3个奖项。获奖名单为:何夕《伤心者》和刘慈欣《地球大炮》获银河奖;拉拉《春日泽·云梦山·仲昆》、罗隆翔《寄生之魔》获最佳新人奖;潘海天《饿塔》、未明小痴《唯美》、刘慈欣《诗云》、罗隆翔《山海间》、刘慈欣《思想者》获读者提名奖。

由《小说月报》创设的第十届"百花奖"举行颁奖仪式。衣向东《过滤的阳光》、毕飞宇《玉米》、池莉《看麦娘》、方方《奔跑的火光》、李肇正《永远不说再见》、孙春平《老师本是老实人》、梁晓声《民选》、潘军《合同婚姻》、贾平凹《阿吉》、叶兆言《马文的战争》获中篇小说奖,莫言《冰雪美人》、毕淑敏《藏红花》、铁凝《有客来兮》、苏童《人民的鱼》、裘山山《我讲最后一个故事》、梁晓声《讹诈》、王安忆《民工刘建华》、贾平凹《饺子馆》、赵本夫《鞋匠与市长》、迟子建《花瓣饭》获短篇小说奖。

2004 年

4月18日,由《南方都市报》设立的第二届"华语文学传媒大奖"为获奖者颁奖。莫言获年度杰出成就奖,韩东获年度小说家,王小妮获年度诗人,余光中获年度散文家,王尧获年度文学评论家,须一瓜获年度最具潜力新人。

本年,由中国文联、中国戏剧家协会主办的"曹禺戏剧文学奖"举行颁奖仪式。粤剧《驼哥的旗》、京剧《春秋霸主》、花鼓戏《乡长本姓赵》、莆仙戏《江上行》、话剧《凌河影人》《老兵骆驼》《兰州老街》《大都市辩护》获曹禺戏剧文学奖·剧本奖,《孔尚任》《帘卷西风》《白鹿原》《母亲》《红领巾》《等郎妹》《阿Q与孔乙己》《大路朝天》《走过十五岁》获剧本提名奖。

由《科幻世界》举办的第十六届银河奖颁发了银河奖、特别奖、最受欢迎外国科幻作家和读者提名奖4个奖项。刘慈欣《镜子》和夏笳《关妖精的瓶子》获银河奖，钱莉芳《天意》获特别奖，洛伊斯·比约德（美国）成为最受欢迎的外国科幻作家，何夕《审判日》、罗隆翔《异天行》、刘慈欣《圆圆的肥皂泡》、呼呼《冰上海》、凌晨《潜入贵阳》获读者提名奖。

2005 年

3月，由《南方都市报》主办的第三届"华语文学传媒大奖"为获奖者颁奖。格非凭借《人面桃花》获年度杰出成就奖，林白获年度小说家，多多获年度诗人，南帆获年度散文家，李敬泽获年度文学评论家。

6月26日，由中国作家协会主办的第三届鲁迅文学奖为获奖者举行颁奖典礼。毕飞宇《玉米》、陈应松《松鸦为什么鸣叫》、夏天敏《好大一对羊》、孙惠芬《歇马山庄的两个女人》获全国优秀中篇小说奖；王祥夫《上边》、温亚军《驮水的日子》、魏微《大老郑的女人》、王安忆《发廊情话》获全国优秀短篇小说；王光明、姜良纲《中国有座鲁西监狱》，李春雷《宝山》，杨黎光《瘟疫，人类的影子——"非典"溯源》，加央西热《西藏最后的驮队》，赵瑜、胡世全《革命百里洲》获全国优秀报告文学奖；贾平凹《贾平凹长篇散文精选》、李存葆《大河遗梦》、史铁生《病隙碎笔》、素素《独语东北》、鄢烈山《一个人的经典》获全国优秀散文、杂文奖；老乡《野诗全集》、郁葱《郁葱抒情诗》、马新朝《幻河》、成幼殊《幸存的一粟》、娜夜（满族）《娜夜诗选》获全国优秀诗歌奖；吴义勤《难度·长度·速度·限度——关于长篇小说文体的思考》、王向峰《〈手稿〉的美学解读》、陈超《打开诗的漂流瓶——现代诗研究论集》、朱向前《朱向前文学理论批评选》获全国优秀文学理论、文学评论奖；田德望译《神曲》（但丁著，意大利文）、黄燎宇译《雷曼先生》（斯文·雷根纳著，德文）获全国优秀文学翻译奖。

7月26日，由中国作家协会主办的第六届茅盾文学奖在乌镇举行，熊召政的《张居正》、张洁的《无字》、徐贵祥的《历史的天空》、柳建伟的《英雄时代》、宗璞的《东藏记》获奖。

12月，由中国作协、国家民委共同主办的第八届少数民族文学创作"骏马奖"举行颁奖仪式，共30部作品（长篇、短篇、散文集、诗集各5部，报告文学、评论、理论集共10部）和1位翻译家获得奖项。

本年，由《人民文学》杂志社主办的2004年度"人民文学奖"颁发了优秀中篇小说、优秀短篇小说、优秀散文奖和优秀诗歌奖4个奖项。映川《不能掉头》、晓航《师兄的透镜》、陈应松《马嘶岭血案》获优秀中篇小说奖，莫言《月光斩》、张楚《长发》、须一瓜《毛毛雨飘在没有记忆的地方》获优秀短篇小说奖，于坚《火炉上的湖泊》、格致《减法》获优秀散文奖,雷抒雁的组诗《明明灭灭的灯》、张执浩的组诗《覆盖》获优秀诗歌奖。

由《科幻世界》举办的第十七届银河奖颁发了银河奖、最佳新人奖、最受欢迎外国科幻作家和读者提名奖4个奖项。刘慈欣《赡养人类》、何夕《天生我材》获银河奖,谢云宁凭借《深度撞击》获得最佳新人奖,达格拉斯·亚当斯(英国)获最受欢迎的外国科幻作家,王晋康《一生的故事》、夏笳《卡门》、燕垒生《情尽桥》、马伯庸《寂静之城》、韩松《天堂里没有地下铁》获读者提名奖。

由国内11位著名学者、编辑共同发起的第二届"21世纪鼎钧双年文学奖"举行颁奖典礼,格非《人面桃花》、阎连科《受活》、谷川俊太郎(日本)《谷川俊太郎诗选》获奖。

由《小说月报》创设的第十一届"百花奖"举行颁奖仪式。池莉《有了快感你就喊》、方方《有爱无爱都铭心刻骨》、刘庆邦《少年的月夜》、迟子建《踏着月光的行板》、衣向东《阳光漂白的河床》、摩卡《情断西藏》、李肇正《傻女香香》、张欣《有些人你永远不必等》、石钟山《二十年前的一宗强奸案》、於梨华《寻找老伴》获中篇小说奖,王安忆《世家》、阿成《秀女》、苏童《私宴》、李骏《北京再见》、裘山山《一条毛毯的阅历》、铁凝《阿拉伯树胶》、迟子建《采浆果的人》、李铁《出墙的红杏》、贾平凹《小说二题》、聂鑫森《名角泡澡》获短篇小说奖。

2006 年

2月3日,由北京市文联和老舍文艺基金会主办的第三届老舍文学奖在北京颁奖。阎连科的《受活》获优秀长篇小说奖,曾哲的《香歌潭》、程青的《十周岁》获中篇小说奖,兰晓龙的《爱尔纳·突击》获戏剧剧本奖,尉然的《李大筐的脚和李小筐的爱情》、毛银鹏的《故人西辞》获新人佳作奖。

4月8日,由《南方都市报》主办的第四届"华语文学传媒大奖"举行颁奖仪式。贾平凹凭借《秦腔》获年度杰出作家,东西获年度小说家,李亚伟获年度诗人,徐晓获年度散文家,张新颖获年度评论家,李师江获年度最具潜力新人。

6月14日,由中华文学基金会主办的第十届"庄重文文学奖"为获奖者颁发奖项,邱华栋、东西、梅卓、魏微、吴义勤、潘向黎、李东华、李洱入围该奖项。

9月13日,由香港浸会大学文学院成立的首届"红楼梦奖"为获奖者举行颁奖仪式。其中,贾平凹的《秦腔》斩获首奖。

本年,由中国文联、中国戏剧家协会主办的第十五届"曹禺戏剧文学奖"举行颁奖仪式。孟冰话剧《黄土谣》、王真话剧《郭双印连他乡党》、姚远话剧《马蹄声碎》、陆伦章滑稽戏《青春跑道》、李莉京剧《成败萧何》、范莎侠潮剧《东吴郡主》、杨林京剧《霸王别姬》、曾学文歌仔戏《邵江海》获奖。

《人民文学》杂志社主办的2006年度"人民文学奖"颁发了优秀中篇小说、优秀短篇小说、优秀散文奖和优秀诗歌奖4个奖项。罗伟章《奸细》、张翎《空巢》、陈希我《上邪》获优秀中篇小说奖,郭文斌《吉祥如意》获优秀短篇小说奖,夏榆《黑暗中的阅读与默诵》、舒婷《老房子的前世今生》、陈染《我究竟在这艘人世之船上浮想什么》获优秀散文奖,傅天琳《六片落叶》、汤养宗《在汉诗中国》获优秀诗歌奖。

由《科幻世界》举办的第十八届银河奖颁发了特别奖、杰出奖、最受欢迎外国科幻作家和读者提名奖4个奖项,刘慈欣凭借《三体》斩获特别奖。

2007 年

4月7日,由《南方都市报》主办的第五届"华语文学传媒大奖"举行颁奖仪式。韩少功获年度杰出作家,北村获年度小说家,雷平阳获年度诗人,李辉获年度散文家,王德威(美国)获年度文学评论家,乔叶获年度最具潜力新人。

8月6日,由中国作家协会中华文学基金会主办的第二届"姚雪垠长篇历史小说奖"为3部长篇历史小说颁奖。获奖作品分别为王梓夫《漕运码头》、唐浩明《张之洞(上、中、下)》、包丽英《蒙古帝国(三部曲)》。

10月28日,由中国作家协会主办的第四届鲁迅文学奖举行颁奖仪式。蒋韵《心爱的树》、田耳《一个人张灯结彩》、葛水平《喊山》、迟子建《世界上所有的夜晚》、晓航《师兄的透镜》获全国优秀中篇小说奖,范小青《城乡简史》、郭文斌《吉祥如意》、潘向黎《白水青菜》、李浩《将军的部队》、邵丽《明惠的圣诞》获全国优秀短篇小说奖,朱晓军《天使在作战》、何建明《部长与国家》、党益民《用胸膛行走西藏》、王宏甲《中国新教育风暴》、王树增《长征》获全国优秀报告文学奖,田禾《喊故乡》、荣荣《看见》、黄亚洲《行吟长征路》、林雪《大地葵花》、于坚《只有大海苍茫如幕》获全国优秀诗歌奖,韩少功《山南水北》、南帆《辛亥年的枪声》、刘家科《乡村记忆》、裘山山《遥远的天堂》获全国优秀散文、杂文奖,李敬泽《见证一千零一夜——21世纪初的文学生活》、陈晓明《无边的挑战——中国先锋文学的后现代性》(修订本)、欧阳友权《数字化语境中的文艺学》、雷达《当前文学创作症候分析》、洪治纲《困顿中的挣扎——贾平凹论》获全国优秀文学理论评论奖,许金龙译《别了,我的书》(大江健三郎著,日文)、王东亮译《笑忘录》(米兰·昆德拉著,法文)、李之义译《斯特林堡文集》(五卷)(斯特林堡著,瑞典文)获全国优秀文学翻译奖。

本年,由《人民文学》杂志社主办的2007年度"人民文学奖"颁发了优秀长篇小说、优秀中篇小说、优秀短篇小说、优秀散文奖和优秀诗歌奖5个奖项。麦家《风声》获优秀长篇小说奖,鲁敏《思无邪》、田耳《一个人张灯结彩》获优秀中篇小说奖,阿来《短篇三篇》、陈忠实《李十三推磨》获优秀短篇小说奖,汗漫《一枚钉子在宁夏路上奔跑》、江少宾《地母·征婚》获优秀散文奖,古马《古马的诗》、白垩《青藏诗章》获优秀诗歌奖。

由《科幻世界》举办的第十九届银河奖颁发了科幻小说奖、美术作品奖、最受欢迎外国科幻作家和读者提名奖4个奖项,其中拉拉《永不消失的电波》、长铗《674号公路》、罗隆翔《在他乡》获科幻小说奖。

由《小说月报》创设的第十二届"百花奖"举行颁奖仪式。迟子建《世界上所有的夜晚》、衣向东《电影哦电影》、刘庆邦《卧底》、陈应松《太平狗》、罗伟章《奸细》、杨少衡《尼古丁》、李唯《跟我的前妻谈恋爱》、胡学文《命案高悬》、乔叶《打火机》、傅爱毛《嫁死》获中篇小说奖,冯骥才《抬头老婆低头汉》、王安忆《化妆间》、苏童《拾婴记》、徐坤《早安,北京》、谈歌《老张》、石钟山《血红血黑》、孙惠芬《天河洗浴》、徐岩《河套》、聂鑫森《篆刻名家》、阿成《丙戌六十年祭》获短篇小说奖。

2008 年

3 月 20 日,由中华文学基金会和香港庄士集团主办的第十一届"庄重文文学奖"在北京举行颁奖仪式,周晓枫、戴来、谢有顺、温亚军、石舒清、郑小琼、张者入围该奖。

4 月 13 日,由《南方都市报》主办的第六届"华语文学传媒大奖"在广州举行颁奖仪式,王安忆凭借《启蒙时代》获年度杰出作家。

7 月 24 日,由香港浸会大学文学院创立的第二届"红楼梦奖"举行颁奖仪式,莫言凭借《生死疲劳》斩获该奖。

11 月 2 日,由中国作协主办的第七届茅盾文学奖为 4 部长篇小说颁发奖项,分别为贾平凹《秦腔》、迟子建《额尔古纳河右岸》、周大新《湖光山色》、麦家《暗算》。

11 月 16 日,由中国作协、国家民委共同主办的第九届少数民族文学创作"骏马奖"在贵阳举行颁奖仪式,共 35 部作品和 4 位翻译家入围奖项。

本年,由中国文联、中国戏剧家协会主办的第二届中国戏剧奖·曹禺剧本奖举行颁奖仪式。张明媛话剧《风刮卜奎》,万方话剧《有一种毒药》,唐栋、蒲逊话剧《天籁》,邱建秀儿童剧《柠檬黄的味道》,郑怀兴晋剧《傅山进京》,彭铁森花鼓戏《走进阳光》,周祥光闽剧《王茂生进酒》,余青峰越剧《赵氏孤儿》等获奖。

由《人民文学》杂志社主办的 2008 年度"人民文学奖"颁发优秀长篇小说、优秀中篇小说、优秀短篇小说、优秀散文奖、优秀诗歌奖和特别奖 6 个奖项。毕飞宇的《推拿》获优秀长篇小说奖,叶舟的《羊群入城》、马秋芬的《朱大琴,请与本台联系》、计文君的《天河》获优秀中篇小说奖,姚鄂梅的《秘密通道》获优秀短篇小说奖,塞壬的《转身》、张悦然的《月圆之夜及其他》获优秀散文奖,阿门的《中年心迹》、商泽军的《奥运中国》获优秀诗歌奖,赵剑平的报告文学《巴拿马诱惑》获特别奖。

由《科幻世界》举办的第二十届银河奖颁发了杰作奖、优秀奖、美术作品奖、最受欢迎外国科幻作家和读者提名奖 5 个奖项,长铗《扶桑之伤》斩获杰作奖。

2009 年

4 月 16 日,由《南方都市报》主办的第七届"华语文学传媒大奖"举行颁奖仪式,阿来凭借《空山》获年度杰出作家。

本年,由《人民文学》杂志社主办的2009年度"人民文学奖"颁发奖项。刘震云《一句顶一万句》获优秀长篇小说奖,袁劲梅《罗坎村》、东紫《春茶》获优秀中篇小说奖,铁凝《伊琳娜的礼帽》、张炜《东莱五记》获优秀短篇小说奖,王小妮《二〇〇八上课记》、蒋方舟《审判童年》获优秀散文奖,牛汉《诗七首》、刘希全《南宋庄》获优秀诗歌奖。

由《科幻世界》举办的第二十一届银河奖颁发了杰作奖、优秀奖、美术作品奖、最受欢迎外国科幻作家和读者提名奖5个奖项,其中江波《时空追缉》获杰作奖。

由《小说月报》创设的第十三届"百花奖"举行颁奖仪式。蒋韵《英雄血》、万方《男女关系之悲喜剧》、方方《万箭穿心》、迟子建《布基兰小站的腊八夜》、徐则臣《跑步穿过中关村》、叶广芩《豆汁记》、傅爱毛《天堂门》、胡学文《逆水而行》、衣向东《爱情西街》、裴蓓《我们都是"天上人"》获中篇小说奖,陈忠实《李十三推磨》、范小青《父亲还在渔隐街》、陈世旭《一看就是个新警察》、谈歌《天香酱菜》、刘庆邦《八月十五月儿圆》、裘山山《腊八粥》、须一瓜《灶上还有绿豆羊肉汤》、毕飞宇《家事》、徐岩《白粮票》、薛媛媛《湘绣旗袍》获短篇小说奖。

2010 年

7月,由香港浸会大学主办的第三届"红楼梦奖"举行颁奖仪式,骆以军的《西夏旅馆》斩获首奖。

10月19日,由中国作家协会主办的第五届鲁迅文学奖为获奖者举行颁奖仪式。乔叶《最慢的是活着》、王十月《国家订单》、吴克敬《手铐上的蓝花花》、李骏虎《前面就是麦季》、方方《琴断口》获全国优秀中篇小说奖,鲁敏《伴宴》、盛琼《老弟的盛宴》、次仁罗布《放生羊》、苏童《茨菰》、陆颖墨《海军往事》获全国优秀短篇小说奖,李鸣生《震中在人心》、张雅文《生命的呐喊》、关仁山《感天动地——从唐山到汶川》、彭荆风《解放大西南》、李洁非《胡风案中人与事》获全国优秀报告文学奖,刘立云《烤蓝》、车延高《向往温暖》、李琦《李琦近作选》、傅天琳《柠檬叶子》、雷平阳《云南记》获全国优秀诗歌奖,王宗仁《藏地兵书》、熊育群《路上的祖先》、郑彦英《风行水上》、王干《王干随笔选》、陆春祥《病了的字母》获全国优秀散文、杂文奖,南帆《五种形象》、张炯《马克思主义文艺理论及其面临的挑战》、赵园《想象与叙述》、高楠和王纯菲《中国文学跨世纪发展研究》、谭旭东《童年再现与儿童文学重构:电子媒介时代的童年与儿童文学》获全国优秀文学理论评论奖。

本年,由中国文联、中国戏剧家协会主办的"曹禺戏剧文学奖"举行颁奖仪式。陈彦的秦腔《大树西迁》、曾学文的高甲戏《阿搭嫂》、刘杜成的豫剧《大明贤后》、郭启宏的话剧《知己》、陆伦章的滑稽戏《顾家姆妈》、李宝群的话剧《矸子山的男人女人》、孟冰的话剧《毛泽东在西柏坡的畅想》、邱建秀的儿童剧《古丢丢》获"曹禺戏剧文学奖·剧本奖"。

由《人民文学》杂志社主办的2010年度"人民文学奖"为获奖者颁发奖项。杨争光

《少年张冲六章》、迟子建《白雪乌鸦》获优秀长篇小说奖,韩少功《赶马的老三》、陈谦《望断南飞雁》、张玉清《地下室里的猫》、黄惊涛《花与舌头》获优秀中、短篇小说奖,梁鸿《梁庄》、萧相风《词典:南方工业生活》获非虚构奖,贾平凹《一块土地》、马伯庸《风雨(洛神赋)》获优秀散文奖,刘立云《生如夏花》、沈浩波《蝴蝶》获优秀诗歌奖,慕容雪村《中国少了一味药》获特别行动奖。

由《科幻世界》举办的第二十二届银河奖颁发了银河特别奖、杰作奖、美术作品奖、最受欢迎外国科幻作家和读者提名奖5个奖项,刘慈欣《三体Ⅲ:死神永生》获特别奖。

由《南方都市报》主办的第八届"华语文学传媒大奖"举行颁奖仪式,苏童凭借《河岸》获年度杰出作家。

2011 年

1月12日,《民族文学》杂志创刊30周年纪念会在北京举行。会议为"2010《民族文学》年度奖"和"全国少数民族题材电影电视文学剧本遴选"颁奖。

1月18日,由人民文学出版社主办的《当代》长篇小说论坛日前在北京举行,推选出2010年度长篇小说五佳,分别为《白雪乌鸦》《中文系》《天·藏》《你在高原》《少年张冲六章》。其中,《白雪乌鸦》获年度最佳长篇小说奖。

1月26日,由北京文联等单位共同主办的第四届老舍文学奖在北京颁奖。郭启宏的《知己》、郑怀兴的《傅山进京》获得戏剧剧本奖,徐坤的《八月狂想曲》、宁肯的《天·葬》、马丽华的《如意高地》获得优秀长篇小说奖,叶广芩的《豆汁记》、刘庆邦的《哑炮》、荆永鸣的《大声呼吸》和钟晶晶的《我的左手》获得优秀中篇小说奖。

2月20日,由中国小说学会评选的"2010年度中国小说排行榜"在上海揭晓,共有25部小说上榜。其中,上榜的长篇小说是杨争光的《少年张冲六章》、关仁山的《麦河》、韩东的《知青变形记》、陈河的《布偶》和秦巴子的《身体课》,中篇小说包括魏微的《沿河村纪事》、方方的《刀锋上的蚂蚁》、须一瓜的《义薄云天》、阿袁的《顾博士的婚姻经济学》、夜子的《田园将芜》等,短篇小说包括铁凝的《春风夜》、苏童的《香草营》、付秀莹的《六月半》、于坚的《赤裸着晚餐》等。

2月25日,由《北京文学》月刊社主办的"2010年中国当代文学最新作品排行榜"评出,共有中篇小说、短篇小说、报告文学、散文随笔4类体裁的20篇作品入选,每类体裁各有5篇作品上榜。其中,温家宝同志的《再回兴义忆耀邦》位居散文排行榜榜首。由《北京文学》月刊社创于1997年的"中国当代文学最新作品排行榜"是国内最早、时间最长的文学作品排行榜,也是迄今国内门类最齐全的综合性文学排行榜。

2月,由浙江省作协、《文艺报》社、中共杭州市委宣传部、杭州师范大学联合主办的"西湖·类型文学双年奖"揭开序幕。近期将发布第一期中国类型文学双月推荐榜榜单,并举行发布仪式。这是中国首个类型文学大奖启动。

3月2日,第八届茅盾文学奖评奖工作正式启动。此次评奖的范围为2007—2010年中国大陆地区首次发表或出版的长篇小说。征集截止日期为2011年4月30日。公示期于6月16日结束,确定178部作品符合参评条件。

3月18日,第二届"茅台杯"《小说选刊》年度大奖(2010年)颁奖典礼在北京举行。裴指海的《亡灵的歌唱》、畀愚的《邮递员》、肖勤的《暖》3部中篇小说与莫怀戚的《孪生中提琴》、卫鸦的《天籁之音》、尤凤伟的《空白》3部短篇小说获年度大奖。

5月7日,第九届"华语文学传媒大奖"在广州颁奖。山东作协主席、著名作家张炜凭借长篇小说《你在高原》获得年度杰出作家。

5月21日,诗刊社"张浦杯"2010年度诗歌三项大奖颁奖典礼在江苏昆山张浦镇举行。陈人杰、泉子、敕勒川获得年度青年诗人奖,大解、柯健君、刘福君获得年度诗人奖,周啸天、涂运桥获得年度诗词奖。

5月23日,第四届"石花杯"徐迟报告文学奖颁奖典礼在湖北谷城县举行。赵瑜的《寻找巴金的黛莉》、李春雷的《木棉花开》、何建明的《生命第一》、丰收的《王震和我们》和杨黎光的《中山路》共5篇(部)荣获大奖,党益民的《守望天山》等10篇(部)荣获优秀奖。

6月3日,为纪念萧红100周年诞辰,由中共黑龙江省委宣传部、人民日报出版社、黑龙江省作家协会主办的首届萧红文学奖在哈尔滨举行颁奖典礼。设有萧红小说奖、萧红女性文学奖、萧红研究奖3个奖项,是首个面向海内外用华语写作的作家而开设的大型文学奖,每五年评选一次。获得首届萧红小说奖的是:史铁生的《我的丁一之旅》、韩少功的《赶马的老三》、阿成的《白狼镇》;获得萧红女性文学奖的是:王安忆的《启蒙时代》、叶广芩的《逍遥津》、叶弥的《消失在布达拉宫的一头鹰》。获得萧红研究奖的是:葛浩文的《萧红传》、季红真的《对着人类的愚昧》、叶君的《从异乡到异乡》。

6月6日,由《人民文学》杂志社、东莞市作家协会和东莞石碣镇人民政府共同设立的"石碣崇焕"杯《人民文学》2010年度中短篇小说文学奖颁发首届获奖作品。奖项包括中短篇小说奖金奖各1名,年度中短篇小说奖各3名。畀愚、石舒清凭借中篇小说《邮递员》和短篇小说《低保》获得金奖,林那北、南飞雁、阿乙的中篇小说《龙舟》《灯泡》《那晚十点》以及鲁敏、王手、范小青的短篇小说《铁血信鸽》《市场"人物"》《我们都在服务区》分别获得年度奖。

6月18日,由《中国作家》杂志社和连云港市人民政府共同举办的"《中国作家》郭沫若诗歌奖"在江苏连云港举行颁奖典礼。该奖项两年一届,每逢单年评出。此次评出王燕生的《风从鄂尔多斯走过》为一等奖,李木马的《竹简,向高处打开的经卷——致青藏铁路》、杨春生的《旅非诗踪》为二等奖,王顺彬的《我听到了诗歌的心跳》、柯平的《十年诗选》、唐以洪的《树在院子里投下阴影》为三等奖,梁平的《家谱》、李小洛的《所以》、丘树宏的《那些记忆的碎片》、商泽军的《寻找火种》、许仲的《春打六九头》为优秀奖。

6 月 26 日，首届"朵日纳文学奖"颁奖晚会在内蒙古呼和浩特市举行。共产生 12 部获奖作品:阿尔泰的蒙古文诗集《阿尔泰蒙古风》荣获朵日纳文学奖大奖;格日勒其木格·黑鹤的汉文中篇小说《犴罕》等 8 部作品荣获朵日纳文学奖;褚丽格尔的蒙古文中篇小说《得失人间》等 3 部作品荣获朵日纳文学奖新锐奖。

7 月 7 日，第二届(2010 年)在场主义散文奖获奖名单正式确定并公布。台湾地区著名作家齐邦媛的《巨流河》力获本届在场主义散文奖;大陆著名作家张承志《匈奴的谶歌》、李娟《阿勒泰的角落》、筱敏《成年礼》获得在场主义散文奖提名奖;刁斗、格致、庞培、赵瑜、马小淘等 10 位作家获得在场主义散文奖新锐奖。

8 月 10 日—20 日，第八届茅盾文学奖评奖委员会经过五轮投票后产生第八届茅盾文学奖 5 部获奖作品。5 部获奖作品为:张炜的《你在高原》、刘醒龙的《天行者》、莫言的《蛙》、毕飞宇的《推拿》、刘震云的《一句顶一万句》。9 月 19 日，第八届茅盾文学奖颁奖典礼在北京举行。

8 月 30 日，第五届中华图书特殊贡献奖颁奖仪式在北京举行,本次共有 5 位对推动中国文化和中国图书"走出去"作出突出贡献的翻译家、作家和出版家脱颖而出。中华图书特殊贡献奖是由原新闻出版总署于 2005 年特别设立的国家级奖项。

10 月 5 日，首届"惠生·施耐庵文学奖"获奖作品揭晓。贾平凹的《古炉》、阎连科的《我与父辈》、董启章的《天工开物·栩栩如真》(海外作品)、宁肯的《天·藏》等 4 部作品获奖。10 月 21 日，首届施耐庵文学奖颁奖典礼在施耐庵家乡江苏兴化举行。

10 月 23 日，第九届十月文学奖颁奖典礼在浙江宁波举行,此次获奖作品是从 2008 年至 2010 年在《十月》杂志上刊发的作品中遴选出来的。其中,李浩的《如归旅店》赢得长篇小说奖,叶广芩的《豆汁记》、东君的《阿拙仙传》等 6 篇作品荣获中篇小说奖,笛安的《圆寂》、漠月的《暖》、杨遥的《硬起来的刀子》获短篇小说奖,刘醒龙的《天行者》和方方的《琴断口》获得荣誉奖。

11 月 3 日，2011 年度"茅台杯"人民文学奖在中国现代文学馆举行颁奖典礼。此次获得长篇小说奖的作品是方方的《武昌城》和海飞的《向延安》。

11 月 11 日，《南方文坛》2011 年度优秀论文奖颁奖仪式暨校园文学座谈会在南宁举行。邵燕君的《面对网络文学:学院派的态度和方法》、张新颖的《中国当代文学中沈从文传统的回响——〈活着〉、〈秦腔〉、〈天香〉和这个传统的不同部分的对话》、洪子诚的《"当代"批评家的道德问题》、郜元宝的《〈时文琐谈〉十一则》、梁鸿的《回到语文学:文学批评的人文主义态度》和黄平的《"大时代"与"小时代"——韩寒、郭敬明与"80 后"写作》获得《南方文坛》2011 年度优秀论文奖。

11 月 18 日，由《红岩文学》杂志社创立的第二届红岩文学奖结果正式揭晓。欧阳玉澄(长篇小说《山明水秀》)、胡学文(中篇小说《柳絮》)、姜贻斌(短篇小说《古祠堂》)、吴岩松(诗歌《吴岩松的诗》)、柏桦(散文随笔《始于 1979:比冰和铁更刺人心肠的欢乐》)、陈远亮(报告文学《战地日记》)、林贤治(理论评论《中国新诗向何处去》)获得本届红岩文学奖。

12月3日,作为江苏省最高文学奖项的江苏省第四届紫金山文学奖在南京颁奖。本届紫金山文学奖13个奖项共52部作品或个人获奖:苏童《河岸》等获长篇小说奖,叶兆言《玫瑰的岁月》等获中篇小说奖,戴来《之间》等获短篇小说奖(含微型小说集)。徐风《一壶乾坤》、诸荣会《风景旧曾谙》等5部作品获散文奖,夏坚勇的《江堤下的那座小屋》等获报告文学(含纪实文学)奖,孔灏《漫游与吟唱》等获诗歌奖,黄蓓佳《草镯子》等获儿童文学奖,吴功正《当前长篇历史小说的现状分析》等获文学评论奖,韦清琦《走出去思考》等获文学翻译奖,丁捷《亢奋》获网络文学奖,邓海南《上海 上海》获影视剧本奖。此外,还评出文学编辑奖和文学新人奖各3名。

12月11日,《小说月报》第十四届百花奖获奖篇目揭晓。经过广大读者投票,从《小说月报》2009至2010年度选载和发表的原创作品中评选出获奖长篇小说、中篇小说和短篇小说。方方的《琴断口》等10篇作品获本届百花奖优秀中篇小说奖,刘庆邦的《人事》等10篇作品获优秀短篇小说奖,叶兆言的《苏珊的微笑》、张者的《季节河》获原创长篇小说奖,罗伟章的《考场》、叶广芩的《小放牛》获原创中篇小说奖,陈九的《老史与海》、刘庆邦的《金眼圈》获原创短篇小说奖。

12月28日,2011"《民族文学》年度奖"颁奖典礼在北京举行。本年度获奖作家及获奖作品有次仁罗布(藏族)的小说《神授》、金仁顺(朝鲜族)的小说《梧桐》、田耳(土家族)的小说《韩先让的村庄》、阿舍(维吾尔族)的散文《山鬼》、鲁若迪基(普米族)的诗歌《神话》等。

2012 年

1月11日,《中国现代文学研究丛刊》2011年度优秀论文评选结果揭晓。王德威的《国家不幸书家幸——台静农的书法与文学》、张丽华的《无声的"口语"——从〈古诗今译〉透视周作人的白话文理想》、魏建的《〈沫若诗词选〉与郭沫若后期诗歌文献》等7篇论文获得评审专家的肯定,荣获此奖项。

同日,由中国报告文学学会举办的"首届全国报告文学理论奖"在北京颁发。"首届全国报告文学理论奖"是对新时期30多年报告文学理论研究成果的一次总结。评委会经过审阅研读,评出朱子南的《中国报告文学史》、李炳银的《中国报告文学的凝思》、丁晓原的《文化生态视镜中的中国报告文学》、王晖的《时代文体和文体时代》为获奖作品。

1月13日,第二届"长江杯"江苏文学评论奖颁奖典礼在江苏省张家港市举行。丁晓原的《"复调"与"复式":新世纪十年报告文学观察》和王尧的《如何现实,怎样思想》获一等奖,此外还评出了二等奖和三等奖。

2月21日,由《北京文学》月刊社主办的"2011年中国当代文学最新作品排行榜"近日评出,包括中篇小说、短篇小说、报告文学、散文随笔等 4 类体裁在内的 20 篇作品入选,每类体裁各有 5 篇作品上榜。

3 月 12 日,为弘扬唐弢先生的学术精神,鼓励青年学者的文学研究,中国现代文学馆设立了"唐弢青年文学研究奖"。同时,第二届"唐弢青年文学研究奖"于 2012 年 3 月 12 日正式启动。

3 月 26 日,第五届(2011 年度)《中国作家》鄂尔多斯文学奖颁奖典礼在鄂尔多斯举行。共有长篇小说《裸地》、散文《父亲的天山,母亲的伊犁》、长篇报告文学《戴脚镣的舞者——丹东看守所的故事》等 11 部作品获奖。

同日,第三届"茅台杯"《小说选刊》年度大奖暨"茅台国营 60 周年"征文颁奖仪式在北京举行。陈继明的《北京和尚》、徐虹的《逃亡者》、余一鸣的《入流》3 部中篇小说,铁凝的《飞行酿酒师》、邵丽的《挂职笔记》、晓航的《碎窗》3 部短篇小说获得年度大奖,"90后"女孩海潮凭《伙夫玛曲》获得新人奖。

3 月 31 日,由《人民文学》杂志社和盛大文学主办的"娇子·未来大家 top20"评选活动在中国现代文学馆举行颁奖典礼。冯唐、张悦然、笛安、乔叶、鲁敏、盛可以、魏微、葛亮、朱文颖、李浩、王十月、唐家三少、蔡骏、颜歌、计文君、滕肖澜、吕魁、路内、阿乙和张楚位列其中。阿乙同时被评为年度青年作家,杨庆祥被评为年度青年批评家。

4 月 8 日,第三届(2011 年度)在场主义散文奖正式公布。本届在场主义散文奖空缺;作家夏榆的《黑暗的声音》、冯秋子的《朝向流水》、资中筠的《不尽之思》三部散文专著获本届在场主义散文奖提名奖;史岚、野夫、艾云、王必昆、胡冬林、摩罗、苍耳、嘎玛丹增、南子、柴静等 10 名作家的单篇散文获本届在场主义散文奖新锐奖。

4 月 13 日,第十届"华语文学传媒大奖"颁奖典礼在台山举行。方方获得华语文学传媒大奖 2012 年度杰出作家,阿乙、李静、赵越胜、黄灿然、杨显惠分别获得 2011 年度最具潜力新人、年度评论家、年度散文家、年度诗人、年度小说家五大奖项。

4 月 14 日,2010—2011 年度"海南文学双年奖"评奖揭晓。共有 7 篇作品获奖,其中:长篇小说《伤祭》(韩芍夷)获一等奖;中篇小说《长在床上的植物》(张浩文)、中短篇小说集《五月初夏的晚风》(严敬)获二等奖;长篇小说《情商》(吉君臣)、小说集《阿纳提的牵马人》(杨沐)、长篇小说《原罪·天堂岛》(唐彦)、长篇小说《槟榔醉红了》(亚根)获三等奖。2010—2011 年度"海南文学双年奖"新人奖分别由作家赵瑜、王月旺获得。

4 月 27 日,第二届朱自清散文奖颁奖典礼在扬州举行。贾平凹的《天气》,梁鸿的《梁庄》,李娟的《羊道》,马伯庸的《宛城惊变》《风雨〈洛神赋〉》《破案:〈孔雀东南飞〉》,纳兰妙殊的《粉墨》《欢情》等 5 位作家及作品荣获第二届朱自清散文奖。朱自清散文奖创设于 2010 年,逢双年颁发。

5 月 9 日,由中国散文学会、百花洲文艺出版社、江西省文学创作研究会联合举办的2011 年中国散文排行榜公布评选结果,评选出上榜作品共 10 篇,余秋雨《断裂的爱》、刘上洋《江西老表》等作品榜上有名。

5 月 13 日,首届"周庄杯"全国儿童文学短篇小说大赛颁奖典礼在江南古镇周庄举行。冯与蓝的《一条杠也是杠》获得大赛特等奖,李秋沅的《惟有时光》和常新港的《迷途的故事》获一等奖,另有 22 篇作品分获二等奖、三等奖和优秀奖。

6 月 2 日,诗刊社"张浦杯"2011 年度三项诗歌大奖颁奖典礼在江苏昆山张浦镇举行。张子选组诗《藏地诗篇》、沈苇组诗《柔巴依:告别旧年》、潘维组诗《能不忆江南》荣膺《诗刊》年度诗歌奖,朵渔组诗《我羞耻故我在》、江非组诗《半神之心》、杨方组诗《秋风近》获得"诗歌中国·青年诗人奖",翟志国《山溪》《访苗苗诗社》等 6 首诗词、赵京战《军营短笛九首》分获《诗刊》年度诗词奖。

6 月 6 日,第二届"石碣崇焕杯"《人民文学》中短篇小说奖(2011 年度)颁奖典礼在广东东莞市石碣镇举行。青年作家计文君的《剔红》获得中篇小说金奖,旅美华裔作家哈金的《作曲家和他的鹦鹉》获得短篇小说金奖。蒋峰的《花园酒店》、余一鸣的《入流》、汪若菡的《那年夏天的吸血鬼》分获中篇小说年度奖,邓一光的《深圳在北纬 22°27′—22°52′》、东君的《听洪素手弹琴》、邵丽的《挂职笔记》分获短篇小说年度奖。

6 月 15 日,第二届《人民文学》长篇小说双年奖在浙江慈溪揭晓。方方的《武昌城》、王刚的《关关雎鸠》、迟子建的《白雪乌鸦》、格非的《春尽江南》以及艾伟的《风和日丽》获奖。

6 月 23 日—26 日,《中篇小说选刊》2010—2011 年度"古井贡杯"全国优秀中篇小说颁奖大会在安徽亳州隆重举行。本届共评出 6 部优秀中篇小说:《行走的年代》(蒋韵)、《北京和尚》(陈继明)、《玫瑰的岁月》(叶兆言)、《不二》(余一鸣)、《嫁入豪门》(范小青)、《黄鸡白酒》(迟子建)。

6 月 26 日,由中国少数民族作家学会与内蒙古自治区文联、作协主办,内蒙古鄂尔多斯东方控股集团协办的第二届"朵日纳文学奖"颁奖晚会在呼和浩特市举行。共评出获奖作品 12 部,其中巴图孟克的长篇小说《有声的雨》(蒙古文)获朵日纳文学奖大奖,巴义的长篇小说《神奇的青海湖》(蒙古文)等作品获"朵日纳文学奖",此外还评出了"朵日纳文学奖·翻译奖"与"朵日纳文学奖·新锐奖"作品。

8 月 21 日,由中国散文学会主办的第五届冰心散文奖(2010—2011 年度)在广西举行颁奖典礼。潘向黎的《茶可道》、倪萍的《姥姥语录》、董晓燕的《大海不告诉你》等 30 部作品获得散文集奖,洪烛的《黄河》、刘艾平的《父亲的老猎枪》、王然的《我的风信子》等 30 篇作品获得单篇作品奖,马力的《中国现代风景散文史》、高彩梅的《中国西部散文 60 年》等 5 部作品获得散文理论奖。另有 30 部(篇)作品获得优秀奖。

8 月 28 日,第十九届北京国际图书博览会开幕式暨第六届中华图书特殊贡献奖颁奖仪式在北京举行,本次共有 6 位获奖者。

9 月 5 日—6 日,由中国文联、中国剧协主办,湖北省文联、潜江市人民政府、《剧本》

杂志社承办的第二十届曹禺戏剧文学奖(第四届中国戏剧奖·曹禺剧本奖)揭晓,并在湖北省潜江市举行颁奖活动。话剧《生命档案》(孟冰、王宏、肖力)、《红旗渠》(杨林)、《雾蒙山》(孙德民),秧歌剧《米脂婆姨绥德汉》(阿莹),豫剧《朱安女士》(陈涌泉),京剧《将军道》(吕育忠、罗周),闽剧《与妻书》(林瑞武),晋剧《大红灯笼》(贾璐)等8部剧作获得本届曹禺戏剧文学奖。

9月19日,由中国作家协会、国家民族事务委员会联合主办的第十届全国少数民族文学创作"骏马奖"颁奖典礼在北京举行。本届"骏马奖"共有235部作品参评,最终25部作品(长篇小说、中短篇小说、散文、诗歌和报告文学获奖作品各5部)和4位翻译家获奖。

9月25日,中共中央宣传部日前确定了第十二届精神文明建设"五个一工程"(2009—2012年)获奖名单,共评出组织工作奖21个,获奖作品176部。

9月26日,由《人民文学》杂志社与浙江宁海县人民政府联合主办的首届柔石小说奖在宁海举行颁奖典礼。王蒙的《山中有历日》、刘慈欣的《赡养上帝》获首届柔石小说奖短篇小说金奖,邓一光的《你可以让百合生长》、海飞的《捕风者》获首届柔石小说奖中篇小说金奖。

10月28日,由《人民文学》杂志社、温州市人民政府共同主办的首届"林斤澜短篇小说奖"颁奖典礼在温州举行。邓一光、刘庆邦获得"杰出短篇小说作家奖",张楚、阿乙、蒋一谈获得"优秀短篇小说作家奖"。

11月3日,2012年度《南方文坛》优秀论文奖颁奖会在广西桂林举行。邵燕君《网络时代:"新文学"传统的断裂与"主流文学"的重建》、刘志荣《当代中国新科幻中的人文议题》、张莉《非虚构女性写作:一种新的女性叙事范式的生成》、郜元宝《鲁迅与当代中国的语言问题》、李仰智的《真实:"花非花"——一个问题、两部小说、三点启发》及李美皆《由对待丁玲历史问题的态度看周扬晚年的性别观念局限》6篇论文获奖。

11月15日,第六届老舍散文奖在北京揭晓。阎纲《孤魂无主》、陈奕纯《月下狗声》、凸凹《山石殇》、马语《一言难尽陪读路》、王十月《父与子的战争》、耿立《谁的故乡不沉沦》、毕淑敏《马萨达永不再陷落》、凌仕江《西藏的石头》、韩小蕙《面对庐山》、雪小禅《风中的鸟巢》共10位作家的10篇作品获奖。

11月20日,第三届"长江杯"江苏文学评论奖颁奖典礼在张家港举行。获奖作品12(部)篇,黄发有的《文学与年龄:从"60后"到"90后"》获一等奖,李章斌的《瘸腿的诗学——关于当代新诗批评的音乐维度的一些思考》等3部(篇)作品获二等奖,子川的《穿越生死边界的一脉香火》等8部(篇)作品获三等奖。本届文学评论奖最大亮点是增设"特别奖",吴义勤、张学昕获本届文学评论奖"特别奖"。

11月29日,由文艺报社、淄博市人民政府主办,淄博市委宣传部和淄川区人民政府承办的第三届(山川杯)蒲松龄短篇小说奖颁奖典礼在山东省淄博市举行。本届获奖的

8 部短篇小说分别是韩少功的《怒目金刚》、迟子建的《解冻》、毕飞宇的《一九七五年的春节》、艾玛的《浮生记》、李浩的《爷爷的"债务"》、阿乙的《杨村的一则咒语》、蒋一谈的《鲁迅的胡子》、付秀莹的《爱情到处流传》。

12 月 7 日，由《江南》杂志社、富阳市人民政府联合主办的第二届郁达夫小说奖颁奖典礼在浙江富阳举行。山西作家蒋韵获得"中篇小说奖"，浙江青年作家东君获得"短篇小说奖"，其他获奖作家还有鲁敏、张翎、甫跃辉等。

12 月 12 日，由人民文学出版社与中国外国文学学会举办的"21 世纪年度最佳外国小说(2012)·微山湖奖"颁奖典礼在北京举行。米夏埃尔·库普夫米勒(德)的《阳光下的日子》和弗拉基米尔·索罗金(俄)的《暴风雪》两部作品以其独特的主题和表现手法，获得本年度的"微山湖奖"。

12 月 14 日，2012 年傅雷翻译出版奖在北京举行颁奖典礼。由郑克鲁翻译、上海译文出版社出版的《第二性》(上下卷)，郭宏安翻译、译林出版社出版的《加缪文集》，共同获得 2012 年傅雷翻译出版奖。

12 月 26 日，由人民文学出版社、《当代》杂志社举办的"《当代》长篇小说·2012 年度论坛"在北京举行。经过评选，获得"长篇小说年度五佳"的作品分别是刘震云的《我不是潘金莲》、周大新的《安魂》、格非的《隐身衣》、叶广芩的《状元媒》和马原的《牛鬼蛇神》。其中《安魂》当选"长篇小说年度最佳"。

2013 年

1 月，《中国现代文学研究丛刊》2012 年度优秀论文揭晓。本次获奖的 7 篇论文分别是黄发有的《跨媒体风尚与文学的前途》、西渡的《冷热不调：浪漫主义在中国新诗中的遭遇》、刘纳的《新文学何以为"新"》、张新颖的《"联接历史沟通人我"而长久活在历史中》、解志熙的《爱欲抒写的"诗与真"——沈从文现代时期的文学行为叙论》、吴小美的《悲剧美：老舍精神与艺术之魂》、洪子诚的《丙崽生长记——韩少功〈爸爸爸〉的阅读与修改》。

1 月 8 日，"路遥文学奖"启动仪式在北京举行。该奖发起人高玉涛、高为华各捐出 20 万元作为奖项启动奖金。首届奖金为 99000 元。

1 月 15 日，第七届四川文学奖暨第五届四川少数民族文学创作优秀作品奖的颁奖典礼在成都举行。第七届四川文学奖获奖作品 16 部，第五届四川少数民族文学创作优秀作品奖作品共 11 部。

1 月 16 日，2012"《民族文学》年度奖"揭晓，以记名投票的形式评选出《民族文学》汉文、蒙古文、藏文、维吾尔文、哈萨克文、朝鲜文 6 个版本共 25 篇作品。

1 月 18 日，第四届"茅台杯"《小说选刊》年度大奖颁奖典礼在中国现代文学馆举行。弋舟的《等深》、方方的《声音低回》、海飞的《捕风者》荣获中篇小说奖，范小青的《短信飞吧》、裘山山的《意外伤害》、女真的《黑夜给了我明亮的眼睛》荣获短篇小说奖，赵剑云的

《借你的耳朵用一用》荣获新人奖。

1月25日,首届"延安文学奖"于日前揭晓。何启治的文艺随笔《道是无晴却有晴》、侯波的短篇小说《肉烂都在锅里》和孟澄海的散文《荒原的时间影像和秩序》等26篇作品分获小说、散文、诗歌等8个奖项。"延安文学奖"由《延安文学》杂志社于2013年设立,该奖评选范围为两年来在《延安文学》上发表的所有作品。

2月19日,由《北京文学》月刊社主办的"2012年中国当代文学最新作品排行榜"隆重推出,共有中篇小说、短篇小说、报告文学、散文随笔4类体裁的20篇作品入选,每类体裁各有5篇作品上榜。诺贝尔文学奖得主莫言的《讲故事的人》位居散文排行榜榜首。

2月21日,由光明日报文艺部、中国作家网、百花洲文艺出版社联合举办的2012中国散文排行榜评选结果正式揭晓。此次活动从2012年全国公开发表的散文作品中筛选,最终评选出上榜作品10篇。它们是:《文化的非洲》《莫言散文二篇》《中国文脉》《渐行渐远的滋味》《慈禧躺着也中枪》《文化瑰宝与文化泡沫》《一个伪成年人》《万里长江第一湾》《昼信基督夜信佛》《热血还在奔流》。

3月3日,"唐弢百年诞辰纪念座谈会暨第二届唐弢青年文学研究奖颁奖仪式"在中国现代文学馆举行。共有5篇作品获奖,分别是:李丹梦的《现代中原"化石"——乔典运论》,齐晓红的《当文学遇到大众——1930年代文艺大众化运动管窥》,敬文东的《格非小词典或桃源变形记》,黄发有的《文学与年龄:从"60后"到"90后"》和邵燕君的《网络时代:新文学传统的断裂与"主流文学"的重建》。

3月30日,由浙江省作协、文艺报社、中共杭州市委宣传部、杭州师范大学共同主办的首届"西湖·类型文学双年奖"颁奖仪式在杭州举行。首届"西湖·类型文学双年奖"共颁出金奖1名,银奖4名,铜奖10名。刘慈欣凭借科幻小说《三体》摘得金奖。

4月19日,由《人民文学》杂志社、中共宁波市鄞州区委、鄞州区人民政府共同主办的首届"人民文学新人奖"颁奖活动在宁波市鄞州区举行。路内、哲贵、张惠雯、李天田、张发财、钱利娜、王单单等7位作家获奖。

4月27日,第十一届"华语文学传媒大奖"在广东揭晓。女诗人翟永明凭借2012年出版的《翟永明的诗》夺得"年度杰出作家奖"。"年度最具潜力新人奖""年度文学评论家奖""年度散文家奖""年度诗人奖""年度小说家奖"分别由颜歌、孟繁华、梁鸿、沈浩波和金宇澄获得。

4月28日,第二届"周庄杯"全国儿童文学短篇小说大赛颁奖仪式举行。彭学军的《冰蜡烛》获得特等奖。小河丁丁的《白公山的刺莓》和陈问问的《夏天的小数点》获一等奖,另有22篇作品分获二等奖、三等奖和优秀奖。

5月17日,第四届在场主义散文奖颁奖盛典在青岛中国海洋大学学术中心隆重举行。高尔泰的《寻找家园》、金雁的《倒转红轮:俄国知识分子的心路回溯》并列头奖——在场主义散文奖;刘亮程的《在新疆》、章诒和的《伶人往事》、阎连科的《北京:最后的纪念——我和711号园》获在场主义散文奖提名奖;郑小琼、耿立、张锐锋、艾平、诸荣会、鲍尔吉·原野、袁瑛、周齐林、帕蒂古丽、窦宪君等10位作家的单篇散文获在场主义散文奖新锐奖。

5月30日,"张浦杯"《诗刊》2012年度三项诗歌大奖颁奖典礼在北京举行。张作梗的《心灵的湿地》、汤养宗的《立字为据》、张曙光的《朗读者》获得《诗刊》年度诗歌奖;金铃子以《蚊来居笔记》、胡桑以《惶然书》、商略以《读碑记》获得"诗歌中国"青年诗人奖;刘征的《小饮来今雨轩,赠阿龄》、空林子的《浣溪沙·见友人两鬓斑白有感而作》等作品获得《诗刊》年度诗词奖。

6月6日,《人民文学》杂志社、东莞市文联、石碣镇人民政府联合举办的第三届"石碣崇焕杯"《人民文学》中短篇小说获奖作品颁奖典礼举行。"中篇小说金奖"花落荆永鸣的《北京邻居》,而"短篇小说金奖"则被徐皓峰凭借《师傅》收入囊中。杨少衡、和晓梅、薛舒的中篇小说《隐隐作痛》《连长的耳朵》《甘草橄榄》以及盛可以、姚鄂梅、王小王的短篇小说《捕鱼者说》《狡猾的父亲》《邂逅是一件天大的事》分别获得中短篇小说年度奖。

7月15日,《小说月报》第十五届百花奖评选结果揭晓。本次评选出获奖中篇小说10部、短篇小说10篇;从《小说月报·原创版》2011年至2012年度发表的作品中,评选出长篇小说奖2部、中篇小说奖2部、中篇小说新人奖1部、短篇小说1篇。

7月22日,首届中国"刘伯温诗歌奖"在浙江省文成县颁奖。雷平阳的《忧患诗》、阿华的《阿华的诗》、陆健的《是母亲节救了我的母亲》等3部组诗获得诗歌奖。

8月2日,"太阳礼赞——第三届《中国作家》郭沫若诗歌奖颁奖典礼"在江苏连云港举行。荣获本届郭沫若诗歌奖大奖的是长诗《汶川故事》(梁平);《沙漠与绿洲》(于坚)、《翩翩的时光》(席慕蓉)获二等奖;《你的清纯绝无仅有》(丰古)、《小情怀》(孔灏)、《〈温暖的雪〉和它前面的诗》(陆健)获三等奖。

8月27日,第七届中华图书特殊贡献奖颁奖仪式暨第二十届北京国际图书博览会开幕式在北京举行。本届中华图书特殊贡献奖共评选出6位获奖者。

8月31日,由华夏新诗研究会、华语红色诗歌促进会和《中华国魂》编委会共同设立的首届国风文学奖在北京颁奖。胡松夏的长诗《诗记雷锋》、韩丽敏的长篇小说《将军楼》、苏沧桑的散文集《所有的安如磐石》、丁慨然的评论集《荆公诗评》、许庆胜的研究文集《蔡氏四兄妹诗歌研究》等5部作品获奖。

9月8日,由《人民文学》杂志社和江苏省作家协会联合主办的首届"紫金·人民文学之星"评选揭晓。此次获奖作者包括:中篇小说奖,王威廉;短篇小说奖,甫跃辉;诗歌奖,袁绍珊;散文奖,陆蓓容;文学评论奖,岳雯;特别文体奖(剧本),温方伊。本次评选,长篇小说和非虚构文体出现了空缺。

9月15日,第六届(2012年度)中国作家鄂尔多斯文学奖颁奖典礼在中国现代文学馆举行。肖亦农、王蒙、孙未、阿来、范小青、艾玛、邹瑾、杜文娟、王妹英、苏怀亮、紫金等

11 位作家获此殊荣。

9月24日,第九届全国优秀儿童文学奖颁奖典礼在中国国家大剧院举行。《鸟背上的故乡》(胡继风)、《丁丁当当·盲羊》(曹文轩)等7部(篇)小说获优秀小说奖;《我成了个隐身人》(任溶溶)、《月光下的蝈蝈》(安武林)获优秀诗歌奖;《汤汤缤纷成长童话集》(汤汤)、《住在房梁上的必必》(左昡)等4部(篇)童话获优秀童话奖;《小小孩的春天》(孙卫卫)、《虫虫》(韩开春)获优秀散文奖;《巨虫公园》(胡冬林)、《三体Ⅲ·死神永生》(刘慈欣)获优秀科幻文学奖;《穿着绿披风的吉莉》(张洁)、《小嘎豆有十万个鬼点子·好好吃饭》(单瑛琪)获优秀幼儿文学奖;《风居住的街道》(陈诗哥)获青年作者短片佳作奖。

10月4日,第二届"惠生·施耐庵文学奖"评审结果在江苏兴化揭晓。《繁花》、《生命册》、《天香》、《陆犯焉识》(海外)等4部作品脱颖而出,获得本届施耐庵文学奖。本届施耐庵文学奖于2013年3月正式启动。

11月4日,《南方文坛》2013年度优秀论文奖在广西北海颁奖。丁帆的《"理性万岁,但愿黑暗消灭":别林斯基的批评——以赛亚·伯林〈俄国思想家〉读后(二)》、霍俊明的《"先锋诗歌"的前世今生——从地方性知识和家族相似性的视角考察》、张新颖的《"老去"的文学,"不算是学问"的学问——沈从文在1957—1959年》、杨庆祥的《"在天空中凝结成一个全体"——〈凤凰〉的风景发现和历史辩证法》、张莉的《晚年孙犁:追步"最好的读书人"》、黄平的《个体化与共同体危机——以"80后"作家上海想象为中心》6篇论文获奖。

11月8日,《当代作家评论》杂志设立的第二届"当代中国文学批评家奖"在沈阳颁发。本届"当代中国文学批评家奖"在20位候选人中评选出陈众议、丁帆、王彬彬、吴义勤、程光炜、栾梅健、汪政、张清华、王德威和唐晓渡为获奖者。

11月22日,由江苏省作协和张家港市人民政府联合主办,由《扬子江诗刊》、中共张家港市委宣传部、张家港市文联共同承办的"扬子江诗学奖"在张家港颁奖。青年诗人毛子(本名余庆)获得诗学奖最高奖"年度诗人奖"。于坚、寒烟、田禾、叶丽隽、伊路获"年度优秀诗作奖",诗歌评论家霍俊明、叶橹获"年度优秀诗评奖"。

12月11日,2013年度"茅台杯"人民文学奖在鲁迅文学院举行颁奖典礼。本届获得长篇小说优秀奖的是乔叶的小说《认罪书》。陈河的小说《猹》和肖江虹《蛊镇》获得中篇小说优秀奖;毕飞宇的《大雨如注》和贾平凹的《倒河流》获得短篇小说优秀奖;贺捷生的《父亲的雪山,母亲的草地》和周晓枫的《齿痕》获得优秀散文奖;刘年的组诗《虚构》和荣荣的组诗《声声慢》获得诗歌奖。

12月12日,2013年傅雷翻译出版奖在北京颁奖。由上海译文出版社出版、刘方翻译的《布罗岱克的报告》,由北京大学出版社出版、沈坚和朱晓罕合译的《儿童的世纪——旧制度下的儿童和家庭生活》获奖。首次设立的"新人奖"由译林出版社出版、曹冬雪翻译的《论美国的民主》摘得。

12月15日,"《十月》创刊35周年最具影响力作品奖"在中国现代文学馆揭晓。铁凝、莫言、李存葆、张洁、张贤亮、张承志等28位作家的35部作品获此殊荣。第十届"十月文学奖"也于当天颁发。叶广芩的《状元媒》、林白的《北往》获长篇小说奖;阿袁的《子在川上》、胡性能的《下野石手记》等6部作品获中篇小说奖;劳马的《短篇小说一束》、哲贵的《寄养的女孩》等4部作品获短篇小说奖;白描的《被上帝咬过的苹果》、耿占春的《沙上的卜辞》等4部作品获散文奖;于坚的《于坚的诗》、默白的《深蓝》等4部作品获诗歌奖;鲍尔金娜的《摸黑记》、甫跃辉的《动物园》获新人奖。

12月20日,《上海文学》举行创刊60周年庆典,庆祝会上还举行了"第十届上海文学奖"颁奖仪式。获奖佳作从近三年间在《上海文学》刊登的作品中遴选而出,共有41位作家获奖。《上海文学》奖创立于20世纪80年代,旨在鼓励优秀中篇小说、短篇小说、诗歌、散文和文学评论的创作。

12月28日,"2013《民族文学》年度奖"暨"中国少数民族作家'我的中国梦'征文"颁奖典礼在中国现代文学馆举行。本次共有23篇作品获奖,从汉文、蒙古文、藏文、维吾尔文、哈萨克文、朝鲜文6种文版中选出。

12月30日,由人民文学出版社《当代》杂志主办的"《当代》·长篇小说年度论坛"在北京举办。在2013年最佳长篇小说评选中,贾平凹的《带灯》、林白的《北去来辞》、黄永玉的《无愁河的浪荡汉子》、韩少功的《日夜书》,以及苏童的《黄雀记》获得"年度五佳"。其中,贾平凹的《带灯》获得年度最佳长篇小说。在2009年至2013年"五年五佳"的评选中,刘震云的《一句顶一万句》、严歌苓的《陆犯焉识》、周大新的《安魂》、刘慈欣的《三体Ⅲ·死神永生》、贾平凹的《古炉》获奖。其中刘震云的《一句顶一万句》获得"五年最佳"。

2014 年

1月2日,由山西省委、省政府设立,山西省作协承办的2010—2012年度"赵树理文学奖"揭晓。本次评奖共设13项,葛水平的《裸地》、王保忠的《甘家洼风景》获长篇小说奖,吕新的《白杨木的春天》、韩思中的《挣挣扎扎》、小岸的《车祸》获中篇小说奖,邓学义的《谎》、韩振远的《炭河》、手指的《寻找建新》获短篇小说奖,韩玉光的《捕光者》、陈小素的《素诗》获诗歌奖,玄武的《关云长》、乔忠延的《乔忠延散文选集》获散文奖,黄风和徐茂斌的《黄河岸边的歌王》、聂还贵的《中国,有一座古都叫大同》、陈为人的《山西文坛十张脸谱》获长篇报告文学奖,皇甫琪的《煤矿农民工》、郭万新的《吉庄的三户人家》、任育才的《为善的涑水》获中短篇报告文学奖,陈寿昌的《六二班的故事》获儿童文学奖,燕治国的电视剧剧本《西口情歌》、张卫平和王国伟的电影剧本《浴血雁门关》获影视戏剧文学奖,王春林的《伟大的中国小说》、侯文宜的《中国文艺批评美学》、张石山的《被误读的

〈论语〉》获文学评论奖,孙频、陈克海获文学新人奖,吴炯、侯讵望、杨新雨获优秀编辑奖,张锐锋的《鼎力南极》、刘慈欣的《三体Ⅲ·死神永生》获荣誉奖。

1月11日—12日,中国小说学会2013年度中国小说排行榜评议会在江苏兴化举行。最终评出苏童的《黄雀记》、马金莲的《长河》、艾伟的《整个宇宙在和我说话》等25部上榜作品。

1月15日,《中国作家》2013年度长篇小说、中篇小说、长篇纪实文学排行榜揭晓。王华的《花河》、苏童的《黄雀记》、庞贝的《无尽藏》等作品上榜。

同日,《作家文摘》2013年度十大影响力图书评选揭晓。这次评选共有40部候选作品参评,最终,傅高义的《邓小平时代》、何建明的《落泪是金·十五周年纪念版》、唐宝林的《陈独秀全传》、顾保孜的《毛泽东正值神州有事时》、贺捷生的《父亲的雪山 母亲的草地》、《习仲勋传》编委会编著的《习仲勋传》、陈徒手的《故国人民有所思》、费正清的《费正清中国回忆录》、安妮·阿普尔鲍姆的《古拉格:一部历史》、王鼎钧的《王鼎钧回忆录四部曲》等10部作品榜上有名。

1月17日,《莽原》2013年度文学奖日前揭晓。获奖的长篇小说是王俊义的《第七个是灵魂》,获奖的中篇小说是乔叶的《在土耳其合唱》、张宇的《在路上》、傅爱毛的《疯子的墓园》和周如钢的《去莫斯科的蚂蚁》,获奖散文有吴长忠的《穷家之乐》、邵丽的《阅人》和鲁枢元的《日记:我的八十年代文学记忆》,获奖诗歌有王猛仁的《冷香》和袁卫平的《禅心如此》。

1月20日,《中国现代文学研究丛刊》2013年度优秀论文奖揭晓,共有7篇论文获奖。这些论文分别是:李杨的《"经"与"权":〈讲话〉的辩证法与"幽灵政治学"》、张丽军的《未完成的审美断裂——中国70后作家群研究》、吴盛青的《亡国人·采珠者·有情的共同体:民初上海遗民诗社研究》、陈仲义的《现代诗语与文言诗语的分野——两种不同"制式"的诗歌》、范伯群和黄诚的《报人杂感:引领平头百姓的舆论导向——以〈新闻报〉严独鹤和〈申报〉周瘦鹃的杂感为中心》、钱理群的《我的文学史研究情结、理论与方法——〈中国现代文学编年史——以文学广告为中心〉书后》和吴福辉的《当今中国现代文学与中学语文教育的调查报告》。

1月,由新疆作家协会新疆儿童文学研究会和新疆电子音像出版社、新疆美术摄影出版社联合召开的2013新疆儿童文学年会暨首届新疆儿童文学奖颁奖大会在五家渠市召开。刘乃亭、于文胜、毕然、蒋南桦、帕尔哈提·伊力亚斯(维吾尔族)、周俊儒、黄山、刘慧敏、李丹莉、薛丽湘、杨丽霞11位近些年在新疆儿童文学创作中比较活跃的作家获奖。

2月27日,海南省作家协会在海口举行2012—2013年度"海南文学双年奖"颁奖仪式,此届共有33部作品参评,共有8件作品分别获得一、二、三等奖。获得一等奖的是诗人江非的诗作《傍晚的三种事物》和林森的长篇小说《关关雎鸠》;获得二等奖的是符浩勇作品《最后的狩猎》、严敬作品《刺客》、杨沐作品《双人舞》;获得三等奖的是毕光明作品

《纯文学的历史批判》、李咏芹作品《媒体这江湖》、张品成作品《方寸之间》。获得新人奖的是青年作家莫晓鸣和符力。

2月13日,由《北京文学》月刊社主办的"2013年当代中国文学最新作品排行榜"近日评出。共有中篇小说、短篇小说、报告文学、散文随笔4类体裁的20篇作品入选,每类体裁各有5篇作品上榜。

3月1日,由《诗刊》杂志社主办的首届"子曰"诗人奖(诗词奖)和2013年度诗歌奖(新诗)两项大奖在中国现代文学馆颁出。吴小如以《吴小如诗词选》获得年度子曰诗人奖,雷平阳以《诗无邪》获得年度诗歌奖。另外,获得"子曰"青年诗人奖的是刘如姬、詹晓勇。获得年度青年诗歌奖的是离离、沈浩波。

3月2日,"第三届唐弢青年文学研究奖颁奖仪式"在中国现代文学馆隆重举行。此次共有5篇作品获奖,分别是:姜涛的《"历史想象力"如何可能:几部长诗的阅读札记》、张炼红的《"幽魂"与"革命":从"李慧娘"鬼戏改编看新中国戏改实践》、杨庆祥的《历史重建及历史叙事的困境——基于〈天香〉〈古炉〉〈四书〉的观察》、王侃的《翻译和阅读的政治——漫议"西方"、"现代"与中国当代文学批评体系的调整》、张莉的《作为文学批评家的孙犁》。

3月13日,由《小说选刊》杂志社主办的第五届"茅台杯"《小说选刊》奖颁奖典礼在中国现代文学馆举行。王蒙、毕飞宇、方方、李唯、马金莲、蒋一谈、王妹英等7位作家获得第五届"茅台杯"《小说选刊》奖。

4月10日,由中国报告文学学会和湖北石花酿酒股份有限公司联合举办的"石花杯"第五届徐迟报告文学奖评选活动在北京举行新闻发布会。此次评选范围为2010年1月至2013年12月期间在中国大陆正式公开发表、出版的报告文学作品。

4月19日,由《人民文学》杂志社和中共浙江宁波市鄞州区委、鄞州区人民政府共同主办的第二届(2013年)"人民文学新人奖"颁奖活动在宁波举行。石一枫、张忌和黄咏梅、葛亮、苏枕书、王敖分别获得长篇小说、中篇小说、短篇小说、散文、诗歌新人奖。

4月26日,第十二届"华语文学传媒大奖"颁奖典礼在顺德举行。余华凭借2013年出版的小说《第七天》获得2013年"年度杰出作家"大奖,作家田耳、张执浩、李辉、孙郁、赵志明分别获得2013年"年度小说家""年度诗人""年度散文家""年度文学评论家""年度最具潜力新人"奖项。

同日,由《人民文学》杂志社、扬州市委宣传部共同主办的第三届"朱自清散文奖"颁奖典礼在扬州举行。张炜、马未都、祝勇、贺捷生等获奖。

5月,由《中国作家》杂志社和中共舟山市委宣传部共同设立、面向海内外作家的《中国作家》"舟山群岛新区杯"短篇小说奖在舟山正式设立,该奖为年度文学奖。每届评选优秀作品6篇,其中大奖1篇、优秀奖3篇、新人奖2篇。首届《中国作家》"舟山群岛新区杯"短篇小说奖征文活动已于2014年1月启动。

5月10日，第三届"周庄杯"全国儿童文学短篇小说大赛颁奖典礼在江南古镇周庄举行。小河丁丁以《爱喝糊粮酒的偻老头》获得特等奖，任永恒的《三宝退学》与陈帅的《麦当劳里住着一个圣诞老人》共同获得一等奖。

5月28日，由《红岩》杂志社和长江汇当代艺术中心等单位联合主办的第三届红岩文学奖颁奖仪式在重庆举行。曾宪国的《门朝天开》获得长篇小说奖，残雪的《奇异的钻石城》获得中篇小说奖，莫怀戚的《孪生中提琴》获得短篇小说奖，伊沙的《蓝灯》获得诗歌奖，于坚的《闲逛集》获得散文随笔奖，王兆胜的《从"破体"到"失范"——当前中国散文文体的异化问题》获得文学评论奖，强雯凭借作品《芭蕾教师》获得文学新锐。本届评选中，报告纪实文学奖项空缺。

5月31日，由中国散文学会主办的全国第六届"冰心散文奖"在济南市历下区揭晓并颁奖。贺捷生的《父亲的雪山　母亲的草地》、石英的《石英散文新作选》、葛水平的《河水带走两岸》、胡冬林的《狐狸的微笑》等68部（篇）作品分别获得散文集奖、单篇作品奖、散文理论奖，另有28部（篇）获得优秀作品奖。

6月5日，第三届《人民文学》长篇小说双年奖在慈溪举行。贾平凹的《带灯》、韩少功的《日夜书》、周大新的《安魂》、李佩甫的《生命册》、林白的《北去来辞》等5部长篇小说获奖。

6月18日，第五届在场主义散文奖在海口颁发。经过评选，著名作家王鼎钧的《王鼎钧回忆录四部曲》、许知远的《时代的稻草人》获得第五届在场主义散文奖，毕飞宇的《苏北少年"堂吉诃德"》和塞壬的《匿名者》获得提名奖，刘醒龙、詹谷丰、贾梦玮等10位作家获新锐奖。

6月26日，"东方情·中国梦"第三届朵日纳文学奖在内蒙古呼和浩特市颁奖。阿云嘎的长篇小说《满巴扎仓》获得"朵日纳文学奖·大奖"，斯·巴特的长篇小说《传说中的红月亮》等7部作品获得"朵日纳文学奖"，"朵日纳文学奖·翻译奖"颁给了锡林巴特尔的汉译蒙长篇小说《蛙》和哈森的蒙译汉长篇小说《满巴扎仓》，"朵日纳文学奖·新锐奖"由努恩达古拉的中篇小说《云梯》和都仁吉日嘎拉的诗集《火红的孤独》摘得。

7月5日，由浙江省网络作家协会主办的《华语网络文学》（筹）骨干作者座谈会在杭州召开。本次会议的主要议题是设立《华语网络文学》理论评论阵地，着手启动"华语网络文学双年奖"活动。

8月6日，由北京作家协会、北京戏剧家协会、北京老舍文艺基金会联合主办的2014年老舍文学奖颁奖会在北京举行。徐则臣的《耶路撒冷》、林白的《北去来辞》获得优秀长篇小说奖，格非的《隐身衣》、蒋韵的《朗霞的西街》、荆永鸣的《北京房东》、文珍的《安翔路情事》获得优秀中篇小说奖，万方的话剧剧本《忏悔》、李静的话剧剧本《鲁迅》获得优秀戏剧剧本奖。刘庆邦的小说《东风嫁》等12部作品获得提名奖。

8月26日，第八届中华图书特殊贡献奖在北京颁奖。此次中华图书特殊贡献奖有

10 位外国、外裔学者从 43 名候选人中脱颖而出。

9 月 13 日,由中国萧军研究会、华语红色诗歌促进会等单位联合举办的第二届国风文学奖颁奖活动在北京举行。康桥的《征途》、李长鹰的《登刘公岛》、杨卫东《浴血山河》、孙继祥《孙继祥诗选》、任长连的《长风集》、胡娜的《殇北川》等 6 位作家的作品获奖。

9 月 14 日,中共中央宣传部公布第十三届精神文明建设"五个一工程"(2012—2014 年)获奖名单,共有组织工作奖 25 个,获奖作品 186 部。

9 月 21 日,由中华文学基金会、浙江省桐乡市人民政府共同主办的首届"茅盾文学新人奖"评奖活动启动。评奖每两年一届,每届奖励 10 人。首届颁奖典礼将于年底在桐乡举行。

同日,由《人民文学》杂志社和江苏省作家协会联合主办的第二届"紫金·人民文学之星"奖颁奖典礼在江苏南京举行。七堇年、孙频、郑小驴分别摘得长篇小说、中篇小说、短篇小说大奖,张怡微、谢小青分获散文大奖和诗歌大奖。焦冲、毛植平、吕魁、霍艳、寒郁、双雪涛、左右、老四、沈书枝、张佳玮、傅逸尘、丛治辰荣获佳作奖。

9 月 23 日,第六届鲁迅文学奖颁奖典礼在中国现代文学馆举行。在中篇小说、短篇小说、报告文学、诗歌、散文、文学理论评论、文学翻译等 7 个门类中,评选出 34 篇(部)获奖作品。

9 月 30 日,由《诗刊》杂志社、中国散文学会、承德市作家协会等单位共同主办的首届"全球华人中国长城散文·诗歌金砖奖"颁奖仪式在河北省滦平县举行。共评出 10 篇获奖作品,王贤根的《寻找长城脚下的乡亲》等获得诗歌金砖奖。

10 月 14 日,第七届老舍散文奖颁奖典礼在江苏泗洪举行,周大新的《在苏格拉底被囚处》等 10 篇作品获奖。

10 月 15 日,"石花杯"第五届徐迟报告文学奖颁奖典礼在武汉举行。《命脉:中国水利调查》《美丽的夭亡》《低天空:珠三角女工的痛与爱》《乌梁素海》《一枚铺路的石子》等 5 部作品获得第五届徐迟报告文学奖,《孤独的天空》《一个人的滇池保卫战》等 10 部作品获优秀奖。

10 月 23 日,全球汉语文学奖在北京启动。该奖由全球汉语文学奖理事会主办,中国现代文学馆承办。该奖项为双年奖,每两年评选一届。每届评选出一位获奖者,奖金为人民币 100 万元。首届全球汉语文学奖的评奖年度为 2015 年,评奖范围为全球优秀汉语作家,包括大陆地区、香港特别行政区、澳门特别行政区、台湾地区,以及海外从事汉语写作的华人作家(包括有突出成就的网络作家)。

11 月 3 日,第二届林斤澜短篇小说奖颁奖典礼在温州市人民大会堂举行。王蒙、范小青获得"杰出短篇小说作家奖",晓苏、金仁顺、薛忆沩获得"优秀短篇小说作家奖"。

11 月 9 日,第二届扬子江诗学奖在张家港颁奖。杜涯获得扬子江年度诗人奖,雷平阳、柳沄、大卫、宋晓杰、杨方获得扬子江年度优秀诗作奖,耿占春、张洪波获得扬子江年度优秀诗歌理论奖。活动期间,第四届"长江杯"文学评论奖也正式启动。

同日,由中国现代文学馆与《南方文坛》杂志社联合举办的《南方文坛》2014年度优秀论文颁奖会暨第五届"今日批评家"论坛在南宁举行。刘锡诚《1982:"现代派"风波》、李云雷《赛珍珠:如何讲述中国的故事?》、岳雯《不彻底的改革和理性的抒情——重读〈沉重的翅膀〉》、贺仲明《论当前文学人物形象的弱化和变异趋向——以格非〈江南三部曲〉为中心》、余夏云《重写现代——"海外中国现代文学研究译丛"的阅读与反思》、张定浩《爱和怜悯的小说学——以黄永玉〈无愁河的浪荡汉子·朱雀城〉为例》等6篇论文获奖。

11月29日,"赋春杯"第三届《青年文学》奖颁奖典礼暨《青年文学》创作基地揭牌仪式在江西婺源举行。张炜获得第三届《青年文学》成就奖,弋舟获得《青年文学》创作奖,杨怡获得《青年文学》新人奖。

12月3日,首届路遥文学奖在作家路遥65周年诞辰之际揭晓,湖南作家阎真的《活着之上》获奖。

12月7日,由浙江省作家协会、《江南》杂志社和富阳市人民政府联合主办的第三届郁达夫小说奖颁奖典礼在浙江富阳举行。邓一光的《你可以让百合生长》获得中篇小说奖,毕飞宇的《大雨如注》获得短篇小说奖,马金莲的《长河》、迟子建的《晚安玫瑰》、弋舟的《等深》获得中篇小说提名奖,艾伟的《整个宇宙在和我说话》、须一瓜的《寡妇的舞步》、叶弥的《亲人》获得短篇小说提名奖。

12月12日,由人民文学出版社和中国外国文学学会联合评选的"21世纪年度最佳外国小说(2014)"的6部获奖作品揭晓。它们分别是:德国作家大卫·瓦格纳的《生命》、俄罗斯作家安德烈·沃洛斯的《回到潘日鲁德》、法国作家克里斯托夫·奥诺-迪-比奥的《潜》、西班牙作家拉法埃尔·奇尔贝斯的《在岸边》、罗马尼亚作家弗洛林·拉扎雷斯库的《麻木》,以及加拿大作家丹尼斯·博克的《回家》。

12月16日,第六届傅雷翻译出版奖颁奖典礼在北京举行。由安宁翻译的《一座桥的诞生》获得文学类最佳图书,蔡鸿滨翻译的《来日方长》获得社科类最佳图书,俞佳乐翻译的《读书时代》获得新人奖最佳图书。

12月22日,第七届《中国作家》鄂尔多斯文学奖颁奖典礼在康巴什举行。何顿的《来生再见》获得本届大奖。裔兆宏的《国家情怀》、杜文娟的《祥瑞草原——走进鄂托克前旗》、张秉毅的《东胜1938》、张锐强的《时间缝隙》、李亚的《将军》获得优秀奖。老开的《大红公鸡喔喔叫》、晶达的《请叫我的名字》、留待的《谁让我害怕》、云舒的《凌乱年》、丁晓平的《毛泽东的乡情世界》获得新人奖。

2015年

1月20日,江苏省第五届紫金山文学奖在南京颁奖。张新科的《远东来信》、丁捷的

《依偎》等获长篇小说奖,余一鸣的《愤怒的小鸟》、曹寇的《塘村概略》等获中篇小说奖,储福金的《渡过等待》、叶弥的《逃票》等获短篇小说奖。

同日,《莽原》2014年度文学奖日前揭晓。获奖的长篇小说是傅爱毛的《问身》,中篇小说是李洱的《从何说起呢》、墨棣的《福窝儿》、张乐朋的《走满风中的步子》,短篇小说是李佩甫的《麻雀在开会》、宋志军的《世情物语》。获奖的散文有丁燕的《我的"生产"运动》、孙青瑜的《亡父不知亲人痛》,获奖的评论有何向阳的《天堂里的读书人》、何弘的《新力量的崛起》。

1月21日,由人民文学出版社《当代》杂志举办的"当代·长篇小说年度论坛"在北京开幕。"年度五佳小说"为:贾平凹《老生》、徐则臣《耶路撒冷》、杨绛《洗澡之后》、阎真《活着之上》、严歌苓《妈阁是座城》。《老生》获得"年度最佳小说"称号。铁凝、冯骥才、王蒙等30多位作家获得"荣誉作家"称号。

1月23日,第十一届十月文学奖在北京颁奖。马原的《纠缠》、刘庆邦的《黄泥地》、范稳的《吾血吾土》获长篇小说奖,方方的《涂自强的个人悲伤》等获中篇小说奖,于坚的《尚义街六号——生活、纪录片、人》等获散文奖,沈苇的《她们》等获诗歌奖。

1月31日,"2014《民族文学》年度奖"颁奖会在中国现代文学馆举行。2014《民族文学》年度奖从本年度的汉文、蒙古文、藏文、维吾尔文、哈萨克文、朝鲜文6种文版中共评选出39篇(首)获奖作品,其中包括9篇(首)"中国梦"征文获奖作品,涉及小说、散文、诗歌、纪实文学、翻译作品、母语原创6种类别。

2月16日,由《北京文学》月刊社主办的"2014年中国当代文学最新作品排行榜"日前揭晓。本届排行榜共有中篇小说、短篇小说、报告文学、散文随笔4类体裁的20篇作品入选,每类体裁各有5篇作品上榜。

3月,第九届茅盾文学奖评奖工作正式启动。

3月2日,《中国现代文学研究丛刊》2014年度优秀论文奖颁奖仪式在中国现代文学馆举行。6篇论文获奖,分别是:袁一丹《隐微修辞:北平沦陷时期文人学者的表达策略》、李今《伍光建对〈简爱〉的通俗化改写》、李书磊《作为异文化体验的"梁启超游美"——重读〈新大陆游记〉》、程光炜《张承志与鲁迅和〈史记〉》、刘勇《关于文学编年史现象的思考》、张学昕《海外汉学、本土批评与中国当代小说》。

3月10日,第二届"延安文学奖"揭晓。吕先觉的中篇小说《石桶村枪事》、刘爱玲的短篇小说《落山坪》、狄马的散文《南极漂流记》、秦巴子的诗歌《纪念日》和王子耀的随笔《均衡论哲学概念》等22篇作品分获小说、散文、诗歌、随笔、评论等6个奖项。

3月15日,第六届"茅台杯"《小说选刊》奖颁奖典礼在北京举行。叶广芩《太阳宫》、红柯《故乡》、王十月《人罪》获中篇小说奖,邓一光《我们叫做家乡的地方》、王方晨《大马士革剃刀》、蔡骏《北京一夜》获短篇小说奖,周李立《八道门》获新人奖。本届"茅台杯"《小说选刊》奖增设微小说奖,游睿《父亲的证明》获奖,李伶伶《数学家的爱情》、赵明宇

《饿刑》获提名奖。

3月28日，由《红岩文学》杂志社设立的第四届红岩文学奖揭晓。海男的《云知道》获长篇小说奖，罗伟章的《城门》获中篇小说奖，范小青的《谁知道谁到底要什么》获短篇小说奖，张于的《米家山怀想》获散文随笔奖，柏桦的《柏桦诗集》获中国诗歌奖，李冬雪的《乡村社会:时代的伤口》获文学评论奖，李黎的《总有人是失败的》《羞耻之夜》获文学新锐奖，曾哲的《洛扎日记》获纪实报告文学奖，美国诗人罗伯特·勃莱的《勃莱诗集》及其译者董继平获外国诗歌奖。

4月25日，第十三届"华语文学传媒大奖"颁奖典礼在广东顺德举行。贾平凹凭借新作《老生》荣膺"年度杰出作家"。徐则成、沈苇、李洁非、毛尖、文珍分别摘得"年度小说家""年度诗人""年度文学评论家""年度散文家"和"年度最具潜力新人"。

4月27日，第三届人民文学新人奖在宁波鄞州揭晓。本届人民文学新人奖共有6人获奖，其中笛安获长篇小说新人奖，颜歌获中篇小说新人奖，王凯获短篇小说新人奖，王选获非虚构新人奖，陈蔚文获散文新人奖，高鹏程获诗歌新人奖。

5月7日，第四届"周庄杯"全国儿童文学短篇小说大赛颁奖典礼在周庄举行。孟飞《玛雅人的预言》荣获特等奖，韩青辰《龙卷风》、方先义《梵天城的服装师》同获一等奖，郭凯冰《等待一条海船》、黄文军《侦探，无限循环》、海莲《上房先生和他的林檎树》、章缘《攀岩》获得二等奖，毛芦芦《姐姐》、任永恒《泥弹击落童年》等8篇作品获得三等奖。

6月27日，《小说月报》第十六届百花文学奖在天津举行颁奖仪式，在奖项设置上增加了散文类大奖。毕飞宇的《大雨如注》等11篇作品获短篇小说奖，方方的《涂自强的个人悲伤》等14篇作品获中篇小说奖，王开岭的《夜泊笔记》等13篇作品获散文奖。另有4部作品分获长篇小说奖和小说双年奖。

8月11日，"太阳礼赞"第四届《中国作家》郭沫若诗歌奖颁奖典礼在江苏省连云港市举行。叶延滨的《行走的风景》获大奖，傅天琳的《爱情天梯》、雷霆的《官道梁诗篇》、亚楠的《新疆记忆》、第广龙的《城市的明与暗》获优秀奖。

8月16日，第九届茅盾文学奖评奖结果揭晓。格非的《江南三部曲》、王蒙的《这边风景》、李佩甫的《生命册》、金宇澄的《繁花》、苏童的《黄雀记》5部作品最终获奖。9月29日晚，颁奖典礼在中国现代文学馆举行。

8月20日，第六届在场主义散文奖颁奖典礼在四川眉山举行。本届在场主义散文奖空缺，获得提名的散文著作有邵燕祥《一个戴灰帽子的人》、阿来《瞻对》和张新颖《沈从文的后半生》；贾平凹《〈老生〉后记》、王彬彬《鲁迅的不看章太炎与胡适的不看雷震》、舒婷《灯光转暗，你在何方?》等11位作家作品获单篇奖。

8月25日，第九届中华图书特殊贡献奖在北京举行颁奖仪式。本届特殊贡献奖获奖人数从去年的10位增加到20位，并首次设立青年成就奖。澳大利亚汉学家马克林，加拿大旅华作家李莎，法国籍华裔翻译家程抱一等15人荣获中华图书特殊贡献奖，埃及青年出版家艾哈迈德·赛伊德、美国青年翻译家艾瑞克·阿布汉森等5人荣获中华图书特殊贡献奖青年成就奖。

9月24日,第二十一届曹禺剧本奖在潜江正式揭晓并颁奖。重庆市话剧团创作排演的话剧《幸存者》等9部作品获奖。

10月5日,由中国萧军研究会、华语红色诗歌促进会等联合举办的第三届国风文学奖颁奖活动在北京举行。李金明、忽培元、何真、孟青禾、李炳智、蔡诗国、雷从俊、张金春等8位作家的作品获奖,中国萧军研究会常务副会长萧鸣获"国风文学特别贡献奖"。

11月1日,第三届"紫金·人民文学之星"颁奖典礼在苏州大学红楼会议中心学术报告厅举行。本次共评出徐艺嘉(长篇小说奖)、于一爽(中篇小说奖)、祁媛(短篇小说奖)、胡竹峰(散文奖)、梁书正(诗歌奖)、杨晓帆(文学评论奖)等6名获奖作者和彭扬、孙一圣、常小琥、王苏辛、国生、羌人六、周渝、王大骐、相宜等9名佳作奖获得者,非虚构文学奖和诗歌佳作奖空缺。

11月7日,《南方文坛》2015年度优秀论文颁奖会在北海举行。钱理群的《鲁迅杂文》、黄德海的《知识结构变更或衰年变法——从这个角度看周作人、孙犁、汪曾祺的"晚期风格"》、洪治纲的《先锋文学与形式主义的迷障》、张立群的《文学史深处的精神暗河——昌耀诗歌论析》、李德南的《生命的亲证——论史铁生的宗教信仰问题》、陈思的《"生活"的有限性及其五种抵抗路径——以2014年短篇小说为例谈80后小说创作现状》等6篇论文获奖。

11月17日,第四届"长江杯"江苏文学评论奖暨第三届扬子江诗学奖颁奖典礼在张家港举行。本届"长江杯"江苏文学评论奖共有18位批评家获奖。获得第三届扬子江诗学奖·诗歌奖的获奖作品有《余笑忠的诗》《谷禾的诗》和《朱朱诗选》,获得第三届扬子江诗学奖·评论奖的作品有罗振亚的《21世纪诗歌:"及物"路上的行进与摇摆》、张清华的《"雨和森林的新娘睡在河水两岸"——关于海子诗歌中的肉体隐喻阅读札记》。

11月27日,第八届"四川文学奖"、第六届"四川少数民族文学创作优秀作品奖"暨"文学川军雄起"主题诗会在成都隆重举行。四川新闻记者从现场获悉,"80后"的四川作家颜歌、七堇年等分别获得长篇小说奖以及中短篇小说奖。

11月28日,第七届傅雷翻译出版奖在上海爱马仕之家揭晓。文学类、社科类获奖图书分别为《6点27分的朗读者》《请中国作证》,新人奖花落《当代艺术之争》的译者王名南。

12月11日,2015年度"茅台杯"人民文学奖在鲁迅文学院举行颁奖仪式。获得优秀长篇小说奖的是周大新的《曲终人在》和孙慧芬的《后上塘书》,获得优秀中篇奖的是荆永鸣的《较量》和刘建东的《阅读与欣赏》,获得优秀短篇奖的是金仁顺的《金枝》和叶广芩的《鬼子坟》,获得优秀散文奖的是何士光的《日子是一种了却》,获得优秀非虚构奖的是白描的《翡翠纪》,获得优秀诗歌奖的是李琦和颜梅玖。今年的特别奖颁给了何建明的长篇报告文学《南京大屠杀》和黄国荣的长篇小说《极地天使》。

12月16日,第八届《中国作家》鄂尔多斯文学奖颁奖典礼在鄂尔多斯市隆重举行。本届评奖大奖空缺,王姝英的长篇小说《山川记》、艾克拜尔·米吉提和裔兆宏的长篇报告文学《黄河金岸》、紫金的长篇报告文学《泣血长城》、赵葆华的电影文学剧本《邓小平在黄山》、王若冰的长篇纪实文学《渭河传》5部作品获得优秀奖,靳莉的中篇小说《蓝天正蓝》获得新人奖。

12月26日,第十二届十月文学奖在宜宾李庄颁奖,老虎的《枪声与耳语》、罗伟章的《声音史》、石一枫的《地球之眼》等作品获奖。

2016年

1月13日,《莽原》2015年度文学奖由5类题材构成,分别由11位作家诗人摘得。获奖的长篇小说是李骏虎的《众生之路》、奚榜的《下策》;获奖的中篇小说是陈克海的《豹子不再咆哮》、陈家桥的《局外人》;获奖的散文随笔有南丁的《嫁衣》、周大新的《小说与欲望》、乔叶的《在场漫想》、鱼禾的《失踪谱》;获奖的诗歌有王猛仁的《隔岸烟花》、简单的《人物记》;获奖的新人作品是尚攀的《同路人》。

1月15日—17日,由中国小说学会主办、江苏省兴化市委宣传部承办的"2015年度中国小说排行榜评议会"在江苏兴化举行。本次评选共有25部作品上榜。

1月18日,2015年度《当代》长篇小说论坛在北京召开。迟子建的《群山之巅》获"年度最佳",并与周大新的《曲终人在》、弋舟的《我们的踟蹰》、张者的《桃夭》、陶纯的《一座营盘》共列"年度五佳"。

2月3日,由《北京文学》月刊社主办的"2015年中国当代文学最新作品排行榜"出炉。共有中篇小说、短篇小说、报告文学、散文随笔4类体裁的20篇作品入选,每类体裁各有5篇作品上榜。

2月26日,由纯文学期刊《红岩》举办的第五届红岩文学奖揭晓。罗伟章、叶辛等9位作家分别斩获9个奖项。重庆作家李钢凭作品《认祖归宗》摘得散文随笔奖,成为本届唯一获奖的本土作家。

2月28日,"2015《民族文学》年度奖颁奖会"在北京举行。2015《民族文学》年度奖从本年度的汉文、蒙古文、藏文、维吾尔文、哈萨克文、朝鲜文等6种文版中共评选出32篇(首)获奖作品,涵盖了11个少数民族作者及译者的精品力作。

3月14日,第五届唐弢青年文学研究奖颁奖仪式在北京中国现代文学馆举行,《中国现代文学研究丛刊》2015年度优秀论文奖同时颁奖。此次共有5篇作品获奖,分别是:刘艳的《童年经验与边地人生的女性书写——萧红、迟子建创作比照探讨》、杨晓帆的《"走异路,逃异地,去寻求别样的人们"——改定版〈心灵史〉与二十世纪八九十年代"转折"》、金理的《造人·"伪士"·日常生活——重读〈伤逝〉,兼及五四新文化运动的意义》、袁一丹的《易代同时与遗民拟态——北平沦陷时期知识人的伦理境遇》、傅元峰的《重提"民国文学"的文学史意义》。

3月,"智慧桥"杯第二届新疆儿童文学奖颁奖仪式在乌鲁木齐市举行。获奖的6部作品为周俊儒的《大红袍》、李丹莉的《冰可儿》、朱纪臻的《绿色医生成长记》、裴郁平的《儿童诗五首》、于文胜的《小浪花晶晶的陆地旅行》、刘乃亭的《猎人与赤狐》。

4月9日,由《小说选刊》杂志社、茅台集团联合举办的第七届"茅台杯"《小说选刊》(2015)年度大奖颁奖典礼在贵州仁怀举行。本次获奖作品共有10篇,中篇小说获奖作品为阿来的《三只虫草》、石一枫的《地球之眼》、张欣的《狐步杀》,短篇小说获奖作品为黄蓓佳的《万家亲友团》、张楚的《忆秦娥》、金仁顺的《纪念我的朋友金枝》,微小说获奖作品为冯骥才的《苏七块》、聂鑫森的《朱青》、蒋殊的《自己的墓葬》,新人奖获奖作品为陈再见的《回县城》。

4月16日,第十四届"华语文学传媒大奖"在顺德揭幕颁奖,路内凭借《慈悲》获得"年度小说家"奖。

4月24日,第四届人民文学新人奖颁奖典礼在宁波鄞州举行。第四届人民文学新人奖共有6位获奖者,分别是马拉(长篇小说)、王甜(中篇小说)、彭敏(短篇小说)、魏玲(非虚构)、徐海蛟(散文)、包文平(诗歌)。

4月26日,第四届朱自清散文奖在江苏省扬州市举行颁奖典礼。阿来、王鼎钧、周晓枫、蒋蓝、扬之水等5位作家获第四届朱自清散文奖。

5月18日,第五届"周庄杯"全国儿童文学短篇小说大赛颁奖典礼在周庄举行。辽宁作家马三枣的《鸟衔落花》荣获特等奖,江苏作家韩青辰的《莲蓬》、上海作家韩丽君的《把柄》分获一等奖,洪晨昕《星星知道》、任军《长发飘飘》、彭柳蓉《那片星海》、朱桥《秃头外公的脑瓜瓜》分获二等奖;另有8篇作品获三等奖,10篇作品获优秀奖。

6月6日,第四届《人民文学》长篇小说双年奖在浙江省慈溪市颁奖。刘心武的《飘窗》、宁肯的《三个三重奏》、袁劲梅的《疯狂的榛子》、范稳的《吾血吾土》、康赫的《人类学》等5部作品获奖。

6月12日,第二届路遥文学奖颁奖仪式在中国人民大学如论讲堂隆重举行。湖南作家何顿凭借长篇小说《黄埔四期》摘取第二届"路遥文学奖"的桂冠。

6月18日,中国散文学会第七届冰心散文奖在河北省承德市揭晓并颁奖。本届冰心散文奖共评选出散文集30部、单篇散文奖42篇、散文理论3部(篇)。雨馨的《会呼吸的旅行》获散文集奖,笑崇钟的文化散文《永远的完美》和李成琳的《记忆驿道》分别获散文单篇奖。

7月14日,第五届《中国作家》郭沫若诗歌奖颁奖典礼在中国现代文学馆举行。获得本届诗歌奖的作品是诗人沈苇的《沙之书》。辛铭的《一个人与一个民族的梦》、郁葱的《与己书》、张新泉的《与老为邻》、董进奎的《春光陷于舌尖》、王学芯的《山谷里的雾》、黄惠波的《胡杨·秋问》等6篇诗作分别获得优秀奖。

8月23日,第十届中华图书特殊贡献奖新闻发布会在北京举行,有19位专家获得本届奖项。

9月27日,第十一届全国少数民族文学创作"骏马奖"颁奖典礼在中国现代文学馆举行。评奖工作从2016年3月启动,最终产生24部获奖作品和3名获奖译者。

10月28日,第三届叶圣陶教师文学奖揭晓并举行颁奖典礼。北京大学中文系曹文轩的长篇小说《蜻蜓眼》、陕西师范大学文学院红柯的长篇小说《少女萨吾尔登》等46名大、中、小学教师获奖。

11月9日,第三届林斤澜短篇小说奖颁奖典礼在温州举行。苏童、王祥夫获得"杰出短篇小说作家奖",邱华栋、黄咏梅、万玛才旦获得"优秀短篇小说作家奖"。

11月10日,"中国·李庄杯"第十三届十月文学奖在四川宜宾李庄颁奖。叶辛的《古今海龙囤》、董立勃的《那年在西域的一场血战》等15部(篇)《十月》杂志本年度刊发的作品分获长篇小说、中篇小说等6类奖项。

11月12日,《南方文坛》2016年度优秀论文颁奖仪式在南宁举行。《小资产阶级:阶级谱系与文化共同体》《叙事的长度、美学与时间问题》《〈哥德巴赫猜想〉与新时期的"科学"问题——再论新时期文学的起源》《村庄里的中国:城乡二元化结构中的"返乡"文学——以近年人文学者的非虚构写作为例》《论海外"〈解密〉热"现象》《傅雷与刘海粟》等6篇作品获2016年度优秀论文奖。

11月25日,第五届"长江杯"江苏文学评论奖暨第四届扬子江诗学奖颁奖仪式在张家港市举行。本届"长江杯"文学评论奖评选于今年8月份启动,共有16篇(部)作品获奖。获得本届扬子江诗学奖·诗歌奖的为汤养宗的《孤愤书》、陈先发的《寒江帖九章》、陈人杰的《陈人杰的诗》、霍俊明《萤火时代的两个精神样本》、敬文东《我们和我的变奏——钟鸣论》获得扬子江诗学奖·评论奖。

11月26日,第八届傅雷翻译出版奖颁奖典礼在北京举行。本届傅雷翻译出版奖分别奖励了两部在中国出版的法译中翻译作品:文学类奖项授予克洛德·西蒙的《刺槐树》(金桔芳译);新人奖授予西尔万·泰松的《在西伯利亚森林中》(周佩琼译)。人文社科类奖项空缺。

12月7日,由浙江省作协《江南》杂志社、杭州市富阳区人民政府联合主办的第四届郁达夫小说奖颁奖典礼在富阳举行。本届郁达夫小说奖于2016年5月启动作品征集活动,最终阿来的《蘑菇圈》问鼎中篇小说奖,张楚的《野象小姐》赢得短篇小说奖,弋舟的《所有路的尽头》、石一枫的《世间已无陈金芳》、祁媛的《我准备不发疯》分获中篇小说提名奖,而黄锦树的《归来》和蔡骏的《眼泪石》以及田耳的《金刚四拿》则共享短篇小说提名奖。

12月10日,由《当代作家评论》杂志社、东北大学艺术学院主办的"中国文艺高峰论坛:走向经典的中国当代文学”暨第三届当代中国文学优秀批评家奖、《当代作家评论》年度优秀论文奖颁奖典礼,在东北大学隆重举行。孟繁华、贺绍俊、施战军、白烨、黄发有被评为本届“当代中国文学优秀批评家”。

12月15日,2014—2015年海南文学双年奖颁奖仪式在海南省文学院举行。严敬的《宛若风》和黄仁轲的《猫在人间》获得一等奖,王姹的《清代才女的寂寞与哀愁》、李孟伦的《煮海》、李焕才的《生男生女》获得二等奖,另有5篇作品获得三等奖,王海雪和钟惠获得新人奖。

12月18日,《芳草》杂志社主办的第五届汉语文学女评委奖颁奖。获得本届女评委奖的有蓝博洲、次仁罗布、朱小如、朗顿·罗布次仁、付秀莹、欧曼、叶舟、剑男。《芳草》文学女评委奖是我国文学界首个由女性组成评委会的文学大奖,始于2006年。

12月22日,2016年《当代》长篇小说论坛暨第十八届《当代》文学拉力赛颁奖典礼在中国现代文学馆举行。最佳长篇小说是格非《望春风》,五佳长篇小说是格非《望春风》、贾平凹《极花》、葛亮《北鸢》、方方《软埋》、付秀莹《陌上》。

12月30日,2017年是《收获》创刊六十周年,《收获》文学杂志与长江文艺出版社、腾讯文化、凤凰读书联袂合作,于2016年底隆重推出“《收获》文学排行榜”系列评选。吴亮《朝霞》、格非《望春风》、王安忆《匿名》、刘继明《人境》、贾平凹《极花》、张忌《出家》、李凤群《大风》、张悦然《茧》、付秀莹《陌上》等10部作品上榜。

2017年

1月11日,《莽原》2016年度文学奖日前揭晓,10位作家分别获得长篇小说、中篇小说、短篇小说、散文随笔、非虚构作品等5个类别的奖项。其中,获奖的长篇小说是玉米的《廉官》,中篇小说是张乐朋的《王琴的资格楼》、赵俊杰的《钟实》、田君的《周末快递》,短篇小说是周洁茹的《抱抱》、寒郁的《我们都很孤独》、陈鹏的《清白》。

2月8日,由《北京文学》月刊社主办的“2016年中国当代文学最新作品排行榜”隆重推出。共有中篇小说、短篇小说、报告文学、散文随笔4类体裁的20篇作品入选,每类体裁各有5篇作品上榜。

3月4日,“第六届唐弢青年文学研究奖颁奖仪式”在中国现代文学馆举行,《中国现代文学研究丛刊》2016年度优秀论文奖同时颁奖。共有4篇论文获奖,分别是:丛治辰《上海作为一种方法——论〈繁花〉》、李遇春《“传奇”与中国当代小说文体演变趋势》、郭冰茹《赵树理的话本实践与“民族形式”探索》、邱焕星《鲁迅“骂之为战”的发生》。

4月19日,2013—2015年度赵树理文学奖颁奖大会在山西沁水举行。本届赵树理文学奖的奖项分为13项,共有36部(篇、人)获奖。

4月22日,第十五届华语文学传媒大奖颁奖典礼在顺德举行。于坚凭借《闪存》《朝苏记》《并非所有的沙都被风吹散——西行四章》等诗文作品折桂2016“年度杰出作家”。

张悦然、陈先发、李敬泽、江弱水、双雪涛分别荣膺"年度小说家""年度诗人""年度散文家""年度文学评论家""年度最具潜力新人"。

4月23日,第三届"路遥文学奖"在北京举行颁奖典礼,本届共6部作品入围,1部作品获奖。

5月8日,第六届"周庄杯"全国儿童文学短篇小说大赛颁奖典礼在周庄举行。辽宁作家贾颖的《为寂寞的夜空画上一个月亮》荣获特等奖,江苏作家祁智的《大鱼》、辽宁作家朱锡琴的《雕花马鞍》分获一等奖,舒辉波《黑将军》、宝琴《白马非马》、西雨客《一二三四五》、朱桥《你牛,我牛》分获二等奖,另有8篇作品获三等奖,10篇作品获优秀奖。

5月22日,第六届中国戏剧奖·曹禺剧本奖(第二十二届曹禺剧本奖)颁奖仪式在广州市广州大剧院举办。共选出5部获奖作品,分别是戏曲3部:《狗儿也涅槃》《大稻埕》《大清贤相》;歌剧1部:《星海》;话剧1部:《小平小道》。

6月3日,2016《民族文学》年度奖颁奖典礼暨"中国作家协会《民族文学》恩施市创作基地"授牌仪式在湖北恩施举行。共评选出获奖作品30篇(组),其中汉文版包括小说3篇、散文2篇、诗歌2组、评论1篇、翻译作品2篇(组),蒙古文、藏文、维吾尔文、哈萨克文、朝鲜文版分别评出母语作品2篇(组)、翻译作品2篇(组)。

6月6日,第六届徐迟报告文学奖颁奖系列活动在浙江湖州举行。经评选,李延国、李庆华的《根据地:中国共产党人不能忘却的记忆》、程雪莉的《寻找平山团》等8部(篇)作品获得殊荣。作家周明、傅溪鹏获"中国报告文学事业终身贡献奖",作家黄宗英、理由获"中国报告文学创作终身成就奖"。

6月7日,第四届"紫金·人民文学之星"颁奖仪式暨座谈会在南京举行,包括江苏"90后"作家庞羽在内的一批青年作家获奖。

6月19日,"让小说走进人民"暨第八届"茅台杯"《小说选刊》年度大奖颁奖活动在福建举行。此次年度大奖共有8位作家获奖,他们是:荣誉奖《女神》(王蒙),中篇小说《把灯光调亮》(张抗抗)、《直立行走》(宋小词)、《东山宴》(孙频),短篇小说《亲自遗忘》(杨少衡)、《棋语·弃子》(储福金)、《私了》(东西),微小说《老街剃家》(刘建超)。

8月22日,第十一届中华图书特殊贡献奖在北京举行,共有20位外国翻译家、出版家和作家获得本届奖项。包括16名中华图书特殊贡献奖获得者和4名青年成就奖获得者。

8月30日,第十一届《上海文学》奖于近日揭晓。本届获奖的优秀作品从近三年间在《上海文学》刊登的作品中遴选而出,获奖作者中有优秀作家,也有文坛新秀。本届获奖作家共计30人。

9月22日,第十届全国优秀儿童文学奖颁奖典礼在北京隆重举行,经过五轮投票最终评选产生了18部获奖作品。

9月27日，中共中央宣传部公布第十四届精神文明建设"五个一工程"（2014—2017年）获奖名单，共有组织工作奖16个，获奖作品67部。

10月13日，江苏省第六届紫金山文学奖颁奖典礼在江苏大剧院举行。储福金《黑白·白之篇》等5部作品获长篇小说奖，孙频《我看过草叶葳蕤》等5部作品获中篇小说奖，毕飞宇《虚拟》等7部作品获短篇小说奖，同时奖掖了散文、诗歌、报告文学、儿童文学、文学评论、网络文学、文学翻译等各个门类的29部优秀作品。苏童《黄雀记》、黄蓓佳《童眸》、郭姜燕《布罗镇的邮递员》获荣誉奖。此外，还有6人分获文学编辑奖和文学新人奖。

11月17日，《南方文坛》时值创刊30周年之际，联合广西师范大学出版社在桂林举办"创刊30周年暨2017年度优秀论文颁奖会"。吴秀明《"一体化"视域下的当代文学运动史料》、陶东风《梁晓声的知青小说的叙事模式与价值误区》、王尧《重读陆文夫兼论80年代文学相关问题》、陈晓明《在"世界中"的现代文学史》、周立民《草创时期的人文社与新中国文学出版体制的构建》、黎学锐和罗艳《小人物身上的大时代痕迹——从彩调剧〈哪嗬咿嗬嗨〉到话剧〈花桥荣记〉》等6篇论文获奖。

11月20日，第九届《中国作家》鄂尔多斯文学奖颁奖典礼在北京举行。本次评奖从《中国作家》刊发的原创作品中评选出12部获奖作品。刘庆邦的《黑白男女》、杨黎光的《横琴——对一个新30年改革样本的5年观察与分析》获得大奖，陶纯的《一座营盘》、徐风的《一代壶圣——顾景舟传》、丁燕的《东天山手记》、谢络绎的《旧新堤》、成默的《白龙马》、张雅文的《与魔鬼博弈——为了生命的权利》获得优秀奖。新人奖由李燕蓉、王威廉、孙未、赵允芳获得。

11月23日，第六届"长江杯"江苏文学评论奖暨第五届扬子江诗学奖颁奖仪式在张家港市举行。本届"长江杯"沈杏培的《"计划生育"的叙事向度与写作难度》、张光芒的《追索道德之光——对张炜小说经典价值的一种解读》等2篇作品获一等奖；刘俊的《从"单纯的怀旧"到"动能的怀旧"》等5篇作品获得二等奖；张晓林的《淮安文学批评与研究》等8篇（部）作品获三等奖。本届扬子江诗学奖的评奖共评出5篇获奖作品。

11月25日，第九届傅雷翻译出版奖颁奖典礼在广州举行。文学类获奖者林苑，译作：《重返基利贝格斯》（索尔·沙朗东著）；社科类获奖者张祖建，译作：《世界的苦难：布尔迪厄的社会调查》（皮埃尔·布尔迪厄著）；新人奖获奖者马洁宁，译作：《托克维尔：自由的贵族源泉》（吕西安·若姆厄著）。

12月8日，《小说月报》第十七届百花文学奖在天津举办。葛亮的《问米》等12篇作品获短篇小说奖，阿米的《三只虫草》等13篇作品获中篇小说奖，连谏的《你是我最疼爱的人》和阿袁的《师母》获长篇小说奖，另有6篇作品获散文奖，钟二毛和周李立获小说新人奖。

2018 年

1 月 4 日,第三届"延安文学奖"于日前揭晓。王哲珠的中篇小说《参与者》、孙庆丰的短篇小说《奔跑的猪》、雍措的散文《滑落到地上的日子》、孙晓杰的诗歌《诗歌的力量》、李萍的评论《文学的乡愁和心灵的还乡》、廖哲琳的随笔《信天而游》和张伯龙的信天游体诗歌《梁家河》等 27 篇作品分获中篇小说、短篇小说、散文、诗歌、评论、随笔、特别奖等 7 个奖项。

1 月 6 日—7 日,由中国小说学会主办、兴化市委宣传部承办的 2017 年度中国小说排行榜在江苏兴化揭晓。共选出 25 部上榜作品,其中长篇小说 5 部,中篇小说 10 部,短篇小说 10 部。

1 月 9 日,《莽原》2017 年度文学奖日前揭晓,10 位作家分别获得长篇小说、中篇小说、短篇小说、随笔、诗歌、非虚构作品等 6 个类别的奖项。其中,获奖的长篇小说是胡军生的《套牢》,中篇小说是子弋的《择日宣判》、张夏的《牵着黄狗上深圳》,短篇小说是叶弥的《下一站是天堂》、乔叶的《说多就没意思了》、李清源的《准提庵街的钉子户》、李立的《江湖再见》。

1 月 23 日,由中国出版集团、人民文学出版社、《当代》杂志社主办的第十四届《当代》长篇小说论坛在北京举行。《当代》长篇小说论坛 2017 年度五佳作品评出,它们是:张翎《劳燕》(人民文学出版社)、严歌苓《芳华》(人民文学出版社)、李佩甫《平原客》(花城出版社)、梁鸿《梁光正的光》(人民文学出版社)和范稳《重庆之眼》(重庆出版社),其中,张翎《劳燕》得票最高,为年度最佳作品。

1 月 31 日,由《收获》文学杂志社与长江文艺出版社联合主办的 2017 收获文学排行榜揭晓。本次排行榜分为长篇小说、长篇非虚构、中篇小说、短篇小说 4 个榜单,每个榜单分别有 10 部(篇)作品上榜。河北省作家张楚的短篇小说《人人都有一口漂亮的牙齿》、李浩的短篇小说《自我,镜子与图书馆》榜上有名。

2 月 8 日,由《北京文学》月刊社主办的"2017 年中国当代文学最新作品排行榜"于日前发布,涵盖了中篇小说、短篇小说、报告文学、散文随笔 4 类体裁的 20 部作品,每类体裁各有 5 部作品上榜。

3 月 2 日,由《民族文学》杂志社、重庆市作家协会和江津区人民政府共同举办的"2017《民族文学》年度奖"颁奖典礼在重庆江津区举行。共评选出获奖作品 30 篇(组),其中汉文版包括小说 3 篇、散文·纪实 2 篇、诗歌 2 组、评论 1 篇、翻译作品 2 篇(组),蒙古文、藏文、维吾尔文、哈萨克文、朝鲜文版分别评出母语作品 2 篇(组)、翻译作品 2 篇(组)。

3 月 5 日,第五届汪曾祺文学奖颁奖活动在高邮举办。共有 8 名作家获奖,分别是:苏童的《万用表》、艾伟的《小满》、范小青的《碎片》、黄蓓佳的《万家亲友团》、晓苏的《三个乞丐》、付秀莹的《找小瑞》、黄咏梅的《病鱼》、朱辉的《绝对星等》。

3月27日,第五届"人民文学·紫金之星"颁奖典礼在南京晓庄学院图书馆学术报告厅举行,蒋峰、彭扬、叶迟、董夏青青、崔君、徐衎、葛小明、秦三澍、师飞、董玉方、熊芳等11位青年作家获奖。

3月,《中国现代文学研究丛刊》2017年度优秀论文揭晓。共7篇论文获奖,分别是:陈子善《〈呐喊〉版本新考》、赵稀方《今天我们为什么纪念陈映真》、敬文东《词语:百年新诗的基本问题——以欧阳江河为中心》、韩琛《"重写文学史"的历史与反复》、孟庆澍《彼此在场的读与写:1907年的周氏兄弟》、刘大先《剩余的抒情——刘亮程论》、李广益《中国转向外在:论刘慈欣科幻小说的文学史意义》。

4月12日—15日,中国李庄杯第十四届十月文学奖颁奖暨中国李庄第二届十月文学周活动在宜宾李庄举行。任晓雯的《好人宋没用》、红柯的《太阳深处的火焰》获长篇小说奖,马原的《谷神屋的贝玛》、严歌苓的《你触碰了我》、胡性能的《生死课》获中篇小说奖,迟子建的《最短的白日》和叶舟的《兄弟我》获短篇小说奖,刘庆邦的《陪护母亲日记》和余华的《爸爸出差时》获散文奖,胡弦的《蝴蝶与北风》、树才的《叹息》获诗歌奖,新人奖和特别奖颁给了文珍《暗红色的云藏在黑暗里》和宁肯《中关村笔记》。

4月21日,第十六届华语文学传媒盛典颁奖典礼在顺德举行。叶兆言凭借长篇小说《刻骨铭心》、散文集《乡关何处》《站在金字塔尖上的人物》等作品折桂2017"年度杰出作家"。严歌苓、蓝蓝、周晓枫、敬文东、郝景芳分别荣膺"年度小说家""年度诗人""年度散文家""年度文学评论家"及"年度最具潜力新人"。

5月12日,第七届"周庄杯"全国儿童文学短篇小说大赛颁奖仪式在周庄举行。朱桥的《摸大冷》获得特等奖,苟天晓的《撞入江湖的粮食》和韩佳童的《海边》获得一等奖,另有4篇作品获得二等奖,8篇作品获得三等奖,10篇作品获得优秀奖。

6月23日,第八届冰心散文奖在四川眉州揭晓并举行颁奖典礼。此次颁奖典礼颁出散文集奖40名、散文单篇奖60名、散文理论奖4名、散文优秀奖25名。

7月5日,第六届海南文学双年奖在万宁日月湾颁奖。本次共选出10篇(部)获奖作品与2位新人奖获奖作家。其中,蒋浩的诗集《游仙诗·自然史》、钟彪的长篇小说《野风凛》获得一等奖;艾子的诗集《向后飞翔》、陈有膑的诗集《水的缝隙》、李景新的人物传记《桃榔载酒》获得二等奖;李音的文学评论《"90后"与文学的面具》、汪荣的文学评论《多民族文学中的文化交往与文化间对话》、王勤的长篇小说《泡沫城》、雁西的诗集《雁西情诗99首》、徐海鹰的散文集《阳光照见老屋》获得三等奖。作家李其文和崔湘青获2016—2017年度"海南文学双年奖·新人奖"。

8月17日,第九届四川文学奖、第七届四川少数民族文学创作优秀作品奖在成都揭晓。第九届四川文学奖共7个奖项16件作品获奖,第七届四川少数民族文学创作优秀作品奖共3个奖项12件作品获奖。

8月21日,第十二届中华图书特殊贡献奖在北京举行。本次共有15位获奖者,包括

12 名中华图书特殊贡献奖获得者和 3 名青年成就奖获得者。

9 月 20 日,第七届鲁迅文学奖颁奖典礼在中国现代文学馆举行,本届鲁迅文学奖共产生了 7 个奖项共 34 部获奖作品。

9 月 27 日,第九届"茅台杯"《小说选刊》奖颁奖活动在青岛举行。获奖作品分别是中篇小说《借命而生》(石一枫)、《黑画眉》(老藤)、《母亲》(曹寇),短篇小说《玛多娜生意》(苏童)、《慢船去香港》(周子湘)、《写一本书》(郝景芳),以及刘浪的微小说作品《绝世珍品》。

10 月 28 日,第四届叶圣陶教师文学奖在苏州吴中区甪直镇揭晓并举行颁奖典礼。山东省济宁市兖州区第十一中学田暖的诗集《这是世界的哪里》等 5 部荣获主奖,山东省东营市第一中学胡爱萍的诗集《回望》等 20 部荣获提名奖。本年度增设了入围奖,共评定 49 部。

11 月 7 日,第四届国风文学奖在北京揭晓。商泽军、赵琼、温青、安琪、康若文琴、程仁全、霍庆来、木依岸等 8 位作家、诗人,分别因其近年来在文学创作及文学理论上的成绩而榜上有名。

11 月 16 日,第三届施耐庵文学奖颁奖典礼在兴化举行。宗璞的《北归记》、陈彦的《主角》、付秀莹的《陌上》、普玄的《疼痛吧指头》、赵本夫的《天漏邑》5 部作品获奖。

11 月 17 日,第七届"长江杯"江苏文学评论奖暨第六届扬子江诗学奖颁奖仪式在张家港市举行,共有 16 篇作品获得"长江杯"文学评论奖。其中,《汪曾祺及里下河派小说研究》(杨学民)、《小说的极限、准备与灾异——关于〈众生·迷宫〉的题外话》(何同彬)2 篇作品荣获一等奖。荣获第六届扬子江诗学奖·诗歌奖的是《我的梦》(江非)、《无限事》(李元胜)和《叶辉诗选》(叶辉),荣获第六届扬子江诗学奖·评论奖的是《从"蝴蝶""天狗"说到当代诗的"笼子"》(姜涛)、《百年新诗,与时代相互激活的生长史》(燎原)。

11 月 20 日,第六届红岩文学奖颁奖仪式暨"红岩·全国作家笔会"在重庆举行。除长篇小说奖和纪实文学奖空缺外,其余七项大奖均各有所属。其中,曹寇的《母亲》和赵卡的《从细处崩断的绳子》分别获得中篇小说奖和短篇小说奖。本土诗人宋炜凭借《宋炜诗集》拿到了"中国诗歌奖"。

同日,"时代的报告"——庆祝改革开放 40 周年中国报告文学巡礼暨第七届徐迟报告文学奖颁奖典礼在湖州举行。张子影的《试飞英雄》等 5 部(篇)长篇作品和李英的《第二种权力》等 3 部(篇)短篇作品获奖。徐刚、田珍颖分别被授予"中国报告文学创作终身成就奖""中国报告文学事业特殊贡献奖"。

11 月 21 日,第五届朱自清散文奖颁奖仪式在扬州举行。本次获奖作家为丁帆、肖复兴、孙郁、车前子、潘向黎。

11 月 24 日,《南方文坛》在南宁举办"2018 年度优秀论文颁奖会"。王彬彬《高晓声的鱼水情》、李建军《徙倚乎伟大与庸陋之间——论陀思妥耶夫斯基及其文学思想》、郜元宝《身份转换与概念变迁——1990年代以来中国文学漫议》、王秀涛《第一次文代会的几则提案》、黄伟林《秦似的成名及其杂文写作》、李丹梦《"穷人"的脸面、知识与革命——王实味论》6篇论文获奖。

同日,第十届傅雷翻译出版奖获奖作品在北京揭晓并举行颁奖仪式。袁筱一翻译的《温柔之歌》(蕾拉·斯利玛尼著)获得文学类奖项,梁爽、田梦翻译的《布汶的星期天》(乔治·杜比著)获得社科类奖项,周立红、焦静姝以译作《小说鉴史:旧制度与大革命的百年战争》(莫娜·奥祖夫著)获得新人奖。

12月1日,第四届林斤澜短篇小说奖颁奖典礼在温州举行。莫言、毕飞宇获"杰出短篇小说作家奖",邵丽、李浩、斯继东获"优秀短篇小说作家奖"。

12月5日,由江苏省散文学会面向学会会员主办的首届"江苏省散文学会学会奖"在南京揭晓。该活动从今年3月开始征集至9月底结束,最终5部散文随笔作品集、5篇单篇随笔散文获得学会奖;另有5部散文随笔作品集、5篇单篇随笔散文获得提名奖。

12月7日,第五届郁达夫小说奖颁奖典礼在杭州举行,本届郁达夫小说奖于4月1日正式启动参评作品征集活动。王安忆《向西,向西,向南》、白先勇《Silent Night》分获中篇小说奖和短篇小说奖,计文君《化城》、王手《第三把手》、孙频《松林夜宴图》获中篇小说提名奖,蔡东《朋霍费尔从五楼纵身一跃》、邱华栋《云柜》、哲贵《柯巴芽上山放羊去了》获得短篇小说提名奖。

12月11日,2018收获文学排行榜于安徽蚌埠揭晓并举行颁奖仪式。李洱以长篇小说《应物兄》摘得长篇榜榜首,王安忆《考工记》、贾平凹《山本》分列二、三,刘亮程《捎话》和韩少功《修改过程》紧随其后。"80后"代表作家笛安描写金融街青年男女生活状态的《景恒街》名列第六,"70后"代表作家徐则臣的《北上》名列第七,接下来是另两位"50后"实力作家——范小青《灭籍记》、陈河《外苏河之战》,以及青年作家石一枫的《借命而生》。

12月15日,第六届《芳草》文学女评委奖颁奖典礼在武汉举行。著名作家肖克凡和裘山山分别以小说《旧租界》和《卤水点豆腐》获得大奖。

12月17日,第十届《中国作家》鄂尔多斯文学奖颁奖典礼在康巴什举行。本届共26部作品获奖。其中,关仁山的长篇小说《金谷银山》、何建明的长篇纪实文学《死亡征战》获得大奖,辛铭、叶延滨、程蔚东的政治抒情长诗《新时代之歌》等16部作品获得优秀奖,唐诗云的短篇小说《白雪皑皑》等4部作品获得新人奖,乌雅泰的长篇小说《成吉思汗和他的两匹骏马》等4部作品获得特别奖。

12月,笛安创作的长篇小说《景恒街》获人民文学奖长篇小说奖。

本年,第四届《作家》"金短篇"小说奖揭晓,获得此奖项的有东西的《私了》、田耳的《婴儿肥》等。

第二十九届(2017年)银河奖获奖结果揭晓。最佳长篇小说奖空缺,谷第的《画骨》、彭超的《死亡之森》获最佳中篇小说奖,王晋康的《天图》、白乐寒的《扑火》、阿缺的《云鲸记》获最佳短篇小说奖,王诺诺获最佳新人奖,俞豪逸的《深空之下》获最佳网络文学奖,上海文艺出版社的《驱魔》获最佳原创图书奖,四川科学技术出版社的《记忆裂痕》、新星出版社的《编码宝典》获最佳引进图书奖,四川人民出版社的《追梦人——四川科幻口述史》获最佳相关图书奖,朱佳文获最佳翻译奖,赵恩哲获最佳美术奖,英国作家理查德·摩根获最受欢迎外国作家奖,腾讯游戏的《王者荣耀》获最佳科幻游戏奖,重庆大学科幻协会、四川大学科幻协会获最佳科幻团体奖。

2019 年

1 月 10 日,由《小说选刊》和禧福祥品牌运营有限公司共同主办的首届"禧福祥杯"《小说选刊》最受读者欢迎小说奖在西安颁奖。本次共有 15 部小说获奖,包括吴克敬《新娘》、陈毅达《童话之石》、西元《炸药婴儿》、留待《摊牌》、王威廉《多普勒效应》5 部中篇小说,莫言《表弟宁赛叶》、艾伟《在科尔沁草原》、蒋一谈《发生》、黄跃华《呼吸机》、庞羽《我不是尹丽川》5 部短篇小说,以及芦芙荭《鞋匠胡二立》、尹小华《廉政书画展》、符浩勇《稻香》、侯德云《老家拍案惊奇》、戴希《儿女》5 部微型小说。

1 月 12 日,第四届单向街书店文学奖在杭州揭晓。南京大学法语系教授、乐清籍黄荭老师——《一种文学生活》获得第四届单向街书店文学奖年度批评奖。

同日,第八届(2018 年)"唐弢青年文学研究奖"评奖结果出炉。此次共有 5 篇作品上榜,分别是:李章斌的《重审卞之琳诗歌与诗论中的节奏问题》(《文艺研究》2018 年第 5 期)、黄德海的《在虚构中重建生活世界——从这个角度看〈世界〉〈盗锅黑〉和〈傩面〉》(《中国现代文学研究丛刊》2018 年第 12 期)、季剑青的《"声"之探求:鲁迅白话写作的起源》(《文学评论》2018 年第 3 期)、项静的《中间状态:知青精神空间的流变与文化姿态——以韩少功的〈归去来〉与〈日夜书〉为例》(《中国现代文学研究丛刊》2018 年第 8 期)、刘奎的《有经有权:郭沫若与毛泽东文艺体系的传播与建立》(《东岳论丛》2018 年第 1 期)。

1 月 22 日,由中国出版集团、人民文学出版社、《当代》杂志社主办的第十五届《当代》长篇小说论坛暨第二十届《当代》文学拉力赛颁奖典礼于北京举办。本届得票前五名的作品分别是李洱《应物兄》(人民文学出版社)、石一枫《借命而生》(人民文学出版社)、徐则臣《北上》(北京十月文艺出版社)、徐怀中《牵风记》(人民文学出版社)、梁晓声《人世间》(中国青年出版社),成为 2018 年度五佳作品。其中,李洱《应物兄》得票最高,为 2018 年度最佳作品。本届评委们认为仅仅 5 部作品无法呈现今天的长篇小说成就,所以公布了排名前十位的榜单。后五部分别是:《考工记》(王安忆),《主角》(陈彦),《捎话》(刘亮程),《山本》(贾平凹),以及《天黑得很慢》(周大新)与《单筒望远镜》(冯骥才)(并列第十)。《当代》文学拉力赛的三大奖项揭晓,获得"年度中短篇小说总冠军"的是任晓雯《换肾记》,获得"年度散文总冠军"的是余华《没有一种生活是可惜的》,获得"年度长篇小说总冠军"的是张炜《艾约堡秘史》。

1月26日,第21届全国新概念作文大赛在上海揭晓名次并举行颁奖大会。历经初赛和25日下午进行的现场复赛,本届大赛从近7万名参赛者中评选出一等奖63名、二等奖156名。

2月2日,由《北京文学》月刊社主办的"2018年中国当代文学最新作品排行榜"出炉。共有中篇小说、短篇小说、报告文学、散文随笔4类体裁的20篇(部)作品入选,每类体裁各有5篇(部)作品上榜。

3月14日,湖北文学最高奖第七届湖北文学奖在武汉颁奖。长篇小说《南方的秘密》《群声沸腾》,中篇小说《云落凡尘》《两头牛》《慈悲刀》,短篇小说《开往宜水的火车》《他的怀仁堂》,散文集《草木一集》《遇见最美的本草——一位临床医生的中药札记》,诗歌集《摇摇晃晃的人间》《蓑羽鹤》,报告文学《重症监护室》,儿童文学《一天一个好故事》,文学评论《同时代人:诗意的见证》等14部(篇)作品获奖。此外,《水镜文艺》等9个文学内刊获优秀期刊奖、5名内刊编辑获优秀编辑奖。

3月26日,第五届海子诗歌奖揭晓。五位获奖诗人为:主奖获得者郑小琼,提名奖获得者张二棍、戴潍娜、赵目珍、宋子江(香港)。

4月12日,"中国·李庄杯"第十五届十月文学奖颁奖典礼在宜宾市翠屏区李庄古镇举行。肖亦农《穹庐》、徐则臣《北上》、张翎《胭脂》、莫言《等待摩西》、吴雨初《形色藏人》、叶兆言《桃花扇底看前朝》、梁平《人间烟火》、孟繁华《〈十月〉:改革开放四十年文学的缩影》等作家作品分获长篇小说奖、中篇小说奖、短篇小说奖、非虚构作品奖、散文奖、诗歌奖、特别奖等奖项。

4月13日,第二届"孙犁散文奖"双年奖(2017—2018年)颁奖典礼在河北省安平县第二中学举行。刘庆邦的《陪护母亲日记》、孙郁的《古调独弹》、夏坚勇的《庆历四年秋》、陈启文的《无家可归的故乡》、庞培的《冬至》、江子的《高考记》、刘云芳的《父亲跟我去打工》、胡竹峰的《中国文章》、郭建强的《青海湖涌起十四朵浪花》、庞余亮的《没有天使的夏日》等10篇作品获奖。

同日,第二届"草堂诗歌奖"在成都杜甫草堂揭晓。陈翔、程川、康雪获年度青年诗人奖,邰筐、李轻松获年度实力诗人奖,霍俊明获年度诗评家奖,王小妮获年度诗人大奖。

4月20日,由浙江省作家协会、舟山市文联等主办,浙江省散文学会、舟山市作家协会等承办的第二届"三毛散文奖"颁奖典礼在三毛故乡浙江定海举行。共评出获奖散文集13部、单篇散文13篇,包括大奖各5部(篇)、潜力奖各4部(篇)、新秀奖各4部(篇)。

4月27日,由《青年作家》杂志社与华西都市报、封面新闻联合主办的"第四届华语青年作家奖"颁奖典礼在四川宜宾举行,共有9部作品榜上有名。周嘉宁的《基本美》获得中篇小说奖主奖,林森的《海里岸上》、王威廉的《多普勒效应》获得中篇小说奖提名奖;付秀莹的《春暮》获得短篇小说奖主奖,斯继东的《禁指》、赵依的《四季日料》获得短篇小说奖提名奖;胡正刚的《丛林里的北回归线》获得非虚构写作奖主奖,塞壬的《沉溺》、王林先的《商纣的罪与罚》获得非虚构作品奖提名奖。

5月7日,山东省第四届泰山文艺奖(文学创作奖)评选结果出炉。本届泰山文艺奖(文学创作奖)共设长篇小说、中篇小说、短篇小说、散文(集)、诗歌(集)、报告文学、儿童文学(集)、文学评论理论等8个奖项,共评选出41部拟获奖作品。

5月9日,2018年冰心儿童文学新作奖获奖名单揭晓。最终确定41篇获奖作品,其中大奖2篇,佳作奖39篇。

5月11日,第三届《扬子江》诗刊奖、第四届扬子江年度青年诗人奖颁奖仪式暨扬子江·野马渡青年诗歌研讨会在苏州昆山举行。《谷禾的诗》《西藏书》《慢火车》《宋琳的诗》《刘年的诗》《靠文本的"翅膀"飞翔——沈苇诗歌及其隐含的诗学问题》等6组(篇)作品获奖。冯娜、康雪、苏奇飞、杨隐、徐源、朱旭东、张琳7位青年诗人获奖。

5月13日,第八届"周庄杯"全国儿童文学短篇小说大赛颁奖仪式在周庄举行。辽宁青年作家源娥的《十八天环游世界》荣获特等奖,湖北作家王素冰的《少先生》、山东大学大二学生刘晨曦的《无处安放》荣获一等奖,王林柏的《穿越时空的男孩》、李郦的《凤凰飞过梧桐树》等4篇作品荣获二等奖,另有8篇作品荣获三等奖,10篇作品荣获优秀奖。

5月15日,首届山西吕梁文学季"吕梁文学奖"及"马烽文学奖"等奖项,在山西汾阳贾家庄揭晓。莫言获得"吕梁文学奖·年度作家奖",侯波凭借《胡不归》获得"马烽文学奖",梁晓声的《人世间》获得"吕梁文学奖·年度小说奖",于坚的《大象十章》获得"吕梁文学奖·年度诗歌奖",王笛的《袍哥》获得"吕梁文学奖·年度非虚构作品奖",张平的《重新生活》获得"吕梁文学奖·年度山西作家奖"。

5月16日,由《星星》诗刊和四川成都文理学院主办的"2018中国·星星年度诗歌奖颁奖典礼"在成都文理学院举办。马莉、敬文东和路攸宁分别凭诗集《金色十四行》、诗评《从超验语气到与诗无关》和组诗《每一寸光阴都值得热爱》,摘取年度诗人奖、年度诗评家奖和年度大学生诗人奖。

5月18日,第三届"紫金·江苏文学期刊优秀作品奖——《雨花》文学奖"颁奖仪式暨李黎作品研讨会在南京举行。小说奖获奖作品为:胡学文《审判日》、王威廉《地图里的祖父》。散文奖获奖作品为:丁帆《丁帆专栏:山高水长》、刘琼《姨妈》、赵荔红《立夏》。非虚构奖获奖作品为:郭平《平沙落雁》。

5月23日—24日,第三十三届田汉戏剧奖评选活动在上海戏剧学院举办。黄维若编剧的话剧《贵胄学堂》等22部作品分别获得剧本一、二、三等奖;朱恒夫撰写的《对戏曲规范的尊重与超越——论魏明伦的戏曲创作》等46篇分别获得理论评论一、二、三等奖;上海戏剧学院、上海上艺戏剧社等出品的话剧《生命行歌》,嵊州市越剧艺术保护传承中心出品的新编越剧现代戏《袁雪芬》,滁州演艺集团有限公司出品的新编黄梅戏现代戏

《一个都不能少》3 部作品获得本届田汉戏剧奖剧目奖。

5 月 25 日，第十七届"华语文学传媒大奖"在顺德揭幕颁奖。李洱凭借长篇小说《应物兄》折桂 2018"年度杰出作家"，陈继明、陈东东、罗新、黄德海、班宇分别斩获"年度小说家""年度诗人""年度散文家""年度文学评论家"及"年度最具潜力新人"。

6 月 30 日，由《钟山》杂志社主办的首届"《钟山》之星"文学奖在南京图书馆举行颁奖典礼。班宇、孙频获得年度青年作家，《赛洛西宾 25》（大头马）、《小花旦的故事》（王占黑）、《缮写室》（包慧怡）、《辛德瑞拉之舞》（张天翼）、《仙症》（郑执）等 5 部作品获得年度青年佳作。

7 月 7 日，在中央电视台梅地亚中心揭晓"郭小川诗歌奖·第四届中国年度诗人榜"获奖名单。陆健、张况、安琪、龚璇、王长征、张二棍、余幼幼、马文秀、施施然、马晓蓬、阳飏、于小四、王从清、张绪康、李峰海等诗人被授予"郭小川诗歌奖"和"第四届中国年度诗人榜"荣誉称号。

7 月 21 日，2018（首届）"右玉《黄河》年度文学奖"颁奖典礼在山西朔州右玉右卫古镇举行。2018 年度获奖作品，小说有《纸炮楼》《三号地窨院》《羔羊》，诗歌有《金樽选章》《荒原》《南村记》，散文有《朱自清与成都》《鸟鸣唤醒的色彩》《耀州旧事》，评论有《文学人生与文学观察》《非虚构散文论》《与黑暗共舞的热力灵光》。

7 月 27 日，《滇池》文学杂志创刊 40 周年座谈会暨第十五届滇池文学奖颁奖典礼在昆明举行。北京作家周李立的短篇小说《果核》摘得年度大奖，甘肃作家鬼鱼的短篇小说集《鬼鱼作品》获得年度最佳小说奖，昆明诗人张晓军的长诗《日期备忘》获得年度最佳诗歌奖，山西作家闫文盛的散文《坐井观天者的困乏》获得年度最佳散文奖，缅甸诗人王崇喜的诗歌《王崇喜的诗》获得年度最佳东南亚华文文学奖。

同日，第二届吴承恩长篇小说奖颁奖典礼在江苏淮安举行。范小青的《灭籍记》、梁晓声的《人世间》、普玄的《逃跑的老板》3 部作品获得常规长篇小说奖，林小发（瑞士）翻译的《西游记》（德文版）获得翻译长篇小说奖，李宏伟的《国王与抒情诗》获得特殊文体长篇小说奖，蒋廷朝的《从》获得淮安籍本土长篇小说奖。

8 月 19 日，第十五届精神文明建设"五个一工程"奖获奖名单在北京正式公布，共评选出 15 个组织工作奖和 73 部获奖作品。

同日，第七届花城文学奖在广东艺术剧院揭晓。韩少功《修改过程》、王安忆《考工记》、刘亮程《捎话》、李佩甫《平原客》获得长篇小说奖，莫言《诗人金希普》、葛水平《空山草马》、残雪《幸福》、万玛才旦《气球》、胡学文《龙门》、郝景芳《长生塔》获得中短篇小说奖，于坚《大象十章》获得诗歌奖，林贤治《通往母亲的路》获得非虚构奖，格非《想象读者与处理经验》获得评论奖，陆象淦《着魔的指南》获得翻译奖。

8 月 21 日，第三届紫金·江苏文学期刊优秀作品奖·《扬子江评论》奖颁奖仪式暨"'70 后'作家与青年批评家对话论坛"在南京举行。最终产生了 6 篇获奖作品，分别是：

王尧的《关于梁鸿的阅读札记》,王东东的《诗歌宗教与文学政治——两个郑小琼,或另一个》,李建军的《有助于善,方成其美——论托尔斯泰的艺术理念与文学批评》,吴义勤的《照亮被遗忘的角落——读张平长篇新作〈重新生活〉》,余华的《我叙述中的障碍物》及岳雯的《"那条漆黑的路走到了头"——读石一枫〈借命而生〉》。

8月22日,第三届"青铜葵花儿童小说奖"获奖结果揭晓。《山芽儿》在547部投稿作品中脱颖而出,荣膺"金葵花奖";《买星星的人》《糊粮酒·酒葫芦》2部作品摘得"银葵花奖";《满川银雪》《终极恐龙》《小塘主》3部作品荣获"铜葵花奖";《1937:少年的征途》等4部作品获"潜力奖";最高奖"青铜奖"空缺。

9月23日,第七届上海文学艺术奖揭晓,共有5人获"终身成就奖"、5人获"杰出贡献奖",30人被纳入"上海青年文艺家培养计划"。

10月14日,第十届茅盾文学奖在国家博物馆揭晓。梁晓声的《人世间》、徐怀中的《牵风记》、徐则臣的《北上》、陈彦的《主角》和李洱的《应物兄》获选。《北鸢》(葛亮)、《寻找张展》(孙惠芬)、《刻骨铭心》(叶兆言)、《捎话》(刘亮程)、《敦煌本纪》(叶舟)等作品获提名。

10月16日,宁夏第九届文学艺术突出贡献奖优秀作品奖出炉。王志洪、李爱华、杨继国等3人获得宁夏第九届文学艺术突出贡献奖,《拯救者》等127部作品获得宁夏第九届文学艺术优秀作品奖。

10月17日,第四届"中国天水·李杜诗歌奖"颁奖盛典在甘肃省天水市秦州大剧院举行。著名诗人王小妮、法国诗人伊冯·勒芒分获最高奖成就奖和国际诗歌奖。卢卫平诗集《一万或万一》、李郁葱诗集《沙与树》获创作奖;江一苇诗集《摸天空》、陈巨飞诗集《清风起》、安然诗集《北京时间的背针》获新锐奖;海天风诗词集《海雨天风总入怀》获秦风雅韵(古体诗)奖;贡献奖授予著名诗人、作家、画家严阵。本届"中国天水·李杜诗歌奖"还设立了"庆祝中华人民共和国成立70周年"特别奖,陈灿诗集《士兵花名册》、鲁克诗集《稻谷深沉》、吴少东诗集《万物的动静》、王自亮诗集《浑天仪》、朱涛诗集《落花纪念碑》获奖。

10月20日,第二十七届柔刚诗歌奖颁奖晚会在厦门举行。本届柔刚诗歌奖荣誉奖获得者为邵燕祥,主奖获得者为康苏埃拉。

10月25日—27日,第十届全球华语科幻星云奖暨首届中国科幻电影"原石奖"颁奖典礼在重庆举行。长篇小说类金奖由灰狐的《固体海洋》斩获,中篇小说金奖由"90后"科幻作家阿缺的《彼岸花》获得,短篇小说金奖由梁清散的《济南的风筝》获得。少儿科幻中长篇金奖由徐彦利的《心灵探测师》获得,少儿科幻短篇金奖由秦莹亮的《百万个明天》获得。2016—2018年度新星奖金奖由杨晚晴获得。首届原石奖科幻剧本奖由王晋康原著、时光幻象改编的《豹人》,张笑帆的沉浸式飞行影院剧本《三体——地球往事》,程婧波的《八号旅馆》,潘海天的《王二大爷的奇妙旅程》,韩松原著、袁不方编剧的《2006火星照耀之福地危机》获得;首届原石奖科幻小说原作奖由韩松的《逃出忧山》、刘洋的《火星孤儿》、马传思的《蟋蚁之城》、萧星寒的《红土地》、灰狐的《固体海洋》获得,并进入 2019 科幻星云价值榜。

11 月 10 日,由《钟山》杂志社主办的第三届《钟山》文学奖在南京颁奖。叶兆言《刻骨铭心》获长篇作品类奖,王安忆《向西,向西,向南》、田耳《一天》、王啸峰《双鱼钥》、范小青《角色》、罗伟章《寂静史》获中短篇作品类奖,臧棣《写给儿子的哀歌(十四首)》、丁及《丁及的诗(十三首)》、韩东《韩东的诗(组诗)》获诗歌诗评类奖,徐风"繁荒录"专栏、周晓枫《野猫记》获非虚构类奖。

11 月 14 日,2019 陈伯吹国际儿童文学奖在宝山国际民间艺术博览馆举行颁奖仪式,14 种作品荣获大奖。此外,本年的陈伯吹国际儿童文学奖特设了特殊贡献奖,颁给了著名儿童文学翻译家、作家、出版人任溶溶(中国),童书历史学家及评论家伦纳德・S. 马库斯(美国)。

11 月 16 日,第十八届百花文学奖在天津揭晓。毕飞宇的《两瓶酒》、刘庆邦的《燕子衔泥到梅家》、苏童的《玛多娜生意》、任晓雯的《换肾记》、储福金的《棋语・搏杀》、蒋子龙的《暗夜》、莫言的《等待摩西》、黄咏梅的《给猫留门》、汤成难的《鸿雁》、徐则臣的《兄弟》等 10 篇作品摘得短篇小说奖。迟子建的《候鸟的勇敢》、石一枫的《借命而生》、张欣的《黎曼猜想》、孙频的《光辉岁月》、张悦然的《大乔小乔》、房伟的《猎舌师》、徐贵祥的《鲜花岭上鲜花开》、胡学文的《龙门》、林森的《海里岸上》、杨少衡的《鱼类故事》等 10 篇作品摘得中篇小说奖。钱红莉的《春有信》、李万华的《丙申年》、陈霁的《锦书 1990》、于坚的《治多采风记》、韩浩月的《给某某的信,兼致故乡》、张炜的《松浦居随笔》、傅菲的《每一种植物都有神的面孔》、徐可的《大敦煌》、熊育群的《双族之城》、黄桂元的《栖居于潮落潮起》等 10 篇作品摘得散文奖。王可以的《可以在路上》、瑛子的《我的博士女友》2 篇作品摘得影视剧改编价值奖。长篇小说奖由《文联主席的驻村笔记》(红日)和《王的背影》(周建新)获得。为追踪与及时呈现中国科幻文学的最新成果,本届评选还新增设科幻文学奖,该奖项特别强调"科＋幻＋文"的评选理念,注重对科学知识、幻想艺术、人文意识、文学价值的综合性考量。《心殇》(霜月红枫)、《时间囚笼》(汪洁)和《火星节考》(王元)摘得这一奖项。

11 月 22 日,第三十届中国科幻"银河奖"颁奖典礼在成都举行,这一奖项被誉为中国科幻最高奖项,代表中国科幻的最高水平。与刘慈欣齐名的中国"硬科幻"作家江波凭《机器之门》获得本届银河奖最重量级的奖项"最佳长篇小说",这是他第 6 次获取银河奖。阿来获第三十届银河奖"特别贡献奖",刘慈欣入选"银河科幻名人堂"。王晋康与杨潇荣获终身成就奖。

同日,《南方文坛》年度奖颁奖暨陆地文学馆揭牌仪式及第十届"今日批评家"论坛在崇左举行。本届共评出 2019 年度优秀论文 6 篇:黄发有《史料多元化与当代文学研究的相互参证》(2019 年第 3 期)、王德威《没有五四,何来晚清?》(2019 年第 1 期)、南帆《知识与文学:现代性的裂变》(2019 年第 6 期)、杨庆祥《与 AI 的角力——一份诗学和思想实验的提纲》(2019 年第 3 期)、申霞艳《凝视欲望深渊,重述"家人父子"——余华论》(2019 年第 5 期)、梁豪《在生命最高处——李瑛与〈人民文学〉七十年》(2019 年第 5 期)。

11 月 23 日,第十一届傅雷翻译出版奖在成都揭晓。金龙格、张亘、孔潜分别成为文学类、社科类和新人奖获奖译者,译作分别为路易·费迪南·塞利纳的《一座城堡到另一座城堡》、米歇尔·福柯的《主体性与真相》以及卡乌特·阿迪米的《加缪书店》。

11 月 27 日,第十一届"闻一多诗歌奖"颁奖仪式在湖北省浠水县闻一多纪念馆举行,著名诗人、《解放军文艺》主编姜念光荣获该奖。

11 月 29 日,第三届中华文学基金会茅盾文学新人奖暨第二届中华文学基金会茅盾文学新人奖·网络文学新人奖结束公示,正式揭晓获奖者名单。林森、滕肖澜、田永(田耳)、杨庆祥、房伟、傅强(傅逸尘)、孙频、王威廉、文珍、刘业伟(叶炜)10 位作家荣获第三届茅盾文学新人奖,刘晔(骁骑校)、张戬(萧鼎)、林俊敏(阿菩)、徐磊(南派三叔)、崔浩(何常在)、艾晶晶(匪我思存)、刘炜(血红)、杨振东(辰东)、蒋达理(蒋离子)、于鹏程(风御九秋)10 位作家荣获第二届茅盾文学新人奖·网络文学新人奖。此外,另有 20 位作家荣获提名奖。马笑泉、闫文盛、沈念、张闻昕、张常春(张二棍)、周嘉宁、金赫楠、胡竹峰、郑朋(郑小驴)、赵勤(七堇年)获第三届茅盾文学新人奖提名奖,丁凌滔(忘语)、王小磊(骷髅精灵)、王冬(蝴蝶蓝)、王钟(梦入神机)、王超(流浪的蛤蟆)、叶萍萍(藤萍)、刘勇(耳根)、朱乾(善水)、唐欣恬、高晨著(志鸟村)获第二届茅盾文学新人奖·网络文学新人奖提名奖。

同日,第五届柳青文学奖在西安长安区揭晓。长篇小说奖为:周瑄璞《多湾》,冯北仲《遗园》,杜文娟《红雪莲》。中篇小说奖为:王卫民《北风吹》,黄朴《镀金时代》。短篇小说奖为:高远《暴力倾向》。诗歌奖为:霍竹山《兰花花》,庞洁《从某一个词语开始》。散文杂文奖为:尤凌波《风从场上过》,张茂《南方》。报告文学奖为:钟法权《雪莲花开》,党宪宗《沉重的陪读》。儿童文学奖:王宜振《春天和我们躲猫猫》,周公度《鲸鱼来信》。文学评论奖为:杨辉《"大文学史"视域下的贾平凹研究》。

同日,2016—2018 年度"赵树理文学奖"评选正式揭晓。本届"赵树理文学奖"的奖项为 12 项,共有 22 部(篇、人)获奖。其中,有长篇小说奖 2 部、中篇小说奖 2 篇、短篇小说奖 2 篇、诗歌奖 2 部、散文奖 2 部、报告文学奖 3 部(篇)、文学评论奖 2 部、儿童文学奖 1 部、网络文学奖 1 部。另有一人获文学新人奖,2 人获优秀编辑奖,2 人获荣誉奖。

11 月 30 日—12 月 1 日,"2019 年度中国散文年会"在北京举行。年会期间,评选出年度 4 个奖项。其中,陕西作家基石所著文化散文《柳青,一座不朽的精神灯塔》荣获精锐奖。彭见明《我的崇拜》、学群《稻子和吃稻子的人》、李晓东《千秋铸成冯太后》、师郑娟《远逝的亲情》、夏侯俊杰《我那双胞胎哥哥》、乔悟义《我们脚下的路》、查兴娥《火车上的一顿免费晚餐》等 10 篇作品荣获单篇散文类一等奖;新疆女作家阿瑟穆·小七《唯有解忧牧场》、吴合众《江水泱泱》、胡斌《从川藏线回来的汽车兵》、张瑛薇《谁在背后说我坏话》、吴艺《河堤》、吴有君《遇见张恨水》等散文,分别荣获"十佳散文奖",散文集类一、二等奖,单篇散文类二、三等奖。

12 月 3 日,第七届"西湖·中国新锐文学奖"在杭州屏风山浙江工业大学图书馆颁出。郭爽的中篇小说《九重葛》、王苏辛的中篇小说《在平原》、赵挺的短篇小说《上海动物园》获奖。

12 月 6 日,第十届"茅台杯"《小说选刊》年度大奖颁奖典礼在中国现代文学馆举行。王蒙《生死恋》、徐怀中《牵风记》、莫言《一斗阁笔记》、老藤《战国红》获荣誉奖,徐贵祥《红霞飞》、班宇《双河》、杜斌《风烈》获中篇小说奖,迟子建《炖马靴》、邵丽《天台上的父亲》、张新科《大庙》获短篇小说奖,凌鼎年《地震云》获微小说奖,李司平《猪嗷嗷叫》获新人奖。

12 月 8 日,"东阿阿胶杯·山东文学奖"评选工作在聊城东阿进行。共设优秀中篇小说奖、优秀短篇小说奖、优秀散文奖、优秀诗歌奖、文学新人奖 5 个奖项,共评选出 10 部获奖作品。

12 月 12 日,第三届孙犁文学奖(2017—2018 年)揭晓。本届孙犁文学奖共设有长篇小说、中篇小说、短篇小说、文学评论、诗歌、报告文学、散文等 7 个奖项。贾兴安的长篇小说《啊,父老乡亲》,李延青的短篇小说《发小们的病》,冯小军、尧山壁的报告文学《绿色奇迹塞罕坝》等 18 部(篇)作品获奖。

12 月 21 日,由《长篇小说选刊》杂志社举办的 2019 年第四届小说年度金榜揭晓。阿来《云中记》、邓一光《人,或所有的士兵》、赵德发《经山海》、刘庆邦《家长》和蒋韵《你好,安娜》5 部作品登上年度金榜,周瑄璞《日近长安远》、徐贵祥《穿插》和陈应松《森林沉默》3 部作品获得特别推荐奖。

12 月 22 日,首届东吴文学奖颁奖典礼暨长三角文学发展研讨会在苏州举行。范小青获东吴文学奖大奖,王安忆《考工记》获长篇小说奖,陈集益《金塘河》获中篇小说奖,鲁敏《荷尔蒙夜谈》获短篇小说奖,陆梅《像蝴蝶一样自由》获散文奖,夏坚勇《庆历四年秋》获诗歌奖,柏桦《惟有旧日子带给我们幸福:柏桦诗选集》获报告文学奖,简平《权力清单:三十六条》获儿童文学奖,王彬彬《细读高晓声》获文学评论奖。

12 月 24 日,纪念巴金先生 115 周年诞辰座谈会暨 2019 收获文学排行榜颁奖盛典在安徽蚌埠举行。2019 收获文学排行榜盘点了国内原创文学,分长篇榜、中篇榜、短篇榜、非虚构四个榜单,30 部上榜作品成为当年中国文学创作力量的生动缩影。阿来的《云中记》、万方的《你和我》、田耳的《开屏术》和迟子建的《炖马靴》分别摘得长篇小说榜、长篇非虚构榜、中篇小说榜和短篇小说榜的榜首。

12 月 26 日,阅文·探照灯书评人图书奖 2019 年度十大好书奖在北京颁出。其中,

"年度长篇小说处女作奖"由作家周恺的《苔》摘得;"年度中短篇小说集奖"则分别由孙频的《鲛在水中央》与任晓雯的《浮生二十一章》摘得;"年度散文集奖"由作家李修文所著《致江东父老》获得;科幻作家七月的《群星》和 priest 所著《残次品》摘得"年度长篇类型小说奖";袁凌《寂静的孩子》获得"年度非虚构写作奖";"年度历史写作奖"颁给了李洁非所著《天国之痒》;"年度长篇小说奖"颁给了阿来的《云中记》,邓一光的《人,或所有的士兵》。

12 月 27 日,纪念《当代》创刊 40 周年朗诵会暨第十六届《当代》长篇小说年度论坛、第二十一届《当代》文学拉力赛颁奖礼在北京举行。本届得票前五名的作品是:阿来《云中记》(北京十月文艺出版社)、邓一光《人,或所有的士兵》(四川人民出版社)、格非《月落荒寺》(人民文学出版社)、刘庆邦《家长》(《十月·长篇小说》2019 第 1 期),付秀莹《他乡》(北京十月文艺出版社)。这 5 部成为 2019 年度五佳作品,其中,阿来《云中记》得票最高,即为 2019 年度最佳作品。获得"年度中篇小说总冠军"的是尹学芸《东山印》,获得"年度散文总冠军"的是李修文《恨月亮》,获得"年度长篇小说总冠军"的是祝勇《故宫六百年》。

同日,第八届重庆文学奖(含少数民族文学奖)颁奖典礼在重庆市沙坪坝区文化馆举行。《安居古城》《烟消云不散》《燕子的眼睛》等 8 部(篇)作品荣获第八届重庆文学奖,《沧桑的星辰》等 3 部(篇)作品荣获重庆少数民族文学奖。

12 月 28 日,第二届"袁鹰文学奖"颁奖仪式在淮安市淮安区举行。小说作品《凤凰涅槃》(徐明成),报告文学作品《妈祖故乡人杨光中》(赵日超),散文作品《梦是疼醒的思念》(于兆文),诗歌作品《今世奇缘》(许双林)等 19 部(篇、首)文学作品获奖。

12 月 29 日,由江苏省作家协会和高邮市人民政府共同举办的第六届汪曾祺文学奖在高邮揭晓。鲁敏《火烧云》、艾玛《白耳夜鹭》、叶兆言《滞留于屋檐的雨滴》、毕飞宇《两瓶酒》、莫言《等待摩西》、阎连科《道长》、次仁罗布《红尘慈悲》、姚鄂梅《旧姑娘》等 8 部作品获奖。

12 月 29 日,由中国小说学会主办、江苏省兴化市委宣传部承办的中国小说学会 2019 年度小说排行榜在江苏兴化揭晓,共评选出 35 部上榜作品。其中,阿来《云中记》、邓一光《人,或所有的士兵》、付秀莹《他乡》、麦家《人生海海》、陈应松《森林沉默》共 5 部作品入选长篇小说榜,王蒙《生死恋》、尹学芸《青霉素》、姚鄂梅《基因的秘密》等 10 部作品入选中篇小说榜,叶兆言《吴菲和吴芳姨妈》、迟子建《炖马靴》、宁肯《火车》等 10 部作品入选短篇小说榜。二目《魔力工业时代》、cuslaa《宰执天下》、横扫天涯《天道图书馆》等 10 部作品入选网络小说排行榜。

本年,第十一届"万松浦文学奖"获奖名单揭晓。王威廉、曹有云、蒋蓝、黑陶、顾广梅等 5 位作者分别获得小说、诗歌、散文、理论奖。

编后记

　　文学评奖全面参与了中国当代文学的进程,在文学场中扮演的角色也越来越重,不过与文学评奖相关的史料建设和研究尚有很大的空间。这与文学评奖本身的特殊性有关,出于各种考量,一些重要文学奖项的评奖档案尚未向社会公开,研究者往往只能从相关的评奖文件、评奖规则、评奖程序、评奖结果、评审委员会的组成、评审者的零星回忆、获奖者的感言,以及评奖事后的反响和争议等,对评奖背后审美话语权的博弈、评奖对当代文学思潮的引领、评奖与经典化的机制等等作出推断。这种情况自然也给文学评奖卷的编撰带来很大的挑战。

　　本卷的编撰持续了近五年,在预先的构想中,是希望尽可能多地提供像崔道怡先生回忆"一九七八年全国优秀短篇小说评奖"那样的一手资料,于是,编者在查阅各种刊物的同时也积极地进行阅档申请,但出于种种原因,这些申请未能实现,因此只得调整思路,将重心放回既有的各种公开发表和出版的材料中。在编选中,编者力图做到两个"均衡":一是评奖制度与获奖作品的均衡。在文学评奖的研究中,有些研究者过于看重结果,而对引导此结果产生的机制、程序和具体体例关注不够,本卷在编选时,对茅盾文学奖和鲁迅文学奖这些与重要奖项的评奖制度相关的史料和研究作了侧重收录,同时也适当保留了"当事者说"和"获奖感言"等评奖者或得奖者个人的声音。二是各类不同性质奖项的均衡。文学评奖种类众多,有各级作协官方的奖、刊物的奖、民间的奖等,从文体上分,小说、诗歌、散文、戏剧、儿童文学、科幻文学等也都有各自的奖项,本卷在编选时对此均有兼顾,以期呈现新时期以来各类评奖的活跃态势。

　　本卷的初稿接近80万字,饶是如此,有些相对重要的文章还是因为种种原因未能收入,后又不断修订和精简,形成今日的面貌。限于个人的视野和才具,不完善处在所难免,特别期待各位方家的指正。

　　最后要说明的是,丛书的总主编黄发有教授给予本卷很大的支持,他和参与审订的专家小组提出了很多宝贵意见,帮助不断完善书稿。山东大学文学院现当代文学专业的研究生丁安琪、仇子兴、钱敏、高永淳等几位同学热心参与了书稿文献的整理与核校等工作。在编选和修订的过程中,南京师范大学出版社的张春老师、万陶蓉老师和马璐璐老师给予编者大力帮助,她们细致认真、精益求精的态度,让人印象深刻。在此,谨向以上专家、编辑老师和同学表示衷心感谢!

马　兵
2023 年 10 月